上册

60年
中国青春
美文经典

王剑冰 选编

中国青年出版社

（京）新登字083号

图书在版编目（CIP）数据

60年中国青春美文经典/王剑冰选编．—北京：中国青年出版社，2009.9
ISBN 978-7-5006-8951-5
Ⅰ.6… Ⅱ.王… Ⅲ.散文–作品集–中国–当代 Ⅳ.I267
中国版本图书馆CIP数据核字（2009）第162766号

选　　编：王剑冰
责任编辑：黄宾堂　金小凤
装帧设计：瞿中华

出版发行：中国青年出版社
社　　址：北京东四12条21号
邮政编码：100708
网　　址：www.cyp.com.cn
编 辑 部：(010) 64034340
门 市 部：(010) 84039659
印　　刷：聚鑫印刷有限责任公司
经　　销：全国新华书店
开　　本：700×1000　1/16
印　　张：38.5
插　　页：4
字　　数：560千字
版　　次：2009年10月北京第1版
印　　次：2009年10月河北第1次印刷
印　　数：1—6000套
定　　价：59.00元（上下两册）

本图书如有印装质量问题，请凭购书发票与质检部联系调换
联系电话：(010)84047104

目录

序:关于六十年青春散文　王剑冰 _ 001

人生篇

山地回忆　孙犁 _ 002
谁是最可爱的人　魏巍 _ 008
荔枝蜜　杨朔 _ 013
第二次考试　何为 _ 016
《师说》解　廖沫沙 _ 020
井冈翠竹　袁鹰 _ 023
放歌山海关　唐大同 _ 026
我站在长城上,倾诉……　霍达 _ 030
小鸟,你飞向何方　赵丽宏 _ 032
渴望苦难　马丽华 _ 037
大唐的太阳,你沉沦了吗　王英琦 _ 042
唱片年龄　高洪波 _ 045
城南旧事　车前子 _ 049
永远的少女　王剑冰 _ 054
居长安　穆涛 _ 058
孤独女子　张爱华 _ 069
白色的鸟 蓝色的湖　张海迪 _ 072
舞者　筱敏 _ 076
痛苦的飘落　张立勤 _ 078
一个人的工厂　唐朝晖 _ 082
卖花姑娘　邱华栋 _ 090
李白的"毛病"　赵统斌 _ 092

文字的断想　张绪佑 _ 095
出走的衣冠庙　张于 _ 098
金子　杨杰 _ 108
讨厌的男生　丹菲 _ 112
戴珍珠耳环的少女　马小淘 _ 117
杜拉斯：文本的表演　凸凹 _ 121
像老人一样　范晓波 _ 124

社会篇

社稷坛抒情　秦牧 _ 127
松树的风格　陶铸 _ 133
人和鬼　吴晗 _ 136
忆当年，穿着细事且莫等闲看　曹靖华 _ 139
晋祠　梁衡 _ 143
阳关雪　余秋雨 _ 146
夜宿泉州　郭风 _ 150
甲子谈鼠　夏衍 _ 152
黑土地　韩静霆 _ 155
在那蓝色的海边　杨林勃 _ 158
大禹的寂寞　何向阳 _ 161
阿央白　迟子建 _ 165
总想为你唱支歌　吕锦华 _ 168
城市的日落　罗强烈 _ 172
祖先歌舞　彭学明 _ 174
种粒　周晓枫 _ 178
白音布朗山　冯秋子 _ 186
衙门　祝勇 _ 194
另一种呼唤　黄晓萍 _ 200
精神明亮的人　王开岭 _ 203

白原　朱鸿 _ 208

古寺的交响　蔡飞跃 _ 211

杜拉斯：爱情·语录·暴力倾向　洁尘 _ 215

初雪圆明园　老姜 _ 220

青铜　巴音博罗 _ 224

麻将　程绍国 _ 226

小街之美　婴父 _ 229

季节的意向　艾云 _ 232

怀念红狐　刘志成 _ 235

海参崴随想　蔡云川 _ 238

哲思篇

灵魂·眼睛·语言　范曾 _ 242

丑石　贾平凹 _ 244

散步　林贤治 _ 246

河流的秘密　苏童 _ 248

春雪化时　鲍尔吉·原野 _ 252

错位　彭程 _ 258

庄严的时光　谭延桐 _ 262

对身体的感受和理解　李汉荣 _ 265

审视　马德 _ 271

关于跌跤的十八点思考　杜丽 _ 273

一只小野鸭的超能量　刘燕敏 _ 276

近思录续　周实 _ 278

情感篇

荒山之夜　三毛 _ 288

桦　刘烨园 _ 299

更为富有的一刻　曹明华 _ 302

夏天落下的第一颗红豆　黄殿琴 _ 306

清清岷江水　廉正祥 _ 315

我的三次初恋　于君 _ 321

用痛感想象　丹娅 _ 326

美丽不需要结尾　叶多多 _ 331

玫瑰，与爱情无关　叶倾城 _ 334

大爱无边　王兆胜 _ 336

痛　赵柏田 _ 342

奶奶和一九五三年的诺贝尔奖　董玉洁 _ 345

触摸　马莉 _ 348

月桂树上的花冠　宣儿 _ 351

守望北沟　张舒娜 _ 354

让我许个愿　叶细细 _ 360

有缘伴你　谢彦秋 _ 364

生活篇

北京的春节　老舍 _ 369

花潮　李广田 _ 373

秋色赋　峻青 _ 377

榆钱饭　刘绍棠 _ 382

总是难忘　苏叶 _ 386

女孩子的花　唐敏 _ 395

童年旧事　梅洁 _ 400

河之女　铁凝 _ 406

仰不愧于天　张抗抗 _ 411

生命本来没有名字　周国平 _ 415

仁山智水　舒婷 _ 418

有话对你说　韩小蕙 _ 421

雷利亚,雷利亚　李敬泽 _ 426

在商厦门前等车　周佩红 _ 436

每个人都有一面窗子　陈染 _ 439

过年　季栋梁 _ 443

牵挂是一种美丽　郭文斌 _ 447

野马之死　裘山山 _ 449

泥焰与个人史　黑陶 _ 452

轮回之所　方希 _ 456

清秋落叶　唐继东 _ 459

铁　郑小琼 _ 463

转身　塞壬 _ 469

黑风景　李登建 _ 479

七天里的左右手　郭敬明 _ 483

诳语　李傻傻 _ 489

风物篇

澜沧江边的蝴蝶会　冯牧 _ 493

黄山小记　菡子 _ 497

日出　刘白羽 _ 501

善卷游　艾煊 _ 504

羞女山　叶梦 _ 507

晒月亮　池莉 _ 512

鼎湖山听泉　谢大光 _ 514

对一朵花微笑　刘亮程 _ 517

湖殇　素素 _ 519

染绿的声音　徐迅 _ 522

月亮月亮跟我走　姚雪雪 _ 524

看云　尚贵荣 _ 527

与泰山对视　桑新华 _ 529

仙居　熊育群 _ 532

秋天　宁肯 _ 536

大别山　胡亚才 _ 539

走向满月　周亚新 _ 542

感怀篇

现代寓言　郑云云 _ 545

我们改变了什么　何敬君 _ 549

三十而惊　潘向黎 _ 554

让我们来想象一对老虎　刘华 _ 558

把钥匙挂在心口　乔叶 _ 561

成吉思汗的草原　洪烛 _ 563

西凉山的九十九朵白云　雷平阳 _ 566

午后的墓园　陈蔚文 _ 572

期待的草叶蒙蔽了眼睛　王芸 _ 576

生命从指间消失　唐韵 _ 579

梵高的光和色彩　徐卓人 _ 583

微凉　王方语 _ 586

窗帘　也果 _ 588

我怕灵魂来不及　米米七月 _ 590

一棵树的私语　简默 _ 594

蜕变　申林 _ 597

远逝的上窑春　鱼禾 _ 599

王剑冰

序:关于六十年青春散文

一

二〇〇九年是建国六十周年。六十年间,在散文写作方面可说是一个巨大的收获,很有值得总结的东西。中国青年出版社就动议出版一套建国六十年青春散文经典,任务交给了我。这可以说是一项十分重大的工程。好在我多年涉猎与研究散文,对散文的发展脉络和那些作家还比较熟悉,就放下手头的事情,再次扎到散文堆里。

什么是青春散文呢?首先应该是描写青春、歌唱青春、体味青春的散文,而这些散文又是由青年人写出的。青春,如诗如梦、如画如火。每一个人都会经历过,而每一个人的青春经历的时代及生活氛围又不尽相同,所以写出的东西也就不一样。又由于经历不同,个性不同,感想不同,表达的方式也就不同,这就形成了一个色彩纷然的创作景象。

从建国初期到"文革"开始的十七年,整体上说,中国的文学创作还是兴盛的,这个时期的散文产生了一大批好作品,主要分两个阶段。第一个阶段是一九五六年以前,那时新中国刚刚建立,一切处于热潮之中,加上不久即开始的抗美援朝,调动了全国广大青年的积极性,一些类似于特写通讯式的纪事散文大量涌现,孙犁、魏巍、刘白羽、杨朔等年龄不算大的作家都有很好的作品,而且他们也是在这个时期被大家所熟悉。这时的散文尚未有进入到美文范畴,描景写情的仍很少,因此散文的真正意义也就没有完全地体现出来。直到一九五六年,由于提出了"百花齐放,百家争鸣",作家们的创作心态变得自由,视野变得开阔,散文格局发生了变化,遂出现了一批真正意义上的散文作品,如《第二次考试》(何为)、《香山红叶》(杨朔)、《社稷坛抒情》(秦牧)、《洛阳灯火》(白桦)等,单从篇名上就能看出散文的意味了,甚至已经感觉到了"五四"传统的复苏。如果顺着这个脉络走下去,散文无疑会进入一个新的境地。可惜第二年形势就发生了意想不到的逆转,五年中经历了一系列的多事之秋。直到一九六一年,政治紧张的气氛有所缓解,经济上进行了调整,文艺政策也有了变化,就又出现了第二个阶段。这个阶段较之一九五六年的散文,意义上的变化更为明显,出现了被称为当代三大散文家的刘白羽、杨朔和秦牧,他们各有自己的风格和特色,这种风格和特色恰恰引领了散文多向性的创作理念,使之走向了深度和广度。他们的作品《红玛瑙》《长江三日》《雪浪花》《茶花赋》《花城》《土地》等都成为众所周知的名篇。再加上还有何为的《石匠》,陶铸的《松树的风格》,李健吾的《雨中登泰山》,方纪的《挥手之间》等,构成了当代散文一个时期的最高峰,一时间也使人们对散文有了新的认识。我查阅了那几年的《人民日报》《光明日报》《解放日报》等,都大量开辟了报纸副刊,以充足的版面刊登这类散文作品,也发表对散文的认识与看法的理论文章,能够感觉到文坛对于散文多样化创作的有利倡导,由此带动了一个散文写作的热潮。此后又出现了著名的《燕山夜话》和《三家村札记》,它们的著名也因是"文革"开始后遭袭的重要目标。一九六六年,是中国政治、经济、文化浩劫的开始,我翻看这一个时期的报刊,很多文学杂志不久即停刊,报纸副刊几乎被取消,很多年间找不到一篇像散文的作品。这个状况差不多持续到一九七六年,也仅在其前一两年看到几篇带有着明显概念化倾向的东西。

进入一九七七年后的新时期,是一个文学的复苏与繁荣期,从来没有这么多的作家投入到散文的队伍中来,从来没有这么多的报刊给出了散文这么多耕作的园地,从来没有这么多的散文作品让人目不暇接。这是那个时代的见证,也是那个时期青春勃发的展现。这个时期大致分三个阶段,第一个阶段是散文的回归阶段,也就是回归到"五四"时期的散文创作风格,追求散文"真善美"的理念被多数人所接受所运用。这个阶段不说别的,单是女作家就出现了一群,如铁凝、叶梦、唐敏、苏叶、梅洁、王英琦、李佩芝、黄晓萍、李天芳、韩小蕙、于君、张立勤、张抗抗、马丽华等。她们以生命体验表现独特的女性意识,展示出全新的时代画卷。这个阶段大致为一九七六年至八十年代末期。第二个阶段是散文外延的拓展阶段,若果说第一次散文的革命是来自散文内部的话,第二次的革命就是自它的外部发起的。人们从单纯的对散文的理解变成了对这种文体的重新认识,散文的疆域开始拓宽,"大散文"的主张开始提出,来自各个行当的更多写作者成为散文大军中的主将。出现了余秋雨现象,出现了范曾、贾平凹、李存葆、林非、雷达、王充闾、梁衡、李国文、朱增泉、周涛、刘亚洲、高洪波、毕淑敏、石英、卞毓方、王宗仁、周同宾、李元洛等一大批人物。当然我指的是当时写作时的年龄在四十岁左右的作家。这个阶段大致可为八十年代末到新世纪初始。第三个阶段从新世纪初直到现在。这是一个完全追求自我意识、展示个性特征的阶段,"新散文"成为一种旗帜。这类写作者大多为六七十年代以后出生的、具有较高的学历和知识,有思想、有个性,并有着十分自觉的反叛意识。可以说先有一批先行者如刘烨园、王小波、筱敏、林贤治、斯妤、周佩红、王开林、孔庆东、刘齐等辟出了一条蹊径,后来出现了苇岸、王开岭、刘亮程、祝勇、止庵、冯秋子、彭程、何向阳、杜丽、张锐锋、周晓枫、黑陶、沉河、雷平阳、朱朱、塞壬、郭敬明、郑小琼、马小淘等,新散文不再强调思想含量,不大讲究文本格式,不太在意文词语境,所写无论巨细,注重生命感觉,对前面出现的散文观念及作家,有明显的排斥态度。随着网络的发展,就更有了自由的写作空间,私密性感觉更强,发表于纸媒体的欲望减退,文字也就更自由、更开拓,更有一种与众不同的新鲜感,使散文不断地寻找新的可能。

  社会在发展,散文写作也在发展,它会随着时代的步伐越来越显现出本体的个性,被越来越多的作家所运用。循着六十年来青春散文的脉络,可看出散文越来越宽容、越来越兼容,真正成为一种被大众所接受的文学形式。

二

  人是生活在社会中的,同时代相融相生,他的思想、行为和生活理念也就不可能与这个社会、这个时代相背离。所以回过头来看这些作品的时候,也就看到了时代的影子和社会的痕迹。每一个不同时间段的作家,都有自己所经历的那个时代的感念,我们不仅能从他们的作品中看到这些,也同时品读出当时的年轻人那种对人生的热情与对社会的认识。孙犁的《山地回忆》,写出经历了无数苦难之后的人们对新中国的渴望与感怀。这篇作品是迎着新中国的黎明写就的。魏巍的《谁是最可爱的人》,是朝鲜战场的真实的记忆,多少年里,人们以这篇作品激励斗志。"最可爱的人",成为了一个时代对子弟兵的最好称谓。杨朔的

《荔枝蜜》,以小蜜蜂酿蜜的过程写到劳动者的伟大,让人思索生活中的甜蜜是靠勤劳得来的。何为的《第二次考试》,描写一个女孩子对新生活的追求和社会对她的关爱,让人体会出时代的真善美。袁鹰的《井冈翠竹》,以井冈山的竹林作为视角,写出井冈山精神的代代传扬。秦牧的《社稷坛抒情》,写出对新中国的感怀。陶铸的《松树的风格》,以松树激励人的志向。赵丽宏的《小鸟,你飞向何方》,写出刚刚进入新时期的年轻人对知识的渴望。高洪波的《唱片年龄》,是对生活和人生的积极的思考。马丽华的《渴望苦难》,写对苦难的深层的认识,只有经历过苦难的人才会知道幸福的甜蜜。张立勤的《痛苦的飘落》,以自身患病的经历,展示出生命的脆弱与挣扎。余秋雨的《阳关雪》,以独到的视角表达对历史与人生的认识。何向阳的《大禹的寂寞》,由一个历史人物提示出更多思想。迟子建的《阿央白》,从女性的视角显现出对女性自身的审视与理解。祝勇的《衙门》,通过一个总督府透视出历史所呈现出的辉光与阴影。周晓枫的《种粒》,是对生命诞生过程的细致入微的品觉。刘志成的《怀念红狐》,从动物的故事中,写出对生命的理解与关爱。蔡云川的《海参崴随想》,以深刻的思想内涵写出对历史、现代与未来的反思与展望。

这类作品还有曹靖华的《忆当年,穿着细事且莫等闲看》,梁衡的《晋祠》,郭风的《夜宿泉州》,唐大同的《放歌山海关》,霍达的《我站在长城上,倾诉……》,王英琦的《大唐的太阳,你沉沦了吗》,张爱华的《孤独女子》,张海迪的《白色的鸟 蓝色的湖》,邱华栋的《卖花姑娘》,彭学明的《祖先歌舞》,冯秋子的《白音布朗山》,黄晓萍的《另一种呼唤》,王开岭的《精神明亮的人》,张绪佑的《文字的断想》等。

在五彩缤纷的生活中,青年时光是最绚丽的,在曲折坎坷的一生中,青年时期也是最艰辛的阶段。因而青年有着许多的经历和故事,欢乐的、浪漫的、艰苦的、忧伤的,而又都是令人难忘的。这种经历之所以以散文表现出来,就是因为散文能够以一种自由的文体真实而不做作、不虚掩地抒发作者内心情怀,否则就不能称其为散文,而是虚构型的小说了。读者喜欢散文,重要的一点就是想看到作者真实的心理历程,从中获得相同的感怀与愿望。所以从栏目上看,不管是人生的,社会的,还是生活的,情感的,其实都是与我们的时代生活息息相关的作品,只是根据不同的特点有所侧重罢了。像唐敏的《女孩子的花》，由花设想和冀望未出生的孩子，满纸的欣爱与呵护。铁凝的《河之女》，通过乡间河边的石头和无拘无束的乡间女子，透出热爱自然生活的天性。韩小蕙的《有话对你说》，以一个女性的角度释解出对生活的新认识。黑陶的《泥焰与个人史》，从陶制过程的描述彰显生命的轮回，给人新的感觉和认识。唐继东的《清秋落叶》，从现实纷扬的落叶到生命激扬的落叶的思索，闪射出向上的青春的光点。郑小琼的《铁》和塞壬的《转身》，都是写打工生涯的，真实的叙述和真实的情感使两位打工妹的作品一出现就受到重视。郭敬明的《七天里的左右手》，巧妙地写出一个中学时代的青年对待考试的心理变化，其和李傻傻的《诳语》，都属于新一代青年作家的新的写作与思考方式。

在"情感篇"栏目里，我们看到三毛的《荒山之夜》，于君的《我的三次初恋》，曹明华的《更为富有的一刻》，刘烨园的《桦》，黄殿琴的《夏天落下的第一颗红豆》，叶多多的《美丽不需要结尾》，王兆胜的《大爱无边》，赵柏田的《痛》，董玉洁的《奶奶和1953年的诺贝尔奖》，马莉的《触摸》等。大千世界，茫茫人海，每个人的经历都不会是一样的。如果说有一样，那就是幸福。不管其是暂时的，还是永久的。为了这份幸福，不知会付出怎样的努力和代价，更多的是艰辛，是等待，是苦恼，是忧伤，是其中的奋争与追求。在这些作品中，我们会看到那些来自不同生活层面的散发着青春热情、洋溢着青春欢笑、渗透着青春泪水的文字，这都是真实的生活经历和内心写照，既有人格特质的力量，又有文学本真的濡染。

我把一些风物的写作放在一个栏目里，这些大都是篇幅精短的文字。在当代散文大的概念里，精短美文是散文里面最精粹的部分，也是最精美的部分。抓住了短小，又抓住了情，这个作品就有了特色。说起来，抒情小品是难写的，它要求要以最简洁的文字、最真挚的情感写出自己的所见所闻。在学校课本里读到的名家散文，基本上就属于这类作品。由此也说明了一个道理，检验一个作家写作水准的，当是看他能否写好这样的美文。像冯牧的《澜沧江边的蝴蝶会》，将云南民族风情展现得色彩斑斓。刘白羽的《日出》，大气而深沉地让人感到大自然的伟力。叶梦的《羞女山》，通过一个女孩子对一座自然之山的描述，展示出女性观察与感觉的细腻。池莉的《晒月亮》，是在一个寺院望月的感怀，月光没有热度，但作家用一个"晒"字，将文章写活了。刘亮程的《对一朵花微笑》，对自然之花的细微描写，使文字轻灵而透亮。还有菌子的《黄山小记》，徐迅的《染绿的声音》，姚雪雪的《月亮月亮跟我走》，尚贵荣的《看云》，桑新华的《与泰山对视》，熊育群的《仙居》，胡松涛的《燕子·荷·石榴》，宁肯的《秋天》，胡亚才的《大别山》等。这些精美的作品，让我们沉迷其中、感怀其中并得益于其中。

我们说，充满哲理的写作是智性的写作。这类作品往往是真诚的、生动的并且不乏幽默。这类散文的写作大都是随笔性的，一件小事，一个传闻，一段经历，一场梦幻，都能进入作家的笔下。这类作家往往机智灵动，阅历丰富，知识丰赡，对事物有着高度的敏感及良好的悟性。如范曾的《灵魂·眼睛·语言》，将灵魂与眼睛和语言放在一起述说，灵魂附于每一个人的身上，而又是通过眼睛和语言显示出来，从而提示出人要不断地修炼自己的一言一行，以构筑真善美的灵魂。如贾平凹的《丑石》，写家门口的一块丑陋的石头，这块石头没有谁看在眼里，也派不上用场，可谁能想到它竟是一块十分珍贵的具有科学价值的宝贝呢？林贤治的《散步》，从生活中的行为方式提出了对人生的思考。苏童的《河流的秘密》，以自然的河流解说人类的生存状态和方式。李汉荣的《对身体的感受和理解》，审视人的身体从而点画出人的行为功能，让人从自身引发更多的思考。杜丽的《关于跌跤的18点思考》，是一篇现代理念的写作，一个跌跤引发的思想能量充满了个性色彩。周实的《近思录》以及《近思录续》，是对社会中的人和事的个人化解读和评介，语言犀利而风趣。还有"感怀篇"中的文章，如郑云云的《现代寓言》，何敬君的《我们改变了什么》，潘向黎的《三十而惊》，刘华的《让我们来想象一对老虎》，王芸的《期待的草叶蒙蔽了眼睛》，米米七月的《我怕灵魂来不及》等。在这些散文中，我们可以读到像诗一样的文字，像格言一样的论说。有的作品一目了然，有些作品则让我们反复吟味。我们往往会从中找出想要得到的结论，或者说我们会从某些结论里明白想要知道的未知。而这些作品，可以说大都是作家们从自己的经验中感悟出来的，有些文字，几乎就是他们出自心底的忠告。这绝不是由于对生活的厌弃或者说是看透了什么，反之，正是他们对社会、对人生的热情,而闪现出的思想的火花。

三

打开那些发黄的册页,重读那些熟悉的文字,又像跟随着作者进入了那些伴着如火青春和如荼热情的岁月。那一个个熟悉的名字,曾在文字中阐释了多少曾经的追求与梦想啊。我从自己的书架和图书馆抽出不知多少书籍,最后将厚厚的一摞子复印稿摊在面前,原本想按照作品的影响和发表的顺序排,后又按照出版社的要求,从便于阅读的角度考虑,将其按照人生、社会、哲思、情感、生活、风物、感怀等进行了分类。我曾经在上世纪末期为长江文艺出版社主编过《百年百篇经典散文》和《百年百篇经典美文》,那是选取一百位作家在一百年间写出的最好的散文,是不限定作家的写作年龄的。对于青春散文作家的写作年龄,刚开始我们限定在三十五岁左右,但在阅读的时候,我发现很多的美文是一些作家四十岁左右写出的,尤其是新中国刚刚建立的时候,一些作家热情正高,而他们正好进入了不惑之年,还有上世纪的新时期,很多作家搁笔多时,有感而发的时候,也是过了不惑,我不忍心放弃这些精品,就决定将年龄的界限稍稍放宽一些。这样就进来了好多的好作品,尽管一些名家由于作品发表时间上的问题而没有入选,但仍是我为之欣喜的,也使得这样的一部书显出了厚重与经典。

按照出版社的要求,每一个时代都要有作品,因为要折射那个时期年轻人的精神风貌。但是一九六六年到一九七六年间选出的东西,还是觉得时代痕迹太重,概念化的东西太多,同其他的作品融不在一起,也不可能称为经典,也就选取了极少量的作品。还有建国后十七年间的作品,也存在着参差不齐的现象,有些在艺术上模式化的东西也有,但从那个年代的角度来看,也还能接受,能够看出当时的生活态度和精神风貌,且多是一些抒情性的散文,语言上也还能借鉴,也就选取了较多的篇章。当然,选用最多的,还是新时期的散文,这个时期散文的疆域更加扩大,文体与内容的展示更加多样化,尤其是上世纪末期直至现在,更加年轻的一代写手出现,可以说是真正的青春散文,充满了对时代、对生活的热情和认识,也充满了自我的个性特征。

有一点遗憾的是,由于篇幅所限,在我选完作品交到出版社后,出版社经过研究,又让我忍痛删掉了十五万字的作品,变成了现在这样的两卷本。读者或一套在手,有可珍存、可研究、可借鉴的方面。诚然,任何一个选本都不会是十分科学、十分令人满意的,都会存在这样那样的不足。这样的一个选本出来,还望在读者的意见中学习与校正。

2009年8月于郑州形散庐

人生篇

孙 犁

山地回忆

从阜平乡下来了一位农民代表，参观天津的工业展览会。我们是老交情，已经快有十年不见面了。我陪他去参观展览，他对于中纺的织纺，对于那些改良的新农具特别感到兴趣。临走的时候，我一定要送点东西给他，我想买几尺布。

为什么我偏偏想起买布来？因为他身上穿的还是那样一种浅蓝的土靛染的粗布裤褂。这种蓝的颜色，不知道该叫什么蓝，可是它使我想起很多事情，想起在阜平穷山恶水之间度过的三年战斗的岁月，使我记起很多人。这种颜色，我就叫它"阜平蓝"或是"山地蓝"吧。

他这身衣服的颜色，在天津是很显得突出，也觉得土气。但是在阜平，这样一身衣服，织染既是不容易，穿上也就觉得鲜亮好看了。阜平土地很少，山上都是黑石头。雨水很多很暴，有些泥土就冲到冀中平原上来了——冀中是我的家乡。阜平的农民没有见过大的地块，他们所有的，只是像炕台那样大，或是像锅台那样大的一块土地。在这小小的、不规整的、有时是尖形的、有时是半圆形的、有时是梯形的小块土地上，他们费尽心思，全力经营。他们用石块垒起，用泥土包住，在边沿栽上枣树，在中间种上玉黍。

阜平的天气冷，山地不容易见到太阳。那里不种棉花，我刚到那里的时候，老大娘们手里搓着线锤。很多活计用麻代线，连袜底也是用麻纳的。

就是因为袜子，我和这家人认识了，并且成了

孙犁（1913—2002年），原名孙树勋，河北安平县人。主要作品有《荷花淀》等。

老交情。那是个冬天,该是一九四一年的冬天,我打游击打到了这个小村庄,情况缓和了,部队决定休息两天。

我每天到河边去洗脸,河里结了冰,我登在冰冻的石头上,把冰砸破,浸湿毛巾,等我擦完脸,毛巾也就冻挺了。有一天早晨,刮着冷风,只有一抹阳光,黄黄的落在河对面的山坡上。我又登在那块石头上去,砸开那个冰口,正要洗脸,听见在下水流有人喊:

"你看不见我在这里洗菜吗?洗脸到下边洗去!"

这声音是那么严厉,我听了很不高兴。这样冷天,我来砸冰洗脸,反倒妨碍了人。心里一时挂火,就也大声说:

"离着这么远,会弄脏你的菜!"

我站在上风头,狂风吹送着我的愤怒,我听见洗菜的人也恼了,那人说:

"菜是下口的东西呀!你在上流洗脸洗屁股,为什么不脏?"

"你怎么骂人?"我站立起来转过身去,才看见洗菜的是个女孩子,也不过十六七岁。风吹红了她的脸,像带霜的柿叶,水冻肿了她的手,像上冻的红萝卜。她穿的衣服很单薄,就是那种蓝色的破袄裤。

十月严冬的河滩上,敌人往返烧毁过几次的村庄的边沿,在寒风里,她抱着一篮子水沤的杨树叶,这该是早饭的食粮。

不知道为什么,我一时心平气和下来。我说:

"我错了,我不洗了,你在这块石头上来洗吧!"

她冷冷地望着我,过了一会才说:

"你刚在那石头上洗了脸,又叫我站上去洗菜!"

我笑着说:

"你看你这人,我在上水洗,你说下水脏,这么一条大河,哪里就能把我脸上的泥土冲到你的菜上去?现在叫你到上水来,我到下水去,你还说不行,那怎么办哩?"

"怎么办,我还得往上走!"

她说着,扭着身子逆着河流往上去了。登在一块尖石上,把菜篮浸进水里,把两手插在袄襟底下取暖,望着我笑了。

我哭不得,也笑不得,只好说:

"你真讲卫生呀!"

"我们是真卫生,你们是装卫生!你们尽笑话我们,说我们山沟里的人不讲卫生,住在我们家里,吃了我们的饭,还刷嘴刷牙,我们的菜饭再不干净,难道还会弄脏了你们的嘴?为什么不连肠子肚子都刷刷干净!"说着就笑得弯下腰去。

我觉得好笑。可也看见,在她笑着的时候,她的整齐的牙齿洁白得放光。

"对,你卫生,我们不卫生。"我说。

"那是假话吗?你们一个饭缸子,也盛饭,也盛菜,也洗脸,也洗脚,也喝水,也尿泡,那是讲卫生吗?"她笑着用两手在冷水里刨抓。

"这是物质条件不好,不是我们愿意不卫生。等我们打败了日本,占了北平,我们就可以吃饭有吃饭的家伙,喝水有喝水的家伙了,我们就可以一切齐备了。"

"什么时候,才能打败鬼子?"女孩子望着我,"我们的房,叫他们烧过两三回了!"

"也许三年,也许五年,也许十年八年。可是不管三年五年,十年八年,我们总是要打下去,我们不会悲观的。"我这样对她讲,当时觉得这样讲了以后,心里很高兴了。

"光着脚打下去吗?"女孩子转脸望了我脚上一下,就又低下头去洗菜了。

我一时没弄清是怎么回事,就问:

"你说什么?"

"说什么?"女孩子也装没有听见,"我问你为什么不穿袜子,脚不冷吗?也是卫生吗?"

"咳!"我也笑了,"这是没有法子嘛,什么卫生!从九月里就反'扫荡',可是我们八路军,是非到十月底不发袜子的。这时候,正在打仗,哪里去找袜子穿呀?"

"不会买一双?"女孩子低声说。

"哪里去买呀,尽住小村,不过镇店。"我说。

"不会求人做一双?"

"哪里有布呀?就是有布,求谁做去呀?"

"我给你做。"女孩子洗好菜站起来,"我家就住在那个坡子上,"

她用手一指,"你要没有布,我家里有点,还够做一双袜子。"

她端着菜走了,我在河边上洗了脸。我看了看我那只穿着一双"踢倒山"的鞋子,冻得发黑的脚,一时觉得我对于面前这山,这水,这沙滩,永远不能分离了。

我洗过脸,回到队上吃了饭,就到女孩子家去。她正在烧火,见了我就说:

"你这人倒实在,叫你来你就来了。"

我既然摸准了她的脾气,只是笑了笑,就走进屋里。屋里蒸气腾腾,等了一会,我才看见炕上有一个大娘和一个四十多岁的大伯,围着一盆火坐着。在大娘背后还有一位白头发的老大娘。一家人全笑着让我炕上坐。女孩子说:

"明儿别到河里洗脸去了,到我们这里洗吧,多添一瓢水就够了!"

大伯说:

"我们妞儿刚才还笑话你哩!"

白发老大娘瘪着嘴笑着说:

"她不会说话,同志,不要和她一样呀!"

"她很会说话!"我说,"要紧的是她心眼儿好,她看见我光着脚,就心疼我们八路军!"

大娘从炕角里扯出一块白粗布,说:

"这是我们妞儿纺了半年线赚的,给我做了一条棉裤,剩下的说给她爹做双袜子,现在先给你做了穿上吧。"

我连忙说:

"叫大伯穿吧!要不,我就给钱!"

"你又装假了,"女孩子烧着火抬起头来,"你有钱吗?"

大娘说:

"我们这家人,说了就不能改移。过后再叫她纺,给她爹赚袜子穿。早先,我们这里也不会纺线,是今年春天,家里住了一个女同志,教会了她。还说再过来了,还教她织布哩!你家里的人,会纺线吗?"

"会纺。"我说,"我们那里是穿洋布哩,是机器织纺的。大娘,等我们打败日本……"

"占了北平,我们就有洋布穿,就一切齐备!"女孩子接下去,笑了。

可巧,这几天情况没有变动,我们也不转移。每天早晨,我就到女孩子家里去洗脸。第二天去,袜子已经剪裁好,第三天去,她已经纳底子了,用的是细细的麻线。她说:

"你们那里是用麻用线?"

"用线。"我摸了摸袜底,"在我们那里,鞋底也没有这么厚!"

"这样坚实。"女孩子说,"保你穿三年,能打败日本不?"

"能够。"我说。

第五天,我穿上了新袜子。

和这一家人熟了,就又成了我新的家。这一家人身体都健壮,又好说笑。女孩子的母亲,看起来比女孩子的父亲还要健壮。女孩子的姥姥九十岁了,还那么结实,耳朵也不聋,我们说话的时候,她不插言,只是微微笑着。她说:她很喜欢听人们说闲话。

女孩子的父亲是个生产的好手,现在地里没活了,他正计划贩红枣到曲阳去卖,问我能不能帮他的忙。部队重视民运工作,上级允许我帮老乡去做运输,每天打早起,我同大伯背上一百多斤红枣,顺着河滩,爬山越岭,送到曲阳去。女孩子早起晚睡给我们做饭,饭食很好,一天,大伯说:

"同志,你知道我是沾你的光吗?"

"怎么沾了我的光?"

"往年,我一个人背枣,我们妞儿是不会给我吃这么好的!"

我笑了。女孩子说:

"沾他什么光,他穿了我们的袜子,就该给我们做活了!"

又说:

"你们跑了快半月,赚了多少钱?"

"你看,她来查账了,"大伯说,"真是,我们也该计算计算了!"他打开放在被垛底下的一个小包袱,"我们这叫包袱账,赚了赔了,反正都在这里面。"

我们一同数了票子,一共赚了五千多块钱,女孩子说:"够了。"

"够干什么了?"大伯问。

"够给我买张织布机子了!这一趟,你们在曲阳给我买架织布机子回来吧!"

无论姥姥、母亲、父亲和我,都没人反对女孩子这个正义的要求。我们到了曲阳,把枣卖了,就去买了一架机子。大伯不怕多花钱,一定要买一架好的,把全部盈余都用光了。我们分着背了回来,累得浑身流汗。

这一天,这一家人最高兴,也该是女孩子最满意的一天。这像要了几亩地,买回一头牛;这像置好了结婚前的陪送。

以后,女孩子就学习纺织的全套手艺了:纺、拐、浆、落、经、镶、织。

当她卸下第一匹布的那天,我出发了。从此以后,我走遍山南塞北,那双袜子,整整穿了三年也没有破绽。一九四五年,我们战胜了日本强盗。我从延安回来,在碛口地方,跳到黄河里去洗了一个澡,一时大意,奔腾的黄水,冲走了我的全部衣物,也冲走了那双袜子。黄河的波浪激荡着我关于敌后几年生活的回忆,激荡着我对于那女孩子的纪念。

开国典礼那天,我同大伯一同到百货公司去买布,送他和大娘一人一身蓝士林布,另外,送给女孩子一身红色的。大伯没见过这样鲜艳的红布,对我说:

"多买上几尺,再买点黄色的!"

"干什么用?"我问。

"这里家家门口挂着新旗,咱那山沟里准还没有哩!你给我一张国旗的样子,一块带回去,叫妞儿给做一个,开会过年的时候,挂起来!"

他说妞儿已经有两个孩子了,还像小时那样,就是喜欢新鲜东西,说什么也要学会。

1949年12月

(选自《建国十年文学创作选·散文特写》)

魏 巍

谁是最可爱的人

在朝鲜的每一天,我都被一些东西感动着;我的思想感情的潮水,在放纵奔流着;它使我想把一切东西,都告诉给我祖国的朋友们。但我最急于告诉你们的,是我思想感情的一段重要经历,这就是:我越来越深刻地感觉到谁是我们最可爱的人!

谁是我们最可爱的人呢?我们的战士,我感到他们是最可爱的人。

也许还有人心里隐隐约约地说:你说的就是那些"兵"吗?他们看来是很平凡、很简单的哩,既看不出他们有甚么高明的知识,又看不出他们有丰盛细致的感情。可是,我要说,这是由于他跟我们的战士接触太少,还没有了解到我们的战士:他们的品质是那样的纯洁和高尚,他们的意志是那样的坚韧和刚强,他们的气质是那样的淳朴和谦逊,他们的胸怀是那样的美丽和宽广!

让我还是来说一段故事吧。

还是在二次战役的时候,有一支志愿军的部队向敌后猛插,去切断军隅里敌人的逃路。当他们赶到书堂站时,逃敌也恰恰赶到那里,眼看就要从汽车路上开过去。这支部队的先头连——三连就匆匆占领了汽车路边一个很低的光光的小山冈,阻住敌人。一场壮烈的搏斗就开始了。敌人为了逃命,用了三十二架飞机、十多辆坦克配合着发起了集团冲锋,向这个连的阵地汹涌卷来。整个山顶的土都被打翻了。汽油弹的火焰把这个阵地烧红了。但勇士们在这烟与火的山冈上,高喊着口号,一次

魏巍(1920—2008年),河南郑州人。主要作品有长篇小说《革命战争》三部曲,诗集《黎明风景》,散文集《谁是最可爱的人》等。

又一次把敌人打死在阵地前面，敌人的死尸像谷个子似的在山前堆满了，血也把这山冈流红了。可是敌人还是要拼死争夺，好使自己的主力不致覆灭。这场激战整整持续了八个小时。最后，勇士们的子弹打光了。蜂拥上来的敌人占领了山头，把他们压到山脚。飞机掷下的汽油弹，把他们的身上烧着了。这时候，勇士们是仍然不会后退的呀，他们把枪一摔，身上、帽子上呼呼地冒着火苗，向敌人扑去，把敌人抱住，让身上的火，也要把占领阵地的敌人烧死。……据这个营的营长告诉我，战后，这个连的阵地上，枪支完全摔碎了，机枪零件扔得满山都是。烈士们的遗体，保留着各种各样的姿势，有抱住敌人腰的，有抱住敌人头的，有掐住敌人脖子的，把敌人摁倒在地上的，都和敌人倒在一起，烧在一起。还有一个战士，他手里还紧握着一颗手榴弹，弹体上沾满脑浆；和他死在一起的美国鬼子，脑浆迸裂，涂了一地。另有一个战士，嘴里还衔着敌人的半块耳朵。在掩埋烈士们遗体的时候，由于他们两手扣着，把敌人抱得那样紧，分都分不开，以致把有些人的手指都掰断了。……这个连虽然伤亡很大，他们却打死了三百多敌人，更重要的是，使我们部队的主力赶上来，聚歼了敌人。

这就是朝鲜战场上一次最壮烈的战斗——松骨峰战斗，或者叫书堂站战斗。假若需要立纪念碑的话，让我把带火扑敌和用刺刀跟敌人拼死在一起的烈士们的名字记下吧。他们的名字是：王金传、邢玉堂、井玉琢、王文英、熊官全、王金侯、赵锡杰、隋金山、李玉安、丁振岱、张贵生、崔玉亮、李树国。还有一个战士已经不可能知道他的名字了。让我们的烈士们千载万世永垂不朽吧！

这个营的营长向我叙说了以上的情景，他的声调是缓慢的，他的感情是沉重的。他说他在阵地上掩埋烈士的时候，他掉了眼泪。但他接着说："你不要以为我是为他们伤心，我是为他们骄傲！我觉得我们的战士太伟大了，太可爱了，我不能不被他们感动得掉下泪来。"

朋友们，当你听到这段英雄事迹的时候，你的感想如何呢？你不觉得我们的战士是可爱的吗？你不以我们的祖国有着这样的英雄而自豪吗？

我们的战士，对敌人这样恨，而对朝鲜人民却是那样地爱，充满国际主义的深厚热情。

在汉江北岸,我遇到一个青年战士,他今年才二十一岁,名叫马玉祥,是黑龙江青冈县人。他长着一副微黑透红的脸膛,高高的个儿,站在那儿,像秋天田野里一株红高粱那样淳朴可爱。不过因为他才从阵地上下来,显得稍为疲劳些,眼里的红丝还没有退净。他原来是炮兵连的。有一天夜里,他被一阵哭声惊醒了,出去一看,是一个朝鲜老妈妈坐在山冈上哭。原来她的房子被炸毁了,她在山里搭了个窝棚,窝棚又被炸毁了。……回来,他马上到连部要求调到步兵连去,正好步兵连也需要人,就批准了他。我说:"在炮兵连不是一样打敌人吗?""那,不同!"他说,"离敌人越近,越觉得打得过瘾,越觉得打得解恨!"

在汉江南岸的日日夜夜里,有一天他从阵地上下来做饭。刚一进村,有几架敌机袭过来,打了一阵机关炮,接着就扔下了两个大燃烧弹。有几间房子着火了,火又盛,烟又大,使人不敢到跟前去。这时候,他听见烟火里有一个小孩子哇哇哭叫的声音。他马上穿过浓烟到近处一看,一个朝鲜的中年男人在院子里倒着,小孩子的哭声还在屋里。他走到屋门口,屋门口的火苗呼呼的,已经进不去人,门窗的纸已经烧着。小孩子的哭声随着那滚滚的浓烟传出来,听得真真切切。当他叙述到这里的时候,他说:"我能够不进去吗?我不能!我想,要在祖国遇见这种情形,我能够进去,那么,在朝鲜我就可以不进去吗?朝鲜人民和我们祖国的人民不是一样的吗?我就踹开门,扑了进去。呀!满屋子灰洞洞的烟,只能听见小孩哭,看不见人。我的眼也睁不开,脸烫得像刀割一般。我也不知道自己的身上着了火没有,我也不管它了,只是在地上乱摸。先摸着一个大人,拉了拉没拉动;又向大人的身后摸,才摸着小孩的腿,我就一把抓着抱起来跳出门去。我一看小孩子,是挺好的一个孩儿啊。他穿着小短裤儿,光着两条小腿儿,小腿乱蹬着,哇哇地哭。我心想:'不管你哭不哭,不救活你家大人,谁养活你哩!'这时候,火更大了,屋子里的家具什物也烧着了。我把他往地上一放,就又从那火门里钻了进去。一拉那个大人,她哼了一声,再拉又不动了。凑近一看,见她脸上流下来的血已经把她胸前的白衣染红了,眼睛已经闭上。我知道她不行了,才赶忙跳出门外,扑灭身上的火苗,抱起这个无父无母的孩子……"

朋友,当你听到这段事迹的时候,你的感觉又是如何呢?你不觉得我们的战士是最可爱的人吗?

谁都知道，朝鲜战场是艰苦些。但战士们是怎样想的呢？有一次，我见到一个战士，在防空洞里，吃一口炒面，就一口雪。我问他："你不觉得苦吗？"他把正送往嘴里的一勺雪收回来，笑了笑，说："怎么能不觉得！咱们革命军队又不是个怪物。不过咱们的光荣也就在这里。"他把小勺儿干脆放下，兴奋地说，"就拿吃雪来说吧。我在这里吃雪，正是为了我们祖国的人民不吃雪。他们可以坐在挺豁亮的屋子里，泡上一壶茶，守住个小火炉子，想吃点甚么，就做点甚么。"他又指了指狭小潮湿的防空洞说，"你再比如蹲防空洞吧，多憋闷得慌哩，眼看着外面好好的太阳不能晒，光光的马路不能走。可是我在这里蹲防空洞，祖国的人民就可以不蹲防空洞啊，他们就可以在马路上不慌不忙地走啊。他们想骑车子也行，想走路也行，边蹓跶、边说话也行。只要能使人民得到幸福，就是我们最大的幸福。所以，"他又把雪放到嘴里，像总结似的说："我在这里流点血不算甚么，吃点苦又算甚么哩！"我又问："你想不想祖国呀？"他笑起来："谁不想哩，说不想那是假话。可是我不愿意回去。如果回去，祖国的老百姓问：'我们托付给你们的任务完成得怎么样啦？'我怎么答对呢？我说'朝鲜半边红，半边黑'，这算甚么话呢？"我接着问："你们经历了这么多危险，吃了这么多苦，你们对祖国对朝鲜有甚么要求吗？"他想了一下，才回答说："我们甚么也不要。可是说心里话我这话可不一定恰当呀，我们是想要这么大的一个东西——"他笑着，用手指比个铜子儿大小，怕我不明白，又说，"一块'朝鲜解放纪念章'，我们愿意戴在胸脯上，回到咱们的祖国去。"

朋友们，用不着多举例，你已经可以了解到我们的战士是怎样一种人，这种人有甚么一种品质，他们的灵魂是多么的美丽和宽广。他们是历史上、世界上第一流的战士，第一流的人！他们是世界上一切善良人民的优秀之花！是我们值得骄傲的祖国之花！我们以我们的祖国有这样的英雄而骄傲，我们以生在这个英雄的国度而自豪！

亲爱的朋友们，当你坐上早晨第一列电车走向工厂的时候，当你扛上犁耙走向田野的时候，当你喝完一杯豆浆、提着书包走向学校的时候，当你安安静静坐到办公桌前计划这一天工作的时候，当你向孩子嘴里塞着苹果的时候，当你和爱人悠闲散步的时候，朋友，你是否意识到你是在幸福之中呢？你也许很惊讶地说："这是很平常的呀！"可是，从朝鲜归来的人,会知道你生活在幸福中。请你意识到这是一种幸福吧,因为只有你意识到这一点,你才能更深刻了解我们的战士在朝鲜奋不顾身的原因。朋友!你是这么爱我们的祖国,爱我们的领袖,你一定会深深地爱我们的战士,他们确实是我们最可爱的人!

1951年4月1日夜草

杨 朔

荔枝蜜

杨朔（1913—1968年），山东蓬莱人。主要作品有长篇小说《三千里江山》，散文集《杨朔散文选》等。

花鸟草虫，凡是上得画的，那原物往往也叫人喜爱。蜜蜂是画家的爱物，我却总不大喜欢。说起来可笑，孩子时候，有一回上树掐海棠花，不想叫蜜蜂蜇了一下，痛得我差点儿跌下来。大人告诉我说：蜜蜂轻易不蜇人，准是误以为你要伤害它，才蜇。一蜇，它自己耗尽生命，也活不久了。我听了，觉得那蜜蜂可怜，原谅它了。可是从此以后，每逢看见蜜蜂，感情上疙疙瘩瘩的，总不怎么舒服。

今年四月，我到广东从化温泉小住了几天。四周是山，环抱着一潭春水，那又浓又翠的景色，简直是一幅青绿山水画。刚去的当晚是个阴天，偶尔倚着楼窗一望，奇怪啊，怎么楼前凭空涌起那么多黑黝黝的小山，一重一重的，起伏不断？记得楼前是一片比较平坦的园林，不是山。这到底是什么幻景呢？赶到天明一看，忍不住笑了。原来是满野的荔枝树，一棵连一棵，每棵的叶子都密得不透缝，黑夜看去，可不就像小山似的。

荔枝也许是世上最鲜最美的水果。苏东坡写过这样的诗句："日啖荔枝三百颗，不辞长作岭南人。"可见荔枝的妙处。偏偏我来得不是时候，满树刚开着浅黄色的小花，并不出众。新发的嫩叶，颜色淡红，比花倒还中看些。从开花到果子成熟，大约得三个月，看来我是等不及在从化温泉吃鲜荔枝了。

吃鲜荔枝蜜，倒是时候。有人也许没听说过这稀罕物儿吧？从化的荔枝树多得像汪洋大海，开花时节,满野嘤嘤嗡嗡,忙得那蜜蜂忘记早晚,有时趁着月色还采花酿蜜。荔枝蜜的特点是成色纯,养分大。住在温泉的人多半喜欢吃这种蜜,滋养精神。热心肠的同志为我也弄到两瓶。一开瓶子塞儿,就是那么一股甜香;调上半杯一喝,甜香里带着股清气,很有点鲜荔枝味,喝着这样好的蜜,你会觉得生活都是甜的呢。

我不觉动了情,想去看看自己一向不大喜欢的蜜蜂。

荔枝林深处,隐隐露出一角白屋,那是温泉公社的养蜂场,却起了个有趣的名儿,叫"蜜蜂大厦"。正当十分春色,花开得正闹。一走进"大厦",只见成群结队的蜜蜂出出进进,飞去飞来,那沸沸扬扬的情景,会使你想:说不定蜜蜂也在赶着建设什么新生活呢。

养蜂员老梁领我走进"大厦"。叫他老梁,其实是个青年人,举动很精细。大概是老梁想叫我深入一下蜜蜂的生活,小小心心揭开一个木头蜂箱,箱里隔着一排板,每块板上都是蜜蜂,蠕蠕地爬着。蜂王是黑褐色的,身量特别细长,每只蜜蜂都愿意用采来的花精供养它。

老梁赞叹似的轻轻说:"你瞧这群小东西,多听话。"

我就问道:"像这样一窝蜂,一年能割多少蜜?"

老梁说:"能割几十斤。蜜蜂这东西,最爱劳动。广东天气好,花又多,蜜蜂一年四季都不闲着。酿的蜜多,自己吃的可有限。每回割蜜,留下一点点,够它们吃的就行了。它们从来不争,也不计较什么,还是继续劳动,继续酿蜜,整日整月不辞辛苦……"

我又问道:"这样好蜜,不怕什么东西来糟蹋吗?"

老梁说:"怎么不怕?你得提防虫子爬进来,还得提防大黄蜂。大黄蜂这贼最恶,常常落在蜜蜂窝洞口,专干坏事。"

我不觉笑道:"噢!自然界也有侵略者。该怎么对付大黄蜂呢?"

老梁说:"赶!赶不走就打死它。要让它待在那儿,会咬死蜜蜂的。"

我想起一个问题,就问:"一只蜜蜂能活多久?"

老梁回答说:"蜂王可以活三年,一只工蜂最多能活六个月。"

我说:"原来寿命这样短。你不是总得往蜂房外边打扫死蜜蜂吗?"

老梁摇一摇头说:"从来不用。蜜蜂是很懂事的,活到限数,自己就悄悄死在外边,再也不回来了。"

我的心不禁一颤:多可爱的小生灵啊,对人无所求,给人的却是极好的东西。蜜蜂是在酿蜜,又是在酿造生活;不是为自己,而是在为人类酿造最甜的生活。蜜蜂是渺小的,蜜蜂却又多么高尚啊!

透过荔枝树林,我沉吟地望着远远的田野,那儿正有农民立在水田里,辛辛勤勤地分秧插秧。他们正用劳力建设自己的生活,实际也是在酿蜜——为自己,为别人,也为后世子孙酿造着生活的蜜。

这黑夜,我做了个奇怪的梦,梦见自己变成一只小蜜蜂。

1960 年

何 为

第二次考试

著名的声乐专家苏林教授发现了一件奇怪的事情：在这次参加考试的二百多名合唱训练班学生中间，有一个二十岁的女生陈伊玲，初试时成绩十分优异，声乐、视唱、练耳和乐理等课目都列入优等，尤其是她的音色美丽和音域宽广令人赞叹。而复试时却令人大失所望。苏林教授一生桃李满天下，他的学生中间不少是有国际声誉的，但这样年轻而又有才华的学生却还是第一个，这样的事情也还是第一次碰到。

那次公开的考试是在那间古色古香的大厅里举行的。当陈伊玲镇静地站在考试委员会里几位有名的声乐专家面前，唱完了冼星海的那支有名的《二月里来》，门外窗外挤挤挨挨地都站满了人，甚至连不带任何表情的教授们也不免暗暗递了个眼色。按照规定，应试者还要唱一支外国歌曲，她演唱了意大利歌剧《蝴蝶夫人》中的咏叹调《有一个良辰佳日》，当时就以她灿烂的音色和深沉的理解惊动四座，一向以要求严格闻名的苏林教授也不由颔首表示赞许，在他严峻的眼光下，隐藏着一丝微笑。大家都默无一言地注视陈伊玲：嫩绿色的绒线上衣，一条贴身的咖啡色西裤，宛如春天早晨一株亭亭玉立的小树。众目睽睽下，这个本来笑容自若的姑娘也不禁微微困惑了。

复试是在一个星期后举行的。录取与否都取决于此。这时将决定一个人终生的事业。经过初试

何为，1922年生，浙江定海人。主要作品有《何为散文选》《临窗集》《老屋梦回》《织锦集》等。

这一关,剩下的人现在已是寥寥无几。而复试将是在各方面更其严格的要求下进行的。本市有名的音乐界人士都到了。这些考试委员和旁听者,在评选时几乎都带着苛刻的挑剔神气。但是全体对陈伊玲都留下这样一个印象:如果合乎录取条件的只有一个人,那么这唯一的一个人无疑应该是陈伊玲。

谁知道事实却出乎意料之外。陈伊玲是参加复试的最后一个人,唱的还是那两支歌,可是声音发涩,毫无光彩,听起来前后判若两人。是因为怯场、心慌,还是由于身体不适而影响了声音?人们甚至怀疑到她的生活作风上是否有不够慎重的地方!在座的人面面相觑,大家带着询问和疑惑的眼光举目望她。虽然她掩饰不住自己脸上的困倦,一双聪颖的眼睛显得黯然无神,那顽皮的嘴角也流露出一种无可诉说的焦虑。可是就整个看来,她通体是明朗的,坦率的,可以使人信任的;仅仅只因为一点意外的事故使她遭受挫折,而这正是人们感到不解之处。她抱歉地对大家笑笑,于是飘然走了。

苏林教授显然是大为生气了。他从来认为,要做一个真正为人民所爱戴的艺术家,首先要做一个各方面都能成为表率的人,一个高尚的人!歌唱家又何尝能例外!可是这样一个自暴自弃的女孩子,永远也不能成为一个有成就的歌唱家!他生气地侧过头去望着窗外。这个城市刚刚受到过一次今年最严重的台风袭击,窗外断枝残叶狼藉满地,整排竹篱委身在满是积水的地上,一片惨淡的景象。

考试委员会对陈伊玲有两种意见:一种认为从两次考试可以看出陈伊玲的声音极不稳固,不扎实,很难造就;另一种则认为给她机会,让她再考试一次。苏林教授有他自己的看法,他觉得重要的是找到造成她先后两次声音悬殊的根本原因。如果问题在于她对事业和生活的态度,尽管声音的禀赋再好,也不能录取她!这是一切条件中的首要条件!

可是,究竟是什么原因呢?

苏林教授从秘书那里取来了陈伊玲的报名单,在填着地址的第一栏上,他用红铅笔画出一条粗线。表格上的那张报名照片是一张叫人喜欢的脸:小而好看的嘴,明快单纯的眼睛,笑起来鼻翼稍稍皱起的鼻子。这一切像是在提醒那位有名的声学专家,不能用任何简单的方式对待一个人——一个有生命有思想有感情的人。至少眼前这个姑娘的某些具体情况是这张简单的表格上所看不到的。如果这一次落选了，也许这个人终其一生就和音乐分手了。她的天才可能从此就被埋没。而作为一个以培养学生为责任的音乐教授，情况如果是这样，那他是绝对不能原谅自己的。

第二天，苏林教授乘早上第一班电车出发。根据报名单的地址，好容易找到了在杨树浦的那条偏僻的马路。进了弄堂，蓦地不由吃了一惊。

那弄堂里有些墙垣都已倾塌，烧焦的栋梁呈现一片可怕的黑色，断瓦残垣中间，时或露出枯黄的破布碎片，所有这些说明了这条弄堂不仅受到台风破坏，而且显然发生过火灾。就在这灾区的瓦砾场上，有些人大清早就在忙碌着张罗。

苏林教授手持纸条，不知从何处找起，忽然听见对屋的楼窗上，有一个孩子有事没事地张口叫着：

"咪——咿——咿——咿——，吗——啊——啊——啊——"

仿佛歌唱家在练声的样子。苏林教授不禁为之微笑，他猜对了，那孩子敢情就是陈伊玲的弟弟，正在若有其事地学着他姐姐练声的姿势呢。

从孩子口里知道：他的姐姐是个转业军人，刚从文工团回来不久，到上海后就分配到工厂里担任行政工作。她是个青年团员——一个积极而热心的人，不管厂里也好，里弄也好，有事找陈伊玲准没错！还是在两三天前，这里附近因为台风袭击而造成电线走火，好多人家遭受损失，一时无家可归，陈伊玲就为了协助里弄干部安置灾民，忙得整夜没有睡，终于影响了嗓子。第二天刚好是她去复试的日子，她说声"糟糕"，还是去参加考试了。

这就是全部经过。

"瞧，她还在那儿忙着哪！"孩子向窗外扬了扬手说，"我叫她！我去叫她！"

"不，只要告诉你姐姐：她的第二次考试已经录取了！她完全有条件成为一个优秀的歌唱家，不是吗？我几乎犯了一个错误！"

苏林教授自言自语地说着，没有顾到孩子站在面前睁着一双惊异的眼睛,就急忙从陈伊玲家里出来,走得很快。是的,这天早晨有什么使人感动的东西充溢在他胸口,他想赶紧回去把他发现的这个音乐学生和她的故事告诉每一个人。

1956 年 12 月

(选自四川人民出版社 1984 年版《何为散文自选集》)

廖沫沙

《师说》解

年过五十的老先生，大概总读过韩愈的《师说》。这篇文章里很有几句话值得今天当老师和学生的想一想。例如他说：

"孔子曰：三人行，则必有我师。是故弟子不必不如师，师不必贤于弟子。闻道有先后，术业有专攻，如是而已。"

韩愈的原意，是因为自己接受了门徒，为了抵制当时舆论的非议，所以写这篇文章自解。他的意思是说，自己虽是做了先生，并不一定样样贤于弟子，从他学的人也不一定不如他，人们不必因此而大惊小怪。本来，只要是一个人闻道在先，不管他是什么人，都可以拜为老师。要学习的是知识，用不着问他"生乎吾前"或"生乎吾后"；也用不着要求老师精通百般武艺，只要他有一门是比自己好的，就应该认他为师，向他学习。这是讲给求学的人听的。但也可以反过来讲给"传道授业解惑"的老师们听。

"弟子不必不如师，师不必贤于弟子"，这是一个真理，并不是瞎说。老师和学生并没有什么不可逾越的界限。在这门知识上老师高于学生，在另一门知识上，学生也可能高于老师；今天老师高于学生，明天学生可能高过老师。这也是辩证法，对立面的统一。老师和学生可以互相转换，学生要向老师学习，老师也有需要向学生学习之处。

礼记的《学记》有一段著名的话，意思也和这相近："虽有佳肴，弗食，不知其旨也。虽有至道，

廖沫沙（1907—1990年），湖南长沙人。主要著作有《鹿马传》《纸上谈兵录》《廖沫沙杂文集》等。

弗学,不知其善也。是故学然后知不足,教然后知困。知不足,然后能自反也。知困,然后能自强也。故曰:教学相长也。'说命'曰:'敩学半'。其此之谓乎!"礼记的话着重在自反自强,不如韩愈说得更彻底。但是它所说的"教然后知困","教学相长",所引的"敩学半"(就是说教学各居其半,相反而相成),就是在今天说来,也还是颠扑不破的。

做先生的必然同时做学生,或者首先做学生,像马克思所说的"教育者必先受教育",这个道理说来很浅显,但是人们在实际生活中却很不容易承认。特别是当老师当久了的人,或者像韩愈所说的"术业有专攻"的人,就很不容易接受这个辩证法。

老师们不容易接受这个道理,倒也事出有因。"弟子不必不如师,师不必贤于弟子",虽是封建思想的代表者韩愈所提出来的一个观点,但是在封建时代却并不通行。正好相反,"天地君亲师",在封建时代,老师是同"天地君亲"在一起,居高而临下,弟子哪里能同老师上下平等而又矛盾统一呢?老师毕竟是老师,师道尊严,神圣不可侵犯,弟子毕竟是弟子,怎可以超过老师?这个观点相沿成习,直到不久以前,还有许多人没有料到千古以来的老师和弟子,会有一个伦常大变的时候。

新的师生关系,倒真像韩愈所说的,是"不耻相师"。就是互为老师,互为学生,彼此平等,不分尊卑,真正是"道之所存,师之所存",谁有学问谁就是老师。

当然,学术思想批判和教学改革,是应当有方针、有目标的,方针是"百家争鸣,百花齐放",目标是提高学术和提高教学,不是为批判而批判,为改革而改革。从学生方面来说,应该有"道之所存,师之所存"的尊重真理的精神;从老师方面来说,也应该像孔夫子那样,有一点"三人行,则必有我师"的雅量。

韩愈援引孔子的先例,作出判断说,"圣人无常师"。这句话的意思,是说真正聪明有学问的人,没有一定的老师;见人有学问,不管是谁,就认他为师。我想还得给他添一句:"师亦无常道",就是当老师的并不经常等于真理。一个当老师的人,既要敢于坚持自己的真理,又要勇于承认自己的非真理。只要能做到这样一点,他就是"常师"和"真师"了。要保持师位的,不妨试一试这条方案,同学生们一道来为科学真理奋斗。

在另一方面,当学生的也应当了解:既然师和弟子的关系并不以师必贤于弟子、弟子必不如师为条件,那末,今天的学生在看到老师的某一方面的短处以后,也就不应该马上得到结论说,老师再不能做老师了。某一方面的短处并不等于一切方面的短处;反之,某一方面的长处也并不等于一切方面的长处。即令把学生和老师换个位置,对于比自己多一些知识的人也仍然应该"不耻相师"。何况位置还并不能互换;何况今天的学生担负着重大的使命,更应该深切地认识自己知道的还很有限,还必须虚心地向一切有所知、有所长的人学习,特别是向"术业有专攻"的老师们学习呢!

这就是我的《师说》解。

(选自1959年1月2日《人民日报》)

袁 鹰

井冈翠竹

井冈山五百里林海里,最使人难忘的是毛竹。

从远处看,郁郁苍苍,重重叠叠,望不到头。到近处看,有的修直挺拔,好似当年山头的岗哨;有的密密麻麻,好似埋伏在深坳里的奇兵;有的看来出世还不久,却也亭亭玉立,别有一番神采。

"井冈山的竹子,是革命的竹子!"井冈山人爱这么自豪地说。

有道是:天下竹子数不清,井冈山竹子头一名。

是的,当年用自己的血汗保卫过第一个红色政权的战士们,谁不记得井冈山上的翠竹呢?用它搭过帐篷,用它做过梭镖,用它当罐盛过水、当碗蒸过饭,用它做过扁担和吹火筒,在黄洋界和八面山上,还用它摆过三十里竹钉阵,使多少白匪魂飞魄散,鬼哭狼嗥。如今,早就不再用竹钉当武器了,然而谁又能把它们忘怀呢?

你看,那边山路上走来了两位老表,一人提着一只竹筒。这是什么?这不是红军的硝盐罐吗?要不,是给山头的红军送饭来了吧?这两只小小的竹筒,能引起老战士们多少回忆!看见它,就想起了竹筒饭的清香,想起了老表们冲过白匪封锁线冒着生命危险送上山来的粮食,想起了山上缺粮的年月,红军每天每顿只能用南瓜充饥,但是同志们仍然意气风发地唱:"天天吃南瓜,革命打天下!"

你看那毛竹做的扁担,多么坚韧,多么结实,再重的担子也能挑得起。当年毛委员和朱军长带

袁鹰,1924年生,江苏淮安人。散文家、作家。有散文集《风帆》《悲欢》《秋水》,诗集《江湖集》《寄到汤姆斯河去的诗》等。

领队伍下山去挑粮食,不就是用这样的扁担么?井冈山革命博物馆里,还陈列着一根写着"朱德的"三个字的扁担。他们肩上挑的,哪里只是粮食?挑的是中国的无产阶级革命!我们的老一辈无产阶级革命家们正是用井冈山毛竹做的扁担,把这一副关系全中国人民命运的重担,从井冈山出发,走过漫漫长途,一直挑到北京城。

毛委员和朱军长下山去了,红军下山去了,井冈山的毛竹,同井冈山人民一样,坚贞不屈。血雨腥风里,毛竹青了又黄,黄了又青,不向残暴低头,不向敌人弯腰。竹叶烧了,还有竹枝;竹枝断了,还有竹鞭;竹鞭砍了,还有深埋在地下的竹根。"野火烧不尽,春风吹又生"。一到春天,漫山遍野,向大地显露着无限生机的,依然是那一望无际的翠竹!

毛竹年年长,为的是向敌人示威:井冈山是压不倒、烧不光的。毛竹年年绿,为的是等待亲人,等待当年用竹筒盛水蒸饭、用竹钉竹枪打白匪的红军,等待自己的英雄子弟。朝也等,暮也等,等了漫长的二十年。二十年过去了,毛竹依旧是那么青翠,那么稠密,井冈山终于换了人间!

为了叫井冈山变得更快,党派来了两千好儿女,同井冈山人民一起来开发这座万宝山。他们上得山来,头一件事就是来到竹林里,依靠这青青毛竹盖房落脚。他们踩着当年老红军的脚印,攀山过岭,用竹筒盛水蒸饭。可是,看着那一眼望不到边的毛竹,成年累月地藏在深坳里,不能赶快送到那些需要它们的地方去,怎不叫人心焦!一阵风过,毛竹呼啦啦地响,好像也焦急地叫喊:"快些送我们下山去吧,莫要让我们等老了,祖国社会主义建设多么需要我们啊!"井冈山上的毛竹据说有一千多万根,轮流砍伐,是永远也砍不完的。可是,怎样叫这一千多万根毛竹顺顺当当地下山去,是井冈山建设者们曾经绞尽脑汁的大事。

如今,你若是在井冈山许多山坳走过,便能看到一条条修长的竹滑道。它们几乎是笔直地从山顶上穿过竹林挂下山来,这便是英雄的井冈山人的业绩。他们在竹林里送走了几百个白天和黑夜,用竹滑道、用水滑道,送出了一百多万根毛竹。这一百多万根毛竹,流去了井冈山人多少汗水,是无法计算的。为了搭起滑道,他们翻越了多少陡峭的悬岩绝壁;为了找寻水路,他们踏遍了多少曲折的幽谷荒滩。冒着大风雪,二百多青年男女来到离茨坪六十多里的深山,要在那周围二十多里没有人烟的林海深处,完成砍伐三十万根毛竹的任务。漫天风雪,封住山,阻住路,却摇撼不了人们的意志,扑灭不了人们心头的熊熊烈火。风雪一天比一天大,人们的干劲一天比一天猛,砍下的毛竹一天比一天堆得高,为竹滑道修的架在两座高山之间的竹桥,也在一天比一天往上长。杜鹃花开满山头的时节,英雄们终于唱着凯歌,欢送着亲手砍下的那三十万根毛竹,让它们沿着满山旋绕的滑道,一路欢唱着飞下山去了。

你看,你看,这不是又一批新砍的毛竹滑下山来了吗?这些青翠的竹子,沿着细长的滑道,穿云钻雾,呼啸而来。它们滑下溪水,转入大河,流进赣江,挤上火车,走上迢迢的征途。井冈山的翠竹啊!去吧,去吧,快快地去吧!多少工地,多少工厂矿山,多少高楼大厦,多少城市和农村,都在殷切地等待着你们!快快地去吧,带去井冈山人民的心愿,带去井冈山人民的干劲,也带去井冈山人民的风格吧!

井冈山的翠竹啊,你是革命的竹子!你不仅曾经为革命建立功勋,而且现在和将来仍然为社会主义、共产主义大厦继续献出一切。你永远那么青翠,永远那么挺拔,风吹雨打,从不改色;刀砍火烧,永不低头——这正是英雄的井冈山人,也是亿万中国人民的革命气节和革命精神!

1960年10月,井冈山

唐大同

放歌山海关

> 唐大同，1932年生，重庆南川人。主要著作有《绿叶集》《日照大江流》《希望的国土》《唐大同散文诗选》等。

一

海衬托着山，山更加峻峭、雄伟；
山陪衬着海，海愈发浩淼、苍茫。

看那山，从海边拔地而起，波涛般起伏的峰峦高耸云霄，昂首远眺着烟波滚滚的海疆；看那海，从无边无际的远方奔腾而来，山峦般起伏的潮水追逐着涌到山下，呐喊着，倾诉着宽广、深邃的情怀。山的磅礴和海的磅礴，连结成无与伦比的宏大、豪放、壮丽和辉煌。而这景象、气势、境界中的亮闪闪的核心，就是两个顶天立地的大字：庄严！

庄严的山海，庄严的国土；庄严的民族，庄严的历史；庄严的风韵，庄严的精神啊……

几千年不屈不挠的脚步凝炼而成的庄严；几千年聪明才智的光芒凝炼而成的庄严；几千年风云变幻的烽火硝烟凝炼而成的庄严；几千年苦难的血泪和从未失去的执著的愿望凝炼而成的庄严……

我们是她所代表的民族的子孙啊！
我们是她所代表的历史的后代啊！
我们有庄严的志向、庄严的贞操、庄严的步伐……

霍霍的山风声中，轰轰隆隆的海浪声中，我听见几十亿人都聚集在巍巍关楼前高呼：

啊，我庄严！

二

历史多次从这里走过。

或啜泣着、嚎啕着从这里走过;或欢笑着、唱着战歌从这里走过;或被铁链锁着、被皮鞭抽打着偏偏倒倒地从这里走过;或昂着头颅、挺着胸膛从这里走过……驮着繁荣昌盛的喜悦走过,怀着萎瘦萧条的忧郁走过;舞着彩色的龙灯、敲着喜庆的锣鼓走过;拖着疲惫的脚步、伸着乞讨的如柴的枯手走过;扛着不屈的大刀、长矛走过,低吟着悲凉、愤恨的流浪的歌谣走过……

无论战国的兵器、秦汉的战戟、唐宋的马队……以及北洋军阀的火枪……都曾经从这里走过……

我们的背负着神圣使命的队伍,向着太阳的队伍,也曾经从这里走过。

——啊,山海关,中华民族的第一位风雨中岿然不动的历史证人,第一尊不会风化的镌刻着历史变迁的巨碑,在你心中那卷卷铁面无私的档案里,对这一切,一切,都作了毫不留情的公正记录。

今天,在经历了三十多年探索新的生活道路的重重坎坷之后,让我们在关楼下集合立正,静听你品评,审查我们时而端正、时而弯曲的脚步吧。

三

一群如花似玉的红领巾,围坐在关前一片绿阴中的草坪上,聚精会神,静静地聆听老师讲述中国历史。

周围的每棵绿树、每株小草也静静地聆听着;

连过路的风也停下脚步静静地聆听着……

中国的历史啊,宛如从洪荒远古滔滔奔腾而来的大江长河,劈岭穿山,跑滩过峡,留下了一个世纪又一个世纪乘风破浪的帆影,和一辈又一辈纤夫不屈的足印、一代又一代跋涉者悲凉而又勇敢的号子……每一朵帆影、每一双足印、每一支号子,都是一部传世的杰作,一卷不朽的诗。历史给孩子们留下的,绝不仅仅是荒原、野谷和沙滩……更不是废墟,更不是零!

一对对黑幽幽明亮的瞳仁,凝望着老师,凝望着关楼;

一颗颗纯洁透明的心灵,思索着历史,思索着现实。

古老的关楼,因他们的到来而变得年轻了。

他们,因来到古老的关楼面前而显得成熟了。

四

关楼的飞檐上吊着白云,或许仍挂着几缕还未散尽的历史的硝烟;"天下第一关"几个大字闪闪发光,显示出了不可欺不可侮的骄傲和自尊。稳如山岭的城墙,高矗而厚实,像集聚、凝结着我们整个民族的意志和力量,什么样的风暴,什么样的劫难,也不能把它推倒,把它摧毁。

登上关楼,头顶浩渺晴空,面前浮云纷飞。远方雄鹰高翔,澎湃的思绪能不如脱缰的马,上下数千年,纵横几万里,驰骋,飞跃!我时而欢乐,时而悲戚;时而高歌,时而沉思……

哦!我是站在现实的峰巅,看清了过去的曲折、迷茫和沉痛……和那在苦痛中升起的智慧之光。

哦!我是站在现实的峰巅,看见我们的未来是翠绿的,并散放着诗情画意的芬芳……当烟尘、浓雾消散了后,未来就像一条宽阔、明晃晃的大道,展现在我们风尘仆仆的脚下。

像山海关一样稳固而毫不动摇的,是我们的信念,我们的民族为你和我铸造的信念,百多年血与火中升腾起来的信念。啊,我们的信念就是一座顶天立地的山海关!

此刻,我能够极目昨天的深邃和明天的辽远,是因为我站在高高的"天下第一关"——山海关的关楼上,站在我们伟大民族高矗的脊梁上。

五

我的脚下,是万里长城的东端,面临茫茫沧海的东端。长城宛如一条气势磅礴的巨龙,由此起步向西蜿蜒而去……翻山越岭,越岭翻山,浩浩然巍巍然一万二千多里。

啊,透过重重云雾,云雾重重,我朦朦胧胧地看见万里长城的西端——嘉峪关了。大漠上,云飘沙漫的空旷寂寥之中,隐现出另一座巍峨的古老的城楼;一队队远行的骆驼,正响着铃铛出关,踏着辽远无边的漫漫沙原向西，向西……

啊——嗬！

嘉峪关啊，我以山海关的名义向你呼唤！

我呼唤你，呼唤和山海关一样的巍巍气度与矗立在天地之间的自豪、尊严和光荣！我呼唤你，呼唤辽阔广大山河的锦绣和壮丽，呼唤而今生机盎然的九百六十万平方公里的青葱、翠碧和兴旺、繁荣，呼唤一个伟大民族复苏的灵魂，呼唤古老而又年轻了的意志和力量！

嘉峪关啊，你听得见我的呼唤吗？

——我的燃烧着一轮朝阳的呼唤，诗的呼唤。

啊——嗬！

由霍霍西风传来的呐喊，是你苍劲有力的回声吗？

1983年11月初稿
1984年夏再改
（选自1985年第7期《中国西部文学》）

霍 达

我站在长城上，倾诉……

> 霍达，1945年生。主要作品有《红尘》《穆斯林的葬礼》《鹊桥仙》《公子扶苏》等。

　　站在高山之巅、长城之上，我的脚下飞起一条白色的巨龙。东不见其首，西难穷其尾，越山跨谷、蜿蜒曲折、穿云破雾、远接苍穹。啊，壮哉长城！学者们说，用长城的砖石，可以修筑一道高一米、宽五米、环绕地球一周的城。宇航员们说，当他们在太空中回首家乡时，淡蓝色的小小寰球只是一片迷蒙，唯有一条白色的飘带依然清晰可辨，那便是长城！长城，中华民族的骄傲，中国的象征！

　　我站在长城上，倾听，仿佛巨龙在述说遥远的往事，仿佛历史的长河在回溯它的源头。我听到了，伐木叮叮，采石咚咚，干戈铿锵，号角长鸣。长城，不是哪一位工程师的惊世杰作，它是我们祖先智慧和血肉的结晶。秦始皇帝东临碣石，登高一呼，召来了三十万众。三十万条生命历尽严冬酷暑，化成了万里长城。不是有这样一首秦代民歌吗？"生男慎勿举，生女哺用铺，不见长城下，尸骸相支柱！"这歌声似乎太悲凉了，也许唱歌的人想让子孙后代在瞻仰长城的时候，不只是想起秦始皇嬴政，还要记住那筑城的三十万黔首[①]——虽然他们谁也没有留下姓名！且不管怎样评价嬴政其人吧，他那短暂若流星的王朝，毕竟留下了这座举世瞩目的丰碑，记载着永不磨灭的奇功。且不管修筑长城的缘起吧，正是在天地间出现这条巨龙的年代，从阴山之北，到五岭以南，众多兄弟民族的中华儿女形成了河山一统。汉魏六朝，隋唐五代，宋元明清，朝代的更迭只是过眼烟云，历尽纷繁的劫难,河山依旧,长城不倒,人民永生。筑城黔首的后代珍惜长城上的每一块砖石,龙的传人日日夜夜守卫着巨龙。

我站在长城上,倾听。仿佛九州生气汇成龙的长啸,万马奔腾化作龙的足音。东三省在呻吟,卢沟桥在怒吼,"起来,不愿做奴隶的人们"!当长城上空再一次升起滚滚狼烟,为国捐躯的已不只是那手无寸铁的三十万民众。巨龙的身上有四万万七千五百万块鳞甲,每一块鳞甲都是锐不可当的龙泉、青萍②!当侵略者剖开了杨靖宇将军的胸膛,粒米全无的忠肝义胆岂是一片空空?不,侵略者发抖了,在一腔殷红的热血之中,他们分明看到了一条用血肉筑成的长城!听,"把我们的血肉,筑成我们新的长城"!这不是两千年前的悲歌,"冒着敌人的炮火前进"!这是中华儿女最后的吼声!长城,作为母亲,长城,作为壁垒,长城,作为旗帜,长城,作为战歌,直到五星红旗在长城脚下、天安门前冉冉上升。啊,长城,不可战胜的巨龙!

我站在长城上,倾听。俱往矣,十八拍胡笳,一阕大风!我听到了,听到了巨龙的心脏在跳动。仿佛是,十亿条血管的脉搏,十亿根琴弦的和声,宫商角徵羽③,东西南北中。当巨龙翻身挣断窃国大盗的桎梏,当巨龙昂首重新飞向四化的前程,当五星红旗在群雄拼搏的洛杉矶升起,中华儿女的心中一同响起震撼世界的歌声:"把我们的血肉,筑成我们新的长城!"

我站在长城上,倾听。长城在对我说,二千年的岁月,它才度过了稚拙的童龄。今日起,将是一个风华正茂的巨龙!

我站在长城上,倾听……

(选自1984年第10期《民族文学》)

【注释】

① 黔首:秦始皇统一中国后,"更名民曰黔首"。
② 龙泉、青萍:古剑名。
③ 宫商角徵羽:国乐之五音。

赵丽宏

小鸟,你飞向何方

赵丽宏,1951年生,上海人。主要作品有《珊瑚》《沉默的冬青》《生命草》《爱在人间》等。

在黄昏的微光里,有那清晨的鸟儿来到了我的沉默的鸟巢里。

我喜欢泰戈尔的诗。还在读中学的时候,泰戈尔就把我迷住了,一本薄薄的《飞鸟集》,竟被我纤嫩的手指翻得稀烂。那些充满着光彩和幻想的诗句,曾多少次拨动我少年的心弦……

《飞鸟集》破损了,我渴望再得到一本。然而,"文化大革命"一开始,这个小小的愿望,竟成了梦想。我的那本破烂的《飞鸟集》,也被人拿去投入街头烧书的熊熊烈火中,暗红色的灰烬在火光里飞舞,飘飘洒洒,纷纷扬扬。我仿佛看见老态龙钟的泰戈尔在火光里站着,烈火烧红了他的白发,烧红了他的银须,也烧红了他的朴素的白袍。他用他那冷峻而又安详的目光注视着这一切,看着,看着,他的神色变了,似有几许惊恐,几许不安,也有几许愤怒,几许嘲讽……

我还是喜欢泰戈尔。在动乱的岁月里,我默默地背诵着他的诗,以求得几分心灵的安宁。"诗人的风,正出经海洋的森林,求它自己的歌声"。我陶醉在他所描绘的大自然中了——那宁静而又浮躁的海洋,那广袤而又多变的天空,那温暖而又清澈的湖泊,那葱郁而又古老的森林……

有一天,我忽然异想天开了:到旧书店去走走,看能不能找到几本好书。结果,当然叫人失望。但,我发现,有时还会有几本"罪当火烧"的书出现在书架上,或许,这是由于店员的粗心吧。于是,我抱着几分侥幸，三天两头往旧书店跑。一个星期天的早晨，我又走进冷冷清清的旧书店。我的目光，久久地在一排排大红的书脊中扫动。突然，我的眼睛发亮了：一条翠绿色的书脊，赫然跻身在一片红色之间。呵，竟是《飞鸟集》！

该不会有另一种《飞鸟集》吧？我不相信自己的眼睛，仔细一看，果真有泰戈尔的名字。随即，我又紧张了，是的，这年头，得而复失的太多了。挤压着《飞鸟集》的一片红色，又使我想起街头那一堆堆焚书的烈火，那漫天飞扬的纸灰……我赶紧向书架伸出手去。

几乎是同时，旁边也伸出一只手来，两只手，都紧紧地捏住了《飞鸟集》。这是一只瘦小白皙的手，一只小姑娘的手。我转过脸来，正迎上两道清亮的目光——一个中学生模样的小姑娘站在我身旁，抬起脸看着我，白圆的脸上，一双清秀的眼睛眨巴眨巴地闪动着，像一潭清澈见底的泉水，微波起伏，平静中略带点惊讶。

我愣住了，手捏着书脊，不知如何是好。还是她开口："你也要它吗？那就给你吧。"声音，清脆得像小鸟在唱歌。

我的脑海里忽然旋起个念头：在这样的时候，她还会喜欢泰戈尔？莫非，她根本不知道这是怎样一本书？于是，我轻轻问道："你知道，这是谁的书？"

"谁的书！"小姑娘抬起头来，颇有些惊奇地看着我，秀美的眼睛睁得滚圆，转而，开心地笑起来，一边笑，一边做了个鬼脸，"这是一个老爷爷的书，一个满脸白胡子的印度老爷爷。我喜欢他。"说罢，用手做着捋胡子的样子，又格格地笑了。如同平静的池塘里投进了一颗石子，笑声，在静静的店堂里荡漾……

啊，还真是个熟悉泰戈尔的！我多么想和她谈谈泰戈尔，谈谈我所喜欢的那些作家，谈谈几乎已被人们遗忘的世界啊！然而，这样的年头，这样的场合，这样的谈话肯定是不合时宜的，即便年轻，我还是懂得这一点。小姑娘见我呆呆地不吭声，刷地一下把《飞鸟集》从书架上抽下来，塞到我手中："给你吧，我家里还藏着一本呢！"没等我做出任何反应，她已经转身去了。我只看见她的背影：一件淡紫色的衬衫，上面开满了白色的小花；两根垂到腰间的长辫，随着她轻快的脚步摆动……

她走了,像一缕轻盈的风,像一阵清凉的雨,像一曲优美的歌……

　　夏天的飞鸟,飞到我窗前唱歌,又飞去了。

　　旧书店里的那次邂逅,留给我的印象竟是那么强烈。真的,生活中有些偶然发生的事情,有时会深深地刻进记忆中,永远也忘记不了。我不知道那个小姑娘的名字,甚至没有看仔细她的容貌,但,她从此常常地闯到我的记忆中来了。当我看着那些在街头吸烟、无聊踯躅的青年,心头忧郁发闷的时候,当我读着那些大吹"知识越多越反动"的奇文,两眼茫然迷离的时候,她,就会悄悄地站到我的面前,眨着一对明亮的眼睛,莞尔一笑,把一本《飞鸟集》塞到我手中,然后,是那唱歌一般悦耳的声音:"这是一个老爷爷的书,给你吧,我家里还藏着一本呢!"……

　　她使我慌乱的思想得到一丝欣慰,她使我空虚的心灵得到几分充实。她使我相信:并不是所有的青年人都忘记了世界,抛弃了前人创造的文化,抛弃了那些属于全体人类的美的事物!

　　有时,我真想再见到这位小姑娘,可是,偌大个城市,哪里找得到她呢?有时,我却又怕见到她,因为,在这些岁月里,有多少纯真的青年人变了,变得世故,变得粗俗,就像炎夏久旱之后的秧苗,失去了水灵灵的翠绿,萎缩了,枯黄了。我怕再见到她以后,便会永远丢失那段美好的回忆。

　　一次,我在街上走着,迎面过来几个时髦的姑娘,飘拂潇洒的波浪长发,色调浓艳的喇叭裤子,高跟鞋踏得笃笃作响,香脂味随着轻风飘漾。她们指手画脚大声谈笑着,毫无顾忌,似乎故意招摇过市,引得路人纷纷投去惊奇的目光,目光之中,不无鄙视,对那些衣着打扮,我倒并没有反感,只是她们的神态……

　　我忽然发现,这中间有一张似曾相识的脸——呵,难道是她?是那个在书店遇见的姑娘!真有点像呀!我的心不禁一阵抽搐。我迎上去,想打招呼,她却根本不认识我,连看都不看一眼,勾着女伴的颈脖,嬉笑着从我身边走过去。哦,不是她,但愿不是她,我默默地安慰着自己,呆立在路边,闭上了眼睛……

　　是的,这绝不会是她。然而,这件小事却给了我心头重重一击。工作之余,我又打开泰戈尔的诗集。泰戈尔,这位异国的诗人,毕竟离我们遥远了,他怎么能回答我们这一代青年人的疑虑和苦恼呢!他的一些含着神秘色彩的诗句,竟使我增添许多莫名的忧愁和烦闷。"有些看不见的手指,如懒懒的微飔似的,正在我的心上,奏着潺湲的乐声。"可"我知道我的忧伤会伸展开它的红玫瑰叶子,把心开向太阳"!

冬天的小鸟啁啾着,要飞向何方?

历尽了一场肃杀的寒冬,春天来了。经过冰雪的煎熬,经过风暴的洗礼,多少年轻的心灵复苏了,他们告别了愚昧,告别了忧郁,告别了轻狂,向光明的未来迈开了脚步。就像泥土里的种子,悄悄地萌发水灵灵的嫩芽,使劲顶出地面,在春风春雨里舒展开青翠的枝叶……

恍如梦境,我竟考上了大学。去报到之前,我清理着我的小小的书库,找几本心爱的书随身带着,第一本,就想到了《飞鸟集》。呵,她在哪里呢?那个许多年前在书店里遇见的小姑娘!此刻,即使她站到我面前,我大概也不会认识她了,可是,我多么想知道,她在哪里……

人流,长长不断的人流,浩浩荡荡涌向校门。我随着报到的人群,慢慢地向前走着。不知怎的,我仿佛有一种预感——在这重进校门的队伍中,会遇见她。于是,我频频四顾,在人群中寻找着。

一次又一次,我似乎见到了她——她背着书包走过来了,脚步,已不似当年轻盈,却稳重了,坚定了;身上,还是那一件淡紫色的衬衫,上面开满了白色的小花;两根垂到腰间的长辫,轻轻地晃动着……

这不过是幻觉而已,我找不到她。在这支源源不绝的人流里,有那么多的小伙,那么多的姑娘,哪有这样巧的事情呢?可是,我的心头还是涌起了几分惆怅,眼前,仿佛又掠过几年前在街头见到的那一幕……

有人撞到我的脚跟上,我一下子从沉思中惊醒。身边,是笑声,是歌声,是脚步声,我不禁哑然失笑了。脑海中,突然跳出几行不知是谁写的诗句来:

>你呀,你呀,何必那么傻,
>经过一场风寒,就以为万物肃杀。
>闻一闻风儿中春的芳馨吧,

生活,总要向美好转化!

我抬起头来,幽蓝的天空,辽远而又纯净——这是春天的晴空呵!一群又一群鸟儿从远方来了,它们欢叫着,扇动着翅膀,划过透明的青天。飞呵,飞呵,飞……

1980 年初春

马丽华

渴望苦难

> 马丽华，1953年生，山东济南人。主要作品有《我的太阳》《追你到高原》《藏北游历》《西行阿里》等。

　　登上别号"小唐古拉"的桃儿九山，视线尽头就是东西走向的唐古拉大山脉了。那里雪封雾障、莽莽苍苍，在这海拔五千米以上的青藏公路上，面迎恒久的大自然，处于意识的直觉状态，可以尽兴体验强烈的力度沉雄，体验巨大的空间感受。

　　千里唐古拉，绵绵而遥遥，伫立亿万斯年，占据着如此广阔的空间，又凝聚和延续了更加漫长的时间。节奏徐缓，韵律悠长，在厚重沉着的固态中，分明又感到了它绵绵而遥遥的流动美。

　　我就要翻越它，去到曾遭严重雪灾的多玛区，追记那里的人们半年来的遭际和抗争。此刻，唐古拉顶部及山北的雪，是一九八五年十月间那场百年不遇特大雪灾的遗作。

　　深心里，我早已的的确确成为藏北人了。多年来，弄不清藏北高原以怎样的魅力，打动了我、诱惑了我、感召着我，使我长久地投以高举远慕的向往和挚爱。从视野中寻找，从诗思里寻找，从自己的《在八月》、《九月雪》、《走向羌塘》、《百年雪灾》的诗行里寻找……只是在此时此地，我才恍然悟出了这谜底：那打动我、诱惑我、感召我的魅力是苦难。

　　——肯定是!

　　置身于唐古拉山顶，感觉气温骤降。雪风并不暴虐，它只是慢条斯理地吹送，耐心地把陈年积雪轻撒在柏油路面。雪融了，雪冻在贫寒的荒野挥汗如雨，以期收获五彩斑斓的精神之果，不然就一败涂地、一落千丈，被误解、被冷落、被中伤。最后，是渴望轰轰烈烈或是默默无闻地献身。

我在这一天想到这些，而这一天正是我的日子：在今天我满三十三周岁。

这个年龄，早过了"为赋新诗强说愁"的年龄了。我的笔下，也早就拒绝了"哀伤"、"痛苦"之类的字眼。我们倾心注目于人类的大苦难。我们有了使命感，幸福未曾使我心醉神迷过，苦难却常使我警醒。要是有一百次机会让我选择，我必将第一百零一次地选择苦难。

刚从家乡度假归来不久。假期中曾有那么一段是在异乎寻常的安逸中度过的。这一段是精神与时间的空白，差点把我窒息。从此我永不向往安逸。见识过无数普通人的生活，劳碌而平静的生活。感同身受，认为那样怎能宣泄时常不召自来的激昂跌宕情感！不想重复别人的生活，渴望天马行空式的与众不同，在常人轨道之外另辟蹊径。

在陕南农村，一位已届老年的农家妇，拉着我的手哭诉说：我想飞，早想飞，想飞呵！可是一辈子也没飞出这个家院……新春佳节，老人借酒浇愁，未饮先醉。

望着那张皱纹密布的脸，思考着作为女人的苦难。又庆幸自己飞得很远，总算远走高飞。高原十载，每年属于我们的这一天的所有经历我都记得：那一年乘一辆货车从川藏公路进藏，到第七天从藏东一鼓作气赶到拉萨，赶上吃那顿"长寿面"；又一年是在藏南，自中印边境骑马翻过雪山，再赶回泽当镇。今年则是在藏北，唐古拉风雪羁旅。

一位学者曾断言，安宁与自由，谁也无力兼获二者。我和友人们义无反顾地选择了后者，宁肯受苦受难。我的友人，与我一起翻越唐古拉的这位同伴，从他那里我得知苦难不独为女人所有。他曾经不信服命运，结果他却非常幸运。只不过他对个人苦难缄默不语，不去喋喋不休地倾诉像女人如我者罢了。我们超乎常人地渴望和追求自由，幻想扶摇长空来一番"逍遥游"，以展示垂天之翼，不幸又太清醒地意识到毕竟还需栖落于大地，并明确知道对于人类苦难仅有伤感情调很不够，仅有伤感情调远不能认识和理解我们的西藏。于是，作为社会人我们只好力所能及地尽着自己那份义务和责任，只在精神世界里，惠存着作为自然人们的飞翔之梦。

然而我的伤感情调够多的。我明白时至今日,自己的人格尚未真正完善,因为少年和青年时代在某个既定模式中困窘太久,对于人生的自我意识发蒙甚晚。以至于时至中年的今日,我的人格尚未完善到有信心驾驭自己的命运,对待一切变故也不能坚定不移。对于苦难,我也没能准确把握它的实质,也许竟至于未能认定何为真正的苦难。就如雪灾,我感受到了那种悲凄,盛赞了抗灾斗争的悲壮,我却不能深入这一切的内部。倒不如前不久见到的一位藏族青年人(他一定是牧人之子!)所写的一首有关雪灾的诗。他写的是"洼地的雪可以淹没一匹马"的大雪天,"最后的结局就是这样,大雪那件死神的白披风里,牧人总是鸟一样地飞出,并且总唱着自信的歌"。这样乐观轻松地写雪灾,我写不来。我也写不出那样的诗句:"(牧人)发亮的眼睛是生命之井,永远不会被坚冰封冻。"此刻,寒气逼人的唐古拉山顶,火红的橘黄的深蓝的经幡们在玛尼堆上招摇。这是环境世界的超人力量和神秘的原始宗教遗风的结合,可以理解为高寒地带人们顽强生存的命运之群舞,是与日月星光同存于世的一种生命意义,具有相当的美学魅力。不是亲眼所见,这情景我永远构思不出。我甚至不如这位同伴。他曾说过寂寞是美,孤独是美,悲怆是美——由于这句话,我说他是草原哲人——时至今日我终究也未寻求到属于自己的精神美学。

缺乏苦难,人生将剥落全部光彩,幸福更无从谈起。

我们的丰田终于没能到达山那边,我在这冰天雪地里的感悟,却使灵魂逾越了更为高峻的峰岭,去俯瞰更为广阔的非环境世界。心灵在渴望和呼唤苦难,我将有迎接和承受一切的思想准备。而当时,路就封了,车就堵了。在我们这个下午,山顶就堵了几百辆车。

唐古拉,藏语。有译作"平平的高地"的,有译作"高原之山"的,总之有水涨船高的意思。在藏北,唐古拉的相对高度未见其高,虽然海拔五千六百多米。我们的车在山顶搁浅,就见这高地几乎一马平川,上山下山不陡不急。向忙着疏通道路的道班工人打听,能不能从路侧绕过去,那个戴狐皮帽的黑脸膛的年轻人取笑我们:"你要是想把车在这儿摆一年的话,就试试吧。"

其实早知道山谷已被雪填满了。平平的雪壤之下其深不可测。部队一个运输连的大车抛锚在山这边。几位大兵司机百无聊赖地闲逛,朝我们的丰田幸灾乐祸地吹口哨——同是天涯沦落人了。唐古拉山顶经常堵车，惯跑青藏线的人们习以为常。一堵几天，也会死人，因为缺氧和酷寒。

藏北是充满了苦难的高地。寸草不生的荒滩戈壁居多。即使草原，牧草也矮小瘦弱得可怜。一冬一春是风季，狂风搅得黄尘铺天盖地，小草裸露着根部，甚至被席卷而去。季候风把牧人的日子给风干了；要是雨水不好，又将是满目焦土。夏天是黄金季节，贵在美好，更贵在短暂。草场青绿不过一个月，就渐渐黄枯。其间还时有雹灾光临，游牧的人们抗灾能力极低。冬季一旦有雪便成灾情。旧时代的西藏，逢到雪灾就人死畜亡。我在此采访中听藏族老人讲述得多了。翻阅西藏地方历史档案的灾异志，有关雪灾的记载也多。那记载是触目惊心的，常有"无一幸免"、"荡然无存"字样。半年前的一场大雪，不是一阵一阵下的，是一层一层铺的。三天三夜后，雪深达一米。听说唐古拉一线及藏北地区大约二十五万平方公里的广大地域蒙难。不见人间烟火，更像地球南北极。听说牧人的牛马大畜四处逃生，群羊啃吃帐篷，十几种名贵的野生动物，除石羊之外，非死即逃。只是乌鸦和狼高兴得发昏，它们叼啄牲畜的眼睛，争食羊子的尸体……

山那边的重灾区多玛，正处于哺育了中华民族的伟大母亲河长江的源头。彼时，富庶美丽的长江中下游地区的人们，如何知道那大江怎样从劫难中出发！古往今来，洁白无瑕的冰雪如同美丽的尸衣，缠裹着藏北高原，几乎在每一个冬季！

藏北高原之美是大美，是壮美；藏北高原的苦难也是大且壮的苦难。

我读过一本译著中的一番话：科学成就了一些伟大的改变，但却没能改变人生的基本事实。人类未能征服自然，只不过服从了自然，避免了一些可避免的困难，但没能除绝祸害。地震、飓风，以及类似的大骚动都提醒人们，宇宙还没有尽人自己的掌握……事实上，人类的苦难何止于天灾，还有人祸；何止于人祸，还有个人难以言状的不幸。尤其是个人不幸，即使在未来高度发达了的理想社会里，也是忠实地伴随着人生。啊！

由此，自古而今的仁人志士都常怀忧国忧民之心。中国知识分子从屈原以来尽皆"哀民生之多艰";中国之外的伯特兰·罗素也说过,三种单纯然而极其强烈的激情支配着他们的一生。他说,那是对爱情的渴望,对知识的寻求,对人类苦难痛彻肺腑的怜悯。他说,爱情和知识把他向上导往天堂,但怜悯又总是把他带回人间。痛苦的呼喊在他们中反响、回荡。因为无助于人类,他说他感到痛苦。

而这种痛苦无疑地充实了每个肯于思想、富于感情的人生。这或许也算一种生活于世的动力。

这或许正是对于苦难所具特殊魅力的注解。

在这一九八六年四月末的一天,在唐古拉山的千里雪风中,我感悟了藏北草原之于我的意义,理解了长久以来使我魂牵梦绕的、使我灵魂不得安宁的那种极端的心境和情绪的主旋律就是——渴望苦难。

渴望苦难,就是渴望暴风雪来得更猛烈一些,渴望风雪之路上的九死一生,渴望不幸联袂而至、病痛蜂拥而来,渴望历尽磨难的天涯孤旅,渴望艰苦卓绝的爱情经历,饥寒交迫,生离死别……可寻求到了苦难的真实内涵,寻求到了非我莫属的精神美学,将会怎样呢?也许终于能够高踞于人类的全部苦难之上,去真正领受高原的慷慨馈赠,真正享有朗月繁星的高华,昊昊朝日的丰神,山川草野的壮丽。到那时,帐篷也似皇宫,那领受者将如千年帝王。

王英琦

大唐的太阳，你沉沦了吗

王英琦，1954年生，安徽寿县人。主要作品有《守望灵魂》《背负自己的十字架》《我遗失了什么》等。

我的面前，放着一本《井上靖西域小说选》。

翻开扉页，一位清癯潇洒的老人，正手指夹烟，目光深沉地凝视着远方……

对于这位老人——井上靖君，我是怀有深深的仰慕之情的。他是一位有着超群的才华，盖世的学问，以研究中日文化交流史和中国古代史，而被誉为日本"文化功臣"的杰出作家。

他的这部小说选，基本取材于我国古代西域的名城名人。我曾在此之前，有幸拜读过其中的《楼兰》和《异域人》。我不会忘记，当时在读完这两部历史小说后，我的心情是何等的激动……我既为《楼兰》——这座古西域的一代名城的不幸湮灭而痛心不止，亦为《异域人》中的一代忠臣——班超"立功异域"的伟大业绩钦叹不已……

还有那著名的三十六国；

还有那神秘的塔克拉玛干……

而在当时，我是根本不曾想到，能写出这样功力深厚的西域历史小说的人，竟是一位从未到过中国，基本是"仰仗于正史材料"和"依赖于稗史材料"的日本作家写的。

我想起了去年秋天的新疆，在塔克拉玛干边缘的喀什市，听到的有关这位作家的感人事迹。

由于迎来了中日邦交正常化的光辉时代，井上靖作为日中文化交流协会常任顾问、日中文化交流协会会长，曾先后访问过中国十三次。他曾三次来到过塔里木盆地,深入过塔克拉玛干地区,游历了他自己小说中的舞台。有一次,他想去看看叶尔羌河(塔里木河的上游支流),不料,却遭到了当地政府的拒绝。当然,他们不是没有理由的。譬如他们担心叶尔羌河水流太急,交通不便,他又年迈体衰等……

然而,井上靖却不是一个好对付的老人,他苦苦纠缠了好几天,到最后,竟流着老泪,"扑通"一声,就要给当地政府的有关工作人员下跪:"求求你们,让我去吧,我写了一辈子的西域,一辈子的塔里木河,却从未真正见到过它。现在我好不容易来到了这里,来到了塔里木河畔,你们却不让我亲眼看看,我怎么能甘心呵……"

老人的如此挚情,深深打动了有关工作人员的心,他们终于想方设法,排除一切困难和障碍,满足了老人的夙愿。

难得一个外国人,能对中国的历史和古文化发生如此浓烈的兴趣,这不仅需要热情,而且需要气魄。由此我突然联想到,为什么西域在中国,而写西域历史小说的人,却在日本,却是日本作家(我国没有一位作家写过这方面的小说)?是我国的作家少,还是质量不如人家?我怎么就从未听说过,我国有哪位作家,去写日本的富士山和明治天皇呢?

还是那次在西行的途中,我遇到了一位叫许勤的青年画家。他是有感于我国西域的画,都让一位叫平山的日本画家给包了,他憋不下这口气,才特意跑到大西北,发誓也要去生几个"大头儿子"回来的。那天也巧,我们谈话之时,收音机里正好在播送着日本作曲家喜多郎写的《丝绸之路》,许勤气得一下把收音机关掉,挥舞着拳头,大声地对我说:"好呵,井上靖在写,平山在画,喜多郎在作曲,西域全让日本人给包了,中国人死绝了!"

我完全可以理解青年画家的怨愤之情。他并不是真的在责怪日本朋友,他是真的在为我国缺乏这方面的人才而痛心疾首!

西行的最后一站,我拐到了南京。因为创作上的某些需要,我找到了南京大学历史系的博士研究生姚大力同志。

他基本属于我的同代人,虽只年长我几岁,但在知识和学问上,却超过我十万八千里。从这个不修边幅、文气十足的未来博士的口中,我又听到了一件令人不能平静的事情。

包括我国古代西域在内的整个中亚细亚地区,近年来发现了许多钵罗婆文字（古波斯文的一种）。在别的国家发现的这类文字,基本已由这些国家的考古人员研究破译出来了,而在我国发现的一些,却没有人能破译得出来。除了少量地聘请了有关国外的考古专家来认出了一些外,大量的,至今仍放在那里,无人问津。

在我国的国土上发掘出来的文字,却要请外国人认,这叫什么话嘛!

姚大力的话,在我本来已经沸腾着的心中,又投下了一颗巨石……

呵!我国的作家、画家、艺术家和考古学家们,你们都在哪里呵?你们难道听不到大西北在对你们殷殷呼唤吗?你们难道看不到古西域艺术在向你们频频招手吗?你们都躲在哪个鬼旮旯去了?你们怎么那么能沉得住气,而我,都快忍不住了呵!

你们为什么不去写,不去画?

莫非你们真的没有才力,没有勇气吗?莫非你们真甘心坐等外国人来研究我们的历史,我们的艺术?

哦,我们古老的五千年文明古国,我们灿烂的大汉、大唐的太阳!——难道你真的沉沦了吗?

不,太阳的暂时沉沦,是为了孕育另一个更加辉煌无比的白昼。我们伟大的"大唐太阳",也一定会复出东山,普照中华大地的!

到那时,我们的文学艺术,也会冲出国界,走向全世界的。我们的作家、艺术家,也会去写美索不达米亚和爱琴海沿岸的古文明的,也会去画圣索菲亚大教堂和巴黎圣母院的,也会去考察希腊国土上倒塌的墙垣和罗马帝国的古典文明的……

井上靖第三次从西域归来,曾专门写了一篇散文,发表在《人民日报》上。我虽忘了题目,却忘不了那结尾的最后一句:"我惬意地点燃起了从西域归来的第一支烟……"

他老人家惬意了,我却窝下了心病……

（载 1985 年第 12 期《散文选刊》）

高洪波

唱片年龄

二十岁时,我曾在云南一座军营里得天独厚,拥有一间小小的阁楼。

二十岁时,我睥睨天下,在单杠上翻滚,以为是体育健将;在乒乓桌前挥拍,恨无机会与庄则栋血战;在残阳夕照里,沿军营大墙根儿踱躞,又觉得自己像拜伦。

二十岁时,我的嗓音洪亮,能唱李玉和、郭建光极悠扬复杂的情绪唱腔,同时觉着江水英当单身女子不易,阿庆嫂的丈夫又太绝情。

二十岁时,我以天下为己任,破私立公,渴望报效祖国,血洒疆场,当马革裹尸的大丈夫。同时可以拿气枪打麻雀,顺便猎取团长老婆的肥母鸡。

总之,二十岁时我干过这样那样或杰出或无聊或平庸无奇的事情。不过最令我追忆的是二十岁时我拥有了一摞唱片。

这唱片现今仍珍藏在我的柜子里,我不敢也不愿轻易地展示它们,尤其在春雨潇潇的夜间。它们每一张都会绽开黑色的笑脸,用一丝一丝胶木镌烙出的记忆之纹,吟出、唱出、弹拨出一曲又一曲揪心动肺的歌,我已没有当年那古旧的唱机,更失去了一群静静聆听的伙伴,可我仍然等闲不敢见到二十岁的唱片,黑色的旧唱片。

我凭直觉能听到它们灵魂里的歌吟。

这些旧唱片在我二十岁时是查禁物,就像如今所指的"淫秽读物"一样,对世道人心有着可怕的腐蚀力量。

高洪波,1951年生,内蒙古开鲁人。参军复员后在《文艺报》工作,现为中国作家协会党组成员、副主席、书记处书记。主要作品有《波斯猫》《人生趣谈》《鹅背驮着的童诗》等。

军营是红色保险箱,军营是毛泽东思想根据地,军营是盛产英雄典型以及输送军代表的大本营,军营又是大姑娘小伙子心之向往的最佳职业集中点。军营单纯,军营复杂,军营是清一色的红五类子弟,军营同时也是清一色小伙子、光棍汉的男人世界。

我们从阿庆嫂与刁德一的对白中听出调侃,从小常宝的哭诉里感受青春,从娘子军的舞步里看见梦幻。

不知是我们扭曲时代还是时代扭曲我们。军人,军人,至高无上的军人,全国人民学习的楷模,无产阶级专政的坚强柱石,我青年时代的伙伴。军人,军人,能拥有一摞旧唱片该有多么幸福多么幸运多么胆战心惊!

我们一群人:广西兵、北京兵、贵州兵、昆明兵、河南兵,一群小资情调相投的学生兵,常常在周末的夜晚聚会在我的阁楼,把门窗关得严严的,拉起窗帘,启开罐头,顺便拎出"杨林肥酒",然后小酌轻吟胡聊海吹待酒意袭来,胆量陡然大增,豪兴油然而生,便摆上电唱机找出旧唱片摇头晃脑地欣赏。

我的小楼是一间广播室,我的职务是团部播音员,因此我的身份与众不同,我的财产不是步枪手榴弹而是唱机、扩音器以及磁带和唱片。

这是命运,这是机遇,你不信反正我信。

先放一曲:"深深的海洋,你为何不平静?就像我的爱人,那一颗动摇的心。"轻柔的女声二重唱,把我们带往南斯拉夫或者阿尔巴尼亚更可能是罗马尼亚,海洋是蔚蓝色的,爱情也是蔚蓝色的,我们为自己未知数的爱情感伤起来。酒,再饮一杯,深深的海洋呵,托住我们轻轻地颠簸,颠簸……

再放一曲:"春风吹遍了黎明的家乡",男高音传送来辽阔草原的黎明之光,骑着马儿的男子汉走向故乡,走向亲人。我们这些年轻人,远离家乡,来到边疆,为的是保卫祖国,保卫家乡;我们热爱家乡,思念家乡,思念得甚至害怕听到"家乡"二字,你却如此轻松地哼了出来,何时归家乡?我们不再喧哗打闹,由着草原上的骑士,由着歌声的引导,我们驰去,驰去……

放一曲最受欢迎的歌吧,压箱底儿的《草原之夜》:让那位想给远方的姑娘写封信的汉子,代我们一起诉诉衷肠;还有《敖包相会》:"十五的月亮升上了天空,为什么旁边没有云彩?我等待着心爱的姑娘呵,你为什么还不到来哟?"真坦率,真大胆,真撩人心弦,也真好听真优美。

音乐浴,情感浴,像一股又一股纯净清冽的甘泉,在我的小阁楼上,从唱片里咕嘟咕嘟冒出来,溅起一朵朵美丽的浪花;这浪花又在迷乱的夜空绽开,给我们童话般的奇幻,诗样的陶醉。让我们焦渴混浊的心田,变得沉静透明,灵魂得到升华,思想受到净化,性情与品格,也不知不觉变得高尚或自以为高尚起来。

偷吃禁果的乐趣,还不包括在内呢!

小阁楼很破败:楼梯一踏上去就吱吱叫苦;半月形的大窗户,装饰着同样破败的大礼堂。小阁楼是大礼堂的小小零件,我们是这小零件上一只只结网的蜘蛛。用年轻人的心丝,向茫然的世界织去,织去。这网不是为了捕捉飞虫,为的是安顿自己。

我们聚会在小阁楼上,尽管时而雨潇潇雷鸣电闪,霹雳曾炸碎过我的屋瓦;尽管高原的风无端造访,吹落过小楼半月形的窗棂;尽管小楼一夜听唱片惹出一段又一段公案,让保卫股宣教股这股那股的军官们疑虑重重,使阶级斗争新动向反复更新,可我们却离不开唱片。

黑色的、粗糙的胶木唱片,附丽着轻盈妩媚的音乐精灵,赠予我二十岁低回婉转带点感伤的际遇。

一只旧唱机,一摞旧唱片,一曲曲十分普通的歌子,当时竟能有着如此巨大的魅力,真有些不可思议,然而又大可思议。

人们不是常说吗:十八岁的青年个个是诗人。换言之,十八岁是诗的年龄。那么二十岁呢?大概属于音乐和歌曲吧?在需要音乐之泉滋养的年龄时,你偏巧无意中掘到了一眼,那狂喜与迷恋是可想而知的了。我这人五音不全,而且至今还不识简谱。上学时最怵的就是音乐课,能从音乐老师手上拿到及格的成绩单,就像跑上万米大赛般吃力。但我在二十岁时,奇迹般地拥有了音乐才能。靠着唱片老师的辅导,我成了极有模仿力的男中音歌手。那时可惜没有卡拉OK酒吧,也不允许你随随便便唱出什么"一无所有"的歌。

于是,我只好荒废了自己,否则当歌星亦未可知。

和我一起躲进小楼听唱片的伙伴们,留在军营的,当了八面威风的师长团长；退伍复员的，一位在大学当讲师，一位在法院当法官，另一位学诗学剑两不成，干上了一家公司的经理，现在数他活得洒脱！我们好像一茬青竹笋，风吹来，雨淋来，在地层下互相串着、联着，突然在一夜间冒出头，然后就由着性子往高处长，不知不觉就变粗变硬枝干扶疏老气横秋了。但愿这茬老竹还能记得那小楼，那歌声，那暗夜里的忧郁和甜蜜的哀伤从酒杯里溢出；记得那高原的风伴奏着的男声小合唱，以及年轻人对未来那种不可名状的恐惧和大胆的憧憬。

二十岁时，我每月的津贴费是八块钱。这笔丰厚的收入，全被我们挥霍在音乐聚餐中，小阁楼顶有一天窗，吃完罐头喝完酒，空瓶便扔上去，"咚"的一声，其乐无穷。告别小楼时我爬上天窗，看到一堆玻璃在闪亮，这应是我们献给音乐之神的祭礼。

二十岁时，我们正年轻；后来成为我们妻子的姑娘们，比我们更年轻也更寂寞。她们不知道有一群士兵徒然发出怀春的叹息，像少年维特一样走来走去，她们更不知道月老是如何谋篇布局，安排自己的终身。

二十岁时，谁也不知道找个什么样的伴侣，成就多么大的事业，生命的小舟驶到这一段水面，风平浪静，水落石出。船到桥头自然直。二十岁毕竟快活，毕竟乐天，有点忧郁也一觉过后就消失；二十岁不知天高地厚，不懂人情世故，同样很深沉很老练；二十岁的唱片年龄放一遍又一遍，百听不厌，但只能你自己欣赏。

据说军营的小阁楼早已推倒，盖成了挺漂亮的舞厅。可军营依然存在，永远不缺乏二十岁的小伙子。不过我自己呢，用十年青春的价码购回一摞唱片，觉得挺值。

所以我想对拥有录音机的小女儿说："我赚了。"

是的，二十岁时，我有过一摞美妙无比的旧唱片，不多不少二十张，不用数就知道。这是定数，你说是命运，也成。

（选自 1989 年 9 月 9 日《团结报》）

车前子

城南旧事

  傍晚时分,我午睡醒来,妻子靠在床头,说:"《从文家书》读完了。"她把书递给我,我顺手一翻,见到沈从文的这段话:

  "我行过许多地方的桥,看过许多次数的云,喝过许多种类的酒,却只爱过一个正当最好年龄的人。"

  北京城南一带,我从没有去过。从车窗里往外望去,颇有点旧事的味道。几棵小槐树下,坐着两位老头。一位老头穿着花短裤,很花,但花得古气,像尘封的扬州漆器。张兆和先生就住在这一带——我与妻子是初次拜访,曾蕾牵的头。曾蕾开着车,她说:"我才学了五个月,你们不怕吧?"

  几个月前,某出版社的编辑老曹,问我如写五四时期的作家,愿意写谁,我答沈从文或废名吧。老曹认为废名的照片、材料很少,沈从文的多,他说你就写沈从文。这是酒后闲谈,我并没往心里去。不料没多久,老曹就来和我签合同了。这本书要求图文并茂,就得去找沈从文的照片,对这类事,我很怕。尽管张兆和在苏州生活过多年,我硬凑上去的话,也算是个乡,但我从没转过见她的念头,因为读过她的随笔,见过她的照片,也就知足了。这回只得托人找她,求见个面。开始不是很顺利,与她熟悉的一位老前辈,把这事承诺了下来,但突然血压高住进了医院。一次同几位朋友喝酒,远在天边,近在眼前,才知道曾蕾与张兆和先生有来往。曾蕾是三联书店的编辑,编辑过张家姐

> 车前子,1963年生,原名顾盼。主要作品有《纸梯》《明月前身》《手艺的黄昏》《偏看见》《品园》等。

妹的书籍。

上午的天气,有些阴,空中已半盛着秋味。我下车,一抬头,是幢高层建筑。"沈从文先生住过这楼吗?"我问曾蕾。曾蕾说:"他就是在这里故世的。"我还是很疑惑,在我印象里,沈老先生在湘西住的是吊脚楼,在北京住的是四合院。……一些人走进楼门,手里托着冬瓜、豇豆、西葫芦……这个时候,正是买菜的时候。蔬菜给了这幢水泥建筑一些活泼的气息。有门卫,还有开电梯的,楼道里很干净。电梯门一打开,许多年前,如果正巧遇到沈从文先生走出来——我想我会羞怯,所以也就不会向他问好。

张兆和先生见我们走进客厅,就要从扶手椅上站起身,忙被我们劝住。曾蕾喊她奶奶,我喊不出口,我与妻子都喊她张先生。张先生听说我是苏州人,就讲起她父亲,她父亲在苏州创办了乐益女中。她说:"我父亲常常改名,所以有许多名字。"张兆和先生瘦小,干净,仿佛元人的一幅山水图:笔细细的,平淡而又明洁。苇叶瑟瑟,有风声,但不见寒衰之意。在秋水之中,在看不见的地方,游动着几尾淡墨的小鱼,或一头赤鲤。张先生端坐在扶手椅中,已是八九十岁的人了,腰板还挺直。她的坐姿一点也不显老。

山中的回声,水上的桨声,烟影,月痕。无端地,我脑子里是这些想法。

我坐在张先生左侧,中间,隔着件东西,我不知道是什么,高大,长方,裹着块蓝印花布,以致我不敢把茶杯放在上面。我把茶杯放在了脚边。弯腰取杯,被张先生看到了,她说:可以搁上面。拙厚的瓷杯,在蓝印花布上,像翠翠梦里的边城。事后我想。

张先生说,她小时候调皮,不爱上学,但到了学校,就高兴了。学校有个大平台,她就跑到平台上去唱歌跳舞,唱情歌。我没听清她讲,是保姆还是高年级学生,教了她一支情歌,逗她,她也不懂,搬起把小板凳,坐上平台放声高唱。平台上有栏杆,高高的,只有她一个人敢在栏杆上走,边走边笑。张先生说,她还留过级。我问在小学还是在中学,张先生想了想,没有回答,大概自己也忘记了,接着就对我说她上课时吃烤白薯。

"烤白薯,苏州话讲烘山芋。"我说。

"对，对。苏州有许多小吃。"张先生说到这里，望望我，我一时竟报不上其他小吃的名来，愣在那里。写作此文时，我想了起来：苏州有玫瑰西瓜子、薄荷粽子糖、松仁粽子糖、枣泥麻饼、烫白果、扦光荸荠……冬天的街头，看买卖扦光荸荠的，心里会温暖。扦光荸荠像北方的糖葫芦，也插成一串。一串又一串扦光荸荠，在小铅皮锅中滚煮，底下烧着小炭炉。"扦"——吴方言不说"削"，说"扦"。扦光荸荠，就是把荸荠外皮削净的意思。香味，热气，微火，我又看见了。

"上课时吃烤白薯，烤白薯真香啊，我才咬了一口，整个教室就全是烤白薯的香气。女老师闻到了，就查，她只查课桌，不知道我把烤白薯藏在了口袋里，嘴闭得紧紧的，含住刚咬下的那口，来不及咽下。这女老师看上了我父亲，后来成为我的晚娘。"

晚娘即后妈，是合肥话。张兆和先生祖籍合肥。

张先生的二媳妇进来了，招呼张先生喝水。我就向她说起沈从文照片一事。张先生年纪大了，不管事了。二媳妇也就是虎雏夫人，她说，最近在编沈从文全集，太忙，没有时间整理照片。张先生听到说全集，就落泪：

"汪曾祺是个好人，这样得力的助手，也死了。"

看着张先生落泪，我很窘迫，竟默然无语。

虎雏夫人拿来手帕，张先生接了过去，眼泪在擦拭之下越流越多了。

张兆和先生读书时住校，一个晚上，她见到月亮特别大，就跑出宿舍，到操场上去跳舞。

张先生说，同学们都很喜欢她，有一次，同寝室的人都快睡着了，不知是谁学起了她先前说过的话："蚂蚁到底有没有鼻子？没有，怎么能嗅得那么远？有，我又怎么看不见？"大家就都笑醒了。

高年级同学捡到一只狗，送给了张先生。"这只狗鼻子、耳朵、眼圈是黑的，身体和尾巴都黄黄的，漂亮极了。我给它取名'阿福'，是我认识的一个人的名字。我整天追着它跑，踩上'阿福'的尾巴，我摔倒了，那次摔得真疼。"

张先生说到这里，语气一变，我也感到了疼，还有回想时的快乐。我想起我自己了，曾骑上一头山羊，还没抓稳羊角，山羊就猛跑起来，我在

羊背上摇晃了几下,被摔在了河滩上。河滩上春草弥漫,疼过之后,我看一切的羊都是绿油油的了。这时,张先生又说起夏衍的猫:

"……'文化大革命'快要爆发的时候,夏衍家的猫突然不见了。'文化大革命'一结束,猫又回来了……绕着夏衍的住房转了几圈,然后一头栽倒死去。这时夏衍已搬了家。……那只猫是狸猫,所以夏衍后来一直喜欢养这种猫。"

曾蕾示意我再与虎雏夫人谈谈沈从文照片一事,我又前因后果如此这般地说了一遍,怕她不放心照片,我说只借一天,翌日即可归还。因为很方便,我能扫描入盘。虎雏夫人想了想,说,照片现在在出全集的那个出版社。张兆和先生一听到全集,就又说起汪曾祺,就又咽泣了。我忙轻声地对曾蕾与妻子说,给老人转一个话题,不能再让她伤心了。我已感到不安。妻子与张先生谈编辑工作,她们全是同行。曾蕾说起陈白尘的一本书,其中写到当初人民文学出版社要给毛泽东写信之类的事,就让张兆和写,因为她的字最好。张先生听了,摇摇头,连连说道:"不记得了,不记得了。"

这是一个星期天的上午,我们听张兆和先生说着旧事——张先生说:"西南联大跳蚤很多,有一次,我抓到一只,就揪下根头发,把它系住了。头发在手腕上绕了一圈,跳蚤就顺着头发,在我手腕上咬了一圈。"说完,张先生望望自己的左手腕,还用右手小拇指挠了挠它。张先生继续说道:"我小时候是够调皮的。"虎雏夫人打断她的话,说:"在西南联大,你已是两个孩子的妈妈,已在教书,不是小时候了。"我对能用头发系住跳蚤感到兴趣,妻子与曾蕾也有兴趣,只是觉得不太可能。

"是臭虫吧?"我问。

"不希奇。"张先生答道。

言下之意是用头发系住臭虫,有什么希奇呢。臭虫的个头太大了!

张先生给我们演示着,边演示,边讲解:揪下根头发,一端用牙齿咬紧,一端去按住在手腕上的跳蚤,要系住跳蚤的脑袋。跳蚤咬得我很痒,我就是不舍得捏死它。用头发系跳蚤,太难了,但我还是系住了它的脑袋,其中似乎有天意。

张兆和先生一直在回忆旧事,她天真、单纯和孩子气。坐在客厅里,几只书架上都放有沈从文晚年的照片,从不同的视角都能看见,还有满满的他的文集和单行本,但我并不觉得她被沈从文的才华、成就所淹没。正是这一份天真、单纯和孩子气,使她毫不费力地就浮出水面。我想,她的天真、单纯和孩子气,可能会在暗处滋养沈从文。

告辞之际,我给张先生一本我新近的散文集,其中谈到了沈从文。她说交换吧,就起身走进书房,不一会儿出来,拿着一本《从文家书》。虎雏夫人让我留下名片,说照片的事与虎雏、龙朱商量后再说。我没有名片,就让妻子留下一张。我想,我已与什么失之交臂了,或者说缘分没到吧。一下电梯,看到门卫正坐在墙角喝啤酒,剥盐水花生,笑眯眯的,这样的生活,我真热爱。

回家后觉得很累,既怅然若失,又如释重负,我冲了个凉,饭也没吃就睡了。醒来,听见妻子说:"《从文家书》读完了,觉得沈从文和张兆和的确彼此相爱,但两个人的婚姻却并不和谐。婚姻即使对大师来讲,也是日常生活,他们没有找准角色感。沈从文需要包容性很强的女人,比如像姐姐似的,而张兆和天性活泼单纯,总是个孩子,她作为女人的一面,深处的一面,并没有被沈从文唤醒。"妻子边说,边从《从文家书》中引出一些句子,读给我听。

(选自2000年第8期《散文》)

王剑冰

永远的少女

我的家乡就在渤海湾里的一个小庄子。

人称那里是富饶的鱼米之乡，是柔风秀水之地，其处虽然偏僻，却有一方独特的魅力。

一群少女从我的面前走过。她们竟是如此细腻水灵，润红健美，使我在偶然的回家时感到惊喜，她们用异样的目光审视我这个归子，寻找我不同于家乡的"外边人"的特点。

我也打量着她们的一切，眼睛鼻子嘴唇甚至裸露在外的手臂。她们唧唧咯咯地笑着，那么大胆地向我走来，又那么羞涩地逃去。

我想我爱她们，因为我是这块土地上的儿子，她们那般美丽而鲜活，使我多了一分自豪在心里。

她们中的多数许没有出过远门，甚至没有到过附近的天津北京，可她们的心灵并不空落，她们从你面前撑船、担草或荷锄而过，让你觉得她们活得十分充实而自信。

她们该是我的姐妹，因为我的堂妹和表姐就在她们群中，一样的聪明健美。

她们最开放的时刻许就在插秧时节。

那时新春刚过，雨露正润，她们将裤腿绾得高高，露出一双健美而白皙的小腿，唧唧喳喳跳进绿色的秧田里，欢笑中涌动一股春情。这是她们一年中露出最早而在有些姑娘来说也是露出最多的肌肤。那白嫩的肌肤同盈盈绿色融在一起，同花红衣衫融在一起，让每一个男人觉得天地的宽广与生

王剑冰，1956年生，河北唐山人。主要作品有《苍茫》《绝版的周庆》《喧嚣中的足迹》《卡格博雪峰》《远方》《普者黑的灵魂》等。

活的温馨。

她们是这世界最幸福的点缀。

因而插秧时节,是每一个人都盼望的季节。少女们盼望在此时一展羞涩的风采,甚至有意将裤腿绾得高高,露出那柔美的腿弯和圆润的膝盖。男人们则为能一饱眼福而干劲十足。那么秋天的收获一准是丰硕有余。无数的恋情便也在这一春一秋中产生,并滋润成可爱的家庭。

我曾在高中毕业时动过念头,下乡在这里,同她们一起欢笑、播种、收获,然后娶她们其中的一位,垒两间草屋,享受一生田园之情。后被人劝阻,斥为目光短浅云云,方未成此大望而娶了一位南方小姐落户在一个都市为生。

多少年过去,十几岁时的那份痴想仍然使我动情。我先前以至后来走过多少村村寨寨,都没能引发我对家乡少女的那份偏爱。她们是我美丽的记忆,是我怀念于家乡的衷情。

至此我还想起一个少女,她只有十七岁,在众多关于她的回忆中都统一着这样的口径,她长得十分耐看,细腻、温存中含有刚毅。

在我走进庄子时,我首先遇到的是她。她是作为一个坟墓向我表示着一种意思。我即是从她的旁边走过而逢到了那些同她一样年轻美丽的姐妹的。我那年也是十七岁,一同她永远的年龄。

她的坟很平常,只有一些小松柏伴在那里,遇清明的时候,孩子们来这里献花。而平时,她就坐在村头,看那些少女走来归去,看生活的色彩和欢笑。

我不敢拿我的十七岁夸口,在她面前我依然是个脆弱的孩子。我不敢想象面对敌人的酷刑与刺刀会是什么样的心理,而她,却经受住了一个历史。

她是共产党员、妇女主任,但不能就此说她是一个解放型少女。除非也是在插秧时方裸露自己的小腿以外,其他时候她会一如现在的家乡少女,将自己包裹得严严实实。而罪恶的匪徒却在一个夜晚的空场上扒光了她的衣服,那少女的全部肌肤被无情地裸露在残暴面前时,羞辱与信念是多么尖刻地对立!

我的姐妹,不,她该是我的姑姑,她毅然选择了信念,以一个乡村少女的羞涩换取了无数条男子汉的生命和正义的真理。匪徒当着众人的面抽打她柔嫩的身子,烙她的双乳,丧心病狂的毒刑没有摧毁她意志的任何框架。她就是以这样的无畏面对了羞辱和死亡。

那么多的亲人落泪了,现场一片闷雷滚动的哭声。那么多亲人甚至那些刽子手都永远记住了老王庄女子的美丽与悲壮。

那些被少女以羞辱和生命掩护下来的男子汉们,后来都活得很好,有的甚至进了大都市住进了某幢高级公寓;而那些残暴的匪徒,却是带着说不清的罪恶与惊恐受到了正义的惩罚。

人们永远怀念着那个属于亲人的少女。直到我回家的时候,问起她的名字,许多人都会述说自己姐妹一样,述说着王翠兰。

她没有得到过伟人的题词,因而她的知名度仅限于一个几百万人口的地区。但"生的伟大、死的光荣"的赞语同样适用于她。她同刘胡兰死得同样壮烈同样有价值。

我曾在一次笔会上遇见了当时报道刘胡兰事迹的老记者。他们也是偶然听到了刘胡兰的事迹而写在战地小报上,后又在一次偶然的机会请毛主席作了题词,刘胡兰方得成为一代女杰而万古传芳。

可贵了这战地记者之笔,若这笔偶遇的是王翠兰,则我的家乡就会更有光彩。我没有别的意思,刘胡兰、王翠兰同是我们民族的好女儿。

我之所以对王翠兰有无限的感叹,不仅是她属于我们家族的成员,还因她同我的祖父祖母有着一段缘分。

还乡团打进庄子时,王翠兰没有逃脱,跑进了我祖父的家院。祖母将她隐藏在草屋里,匪徒搜遍村子都没有发现,又进行第二次细查,结果抓走了她。祖父王化朋的名字是作为革命堡垒户而上了描写王翠兰的小册子,这本小册子被我发现后认真地保存着。

该称作姑姑的王翠兰她若果没有死去,她一样要找一个如意郎君,生儿育女,在家乡或某个都市享受天伦之乐。而她没能达到,她为之奋斗的事业她不知究竟会是如何模样。她只是以自己的青春验证了自己的誓词,永远年轻在十七岁。

为此她永远绚丽,对于活下来的人,对于我们后来人,尤为在她以后走来的少女。

那些我家乡的少女,那块奇异土地上的少女,和平时期她们一个个水灵艳丽,非常时候也一定像王翠兰样壮美而刚毅,我把她们同王翠兰一起联想,或者说把王翠兰合在她们中引发回忆……

(选自1991年第7期《西湖》)

穆 涛

居长安

穆涛，1963年生，中国作家协会会员，一级作家，河北人。出版作品有《俯仰由他》《肉眼看文坛》《放心集》等八部，另有译著一部《名誉扫地——美国在越战柬埔寨的失败》。

没有童谣的年代

董桥先生有一篇文章，叫《没有童谣的年代》，篇幅很短，用一千个字描写了两个孩子，一个是二战期间从纳粹集中营侥幸逃生的波兰女孩，另一个是当今发生的事情，一个十岁丧父乘飞机探亲的美国小男孩。董桥想告诉人们的是，生存之艰促使孩子们心灵早熟。

董桥先生居行香港，他的文章易于从国外取材，如果他生活在大陆内地的城市里，比如说在长安城，这篇文章估计会有另外的视角。当今的孩子们几乎是没有童年了，更甭提什么童谣，一个家伙投生母亲腹中才显见人的雏形，胎教音乐就紧贴着肚皮响起了；出生后"抓周"的时候抓到笔或书本父母才会笑逐颜开；两岁授三字经；三岁背唐诗；昨天晚上的电视节目，一个四岁的孩子熟练地背诵出《论语》中的大段文字，主持人小姐号召全体嘉宾鼓掌祝贺。孩子入了小学就像钉子被钉进墙里，绝对的不可自拔。一年级是拼音和乘法口诀，三年级"奥数"，四年级补习英文，才升入六年级便呆头呆脑地跟着父母为重点中学而愁眉苦脸。中学更加可怕，螺丝一扣接一扣被拧紧，十几斤的教材和几十公斤重的辅助材料，每天要背在嫩嫩的肩膀上。邻居家的孩子今年参加完高考，成绩优秀被北京大学录取，我问他中学时代的感受是什么，他说的话让我心惊肉跳："噩梦醒来是早晨"。而我们的大学又怎么样呢？李欧梵说："我感觉香港缺少一个人文思想的空间,像北大一样。"不论校外交通怎么乱,空气怎么脏,政治气压怎么不稳定,李欧梵觉得北大校内的人始终不食人间烟火。他清晨在未名湖边散步,看到的是老先生老太太优哉游哉,年轻学生苦读英文,"不管动机如何,毕竟使我这个在美国学院长年忙得昏头转向的人,在此得到一点暂时的调剂"(董桥《香港的人文空间》)。

我人是年轻着呢,但想法有些老派,主张孩子要有孩子样,无论如何,童趣是不可以少的。现在的中学生和大学生,假如一直是这般状态,等他们老年之后,如何回首自己的童年时光呢?大不了就是电子游戏,瞧准了机会一整夜泡在一间昏暗的"网吧"里。下次再去了的时候,发现这间没有营业执照的游戏厅已被政府取缔。

现在的孩子们真是完全没有了童谣,稍稍有些趣的就是那几套快老掉牙的外国童话,中国当代的作家们不肯给孩子们写,认为那是儿童文学,档次太低,不入主流。这也难怪中学生的作文总是那么云里雾里,丝毫不沾当今现实的边际。前几天,我从秦岭山中带回来几只蝴蝶标本,我的女儿见了怜爱得不释手。这样的童年有什么乐趣!我小的时候,蝴蝶蝴蝶漫天飞。

画事

长安城里莳弄字画的人越来越多了。大街上的牌匾,印刷的字体一天比一天少见,而牌匾下的游人中,三人行差不多就有一个兜里装着笔和印章的,只要商家敢求,就有人敢写,一个胆子大,另一个胆子更大。我楼下的公厕,入口处的标志原来是男女简笔画像,很精致的,如今换了手书,笔力倒也清俊,只是没有落款,不知出自哪一只闲手。我早晨去蹲急,常听到左右的同行类似的议论,某某某才提拔了科长,毛笔字也不会写,怕没有大的前程呢。

我喜欢字画,仅是喜欢看而已,令我心仪的标准也简单。先说书法,上面的字我要能认全,之后再谈别的。一幅中堂,作者的名气再重,如有两个字没见过面,便兴趣全无。画倒是生疏着好,越有距离念想的空间越大。我在书院门有一个唤为老兄的人,长我几岁,才退休不长时间,他的画我爱去看。他专门画鬼,在世俗观念里,鬼即无常,不走大路,不着边际,嘴脸狰狞,身子没肉,有一点肉也是和皮粘连着,衣服朴素得过了头,要么衣衫褴褛,要么一身旧朝的装束。我这位老兄却一反常识,他笔墨中的鬼胸宽体胖,慈祥善良,个个厚淳可敬。我初步以为他是取的反讽的意思,看得多了,才体会出他是由心而得的。他告诉我,工作几十年,有一些没做妥的事,也有一些愧对的人,心底积压久了,画出来做个纪念。

这些画中有两幅最耐看。

第一幅是两个胖子在鬼门关握手,高个子在门槛里,对矮个子笑脸盈盈,问寒问暖。旁款是两行工整的小楷:"兄弟以前持无鬼论,到这里你叫什么名字?"

第二幅画面排场,鬼数众多,背景是和气融融的阎王殿。众胖子中间有一个瘦骨嶙峋的老头当堂鹤立,周身焕发着不依不饶的硬气派。阎王爷在座位上胖手作揖,高声唱喏。角落里是两个衙役在杖责一个小鬼,小胖子趴在地上,屁股高高翘起,侧扭着头,一脸做错了事见不得人的歉疚。画外有个题目,叫"人命这么金贵,偏派个糊涂鬼"。

亡国之君宋徽宗被掳之后给旧臣信中有一句话:"朕身上生虫,形如琵琶。"这位昏君能将看虱子、挤捏虱子当做乐事,不失为一种境界,但尚不及我这位老兄对人生的领悟。

没道理的事

有两种散步是不讨人喜欢的。其一是梭罗说的那一种,"要有上天的安排才能成为散步者"。说句心里话,这样的散步实在是要凡人的命,诱惑着要人沉思去担当天大的任务。其二是锻炼,为着这样的目的又没了乐趣,像公文写作,性情随意的文字是一个也不准允有的。散步本是没道理的事,乘兴始,尽兴归,只有这样散步才会生出妙趣。哪怕是和家人憋了闷气而四处闲走,心情也会莫名其妙地柳暗花明起来,这其中哪里有什么道理可循。

世上的事情有许多是没道理的,天大的如日期的划分。地球绕太阳一圈叫一年,月亮绕地球一圈叫一月,地球自绕一圈叫一日,这种称谓的界定代表着人类对宇宙的认识,这是科学的,但中间还有一个"星期"的概念,时间是七天,"星期"又叫"周",这其中是谁绕谁一圈呢?

年月日的自然运行还是有误差的,"星期"却是毫厘不紊。一说到星期势必要引出上帝,可上帝在哪里呢?

有道理的事都是合乎自然规则的,但人的世界仅有这些是远远不够的,一定还要弄些没道理的事掺入其中,才会显出灵长类动物的智慧和高明。而没有道理的事一旦做出硬性规定就显得有些道理了,久而久之也会约定俗成。有些没道理的事也是很有积极意义的,比如一夫一妻制,比如行人要走马路的右边,比如西方四年一选总统。我们汉语中道德一词由两个字组成,"道"是自然法则,而"德"就是硬性规定,或叫人为法则。在一个朝代里,"道"当然是重要的,谁愿违背自然法则呢?但"德"就显得微妙了,中国人自古以降就讲"德政",而喊得多的年月往往是德最缺乏的,像在菜市场,声嘶力竭去叫卖的都是积压的货色。

规则是道理的把柄,谁来转动这个把柄谁就是上帝。长安城有一句老话,提醒的就是类似的事:"轮到你的时候,别让规矩变了。"

春节才过

春节才过,拜年的人多,又多是依赖了电话,新兴的这套礼数倒是挺好,对着话筒听一些也说一些心暖的话,赦免了腿脚的殷勤之累。今天,表弟一家从县上来了,每年的这个时候都要来,带些乡下过年的"年过货",主要是吃的,属于原料粗、手艺巧、味道足的那一类。最近的五六年,他们带来的都是苹果。他是种植苹果的大户,名传远近,他的苹果品种新,收得多,卖得好。今天进了门就黑着脸,我以为是销路不好,苹果积压了。听了诉苦,才知道今年的价钱太低,苹果卖不过土豆,而且卖得多,赔得多,可又不能不卖。我取出单位发的苹果让他估价,他说批发客能给两毛钱一公斤就很福气了。表弟走后,我去了自由市场,上好的苹果每斤五毛钱,和土豆一样的价。

表弟脾气不好,平日里对待家人,差不多都是打当家常、骂当商量的,这次来却是细雨和风着和他媳妇说话,苹果降价,脾气升温,见他媳妇乐呵呵满足的样子,也算是"不亦快哉"之一。

长安城降雨最多的月份是九月,一个月内的阴雨天气粗算起来恐怕不少于十五天,据志载,最长的一次连续降雨为十九天。降雨的方式也特别,至少有半数的时间是晚上,淅淅沥沥的,到早晨就停了,太阳出来后，雨水开始蒸发，因而九月的长安城虽然阴雨绵绵，却是湿热难受。在唐朝的一些年间，这个月要放"官假"的，一定级别的官员就放假休息，有二十天的，也有三十天的讲究，放假的原因一是溽热难捱，二是道路泥泞，官行不畅。长安城内降雨的特点是由东向西增加，由北向南增加，城南的雨水最勤，年降水超过一千毫米，城东的临潼区一带最少，在六百毫米上下，秦始皇将身后的陵寝安置在那里，看来是依着科学道理的。雨后游赏终南山是古人的情趣，终南山在长安城南，绕"乐游原"一路南行，"乐不思归"一典即是源头在此。今年的春节才过，雨水就落了好几茬，今年差不多又要是个好年景吧。

长安城这几年讲究环境保护，登上南门城楼，又可以瞻仰终南山的轮廓了。在明代，是留下"坐饮南门亦悠然见南山"佳话的。今天我去登了南城门。终南山在远处隐形着，模糊一片，可能是那一带雾大的缘故。

城墙下

长安城老城墙经见的世面足够多了，把一切看在眼里，人伦物理，是非曲直，以及烟云浮尘，天光月影，城头变幻大王旗，它却是什么也不肯评说，形势高贵，镇定自如，"凭自觉吧。"想来这该是老城墙对城墙内外忙碌着的人们的基础态度。

老城墙是长安城里最让我慑服的。物忌反常，而物的寻常既久即为神明呵。

傍依着城墙内侧有一条窄路，叫马道，在早是供脚夫走卒通行的，现在被沿墙的住户挤得更窄，一早一晚，总有胖身子的女子侧着走。城墙外是护城河，河里的水流不深，却还算清亮。河底的淤泥过些年就要清理一回，最近的一次清淤大约在十年前，是长安城附近的驻军劳动的，将近一个团的士兵整整劳碌了一年，记得是从那年初春开始，一直到当年底还没有完工，过春节的时候，附近的居民给工地送去许多吃的和用的，除了慰问，一定还有拜年的含意。长安城的人看到电视台播放的现场情况，受到感动的很多，纷纷去河边送东西，有的还和士兵一块儿干，那一段时间，清淤一事成了长安城的热心话题。据史志记载，像这种大规模的整治护城河，在清朝有过两次，民国提倡新生活运动的期间也有过，但不彻底。

护城河的两岸是环城公园,景致都好,功德却有区分,傍着城墙的一面到了晚上才热火,灯光摇曳,散曲起伏,是露天的或半露天的舞场,也有秦腔自娱班子,几个陌生的自助角色往起一凑,生旦净末一场,过几天就都熟稔了。临着环城路的这一面更显见精神,每天一大早,环卫队扫街的工人还没有到,就已经有人手了,到这边来的年龄要偏大,不少人带着剑,除了剑之外,没见过其他兵器。空着手的就甩手,或压腿、弯腰,或比划着模棱两可的太极招式,前些年还有录音机放低缓的音乐,这几年没有了,没有了倒好,让早晨的空气更清新。实际上,带着剑的人,多是剑不出鞘的,人过来了,选择一个地方,把抱着的剑朝地上一放,便开始演习上述一系列似乎是规定了的动作,尽兴了,抱起剑就走。看着这些散放的剑,让我想到一个词,其实所谓的含蓄,差不多就是指剑在鞘中的意思。

近来的早晨,在环城公园又增附了一种兼职的趣事,健身的同时,捎带着帮人理发,剑不带了,换上了剃刀、推子一类工具,用白的围布一包裹,有光顾的,就在石头椅上坐下,抄起家什理发店就算开张了。不见有人前来赏识,便依旧甩手,压腿,弯腰,丝毫没有冷场的生意脸孔。

晨起来这里贪生的,本是服气已老的人,是不再想和生活多争取些什么了。可这份兼职的生动却给人鼓舞。周作人说过:"我们于日用必需的东西以外,必须还有一点无用的游戏与享乐,生活才觉得有意思。"换一种方式看的话,如若生活中只剩下了享乐,另寻一点生存的努力,一定又多了滋味。

看戏

人生中,有些事情重复则不好,如废话,如没有水准的官员连任。而有些事重复则大好,如双胞胎,如打麻将坐连枝庄,如与心爱的人行房事,再如自己的文章被不停地转载。

再如看戏,传统戏是一直被重复着看的。一个"标准"的戏迷从年轻到垂垂老矣,心仪的往往是一本戏,一个角儿,甚至是一段腔,或几句词。我早先工作的那个单位,门房是名闻远近的老戏迷,但几十年来他熟唱的就是一句"高皇帝,在九天,也不管他孝子孝孙,变成飘蓬断梗"。戏的传统是不讲创新,只说集大成,一本戏可以几百年不变化,甚至沦落到不用形之于书面文字,戏班子的师承仅口传心授则已。一池水几百年不发馊跑味,真是够奇怪的,如果可以这样一直沿袭下去,当然是一件好的事情,但现在的问题是年轻人普遍没有了兴趣,已经危及到戏种的存亡了。最近几年,戏剧振兴的风旗扯得挺紧,也没见振兴出多少起色。前几天,我在"五四剧院"看了一部现代版的眉户戏,叫"谷雨",说实在的,还挺不错。

眉户是关中的传统戏种,叫现代版,因为内容表现的是当前的生活,就是老瓶与新酒的意思。

谷雨是一位农村女子,她在剧中要处理和两个男人的情感瓜葛,一个是和她共同生活二十几年的丈夫;另一个是年轻时的恋人,现在事业的合作者。这是一个俗的套数,但不俗的是在传统的冲突中融注了新的观念,丈夫是性功能丧失者,性生活从婚姻一开始就等同虚设,唯一的女儿是谷雨与恋人的产物,恋人是当年的"知青",后来上了大学,再后来成了专家。剧情便是由读大学的女儿为母亲请苹果专家的"父亲"展开。

女主角叫侯红琴,演职人员介绍表上说是国家梅花奖得主,她的演技没有辜负这个奖项,可以用声情并茂四个字比喻,唱腔和道白章法清明,气韵飞扬。可惜的是剧情稍有复杂之嫌,有些唱词也拗口,剧本不是小说,在一部戏中,声音的享受和欣赏该是第一位的。

北京的戏迷主要是领导,领导高兴了,便有大量的钱拯救和整理"京剧"国粹。长安城的戏是演给老百姓的,戏的根须深深扎在秦砖汉瓦的缝隙里面,随手敲一敲城墙的老砖,发出的就是秦腔。

藻露堂和其他

长安城里老的铺面多,光叫得出名头的就不下百家,可惜的是到如今有的就只剩下名头了。"藻露堂"是老字号的中药店,明朝天启二年开门敬业的,比北京的"同仁堂"早了近百年。电视剧《大宅门》中的"百草厅"即是"同仁堂",剧中有一个细节,白家少爷西行避难投靠了长安城的范家,原型即是"藻露堂"的宋家,当时"藻露堂"的掌门人叫宋羽彬,是第六代传人,官拜"太学士"的。"藻露堂"最风光的是一九〇〇年,到今天数来已经一百年又过去了。当年慈禧逃难到了长安,患下一种病,有的说是偏头痛,有的说是坐骨神经积了征候,差不多是老年妇女综合症一类。宋羽彬受命诊拜,一剂知,两剂和,三剂跃跃然。慈禧天仪大悦,纤手赐书"德润堂",依着"官理",母仪天下的慈禧太后典赐了称号,药店要改头换面的。但是没有,这也是长安人的秉性,"藻露堂"仍叫"藻露堂",仅把"德润堂"做了奖状,迎门挂在中堂。今天的"藻露堂"仍在五味什字巷内,风雨飘摇中老脸纵横朝天,纵然衣裾不整,却是筋骨朗朗。一种说法是"五味什字"巷名即是由"藻露堂"得来,甘、酸、苦、辛、咸,五味包容着,也散发着中医的药理。

"国力"队来了新主帅,是巴西人,叫路易斯,他执掌的球队曾捧过巴西圣卡那州的冠军,一九九八年的时候出任过卡塔尔队的教练。关于这位新教头,长安城的球迷就了解到这些,有不少人到巴西网页上去查找,所知也不多,估计这位路易斯名气平平。二○○一年的"国力"风采熠熠,长安城的球迷也过足了瘾。老教头卡洛斯病了,他病得真不是时候。一月二十九日,在昆明海埂的热身赛上,"国力"战平了重庆"力帆",一月三十日,以一粒点球之失送给了李章洙率领的青岛队一份得意。今年的甲A联赛烽烟待燃,长安城球迷拜托路易斯了。

马年要到了,马年的生肖邮票选中的是陕西凤翔县六营村胡家的彩绘泥塑。胡家泥塑的声名也有几百年了,有圆雕、浮雕两类,马仅是其中一种,坐虎、挂虎、斗牛、五毒更见吉祥。一九九八年六月,美国人克林顿到长安城的时候,胡家泥塑的传人就把斗牛挂在了他脖子上。今天早晨,胡新明打来电话,说春节要在香港过,那里要搞个人艺术成就展。香港雨水勤,泥菩萨们要求白保了。

这几天,著名学者陈平原、夏晓虹夫妇在长安城,到电视台开讲文学,读晚报的消息,见到陈先生过去了一所中学授课,这真是了不起的事情,名播当今学坛的学者坐语中学,真是富有古风学襟。这个月长安城的大事是《美文》杂志把十万元的奖金发给了三名中学生,名称叫"少年美文金奖",陈先生是这项赛事的评委之一,给中学生发如此高额的奖金,也不知妥也不妥。

逛书市

长安城的东六路是书市,如果从朝阳门进入老城,第一脚踩中的是东五路,然后向右转,再走一百五十步就是东六路。全程不足八百米的街面上,集中着大大小小百余家书店。门面散漫错落,看起来不打眼,各种门类的最新版书却是一应俱全。我在这条街上住了多年,天天要沿街走几个来回,后来搬了家,上下班的路上不见了花花彩彩的新书预告,及装书卸书的忙忙人,竟有很长一段时间不习惯。现在每到周末,我仍要到那里转一圈,一是搜买新书,再是去呼吸那里乱乎乎却亲切的空气。上个周末,见几家书店正在处理甩卖"经典解析"、"博士文丛"、"学术集萃"一类的学者著作,设计别致,装帧精美,厚厚实实的六卷本文丛,放下十元钱就可搬走,比卖废纸稍稍昂贵一些。顺手翻读了其中的两三部后,就有些理解这些学术著述的降价原委,用纪晓岚《阅微草堂笔记》中的一段话大致可以形而象之:

闻老学究夜行,忽遇其亡友。学究素刚直,亦不怖畏,问:"君何往?"曰:"吾为冥吏,至南村有所勾摄,适同路耳。"因并行。至一破屋,鬼曰:"此文士庐也。"问:"何以知之?"曰:"凡人白昼营营,性灵汩没。惟睡时一念不生,六神朗澈。胸中所读之书,字字皆吐光芒,自百窍而出。其状缥缈缤纷,烂如锦绣。学如郑、孔,文如屈、宋、班、马者,上烛霄汉,与星月争辉。次者数丈,次者数尺,以渐而差。极下者亦荧荧如一灯,照映户牖,人不能见,惟鬼神见之耳。此室上光芒高七八尺,以是而知。"学究问:"我读书一生,睡中光芒当几许?"鬼嗫嚅良久,曰:"昨过君塾,君方昼寝。见君胸中高头讲章一部,墨卷五六百篇,经文七八十篇,策略三四十篇,字字化为黑烟,笼罩屋上。诸生诵读之声,如在浓云密雾中。实未见光芒,不敢妄语。"学究怒叱之,鬼大笑而去。

解读经典即是传圣言,圣言传达得不妥当,真是一件让鬼也笑话的事。

读新闻

长安城报纸多,有意趣的新闻却少。一件巴掌大的事,几家争着巧言述论,东家说掌心,西家数手背,再有的就是捏手指或涂指甲,绚烂得不亦乐乎。报纸已然如此,电视却是另般模样,短的是娱乐节目,一堆成人做着各类儿童的把戏,花拳绣腿,粉墨登场。长的是官廷旧制的电视剧,各色正说和戏说杂如一地鸡毛,质同腐肉,实有"封建主义自由化"泱泱之势。我们是反对资产阶级自由化的,封建主义自由化却无人问津。报纸和电视,是承担社会启蒙和文化普及的良知责任的,娱乐应该少一些了,娱乐心态更应该少一些了。

今天早晨见一家报纸登了一则案例,内容是一个领导贪墨受贿伏了国法。大标题,重文章,却是只陈事件,不见观点和见识,找来另外几家报纸,如出一辙,几家报纸比较着看,情势大抵如街头事件的围观者。这不能不说是一种遗憾。纪晓岚是清代的大才,文风朴实思路幽辩。对于为官的清与浊,他曾独出一脉:

沧州刘上玉孝廉,有书室为狐所据,白昼与人对语,掷瓦石击人,但不睹其形耳。知州平原董思任,良吏也,闻其事,自往驱之。方盛陈人妖异路之理,忽檐际朗言曰:"公为官颇爱民,亦不取钱,故我不敢击公。然公爱民乃好名,不取钱乃畏后患耳,故我亦不避公。公休矣!毋多言取故。"董狼狈而归,咄咄不怡者数日。

"破心中贼"是古人留下来的箴言。但能见到心中的贼,确是需要有独到的眼光的。

谈新鲜事

应承写这个专栏,于我实在是一件惬惶的事。才疏学浅的话说出来也没什么用处,但确是不知道写些什么才不会太扫看家的兴致。好的文章,总要先有意思,再求有意味,至于有无意义,把柄在看家那边,作者是强扭不来的。外省有一个朋友连看几期后,来信说中正平实,且不失趣味,同时建议我多写些新鲜事。夸谬的话我清楚是奖励,是老友的一份厚礼,唯提及的建议才是真正要告知的。文章亦如庄稼,少了鲜活也就内损了生命。这个道理我心知肚明,从命题为"长安城散步"起,我便到处的"散步",而且是哪块地方人多去哪里。只是有些新发生的事究竟是不是新鲜事,真得费些思量才行。

长安城一家报纸昨天报道了这么一件事,原文情节细致,我在此略述梗概。某县一个人以劁猪为副业,刀法利落,缝合技术严谨。不仅手艺高超,人也随缘,因此,颇得三县五乡的信任,附近猪的这类工作让他一人承包了。这个人豢养了一条黄狗,外出营生时便携带着,每每割下猪的自私处,就喂狗吞吃。渐而渐之,黄狗长势硕壮又凶悍。劁猪是农闲时的事,农忙时候他的刀子就入了鞘。这一天,邻居忽然听到他家里响起撕肝裂胆的惨叫声,趴上墙一看,见到那条黄狗正大口叼住他家小儿的裆部在院子里拖。邻居知道他们夫妇两人锁上院门去地里干活了,却因为惧怕黄狗,不敢跳进院子,只好跑去地里叫人,等夫妇两人赶回来,小儿裆部已被黄狗掏吃干净,血尽气绝。

看过这则报道的第一感触是头昏恶心,且不去追问其真实度,即就算是真实发生的,这件事本身也毫无新鲜气息。类似的故事在古代传奇、杂谈中屡见不鲜,俯拾即是,旨在用于"劝鉴"或"劝善"。若是按着"老版本"的通例,这则报道还应有一个结尾的:劁猪人大悲之后翻然大悟,儿子的遭遇是自己劁猪行恶致众猪绝后的现世报应。黄狗是伸了猪冤,雪了猪耻。随即弃了刀子,再不操纵此业。

手边现成的例子是纪晓岚的《阅微草堂笔记》,开卷即见:"其里有人畜一猪,见邻叟,辄瞋目狂吼,奔突欲噬,见他人则否。邻叟初甚怒之,欲买而啖其肉。既而憬然省曰:'此殆佛经所谓夙冤耶?世无不可解之冤,乃以善价赎得,送佛寺为长生猪。后再见之,弭耳昵就,非复曩态矣'。"

作家写身边的事情,应该写出新鲜感,狗咬人不是新闻,其实人咬狗也不是什么新闻。

作于 2000 年

张爱华

孤独女子

张爱华，女，1955年生，黑龙江人。主要作品有《水果女人》《关于爱情往错了说》《孤独女子》等。

　　成都望江公园,是唐朝女诗人薛涛纪念地。

　　那天,我怎么选择了那样一个孤独的时候去看薛涛呢?以至于我对玻璃柜里议论她的文字格外敏感,生出许多偏颇来。记得当时太阳走了,月亮还在途中,一场纤纤细雨刚刚淋过,天地间呈现出一无所有的凄凉相。我顺着江堤向那扇棕色大门走去。

　　门内,有薛涛断了炊烟的家。

　　一个暂时孤独的女子来看一个永远孤独的女子。公园很静,我们可以说说话儿……这时,我看到了那些文字。

　　就摆在薛涛塑像两侧,四个大玻璃柜,文字摊开来,有些红杠杠蓝杠杠画着。古人谈的几乎全是她的诗。历来文学史上提到唐朝女诗人只提三个人:上官婉儿、薛涛、鱼玄机。晚唐张为著《诗人主客图》,把中晚唐诗人分立为"六主"以排地位,选入其中的女诗人只有薛涛。南宋晁公武的《郡斋读书志》、明末胡震亨的《唐音癸签》、清中纪昀的《四库全书总目》等,都对薛涛诗进行了评价赏析。然而旁边摆放的今人文章,论她诗的少,感兴趣的却是她的身世,尤其是她入"乐妓"的那一段经历。文章从妓字的原始义考证到演变义再考证到延伸义,既想使这个字清白如水又想令它污秽不堪,从中挖掘薛涛的幸与不幸。在这些文章中她的诗似乎是次要的,而澄清她的历史遗留问题则首先重要。莫非薛涛千年之后突然焕发了政治生命?

我摘录了一段:

……可见薛涛令人同情的是她在家庭婚姻问题上的不幸遭遇。她追求美好的爱情,却一直没有实现。她和诗人元稹的关系对她来说无可厚非,倒是元稹这个人,在爱情上是不忠实的,容易钟情也容易忘情。我们现在来评价薛涛和元稹的关系以及和另外什么人的关系,不能用封建礼教的模式对她进行不应有的指责。我们说,薛涛不是一般人所谓的妓女……

这里又扯出元稹来!今人的这番考证到底有什么意义呢?难道这也是学术成果吗?一千多年过去了,薛涛的身世早已青草掩映,可是今人仍想通过臆想和推理挖出埋于尘埃中那段古老的真实。今人怎么能够完全理解古人呢?

薛涛,生于中唐,原籍长安,童年随父宦游成都。八九岁即能诗,后来父卒母孀,她已诗名闻外,且好交际。十六岁那年,正值韦皋镇蜀,召她侍酒赋诗,遂入乐籍,终生未嫁。薛涛留下了她的空白,历史留下了它的空白。这空白是条宽阔的河,今人无法搭向彼岸,也不要搭过去。岸上,有一丛一丛的竹子,微风来摇,会碰下泪水……

望江公园满目是竹,竹的阴影弄湿了情绪。慈竹、麻竹、粉单竹、刚竹、淡竹,它们围绕在薛涛身边,可是它们解得了薛涛的孤独吗?也许你死后比你生前更孤独。风过,萧萧竹叶。顷刻,我仿佛看到竹叶们变成一个个小人儿,趴在薛涛脚下替她悲戚。

薛涛是以诗搭起通向后世的桥梁。作为泥肉之躯的她,可能早就幻化为一棵竹,一块风化石,生存过抗争过享受过之后安静了。那竹,那石,立在晚霞落处,对今天的来来往往到此一游的陌生人们以及他们的种种考证、寻觅、议论、争吵,抱着最超然的态度。不自知的不是古人。

死者对于生活没什么遗憾的,派生出无限遗憾的是后人。那天傍晚,我穿行于竹林,感到遗憾的是,虽然薛涛的诗和她发明的"薛涛笺"作为文化被保留下来,但是作为活生生女人世界里的真实东西,哪怕是一方丝绢手帕,一个竹编小篮,一把题诗的香扇,那些使世界丰富多彩的东西都烟消云散了。于是我们便没了任何凭据来长说短论那作为女人的她。何苦呢，她有她的诗在，她以诗为我们勾勒出的细腻的情感大千在。静下心读她的诗，这与其说是对一位女才子的尊重，莫不如说是对我们自己的尊重。

在薛涛像前，我心里翻涌这么多感慨，可是无法启齿向薛涛去说。薛涛永远无语。只有她的塑像，弯弯细眉之下流淌出一泓不在意的微笑。那微笑似乎不是实体，也没有嘲笑的意味，而是一个人经过了各种痛苦、不幸、错误、热情、孤寂突进到永恒之后保留下来的东西。时间，是她脚下的水。她已走入没有时间概念的境地去了。爱情，是水中的泥沙，也不值一顾，她已经蹚过破碎的爱情走向完整。

我不禁赞叹：塑薛涛像的工匠，好深沉！

而浅薄的，是我。

（选自1991年第1期《散文选刊》）

张海迪

白色的鸟　蓝色的湖
——写给 T.S

张海迪，1955年生。主要作品有《向天空敞开的窗口》《生命的追问》《轮椅上的梦》等。

最早知道你的名字是读了你的小说《我的遥远的清平湾》。那时我并不知道你也坐在轮椅上，后来还是听于蓝阿姨说你的腿有病，于蓝阿姨希望我写一部电影，她说你就在写电影，她说你很有才气，是陕西回来的知青。我没问你是什么病，我不愿问起别人的病。我只以为你受了风寒，就像我们下乡那个地方的人，风湿性关节炎是常见病。我曾经用针灸给很多老乡治好了关节炎。所以我想你也许很快就会好起来。后来，我又陆续收到了你的一些作品，还有一些思想片段。也许是在这期间，我知道了你的病情——你也是因为脊髓病而截瘫的。我只觉得心重重地往下一沉，我说不出那种感觉，但我懂得你承受着多么巨大的痛苦。

好多年，我一直没有见过你，一次去北京开会，会议名单上有你的名字。而你没到会，但我有一种预感，总有一天我会见到你。几年后，在中国作协第五次全国代表大会上，我见到了你。此前我甚至不知道你的模样。那天，我在餐厅一边吃饭，一边和朋友们闲聊，忽然听见身后有人叫我的名字，声音轻轻的，但很浑厚。回过头，我看见了你，我一眼就知道那是你了——因为轮椅。我们握手互相问候。T.S,知道吗？你比我想象的要高大健康。你的笑容温和而朴实，一副可信赖的兄长的样子。那一会儿我不知道跟你说了什么，因为一些印象急速地闪过我的脑际，我说不清那些印象来自何处,但它们仿佛又是我熟悉的:陕北的黄土高坡,九曲十八弯的黄河,头扎羊肚毛巾的放羊老汉,灰头土脸憨笑的娃娃们,还有窑洞、窗花、石磨……然后我看见你躺在担架上,被人们七手八脚抬下火车,又匆匆地送往医院……

　　T.S,我不知道你第一次面对神经外科医生的心情。我经历了很多次神经外科检查,从小就习惯了身边围满医生,看他们翻弄病历夹,听他们低声讨论我的病情。我没有恐慌惧怕。我一开始就没有害怕,因为我那时还不懂得脊髓病对我意味着什么。医生用红色的小橡皮锤轻轻敲我的胳膊敲我的腿,把棉棒头扯得毛茸茸的,用它仔细地在我的胸前划来划去,然后再用大头针试探着扎来扎去,医生不停地问,这儿知道吗?这儿呢?我总是不耐烦,却又不得不回答:不知道,不知道……我的身体从系第二颗钮扣的地方就没有知觉了,永远也没有了,留下的只有想象。有时我猜,想象或许比真实更美丽,假如真是这样,我宁愿在想象中生活。

　　T.S,你患病时十九岁了,我想那比我童年时患病要痛苦得多,十九岁已有丰富的思想,面对的现实更加残酷,学会适应残疾后的生活是漫长而痛苦的过程。而我患病时还不懂得痛苦,更不懂得什么是残疾。只以为如同患了百日咳、猩红热。我们很多人小时候都得过这样的病,住进医院打针吃药,出院时又是活蹦乱跳的了。直到几年后,在一个寒冷的冬天,我妈妈背我走出了北京中苏友谊医院的大门,那一次我偷偷地哭了。我知道我的病再也治不好了。 路上我不停地用冻红的手背擦着泪水,我不敢抽泣。我怕妈妈听见我哭,我知道她比我更难过……一片灰蒙蒙的天空,那是我二十一岁的天空,我做了最后一次脊椎手术,在病房里平躺了一个月之后,人们用担架抬着我出了医院的大门,空中飘飞着凌乱的雪花,眼前一片灰暗的迷茫,我觉得自己正向深深的海沟沉落……那个冬天,我怎么也没有想到整整二十年后,我会与这么多作家一起开会,我只记得那是我度过的最艰难的一个冬天,我心灰意懒地躺了很久,终于有一天能够坐起来,忍着手术后的创痛,重新开始料理自己的生活,开始学习德语,日子枯燥又单调,心灵却渐渐像蓝色的湖一般宁静了。

　　印象仿佛一片片落叶在我的眼前飘飘闪闪,重重叠叠……

那天大会选举作协全委会,人们在清点人数,我坐在会场的过道上,我的轮椅显得很孤独。我不由把两只手绞在一起,我常常把手紧紧绞在一起,有时指甲会在手心嵌出印记。T.S,其实我很怕出现在大庭广众面前,长期以来,我一直很难消除内心一种说不清的怯懦。小时候有一度我很怕见人,一到人多的地方我就会紧张,脸色就变得苍白。尽管我渴望和人们在一起,而一旦走进人群,我又是那样脆弱,有时我甚至怀疑那个脆弱的人是不是叫海迪。记得我那一次参加共青团的代表大会,会议主持人宣布:全体起立,奏国歌。随着一阵椅子的轰响,成百上千的人站起来,那一刻我有些不知所措,整个会场里只有我依然坐着。我能感觉出我在微微发抖,我镇定自己,勇敢点儿,我对自己说。我让冥想中的自己站立起来,跟人们一起高唱:起来,不愿做奴隶的人们……过去一些苏联电影里,常有人们站着唱歌的情景。我那时很向往长大后与布尔什维克站在一起庄严肃穆地唱歌……

过道里不时有一阵凉风,那是十二月的天气,外面已经天寒地冻。虽然会场里是温暖的,可我还是有点发抖。我害怕冬天,我常常会冷得发抖,我的腿因为血流不畅有时像冰冷的石柱。我的目光掠过会场,无意间我看见了你。你也坐在过道上,你坐得伟岸挺拔,你的表情沉稳平静。我觉得紧缩的心猛然放松了,几乎凝固的血液又开始流动。看着你,我不由问自己:你究竟惧怕什么呢?

物质世界的一切客观存在,不会成为残疾者难以逾越的终极障碍,而精神世界的存在中,却处处有无形的障碍。每当我以开放的心境面对世界,企图哪怕一时疏忽,忘却残疾,也常常不能如愿。障碍有时成为真正的屏障,成为一张无处不在的网。只有精神的解放,才能挣脱这张网,获得自由。

T.S,那次见到你后,我读了你的长篇小说《务虚笔记》,我的心被它撼动了。近年来,我已很少能被一本书感动。我有时甚至怀疑,是我对文学冷漠了吗?我常常毫无热情与渴望地翻着一些平淡的书,有时就放下,重新拿起翻过多少遍的充满真情的旧书,与那些早已熟悉的人物会面,他们仿佛是我永不厌倦的朋友,每次见面都会给我新的感受。我们的心其实是渴望被感动的。

我被你书中的人物C感动了,这并不是因为C的残疾,而是C为争取自己的生存和爱所做的努力。还有你的笔敢于直面残疾与性的勇气。真的,很多关于 C 的章节都让我感到惊悸和颤栗。性爱,这一人类最基本的权利,对于很多残疾人,却如同荒漠戈壁。他们爱的情感和性的欲望,从来都被传统和偏见排斥在社会的意识之外。你以卓越的勇气向这不能言说的困惑发起冲击,使 C 成为揭示人类内心深处奥秘的探索者。有一段时间我不敢读茨威格的作品,他的作品总是撕扯人们的灵魂。其实,你也是。因此,你的很多作品我也不敢再读第二遍,比如《秋天的怀念》《命若琴弦》……纯粹的凄美让我心中一片怅然,总想去一片寂静的山野,独自哭泣。

写作是残疾作家的翅膀,我们在飞,时间也在飞。

不久前,我又一次见到了你。你看起来有点虚弱,穿着厚厚的毛衣,你依旧露出诚挚淳朴的笑容,我能深切地感受到你的坚毅。我靠在会议桌边,听你说的一切。你告诉我你的双肾功能不好,几天就要做一次透析。你卷起毛衣的袖子,让我看你扎满粗大针眼的胳膊,几根血管因为反复使用已经被扎坏了,错误地盘虬着,有的地方还凸起了青色的硬结。我难过极了,T.S,你一定很疼,你……哦,我们能帮你做些什么呢?我问你是否有换肾的可能,我说我们那座城市有医院做这种手术效果很好。可你轻轻摇摇头,你说你换肾已经很难了……我感动,就在这样的病痛中你依然顽强执著地写作。在你面前,我忍不住诅咒造物主。而你述说这一切时却是那样平静,仿佛病痛已是很久远的事。

你忽然说到安乐死,你说安乐死有必要。

哦,T.S,我不知道那会儿你是否看见了我眼里的泪水。你知道这太浅了。转而,俯视脚下深不见底的"恩赐泉",不觉从心里涌出一句话来:

蓄深而流长。

(选自 1991 年 11 月 22 日《文汇报》)

筱 敏

舞 者

　　舞者匍匐在大地上的时候，天是青灰色的，赤红的土壤腥咸而且潮湿。地平线静默无语。

　　人群如潮水般慢慢退去，以一种迟缓得无比黏稠的节奏，以一种郁闷而至无底的回声。风是坚硬的，岩石是炽热的，舞者在风中慢慢地挽梳她纷乱的云丝。她的每一根发丝都绵长，纤细，柔软，那一握斑驳，平直单纯一如她的一生。

　　舞者高高抬起双臂，尽数展开的掌中没有花枝，没有月，也没有钥匙。命运仿佛一种流体，自天而倾泻，舞者在空濛的乐音中遍体灼痕。此时她立在广漠之上，依傍着被天地反复熨烫过的灵魂，依傍着以自体为材料的雕塑，依傍着以自体为音韵的长诗。娇艳的花冠融蚀为泥，遍体灼痕却被成熟的浆液充满。

　　海岸折成数叠，每一个舞步都有九种回应。灯标闪烁无定，每一次旋转都是一次无法测量的浪涌。通向生命的路迹被永恒地寻求着，这永恒的寻求者总是孑然一身。神祇总是选择最脆弱的心灵去承接永恒的苦难，而永恒的寻求者总是无所依傍地暴露着她永恒的缺损。

　　而歌声是没有文字的，由海洋深处渐次逼近，随地气蒸腾渐次围拢。而歌声不可抵御，浸染着星月的颤栗，野天鹅的焦灼，还有紫罗兰的潮湿。

　　风沙去后，浓雾慵懒而且沉滞，删除了从前的道路。天宇重重叠叠。在芜杂之中滚来滚去，却什么也不能撕裂的，是浑浊的不分季节的雷声。

筱敏，1955年生，广东广州人。主要作品有《风中行走》《阳光碎片》《成年礼》《女神之名》等。

舞者的裙裾膨胀,起伏,一如被围困的风,一如广漠的嘶鸣。于是谷物在她的裙裾之上生长,茸茸密密,使明日的祭礼有了一种隐隐约约的丰盛。就在这一刻,岩石风化,剥落,并且飘散为舞;就在这一刻,波涛惊悸,呜咽,撕碎了亘古的歌声。玫瑰花猩红着遍野怒放,赤裸的脚踝在花丛中轻盈地起落,柔美地旋转。以自体的屈曲或舒张,述说与延展着自身。

　　如果她还能举起什么,那就是泪水了。

　　她举着。举着。手臂刺一样插入天空,犹疑着划过。天空就抽搐了一下,重重叠叠地抽搐了一下,慢慢流出一线鲜活的金红。

　　而她的手臂就如一弯残月,瘦弱,皎洁。让自由的渴欲在月面充盈而溢,叮咚滴落,去寻找一个有羽翼同时有缺损的灵魂。

　　这个时刻万籁俱寂。这个时刻青苍得浩浩茫茫。谁在谛听?

(选自1991年8月号《作家》)

张立勤

痛苦的飘落

我记得我的脊背朝着那扇死神的门，背后没有了飘扬的长发。我没有回头，没有看一看那门的颜色和形状，以及门这边和门那边发生的事情。我只想着我的长发在通向那扇门的路上铺了一片，那路才漆黑发亮，带着蓝色的反光。

每个夜晚仰望天空的时候，我的长发开始一丝一丝地飘落，弯弯曲曲，哆哆嗦嗦，挽着缠绵的风。像山峦的那一条逶迤的边沿，像河流那一线扭动的堤岸，像少女时的我，窈窕的我。它一部分一部分把我撕开，飘落飘落飘落。枕边，床头，桌角，紫色水磨石地面，窗外大叶梧桐，都伸出臂膊承受着这飘落，太阳碎了，月亮碎了，漫天黑色的飘落！

我的头发裸露着，像黄土地。密密匝匝的庄稼收获了去，显出缩肩缩脖的疲惫。惯了，突然没有了覆盖和飘拂，不是滋味。望不到自己，也不想去望。开始荒凉寂寞的地方，自己并不想承认，不忍心承认。把镜子狠狠地扣过去，把梳子甩向蓝天。买一瓶红色洗发香波，第一次使用这高级玩意儿，在失去长发的时刻。几十根极短极细毛茸茸的头发接受着特殊的礼遇。

谁知道打了那药，白天黑夜地吐，口腔烂了，皮下渗血，血小板白血球都降到最低极限。咬咬牙，咬住嘴唇也行，殷殷的血痕也望不见。谁知道头发还要脱掉，一根不剩，大彻大底。我悄悄哭了，我想女孩子到这份上都会哭的。我为我的长发，我的生，我的死。

张立勤，女，1955年生，山东章丘人。主要作品有《难忘又难言的二十岁》《痛苦的飘落》等。

有了长发照镜子都值得。从路边走,总不由得歪几下头,望着临街的窗玻璃上明昭昭的我,那是我,是我,明明媚媚的我,有一束美丽的长发的我。我不敢想,现在的我,我死着,女孩子的意念,骄傲,妩媚死着。小的时候,不知哪一天喜欢了照镜子。这种举动成为一种支撑,懵里懵懂的女孩子的支撑。迈出家门走到蓝天下,坐在男孩子身旁,自己常想着自己,自己的眼睛,自己的鼻子,自己的嘴,还有长长的秀发。自己是自己的模样,自己先走进自己的眸光里,自己的情怀中,自己是自己世界的崭新的太阳。自己在揣思着自己的模样:我今天怎么变丑了?我今天怎么变俊了?不知为什么的变幻,摆弄着自己的情绪。如果有一天,自己突然变俊了,变俊的日子,太阳摇着,云朵摇着,沙啦啦沙啦啦的小树枝桠摇着。一整天都摇来摇去地走,去买一块水果糖,到老师的讲桌上交一本作业,都觉得有一种理直气壮的味道。

从自己的长发开始意识到自己是个女孩子,那么女孩子就像女孩子一样,爱学小燕子飞,两只胳膊扇起来,或许,那是很小时候的诗。

从让你心慌让你难忘让你不知所措过的初次来潮,终究懂得了些自己为什么是女孩子了,更多的为什么便开始它的若隐若现的缠绕,她羞羞答答了,不声不响了。她开始专心致志地洗脸,擦雪花膏,刷牙,把长长的头发梳呀梳,编两条长辫子辫梢过了衣衫,垂到臀部,然后悠悠荡荡了。每个时刻为这悠荡而充实和自美。

我的长发,是我女孩子的生涯。

我的长发,是我女孩子的格调。

我的长发,是我女孩子的魅力。

谁会想象得到,没有了头发还叫什么女孩子。

没有了一走一甩的发梢没有了迎风飘荡的江河。

什么都没有,一抹平川,凄荒荒的黄土地,滚过远去的风。什么都捎不去,唯有薄薄的尘埃,浮浮沉沉,浑黄一瞬,再跌落回来。

没有办法,戴一顶小白布帽。白天总要见人,医生是年轻的男子汉。

迟迟半年的荒芜。荒芜的土地暖日子来得如此缓慢。真不知道我的黄土地将到什么时候才能解冻。我只好戴着白布帽出了医院。入院前我刚考上某城大学。回家休养了两个月便匆匆起程了。我的头发仍然长不出来,一连做了三顶白布帽,预备着夜深人静时分替换。不能让人看见,她们会吃惊,睁大眼睛,嘴咧开,甚至大叫一声,全屋子的女同胞朝这边看,目不转睛,好一片新大陆,振臂欢呼吧!

月牙挑着屋檐,屋檐上是厚厚的夜,夜上边是灰灰的天,天上有数不清的星星拽着,要不然夜掉下来会砸断屋檐,砸碎月牙。窗户上横七竖八糊满旧画报,屋子暗极了的时候,那上边的物件动起来,窗棂吱吱响。仿佛有美人鱼走下来,仿佛有出土文物泥人泥罐的碰撞声。上下床终于荡来了错落的轻轻鼾息,我钻出被子,拧亮床头灯,从床下拉出脸盆,开始我悄悄的事情。无论如何也不能叫她们望见,不愿意,连我自己也不愿意望见,连我自己也根本没有望见。我真不知道当初我是个什么模样,掀去白布帽的时刻我究竟是怎样的辉煌。唯有我的大自然望见了我,它们永远为我保守秘密。悄悄的不知有多少个悄悄的夜,没有谁能望见那一片神奇的黄土地。我的黄土地在寒风中瑟瑟发抖,却从来没有忘怀地艰难地喘息着甚至歌唱,迎接一次又一次光滑的淘洗,水波不被阻拦,夜色不被阻拦地在上面自由自在。谁能知道此时此刻有一颗女儿心的破碎,在孤零零的夜悄悄地流逝。她的全部的希望热血和爱,伴着她的痛苦复苏的日日夜夜呀!

一个沉沉的夜,连月牙都没有窥伺的夜,连鱼美人和出土文物都没有骚动的夜。当我掀去白布帽的一刻,我的心剧烈地鸣响了,轰隆隆,夜空打开了一扇门,月亮飘过来——啊!怎么,黄土地不见了,一片茂密的丛林,太茂密了,像胡茬儿直挺挺不折不弯地耸立着。我的天!——那铺满我长发的漆黑的路,那阴森森的死神的门,那脊背朝着死神走去的梦,那对女孩子不能容忍的折磨,统统见鬼去吧!

我的头发重新诞生了!

我的女孩子的旗帜重新升起来!

我的女孩子的江河重新汩汩流淌!

从来没有过的漫长的日子我丑了这么漫长。从来没有过的漫长的日子我难过了这么漫长。谁知道这样一来,我的今后的日子还会漫长长地俊下去吗?

我真希望我的生活还像小时候那样天天变幻着。我今天变丑啦,我今天变俊啦,变丑的时候我低着头,谁也不看我;变俊的时候我仰着头,那么多人都看我!哦,一去不复返的诗,铭心镂骨的诗啊!

我终于开始了我的新生,或许长久或许短暂。不知道为什么,这些天,我怎么有这么多情思,这么多想写的文章,难道我真会面朝着那扇门走去吗?看来背朝着那扇门是无济于事的。当我看清了那门的颜色和形状,看清了两个世界的区别,看清了两个世界壮观的临界点的时刻,我会妩媚地死去。我的重新滋生的长长的秀发会翩翩飘来,掩埋我的面庞我的身姿我的爱!

(选自1988年第4期《随笔》)

唐朝晖

一个人的工厂

1

　　青色的工作服落满了石灰，挥舞着沾满了石灰的披肩帽重重地往身上打，一下一下，灰尘一次次飘起又散落。几分钟后走开，站的地方落满了一圈的石灰。把手闷、披肩帽挂在休息室的墙上，到其他工地走一走。

　　我们上班的时间是八个小时，工作的时间只有两个多小时，但，其余的时间是不能够离开工厂的。实际上，到其他工地走也是不允许的，称之为"串岗"。

　　我喜欢这些高大的厂房。

　　二分厂是一个冶炼分厂，七台电炉在电量充足的二三季度是全部启动的。现在是初春，只有三台电炉在工作。厂房有八层楼高，大部分是开阔的，一望到顶。许多钢铁搭的架子，左一根往里倾，右几根往厂房的顶上走，从这个角度伸出一根三角形钢铁，与垂落下来的钢条错落成无数个多边形。有时候几根钢铁同时搭到右边的电炉上，四五十米长。交叉搭配是简单错落的，似乎没有规则，几十根上百根钢条在四千多平米的厂房上空交叉、流动，凝固成线条。三角形的侧面、四方形的异变，流动的线条表达着钢铁的硬质。它们时而上，时而斜插过来，在这巨大的生产铁的空间里，硬在这里柔软下来。它们交叉流动、凝固成线。

　　我喜欢这些线条，仰望它们，几台天车在这些钢线条中穿行，切割着重新组合着线条的图案。

唐朝晖，1971年生，湖南湘乡人。中国作家协会会员，作品入选《百年中国经典散文》、"当代中国文学最新作品排行榜"等选集和榜单。出版有《心灵物语》《勾引与抗拒》《一个人的工厂》等。

"注意,你的头在手上。"

一个女子粗犷地大声说话。随后,我听到了一大串天车的铃声。叫声和铃声是与我同时进厂的女工发出来的。

她挑衅地提醒我,别把安全帽拿在手上。我晃了晃黄色的安全帽,大叫:"小心你的钩子!"

她开的天车下面有一个巨大无比的铁钩子,重达百十斤。只要碰上,无论有无安全帽,人必死。天车的钩子,像一个倒置的问号,轻而易举地钩上千把斤是没问题的。天车钩子被她按了一下开关,收了上去。轻悠悠的一个钢铁问号,向五号炉那边开去。

我低头走进三号炉的辖区,围着炉底转一圈。这个硕大的炉底,可能要我十五个唐朝晖才能合抱。因高度问题,我不得不时刻提防着头上的钢条。它们没有了厂房左边那么巨大的空间,几米一根钢条被焊接成各种图案,通过拉、顶、交叉,撑住一些或大或小的物件。这些线条触手可摸。

置身于这些钢线条中,很多次地联想到当下一些艺术作品。

美国有位艺术家,他把一根根钢条竖靠在白色背景的展厅里。几十根钢条随意斜靠,白的墙,青灰色钢铁的硬,生发着艺术的氛围。艺术家穿着随意地走过来,把一根钢条推向另一根钢条,一个元素活了起来。随着惯性另一根钢条倒向另几根钢条,钢条落地,声音与工厂里的声音不同。

后来我又看到了湖南画家贺元龙的底层油画,他画的就是钢铁的线条。我看到了、听到了他的钢铁通过密集的色彩发出自己的声音。

2

几乎都是这个时候,下午一点二十分,原料坑的大棚是安静的。

水泥和钢筋分割着地下的空间,形成百来个坑,长与宽保持在7米×7米之间。坑的墙由水泥和钢筋构成。由于天车的不停敲打,水泥一块块地掉落,露出来的钢筋几经撞击后,也越发扭曲了。

某个坑角,几根钢筋弯曲着突在水泥外面,钢性和它的硬度在它的弯曲中更加醒目。水泥的角是粗糙的,一般是被天车的铁爪给碰掉的。除此之外,是没有什么东西可以碰坏这些结实的坑墙的。

几十个坑,大小均衡,多少给人一种气势。一大半的坑里堆满了青灰色的石灰石,每块大小控制在两三斤左右。每天几乎有近百吨的石灰石被运到这里,又被石灰窑给吞吃炼成石灰。每一块石灰石在这里待的时间并不长。

下午一点二十分,石灰石在坑里堆成一个个小山,它们与周围的钢筋、机器和工作场地形成了区别:石灰石上没有一点石灰,因为它们都是刚到。石灰石的青灰色鲜活地堆积着,一块块,是那种很有品位的色调。

我一次次走出休息室,站在几千吨石灰石的小山上。它们与我的命运差不多,在等待另一种命运。

在来此料坑之前,它们在矿山里,被大炮、钢凿、机器碾压,从各条流水线的皮带上被火车运来,被天车抓放在这里,它们在噪音之路上抵达这里。短暂的宁静,我们暂时不会打破,过两小时,它们将被送进烈火中,变成另一种事物。我也一样,在同时刻,将开动机器,成为机器中一个活动的奔跑的零件。

找一块平整的石灰石,坐下。

石灰石一块块安静地待在坑里,左边是一条火车道,上面落满了石灰,两条钢轨被车轮磨得光光滑滑的发着亮,或混淆或隐藏在石灰中。许多脚印零乱地留在每条铁轨的两边,深深浅浅的脚印,叠加着。脚落下去,白粉扑上来。

许多脚印沿着铁轨伸向料坑的那一边。料坑大棚由几十根一百来米高的水泥柱支撑着,顶棚层顶斜斜地镶着一块块巨大的水泥板。

时间已经是两点半,我只要转身,按下三个开关,这里的原料就马上会被剿杀一半。青灰色的石灰石也就改变成石灰了。

宁静多少是一种保持,而声音,是一种改变的信号。

3

我从来就没想过会离开铁合金厂。想都没想过。

最大限度就是从石灰窑出来,调到分厂做一名宣传干事,最大的愿望是去编辑《湖南铁合金厂报》。他们不会要我去的,这一点我最清楚。我只是偶尔靠幻想来激动自己的情绪,来一次次上演自己到了那里后,可以改观很多事情的幻觉。

最后的结果只是改观了我的幻觉。

我始终留在石灰窑,从一名工人到班长,就这样,成为一名永远的石灰窑工人,被人称为"窑工"。

我喜欢这种窑工的工作生活,原来就是为了养活自己的肉体,干什么都一样,只要让肉体健康地活着,就行。

工作之余,百分百地投入其余任何事情中,与工作毫无关系。有些人工作完八小时之后,工作还如细菌一样感染着业余生活,那肯定让人难受。

把工作想得简单点,并且,我的窑工工作,每天有三十分钟的体力活,让自己出身汗,对身体是有好处的。推小板车、铲石灰、搬石灰石、挪动钢铁是我的工作。

站着干活,可以避免肩、颈、腰的劳损。

在石灰窑里,工作越多,身体越好。

工作的时候,我就是一个钉子、一个零件、一块石灰石。只要按部就班就行,只要随程序走,不要太多思虑。这比当老总好,比做记者好。

我没想过离开石灰窑,我喜欢在那两座高耸的石灰窑里工作。

4

它隐藏在任何一个地方,它的随意性很大。

很多次,感觉到自己的手摸到了它诡异的笑容。

偶尔,它会一声不吭地飘走。有时,轻轻地咬一口,一块肉就在皮肉还来不及疼痛的时候,死了,没有一点声息。那块血呈铁青色淤积在鲜活的肉体中,像玉里的瑕。更多的时候,它用随手拿起的物件切割我的皮肉,血红得发黑地流出来,那块掉下来的肉与我没有任何关系地掉在石灰堆里。这些,只是一种随时的玩笑,一招没有谱的剑术。

它与众不同。

在我们农村,说它最怕钢铁和火。火燃起来,它就会逃遁;钢铁的坚硬,会让它逃之不及。而在工厂里,它却完全寄生于冷的钢铁,寄生于让铁成水的高温和冲天的红光中。

昨天,它还随铁水一同扑在一个工人的安全帽上,安全帽全熔化了,脑袋的五分之一在半秒钟内熔解。

今年上半年,一个人的手就来不及与身体一同逃走,被天车的铁轮与天车的铁轨合谋咬了一口。两米宽的车子经过,手先于身体一步从几十米高的房顶摔下来,它与那人的嘴巴一道大叫了一声。

去年,它藏在一个巨大的变压器里,与电一起布阵,来来回回地在工厂四周闲逛,也许是它的衣袍太长,不小心在往回走的路上,衣带被风吹到了来时的路上。火花四起,它火龙般,从二百米外狂奔过来,像个烈妇用头直冲变压器,几千伏安的变压器在它的尖叫声中炸向四面八方。

它第一次吓得呆在原处不敢动,就在那么几十秒钟里,火炉、石灰窑的机器一个接一个同时炸响,所有的声音在突然间全部消失。偌大的分厂突然间被它们一刀砍断了噪音的脖子,身首异处。恍惚之间,没有了巨大噪音的工厂我们不再熟悉,像突然临身于另一个地方,另一个世界。突然的静突然淹过来,它也担心自己的走动,会让我们听到。

我,一个人看到了它。

在石灰窑,我三次看到它的影子:死神的可笑的模样。

5

我是班长。

我一个人去二楼工作,按动按钮,机器缓慢地一进一出,石灰窑底部有四个洞,里面各有一台机器一抽一送,把石灰拖拉下去。

三个工人在下面工作。

我围着石灰的底部,一个人转悠着。转一圈,就用粉笔在石灰窑的墙壁上写一行字。很多关于工厂文章的草稿就是这样完成的。

从楼梯口,我看到一个工人走了出去,离开了他自己的岗位。我又写了二十行文字。我看到那个没有戴安全帽的女工人也走了去。我又写了十行。我看到留下来的她像个醉汉。像个梦中人,慢悠悠地往地上躺,身体软绵绵的,骨头像石灰被水淋到了一样,一点点地稀释。

我冲下楼梯。煤气穿过我的口罩,恶心。

把她拖出工作场地,她还处在昏迷中。

第一个走出来的工人正从水池里爬出来。他说,本来是头昏,想用水冲冲,没想到失脚掉了进去。

那个没戴安全帽的女工人,也站在了我身边,她说自己是从澡堂里刚冲完水出来。

他们的共同点是：目光呆滞，脸上没有了表情，以前奔放的热情，没有了，被一种莫名的气吞噬了。

昏过去的她，马上也醒了过来。

我陪他们三个人，坐在厂房外的草地上。几十分钟后，表情才在他们的身体里死灰复燃。一定有只手在一点点抽掉各种姿势和表情。等全部抽完，并抽走最后一口气时，他们也就与我永别了。

但，他们在水中恢复过来。

人，就是一株草，需要水。

6

石灰窑。

我必须重复这三个字，我必须严谨地对待这三个字。我所有的发展和转折都在这里发生。

我人生的第一个师傅领着我走进石灰窑的休息室。房间是位于工厂偏东方的一间平房。房子不高，阳光难得照进来，大白天也点着亮晃晃的两百瓦的大灯泡。

三把长条椅摆满了三堵墙，上面横七竖八地躺满了老中青年工人。他们与我父亲一样，一身蓝卡布工作服，穿一双劳动布鞋。墙上、桌上都是安全帽。手套、口罩里面的人豪爽得像东北汉子，是以后难得碰上的豪爽性人种。

与我一起走进这间叫"石灰窑休息室"的还有两个人，他们比我还小一岁，他们两个人成为了我进城的童年朋友。以后不要联系，不要说话，不要写信，反正是朋友内心有那份感觉的那种。

我成为了一名正式工人。一名端铁饭碗、拿工资的工人。我的兴奋是平静的，是没有知觉的，我当时还处在一种懵懂的年龄。当时的我，正好处于自我将醒的时期。我平白地成为了一名工人。我走在回到古庄的路上，可以看到许多羡慕的眼光和问候。我是古庄里的同龄人中第一个吃国家粮的工人，我这一生就不要愁吃愁穿。我从村人扑来的眼光里读出了这些。

实质上，石灰窑的工作内容是一望而知的，就是烧石灰的窑。窑有两个,从第一层到最高一层有近十层楼房高,具体多少层,我忘了。我真该怀疑我的记忆力了,后来我当副班长时,我可知道每层多高、多厚,由多少块砖组成,而今却只能记个大概。窑有两座,里面是砖,外面是铁。我在窑里呆了十年,我是从窑里出来的。

7

与石灰窑里的石灰相处了十年,我走到哪里,远远地,都能从千百种气味中捕捉到石灰独特的味道。我喜欢这种气味:有点刺,有点辣。它的味道是直接的,没有柔软和其他杂质。

十年时间,我几乎每天都要在石灰的飘扬中走来走去。这些石灰是我一手弄出来的,在高温的煅烧中,硬冷的石灰石慢慢燃烧成红色,石头的燃烧,是重量的燃烧。重量在燃烧中消失。石头一层层冷却下来,保持着它原来的形状,但颜色已经由青变成了纯净的白,由重变成了轻。

石灰灰尘是时空的化身,我看到了飘扬的石灰灰尘,白茫茫的整个空间里全是。它也沾在了我的身上,但我却无法抓住灰尘的任何把柄。它飘起来,在我的视线之外,它悄无声息地落在地上。日积月累,灰尘在大地上一点点加厚,虽然我们每天清扫,但一到年底,飘落的石灰灰尘已经积淀下来,与土连为一体,用铁锹用力一点点铲出来,我看到了时间的重量。

8

我不缺乏任何东西,够生活的钱和时间这就够了。

当一名石灰窑的工人与电视台的制片人有差别,后者只是让更多的钱、房子、汽车压制着自己,只是让荣誉、浮躁、名利的细菌蚀食着自己善良、平和的心,让这一切以整齐的方阵彻底地把自己的时间给摧毁。

我作为一名石灰窑工人,一切恰到好处:有空气、阳光和水。

9

石灰窑有两台引风机、六台鼓风机、两台石灰窑、两个水泵,几乎都是双数。为什么?道理很简单,每个时候都有休息的,每个时候也有工作的，保证生产不停。机器如此，人也如此。我们石灰窑有四个班，每天三个班各上八小时，另一个班就休息，两天一换。

机器是工厂里的零件，我也一样，是工厂里的一个零件，一个活动的机械的零件。

石灰窑的工作，每天都是在重复着昨天的事情，这就是工业化时代。

我的零件的角色是班长，我与其他机器零件的区别是分工不同。班长零件的用途是：接班时看班的记录本→开鼓风机→休息一个小时→开振动机（工作半个小时）→停机器→开鼓风机→休息一个小时→开振动机（工作半个小时）→开鼓风机→休息→吃饭→开振动机（工作半个小时）→打扫卫生→下班。

我作为零件每天几乎就这样重复着。

我没想过要挣脱这零件的命运，到哪里都一样，都会成为一个零件，只是形状、形式、服务、工作不同而已。在工业化初期时代的今天，我们，人，无法逃离一个零件的命运。

人活着是为自己，许多人充分知道这一点。其实，我们没有做到，我们为别人活着。别人认为我生活舒适，我就生活舒适，别人认为我当了官，有钱有美女，我就有钱有美女。

不是这样。

今天，我在努力为自己活。当工厂里的一个零件，比在杂志社当编辑好，工厂里的零件只有八小时的时间被占，并且被占的只是表面。我可以在石灰窑读完一本又一本的书，想一些想入非非的事，在灰尘里写下一行又一行的诗，边工作边写。

工厂里的零件，为自己活着。这是在简单中简单地活着，没人来争夺你的位置，没人来嫉妒你，没人关注你。想说话时，可以与青、中、老年大哥大骂一通，大吵一架。一分钟后，又在一起说笑话。

有一半的时间，我会爬上十层楼的石灰窑窑顶，站在上面，可以看到铁合金厂区的三分之二。钢铁、浓烟、火光、灰尘、噪音，不会伤害我的心。

我是一枚健康的零件。

邱华栋

卖花姑娘

> 邱华栋,1969年生,河南西峡人。主要作品有《夏天的禁忌》《夜晚的诺言》《正午的供词》《花儿花》等。

有好几种卖花姑娘,一种是花店里的卖花姑娘,一种是勤工俭学站在路口的女大学生,还有一种是年纪很小的失学女童,她们由四处浪迹来城市寻找机会的父母带领着,到城市里来生活与生存,她们则到大街上向行人兜售花朵。

"卖花姑娘",这个名词有美学上的令人欣悦和动情的意义。因为人们都把姑娘比作花,把大姑娘比作含苞待放的花,把小姑娘比作花的小蓓蕾,所以,由象征花朵的姑娘来卖物质的花,这种花朵的物质与精神暗喻关系的合一使卖花姑娘成为了人们喜欢的人。

但是,那些失学的孩子们,那些小女孩子,在街上拉扯住行人,强行要他们买花,这对"卖花姑娘"的美学意义有伤害吗?

我的女友喜欢花,因此我常给她买花,买各种花,以玫瑰为主。有一次她在外省还打算给我寄一些她在我们的母校曾亲手栽种的花,但邮局不能寄,那些花只好被她夹在杂志中变成干花了。

花是植物的生殖器。因此,这种与生物的繁衍相关的重要器官有着令人炫目和动人的面容。花,人类已经把所有的花都赋予了象征的含义,花象征着幸福、爱情、和平、美丽、健康、友谊,花其实已不是花,花已变成了半物质半精神的东西,花在人们的生活中是信物,是供氧机,是中介,是暗示,是礼品,也是某种粮食。在所有包围着人们的东西中,人们对花总有着一种热情,那种热情使花成为了人与冰凉的物质世界、人与大地亲和的中介。

正因为如此，每当我和女友在街上散步，碰见卖花姑娘，我总要买上一枝送给女友。有时候我们在咖啡店聊天，也会有卖花姑娘走进来，我就同样给女友买一枝——在不断地给她送花中，她也一天比一天爱我。也许我喜欢花，我把花送给女友，就在暗示她像花一样美，对待她会像对待花朵一样（花朵是多么柔弱、单薄、易碎的啊）。我们的关系也会如同花朵凋谢后转为果实一样有一个坚实的结果？

所以，卖花姑娘也是一种中介，她们把花这种半物质半精神的象征物销售到我们手上，由我们再赋予它具体的意义，比如我给母亲送花，就是为了祝她健康，而我给女友送花，是为了祝她依旧美丽漂亮和我们的爱情平和美丽。因此，即使是走在大街上，被卖花姑娘包围，我也要多买几枝送给女友不可。那些在大街上追逐行人的小姑娘，失学女童们，城市黑夜街道上的小精灵，她们的父母亲远远地站着，以期待着她们把卖花的钱尽快地交到他们的手上去。城市需要鲜花，需要鲜花装点门面，礼仪互赠。城市是物质化的，它的内脏与外衣都是人自己创造的。城市是人在大自然的景观之外，为自己创造的景观，这是一个钢铁、混凝土、塑料和沥青、玻璃所构成的世界，因此，它需要花，需要卖花姑娘，需要花店，在这个人造的世界中人们需要花朵来给这个世界增加大自然的温情与馈赠。

那么卖花姑娘呢？那些在街上追逐行人的小姑娘呢？我觉得她们是没有发育好的花朵，很可能变成另一种凋谢之花。从她们的手上买下来花的时候我看着她们肮脏的小手脸、破烂的衣衫和依旧清亮的眼睛，我就有一种痛楚，这种年龄本该在学校里读书，并健康地成长为含苞待放之花的，一瞬间，我看见她们手上鲜活的花和她们本身还是枯萎的花之蓓蕾，这是两个方面的痛苦：我从她们手中买到了花献给了我花一样的女朋友，她因而变得美丽灿烂；另一方面卖花姑娘却并没有被她手中的鲜花映照而变得明亮，我却看见了花之凋谢与零落，从而使我对城市这人工的物质世界又增加了一份不信任，它在把花变得更精神的同时却把卖花姑娘变得更为物质了。

（选自1998年6月27日《武汉晚报》）

赵统斌

李白的"毛病"

> 赵统斌,山东人。主要作品有《不妨走走『邪道』》《曹州风物图咏》等。

眼下的文化界,时兴给名人挑刺儿。在下也不揣浅陋,披挂上阵,去赶一赶给名人挑毛病的时髦。然而细检现当代文坛,大家们几被搜罗批判殆尽——无论鲁迅无论郭沫若。这自然让人生出许多失落和感慨,正应了唐代大诗人李白的那句名诗:"拔剑四顾心茫然!"既然说到了这里,何不就拿李十二来开刀?李白已去世千余载,纵然谬批,也不会与当事人对簿公堂,既无官司之纷扰,说不定还会因独辟蹊径而获得"哗众取宠"的轰动效应呢!如此想来,便也挑出了李白的三点毛病。

其一狂傲。李白少时即饱学,且才情恣肆,性格豪爽。所谓"十五观奇书,作赋凌相如"是也。二十六岁出川后,李白很少再回到蜀中。一生中他一直以"大鹏"自况,即"大鹏羽翼张,势欲摩穹昊"。在《大鹏赋》中,他极尽铺张地描写了"激三千以崛起,向九万而迅征"的大鹏形象,抒写了自己不同凡俗的性格、气概和抱负。李白非常自负,常自比管仲、诸葛亮等古代政治家,以"申管晏之谈,谋帝王之术,奋其智能,愿为辅弼,使寰区大定,海县清一"。李白在政治上积极入世,但他却从不想通过科举考试进入仕途,而是在大量的社会活动中建立自己的声望,以引起朝廷的注意。在经过几番艰苦的努力之后,李白终于如愿以偿,得到玄宗的召见,并委以"翰林供奉"之职。"仰天大笑出门去,我辈岂是蓬蒿人",其狂喜之态可见一斑。既然来到了天子脚下,既然进入了"政界",

就该按仕途规矩办事。以前，你李白看不起按部就班的科举考试，看不起拘挛填海的精卫和守常报晓的天鸡，这些都无可厚非。但现在你的身份不同了，已由一介布衣成为随侍皇帝左右的高官。到中央工作了，还保留着一种在野党的心态，无论身份地位，一律地"平交王侯"，为官之道要求的"不逾矩、不放情、不显才"，你却反其道而行之，难道你就忘了三国的杨修是怎样被杀的吗？李白，你以为你是谁？你不过是玄宗的一个御用文人罢了。但你却"戏万乘若僚友，视俦列如草芥"，正如你的诗友杜甫所写："李白斗酒诗百篇，长安市上酒家眠。天子呼来不上船，自称臣是酒中仙。"你是真不知道还是假不知道，中国的皇帝们总是高高在上的，几曾有过平等意识？对其如此轻慢和不恭，玄宗不疏远你疏远谁？高力士是谁？那可是服侍玄宗几十年、最受玄宗宠信、最有权势的一个宦官，连宰相李林甫、杨国忠都是先巴结上他才获得高位的。你居然当着玄宗的面，伸出足去，叫他"去靴"！你不遭嫉谁遭嫉？长安三年，遭谗被谤，毫无建树，李白最终被玄宗"客气"地逐出长安。

其二任性。李白生性放达，不受拘束，加之广泛游历中的求仙访道，颇受道家思想的影响。《老子》云："金玉满堂，莫之能守。富贵而骄，自遗其咎。功成身退，天之道。"李白理解的"功成身退"，是与儒家的"达则兼济天下，穷则独善一身"相类的。一方面他有宏大的政治抱负，一方面又想放浪形骸、无拘无束。而这是根本不可能实现的。官场就好比一个鸟笼子，你既然想进去，就要老老实实，规规矩矩，就不要嫌这里天地狭小受约束，就不要再仰羡蓝天白云，而要遵循笼子里的游戏规则，不能任性犯自由主义。君不见，自古及今，官场进退，有多少心地善良的人变得阴险，有多少举止洒脱的人变得刻板，有多少性格鲜明的人磨平了棱角，又有多少自尊的人变得无耻。到处是唯唯诺诺和俯首听命。就像一只鸟，在笼子里关得久了，住得惯了，即或把笼门打开，它再也不寻求飞翔。因为弃却自由的报偿是可得嗟来之食，且可饱食终日。你李白既然高呼"安能摧眉折腰事权贵，使我不得开心颜"，那么你就该远离官场，更别指望"长风破浪会有时，直挂云帆济沧海"。你还是一心一意去当你的诗人吧，这才是你的最佳选择。

其三贪杯。杜康真是位伟人，以鄙人愚见，他对酒的发明远远超出了国人常引以为豪的"四大发明"，因为它们之于人的影响，一为物质的进程,一为精神的牵引,而以我看,酒对人精神的影响当更为重要。喜也是酒,愁也是酒,聚也是酒,散也是酒,成也是酒,败也是酒……悠悠几千载,酒对人的影响实在太大了。政治家如曹操者尚有"何以解忧,唯有杜康"之说,更勿论那些"暂凭杯酒长精神"的各类文人雅士了。李白一生中到底写了多少与酒有关的诗句,那是研究家分管的事。但李白与酒确实难以分割,这从李白与杜甫的诗歌赠答中可以看出。"敏捷诗千首,飘零酒一杯""何时一尊酒,重与细论文""痛饮狂歌空度日,飞扬跋扈为谁雄"(杜甫句),"飞蓬各自远,且尽手中杯""鲁酒不可醉,齐歌空复情"(李白句)。李白借酒自我遣怀的诗句就更多了——"举杯邀明月,对影成三人""抽刀断水水更流,举杯消愁愁更愁""且乐生前一杯酒,何须身后千载名"。作为一个纯粹的文人,嗜酒贪杯,也不算什么大毛病,有时或许还能激发一下创作灵感。但进入"政界",若太过贪杯,就算不得优点和长处了。"天子呼来不上船,自称臣是酒中仙",你想,酒醉到连皇帝都喊不应,你李白的政治前途还会光辉灿烂吗?如此的贪杯,如此的没有眼色,如此的不够乖巧,就不要再感叹"大道如青天,我独不得出"了。

挑出李白三点毛病,以期引起论争,在下是否也找到一条"借批名人而成名人"的捷径?诚如是,则幸甚至哉!

(选自 2003 年第 1 期《散文世界》)

张绪佑

文字的断想

我这辈子注定要吃文字饭。二十七年前,有人交白卷当英雄那阵,凑篇文章盖了全县,就上了大学。做郎中的父亲要我学医,我偏不,偏去学汉语言文学,以为就要当作家了。就这样与文字结缘。

我与文字的情缘源于我的母亲。母亲是个大字不识的乡下女人,却对文字敬仰有加,奉若神明。路遇一张文字纸片,总要恭敬拾起,绝不会踏上她那被裹残了的小脚的。她说踏了,就辱了读书人。小时蹲茅坑,不敢用有文字的废纸,就用母亲备好的竹片。日前与朋友聊起家乡民俗,恰好这位朋友曾下放在我老家,初到时见茅房的篓里丢满竹片,以为那是吃剩的冰棒棍儿。他哪里知道,这些"冰棒棍儿"竟与文字有着干系呢。

父亲读过八年私塾,背得出"天地玄黄,日月洪荒",也算是个读书人。母亲嫁给他,算是对读书人的敬慕。晚间父亲在油灯下慢悠悠地捧书唱念,母亲在灶前喜滋滋地剁猪草。痴情女夜伴读书郎,那是一种怎样古典的幸福!母亲几十年的日夜劳苦,相夫荫子,为的是要我们做个识文断字的读书人。

母亲对文字的敬仰,其实是劳苦大众对文化的渴望。旧时几万万中国人,识字的不到百分之五。母亲不知道文字的由来,不知道仓颉造字,不知道这个传说中的黄帝史官充其量只是一个汉字的整理者,不知道正是他(她)们这样的劳动者创造了文字,到头来又失去了文字,成为了历史的悲

张绪佑,江西人。主要作品有《母亲的歌》《萧声悠悠》《无花果》等。

哀！母亲怎能知道，应该受到敬仰的不是读书人，而正是他（她）们自己。

不是吗？人类在劳动中"哼哟哼哟"哼出了语言，"比比画画"画出了符号，才有了文字，才胜出野兽，才进入了文明社会。"农"字头戴斗笠手执锄把。"男"人田里出力，"家"中养豕（猪），"国"中有王……汉字的象形、表音、会意，无一不与劳动相关，与生活相关，与社会相关。作为人们联络的工具，文字曾为劳动者造福，极大地开发了人类智慧。文字是人类的史诗，是凝固了的音乐，是劳动者的颂歌。而到了后来，文字堕落了，堕落成了少数人的工具，脱离了它的母体。少数断文识字的成了"劳心者"，垄断了文字。而"劳力者"却远离了自己创造的文字，反遭文字的奴役……

文能载道。文字有妩媚，有冷艳，有激烈，有颓废，有佛家之空、道家之善、儒家之礼。智者、仁者、寿者缘能精文悟道。有人悟出了人生玄机，成了先贤至圣；有人悟出了升迁之道，立时锦袍加身；有人误入了文字歧途，落得个身首异处……古时在官场，文字是最强有力的毒药；在商场，文字是最具欺诈性的谎言；在情场，文字是最虚伪的蜜语。

文不差点，是汉字的玄妙。古往今来，多少人把玩文字，玩出了似字非字的仙风道骨，玩出了篆隶楷草的人生变数，玩出了暗藏禅机的诡谲幻象，玩出了诗词歌赋的抑扬跌宕……字是门楼书是屋。古时以文求官，可构建黄金之屋；以文求道，可搭起精神之殿；以文求爱，可垒起藏娇之穴。文字有时喜，有时娱，有时怒。怒时筑起牢狱，文字就成了镣铐，成了屠刀。于是古来有人弃官从医，弃文从耕，退居村郊，还俗野老，向文字屈降。文字曾创造了文明历史，文字也带来过文明的凋败。

当社会进入网络时代，文字成了一道电波，一种意象，看似有，握似无，键盘取代了纸笔，电波取代了书信。文字变形了，书信萎缩了，文化荒芜了。文字成了权贵的名片，财主的标签，商家的广告，玩家的骨牌。文人相聚不言文，满嘴的铜臭和脂粉。落俗了的文字没了典雅，没了脾气，没了风骨。无奈精神大厦要靠物质文明支撑，文学要靠面包喂养。文字的声音就沙哑，就微弱，就少底气。多少年，目之先生摆弄文字，混了个作家头衔，自以为有了几缕仙风、几许道骨。殊不料年将半百做起了记者，每月领取薪水养家，才知不过是个靠垒方块字混口饭吃的"文字匠"。以往摆弄文字全属副业,不觉文字的轻重,倒有几分把玩文字的愉悦;而今专吃文字饭,便觉捉笔的沉重,文字的艰辛和责任,深感吃这碗饭的分量与不易。制造文字佳作须熬尽心血,制造文字垃圾却又懊丧痛苦。烦恼之余,更觉对文字的陌生和惧怕,怀疑起自己的文字情缘来。有时甚至羡慕母亲,在她目不识丁的精神世界里,能保留一份"哼哟哼哟"的语言清纯、"比比画画"的文字初衷,岂不少了许多的人生烦恼?

(选自2001年第7期《散文选刊》)

张　于

出走的衣冠庙
——八大山人三百年祭

辰时
　一朵晨光里
如此——今日！——是否是
我的生命史。
　　——日本俳句大师守武

　　入秋，八大山人清扫故园已经有一个甲子了。从上一个乙酉年到今夜这个起霜的乙酉年，他的烟墨越来越淡，甚至淡过寤歌草堂的井水。几度营造的山体和云气被晚风一吹，就什么也看不见了。山人不能怀疑自己的眼力，他从案头走开，开始装订一些零散的画卷。这时，白露已经湿透纸窗，蒙蒙瓦灰一片。这样恍恍惚惚的生活，只有柿子还像六十年前那样殷红、甜润，招人怜爱。

　　从崇祯十七年到康熙四十四年，山人日益挂念那些低价出手的小品，这些天它们时常回来，一页一页地揭开，在断炊的木梁下，又按照时令进行自由排列。山人信手在一幅水墨《双鸟》上，落下"八十老人"的题款。这幅十一年前的旧作，有一个非常特别的连体花押：三月十九日。为了纪念一六四四年的这一天，大明的国耻日——最后一个皇帝在煤山自缢而死。

　　看来时辰就要到了，大明的江山已经不需要人质，山人即将动身去一个焦墨世界。最后一个现身的画商方士琯，几天前已经将他放弃。因为，他

张于，重庆人。主要作品有《手写体》《出走的衣冠庙》等。

最后要买的一叠画,其实是蘸着白水画的。也许这是方士琯犯的一生中最为追悔莫及的错误。今夜悲欣交加,山人要打开他的所有玄秘。谁来阐释这个亦僧亦俗的世界?谁来聆听即将解体的偈语?谁来送终?

一七〇五年十月五日辰时,山人撇下朱明王朝的残山剩水。天将放亮,他走到了黑夜的尽头。

哑禅

　古老的池塘

　一蛙跳在水中央

　扑通一声响

　　　——日本俳句大师芭蕉

山人在病中,已经很久没有替人作画。他准备用寂字来完成一幅水墨花鸟画。寂并不是一种缺失,更多的是一种充盈。古典山水也许产生了一种事实,却不能替代一些无法言说的冥想——苦寂之外没有欢悦。

山人在病中画意渐浓,看见枯蝉默然飞去,新叶簌簌落下。他有一种被分开的感受,生活就是坐禅,就是笔姿的开合。山人作为曹洞宗的第三十九代传人,以病态的身姿去冲洗着宿墨,对于笔墨的练习,像是对于禅的循序渐进。他反问自己,是不是病中还有病?如果是误服了哑药,他的偈语式的诗歌何以作答?

——这是怎样一个暗户尘席的山人?

每当病气肆虐的时候,他在门上题写一个"哑"字,把一些想象中的索画人挡在门外。他感到还有另一个山人,兴致勃勃地走过自己的肉身,一边寻找冬夜,一边来渡他的法海。绘画之道离开了生存之道,有一天它们可能的合一,却是以箴言为代价的,依靠抽动的枯枝和鸟儿翻飞的白眼来平衡着桥面。山人无病,病在他的渡水之念。

哦——墨中的默。

灯社之舞

　真是好看啊:

　透过纸门的孔孔

看天上的银河。

　　——日本俳句大师一茶

　　南昌城往东一百四十里。山人在一盏灯中避风。

　　对于一个流离失所的人来说,黑夜有了一层庇护的含义。如此急迫中的藏身,致使他的方位相继朝东,一直抵达介冈灯社。山人嘤嘤地对着山门,他的来路跳跃着一千个小沙弥,他的行装非僧非俗,裹着几分偷生的惬意。介冈灯社是当地一座十分著名的佛寺,把佛寺称着"灯社",听起来古怪,其实反倒是佛家的本身。灯是一种佛性。而灯火消解为尽的地方,游弋着顺治皇帝的马队。

　　这是一场僧寮之间的灯浴,佛陀以光的方式,对一个莫名的来访者进行通体透明的穿刺。但山人并没有把温情世界隔绝开来,他在秉烛之余,不假思索,信手换成了一种清寂。而清寂之下,一千个山人的烟霞在旋舞。当这盏灯的主人弘敏法师要传灯于他,山人有了一个新的符号——传綮,做一个深得骨髓的人,生死含混其间。

　　透过纸灯,山人从隐语、枯墨和藏头诗中,启动了磅礴的视觉识别系统。他到灯社来借光。一借就是七年。

　　对于一个幸福的人来说——灯便是归乡。

水浮雕
那些小小的渔舟
将萤灯系在岸上。

　　——日本俳句大师一茶

　　这是一个有天井的渔台。渔翁卷着鳙鱼走了,手心沾满鱼鳞,散着浓腥。他的这条鱼是用另一条鱼换来的,虽然在他看来,那些鱼都是死的。但渔翁拿走的那条孤鱼,不用喂水,不要容器,却可以呆呆地注视你,时而用白眼翻你——"咦"的一声水响,离去的渔翁在寻一个财主。

　　山人画走一条鳙鱼,盘中清蒸的也是一条鳙鱼,写生大师画什么就吃什么。孤悬的鱼,没有水草和产籽的石壁——空空荡荡,仿佛鱼儿成为水的结晶体,成为负载与依托之外的水浮雕。

鱼嘴开合不定,欲言又止。

午间捕捉的鱼,本来是可以卖个好价钱的。山人望着快快而去的渔夫,想起刚才他一边提着乖张的鳙鱼溜进厨房,一边趁人不备,偷偷在画上压了一印"白画",一鱼换一鱼,三百年后,渔人和他吝啬的财主不知道,有一幅孤鱼拍卖成一百八十万(人民币)——山人自有妙计。

面鱼——它们从窗前飞过,孤兀、单一、无依无靠。而你——是不是其中的一只,尚在火中清蒸。这时,一首小诗趁着酒兴翻涌而出:

　　夜窗宾主话,秋浦鳙鱼肥。
　　配饮无钱买,思将画换回。

天问
　漫漫长夜,
　流水之声,
　说我所思。
　　——日本俳句大师午竹

山人,山人,我是怎样的一个八大山人?在朱家,我是王朝中最高辈分的未亡人,甚至比崇祯皇帝还大三辈——而今,弋阳王孙已经无后,故国已经不需要看守。天地之间,四方四隅,六合八荒,唯我为大。山人——有了笔墨还需要自语吗?

对于时间的迟钝,对于皇历的麻木,对于画商的依赖,山人终日伺候着笔墨。想起昔日蒲元铸剑,淬火的时候,能够分辨出蜀江水里掺了几升涪江水,力道的微差是多么的有趣。在寤歌草堂的十余年里,山人打破儒、释、道的割据,雨打风吹,如饮三溪。而在黄竹园、芙书房、驴屋、锲堂,他克制着的画面,有如箭弦一样绷紧,一杯春醪刚刚下肚,墨气就在纸上喧腾而起。惦念的山峦,倚窗相知,他像一个还没有临完启蒙画谱的生手,对景写生,产生了一些古意和偶然性。绘画对于他来说,每一次下笔之前脑子里都是一片空白,几乎找不到出路。他如盲人一样揣测着行脚僧的夜路——几度才是可能的熟知?难道那些舍我而去的云霞会是两样——他可以是朱耷,可以是传綮,可以是道郎,可以是王孙,可以是洞主,可以是画丐,但也可以什么都不是。

"我是一个哑谜,或者是一个形式上的旁观者。"

南明的小朝廷,自相复制更替。福王先在南京建立了"弘光政权",不到一年就内讧而散——明太祖的十世孙鲁王朱以海又在绍兴建立"监国"政权——接着明太祖的九世孙唐王朱聿键在福州称帝,建号"隆武"——桂林的靖江王朱亨嘉慌忙自称"监国",不久被唐王的部将所杀,唐王又以王叔的身份对鲁王下诏,导致鲁王对唐王大动干戈,两败俱伤——随后两广总督于魁楚拥立桂王朱由榔称帝,建号"永历"——唐王的大学士苏观生拥立唐王的兄弟称帝,建元"绍武",与之争锋。

但山人没有编年史,没有画谱和细致的生平,他的出位,表明了一种纯文人的立场。青山徒存,白水空濛,山人只好喟叹,收捡起心灵的碎瓷,顺着疑问自顾行走。

当时间充满深仇大恨,充满比喻和株连,不安的构图,总与单腿的水鸟、受风的枯荷、浓重的芭蕉、翻白眼的鱼有关。对于山人来说,生活中的全部细节就是线描,题材的内部愿望脱离了形体之后,绘画只能是简笔运算。

——表现主义就是天问。

荷之旅

西山啊!

哪朵云霞乘了我?

——日本俳句大师一茶

从五月到八月,山人看落了荷花。

樵坪的旧友蕙岩已经来了七次,他托山人画的荷花,还没有画好。过几天,他就要回新昌。看见山人的墨案已经被打翻,水渍纵横,一地的废画。对零乱的杯盏说什么好呢?他只得悄悄地离开,看见山人的背影陷在荷塘中央,越来越浅。

山人平视着荷田,看破了粉艳的花瓣。新藕已露,老绿才刚刚隐去。粉艳的花性脱落之后,墨色浑然不觉,沾染上佛性。这一花一佛,对一个写生大师来说犹如露蝉:明朝的十七尊青帝,十八座王朝,二百七十六个清白寒暑已经过去。明朝,明朝——只是持殇的翠莲,颜色一勺一勺地减少,淡墨从焦墨的两边分别破开。他盘绕在佛国的清新之上,通过一条单眼石桥,佛给了山人一个本身。花之皙白,叶之浓重,山人的凝视成为一种写生事实。与此同时,花也在端详着花,夏天的最后几个联想——一朵也不剩。

但蕙岩并没有走远,樵坪此去二十里,趁着还没有消退的暑气,他睡在另一口荷塘上,他不想空手而归。去秋,他先后拜访了隐逸派的四僧。而今,苦瓜和尚石涛闲在扬州被画商追捧;弘仁削发于武夷的空山之中,不知所踪;石溪在南京的牛首山里烧炭;八大山人迁出北兰寺,来到西阜门的寤歌草堂了此残生。蕙岩早已得到消息,他们之中有人参加了义军,把佛门当成了避祸之地。而董其昌的衣钵传人王烟客、王原祁、王鉴和王翚,醉心于前人的笔墨,大行摹古之风,已被清廷奉为新贵。康熙御命的《南巡图》就出自王翚之手。

八月的最后几日,夏眠的灵蛇还在后山。山人望着山峦的走向,荷塘相继枯萎。他逐步确立着自己的线条和骨法,口中念着一首长诗:"河上画,一千叶,六郎买醉无休歇……"冥想中的孟夏四丈有余,直到荷叶已经准备动身远走,山人依然是独步青莲,淹没了他的怀想和荒寒。

莲——静气的来源,水——色谱中最离乱的中介,而墨——香桌上种植的试验田。在一个沐浴之后的闷热午夜,山人沉沉睡去。一位荷花仙子撩开幕帘,领着山人去了另一间书房,他感到无比的轻快和新奇。

"先生,这是你的画。"

"我的?我的《河上花歌图》?"

山人惶惑地看着一地的画卷,犹如白龙盘绕。一缕清新的荷风迎面袭来,他记不起是什么时候画过这些荷茎和水岸,但上面分明又是他哭笑不得的连体合笔的署名,以及他梦寐以求的表现技巧。这一场败荷之舞的线条,由曲柔到瘦挺,自由转动,早已没有古人相随,但是,又有谁来讲述这个梦笔生花的过程?

丁未年入秋的一天,蕙岩跌跌撞撞——卷走了这幅四丈有余的惊世之作。

兰竹
一扇柴门
以这只蜗牛当
锁。
　　——日本俳句大师一茶

　　一六九九年四月,浴佛节前的一天,山人在南昌滕王阁下的水码头,搭上一艘去鄱阳湖的帆船,赣水支流哦——青灰又悠长。他想起一生窭困,极少赶过这样长的水路,他的破灭的王朝可以危若累卵,但一个书画僧的世界是不容易被颠覆的。他要去找一块同样材质的孑遗植物,渴望着对上一个朝代进行共同清算。王孙的另一皇裔石涛,正好向山人发出了邀请,一来访友,二来顺便收取一些润笔。当夜,他在鄱阳湖和长江的交汇处湖口歇脚。第二天改走长江。又经左岸的彭泽、香口、安庆、贵池,再入芜湖、南京、镇江,抵至瓜州古渡,用了三天的水程。

　　石涛估算着行期,在离扬州四十里开外的运河口,迎上了山人。一个锦衣玉食,五十八岁,统字辈;一个青衫布履,七十四岁,若字辈。按宗人府专门为各藩定下的排行,石涛要晚山人四辈。当年的"国姓"已经成为一种可能惹来杀身大祸的危险符号。石涛原名朱若极,他的父亲就是在桂林起兵的靖江王朱亨嘉。少年石涛,被一个太监藏到全州清静寺,才躲过一场王室之间的自相残杀。不知他被康熙两度召见有何感想,但他恨明朝。

　　而今——中国文人画的不可逾越的两座山峰,在瓜州古渡口对峙和重合。他们以遗民画家的身份相认,给予对方更多的却是前朝皇裔的伤怀。一个苦竹,一个幽兰,他们在烟花扬州——这个欲罢不能的城市,合写了《兰竹图》。

　　到了七月,一个名叫聚升的画商慕名而来,山人为他作《花鸟书临河叙册》,润笔颇低。他在愤慨之余,不禁顺手在题跋中叹道:"河水一担值三文。"隐晦地借用"安陵郝廉,饮马投钱"的典故,满腹酸楚地质问:"一匹饮马都知道河水的恩情,何况是我的画呢?"

　　照说山人与石涛的画名相去不远,为何石涛常会卖得大价钱——

是否跟石涛长年混迹于扬州这座欲望城市有关?江南的文化中心,画中的繁复、甜美乃至太平盛世之风,是需要考虑卖相和取悦宫廷的。山人以他强烈的表现主义气质,在渴墨、简约和大杯春醪的灌溉之中,成为了中国文人山水画的先锋——而夹脚的市场已不适合行走。

九月,他溯江而上,回到了寤歌草堂。

夜雨所至
六月雨濛濛:
悄悄的一天晚上
明月透苍松。
　　——日本俳句大师蓼太

在这个被造访的雨夜,山人封了笔墨,立在蕉阴之下。先是几声杜鹃。再是一声鹧鸪,接着被草鹗粗略地打断。山人回望山屏之下的灯社,大殿里钟鼓齐鸣,晚课就要开始了。

纵然是破损、陈旧的山水,不要设色,不要草汁颜料和矿物质颜料,不要花青,不要石绿,夜雨会无度地阐释着一切——由浓转淡,由淡转焦。

而夜雨不会自流——让一个写生大师终身服着徭役。

山人避雨山中,在指尖做着减笔游戏。山峦通体透明,依靠飞白和糙笔,他表达了山体的肌理。意象作为一种笔姿——随风而起,犹如雨洗煤山,崇祯死而不僵,谁来纸上纵横,默写下朱家的阡陌?而雨水吸干了山人的水汽,他在焦渴中疾走,已经分辨不出哪是山阴,哪是渴笔山水的新颖空间?一种朦胧、虚拟的非现实感,将平远的透视和怯笔剥离开来。直到雨水已将枯井倒灌,青漆世界业已形成。

禅意和机锋——是否是夜雨所赐?

山人在心中默写,眼看画到第六帧,轰然听见了关山门的声音,只好三步并着两步往回走。他在情急之下——终身其实都在为一个被捐弃的皇帝补白。在他看来古人的皴法不过是桎梏;在他看来,山雨有知——隔着一层水晶在打磨毛边世界——灵动的手有时会比心走得更远。七十八岁了,山人还在雨中悬腕。董其昌、黄公望和王烟客纷纷被雨水洗淡的时候,他的《渴笔山水册》在夜空中画毕,被欺骗的眼睛成为了视觉的最后砝码。他要赶在关山门之前奔赴南昌,去组织"东湖书画会",也就是"江西画派"的前身,他的旧友喔——都是熬干的眼泪。几天前,一位前朝诗人苦劝山人不要与清朝的文官往来而坠楼身亡——一个人的老境只在阿堵之间。

而夜雨自流,季节性地冲刷着山人留给空山的小诗:

郭家皴法云头小,董老麻皮树上多。

想见时人解图画,一峰还写宋山河。

蝓蝓的存念
雁别叫了
从今天起
我也是漂泊者啊!
——日本俳句大师一茶

这个端午节的雄黄酒下得有些重。农历五月民间也称"恶月",天气渐渐转得湿热,人们戴香囊、插菖蒲,一番驱邪。山人几天来也许是动了俗念,便从耕香园来到奉新寺。寺里隐居着一位黄安平居士,擅长人物造像,山人思想——四大皆空之中也该为自己留一小影。

这一年,山人四十九岁,这是一个知天命的年龄。十九岁国破,二十三岁削发,三十一岁主持灯社,他一直蛰伏在一些隐蔽的符号里,背脊上铭刻着一个王朝的最后版图。山人呆呆地立在禅房外,面容十分消瘦,身穿一件宽大净洁的衩襟薄袍。脚上扎着一双细麻芒鞋,头顶一轮青纱凉笠,山人双掌微微地扣合。对于一个颠沛流离的人,瘦削的肩头只是一个象征。黄安平把过去当成一张底片,他的造像只想凝固一些时间。并且,期望将来有一天——山道上一个和他相认的人,会去拼接山人的生平碎片。

南方文人的天然病态——用纸浆立了一轴自己的画传。

二百二十六年以后的一天,时逢天下大荒之年,在江南奉新县的奉先寺,一些僧侣正准备还俗。《个山小像》被慌乱中发现,题跋已达二十六处。可以设想,他在最后三十年里背负着这帧小影——哪里是故乡,哪里就是淤塞的墨团。而今,我们在青云谱找到的只是山人一个并不存在的衣冠冢。一个忍者,一个逃遁大师,一个藏身北斗的破壁者,一个持灯游遍佛国的书画僧,最终让中国文人感情运河出现了决堤。

而哑脊背是需要图说的。

2004 年 1 月 11 日

(选自 2005 年第 1 期《花城》)

杨 杰

金 子

　　金子对人的诱惑是永远的。多少人拼却一生，为的就是寻找、寻找。

　　七月流火。冶炼金子的季节呵，你是否能给我一点点暗示呢？

　　在巩县，淘金的人行色匆匆，无暇旁骛。南窑湾到北邙山的路格外寂寞。农人在地头睡得一派天然，蝉们唱的歌似曾相识。我一路数过去，数迎面走来的树。它们是北方的白杨树，白杨树上长满了眼睛。其实毋需去数，我知道它们一定是一千四百五十九棵。这条路，只活了五十八岁的杜子美走了一百零一年，他的每一首诗，在尘埃飞扬的历史中，都站成一棵长青的树，为后人留下千古绿阴。

　　茂密的树叶筛下一片片光辉，在道上，灿烂得令我目眩。有一种感觉蓦地自心头升起——这便是、便是我久久找寻的吗？

　　你的故乡早已成为全国首富，而你，依然在陋巷。

　　一串牛粪为我导游，来到你的小院。哲人般的窑洞，蹲在笔架山的腹部。那山是中原的山，黄土地的山。淳朴厚重的黄土地，我们炎黄子孙的根哪，它与金子的颜色不是十分相似吗？诗人，命运让你在这里诞生，一定是有些意味的吧？

　　"吱呀——"一声门响后，是一千二百年的寂静。岁月沉默着，与院中的老枣树共守着当年的秘密。门后有一只蟋蟀在悄吟，它一定很苍老了，它是你儿时的伙伴。忽然，我被一只翅膀击中，那是

杨杰，1957年生。主要作品有《金子》等。

你七岁时咏诵的凤凰振翅翻飞去……

空无一物的窑洞盛满了苍茫如水的时光，渡我，渡我到遥远的大唐，去追寻凤凰的踪迹。

八世纪初。但丁尚未出生。正在中世纪的幕帐中冬眠的西方，被僧侣的祈祷和骑士的梦吒唬得直咳嗽。而在东方，大唐日正午。帝国的池塘里，一枝绝代的并蒂莲正摇曳而出，凌波怒放，芬芳整个世界。

辉煌的昨日，幽丽的往事，公孙大娘的舞姿和曹将军霸的丹青，都被装入诗的信封寄回后世。你，独独将自己留在了那漫漫孤旅。当李青莲在酒杯里酿造他狂草的诗与人生时，你正在帝国的阴影里跋涉。所以你永远也不会有谪仙甩一只靴子给高力士的潇洒。你是一棵子贡植于孔子坟前的楷树，一笔一画，都写得那么认真，那么艰难。难民、伤兵、胡马、羌笛，坠在你的每一首诗上，压弯了凝重的枝桠，以至千年后，那些故作深沉的所谓"诗人"加起来，也扛不起你树上的一枝垂柯。

你走来，你向我走来，依然是一袭长衫，依然是清瘦如竹。早生的华发，如今更加斑白。一根根，都是你无尽的忧患吧？褪色的布衣上，缀满了抖不落的沧桑。那如川的眉头呵，轻轻一皱，便皱疼了后世多少儒生的心！

村边的道路上有深深的车辙，车辙里有辚辚车响，萧萧马鸣，有孤寂的歌者缥缈的足音，就是顺着这条自古以来无数读书人走过的路，你踌躇满志走向长安，然而为时晚矣，长安已是一台大戏的尾声。虽然曲江水边丽人如云，五陵酒肆高朋满座，但"冠盖满京华，斯人独憔悴"。那匹瘦驴驮着你的理想和抱负，大雁塔下踯躅徘徊，碰到的都是紧闭的门，无论是寄食富门或是卖药市上，都早将一个书生的自尊戳得鲜血淋漓。为何、为何你不像你诗中翱翔万里的白鸥，鼓翅离去？长安，它究竟用什么系住了你的心，使你魂牵梦绕，永难释怀？即使"亲朋无一字，老病有孤舟"，江湖万里，穷困潦倒，亦百折不回，九死不悔。在生命的最后回归之时，你无限眷恋地回过头，仍是"愁看直北是长安"。多柳的长安呵，宫墙何其高！而我们中国的文人一代又一代，都将自己的一生，在这墙外打了个死结。"长安"，在他们就是国家社稷，就是山河家园，就是神圣的图腾。这是一个永远的梦。屈大夫做过，诸葛亮做过，你的好友李白也做过，虽然只是梦，却火一样地映红了你们的人生，使那些琴弦一样的名字，轻轻一弹，便有铮铮之音照亮历史。

夏天的雨。你的诗句、我熟悉的诗句乘云而来，骤然间雨点般纷落，淋湿了我无边的追念。

"杜陵有布衣，老大意转拙……"每一次诵读这五百字，我的热泪便止不住与"里巷"共流。好迂的诗人呵，你如何这样执迷不悟！一介布衣，衣食无着，你却"穷年忧黎元"；"老妻衣百结"，"幼子饿已卒"，你却"默思失业徒，因念远戍卒"；茅屋为秋风所破，你想的是广厦万间，大庇天下寒士；自己身陷敌城，悲的却是"四万义军同日死"。一个又一个子夜，你在如豆的青灯下披衣而坐，咀嚼着时代的苦难，任那种叫做"愁"的植物，在心中疯狂生长，瘦削的肩头上，便有推不掉的重量。"纨绔不饿死，儒冠多误身"，三十五岁你就如此透彻，为什么就是迷途不返呢？杜学今日已成一偌大宝库，倘能将现在的稿酬预支给你，或可解你燃眉之急吧？可叹你那时纵有生花妙笔，也织不出一片彩锦，为爱妻裁一件御寒的新衣，也吟不出食物和良医，留住你冻饿而死的娇儿如花的生命……

笔架山已寂寞千载。你之后，又有谁能有如椽大笔搁置其上呢？康店的豆地里，成千上万的豆子正葳蕤。哪一垄下可藏过你的金铭佩石？果真是韭市触符，才使你文而不贵，运交华盖吗？既然"文章憎命达"，何不去掉那劳什子文章？可你又怎么能！在你，"文章千古事"，它是你的灵魂，你的生命，是你与缪斯终生的契约。从"朱门"至"路边"，这中间千山万水，你跨过了，便从"诗人"走向"诗圣"。不过我断定：你如此劳其体肤，苦其心智，绝非为了那顶桂冠，也绝非为了千年后一位后生的一掬景仰之泪。

门前有水曰泗河，它与孔子的泗水是否有某种联系，纯属我的臆想。但诗人与水确有不解之缘。屈原投身汨罗江之后，李白与你又都谜一样地在水中消失。这更教我相信你们是溶解于水中的鱼，已与水浑然一体。所以，我对一切水都肃然起敬。

远方是黄河，亘古如斯的不灭之水。它饮过你，也饮过我。因而我无法拒绝你的恩泽,你也不能拒绝我的追随。是吗,大师?

  人们对金子的热爱和追求总过于"诗"。然而一切都将死去,只有"诗"活着,并且还将活下去。于是,那些苦苦寻觅的人可以自慰:金子就在"诗"中,那使这个世界、使我们人类真正美丽的——金子。

(选自1991年第12期《福建文学》)

丹 菲

讨厌的男生

他们五个人很不合时宜地插在我们四十多个女生中间。是五只黑头羊挤在四十几只绒白的绵羊中间。他们正常的行走和移动，都被我视为龌龊和挑衅。一九八〇年的卫校，男生的出现还算是前卫的行为。这五个人的来源：山东的、某部队代培的D；其余四个是北京人S、F、Z、Y。那时候北京就业就有危机了，所以他们初中毕业考了卫校，也就是想留在京城捧个铁饭碗而已，我敢肯定他们无 满足于中专文凭，更无热爱护理专业的道理。

说实话我们这些女生也不是冲着这个服务性浓郁的专业来的。像我们来自太原郊区的十个女生，硬邦邦是学校里顶尖的好学生，放弃上重点高中，而初中毕业就报了这个卫校。尤其像我这样的愣头青，竟以为卫校与保卫有关，又是北京，哈，沾沾自喜了许久。农村一女孩子，从此跳出农门，了不起啦。记得那时北京来了个负责招生的干部，一起与我们坐硬座火车，由太原直达北京。下车后有卫校来接站的。路过天安门广场时，一个女老师自豪感特强地告诉我们，你们以后可就是国家干部了。那口气好像不是我们曾经奋斗的光荣，而是我们凭空吃了天上掉下来的馅饼。不过我当时听得懵懵懂懂的，掩不住心底的喜悦。要知道我那时才十四岁，简直就是一小女孩。一个农村女孩怎么突然就成了国家干部？但是那个时候就这样。恢复高考没几年，在农村上个中专转成市民是人生的飞

丹菲，1966年生。主要作品有《讨厌的男生》等。

跃了。上学不花钱,有饭票菜金,有生活补贴,给了哪个农村女孩子都是梦寐以求的。我就是为数不多胜出的一条女鲤鱼,浑身闪烁着骄矜的光芒。

上了学才真正知道卫校是干什么的。失落无奈、自强奋发,小小的年纪也是一番苦挣扎。那五个男孩子,他们的落寞从不表现。我看不起他们。好在他们坐最后一排,与我相隔很远。第一次在教室里学习臀部肌肉注射,老师从药房找来一摞纸盒,里面装着维生素B12,粉红透明的液体,一毫升剂量,小巧精致,一如我们这些卫校小女生。我和同桌一女生搭档。看她颤抖着小心地抽好药液,举着消毒棉签催攥着我,我非常尴尬地褪下一角裤子,露出女孩的肌肤。不行不行,你是让我将你打残废啊,同桌嚷嚷。我就又露出一点,还不行,再露出一点,像现在市场上的讨价还价。其实我不仅是惧怕她一出手就弄疼弄残了我,还介意后排的男生,心里非常讨厌他们与我们女生一起,在同一间教室露出雪白的屁股。其实隔着几米远呢,他们再怎么也看不见我的裸露。但他们肯定能看到后面的大女生。看见了大女生的也让我不舒服,好像也是偷窥到我们女孩的圣洁。现在想来,那些比我大一两岁的大女生们嘻嘻哈哈,一派大方乐观,说不定她们心里还愿意哪个男生无意间瞥到她们的一抹柔白呢。而我偏偏就从心里厌恶。

我天生就不喜欢任何一个我不喜欢的男人的觊觎。有时候猜到他们的想法,心里也难受。这就很不讲理了,可没办法。不知从哪年开始,我上下班坐公交车,常是能占到靠窗的座位,但不可能老是你一人独享吧。所以每次站点停车,我就眼巴巴瞅着上来的人,男的,快快跳过我上,女的,快快选中我吧,哪怕是身边落座一个进城的大嗓门儿的老胖农妇也好。那时,心里就格外踏实了。最好她别提前下,别下在我前面就行。如果落座一个男人,即便是十几岁的男生(因为现在十几岁的男生可也不简单,他们对女生的了解不亚于成年人吧),我也不舒服。我尤其拒绝那些不管不顾一屁股坐下来的,身体靠住了你,就是冬天臃肿的衣裳挨住我的羽绒衣也不行。那让我别扭啊。我就使劲往窗户上靠,也只是暗暗地使劲,装着不在意的样子。我怕被人意识到了,那样会对自己产生误解。毕竟人家乘车是正当的事,再说自己也不是多青春光艳的小女子,当谁想占你便宜啊。所以我就心里默默地受制。我这样的女子,如果旧时代不幸沦落为妓,可就只有喝稀汤的份了。

五个男生老在我眼里碍着事,他们至今也不会想到当年那个全班最小的女孩儿对他们却是格外用了心的。还有一次上内科课,老师讲怎样常规检查病人。于是我们就轮流躺在课桌上,露出薄薄的内衣,甚至一截肚皮,学着老师用指头叩诊,什么是清音、浊音,什么是实,什么是空,确定肝的边缘啊,等等。我微蜷了身体躺在桌子上,感觉一点也不好玩。同学们乘机嬉笑打骂,我则心虚得不行。躺,是很私密的动作,少女的我怎么能明朗朗躺在男生眼皮下呢?捍卫自己身体的纯洁,一种幼稚的心理由来已久。我对男生漠视甚至仇恨,情窦在我可能埋得很深很深吧。偏偏我又掉入这样一种特殊的专业,不仅要对身体的表面结构了解个透彻,而且还要对人体生理、病理建立基本概念。很长一段时间,我陷入非常沮丧的境地,尤其是在一场人体解剖观摩后,甚至冒出退学的念头。诱因其实很小,只算得上是一个细节。那具尸体庞大,生前肯定是一高个儿的男人。我们分批分组围拢在他的旁边。老师又一次开讲,顺手就将一团黑翻了过去。而我分明看到了,那团黑是男性生殖器。不知老师出于何原因,有意跳过男性外生殖器一节。她用翻卷过来的褐色肌肉掩盖住了黑森森的阴阜和松弛的阴茎。但她没想到,就是她这看似避免让我们这些女孩子尴尬的举动,却给我种下了抵触医学专业的情绪。在我的十四岁里,这是第一次目睹一个成年男子全裸的身体,没想到竟是一具陈旧的暗褐色的尸体,而他全身偏偏又以一处黑色的突起最先映入我眼帘。我的好学劲头压服不了我的恶心感。那五个戴着白纱口罩的男生此刻就站在尸体的另一侧,他们低头专注于老师的手指,没有看见我射向他们的一束恶毒愤怒的目光。那天夜里我偷偷在被窝里流泪了。委屈、懊恼塞满我心。

十四五岁是人生的花季,而我满脑子常常想着的却是天大的问题,比如怎样活得有意义,别人怎样看我,怎样赢得别人的首肯,天外的天是什么样子,人死后真的会有另一个世界接纳吗⋯⋯我对自己异常苛责,老在下决心重新做一个全新的人。我的心思没有一点点关注男人女人间那些因肉体而纠缠不清的欲望及感情。我在为我的所谓人生意义和理想苦思冥想。我每天不断翻着十六开的厚厚的专业书,对男人女人身体中的器官、肌肉、骨骼、血管、神经了如指掌,而令人不可思议的是直到三年卫校毕业,我依然对男女间最关键的事懵懂无知。我把精子顺着阴道到达宫腔,与从卵巢经输卵管赶来的卵子结合,成为受精卵,在子宫壁着床形成胚胎,再发育成胎儿的细节背得滚瓜烂熟。但思维却在精子出现的那个地方短路,无法回溯到它的由来。这个疑问也只是在我脑中一闪而逝,因为我压根儿就不想探求它。

按说那五个男生在女生势力严重的班里是格外乖巧的,他们不张狂,课外也不和女生多来往。他们的搭配也许给了粉一色的女生们一点梦,而于我却是这样严重的不和谐。毕业时,最后一次考护理操作,如铺床、输液、冰袋热水袋的操作、穿脱隔离衣、注射、正确使用镊子治疗巾等等。我们利用实习间隙,在一间操作室里一遍遍地熟悉这些操作。要在规定时间内,动作利落地铺一张备用床,柔软的被胎在白色的被套里毫不服帖,而你又绝不能用手摸索那只被角,因为任何一个多余的动作都会被扣分。我瘦小笨拙的身体最不擅长这样的操作。我非常担心考试时抽上这项操作。然而任何一种操作我们都得熟练再熟练,谁都无法预测自己的考题。所以我们冒着北京最后一个夏天的暑热在操作间刻苦锤炼,每晚都到十点以后。操作间只有一个塑胶假人,要供同学们做输液、褥疮护理、导尿等,非常繁忙。我们就自觉地排队等候。男生Y是相对学习认真的一个。他也等在一边,要给假人做导尿。我就又有了心理障碍。那个假人系女性,造型优美,形象逼真。她被人先将白色的裤子褪下若干尺寸,再将双腿微微分开,铺上孔巾,露出私处,用消毒棉签蘸上碘酒、酒精一圈圈消毒,再将一根紫红色中空的管轻轻插入她的尿道,深度必须在规定范围内。我看Y极端小心认真的动作,禁不住两眼冒火,莫名的愤怒之火。我甚至担忧女生走后,留下的男生会对那个异常美丽、生动无比的塑胶人进行猥亵。

卫校三年,十四岁的初秋到十七岁的炎夏,我的青春生长期塞满特立独行的记录。我只近距离接触到五个男生,他们从一开始就在一种错位的情境中出现,造成了我少女错位的认识。而不能否认的,它的明显好处是,我幼稚十足的青春发育期安全地在外地度过了。

不可理喻的、过分自卫的少女心绪,在她外表明丽清新的微笑下如一条黑色的暗河昼夜不停地流动,令人庆幸的是,它的汹涌澎湃诡谲迷离并未阻挡一个青涩少女几年后在一个夜晚绽放出第一朵鲜艳夺目的花。她的单纯圣洁一如既往,但她终于接纳了伸入她领地的男人,带着对形而上爱情的无限虔诚,融入世俗的洪流,对成熟男性及男性的身体有了一个全新的认识。它使她想到蛮荒时代的山峦、森林、河流,嗅到生命原初的信息素。丑陋和黑成为另一种发散美和诱惑的物质,在瞬间使她闭上了那双充满童话色彩的眼睛。

马小淘

戴珍珠耳环的少女

马小淘，黑龙江人。主要作品有《蓝色发带》《飞走的是树，留下的是鸟》《火星女孩的地球经历》等。

我曾经把妈妈的珍珠项链戴在自己脖子上，我毫不怀疑我的脖子比妈妈的更光滑更漂亮。可当珍珠项链依附在脖子上的瞬间，我看到一种拿刀叉吃中国菜的不搭调。珍珠下边，我的脖子显得滑稽、苍白。忽然明白，珍珠并不适合没有心事的少女。那是来自蚌的饰物，丑陋宽大的外衣里边才是夺目的它。它有不同于一般饰物的独特出身，所以也挑选那些佩戴它的人，有时锦上添花，有时雪上加霜。那种圆润高贵的白，厚实却不剔透，是经得起磨砺的光滑。少女的单薄脆弱不称它，与她更相配的是看尽一切依然坚强纯洁的女人，仿佛与珍珠灵魂相通，也将光华掩藏在坚硬的外表下，看不出疼还是不疼。

电影里的女孩与那珍珠耳环是相配的，虽然她那么年轻。那本不属于她的耳环，在她的耳垂散发出了清冷的光泽，像天鹅遇到了最幽静的湖水。外表沉静内心汹涌的少女，凝固泪滴般的珍珠耳环，彼此相融合成神秘的永恒。女孩是斯嘉丽·琼森演的，她瘦削的脸和鲜艳丰满的唇，蕴涵着寂寞和反叛。以前看《马语者》的时候，她还只是个圆鼻头的孩子。如今，她已成功幻化成十七世纪的忍耐与执著了。

这是个美妙的电影。布景、音乐，甚至一个小小的物件，都透露着奢侈静谧的情调，桌布、银器、烛台，甚至作为交通工具的船都带着那个时代的精致和繁琐。那简直是一种即使行将就木也依然迷人的繁华。每一个场景都带着清冷或炽烈的色彩,仿佛把许多油画串连起来,再放出来,奢侈得目不暇接。

这还是个沉静内敛的电影,台词稀少,故事简单,所有的纠葛都通过画面、动作来呈现。男女主人公都沉默着节省自己的语言,在寂静中诠释情感。人物的激情和愿望被隐匿在淡然的表情和情节下,直到最后也好像什么都没发生,除了那幅画。一对能彼此点染的男女,不过是合作画了一幅画。她做模特,他来画。这竟然就是他们所做的极限。然后一切结束,她回到她贫穷的家,他继续扮演自己妻子的丈夫。

她是葛丽叶,他是维梅尔。

仿佛彼此较劲般,谁都不越雷池一步,又仿佛是达成了某种默契,在每一个该表达的时候沉默。葛丽叶只是把所有的爱都融入到了为他调色的过程中,她专心地调着,享受地调着,满意地看自己手上斑斓的色彩,好像那是他画上去的,好像如此他们就有了某种亲密的联系。维梅尔也只是在角落里用眼睛默默追随着她,贪婪的眼睛和退缩的心,偶然的语言,也从不关乎感情,只是有关画。仅此而已,从头到尾的仅此而已,明明是一发不可收,却偏要不遗余力地收拾,而最终竟真的收住了。葛丽叶依然是出身贫贱的女仆,维梅尔还是不得志的画家。

这样的两个人,缺乏沟通,但并不缺乏理解。惊心动魄的是沉默中的理解。那是一种无须言传就轻松意会的感觉,一根手指的移动,都能看出对方内心的翻涌。

没有行动,并不意味着身体的放松,它反而需要时刻紧绷时刻压抑行动的欲望;太多意会,超过了内心的负荷,总是要在越发的默契中感受出更多的情绪。

于是,身心俱疲。

疲惫的并不仅仅他们两个。还有那些被称作配角,却起着重要作用的人。维梅尔疑神疑鬼歇斯底里的妻,头脑冷静又掌握权力的岳母,乖张险恶与葛丽叶为敌的孩子,这些人都在以自己的存在阻碍着他们的爱。她们要把维梅尔留在这个缺乏生趣的家里,把葛丽叶禁锢在她原来的世界里。他们的相遇,成了她们不喜欢的事情。她们不惜把自己弄得疲惫,也一定要葛丽叶伤悲。在这个长满眼睛和手的家里,葛丽叶不得不小心翼翼,一不留神就会被那些眼睛看透,或者被那些手抓住。她知道自己毫无发言权,所以沉默地穿梭在她们中间,尽一个女仆的本分。华丽的餐桌旁,一家人各怀心事地吃饭,而她表情平静地伺候着,恪守着游戏规则。

但葛丽叶只是内敛,并不忍受,出身卑贱的生命里依然张扬着不可践踏的尊严。当维梅尔的女儿故意用泥巴弄脏她刚洗好的床单时,她毫不犹豫地把一巴掌留在她脸上;当女主人和女儿一起诬赖她偷了梳子时,她坚定地看着维梅尔说"帮帮我",认定维梅尔是相信她的;当女主人看到维梅尔给她画的画时,哭叫着让她滚出这个家,她也并没有像许多故事中的人那样掩面狂奔着出去,她只是表情复杂地走出去,因为没有过错而不肯低头。这大概可以算做勇敢吧。可爱情中,一个人勇敢总是不够的。维梅尔终究不会离开那个让他灵感枯竭的家,在一个懂他的女人对面,他依然无法摆脱自己的谨慎和压抑。葛丽叶离开的时候,他只是表情痛苦地站在画室里,没有勇气推开门再看她一眼。我甚至怀疑这个怯懦的男人是不是带有些解脱的心情。

葛丽叶回家了,结束了她其实并未开始过的爱。维梅尔的管家送来那副她戴过的珍珠耳环,画里的东西归了她。

一段爱,以这样一份信物为标志彻底结束。女孩和耳环,两个作画的道具终究凑到了一起。维梅尔对她的感情,大概就像他对这耳环一样,因为能激发他创作的灵感,能成为作画的道具,所以他爱惜。而最终,画已完成,道具便不再有意义。这个任凭他处置对他言听计从的葛丽叶,可以回到她原来的地方了。女人爱上软弱的男人,总是这样不值得的结局。

葛丽叶是多么唯命是从,她回答维梅尔的时候常常是羞涩又缺乏自我的。维梅尔指着天空,问她云彩的颜色。开始她说是白色,然后又说不是,是黄、灰、蓝,是好多颜色。那时,她大概就爱上他,或许仅仅因为他让她发现了云彩的颜色。然后她开始疯狂地为他做事,打扫、调颜色,这些无趣的劳动都因为他而具有了意义,在画室里,做着这些会觉得自己是这里的女主人。但内心深处她也明白自己无法侵入他的生活,于是她和屠夫的儿子谈恋爱,这种门当户对的情感没有飞翔的快感却有行走的踏实,没有吸引力却有安全感。作画的时候,维梅尔让她微微张开她丰满的嘴,再一次次把它舔湿。她羞怯又听话地做着,一次次把下嘴唇含进嘴里，湿润着，眼神里带着甘愿的成全。然后她急切地去寻找屠夫的儿子，去释放自己在维梅尔那儿险些克制不住的爱欲。她用力地搂住屠夫的儿子，亲他，拥抱他，动作粗鲁而焦急，一反在维梅尔面前的含蓄，好像用生命在爱着屠夫的儿子。而实际上，那只是一种转移了目标的释放，对维梅尔收缩了的欲望在屠夫儿子这里铺展开，淤积拥堵了太久的情感像休眠火山的忽然爆发，带着积蓄的力量。用一个自己不爱的躯体满足难以平复的欲望，或者是一种自私的宣泄，或者只是为了告诫自己回到现实，不要痴心妄想。好像彻夜工作的人们用凉水来洗脸，或者受了委屈的孩子疯狂击打自己的娃娃，屠夫的儿子在葛丽叶心里不过是一捧让她清醒的凉水或者让她发泄的娃娃而已。亲热过后，她依然会义无反顾地回到维梅尔身边做沉默的仆人。

葛丽叶是贫穷的，没有耳环，也没有用来戴耳环的耳洞。维梅尔是敏感的，他知道一枚珍珠耳环能契合葛丽叶的气质，所以他要她穿耳洞。葛丽叶顺从地把烧热的针递到维梅尔手里。他扎进她的耳垂，两人的表情平静淡然，耳朵刹那的疼痛不被葛丽叶重视，也不被维梅尔心疼。那一扎，竟成了他们最亲密的接触，一切就这样波澜不惊，最终好像什么也没发生，唯一的证据是葛丽叶的耳朵从此留下两个缺口。

一幅画，就这样诞生。沉黑的背景中是回眸少女的孤影。谜一样的眼神中，带着迷茫、审视、忧伤和许多不知名的情绪；鲜艳饱满的唇，徘徊在说与不说之间，节制着含在嘴里的语言；耳垂上挂着一枚泪滴形状的珍珠耳环，圆润的耳环下是咄咄逼人的感伤，充溢着胆怯的高贵和甘愿的绝望。

《戴珍珠耳环的少女》，十七世纪的一幅名画。看这电影之前，我是不知道的。看了电影，开始揣测这画的后边，是不是会有比电影更悲辛的故事，是不是有一段这样悬浮的爱情。那画中永远转着身的女孩，当时到底是怎样的心情？

凸 凹

杜拉斯：文本的表演

玛格丽特·杜拉斯的作品具有表演性，这不需要读她太多作品，只需把她名噪一时的代表作《情人》认真地读上两遍，便体会得尤为真切了。

这种表演性的内因，武断地说，系缘于她爱情经历的苍白与乖蹇。其实她未必真的经历过爱情，因为爱情是一种像死亡一般的大痛与大美，微妙的个中滋味除了兀自地体味之外，是根本说不出的。正如做爱的感受，只能意会不能言传，当能说出口的时候，已经是烟消云散了。但杜拉斯却能喋喋不休地叙述爱情，正反证出她爱情的无有或爱情资源的匮乏，只有靠表演爱情来遮掩与修饰了。也可以用生活的俗例来实证：常常吃肉的人，并不把油星挂在嘴上，那满唇漾着油光的人，却正是吃不上肉的人——门后挂着一张黑腻的肉皮，临出门时，狠劲地往嘴上擦了两下而已。

人是虚荣的货色！

善意地说，杜拉斯是个自尊心过强的人，她希望自己活得体面。能够证明女人体面的东西有两个：一个是美貌，一个是爱情。美貌不可强求，爱情却不能不求：生为女人而没人要，是女人的致命伤。所以，在女人那里，爱情比美貌更重要。作为一个自视甚高的女作家，怎么能没有爱情？没有爱情的女作家，写那么一大堆又有什么意义呢？杜拉斯深知这一点，所以，她要表演爱情。

表演的手段便是把《情人》写成自传体小说。

自传体小说是一种含混而可疑的文本，作者

凸凹，1962年生，北京人。主要作品有《哦，女孩》等。

的我与书中的"我"两相混同，在我的生活故事与我写出的故事之间作者可以毫无顾忌地左右摇摆，作者处于绝对主宰的地位。人物得到赞美时，它是自传；情感悖逆而受到怀疑时，它又是小说。同时，自传的"隐私"性，诱人阅读；小说的虚构性，又可以美化自己的缺憾——作者是最大的受益者。

因此，这是一种不公平的文体。其不公平性还在于，在作品面前，读者成了作者那只隐形的手所牵动的木偶——作者与人物的同一，误导读者接受并融于叙事整体，即接受文本与文本之外的、写出的与生活过的、情感再现的与情感表现的混合交融而成的幻象。这种幻象使读者失去了正常判断，宁可信其有、不可信其无的阅读心理，使读者模糊了真实与虚构的界限，在不知不觉中对作品建立了一种信任——它推动读者与小说人物同化，相信与人物生活在同一种不可抗拒的激情中，使作者、叙事者、人物与读者不分彼此一致地相处在作品产生的幻象的一切环节中；这样，虚构的作品与现实也就相互交混而不可分辨了——虚构即真实。

读者的这种信任，增强了此类小说的可读性；因为可读性是个相对的概念，任何可读性从接受美学上说都是以不读为代价的。既然读者读了，那么，自传体小说的文本叙述就合理了，便有地位了，有意义了。这一切，来得是那么容易，比严肃的纪实与庄严的小说要幸运百倍。所以，文学即社会，公平是相对的，不公平是绝对的。

我曾怀疑自己对《情人》的感觉是否准确，便多读了她几篇小说，包括《太平洋大堤》《印度之歌》《副领事》和《乌发碧眼》等。发现她的表演性是一以贯之的，并且比《情人》更彰显无疑。其重要标志，是叙事方式的"演剧化"——客观描写一节一节地兀立着，像电影的分镜头脚本；主观抒情则生硬而迫切地直白而出，一如舞台上的台词——少有供人回旋与品味的空间；除了感到她像小女人一样絮叨无聊外，并不曾有大家闺秀的那种内蕴与持重。再读米歇尔·芒索和杨·安德烈有关她的传记，更感到她是一个歇斯底里的人，她不曾拥有过健全而正常的爱情，有的却是畸恋与病爱。她与可以做她儿子的杨·安德烈的无爱而性、无性而爱和既弃又依、既依又弃的情感关系，毫无美感可言，让人不寒而栗。这是她的内闱风情，春光是万不能流泻到市井上去的。于是，作为公众人物或自以为是公众人物的杜拉斯，就必须在文中表演她的爱情。

这既是无奈,又是宿命。

既为表演,必有破绽。她在《情人》的一段叙述中,到底是自己露出了尾巴——

写作对他们来说,仍然是属于道德范围的事。现在,写作(对我来说)似乎已成为无所谓的事了……有的时候,我也知道,不该把各种事物混为一谈,但不去满足虚荣心,不去随风倒,写作就什么也不是了。

因此,杜拉斯的写作是典型的"灾难性写作",最终必然导致文本的混乱和固有意义的消失。对此,罗兰·巴特在《恋人絮语》中有过本质性的论述:

写作的欲求,即爱欲,就是那直接面对语言的混乱:
即语言言之过甚又言之过少的那种癫狂的境界。

便对杜拉斯怀有一丝同情:她毕竟也是个女人,有强烈的爱的欲求;现实不曾给予和满足,便只有诉之于语言,在"言之过甚又言之过少"中"意淫"一把。

然而,她给世纪末的中国文坛带来的负面影响也是巨大的——她成了写作"私人叙事"和"另类小说"的女作家的文本师从,并且,一路托钵走来,比她表演得更"精彩";她尚且"含混"与遮掩,她们却已"赤裸"而纵情了。不能不说的是,杜拉斯尚止于文本的表演,而我们的女作家们却已不满足于纸上的功夫,把表演演化到现实生活中去了;"作秀"已成为一种现实的行为品格,正常的爱情关系已被她们颠倒了——真爱假爱真假爱,"爱情"之花开不败。换言之,爱情是重要的,没有爱情也是无关紧要的,有个好性器却是十分必要的。

杜拉斯与中国女作家的本质区别就在于:她的表演,是为了现实的"弥补";而她们却已不屑于"弥补"了,表演本身即目的。

(选自2000年9月5日《书评周刊》)

范晓波

像老人一样

我对日常生活的一部分幸福感是从老人身上获得的。

我是去年春天开始注意这座城市的老年人的。春天我常有种逃离城市的冲动,但又必须在这里寻找面包和成名的希望,所以飞扬的心情又往往为护城河所迟滞,演化成一次次与之貌合神离的漫步。那些老人,就在并不澄澈的河边炮制些近乎纯真的欢乐。

河边有许多长廊相衔的亭台,每至黄昏,不知来自何处的老先生及老太太们便云聚于此,一只没有混响的伴唱机,或者一把音色喑哑的京胡便能撑起一台戏,你方唱罢我登场,还伴以煞有介事的舞蹈。唱得好的是显示,唱得不好的是表示。有一天晚上,我看到一个穿风衣的小个子老者,在掌声的哄抬下竟一口气表演(满场子挥洒动作)了十几首革命歌曲。他看上去有七十多岁,天真之状甚于儿童。

老人们的快乐像河水一样在四季中流淌着。到了冬天,他们就转移到白天活动,除了歌舞,还要杀棋、聊天、晒太阳。一些只有在河边才买得到的廉价食物,比如盐水花生、豆浆、一块钱两包的香烟,可以让他们在瞌睡中品出活着的实在意义。

当然,这也可能是一个局外人的错觉,他们的愉悦并不纯粹,掺杂其间的阴影可以有许多:儿子忤逆、婆媳不睦、物价上涨使退休金贬值等等。最大的阴影也许在于,他们的恬适是以退出生活中

范晓波,江西人。主要作品有《木材的月光》等。

心为代价换来的。他们穿着灰黯的服装流连于城市的边沿,昔日的成功与失败,高傲或卑微,均已在相似的蹒跚身影上模糊了界线。这样一推敲,我的羡慕里也掺入了些许惆怅。

然而我还是喜欢去河边欣赏老人们的游戏,因为我住得离河很近,更因为在这座百万人口的城市我找不到比他们更像在认真生活的人群。市中心的男女,没钱的因为怀才不遇而痛苦,成功者为了更大的成功郁郁寡欢,既没有成功也没有失败的人则因平庸而自责。他们发明了各式各样的休闲娱乐,却大都丧失了休闲的能力。

人为什么要等失去了未来才开始接近生活的本意?我觉得在年轻时拥有一点老年的心境是最好的。这样就不会为了虚无的将来忽略大量的现在,因为年轻,又不至于面对岁月独自怆然。

不断思考这个问题时,我的日子已发生微妙的变化。我不只是对那些让人感到人生蒸蒸日上的事情有兴趣了。我用一半的时间来对付生存,用另一半时间来亲近那些没有多大意义,却散溢着生活的温馨质感的东西。我有些喜欢了菜场的俗气;也不讨厌陪女朋友逛街;我用小木碗吃饭,用铜盏饮乡下的谷酒;我甚至迷上了浪费时间的象棋;我准备养一只八哥,种几盆花;我还打算学钓鱼,每个周末去郊外坐一天,用时间垂钓宁静,并且,自己钓的鱼当然比买来的更鲜更美。像老人一样,我也天天去河边散步,有时候也可着嗓子吼几句歌,并不动听,但很痛快。如果是晴暖的假日,我甚至会像北方的老汉那样袖着手蹲在草地上缓慢地吸烟,像打量往事一般眯眼盯着发亮的河水发呆。

像老人一样享受着,反思着,又以年轻人的从容调整着准备着,我觉得自己已接近了一种实实在在的幸福。

(选自 2002 年第 11 期《中华散文》)

社会篇

秦 牧

社稷坛抒情

北京有座美丽的中山公园，公园里有个用五色土砌成的社稷坛。

社稷坛是北京九坛之一，它和坐落在南城的天坛遥遥相对。古代的帝王们，在天坛祭天，在社稷坛祭地。祭天为了要求风调雨顺，祭地为了要求土地肥沃。祭天祭地的终极目的只有一个：就是五谷丰登，可以"聚敛贡城阙"。五谷是从地里长出来的，因此，人们臆想的稷神（五谷）就和社神（土地）同在一个坛里受膜拜了。

穿过古柏参天、处处都是花圃的园林，来到这个社稷坛前，突然有一种寥廓空旷的感觉。在庄严的宫殿建筑之前，有这么一个四方的土坛，屹立在地面，它东面是青土，南面是红土，西面是白土，北面是黑土，中间嵌着一大块圆形的黄土。这图案使人沉思，使人怀古。遥想当年帝王们穿着衮服，戴着冕旒，在礼乐声中祭地的情景，你仿佛看到他们在庄严中流露出来的对于"天命"畏惧的眼色，你仿佛看到许多人慑服在大自然脚下的神情。

这社稷坛现在已经没有一点儿神秘庄严的色彩了。它只是一个奇特的历史遗迹。节日里，欢乐的人群在上面舞狮，少年们在上面嬉戏追逐。平时则有三三两两的游人在那里低徊。对，这真是一个激发人们思古幽情的所在！作为一个中国人，可以让这种使人微醉的感情发酵的去处可真多呢！你可以到泰山去观日出，在八达岭长城顶

秦牧（1919—1992年），广东澄海人。主要作品有《花城》《艺海拾贝》《秦牧散文选》等。

看日落。可以在西湖荡画舫,到南京鸡鸣寺听钟声。可以在华北平原跑马,在戈壁滩上骑骆驼。可以访寻古代宫殿遗迹听一听燕子的呢喃,或者到南方的海神庙旁看浪涛拍岸……这些节目你随便可以举出一百几十种来,但在这里面可不要遗漏掉这个社稷坛! 这坛后的宫殿是华丽的,飞檐、斗拱、琉璃瓦、白石阶……真是金碧辉煌! 而坛呢,却很荒凉,就只有五色的泥土。然而这种对照却也使人想起:没有这泥土所代表的大地,没有在大地上胼手胝足的劳动者,根本就不会有这宫殿,不会有一切人类的文明。你在这个土坛上走着走着,仿佛走进古代去,走到一望无际的原野上,在那里,莽莽苍苍,风声如吼。一个戴着高冠,穿着芒鞋的古代诗人正在用他的悲悯深沉的眼睛眺望大地,吟咏着这样的诗句:

  朝东西眺望没有边际,
  朝南北眺望没有头绪,
  朝上下眺望没有依归,
  我的驱驰不知何所底止!
  ……
  九州究竟安放在什么上面?
  河床何以洼陷?
  地面,从东至西究竟多少宽,从南至北多少长?
  南北要比东西短些,短的程度究竟是怎样?①

  这不仅仅是屈原的声音,也是许许多多古代诗人瞭望原野时曾经涌起的感情。这种"大地茫茫"的心境,是和对于自然之谜的探索和对于人间疾苦的忿慨联结在一起的。

  想一想这些肥沃土地的来历,你会不由得涌起一种遥接万代的感情。我们居住的这个星球,最古老时代原是一个寂寞的大石球,上面没有一株草,一只虫,也没有一层土壤。经过了多少亿万年,太阳风雨的力量,原始生物的尸骸,才给地球造成了一层层的土壤,每经历千年万年,土壤才增加薄薄的一层。想一想我们那土壤厚达五十公尺的华北黄土高原吧! 那该是大自然在多长的时间里的杰作! 但这还不算,劳动者开辟这些土地，是和大自然进行过多么剧烈的斗争呀！这种斗争一代接连一代继续着，我们仿佛又会见了古代的唱着《诗经》里怨忿之歌的农民，像敦煌壁画上面描绘的辛勤劳苦的农民，驾着那种和古墓里挖掘出来的陶制高轮牛车相似的车子，奔驰在原野上，辛苦开辟着田地。然而他们一代代穿着破絮似的衣服，吃着极端粗劣的食物。你仿佛看到他们在田野里仰天叹息，他们一家老小围着幽幽的灯光在饮泣。看到他们画红了眉毛，或者在头上包一块黄布揭竿起义，看到他们大批地陈尸在那吸尽了他们的汗水然后又吸尽了他们鲜血的土地。想一想在原始社会中他们怎样匍匐在鬼神脚下，在阶级社会中他们又怎样挣扎在重重枷锁之中。啊，这些给荒凉的大地铺上了锦绣花巾的人们，这些从狗尾草、蟋蟀草中给我们选出了稻麦来的人们，我们该怎么感念他们！想象的羽翼可以把我们带到古代去，在一家家的门口清清楚楚看到他们在劳动，在饮食，在希望，在叹息，可惜隔着一道历史的门限，我们却不能和他们作半句的交谈！但怀古思今，想起了我们这个时代的农民是几千年历史中第一次真正挣脱了枷锁，逐渐离开了鬼神天命的羁绊的农民，我们又仿佛走出了黑暗的历史的隧洞，突然见到耀眼的阳光了。

你在这个五色土坛上面走着走着，仿佛又回到公元前几千年去，会见了古代的思想家。他们白发苍苍，正对着天上的星辰，海里的潮汐，陶窑的火光，大地的泥土沉思。那时的思想家没有什么书籍可以阅读参考，日月经天，江河行地，四时代谢，万物死生的现象，都使他们抱头苦思。他们还远不能给世界的现象说出一个较完整的答案。但是他们终究也看出一点道理来了，世间的万物万事，有因有果，有主有从，它们互相错综地关联着……正是由于古代有这样的思想家在这样地思考过，才给后来的历史创造了这样一座五色的土坛。

"五行"的观念和我们这个民族一样的古老，东、南、西、北是人们很早就知道的，人们总以为自己所处是大地的中间，于是在四方之外又加上了一个"中心"，东、南、西、北、中凑成了五方五土的观念，直到今天我们还看到好些人家的屋角有"五方五土龙神"的牌位。烧陶方法和冶铜技术发明了，人们在熊熊火光旁边，看到火把泥土变成了陶器，把矿石烧成溶液，木头燃烧发出了火光，水又能够把火熄灭。这种现象使古代的思想家想到木、火、金、水、土（依照《左传》的排列次序）是万物的本源。于是木、火、金、水、土把五行的观念充实起来了。

烧制陶器这件事使人类向文明跨前一大步，在埃及，在希腊，都由此产生了神明用泥土造人的神话。在中国，却大大地发扬了"五行"的观念。根据木、火、金、水、土五种东西彼此的作用，又产生了五行相克相生的理论。根据这几种东西的颜色：树木是苍翠的，火光是红艳艳的，金属是亮晶晶的，深深的水潭是黝黑的，中原的泥土是黄色的。于是青、赤、白、黑、黄五种颜色就被拿来配木、火、金、水、土，成为颜色上的五行了。

这个四方、五行的观念被古代思想家用来分析许许多多的事物，音乐上的宫、商、角、徵、羽五个音阶，天上二十八宿的分隶青龙、朱雀、白虎、玄武（乌龟）四方，都是和这种观念紧密地联结起来的。

把世界万物的本源看做是木、火、金、水、土五种东西相互作用产生出来的，这和古代印度哲学家把万物说成是由地、火、水、风所构成，古代希腊哲学家说万物的本源是水或者火……那思想的脉络是多么的近似啊。

尽管这种说法在几千年后的今天看来是奇特甚至好笑的，然而那里面不也包含着光辉的真理吗：万物的本源都是物质，物质彼此起着错综的作用……哦！我们遇见的对着泥土沉思的思想家，他们正是古代的略具雏形的唯物主义者！

没有这些古代思想家，我们就不会有这个五色的土坛。审视这五种颜色吧，端详这个根据"天圆地方"的古代观念筑起来的四方坛吧！它和我们民族的古代文化存在多么密切的关系啊！

我们汉民族的摇篮在黄河的中上游，那里绵亘的是一望无际的黄土高原。因此，黄色被用来配"土"，用来配"中心"，成为我们民族传统中高贵的颜色。中心是不同于四方的，能够生长五谷的土地是不同于其他东西的，黄色是不同于其他颜色的。在这个土坛的中心，黄土被特别砌成了一个圆形，审视这个黄色的圆圈吧！它使我们想起奔腾澎湃的黄河，想起在地层下不断被发掘出来的古代村落，也想起那古木参天的黄帝的陵墓。

我多么想去抱一抱那些古代的思想家,没有他们的艰苦探索,就没有今天人类的智慧。正像没有勇敢走下树来的猿人,就不会有人类一样。多少万年的劳动经验和生活智慧积累起来,才有了今天的人类文明。每一个人在人类智慧的长河旁边,都不过像一只饮河的鼹鼠。在知识的大森林里面,都不过像一只栖于一枝的鹪鹩。这河是多少亿万滴水汇成的啊,这森林是多少亿万株草木构成的啊!

瞧着这个社稷坛,你会想起了中国的泥土,那黄河流域的黄土,四川盆地的红壤,肥沃的黑土,洁白的白垩土……你会想起文学里许许多多关于泥土的故事:有人包起一包祖国的泥土藏在身旁到国外去;有人临死遗嘱必须用祖国的泥土撒到自己胸上;有人远适异国归来,俯身去吻了自己国门的土地。这些动人的关于泥土的故事,使人对五色土发生了奇异的感情,仿佛它们是童话里的角色,每一粒土壤都可以叙述一段奇特的故事,或者唱一首美好的诗歌一样。

瞧着这个紧紧拼合起来的五色土坛,一个人也会想起了国土的统一,在我们的土地上,为了统一而发生的战争该有多少万次呀!然而严格说来,历史上的中国从来没有高度统一过。四分五裂,豪强纷纷画地称王的时代不去说它了,可怜的共主像傀儡似的住在京都,整天送猪肉、龟肉慰问跋扈的诸侯的时代不去说它了,就是号称强盛统一的时代,还不是有许多拥兵自重的藩镇,许多专权用事的贵戚,许多地方的豪霸,在他们的领地里当着小皇帝,使中央号令不行,使国中还有许许多多的小国。中国历史上没有一个时期像今天这样高度统一过,等我们统一了台湾和一些沿海岛屿以后,这种统一的规模就更加空前了。古代思想家的预言:"不嗜杀人者能一之。"由于不剥削人的无产阶级登上了历史舞台,竟使这一句话在两千多年后空前地应验了。

我在这个土坛上低徊漫步,想起了许许多多的事情。我们未必"前不见古人,后不见来者",凭着思想和感情的羽翼,我们尽可去会一会古人,见一见来者。我仿佛曾经上溯历史的河流,看见了古代的诗人、农民、思想家、志士,看他们的举动,听他们的声音,然后又穿过历史的隧洞,回到阳光灿烂的现实。啊,做一个历史悠久的民族的子孙是多么值得自豪的一回事!做今天的一个中国的儿女是多么值得快慰的一回事!

回溯过去,瞻望未来,你会觉得激动,很想深深呼吸一口新鲜的空气,想好好地学习和劳动,好好地安排在无穷的时间之中一个人仅有一次、而我们又恰恰生逢其时的宝贵的生命。

啊,这座发人深思的社稷坛!

1956 年

(选自人民文学出版社 1978 年版《长河浪花集》)

【注释】

① 屈原:《悲回风》和《天问》,引自郭沫若译诗。

陶　铸

松树的风格

　　《新观察》编辑部的同志们屡次索稿，答应后一直没有执笔。去年冬天，我从英德到连县去，沿途看到松树郁郁苍苍，生气勃勃，傲然屹立。虽是坐在车子上，一棵棵松树一晃而过，但它那种不畏风霜寒冷的姿态，却使人油然而生敬意，久久不忘。当时很想把这种感觉写下来，但又不能写成。前两天在虎门和中山大学中文系的师生们座谈时，又谈到这个问题，希望青年同志们能和松树一样，成长为具有松树的风格，也就是具有共产主义风格的人。现在把当时的感觉写出来，一方面还了《新观察》的债，另方面与大家共勉。

　　我对松树怀有敬仰之心不自今日始。自古以来，多少人歌颂过它，赞美过它，把它作为崇高的品质的象征。

　　你看它不管是在悬崖的缝隙间也好，不管是在贫瘠的土地上也好，只要有一粒种子——这粒种子也不管是你有意种植的，还是随意丢落的；也不管是风吹来的，还是从飞鸟的嘴里跌落的，总之，只要有一粒种子，它就不择地势，不畏严寒酷热，随时随处茁强地生长起来了。它既不需要谁来施肥除虫，也不需要谁来浇水灌溉。狂风吹不倒它，洪水淹不没它，严寒冻不死它，干旱旱不坏它。它只是一味地无忧无虑地生长。松树的生命力可谓强矣，松树要求于人的可谓少矣！这是我每看到松树油然而生敬意的原因之一。

　　我对松树怀有敬意的更重要的原因却是它那

陶铸（1908—1969年），湖南祁阳人。主要作品有《理想　情操　精神　生活》《松树的风格》等。

种自我牺牲的精神。你看,松树的叶子可以榨油,松树的干是用途极广的木材,并是很好的造纸的原料;松树的脂液可制松香、松节油,是很重要的工业原料;松树的根与枝又是很好的燃料。更不用说在夏天它自己用枝叶挡住炎炎烈日,叫人们在绿阴如盖下休憩;在黑夜,它可以劈成碎片做成火把,照亮人们前进的路。总之一句话,为了人类,它的确是做到"粉身碎骨"的地步了。

要求于人的甚少,给予人的甚多,这就是松树的风格。

鲁迅先生说的"我吃的是草,挤出来的是牛奶、血",正是松树的风格的写照。

自然,松树的风格中还包含有它的乐观主义的精神。你看它无论在严寒霜雪与盛夏烈日中,总是精神奕奕,从来都不知道什么叫做忧郁与畏惧。

我常想:杨柳婀娜多姿,可谓妩媚极了;桃李绚烂多彩,可谓鲜艳极了。但它们给人的印象只是一种"好看"的外表,不能给人以力量。松树却不同,它可能不如杨柳与桃李那么好看,但它却给人以启发,以深思和勇气,尤其是想到它那种崇高的风格的时候,不由人不油然而生敬意。

我每次看到松树想到它那种崇高的风格的时候,就联想到共产主义风格。

我想:所谓共产主义风格,应该就是要求人的甚少,而给予人的却甚多的风格;所谓共产主义风格,应该就是为了人民的利益和事业不畏任何牺牲的风格。

每一个具有共产主义风格的人,都应该像松树一样,不管在怎样恶劣的环境下,都应该茁强地生长,顽强地工作,永不被困难吓倒,永不屈服于恶劣环境。每一个具有共产主义风格的人,都应该具有像松树那样的崇高品质,人民需要我们做什么,我们就去做什么,只要是为了人民的利益,粉身碎骨、蹈汤赴火也在所不计,而且毫无怨言,永远浑身洋溢着革命的乐观主义的精神。

具有这种共产主义风格的人是很多的。在革命艰苦的年代里,在白色恐怖的日子里,多少人不管环境的恶劣和情况的险恶,为了人民的幸福,他们忍受了多少的艰难困苦,做了多少有意义的工作啊!他们贡献出所有的精力,甚至最宝贵的生命。就是在他们临牺牲前最后的一刹那间,他们想的不是自己,而是人民和祖国甚至全世界的将来。然而,他们要求于人的是什么呢?什么也没有。这多使我们想起松树的崇高的风格!

目前,在社会主义建设的日子里,多少人不顾个人的得失,不顾个人的健康,夜以继日,废寝忘食,为加速我们的社会主义建设流汗流血地苦干着。在他们的意念中,一切都是为了迅速改变我国"一穷二白"的面貌,一切都是为了加速我们的社会主义建设。这又多使我们想起松树的崇高的风格!

具有这种风格的人们是越来越多了。这样的人越多,我们的社会主义建设也就会越快。我希望每个人都能像松树一样具有坚强的意志和崇高的品质,我希望每一个人都成为具有共产主义风格的人。

1959年1月

(选自1959年第5期《新观察》)

吴 晗

人和鬼

在过去的时代里,人们讲迷信,相信有鬼。

据说鬼也和人一样,有好鬼,有恶鬼,有大鬼,小鬼,男鬼,女鬼,好看的鬼,难看的鬼,文鬼,武鬼,以至大头鬼,吊死鬼等等。总之,人世间有的事,鬼世界里也都有。

有了鬼的故事,自然也有说鬼话的书。从《太平广记》所引的《灵鬼志》,到《太平御览》《太平广记》都专门有几卷讲鬼的。清朝有几个人特别喜欢讲鬼故事,一个是蒲松龄,他写了《聊斋志异》,一个是纪晓岚,他写了《阅微草堂笔记》,还有一个是袁子才,也喜欢讲鬼。

蒲松龄和纪晓岚笔下的鬼,形形色色,什么样子脾气的都有,其中有些鬼写得实在好,很使人喜欢。他们通过鬼的故事来讽刺、教育活着的人,说的是鬼话,其实是人话。也写一些活人,看着是活人,说的却是鬼话,做的是鬼事。

大体上说,虽然鬼是从人变的,人死后是鬼,但是人却又怕鬼。另一面,人虽然怕鬼,却又喜欢听鬼故事。

怕的原因是,据说鬼又要投生变人,屈死鬼投生之前,总得要找一个替身,将人变鬼。以此人们谈鬼就怕,更不用说见鬼了。倒过来,据说人死了就成鬼,人和鬼到底有关系。自己没有做鬼的经验,听听别人的也好,以此又喜欢听鬼故事,大概也是借鉴的意思吧。

自从有了科学知识,自从有了唯物主义,懂得

吴晗(1909—1969年),浙江义乌人。主要作品有《海瑞罢官》等。

科学和唯物主义的人们不再相信有鬼了。但是,研究一下过去的若干鬼故事,从中了解这一时代的社会相,也毕竟有些好处。

何况,死鬼虽然不存在,活鬼却确实有之呢!他们成天张牙舞爪要吃人,青面獠牙吓唬人,鬼头鬼脑摆弄人,鬼心思,鬼主意,鬼行当,鬼伙伴,总之,有那末一小撮活鬼在兴风作浪,造谣生事,播弄是非,造成紧张局势,摆出鬼架子,鬼威风。你愈怕,他就愈狠,非把你吃掉不可。

对付活鬼的办法是大喝一声,你是鬼!揭穿他,让人人都知道这是鬼。把鬼揪到阳光底下,戳穿鬼把戏,鬼伎俩,让人们认识鬼样子,鬼姓名,鬼亲眷,鬼朋友。鬼在人们中间孤立了,也就搞不成鬼玩意了,或者变人,或者真的变鬼,这倒不妨随他的便。

要对付活鬼,首先要不怕鬼。道理是你不怕,他就怕。这里有几个鬼故事是很有意思的。

第一个是蒲松龄写的青凤。说有一个狂生叫耿去病,听说有一个荒废的大宅子闹鬼,堂门自己会开关,有时还有笑语歌吹声。他搬了铺盖去住,在楼下读书。晚上正在用功时,一个披发鬼进来了,脸黑得像漆一样,张着眼对他笑。耿去病也对着笑,顺手把砚台的墨汁涂上一脸,面对面瞪着眼睛看。鬼看着不对头,满脸羞惭溜走了。

第二个是纪晓岚写的吊死鬼。说是有一个姓曹的,住在一个人家。半夜里有一个东西从门缝进来,像一张纸,变成人形,是个女人。他一点也不怕。鬼又披发吐舌,作吊死鬼模样,他笑说:头发还是头发,只是乱一些,舌头还是舌头,只是长一些,有什么可怕?鬼又把头摘下来,放在桌上。他笑说:有头都不怕,何况没头?鬼没有办法,一下不见了。后来他又住这房子,半夜门缝又响了,鬼刚一露头,他就嚷:又是这个讨厌东西!鬼一听只好不进来了。

另一个是大鬼。说戴东原的族祖某人胆大不怕鬼,住进一座空宅子,到晚上,阴风惨惨,出来一个大鬼,说,你真不怕?答:不怕。大鬼做了许多恶样子,又问,还不怕?答:当然。大鬼只好客气地说:我也不一定赶你走,只要你说一声怕,我就走了。他说:真是岂有此理,我实在不怕,怎能说假话?你要怎样就怎样吧。鬼再三央告,还是不理。鬼只好叹一口气说:我在这儿三十多年了,从来没见过你这号顽固的人,这样蠢材,怎能住在一起?只好走了。

还有一个大眼鬼。南皮许南金胆很大,在和尚庙里读书。夜半忽然墙上出来两个灯,一看是一个大脸孔,两个灯是一双大眼睛。他说:正好,要读书,蜡烛完了。拿一册书背着墙,坐下朗诵,念不了几页,灯光就没有了,叩壁叫唤,也不出来。又一个晚上上厕所,一个小孩给拿蜡烛,不料这个大眼鬼又出来了,对着人笑,小孩吓倒在地下,他捡起蜡烛,就放在大眼鬼头上,说没有灯台,你来得正好。大眼鬼仰着头看,一动也不动,他又说;你哪里不好去,偏要到这里来!听说海上专有人赶臭地方走的,大概就是你了。万不可以对不起你,随手拿一张用过的手纸抹鬼的嘴巴,大眼鬼大呕大吐,狂吼几声,就不见了,从此再也不来了。

这几个故事很不错,蔑视、鄙视、仇视种种形色的鬼,完全合理。人气盛了,鬼气就衰了;人不怕鬼,鬼就怕人了。

不但对死鬼该这样,对活鬼也该这样。

人不可以迷信,要相信科学,尊重科学,但也不妨研究研究鬼话,鬼故事,从中得到益处。讲人话的书要多读,讲鬼话的书,我以为也不妨读读。

(选自1959年5月18日《人民日报》)

曹靖华

忆当年，穿着细事且莫等闲看

幼年读书，遇"服之不衷，身之灾也"，曾想：衣所以蔽体，御寒而已。怎么穿得不当，还足招祸？遇孔丘"微服而过宋"，曾想：像所谓"万世师表"那样方正、古板，道貌岸然连走路都"行不由径"，吃饭也"割不正不食"。一旦人要杀他，为了避免人注意，怎么还把平常的衣服都换了逃走呢？此外还遇到许多有关穿着的话，当年都不求甚解，终以不了了之。

辛亥革命初年，我满身"土气"，第一次从万山丛中出来，到一百里远的县城考高小。有位年纪比我约大两倍的同乡说："进城考洋学堂，也该换一身像样的衣服，怎么就穿这一身来了？"

我毫不知天高地厚，一片憨直野气，土铳一样，这么铳了一句："考学问，又不是考衣服！"

这一铳非同小可，把对方的眼睛铳得又大又圆。他连声说："了不起！了不起！言之有理！有理！"

我当时不辨这是挖苦，还是正语。不求甚解，仍以不了了之。

总之，书是书，我是我。不识不知，书本于我何有哉！

"五四"风暴中，作为一个北方省城的中学生，到上海参加第一次全国学生代表会议。这宛如一枚刚出土的土豆，猛然落入金光耀目的十里洋场。"土气"之重，和当年从深山落入县城的情况比来，真有天渊之别了。

如此"土气"的穿着，加之满口土腔，甚至问

曹靖华（1897—1987年），河南卢氏人。主要作品有《飞花集》《曹靖华散文选》等。

路,十九都遭到白眼。举目所至,多为红红绿绿,油头粉面。不快之感,油然而起。碰壁之余,别有一番从所未尝的涩味在心头。我咀嚼,回味……后来读到鲁迅先生有关文章时,才恍然悟到:甚矣,穿着亦大有文章也!

鲁迅先生在《上海的少女》一文中,曾说过这样一段话:"在上海生活,穿时髦衣服的比土气的便宜。如果一身旧衣服,公共电车的车掌会不照你的话停车,公园看守会格外认真地检查入门券,大宅子或大客寓的门丁会不许你走正门。所以,有些人宁可居斗室,喂臭虫,一条洋服裤子却每晚必须压在枕头下,使两面裤脚上的折痕天天有棱角。"

啊,原来如此。不过这只是一个方面。还有鲁迅先生尚未行之于文字的,这姑且放下不表。

且说当年北京,我总觉有所不同。尽管岁月飞逝,人事沧桑,而阴丹士林一类的蓝大褂"江山",总稳如磐石。男女老幼,富贵贫贱,无不甘为"顺民"。春夏秋冬,时序更迭,蓝大褂却总与其主人形影相随也。溽暑盛夏,儒雅之士,倘嫌它厚,改换纺绸、夏布之类的料子而已。但其实,那也不见得真穿,出门时,多半搭在肘弯上做样子,表示礼貌罢了。短促的酷暑一过,又一元复始了。其他季节,不管"内容"如何随寒暖而变化:由夹而棉,或由棉而皮;也不管怎样"锦绣其内",外面却总罩着一件"永恒的"蓝大褂。实在说,蓝大褂在长衣中也确有可取之处:价廉、朴素、耐脏、经磨,宜于御风沙……对终日在粉笔末的尘雾中周旋的穷教书匠说来,更觉相宜:这不仅使他雪人似的一出教室,轻轻一掸,便故我依然,且在一些富裕的同类和学子面前,代他遮掩了几许寒酸,使他厕身"士林",满可无介于怀了。

不仅此也。在豺狼逞霸、猎犬四出的当年,据说蓝大褂的更大功能,在于它的"鱼目混珠"。但其实也不尽然。同样托庇于蓝大褂之下,而竟不知所终者,实大有人在!不过同其他穿着相比,蓝大褂毕竟"吉祥"得多了。虽然这是无可奈何中的聊以自慰的偏见而已。

某年秋夜,一个朋友把我从天津送到北平。另一个朋友相见之下,惊慌地说:

"呀,洋马褂!不行,换掉,换掉!"

我窘态万状,无言以对。殊不知我失掉"民族形式"的装备也久矣。他忽然若有所悟地转身到卧房里取了一件蓝大褂,给我换上,就讲起北平的"穿衣经"来。

实在说,我向来是不喜欢"洋马褂",钟爱蓝大褂的。不过这之前,此一地,彼一地也。穿着蓝大褂在异邦马路上行走,其引人注目,正不亚于狗熊在广场上表演。而现在和蓝大褂重结不解之缘,恰是"适怀我心"了。

不久,我就穿着这"适怀我心",而且又能"鱼目混珠"的蓝大褂,到了阔别的十里洋场。

不知怎的,也许因为久别重逢,分外兴奋了吧,我这如此"土气"的蓝大褂,昨天整整半日,鲁迅先生仿佛都没有发觉。第二天用过早饭,一同登楼。坐定之后,正不知话题从何开始。窗明几净,鸦雀无声,旭日朗照,满室生辉。我们恬淡闲适,万虑俱无。如此良辰,正大好倾谈境界也。这时鲁迅先生忽然把眉头一扬,好像哥伦布望见新大陆似的,把我这"是非之衣"一打量,惊异地说:

"蓝大褂!不行,不行。还有好的没有?"

我感慨地说:"北方之不行也,洋马褂……"

他没待我说完,就接着说:

"南方之不行也,蓝大褂呀!洋马褂倒满行。还有好的没有?"

我一面答有,一面把那顿成"不祥之衣"的蓝大褂下襟,往起一撩,露出了皮袍面:这是深蓝色的,本色提花的,我叫不出名字的丝织品。堪称大方、素雅,而且柔和、舒适。

鲁迅先生一见,好像发现了我的保险单一样,喜不自胜地说:

"好,好!满及格!"

他放心了,面露微笑地喷了一口烟说:

"没事别出门。真要出门时,千万不能穿这蓝大褂。此地不流行。否则易被注意、盯梢,万一被盯上可不得了!"

当时的确如鲁迅先生所说:"沪上实危地,杀机甚多,商业之种类又甚多,人头亦系货色之一,贩此为活者,实繁有徒,幸存者大抵偶然耳。"

接着他就谈到不但要注意穿着,而且要注意头发梳整齐,皮鞋擦光等等。蓬首垢面、衣冠不整、外表古怪,都足引起注意,闹大乱子。连举止也都要留神……

"这是用牺牲换来的教训呀。"

他结论似的这么来了一句,又点起一支烟,吸了一口,若有所思地

沉默了一下,接着说:

"在上海过生活,就是一般人穿着不留心,也处处引起麻烦。我就遇到过。"

他又喷了一口烟,停顿了一下,用说故事的口气,从容不迫地一边回忆,一边说起来:

"有一次,我随随便便地穿着平常这一身,到一个相当讲究的饭店①,访一个外国朋友②,饭店的门丁,把我浑身上下一打量,直截了当地说:

'走后门去!'

"这样饭店的'后门',通常只运东西或给'下等人'走的。我只得绕了一个圈子,从后门进去,到了电梯跟前,开电梯的把我浑身上下一打量,连手都懒得抬,用脑袋向楼梯摆了一下,直截了当地说:

'走楼梯上去!'

"我只得一层又一层地走上去。会见了朋友,聊过一阵天,告辞了。

"据说这位外国朋友住在这里,有一种惯例:从来送客,只到自己房门为止,不越雷池一步。这一点,饭店的门丁、开电梯的,以及勤杂人员等等,都司空见惯了。不料这次可破例了。这位外国人不但非常亲切而恭敬地把我送出房门,送上电梯,陪我下了电梯,一直送到正门口,恭敬而亲切地握手言别,而且望着我的背影,目送着我远去之后,才转身回去。刚才不让我走正门的门丁和让我步行上楼的开电梯的人,都满怀疑惧地闷在闷葫芦中……"

他喷了一口烟,最后结束说:

"这样社会,古今中外,易地则皆然。可见穿着也不能等闲视之呀。"

(选自 1961 年 9 月 9 日《人民日报》)

【注释】

① 即华懋饭店。

② 即美国革命女作家史沫特莱。

梁 衡

晋　祠

出太原西南行五十里，有一座山名悬瓮。山上原有巨石，如瓮倒悬。山脚有泉水涌出，就是有名的晋水。在这山下水旁，参天古木中林立着百余座殿、堂、楼、阁、亭、台、桥、榭。绿水碧波绕回廊而鸣奏，红墙黄瓦随树影而闪烁，悠久的历史文物与优美的自然风景，浑然一体，这就是古晋名胜晋祠。

西周时，年幼的成王姬诵即位，一日与其弟姬虞在院中玩耍，随手拾起一片落地的桐叶，剪成玉圭形，说："把这个圭给你，封你为唐国诸侯。"天子无戏言，于是其弟长大后便来到当时的唐国，即现在的山西做了诸侯。《史记》称此为"剪桐封弟"。姬虞后来兴修水利，唐国人民安居乐业。后其子继位，因境内有晋水，便改唐国为晋国。人们缅怀姬虞的功绩，便在这悬瓮山下修一所祠堂来祀奉他，后人称为晋祠。

晋祠之美，在山美、树美、水美。

这里的山，巍巍的如一道屏障，长长的又如伸开的两臂，将这处秀丽的古迹拥在怀中。春日黄花满山，径幽而香远；秋来，草木郁郁，天高而水清，无论何时拾级登山，探古洞，访亭阁，都情悦神爽。古祠设在这绵绵的苍山中，恰如淑女半遮琵琶，娇羞迷人。

这里的树，以古老苍劲见长。有两棵老树，一曰周柏，一曰唐槐。那周柏，树干劲直，树皮皴裂，冠顶挑着几根青青的疏枝，偃卧于石阶旁，宛如老者说古；那唐槐，腰粗三围，苍枝屈虬，老干上却发

梁衡，1946年生，山西霍县人。主要作品有《夏感与秋思》《问路》《只求新去处》《梁衡散文选》，章回体知识性小说《数理化通俗演义》等。

出一簇簇柔条,绿叶如盖,微风拂动,一派鹤发童颜的仙人风度。其余水边殿外的松、柏、槐、柳,无不显出沧桑几经的风骨,人游其间,总有一种缅古思昔的肃然之情。也有造型奇特的,如圣母殿前的左扭柏,拔地而起,直冲云霄,它的树皮却一齐向左边拧去,一圈一圈,丝纹不乱,像地下旋起了一股烟,又似天上垂下了一根绳。其余有的偃如老妪负水,有的挺如壮士托天,不一而足。祠在古木的荫护下,显得分外幽静、典雅。

这里的水,多、清、静、柔。在园内信步,那里一泓深潭,这里一条小渠。桥下有河,亭中有井,路边有溪,石间有细流脉脉,如线如缕;林中有碧波闪闪,如锦如缎。这么多的水,又不知是从哪里冒出的,叮叮咚咚,只闻佩环齐鸣,却找不到一处泉眼,原来不是藏在殿下,就是隐于亭后,更可爱的是水清得让人叫绝。无论多深的渠、潭、井,只要光线好,游鱼、碎石、丝纹可见。而水势又不大,清清的波,将长长的草蔓拉成一缕缕的丝,铺在河底,挂在岸边,合着那些金鱼、青苔、玉栏倒影,织成了一条条的大飘带,穿亭绕榭,冉冉不绝。当年李白至此,曾赞叹道:"晋祠流水如碧玉,百尺清潭泻翠娥。"你沿着水去赏那亭台楼阁,时常会发出这样的自问:怕这几百间建筑都是在水上漂着的吧!

然而,最美的还是祖先留给我们的古代文化。这里保存着我国古建筑的"三绝"。

一是圣母殿。这是全祠的主殿,是为虞侯的母亲邑姜所修的。建于宋天圣年间,重修于宋崇宁元年(一一〇二年),距今已有八百八十年。殿外有一周围廊,是我国古建筑中现在能找到的最早实例。殿内宽七间、深六间,极宽敞,却无一根柱子。原来屋架全靠墙外回廊上的木柱支撑。廊柱略向内倾,四角高挑,形成飞檐。屋顶黄绿琉璃瓦相扣,远看飞阁流丹,气势雄伟。殿堂内宋代泥塑的圣母及四十二尊侍女,是我国现存宋塑中的珍品。她们或梳妆、洒扫,或奏乐、歌舞,形态各异。人物形体丰满俊俏,面貌清秀圆润,眼神专注,衣纹流畅,匠心之巧,绝非一般。

二是殿前柱上的木雕盘龙。这是我国现存最早的盘龙殿柱。雕于宋元祐二年(一〇八七年),八条龙各抱定一根大柱,怒目利爪,周身风从云生,一派生气。距今虽近千年,仍鳞片层层,须髯根根,不能不叫人叹服木质之好与工艺之精。

三是殿前的鱼沼飞梁。这是一个方形的荷花鱼沼,却在沼上架了一个十字形的飞梁，下由三十四根八角形的石柱支撑，桥面东西宽阔，南北翼如；桥边栏杆、望柱都形制奇特，人行桥上，随意左右，如泛舟水面，再加上鱼跃清波，荷红映日，真乐而忘归。这种突破一字桥形的十字飞梁，在我国现存的古建筑中是仅有的一例。

　　以圣母殿为主的建筑群还包括献殿、牌坊、钟鼓楼、金人台、水镜台等，都造型古朴优美，用工精巧。全祠除这组建筑之外，还有朝阳洞、三台阁、关帝庙、文昌宫、胜瀛楼、景清门等，都依山傍水，因势砌屋，或架于碧波之上，或藏于浓阴之中，糅造化与人工一体。就是园中的许多小品，也极具匠心。比如这假山上本有一挂细泉垂下，而山下却立了一个汉白玉的石雕小和尚，光光的脑门，笑眯眯的眼神，双手齐肩，托着一个石碗，那水正注在碗中，又溅到脚下的潭里，却总不能满碗。和尚就这样，一天一天，傻呵呵地站着。还有清清的小溪旁，突然跑来一只石雕大虎，两只前爪抓着水边的石块，引颈探腰，嘴唇刚好埋入水面，那气势好像要一吸百川。你顺着山脚，傍着水滨去寻吧。真让你访不胜访，虽几游而不能尽兴。历代文人墨客都看中了这个好地方，至今山径石壁，廊前石碑上，还留着不少名人题咏。有些词工句丽，书法精湛，更为湖光山色平添了许多风韵。

　　这晋祠从周唐叔虞到任立国后自然又演过许多典故。当年李世民就从这里起兵反隋，得了天下。宋太宗赵光义，曾于太平兴国四年（公元九七九年）在这里消灭了北汉政权，从而结束了中国历史上五代十国的分裂局面。一九五九年陈毅同志游晋祠时兴叹道："周柏唐槐宋献殿，金元明清题咏遍。世民立碑颂统一，光义于此灭北汉。"

　　晋祠就是这样，以她优美的身躯来护着这些珍贵的历史文化。她，真不愧为我国锦绣河山中一颗璀璨的明珠。

余秋雨

阳关雪

中国古代,一为文人,便无足观。文官之显赫,在官而不在文,他们作为文人的一面,在官场也是无足观的。但是事情又很怪异,当峨冠博带早已零落成泥之后,一杆竹管笔偶尔涂画的诗文,竟能镌刻山河,雕镂人心,永不漫漶。

我曾有缘,在黄昏的江船上仰望过白帝城,顶着浓冽的秋霜登临过黄鹤楼,还在一个冬夜摸到了寒山寺。我的周围,人头济济,差不多绝大多数人的心头,都回荡着那几首不必引述的诗。人们来寻景,更来寻诗。这些诗,他们在孩提时代就能背诵。孩子们的想象,诚恳而逼真。因此,这些城,这些楼,这些寺,早在心头自行搭建。待到年长,当他们刚刚意识到有足够脚力的时候,也就给自己负上了一笔沉重的宿债,焦渴地企盼着对诗境实地的踏访。为童年,为历史,为许多无法言传的原因。有时候,这种焦渴,简直就像对失落的故乡的寻找,对离散的亲人的查访。

文人的魔力,竟能把偌大一个世界的生僻角落,变成人人心中的故乡。他们褪色的青衫里,究竟藏着什么法术呢?

今天,我冲着王维的那首《渭城曲》,去寻阳关了。出发前曾在下榻的县城向老者打听,回答是:"路又远,也没什么好看的,倒是有一些文人辛辛苦苦找去。"老者抬头看天,又说:"这雪一时下不停,别去受这个苦了。"我向他鞠了一躬,转身钻进雪里。

余秋雨,1946年生,浙江慈溪人。主要作品有《艺术的创造工程》《戏剧理论史稿》《戏剧审美心理学》,散文集《文化苦旅》《霜冷长河》等。

一走出小小的县城,便是沙漠。除了茫茫一片雪白,什么也没有,连一个皱褶也找不到。在别地赶路,总要每一段为自己找一个目标,盯着一棵树,赶过去,然后再盯着一块石头,赶过去。在这里,睁疼了眼也看不见一个目标,哪怕是一片枯叶,一个黑点。于是,只好抬起头来看天。从未见过这样完整的天,一点也没有被吞噬,边沿全是挺展展的,紧扎扎地把大地罩了个严实。有这样的地,天才叫天。有这样的天,地才叫地。在这样的天地中独个儿行走,侏儒也变成了巨人。在这样的天地中独个儿行走,巨人也变成了侏儒。

天竟晴了,风也停了,阳光很好。没想到沙漠中的雪化得这样快,才片刻,地上已见斑斑沙底,却不见湿痕。天边渐渐飘出几缕烟迹,并不动,却在加深,疑惑半响,才发现,那是刚刚化雪的山脊。

地上的凹凸已成了一种令人惊骇的铺陈,只可能有一种理解:那全是远年的坟堆。

这里离县城已经很远,不大会成为城里人的丧葬之地。这些坟堆被风雪所蚀,因年岁而坍,枯瘦萧条,显然从未有人祭扫。它们为什么会有那么多,排列得又是那么密呢? 只可能有一种理解:这里是古战场。

我在望不到边际的坟堆中茫然前行,心中浮现出艾略特的《荒原》。这里正是中华历史的荒原:如雨的马蹄,如雷的呐喊,如注的热血。中原慈母的白发,江南春闺的遥望,湖湘稚儿的夜哭。故乡柳阴下的诀别,将军圆睁的怒目,猎猎于朔风中的军旗。随着一阵烟尘,又一阵烟尘,都飘散远去。我相信,死者临亡时都是面向朔北敌阵的;我相信,他们又很想在最后一刻回过头来,给熟悉的土地投注一个目光。于是,他们扭曲地倒下了,化作沙堆一座。

这繁星般的沙堆,不知有没有换来史官们的半行墨迹?史官们把卷帙一片片翻过,于是,这块土地便有了一层层的沉埋。堆积如山的二十五史,写在这个荒原上的篇页还算是比较光彩的,因为这儿毕竟是历代王国的边远地带,长久担负着保卫华夏疆域的使命。所以,这些沙堆还站立得较为自在,这些篇页也还能哗哗作响。就像干寒单调的土地一样,出现在西北边陲的历史命题也比较单纯。在中原内地就不同了,山重水复、花草掩阴,岁月的迷宫会让最清醒的头脑涨得发昏,晨钟暮鼓的音响总是那样的诡秘和乖戾。那儿,没有这么大大咧咧铺张开的沙堆，一切都在重重美景中发闷，无数不知为何而死的冤魂，只能悲愤懊丧地深潜地底。不像这儿，能够袒露出一帙风干的青史，让我用二十世纪的脚步去匆匆抚摩。

远处已有树影。急步赶去，树下有水流，沙地也有了高低坡斜。登上一个坡，猛一抬头，看见不远的山峰上有荒落的土墩一座，我凭直觉确信，这便是阳关了。

树愈来愈多，开始有房舍出现。这是对的，重要关隘所在，屯扎兵马之地，不能没有这一些。转几个弯，再直上一道沙坡，爬到土墩底下，四处寻找，近旁正有一碑，上刻"阳关古址"四字。

这是一个俯瞰四野的制高点。西北风浩荡万里，直扑而来，踉跄几步，方才站住。脚是站住了，却分明听到自己牙齿打战的声音，鼻子一定是立即冻红了的。呵一口热气到手掌，捂住双耳用力蹦跳几下，才定下心来睁眼。这儿的雪没有化，当然不会化。所谓古址，已经没有什么故迹，只有近处的烽火台还在，这就是刚才在下面看到的土墩。土墩已坍了大半，可以看见一层层泥沙，一层层苇草，苇草飘扬出来，在千年之后的寒风中抖动。眼下是西北的群山，都积着雪，层层叠叠，直伸天际。任何站立在这儿的人，都会感觉到自己是站在大海边的礁石上，那些山，全是冰海冻浪。

王维实在是温厚到了极点。对于这么一个阳关，他的笔底仍然不露凌厉惊骇之色，而只是缠绵淡雅地写道："劝君更尽一杯酒，西出阳关无故人。"他瞟了一眼渭城客舍窗外青青的柳色，看了看友人已打点好的行囊，微笑着举起了酒壶。再来一杯吧，阳关之外，就找不到可以这样对饮畅谈的老朋友了。这杯酒，友人一定是毫不推却，一饮而尽的。

这便是唐人风范。他们多半不会洒泪悲叹，执袂劝阻。他们的目光放得很远，他们的人生道路铺展得很广。告别是经常的，步履是放达的。这种风范，在李白、高适、岑参那里，焕发得越加豪迈。在南北各地的古代造像中，唐人造像一看便可识认，形体那么健美，目光那么平静，神采那么自信。在欧洲看蒙娜丽莎的微笑，你立即就能感受，这种恬然的自信只属于那些真正从中世纪的梦魇中苏醒、对前途挺有把握的艺术家们。唐人造像中的微笑，只会更沉着、更安详。在欧洲，这些艺术家们翻天覆地地闹腾了好一阵子，固执地要把微笑输送进历史的魂魄。谁都能计算，他们的事情发生在唐代之后多少年。而唐代，却没有把它的属于艺术家的自信延续久远。阳关的风雪，竟越见凄迷。

王维诗画皆称一绝，莱辛等西方哲人反复讨论过的诗与画的界线，在他是可以随脚出入的。但是，长安的宫殿，只为艺术家们开了一个狭小的边门，允许他们以卑怯侍从的身份躬身而入，去制造一点娱乐。历史老人凛然肃然，扭过头去，颤巍巍地重又迈向三皇五帝的宗谱。这里，不需要艺术闹出太大的局面，不需要对美有太深的寄托。

于是，九州的画风随之黯然。阳关，再也难于享用温醇的诗句。西出阳关的文人还是有的，只是大多成了谪官逐臣。

即便是土墩、是石城，也受不住这么多叹息的吹拂，阳关坍弛了，坍弛在一个民族的精神疆域中。它终成废墟，终成荒原。身后，沙坟如潮，身前，寒峰如浪。谁也不能想象，这儿，一千多年之前，曾经验证过人生的壮美，艺术情怀的弘广。

这儿应该有几声胡笳和羌笛的，音色极美，与自然浑和，夺人心魄。可惜它们后来都成了兵士们心头的哀音。既然一个民族都不忍听闻，它们也就消失在朔风之中。

回去罢，时间已经不早。怕还要下雪。

郭 风

夜宿泉州

> 郭风，1918年生，福建莆田人。主要作品有《木偶戏》，散文诗集《叶笛集》《山溪和海岛》《你是普通的花》，散文集《郭风散文集》等。

温馨的、有点潮湿的，南方的夜降落在城市的林梢和屋檐前。一轮新月好像一朵橘子花，宁静地开放在浅蓝色的天空。

城市在闪耀着它的宝石似的光辉，散发肉豆蔻一般的香味。泉州，你经历过多少风险，珍藏了这样多的瓌宝？呵，那林立的碑坊，那雄伟的东塔和西塔，那开元寺紫云大殿后面希腊哥林多式的廊柱雕刻，大殿前面平台基石上古埃及式的人面兽身的浮雕，那以青色花岗石建筑的具有古叙利亚建筑风味的清真寺……它们怎样越过时间的长河，掩映在你的林阴中，在月色里默默地沉思？

轻风从旅馆的窗口悄悄地吹过。呵，那风中仿佛吹来大海的凉气和港湾里夜潮的喧腾。泉州，时代过去了，我仿佛还能看见你的港湾里布满古代的船舶。那从波斯湾和印度洋出发的帆船的队伍，它们照着太阳上升的方向，来到你这里。那从婆罗州和摩鹿加群岛出发的商船的队伍，借着大洋的季风，鼓起它们的风帆，来到你这里。泉州，时代已经过去了，我仿佛还能看见你的仓库里堆满各色的货物，笼罩着的乳香和没药、咖啡和可可、檀香和蔷薇的香味。我仿佛还能看见在你的码头上，在你的街道上和小巷里，横过绿色的稻田，走动着世界上各种肤色的人们；呵，那从西里伯群岛前来的旅队，身上还披着热带太阳的芬芳和明月的光辉；我仿佛还能看见那从亚力山大港来的水手，给你带来非洲地带的爱情和音乐，那从波斯湾沿岸前来的商人,给你带来菠菜的种子,撒在你的河边和田野里……呵,那还是人类航海的黎明时期,越过漫长的中世纪,泉州,在长久以前的时期,你便是世界沿岸的一个中心。在漫长的历史年代里,中外文化的交流,在这里开放美丽的花朵。呵,我仿佛触摸着一幅地图:在这上面,泉州,你好像林阴中的一朵金玫瑰,披着月色在那里闪光,发出深沉的香味。

  古老的城市!南方的四月的夜晚,是多么的甜蜜呵。这个晚上,我想睡觉了。泉州,让我站立在这窗口,永远守望着你的过去,我千百倍的爱你的今天!呵,在传说中曾经开放过雪白的莲花的古桑树呵,你正是见证:泉州,今天是变得更加美丽了。我看见学校的窗户,像开放在花棚上的紫藤花一般的开放着,那灯火像海面上的渔火一样地闪耀。我看见新村的房屋和它的阳台,建筑在斜坡上,周围围着的竹篱,又被古老的龙眼树林的夜色所环绕。我看见梨园戏剧团的楼房,紧靠着郊区;向前走去,那里有美丽的河流和古老的石桥。我看见车站灯火辉煌,最后一班的班车已经到站了吗?有亲爱的海外侨胞搭这一班车到家乡来省亲吗?我看见郊外的田野有如海洋,四月的麦浪在明月下有如海波在荡漾。我看见果园有如蜂房,花在结果,果在酿造甜汁。我看见烟囱的手臂伸到明澈的夜空,我听见厂房里的轮子和压榨机在唱着新的歌……呵,这一切,都是我所爱的,让我歌唱这芬芳的土地上新的爱情,新的建设,树立起来新的纪念碑!让我伸出手来,把你整个抱在我的两臂里:

  泉州!晚安!

1957 年

夏　衍

甲子谈鼠

我是庚子年出生的，肖鼠。今年又逢甲子，忽然想起写点应景文章，谈谈老鼠。

远古以来，我们中国人不论在文化上、在科学上，都对人类进步，做出过很多很大的贡献，但遗憾的是作为四害之首的老鼠，现在已经科学家证明，它的原生地是中国中部，而它的危害则已经遍及世界。

在我念大学的时候，老鼠的原产地是什么地方，在科学界已经是一个有争论的问题。那时大部分动物学家都认为老鼠原产于墨西哥，但也有人认为原产地是中国，有些专家还认为欧洲之有老鼠，是成吉思汗西征时带到东北欧的。直到近年，由于我国考古发掘的进展，在安徽潜山发掘出了距今五千五百万年前的晓鼠和它的牙齿化石，接着，又在湖南衡东发现了距今五千万年的钟健鼠化石。经过我国科学院古脊椎动物学和哺乳类动物学专家的研究，证明了晓鼠是最接近鼠类祖先的动物，它的起源可能上溯到八千万年的白垩纪中期。这一判断现在已经得到了世界上许多哺乳类动物学专家的承认，因此，老鼠这种害物原产于中国中部这种说法，似乎已经是难于推卸的了。

老鼠这东西有百害而无一利，这是无可辩驳的事实，要举它的罪状，可能不止十条，其中最重大的，一是糟蹋庄稼，二是传染疾病。现今世界上鼠口远远超过人口，有些地方鼠口是人口的三倍乃至四倍。据一九八三年秋在安徽合肥召开的老

夏衍（1900—1995年），河南开封人。主要作品有《春蚕》《包身工》《林家铺子》等。

鼠问题研究会的材料,据说地球上现有各种老鼠一百亿只,而每年被老鼠消耗的粮食为两千亿斤;至于传染疾病,一般人只想到鼠疫,而其实,鼠类会传染多种疾病,单讲斑疹伤寒,第一次世界大战后在苏联和东欧,这种疾病就夺去了几百万人的生命。

人类是聪明的,随着科学的发展,我们终于消灭了天花、霍乱,可是直到现在,尽管不断地发动灭鼠运动,而鼠口还在继续增加,这是什么原因?也许可以说,这和野火烧不尽的野草有相似之处。老鼠之所以难以消灭,它的厉害之点有二:一是生命力强,二是繁殖力强。前者是它能适应各种最恶劣的环境(甚至有人说,原子弹废墟上最早出现的动物是老鼠),和人类共处的,就是我们常见的家鼠,在田野的就是田鼠,它的牙齿特别锋利,不仅木竹建筑的房屋,连水泥墙壁它也能够打通。它聪明狡猾,古来有黠鼠之称,它不仅能挖洞,而且会积粮,我还看到过两只老鼠合作,偷走一个鸡蛋。老鼠生命力强的另一个特点,是它什么东西都吃,从五谷、蔬菜、植物根块(土豆、白薯、甜菜……),到肉类、皮骨,甚至人类穿用的皮鞋、钮扣。生殖力强,那更是近于奇迹:一只母鼠出生后三个月就能受孕;每年可以怀胎十次,每胎可以生仔六七只以至二十只!

根据以上的特点,细菌学界泰斗真萨博士(Zinsser)在他的名著《老鼠·虱子和历史》中指出:在所有脊椎类动物的哺乳类动物中,只有老鼠和人类有特别相似的特点。一是食物方面,一般动物草食类和肉食类是分得很清楚的。牛羊、斑马、长颈鹿等等都是草食类,虎、豹、狮子都是肉食类(猫狗之类长期被人驯养的家畜除外),而老鼠则和人类一样,什么东西都吃,因此近年来非洲酷旱,象和其他草食动物大量饿死,而鼠类却照样繁衍,不受影响;二是生殖方面,一般动物,多数是每年发情一次,最多也不过两次,而老鼠则和人一样,每月都可以发情,都可受孕,因此,保加利亚一位妇女一胎生了六婴,新闻媒介就要大肆宣传,而老鼠一胎生下十六七只,谁也不会认为这是奇闻。

号称万物之灵的人类,千百年来未能消灭乃至控制鼠类的繁衍,这使我想起了世界上的生态平衡和某种稀有动植物的保护问题。从《诗经》里的"硕鼠硕鼠,毋食我黍"算起,中国人吃这小动物的苦头,最少也有几千年了,人口十亿,听了谁也害怕,鼠口百亿,倒反而无可奈何。

这说明要保持生态平衡,必先从食物和生育这两方面着手。去年四川箭竹开花,熊猫遭灾,我们当然要全力抢救保护。但从熊猫本身来说,它们逐渐减少乃至濒于绝灭,一要怪它自己的偏食,二要怪它自己生殖力太差。我有一种痴想,万物之灵在科学昌明的时代,能不能针对它们这两个弱点下点功夫,让这种雅俗共赏、老少咸欢的动物不仅不绝灭,反而更繁衍呢?我看是可以的,熊猫并不笨,福州和上海动物园里的熊猫都学会了杂技,我也看见过它们吃竹叶以外的食物。熊猫生殖力弱,这倒的确是个难题,生物学家是不是可以把它作为课题,认真地攻一攻这个关呢?

根据客观环境的变化,一些生物要绝灭,这也是一条不以人类意志为转移的规律,恐龙这种大家伙,不是早在几千万年之前就绝灭了吗?但是对于哪些东西可以让它绝灭,哪些东西必须予以抢救,我想我们人类似乎应该有个主动的抉择,应该有个方案的。蚊子、苍蝇、老鼠是完全应该绝灭的,打麻雀则是一桩冤案,尽管平反了,但繁殖不快,还当加以保护。麻雀也是杂食鸟,主要吃的是害虫,因此它是益鸟,为了消灭害虫,为了生态平衡,我希望农村收购站不要再收禾花雀,饮食店的菜单上也应该删除这一珍肴了。

写到这里,在美国报上看到一条消息,说加州大秃鹰真的快要绝灭了,报上说,这种两翅伸开时长达三米的大鸟,现在除了饲养在动物园的之外,自然界只有十七八只了。美国是自称大力保护生态平衡的国家,加州大秃鹰为什么会遭到如此不幸呢?其原因完全和熊猫相似,一是这种秃鹰是肉食鸟,但没有捕杀地面兽类的本领,而主要以地上的兽尸为食,工业发达,城市面积扩大,狐兔之类的腐尸少了,它的食物也相应减少,同样,它的生殖力更弱,据说它两年才生一个蛋,而这一蛋的成活率只有百分之五十。

甲子谈鼠,却说了些对鼠不利的事,这真是没有办法。

1984 年 1 月 28 日

(选自 1984 年第 1 期《人民文学》)

韩静霆

黑土地

韩静霆，1944年生，吉林东辽人。主要作品有《幽谷鹿笛》《花魂》《唱歌的小草》《爱的船·爱的岸》等。

　　我是北方的黑土捏成的，土性烧铸在我的灵魂之中了。

　　我生于黑土，我长于黑土。童年，我用黑土捏出我的天使：人，马，牛，羊，鸡，狗。我和黑土造就的这些众生厮守，说话，说梦。我用黑土制成能吹奏抑抑扬扬、呜呜咽咽的埙。我的埙就是我的唇舌，我生命的延长，我灵魂的独白。我是黑土的上帝，黑土也是我的上帝。二十六年前我孑然一身进关，闯荡京华。我住在前门箭楼下的小客栈里，柔和湿滑的京腔在议论我：这个北方的小牛犊子。哦，是的。牛犊子，北方，我。我走出北方黑色的漠野，什么也没带——不不，我带走了一样东西，永生永世不可抛弃也无法抛弃，就是我的土性。

　　每次返乡，黑土地总是极尽柔情待我。当我的两脚插在浸了油似的黑土地里，即便是大旱时节，湿漉漉的地气也冲得脚心痒酥酥的。我的两足张开十个"根须"吸吮着水汽，我感觉到筋络舒展的咔咔声，我感觉到血管中冲撞着一排又一排黏稠的然而又是流动着的激情的浪头。唯有此时，我可以和刚刚拱出土皮儿的荠荠菜私语，可以得到玉米缨络扬来的花粉，可以喝到奉献到手心的蚂蚁酒。这时候我能把目光的线一直扯到松辽平原的极处，看云起云飞，进入一种境界。我想我变成了黑土地上植根并且眺望着的树，一棵生有两个丫权的树，一棵擎着乱蓬蓬鸟窝的树，一棵白桦树。我想我不怕被肃杀的风摇落最后一片叶子，叶落了还会再生。我想我可以燃烧，在地上成炭，在地下变煤。因为，我是黑土地的子孙。

带着黑土地给我的足够的营养，我离开了故土。西北高原的风吹不倒我这北方的榛莽，海南天涯的烈日晒不干我黑褐色肌肤蕴藏的油性。有时候，我枕着塬，枕着海，闭上眼睛想到的却是北方黑土地柔软的怀抱，想到儿时睡过的桦树皮摇床。我为此心旌摇荡，依稀看到黑土地上跋涉而去的祖先。哦，努尔哈赤的雕弓拉成满月，"玉骢嘶罢飞尘起，皂雕没处冷云平"；哦，挖参人如崖上的壁虎，没入密林，"雪中食草冰上宿"；哦，刚刚冷却的火山口杉木葱茏，熔岩洞里举起了伐木人的炊烟；哦，田畴把黑色的垄划到天尽头，那里，一人，一犁，一牛，共同较量着耐力和韧性。犁着，耕着，走着，没有一点声音。我的黑土地就是这样一部悠远的、孔武的、神秘的、充满着内聚力的不朽经典。当然，在黑土的深层，也埋藏着古战场鲜血锈蚀的剑，也抛落了亡国之民的遗骸，也有过拼搏、绞杀、屈辱和失败。即便是失败，我的先人也是屡败屡战，不屈不挠。北方的黑土地是何等博大啊，兼容着火山与冰岸，天池与地泉，针叶林与毛毛草，红高粱与罂粟花，野性与柔情，爱情与仇恨，严峻与温馨，粗犷与粗疏，自强与自私，寥廓与孤寂，既有长久的四季轮回，又有短暂的无霜期，既有虎群的雄浑又有狗皮帽子的寒碜，既有宽广又有褊狭，既有宁静又有躁动，既坦诚又神秘，既富丽又贫瘠。我的黑土地，我的黑土地，我对你的爱也是又宽阔又褊狭，又坦诚又神秘的。我读着你，想念你，梦过你。我也渴望走出"宇宙黑洞"，穿破固垒，渴望超越。当我远离故乡去生存，拼搏和拓荒数年之后，终于明白有一种东西是不可超越的，那就是黑土地所给予我的生命的原汁。

是的，读懂黑土地这部博大恢宏、幽远深邃的自然、历史和人生的巨卷，需要时间的穿凿和精神的反刍。如今，我头上的野草荣而又枯，年已不惑，似乎才领略了一点她的教诲。她从我呱呱坠地的一刻起，就用日出日落、阳春严冬和风霜雨雪教导我。她要我生来就成熟，就懂得什么是沧桑，什么叫坚韧，什么叫忍耐，什么叫不屈。黑非洲谚语说，创世之初，上帝赐给每个人一杯土，人们从杯中吸吮生命的滋养。北方黑土地给我的滋养令我受用无穷，也就铸成了我终生的土性。不论在哪儿，人们一眼就可以认出我是北方佬。不管我会不会饮酒，没有海量轻易不敢和我碰杯;不论我是否剽悍高大,人们不可对我施暴;不论我是否富有尊贵,人们不可对我蔑视;不论我的人生旅途遇到怎样的雷电,怎样的绝境,我都将默默地踏过去。因为,我是黑土捏成的,我经过了北方七月流火的烧冶,十二月风雪的锻打。人们应该知道,无论多么狂暴的雨雪,北方的黑土地都能吞咽,并且让那雨雪化作三月的桃花水。

不可改变,我北方的土性。因为,自我落生的时候,黑土地就给我打上了胎记。我的黑土铸成的肌肤和魂魄不可改变。因为,我不能选择也不愿意改变我的籍贯。我为此感到荣幸——当我走在异乡异域的时候,人们会顷刻间认识我和我的内涵:中国,北方,黑土地。

(选自 1990 年 1 月 6 日《中国社会报》)

杨林勃

在那蓝色的海边

> 杨林勃，女，1950年生，河北承德人。主要作品有《采花归来》等。

海星

在北戴河海边金色的沙滩上，我发现了一个扁扁的五角星，它颜色像大海一样蓝，上面隐隐地闪着黄色的斑纹，它不但颜色美丽，形状好看，而且还有一个好听的名字，叫海星。哦，海星，你定能给大海带来光明了，你一定是海中美的精灵了。我心中充满了爱惜之情，小心地拾起来。见它还活着，便想把它送回大海。

一位渔家大嫂朝我走来了，老远就喊："姑娘，别往水里扔！"我向她递过犹疑的眼神，她告诉我，这海星是渔民从海中扔出来的，它本身有毒，还贪吃鱼蟹，对整个海的家族来说，也是个毒物。因此，渔民见到它就不肯放过。

我认识这海星了，同时也奇怪，为什么许多心地坏的东西，常长一副好面孔呢？我也想起昨天一位同志给我一只海参。我一见那褐黑的皮肤，满身的肉刺，软囊囊的身子，就吓得抛在地上。而今天，遇这海星，一见面便生出爱惜之情来，莫非人的眼睛就是这样，总爱以事物的外表，来判断善与恶吗？这方面，我已有过不少教训了，今天又险些上了当。

寄生蟹

在海边的水草丛里，漂着一只小小的海螺，上面像个尖形的屋顶，直指天空，下面有几只小腿蠕动着，那腿大概只有火柴杆儿粗细。它们不停地拨动着水,似一只小篷船,歪歪扭扭地在浪里颠簸,这是一只什么动物呢?我拾起来,见里边住的是一只寄生蟹,它出生后就钻进海螺,以海螺为食,把海螺的膏脂吸尽了,身子也长大了,就再也走不出来,而且永远要背个小屋子行走。这种蟹哟,真可悲,贪吃、损人,结果连自己也失去了自由。

我看着它在水中挣扎,心里倒生出几分欢喜,这就是对损人者的惩罚吧!历史哟,总是公正的。

海石花

在茫茫的大海里,有一种花,洁白洁白的,如玉雕的枝,玉雕的叶儿,在四季的花园里只有繁荣,没有凋谢,是哪位辛勤的园丁种下的呢?

我以为海石花是海中的植物,不,有些海中植物也没有那么坚实。我以为它是海中的岩石,浪花用洁白的刀子,岁岁年年,把它刻成。其实,我错了。

朋友告诉我,这海石花是一种叫珊瑚虫的低等海洋动物组成的,珊瑚虫很小,然而,有着特别坚硬的石灰质骨架。它们喜欢群聚,后一代在前一代身上繁殖。天长日久,就形成一朵朵美丽的海石花了。

啊!海石花,你美得自然,美得真实。怪不到大海来的人爱把你寻觅,怪不得寻觅到你的人,都要带去作为海的纪念。人们如此爱你,也许就因为你是真正的生命的艺术。在你身上,没有丝毫人为的修饰与雕琢。

海萤

大海上的夜,如一口深深的古井,陷下了太阳,也陷下了蓝色的天空。波涛沉在黑暗里了,浪花掉进黑暗里了。大海也该安歇了吧!可是它好像还有许多事情没做完,急得直捶打自己的胸膛。

这时,忽然从那奔腾的波涛里飞出点点亮光,忽明忽暗,一会儿沉入波谷,一会儿跃上浪峰。

我正奇怪。朋友告诉我,这是海萤。哦!海萤。我原来只知道陆地上有萤火虫,不知海里也有。好奇心驱使我向那光亮靠近,真想捉一只看个究竟。朋友们都催我回去,看来他们对海萤并没有新鲜之感,一个个表露出不以为然的态度,倒显得我少见多怪了。没有知音,心里自然有些沮丧,但转而一想,他们也对,海萤有啥可奇怪的呢?有黑暗存在的地方,必然会有光明诞生。无论陆地,还是大海,以至于人类和历史,大概都是如此自然吧。

水草

在海水那彩缎般的皱褶里,我发现了一丛丛的水草。这水草呀,绿绿的,是大海给它的颜色吧。它的胸宽宽的,平展展的,是大海塑造了它的胸怀吧。

四季的更替,能使大陆上的草儿黄了绿,绿了黄,却不能控制这水草的枯荣,是大海给了它生存的热力吧。大海上也有风暴,可是卷不走它,海空也有雷电,可是击不碎它,炎热的太阳能卡断陆地上生物的喉咙,但是夺不去它的生命。

我轻轻地摘下一片叶子,放在嘴里,惊异地发现它的血液是咸的。哦,它是大海用盐喂大的孩子,是实实在在的海的女儿。

我品着咸味,忽然想起了自己,一次嘴唇破了,血流到嘴里,那味儿是咸的;一次流下了泪,泪落到嘴里,也是咸的。对了,我也是吃了许多盐才长大的,我也是海喂养大的孩子呀!可是我像那大海的儿女吗?在我胸中有大海给予的广阔胸怀吗?有它那勇敢坚毅的性格吗?我能在寒暑的交往中保持那生命的本色吗?

也许是陆地上的风吹得久了,吹得多了,为适应那风向而变得柔弱了。也许陆地上的雨雪交替得频繁了,为了生存,我也按着节令装上一层保护色了。

今天,在北戴河,我见到了大海,见到了母亲,才知道了羞与愧。

我不敢再昂着头面对大海了,俯身捧起一株水草。静静地贴在耳边,请你快教给我呀,怎样生活,怎样走路,怎样做一个真正的海的儿女。

(选自《采花归来》,花山文艺出版社 1988 年 11 月版)

何向阳

大禹的寂寞

> 何向阳，女，河南人。主要作品有《大禹的寂寞》《思远道》《肩上是风》《自巴颜喀拉》等。

时隔四千年之后，已经难见当年辕辕关的地貌了，只剩了讲说，在往事与神话间游走，还是"古辕辕关"这几个清人的字，刻在关隘立壁上，写着历史。夏禹，一半被压了纸型，叠藏在文典史籍里头，一半，也化作了口口相传的故事，散落在如空气般无形却有时又凝聚成某种气候的民间里，比若给我们讲说的顾年岁不大，顶多四十，却也因历史墨迹的浸润或者风物日日熏染而有了沧桑的口气，他说的历史也日日在这种肉身相传形式中变作了与外域布道、宗教迥然有异的己说。一个文体繁衍出不同版型，而不同版本间却有一样成分不变，正如禹化熊托身不同却目标一致，他在骨子里是不变的。故事也有表里，它的根在演进迁徙的时光和波折动移的阐释之外，也禀性难移。

然而，真的跑了几十里地，到"萃两间之秀，居四方之中"的嵩高之地登封城北约两公里万岁峰下，面对高十米周长四十三米的巨大启母石时，才真正知道那个英雄是彻底地寂寞的。早年读《史记·夏本纪》，印象中叫禹的英雄与洪水斗了一辈子，是个九州之内东奔西跑的人，记得太史公用了几大自然段写他从这里到那里，好像走遍了天下河流，黄河、淮河不用说，连一些不知名的现在或许地图上都找不到的小河都布满他的足迹，他在我心中，是一个拿着木锸到处救急的人，哪里有水难，哪里就能眼见他的身影，忙碌得不知道还有别的生活，唯一的生活内容就是治水。他，是一

社会篇

个活在路上的人,这样的人,是没有常人意义的家的。来前,重翻《史记》,"敏给克勤"、"劳身焦思"的句子扑进来,对应"开九州,通九道,陂九泽,度九山"的功劳,"陆行乘车,水行乘船,泥行乘橇,山行乘檋"的行动派式的做法更热人眼目,"东渐于海,西被于流沙,朔、南暨",东西南北都跑遍了,对于一个今人而言尚属不易,何况那时只借助于简单到极点的交通工具,终于告功于天下,天下也终于因这个人的忙碌操劳而"太平治",然而行为、功绩之外,仍有一句不能舍下,是"居外十三年,过家门不敢入"!较之,我倒更喜欢口传历史那一句——禹治水,三过家门而不入,去了"敢"字,可能更见禹的风格。不是不敢,而是不能,司马迁的文人叙事中说的是责任,民间叙事中说的可是精神。二者叠加,仍不能抹去个寂寞吗?

　　禹治水前,还有一个人因治水建功,也因治水被杀,彼时此时,并不因其曾治好了水而获救,当那个叫鲧的人用堵的方法没有最终止住洪水而失败时,死的命运其实已等着他了,"九年治水而不息",功用不成是小事,关键是民生之系,尧的耐心有限也罢,舜的诛杀也罢,倒是《史记》中那一句让人看了心悸——"天下皆以舜之诛为是",可见得一辈子做好事,心肠也罢能力也罢,老百姓是只认结果的,并不全是忘恩负义,从中可见当时的责任制之严明,失职便是要掉头的。而这个因水掉了头颅的人正是禹的父亲。史册中言:"舜举鲧子禹,而使续鲧之业。"这里面有种难以人情释解之的苦痛在里,前赴后继不那么浪漫,舜此举之用意今人不好揣摩,然而也让人觉出搭了性命的压力,不知尚年轻气盛的禹怎么想?反正,他是上路了,尽管有些被押上路的意思,所以那个司马迁的"敢"字用得也入情入理。一边是生父鲧的失败丧身,一边是部族王权精神之父舜的委以重任,禹夹在中间,面对的是因洪水生灵涂炭的百姓人民,这样情形,他是非要把自己的身家性命置之度外的了。

　　置之度外?就可以避开那许多人事的纠缠,譬如亲情?在失去了父亲之后,谁又是第二个要他付出的亲人呢?那代价,五层楼高的启母石就是另一场不幸的实证。"禹治洪水,通镮辕山,化为熊。谓涂山氏曰:'欲饷,闻鼓声乃来。'禹跳石,误中鼓。涂山氏往,见禹方作熊,惭而去。至嵩高山下,化为石。方生启,禹曰:'归我子。'石破北方而启生。"《淮南子》里这篇故事一波三折,熊身的禹,和无意中见了熊身禹的为妻的涂山氏的"惭而去"——写得太生动,也太涩苦,还有启之生,都神迹般扑朔迷离,然而立于启母石前的这个下午,阳光是这么好,壁峭的石头破裂开来,一分为二,围着它走,有种本真的崇慕,因为它本身没有任何雕饰或者后天的人文附丽,就是一块巨石,风雨阳光都经过了,还是一块巨石,朴素地、沉默地,也没有任何文字的标明,令每一个不期遇上它的人只看到一块兀立的石头,一脉青峰的托衬下,它闪着白光,耀人眼目,对于爱石的我仍是意外的,没有见过这么大一块完整的巨石;对于那不知神迹的过路人,它也会因没有文字与解说而沉默为一块真正的顽石。连石头都说话的,才是真的神话。大禹寂寞着,他的寂寞还不是后天的懵懂,而在当时,最亲密如妻子的人仍然会"惭而去",离开他,不解是深的,比水更深一些,所以他要跑着追那背他而去的人,要一个骨肉,叫着"归我子,归我子"。真是痛彻。神话里的哀伤散漫着却浸人心肺,大禹,枉有回天之力,能够劈山让洪水泄流改道,却不能够让一个心爱的女人回心转意,一任那自心流漫的大潮淹没自己。

  启。他也不能让这个失母的孤儿享有更多父爱。纵然有涂山姚代姐育婴,却也不像传说的那么浪漫,先后,大禹娶了姐妹两人,却为了更多人的家庭生活而献出了自己的那一份,以致涂山氏化石的阴影多年挥之不去,路上的五指岭可以作证,即是化为巨熊的他用手指疏水又怕涂山姚见到会走其姊老路来不及变形而留下的,那一份唯己心知的苦,即使建都阳城当了帝王以及启立帝于其后的皇族名位也无法抵消。何况——

  诸侯们叫叫嚷嚷,都聪明得很,一人一个主张,争相出着主意,到了实干,要提了木锸走向水泽大野时,便多缩进家门不愿出去,他们都是口头革命家,彻头彻尾的理论家,像鲁迅写整日吃着奇肱国运粮坐在文化山上清议的拿挂杖的冬烘学者们作着禹是一条虫的分析,却独对浸在水中的下民视而不见,还说:"他们都是以善于吃苦驰名世界的人们。"对于这帮人,大禹怎么不会冲他们把那双总是在走长满老茧的大脚伸开呢。这个英雄,领着一批人实干,却还是承担背后的热嘲冷眼,唾沫星子,那也是一种水,堵或者导似已不是对付的方法,它汇聚着另一场洪水要淹没这个治水的人。

还有民众,他们的纪念随时随处,大禹全身心地不要了自己的一切也就为保住黎民百姓,他没了具体的家,失去了爱的妻子,顾不上当慈父,就是为了天下大治,然而民众的纪念也会时过境迁,也因随时随处而心境迁移,也会遗忘,也会人事颠转,也薄弱得很,他们忘了一个人的最好办法是将这个人打入历史,在史录的隧道里或可赢取一个空间,几行文字,然而内心呢,当洪水不再、阳光灿烂、歌舞升平、与幸福伴行之际,谁会想起、忆念、沉吟、较真,或者祭奠。像这个下午,万岁峰下,启母石旁,游人无几,那个叫做禹的人,真正是藏在了启母西阙北面六层左图的戴进贤冠、着长衣、拱手侧立的二人中间,他是一头正在化身的熊,旋转着,风一样,让瞻仰他的人心中一阵疼痛,一阵颤栗。

(选自 2000 年第 9 期《美文》)

迟子建

阿央白

　　它是如此安然地出现在我面前——阿央白。晨光弥漫了空悠悠的山谷,它面朝着鸟声起伏的山谷,把它那惊世骇俗的美一览无余地展现在我面前。

　　石钟寺石窟的第八窟便是它了——阿央白。它是一尊刻有女性生殖器的石窟,据说是白族先民原始崇拜的特殊雕刻。它同周围石窟中的菩萨、南诏国王及侍从、天神、力神、古代波斯国人等等坦然地相处在一起,以其浑然天成的美吸引着一代又一代的人。只有这尊石窟下的一块圆石,才被千古不绝的朝拜者给跪出两汪深深的凹痕,那么触目惊心的凹痕。

　　我远远地看着它,它的黑褐色的质地、轮廓分明的曲线、睥睨世俗的那种天真无邪的气质。我们就在那一瞬间温存地相遇了,阳光在它的身上浮游着,它似乎就要柔软地娑娑欲动,就要流出一股莹白芬芳的生命之泉。

　　没有嘈杂的交谈,静悄悄的风、静悄悄的阳光在我们之间穿梭着。它静悄悄地立在这里已经有许多漫长的世纪了。它沐浴着风声、雨声、月光、阳光,这一切都没有损害它的容颜。它是古老的,同时又是年轻的;它是苍凉的,同时又是青春的。我注意到,周围许多处石窟在战事中遭到破坏,菩萨断了胳膊,侍从少了腿,而许多头像都面目模糊。独有它,阿央白,它依然完整无缺地出现在我面前。就连邪恶的手都不敢触及它,看来真正的美本

迟子建,女,1964年生,黑龙江人。主要作品有《额尔木纳河》《逝川》《清水洗尘》《迟子建文集》等。

身就能驱除邪恶。

阿央白出现在庄严肃穆的佛教圣地曾招致了种种非议。有人说这纯粹是后人对佛教的猥亵而导演的一场恶作剧。他们认为阿央白不洁、不贞,怎么可以把生殖器赤裸裸地雕刻在石头上呢?

我无意揣测这尊大约诞生于唐宋时期的雕刻其用意究竟是什么。也许雕刻者雕厌了充满神话色彩的菩萨、天神,雕厌了国王和歌舞升平的场景,雕厌了他们不可触及的事物,所以他们才雕出一幅显赫的女性生殖器,因为只有它,才能给人以最温存、亲切、可知的感觉。再有,也许雕刻者只是发现了一大块黑褐色的石头,他产生了丰富的联想,于是女性生殖器的轮廓就在上面显现了。

当然,一切揣测都只能是假想。不管怎么说,阿央白诞生了,而且存在下来,并且将比我们所有活着的人都要获得永生。雕它的人没有留下名字,但我觉得当他用刀凿划出一道道痕迹时,他一定是敛声屏气用心在雕刻。雕它的人一定是个心性很高、懂得温暖的人,也是一个真正懂得艺术之美的人。我与阿央白邂逅的一瞬,我便于无形中看见了一双手拂它而过的痕迹。那只能是一双男人的手,只有男性的手才能使女性的美获得真正意义上的解放。

晨光涌动着,我和阿央白同样沐浴着光明。我走近它,仔细端详它,我其实是在端详自己。它经久不衰的魅力在于它的真实、凝重和生动。它可以感知语言,它的深处曾搅起多少令这世上男女流连忘返的波澜——万劫不复的波澜。对于它,世俗的一切揣测都是毫无意义的了。可我仍未能免俗,试图还想为它所招致的非议做一番开脱,它跻身于佛教圣地,是否提醒人们能做佛的思考该是由人开始的,而不是神。只有人才能思考宗教的哲学,而人是从母腹中啼哭着爬出来的,阿央白是我们生命的窗口,我们的思想在做无边无际的精神漫游时,不要忽视生命本身的东西。没有生命,一切都不会存在。

当然,这些念头只是一闪即逝。在阿央白面前,你所需要的只能是安详的目光。我一遍遍地注视着它,由远及近,由近及远,这时阳光更加浓郁了,它使阿央白焕发出一股流光溢彩的美。

阿央白的美在于它赤裸裸地将人们引以为神圣或邪恶的东西公之

于众,这样神圣和邪恶就不能依附它而存在。它只为它自己而存在。犹如一枝娇艳异常的金黄色喇叭花,在深山野谷中摇曳着,释放着它那安静、炫目、动荡而悠久的美。

吕锦华

总想为你唱支歌

走一趟大西北,忽然觉得像走在一块失去平衡的地块上。中国,我该怎样勾勒你呢?

东南部低低地沉下,西北部高高地翘起。低低沉下的东南每一平方公里的土地都挤满了人,盖满了楼,停满了车,横横竖竖布满了道;高高翘起的西北则几百里地无人烟,风卷起一阵阵黄沙,沙扑打着一片片丑树,树发出凄厉的啸叫……这是一个怎样倾斜了的世界呵!

来来往往的列车,在补缀着繁华与冷落,富丽与肃杀之间的失调;来来往往的旅客,在叹息着丰厚与贫困、文明与愚昧之间的距离。粗犷苍凉的大西北呐,你果真那么荒芜岑寂得让人心寒吗?你果真留不住一颗颗热血沸腾的、坚韧不拔的、聪颖明智的心吗?

深夜临窗独坐,在一片虚与清中,用心去重温西行的日记。我不寐的感觉是一支画笔。画着画着,我连自己仿佛也迷失其中了。

夕阳里"左公柳"干粗皮皱默默伫立着。大漠的风沙在它们身上刻下了斑斑驳驳的伤痕,秋风里说不尽它那苍凉的妩媚。我曾见到一幕震慑人心的壮观:那是一株在狂虐风暴中被击倒的"左公柳"。这老柳并没有就此而死亡,在它倒伏的身躯下,庞杂的根系一半裸露在地上,一半残留在地下。于是,残留在地下的根系便顽强地负起了生命的全部使命。我看见茂密的枝叶在倒下的躯体上依然生长得非常美丽,每一片叶子都绿得发蓝,在

吕锦华,女,1951年生,江苏吴江人。主要作品有《小巷女子》《总想为你唱支歌》《人生风景线》《何时入梦》等。

阳光映照下好像一串串晶莹发光的绿宝石。

"大将西征久未还,湖湘子弟满天山。新栽杨柳三千里,惹得春风度玉关。"——百年前"左公柳"从西安经兰州一直通到新疆,气势磅礴的七言诗描绘了当年的大将左宗棠乘用兵机会,开辟了一条两旁遍植旱柳的三千里大道的蔚为壮观的业绩。历史对这位清末湘军首领在新疆的功绩曾给予极高的评介:"一八七五年督办新疆军务,率兵讨伐阿古柏,收复乌鲁木齐、和阗(今和田)等地,阻遏了俄英对新疆的侵略。"

如今"左公柳"已成为稀品。如今稀少的"左公柳"仍在讲述着左大将军收复新疆的雄才大略不朽贡献,讲述着左将军一个个感人肺腑的故事。倒伏的和永不倒伏的"左公柳"还在大西北土地上顽强挺立着,像是历史馈赠的勋章。

去民勤县拜访苏武山,公路有一半被流沙所拥没。民勤被喻为沙海中的孤岛,四周为浩瀚沙漠所包围。苏武牧羊的故事听说就发生在民勤已经干枯的北海边。

时值黄昏。瑰丽的晚霞布满了西天。霞光中苏武山像一座雄伟的金字塔,高高挺立在色泽单调、空旷沉寂的沙海上。出奇的静穆,出奇的安宁,又出奇的荒凉与悲壮。满目皆黄沙。没有一只飞鸟,没有一只走兽。几百年几千年了,亘古不变的一片黄色。有话流传:"民勤无天下人,天下有民勤人。"一曰民勤之艰苦,外乡人都望而生畏不肯前来安营扎寨;二曰民勤人肯吃苦,敢于外出闯荡安身立命。在民勤,常常能见到这样的画面:一个农人,一匹骆驼,一辆小板车,在泥沙的路上踽踽走着。落日将他们的影子拉得很长很长。那农人裸露的脸和手是黑的而且皲裂着,那农人转动的眼珠是迟缓的却是渴望的。他们就在这一派灰黄的鸿蒙中往返着。由于降生在这样一个巨大的空间里他们已无所谓大。由于生存在这样一块没有生迹的土地上他们亦无所谓无。他们知道属于自己的只有一个:要想活下去,只有向命运抗争。

听说大西北许多边远地区都有民勤人的踪迹。他们从事着那里最艰苦最繁重的职业。无论是大漠深处垦荒种地,无论是内蒙古雅布赖盐地挖盐采盐,还是山丹牧场放牧马群,他们都任劳任怨干得十分出色。勤劳勇敢的民勤人总使人想起流传了千年的苏武牧羊的故事。苏武的气节和精神正滋润着四处为家的勇敢的民勤人。在沙丘中掩埋死者,在泥屋里接生婴儿;死去的躯体肥沃穷薄的土地,新生的生命接过父辈的业绩,把生命的泉水注进这块干渴的土地。他们相信,和煦的春风定将吹来他们心中的绿洲。

在戈壁上赶路,还能经常看到这样的情景:一片片疤痕累累、粗壮结实的胡杨林,因缺水而死亡了。仿佛是一个刚刚经历了恶战的古战场,死亡的胡杨林死后仍高举着一条条痉曲的干枯的丑陋的胳膊一齐对着蓝天,仍挺立着身子不肯倒下。密密麻麻粗粗细细的胳膊汇成了一个可怕的方阵一片呐喊的海洋,为活着的伙伴和为死去的自己。荒漠戈壁上随处可见被榨干了最后一滴水的枯枝败草的尸体。唯有枯死的胡杨林的方阵总使我热泪盈眶。

一次去大漠中参观一个千佛洞,途中迎面扑来一片拔地而起的火焰山。山呈暗红色,赤裸而荒凉,全部往一个方向倾斜,形成四十五度的锐角。驶得近了,又发现每一座峰峦都刀劈一般的锋利,有一种百折不挠的力度。没有一棵草。没有任何生命的迹象。犹如一群赤身裸体的勇士,刚从地层深处挣扎出来,抱成一团,默默跪在天地间。气势浩大的峰群吞星吐月般俯仰天际,带着亿万年前那天崩地裂移山倒海的伟力,也带着一份被大漠风沙折腾得十分焦渴十分绝望的冷漠,跪在每一位途经它脚下的旅人面前。它仿佛时刻都在想挺起来又随时会倒下去。令人望之又一阵激动不已。

在戈壁大漠中赶路,满目皆是这巨大的悲壮,严峻的荒凉,满目皆是这寂寞的生命,和生命催人泪下的顽强进行曲。走一趟大西北,人会坚强几分;走一趟大西北,长不大的孩子会长大。

从大西北我曾拣回一枚戈壁石。谁也无法读出它的年龄。谁也无法估量它的身价。它体不盈握,状若鹅卵,但通体的赤红中沁着几缕淡淡的乳白,红白相间的石纹如涌动的江潮,似薄暮的流云,像古银杏纵剖面的年轮。记得那天就是这石纹吸引了我,从此我们没再分离。

月光溶溶罩着它,珠圆玉润般生辉,沉鱼落雁般美丽。多少夜我与它默默对视,静谧中总听见一个声音在喊我。那声音很苍凉很低沉,那声音很真挚很动情,那声音很遥远很神秘,那声音从不可知的地方飘来,又消散在不可知的地方。每每从沉思中醒来,心潮里便涨潮似的多了一层情思在涌动。

也许有一天,有这样一个夜晚,人们不约而同在同一时刻抬起头,一瞬之间,面对深邃而邈远的星空,大家忽然猛然醒悟:南方的天地太狭小了,太玲珑剔透了,太经不起摔打了;而这狭小的天地里又挤满了人盖满了楼停满了车。人们会发现,大西北正在呼唤我们。尽管那里的风是干燥的,水是咸涩的,但那里有一片片小鸟展翅翱翔的广阔的天空,人们不会因挤在一起而折断翅膀;那里有一块块生命茁壮生长的全新的绿洲,人们不会因挤在一起而活得太累。也许,有一天,人们还会发现,沙漠正在虎视眈眈威逼人类,沙漠可以吞噬世界上最雄伟的城池最美丽的生灵,可以制造世界上最悲惨的一幕,而贪婪、愚昧、畏缩和平庸比沙漠更可怕。人们忽然明白,开发建设大西北,正是振奋中华民族、也是二十一世纪的中国人为自己寻找的一种最明智的选择。也许……

会的。一定会有这一天。它会像大西北的海市蜃楼一样美好一样诱人。到那时,倾斜了的世界会重新平衡,来来往往的列车是一首春风荡漾的诗;到那时,人们将同心协力去建设一个更广阔更和谐更美好的新天地。

——大西北并不苍白并不无奈的黄土地呵,总想为你唱支歌。

罗强烈

城市的日落

我喜欢秋天北京城的日落。

因为这落日正好落在我三十而立的情绪之中。说来也怪，在此之前我似乎并没有注意到北京的日落。大学毕业分到北京之时，我正好二十三岁，还算一轮"八九点钟"升起的"朝阳"，也常常迎着朝阳走了进去。人在三十岁之前，自我感觉总是处在人生的起点，而不会去考虑终点的。三十岁之后，人生的终点就会闪闪烁烁地浮现在眼前，于是便有了一种回溯的可能，对人生整个过程的思绪自然就会飘然而至，日落与三十岁的主题便产生了共鸣。

我不想叙述北京城哪一次具体的日落，因为感动我的只是日落所蕴含的那一缕抽象意念，所以，我也只是从这样的意义上来描写城市的日落。然而无论如何，北京的日落是极其美丽辉煌的。多少次，我都静静地从自己的小窗看出去，如痴如醉地凝视着逐渐逼近高楼大厦的日落，有时心里直感动得泪花闪闪。白天的太阳照在城市，你几乎感觉不到特别：要么你会以为是豪华漂亮的建筑群与生俱来所具有的光亮，要么你又会因为整个天空都同样明亮而忽略了太阳的存在。日落则与此不同了，你不仅可以一眼就看到一轮又红又大又圆的太阳正坠在城市的高楼顶上，而且你更会因天空的青淡与建筑群沐浴着一片辉煌之对比而感受到日落的壮观。北京林立的高楼，造型参差各异的建筑物，在落日的辉映下，似乎是从地平面浮现

罗强烈，1959年生，四川古蔺人。主要作品有《寻找格林先生》《故乡之旅》《民间主题》等。

出来的,像一组组城市的诗在吟唱,像一曲曲城市的音乐在跳荡。然而,这种"动感"只会在你的心中引起,北京城的日落本身,却像古之哲学家所推崇的"大音希声"。落日的美丽之处还在于它是极其温柔安详的,北京的秋天又是那样明快清爽,肃穆高远。春之喧闹,夏之热烈,冬之呻吟,在这里全被清洗得干干净净,这就使得北京城的日落显得格外宁静清晰,显现出一种动人心魄的本色来。

至少在中国,秋天北京城的日落是最完满漂亮的,透露出一种天启的味道。比方上海,仍然有城市的高楼大厦,日落仍然会化为城市的诗和音乐,但仍然是灵秀有余,不及北京的宏伟崇高;上海也没有北京的秋天,它的城市之诗和音乐也就多了缠绵,少了嘹亮。而于南方的诸城市,则更因其"小家碧玉"而少了气魄。大自然中的日落当然别有魅力,但它却属于不食人间烟火的仙境,因太阳和山水草木均属天造地设,不像现代化城市乃人类文明的结晶,其中也就少了一种对人类智慧的赞美。

秋天北京城的日落简直是一种令人感到宁静辉煌的人生境界。三十岁,是能够理解这种日落的年龄了:这样的日落,会照射进我们的心扉灵府之中,使我们的生涯充满大彻大悟的奇妙光照;遥望着自己正在逼近的人生终点,便会重新焕发出一种能量,去创造一次宁静辉煌的日落。

彭学明

祖先歌舞

彭学明，1964年生，湖南人。主要作品有《我的湘西》《祖先歌舞》《两地书，母子情》等。

> 在湘西，有一种土家族舞蹈，叫茅谷斯。跳时，全身赤裸，披以稻草，手握稻草扎的草棒。这草棒是男人身上的精灵，是无所不能的神棒。整个舞蹈的道具就是它。舞蹈分为刀砍火烧、耕耘播种、围猎赶仗、扫瘟抢亲、调年盘歌、丰收喜庆等等场景，粗犷豪放，是土家人民的一部农事史诗。
>
> ——题记

现在，我的祖先从头至脚披着稻草载歌载舞了，他们都在这古歌古舞里向我讲述祖先、讲述故乡、讲述劳动、讲述那场剪得断脐带割不掉脐眼的铭心镂骨的历史传说了。

因为一场战争，为了一种乐园，我的祖先赤裸着双足，跋山、涉水、茹毛、饮血，来到了这里，来到了这片不知生了我多少祖辈又养了我多少祖辈的湘西山地，给我们开创和留下了这样平和温柔的家。天地乃万象之灵，五谷乃万物之首，我的祖先便以歌以舞以最为上等的供品祭天祭地祭五谷神。五谷神笑了，就风调雨顺；五谷神不笑，就灾荒连年。因此，我的祖先赤裸身子，束以稻草或麦秸、小米秆等任何一种五谷杂粮，开始起跳。从正月初一跳到正月十五，从今年跳到明年，世世代代，万古流传。

是描摹五谷生产的农事歌舞。

是展示田园生活的绚丽画卷。

是古朴而又古朴、原始而又原始、粗犷而又粗犷的民族古符。

隆隆的鼓声里,我的祖先依次出场,开始与自然相亲、与泥土相爱。一排长长的砂刀砍下去,一片片的荆棘败退下来;一排长长的棍尖戳下去,一片片的荒地开垦出来。刀耕啦,火种啦,必然有一堆堆的山火烧起来啦。不知道是冬天还是三月,反正我的祖先早就磨亮了砂刀等待收割八月九月抑或十月。横亘在四周的山脉出神地凝望着,流淌在脉际的河流静静地倾听着,在一群祖先砍着、挖着、烧着的时候,有一头牛一张犁随我的祖先在土地上辛辛苦苦地写诗,在诗句里沉沉重重地配画。面对季节和泥土,我祖先的汗水一串一串地湑湑滴淌,使新耕的土地又溽又亮,丛生着光芒。人与土地的呼吸同样湿热。

阳光被感召着泼了下来,舐舔着祖先黧黑黧黑的背;行雨被感召着洒了下来,溜揉着祖先黧黑黧黑的背。雨霁后的彩虹从山的这头与那头升起来了,架起一道五彩斑斓的美丽。我的祖先就躬耕在这阳光里、行雨中、虹影间,播种在这阳光里、行雨中、虹影间。稻谷撒下去,稻谷就长出来;苞谷撒下去,苞谷就长出来;麦子、小米、黄豆、绿豆等五谷杂粮撒下去,五谷杂粮就长出来。春天的花朵、春天的鸟声、春天的景色,也全都竟相长了出来,插进田野。我的祖先穿行在五谷之中时,五谷啃咬土地的声音从脚下丝丝冒出,五谷的枝叶轻轻拂抚着祖先的脸,躯干轻轻碰触着祖先的身子,我的祖先也就在薅草、上肥时听到了岁月拔节成长的声音,听到了庄稼呼唤阳光、阳光呼唤秋天、秋天呼唤成熟的声音。这是祖先最为高兴的婴儿啼哭般的声音。听到这种声音,我的祖先皆咧嘴笑了,然后抬起头来看了看蓝瓦瓦的天。腰杆挺直的远方是被他们开垦出来的另一座山和另一片五谷庄稼。

就这样,一座座荒山硬是被祖先的肩膀生生挤开,留出了这一望无际的田园、土地和家居。开镰的日子,就是祖先最苦、最甜的日子,丁丁崇崇,圪圪梁梁,都有祖先的头影和脊背在五谷间起伏。而这时总有一支无字的歌符射向天空,落入土地。什么也不好表达,他们只有用这齐崭崭的喊声赞美丰收,歌唱土地。"呜呼呼!""呜呼呼!""呜呼呼!"

然后就想象冬天、想象腊月,就在雪地里围猎赶仗。我扮演黄牛水牛的那位祖先,此时又披了一身灰毛兽皮扮成猎物,在猎人的围追堵截中东奔西突。通往山界的羊肠路上,祖先每一把油光滑亮的长矛,就是一个个严实的守望哨,埋伏在各个路垭路岔边的,是祖先们的猎狗猎枪。在祖先排山倒海的围猎声中,野猪踱着方步从山林里跑来,成了祖先手中温驯的家畜,野鸡亮着尾羽从草地里蹦出来,成了祖先笼中温驯的家禽,还有麂、还有虎、还有鹿,还有许许多多的珍禽异兽都乖乖地排着队伍一一奔来,亲触着祖先暖暖的肌肤。我的祖先就是这样的勇敢、这样的能干、这样战胜和驯服自然的一切。

在这战胜和驯服的过程里,祖先的经验丰富起来,祖先的道路宽广起来,祖先的天地高远起来,祖先的形象也就完美、高大起来,于是笑了,拿起扫帚扫瘟殃湿气。扫!把三病两痛扫出去,把平平安安扫进来;扫!把饥荒灾荒扫出去,把五谷丰登扫进来;扫!把鸡瘟鸭瘟猪瘟牛瘟扫出去,把六畜兴旺扫进来;扫!把愚昧贫穷扫出去,把文明富裕扫进来。

为了理解爱情和生活,在五谷萧萧的香风中,我的祖先盘腿而坐,想念起某一个地方的某一个女人。那女人是世上最温柔、最美丽的,是能生儿育女、能下地干活的。头上的南瓜花开得黄黄灿灿,眼中的光芒射得晶晶亮亮,嘴角的笑意抿得妩妩媚媚。因此,就更天生丽质,更满足和刺激我的祖先,不得不逼着我的祖先蜂拥而上,把她抢来,做压寨夫人。

阳光虽然辛苦地在祖先的掌上结成了粗茧,而他们的子孙却因此繁衍起来,他们免不了要对着五谷神打一木槽一木槽的糯米粑,喝一竹筒一竹筒的苞谷烧,唱一千首一万首的盘歌,表表情意、庆庆年节。

桃花源桃花源,桃花源里好耕田;田边又有好土,土地是我好家园,家园结出五谷籽,五谷满仓好过年。

由此,我的祖先依次退场,祖先的歌舞徐徐落幕。祖先生存与奋斗的全部过程和意义,全就这么浓缩在这耕耘播种、收获喜庆的一招一式、一节一拍、一场一景。为了生存,我的祖先就是这样地追求美好;为了子孙,我的祖先就是这样地不懈奋斗。在这歌舞的昭示和寓意里,不仅仅是祖先留下的五谷、丰收、家园,还有信念、意志及泥土与汗水淬打的坚强性格。是祖先创造了历史又抒写了历史,是祖先创造了我们又改造了我们。我们应为祖先骄傲。而我们毫无疑问地被这歌舞刺得眸子生痛、流出热泪、洒下一阵阵对祖先的灿灿敬意时,我们无言以报,只能再把这种歌舞跳一次、唱一次,且一代一代地传下去。当我们都这么乘着火车、汽车来感受我们共同拥有的故土和乡情时,我们的祖先也早已穿越世纪。

他们嘴里的树叶已变成了我们口中的茶叶,他们子子孙孙的日子,已不再是民族迁徙时的那种日子。

(选自1992年第5期《湖南文学》)

周晓枫

种　粒

　　最小的水系在果实里流动，我把这个光亮的苹果举起来，就听到了声音，非常小的声音，类似于安静。在表皮之下，清甜的浆汁不断冲刷着果肉，每个细胞都慢慢膨胀，日渐充盈，这就是成长。我嗅了嗅，香气猛地冲出来。对于这种强烈气味的惊讶和迷醉，使我头脑有点儿发昏，于是，我躺在了草地上，好像一枚刚刚幸福坠地的果实。偷偷闻了闻自己，味道却是青涩的。果园寂静的中午，黄澄澄的阳光照着，万物在温暖的睡意之中被镀上薄金。累累果实使枝条呈现微弯的弧度——它们正被自身重量所压迫，降低了应有的高度。

　　这是一处深藏的果园，而在几个月前，它只是一座绚烂的花园。杏花、桃花、苹果花……次第开放，金黄透明的蜂子仿佛自由逃跑的蕊，在花瓣故乡上流连。到处是那种带了酒味儿的沉甸甸的香气。然后，蜻蜓无声盘旋，这夏日的精灵为谁舞蹈？我们把蜻蜓的翅膀撕去一半，这样它便飞不高，成了我们的"直升飞机"——没有比无知更易于制造残酷的品德。红腿或黄腿的蚂蚱，有时从藏身的草丛间一跃而起，展示它们旺盛的弹跳力。而翅膀锃亮的蟋蟀，世间最小的乐器，将在夜晚登上主角的位置。花园两面是高墙，剩下的两面用结刺的铁丝围拢，在花园的东面铁丝网上有个不易察觉的缺口，这是孩子们的秘密通道。我有两件衣服都是在钻铁丝网时被划出了口子，作为曾经出入的证明。如果不被果园看守人发现，我们可以在这儿度

周晓枫，女，1969年生，山东人。主要作品有《上帝的隐语》《鸟群》等。

过无限美好的时光。仰面躺在草地上，草尖划过侧面的脸庞，痒痒的，唯一让人乐于享受的甜蜜的伤害。被风吹得慌乱的碧绿叶子在头顶沙沙作响，绿得像是液态。树叶的阴影在脸上抚过，好像正在摸索的盲人的手指，清凉的，忧伤的，享有着语言表达能力的手指，在移动……它们的悲怆意味全在温柔里。闭上眼睛，眼皮上依旧映着金红的暗影，这是光线在试图穿过我眼睑上与生俱来的黑暗。慢慢地，就在眼睑窄小的底幕上，我看到电影中的场面上演——金刚山的姑娘在丰收的朗晴里，圆润的脸，细长的笑起来的眼睛，她们歌唱，天使一般，身体轻盈地在明亮的树枝间旋转、穿梭。采摘下来的苹果也大得不可思议，仿若天堂的作物。那熠熠闪光的果实，它象征幸福，属于远方和未来。

曾在萼片之下酝酿的爱的秘密，我无从所知。现在我看到了它，远比几何意义上的圆更富情感的柔润轮廓。多么奇妙的累积和变化，轻薄的梦一般的朵瓣，消失于丰美圆满的果形之中。花梗继续着承载的使命，这是奇怪的法则，沉重的东西，注定要由纤弱的来背负。我知道，子房里还睡着它的孩子，那几粒黑亮的种粒就藏在苹果的深处，这是花蕊、媒粉以及浩荡的春天之所以存在的全部理由。甜美的果肉会被牙齿消灭，或在寂静中慢慢腐烂，这样，种子就会裸露出来，接触到土壤，开始生生不息的传递。为了赢得这样的机会，植物做出了非凡的努力，因为不是每一粒种子都享有复活的机会，它们不得不生产出大量的远远超出繁殖需要的数量以备捡选。像掷出骰子一样抛出自己的命运，每粒种子都要经历赌徒一般的生涯，而绝大多数的种子会彻底输掉。这类死亡太过普遍和频繁，因而让人无动于衷。无法判断神的习惯，为什么他会选中这一个，忽略另一个，究竟存在何种等级差异？是不是其中的一些铭刻着不可目视的玄妙记号？要知道，这甚至不是一场公正的竞争，干瘪的谷粒获得了水分和营养，那个饱满的、丰富的胚乳却在无望的等待中迅速耗干。

传来一声鸟鸣，来自天上的异族部落，它歌唱的语言或是某种叹息，那偶尔漏露的内容——它要告诉我超乎想象的东西。我只听到反复的鸣啭，看不到它的身影，这只神秘降临的鸟就这样将别满阳光碎钻的翅翼藏在低矮的树丛之中。我努力辨认着，枝叶间众多暗色的斑点，它们都在复制一只鸟的轮廓，你无法区别出哪个才是真本，就像无法在人群中指认出上帝的使者。果实是否是这只鸟此行的目的?它继续着那个旋律,我耳熟能详。鸟吞咽下果实,种子也由此进入它的肠胃,并借助鸟的飞翔开始旅行,就像借助河流、风、迁徙的兽群……天上地下,充满勇敢精神的理想主义者,它们要尽量生活到远离父母荫护的地方。为此,种子甚至要裹在动物粪便里,通往光明的恰是这样一条肮脏、苦难、孤独与屈辱的道路,换言之,光明只不过是诸多负面因素累加起来后必然造成的小小的安慰性的结果。从中,我们可以捕捉到种子隐晦的技巧:看似鸟霸占了果实,但种子正是利用侵略者的贪婪实现自己的使命——这是一条循环的至尊而公正的律令,强者欺侮弱者,弱者同样于欺侮中谋利。

  钙,那是种子的骨质,被揉散在每粒细胞里——只有愤怒和仇恨才能解释种子喷薄而出的生命力。因为一粒种子的成功集中了它众多兄弟的死亡,它如此有力,以至于掀翻石头,顶破死者的头盖骨。爱宽大而柔情,但弱于仇恨的坚强与持久。同时,还要惊异于种子滴水不漏的记忆,每一粒都一丝不苟地复述出祖先的形貌,从萌芽贯穿结子的整个过程,除非环境的变迁,或生存的必需,否则,它们丝毫不会更改,可以想象,这种融入耐力的记忆所抵达的无限。有一次,我摊开的手掌中放置着几个豆粒,我仔细看了看,立刻被自己的观察迷住了:每颗豆粒深红的底色上都绘着乳白色大理石般的花纹,非常奢侈,那种冷静的华丽,足以让人沉默。我想其中一定藏纳着家族的密码,复杂又完美的程序,不然一粒种子不会如此庄严。我也曾参加过学校组织的"采集树种,支援荒区"活动。令我惊奇的是,许多高大树木的种子并不拥有相应比例的体积,甚至,比我们常见的地雷花的种子还要小,因而,我相信树种有格外的精密。掰开槐树鼓胀起来的荚果我看到幼嫩的子粒,而它婆娑的高大树冠,交叠着层层羽状复叶,这只翡翠色的巨鸟就是从小巧的种子里孵化而出。我们把同类树种包成纸包,写上名称,寄往远方,寄往处女般不曾受孕的土地,这是我在儿童时期从事的最美的工作。轻轻摇晃纸包,里面沙沙作响,我从根部摇动整座森林。因为发明出种子,从此神对这个世界弃之不顾,种子是每一生物源头的、私属的神,开始创造,它善变那无中生有的戏法。种子以浓缩的方式背诵出整套家谱以使自己在繁殖过程中不辱使命。

还有一类种子,动物的,在开始我并未注意到,而它不断生成、发展,变化出不同的样式,通过后来的样子和结果,我窥见它初时的庞大规模、强劲力量,还有,远见。土地上冒着丝丝寒气,喜鹊宽大的巢在秃秃的枝条间清晰地显露出来。握着玩具铁铲,浅浅的小塑料桶也随我们的步伐前后摆动,我们来到了目的地,公共厕所的灰墙上用白石灰刷着很大的"男"和"女"两个字。我在后墙根边蹲了下来,雄心勃勃地用小铲掘开坚硬的表土,我要利用这几天放学后的时间完成老师布置的任务指标:一百个蝇蛹。夏天的时候,对小学生的要求是每人打死二百只苍蝇。垃圾堆旁,到处是挥动蝇拍追逐苍蝇的孩子。很难在嗡嗡作响的蝇群中做出选择,但它们一停下来,我就瞄准了对象。"啪"的一声,一只苍蝇沾在我的蝇拍上,重重复眼不能抵挡劫难,泛着金属绿色荧光的尸体徐徐渗出了体液。我用针把死苍蝇扎起来,放到棕色的玻璃药瓶里,已经四十七只了。孩子们所做的一切据说是为了响应把北京建成"无蝇城"的号召,而我奇怪,为什么我们轮番的劳作仍不能使苍蝇灭绝。沤烂的菜叶、变臭的鸡蛋壳和来历不明的腐质散发出的气味搅在灼人的热浪里,幸福的苍蝇飞舞其间,什么也不能摧毁它们庞大的家族——苍蝇掌握制胜的法宝:惊人的繁殖力。一铲又一铲地挖着,终于,我看到了蛹粒。卵,蠕动的蛆虫,蛹,旋飞的苍蝇。点着数目,把蛹装进塑料桶里,我介入并破坏了一个既定程序,学校操场上燃起的火焰将代替夏日成为它们的归宿。一粒蛹滞留在铲子上,我眯起眼睛,它很安静,微黄,米粒般大小,上面有环状的螺纹,怎么也看不出,这里面藏着透明的翅膀、圆鼓的复眼、令我们厌恶的嗜腥的生理习性。回溯一番,苍蝇似乎对人类的厌恶早有准备,如同对寒冷、鸟喙以及诸多恶劣因素的充分估计,它在春天排出大量的虫卵——侥幸的虫卵变成蛆虫,偷生的蛆虫变成蛹,而现在我很容易就找到了足够的蝇蛹,它们实在太多了,甚至还可以消灭得更多,仍不影响它的子孙不朽的香火。

　　所谓少年的成熟往往意味着对繁殖秘密的了解。事实上,我从未对此多加留意和怀疑——直到十一岁,来自女友的启蒙仿若打击般到来。那也是在果园。

　　真真比我大几岁,她的脸上泛着刚刚成为少女的晕红,胸前也隐约地鼓起。她还接到过一张用左手写的"我想和你好"的匿名纸条。虽然真真态度坚决地把纸条交给老师处理,但私下里,她脸红心跳地猜测着是谁干的,悄悄告诉我她的分析,同时,眼光流转地投射在周围每一个可疑的男生身上。星期二下午我们不上课,我和真真在如丝如缕的秋阳里懒洋洋地行走,果实在枝头酝酿……我踮起脚,轻轻咬了一口——还没熟呢!果实光滑的表皮上留下我偷尝的牙痕,随着成长,齿印会消失吗,还是我偶然的兴趣就此毁坏它一生的完整?既然所有致命的影响都起源于瞬间,一个苹果携带着牙印标记而与众不同,我无意中做了记号——后来我才明白,懵懂之中,自己以近于刻舟求剑的方式记录下一个重要时刻。这时,真真开口了:"与童,你知道孩子是从哪儿生出来的吗?"说话时她带着一种欲言又止的复杂表情。很长时间以来我都忽略对这个问题的探索,小时候偶尔问及"我从哪里来",往往被父母编造的"你是从捡回的石头缝里蹦出来"的故事所说服。现在它再次出现,我隐隐意识到其中潜伏着重大秘密。真真显然从我迟疑的态度里明白了我在这方面的无知,她附在我耳边,低语了几句。"你瞎说什么呀?!不可能!"我激烈反对,真真所说的有悖于我所认为的常识和有限的想象,这太可怕了,并且肮脏,我要为自己的清白辩护、抗争。真真撇撇嘴:"哼,你爱信不信,反正我说的都是真的!"由于我对真真突然产生的奇怪的惊疑、尴尬、歧视、怨怼以及种种莫名之情,使我们之间沉默下来。在果园角落,有一个解放军战士,他注意地看了我们一眼,更使空气中弥漫着某种紧张。想到自己的来历,我的脑子停滞了。果园逐渐沦陷在一种不安的绛色之中。天空中燃起炽烈的晚霞,一块一块的,美丽,又破碎,镀金天堂开始暴露它的斑驳之处。那个体会初次失眠的晚上,我看到许多流星,从此再也没有一个晚上我能看到那么那么多的流星——再次证实天堂是座工程粗糙的建筑,流星,那些没有钉牢的钉子,它们掉了下来。

洗澡堂蒸腾的水雾中,各种各样的女人呈现她们的裸体。少女纤长而无辜的杏色身体,她们心中或许已开始对异性的期待,孤单的、无望的期待,与肉体无涉,时刻准备牺牲,那不期待任何报偿与回答的期待干净得多么失真;苹果花一样的初恋,外表安宁,内心狂热,事实上,她们的嘴唇从未被异性碰触,宛若荒野的蓓蕾……无人知晓,那蓓蕾,是贴在整个春天之上最美的封条。年轻的妇人,肌肤透亮,流溢着丝绸般的微光，圆润的腰部曲线如同多汁的梨子，或提琴优美的凹陷，她们储备能量，等待一个幼小生命在此降临，她们将像培养一滴眼泪那样把他慢慢喂大。还有沧桑过后的中年女人，色斑、皱纹和赘肉侵蚀着曾经完美的身材，极少有女人能在这个年纪依旧保持丰采，而仅存的丰采也像果脯一样是脱水后过时的甜，当她们不再有能力孕育就如同取走子核的果实开始腐烂，时间，这条疯狂啮食的虫子，找到了令它满意的对象。老年女人的裸体让人触目惊心，无论何时看到都仿佛目睹了一场突然到临的灾难，废墟般零落的古老牙齿，松弛的皮肤上深深的褶印如同刀痕劈砍着，懒怠而无力的肌肉组织挂在疏松并易于折断的骨骼上，干瘪丑陋的扁长乳房垂向腹部，肚皮上由于生育留下了终身无法抹除的明显印记……这是一件废弃的器皿，浑浊的眼泪始终在她眼眶里含着。女人看似迥异的阶段，实际上被精密地设定并衔接在一起，酷似花，由盛而衰，而死，献出全部血肉，只为留下她的孩子；而孩子，要和她踏上同一条死而后生的不归之途。女人，就是人类所保持的种子方式；每一次生，都是女人从衰老、疼痛和死亡那里艰难赎回的。如果说人类繁衍是多股绳子拧成的缆索，那么，每个女人都以有限的一生去充当一根脆弱易断的纤维，承受整根绳索分摊在她身上的压力。我想起在妈妈的医院玩耍时见到的那个住在产科的病人，是个孕妇，她表情格外肃穆，低垂眼帘，盯着自己从宽大的条纹病服里伸出来的白得透明的手指一语不发——她似在忍受巨大的创伤与哀痛。后来我才知道，她习惯性流产已经三次，这是她第四次怀孕，医生说，任何刺激都可能导致她再次失去孩子，甚至是笑。所以她自怀孕以后从未开心地笑过，她对所有愉快的事抱存高度警惕，只有平静，才能让她免于伤害；多少个日子，她就这样在悲伤的边缘上危机四伏地等待着。生育果真是愉悦的吗？如何计量并对比它所支付的代价？临产前夜，她终于被告知度过了危险期，第二天，孩子会以剖腹的方式安全地降生，她笑了，声音大极了，伴着汹涌泪水——这笑声因为凝聚太重的辛酸听起来怪异，以至于我被这叫喊般的恐怖笑声吓呆了。

浴室的水雾越来越重，只有女人们进出时推动木门的那会儿能透进一点儿新鲜空气，让人们彼此能看清一些。海鸥牌洗发膏，蜂花洗发精和护发素，檀香皂，灯塔牌棕黄色的长条肥皂——我闻到洗涤用品的气息混合在一起盖过女人不同的体味,她们就是这样被清贫又平静的日子取走简单的个人要求。为了节约自家水费,精明的林阿姨每次来洗澡必会带来一大盆脏衣服,她坐在窄小的木板凳上费力地在搓衣板上揉洗着;她所用的肥皂已经放了很长时间,非常坚硬,据说风干透了的肥皂用起来可以省一点儿。水汽和高温使她的脸红亮肿胀,她一边洗衣服,一边高声督促着女儿真真的洗澡速度。真真白皙的幼芽身体格外动人,我不敢想象,她有林阿姨一般的平庸未来。就在这时,我惊惶地看到了血,鲜艳的血,从真真的腿根流下来,细细的,流过她的脚面。

那时候,我还没有被分成男女生不同的两拨儿分别带到黑暗的教室里去看有关生理卫生的幻灯片,很多问题之于我,完全缺乏理解能力。我对自己充满疑问,难道,我和真真一样,也要经历那么可怕的事吗?女孩子是否天赋藏纳孩子的技巧?一个孩子从虚无到具体,这超出医学的解释能力和科学的雄辩才华。我所略知的东西足以让我敬畏,神明的智慧,一定是人力无法破译的智慧——直到现在,我依然对此保留孩童或信徒式的尊重,如果我们对某些诸如繁殖之类的高级机密有所获知,那是神愿意甚至是蓄谋透露出来的极为有限的内容,为的是让我们在更大的奇迹前震惊,如同隔着窄门望见童话中金碧辉煌的花园,如同通过宗教,试图探知神法力无边的旨意。

我没有见过任何动物的生育过程,包括我从小河里捞来的田螺,本来只有一只,几天不注意,它竟然在盛水的空罐头瓶里生出许多只小田螺,小极了,但是,经过微缩的螺壳与它们的母亲一模一样。这加重了我对生殖的好奇和叹服。可种子的奇异不仅只继续、传承等等我的简单认识,它竟然还隐藏着几近残酷的反抗力量。明白这一点时,已经十多年过去了——那个冬天我路过洗车场,一个工人正用喷出的高压水柱击碎路面的冰层——这场景暗喻真理。水,本是冰融解自己才形成的物质,现在正是它,在破坏冰完整的存在。一根火柴烧毁整个森林,人们聚在一起侮骂上帝——这就是孩子的背叛。有时,这种反叛力量太过强大,强大到种子要以极端的反面形式出现。飞鸟是天空的种子。火焰是黑暗的种子。歌唱是沉默的种子。倾诉是秘密的种子。泪水是爱的种子。激情是仇恨的种子。血是历史的种子。永恒是死亡的种子。这一切,因为背叛,正是记忆的种子。当植物子粒试图以最大可能远离母体时就已含蓄地表现过背叛意念，生命的等级越高，这种意念和力量也就越旺盛。有时，种子地位的确立，甚至要以对祖先墓碑的损毁程度为判断依据。母亲以生命作抵押，换回把她真正杀害并享用遗产的人。

果园围着铁丝网，象征繁殖的禁区不准孩子们随意进出。作为秘密的闯入者，我清晰记得萦绕在果园上方那种好闻的气息，那种甜的缓慢腐烂的味道——而种子，即将展开不动声色的阴谋。

（选自2000年第2期《美文》）

冯秋子

白音布朗山

冯秋子，女，1960年生，内蒙古人。主要作品有《白音布朗山》《太阳升起来》《寸断柔肠》等。

灰腾格勒的人，抬头就能看见白音布朗山。那座山几百万年前地壳裂变从海底升上来，就矗立在我们旗东南方。

在绵延的阴山山脉，有多少受人注目的山，我不知道。关于白音布朗山的传说，每个孩子都听过很多。其中流传最广的故事说，有一年秋天，人们正抢在上冻前收割牧草，忽然下起大雨，巨雷在白音布朗山上轰响的一刹那，火光迸裂，一个大火球顺着山势滚下来。快到山底时，火球渐渐散落、扭动，变成一老一小两只金牛，它们金光灿烂地走下山来。有人一见忙双手合十诵经祈祷，另外不少人撒腿就去追赶，喊声四起。老母牛怒目圆睁，护着牛犊，想返身回到山里，但山这边已无退路，围堵的人越聚越多。母牛发出一声凄绝的长鸣，带领牛犊毅然跳进不远处的尼日淖尔湖，再没有出来。

追赶金牛的人家，此后牛羊零落，光景萧条；而虔诚祈祷的人家，牛羊肥壮，日子一天比一天好起来。

不过，这个神奇的传说，随着草地的开垦和沙尘暴的日益侵蚀，终于被残剥一空。

再后来，日子好起来的人家，被划成牧主、富牧，被牧民们打倒了。岁月无序，这座神山也快被人遗忘了。

夏天，高高的白音布朗山有一层浅浅的绿色。更多的时候，春秋季节，一片土黄。四季风从山这边卷起黄土送到山那边，声音凄厉。不过，最威严，最壮观的，要数漫长的冬天，神山被厚厚的白雪围裹起来，银光闪耀，远远看去，与天辉映，与地相接。

我们的学校在东边。走在路上，火红的太阳从白音布朗山后面升出半个，霞光把大山映照得虚无缥缈。

看着红扑扑奔突的日头，和晃晃悠悠的神山，我常常觉得，这个日头跟神山，很像自己家墙角架上的笼屉，和那把踩上去就要散架的烧火板凳。每天出门前，我踩着板凳，踮着脚丫，从笼屉里面够出小半块窝头。无限美好的早晨就从这块用莜面白面玉米面捏成的"三面"窝头开始。跟我同座位的男孩说，他们家笼屉里什么也没有。我说我们家笼屉里有一个窝头，不过得和哥哥妹妹分着吃，一人一小块。他说，他妈愁得脸这么长——他耷拉出红红的大舌头。"让我识字，得给我吃东西，拉磨的驴还得吃草呢。"是啊，不吃东西哪有力气？我把我的一小块窝头又分一半给他。他推让说："吃也白吃，吃了也记不住那些字。"我说记不住更得吃。他说："长大还你白音布朗山那么多馒头。"白面馒头？天哪，收回你的话，别让白音布朗山听见，我们哪能有那么多白面馒头！

一路走，一路吃，我把剩给自己的一部分搓成碎末，一点一点嚼着吃。

太阳不赖，窝头不赖，山也不赖！

正是六月，山上牧草稀疏。缕缕柔光轻轻抚问，像有小草破土而出……这时候，广播喇叭传出器乐合奏《草原晨曲》，曲调扬上去弯下来，搜肠刮肚，好听得没有办法。这是每天早晨停止播音前的最后声息，不知道别的孩子是不是跟我一样，心里头也有东西直想往外涌。我和几个孩子索性跑下路基，跑向神山，去看看山背后的太阳。等我们跑到山脚下，太阳已经升到天上。

神山近在咫尺，太阳远在天涯，但是刚才那一会儿，它们还是紧紧连在一起的。

正感到失落，听见学校的炮弹钟使劲敲响。我只好扭头往学校跑。我已经迟到好几回了。我讲不出早晨这段时间，太阳好得不能够到学校里遥望它。那种感觉我说不清楚。可是那位山西来的老师说："太阳有甚好看哩，你老皱眉头就是看太阳看的。女娃子家家的，成天撒野炝蹄，像个甚？没晒够，没晒够在外头多晒一下。"在教室外面站得差不多了，我鼓足力气喊:"报告——"老师不理我,继续讲中南海在祖国的心脏北京,红太阳毛主席住在里头……有几个脑袋飞速探近玻璃窗,跟我挤弄一下眼睛。过一会儿我再喊,老师还是不理,同学们笑起来。等老师心顺了,才说"进来"。第一节课正好结束。我的同桌只能晚点吃那块窝头了。

几天后,我决定采取一次行动。

我背着书包,像平常那样出了门。走在这条大路上,把属于我和同桌的干粮一起掰碎,结结实实装了少半个袄"倒岔",一点点地吃着,然后趁人不注意,哧溜一下,跑向神山。

这座山偶尔有几头无人放领的牛上去吃草,羊倌和羊群从下面绕着走,他们习惯从毗邻的山上弯下来,走白音布朗山脚,这样他和羊群就相安无事。稍微茂盛的草场,再翻两座山头,走二三十里路,还有一片。我小几岁时,见过羊在白音布朗山上炸群,羊倌手脚并用,不大的肢体在山上划来划去,也无法聚拢疯癫的羊群……羊倌惊慌失措的喊声顺风飘来,旗里的人都从家里跑出来往白音布朗山瞭望。那个人和惊散的羊群像被猴皮筋抻着,四面冲击,却下不了那座山。

这件事老人们说不算"日怪"。他们讲的白音布朗山的"日怪"故事,像小孩子对付不了的梦境,没有因果,只出现场面。东一个西一个,女人上一趟山变成哑巴,男人上一趟山就白了头……令人惶惑。

孩子们越怕越想上白音布朗山,不出事则已,惹出麻烦——孩子们说"拉下疙瘩",大人第一反应就是转过身去望白音布朗山。就像白音布朗山尽知一切,孩子不言,家长凝望神山即明,审问不过是教育手段。等孩子把"罪过"交代出来,大人的表情变得更加扭曲不安——他们再次转身遥望白音布朗山,尊贵的、博大的白音布朗山,请包容我的孩子!他们在心里乞求。山上的每一根草,都是神灵的毛发,每一块石头,都是神灵的骨头……他们低声但很是严肃地告诉孩子。

我只想等待明天日出。我看着白音布朗山长大,除了面对它跺过几次脚,发过几次誓,什么也没做过。

但是明天十分漫长。

我在山上慢慢溜达。

石头缝里垫一些干草的地方,就是麻雀窝,每个窝里都有白色的鸟蛋。漫山遍野，一转身就看见一窝。这是那场持续了三四年的大灾荒过去后又生出来的。那几年人们饿得吃完榆树叶子和树皮，就砍榆树吃。白音布朗神山的蛋啊鸟啊，被人吃得皮毛不剩，就连大雨冲下来的神山的泥土，人们也要冲上去抢，然后吃得肚子圆滚滚的，倒在地上。

  那时候我太小，天天清汤寡水，吃进多少，拉出多少，小肚子扁扁的，肠肚碰到一起疼得直抽筋。我妈说，我整天坐在房前的土堆上，呆眉忾眼地看白云遮住太阳投下来的黑影慢慢移动。那是北方草原特有的景象，大地无声无息，一片静谧，我看着看着就睡着了。我的两个哥哥，从白音布朗山后面的洞里掏回一只狼娃子，说过了这夜大狼不来找，就给我煮了吃。天一擦黑，几十只大狼包围了旗所在地我们家所在的库伦城，嗥叫声惨烈、凶暴，吓得我和哥哥，还有那些能满世界乱跑的孩子们，蒙在被窝里，把一辈子要发的誓言都发完了。天亮以后，大狼收兵，两个哥哥赶紧把狼娃子送回了狼窝。为了这个骚扰了全城人的大动静，我妈上了一趟白音布朗山，晚些时候到家眼睛有点红，看我们几个缩在后炕，悔恨得鼻涕眼泪一把抓，她说："我们都有错啊。"没再说别的，把这事画上了句号。狼肉没有吃成，但是我们都知道了，世界上有些东西是饿死不能吃的。

  后山坡的狼洞，已被大水冲垮，从快到山顶的地方一路塌下去，形成一个沟渠，把山劈开两半。不知道狼洞为什么那么深，那么长。也许这本来就是一个山洞，狼借住在里边。传说中的金牛也来自这个山洞吗……山洞有没有可能隐藏起一截？我找不到沟渠的顶端。它会通向哪里呢？人们说，白音布朗神山下有一条河，通到几里以外的尼日淖尔湖……我不敢多停留，从后山返回前山。这里能望见我们的旗。

  坐在山坡上，远远望着被太阳晒得灰塌塌、多少年没甚起色的旗，有点瞌睡，又担心人们房顶上垛的柴草被太阳烤着。我把肚子里攒下的歌放开嗓门唱了一遍，太阳开始偏西了。

  我盼望大鸟早点回家，去搂抱它们生出来的蛋。但是大鸟站在离我不远的石头上跳一跳，腿一蹬，又飞走了。

  我看看四周，天高地远，太阳干不龇咧地向西移动。远方的风空洞无力地吹拂，送来北边一座山坡上老羊倌忽有忽无的叫骂声。我感到又饿又渴，就势躺到一块还算平坦的石头上打了一个盹，真想放开睡一觉,忽然想到被喇嘛抱走不行,赶紧坐起来。人们看谁找不到妈妈,就说"你妈让喇嘛抱走了"。我也常拿这句喇嘛挟持人的话开别人的玩笑。喇嘛到底藏在灰腾格勒草原哪些个角落?人们都在讲,很多歌子也在唱,但都说不完全。后来我见到街上一个人伸出拳头打另一个人,嘴里说:"喇嘛回家睡炕头,肚皮朝天瞎思谋。"有些人家至今没有走到另一个什么地方做喇嘛的人的消息。

太阳快要落山的时候,我捡到一块印着一条鱼骨架的青石板。海底升上来,这里变成高原牧场以前,干死的鱼铺满山野。罚我站在教室外面的语文老师,有一次启发我们要热爱自己的家乡,她激动得声音有点发颤,说:"鱼比人多,或者说,鱼比人的祖先猿猴多,或者鱼比猿猴的祖先……多的日子,这里是个什么悲壮样子?"我把鱼石板放到山顶的敖包堆上。敖包只剩下一堆塌下去的石头。几棵青草在石头缝里摇动。臭扒牛从干牛粪片片里窜出来,爬到鱼石板上使劲嗅,屁股撅着,后腿蹬着,跟推手推车上坡的老汉似的。

我绕着敖包顺时针转了三圈,最终下山了。我实在心慌心跳,熬不过黑天。

我第一次这么晚回家,炊烟已经熄灭,黑天落色,空蒙蒙地泛着靛蓝。许多土房子里的人正面向白音布朗山做晚祷。我加快了脚步。

每天早晚,很多老人面向白音布朗山的敖包行跪拜礼。有关禁止迷信言论和行动的号令,在我没有出生前已经传达了若干回。然而私下的祈祷并没有停止。老人们执著的、毫无表情的脸似乎在说:有没有吃是一回事,有没有声音是另一回事。我们活着,心里还有动静,心里的动静就是活着的声音。我们想跟人说,就是这样,有什么错吗……他们默默祈念上苍,让他安宁吧,有一天灵魂能够升入天堂,祈祷地狱里的鬼安息永驻,不要纠缠他的灵魂,等到来世,一定善待所有生灵,立地成佛。

奇怪,为什么不现在成佛呢?

我妈把我哥哥的鞋子套在倒立的斧头上,咚咚地补着胶皮鞋掌,说:"趁人还活着,把心愿许给神灵,让神灵能看到我们赤诚,收留我们,帮助我们。"

这是不是一个漫长的旗帜下的旅程?

我妈是不是也在心里做这件事?

大人们都为来日嗝儿屁着凉着急打点？他们不想做别的事吗？

从白音布朗山回来，我发了好几天高烧。烧得昏昏沉沉的时候，看见小鸟满满地站了我一身。恍恍惚惚，听见我妈说，明天就要下雨了……我费了很大力气，脱下毡靴，靴子里尽是死鸟。我抽起风来。

转动着沉重的脑袋，我说了很多胡话。连续高烧不退，我妈跑去请了一位姓连的大夫，他没说两句话，就行动起来，给我手指头放血。高烧缓解了，可伤口化脓，我的手指、手背串联起大小几十个燎泡。连大夫再次被请到我家，告诉我妈是感染了。他用盐水洗刷洗刷，撒了一层磺胺粉，出了门又返回来，说：娃娃营养不良，要不是不会感染的。

我妈说："可怜的，你能吃下，那个窝头都给你。"

我好几个月吃不动窝头，也不用去上学。

等身体有了一点力气，我就走出家门去晒太阳。蒙古高原的太阳直通通的，穿透力极强，坐在阳光里没几天，人就变得又红又黑，连一头黑发也晒出了红发梢。我们土语说：有盐吃，娃娃也成仙（咸）。我学着老年人的样子，晒太阳的时候，嘴里放一块晶盐，头虽然晕晕忽忽，但是心满意足。这是饥饿的人们为太阳唱的颂歌。

没有人催我去学校。我已经好利索了，腿脚又有了力量。我真留恋这段晒太阳的时光，从早到晚眯缝起眼睛望着天，心被圣灵震动着，也被恐惧困扰着。

整个夏天，没有下一场雨。

进入三伏天，白音布朗山的草，被太阳晒得早早地枯萎了。广播传出旗革命委员会紧急动员令：全旗各族革命人民，迅速行动起来，与天斗，与地斗，与无时不进行破坏的阶级敌人斗……在大旱之年，争取大丰收。蓄冬牧草……

大人们正为蓄冬牧草愁眉不展。仅有的几处农区，小麦、莜麦还没长起来就干死了，农民纷纷拿土坯封了门窗，倾巢出动讨吃要饭。牧民放着公社见天见少、瘦骨伶仃的羊儿在荒草地里唉声叹息。活出夏天，活不出冬天。夏天越旱，冬天越有可能遭受雪灾。人们在心里跟自己说话。草原上能行走的，牛马羊和放牧它们的人，多少年来，哪一年都有可能被饿死冻死，但这一年真是活不出去了。人已经把畜群吃的沙蓬、荨麻、甜苣，都吃光了。恐慌随风蔓延，干枯的土地裂开一道道缝隙。

全旗人惶惶不可终日,他们等待上苍的引领。

不久,他们听到革命降临的讯息:哪个当权派,被揪到哪个指挥部。

这又是一场自上而下的群众运动,喇叭里说"文化大革命"。"文化大革命",也意味着群众实现理想,想怎样就能怎样。他们有些振奋。

他们将倒在街上的饿死鬼、醉死鬼,报告给那些荷枪实弹的指挥部。但没等说完目睹的情况,就被赶出来。指挥部的人告诉他们,欢迎群众革命,欢迎揪出暗藏的阶级异己分子,但是这些死人已经自觉退出革命队伍,不归他们管。

连去几个指挥部,都说管不着。

无人认领的尸体,横在街上臭够了,地富反坏右奉命把他们背走,浮皮潦草埋到城外土坑里,当夜,野狗饿狼就把他们刨出来消灭了。

所有不革命的,都得被革命。形势发展到后来,人们已看出来。于是要求革命的人越来越踊跃。被打倒的人,如丧家之犬。但革命阵营也在不断淘汰,留下来的人,更加疯狂地出击。批判会或者武斗以后,胜者领回两个窝头,给他们家还和他保持一个派系的大人、小孩吃。

不久,旗里揪出一个"历史反革命分子",这使各派系之间的争斗趋向一统。正所谓"集中有生力量,各个歼灭"。那位历史人物,是个五十多岁的秃手老汉,解放后从山西忻州逃到西部草原,一直没有成家。秃手老汉整天坐在十字路口的马路沿上,直梗梗地看过往的牛车、马车,不说一句话,脸晒得就像非洲黑人。有一天,他突然冲向大街,挥舞着秃手,嚷道:"内蒙,中央规定有三条:第一不准叫俺秃手手,第二不准叫俺神经疙瘩,第三不准叫俺阎锡山匪帮。谁要违反了这三条,男的枪崩,女的牺牲。"他重复着这"三条规定",进了旗革命委员会大院。

原来他是送上门的阶级敌人,隐藏多年的阎锡山旧部,中校参谋长。那只秃手就是指挥围剿共产党的时候被打掉的。

广播里说:"敌人迟早跳出来,就像被人民的汪洋大海淹了洞穴的耗子……跳出来的越多,我们的土地越干净。所以要怀着对阶级敌人的刻骨仇恨,紧急动员起来,抗旱夺丰收。"

丰收终于没有夺来。只一个秋冬,全旗因饥寒死去成百上千人,而被革命者打死的人,比饥寒交迫丧亡的人多十几倍。

白音布朗山上山下,闪耀着横七竖八的白骨。天一黑,疯狼野狗大摇大摆穿过旗里的那条大街。下过一场大雪,白骨就被盖得严严实实。雪地里,野兽刨的坑,留下的脚印,下了一场又一场大雪,都没有盖住。

第二年一开春,积雪尚未融化,旗里的广大革命群众和暂且还隐藏着的"阶级敌人",都被动员上了白音布朗山,学校的大队人马也参加进来。山顶上飘扬着红旗,高音喇叭一遍遍播送"开山造田逞英豪……"的诗歌,人们要战天斗地修梯田,从山顶修到山底。我妈挖出了死人骨头,别人也挖出很多,还有其他动物的尸骨,和着白雪,全都埋进梯田里了。梯田里摊着厚厚一层冻土,那是我们从山底挖了一筐筐抬上来的。擦汗时一个老头说,这回可以长出好麦子。

两个月以后,梯田里长出了麦苗。

白音布朗神山披上了绿色的军装。

广播说:"新的时代终于来临了。"

可惜梯田里的麦子,八月的大雨一来,就给冲跑了,白音布朗神山多处塌方。那天夜里两三点,又爆发了几十年不遇的山洪,排浪冲击,响声震天。第二天,人们看见白音布朗神山露出了瘦瘦的灰脊梁。大石头滚到旗里,死人骨头,插在梯田里吓唬鸟兽的烂衣裳,还有浑水,荡漾在旗里仅有的那条大街上。

(选自1998年第1期《青年文学》)

祝 勇

衙 门

没人知道这扇门里隐藏着多少历史的秘密。那朱漆的门板和三尺高的门槛仿佛一个天然的闸口,把那些试图穿越时空隧道,探寻历史真相的人毅然决然地阻挡在外面。差不多所有的暗箱都是受到保护的,即使时过境迁,它被当做历史的一部分向公众开放,它也只是对好奇的旅游者开放——他们只消在古色古香的庭院里转上一圈,再照上几张相,就可以心满意足地离开——而执著的历史探险者却永远也拿不到进入暗室的钥匙。

老屋板着面孔迎接着我们到来,保持着它数百年不变的沉稳和矜持。吹透了无数个世纪的凄风未曾使它的姿态有所改变。在庭院中踱步,仿佛踏入前尘往事。那已被磨光的兽头门环,还沾着清代灰尘的门板、宽大的台基、威严的廊柱、交错的斗拱以及攀附在高处的脊兽,述说的是放在任何一个朝代都可能发生的故事。细枝末节或有不同,然而这样的细节在广漠的时间面前又显得那么微不足道。无边的时间和空间可以消解许多细微的差别,从而显露出本质上的相同。从董仲舒"罢黜百家,独尊儒术"的那一天起,中国的精神与文化就被强行纳入到一个比石头还要坚硬的模具中,任何一个朝代的出现几乎都成了一种机械的复制,包括官制,包括建筑,都大同小异,人们的思想,更是被锁进了保险箱,它固然限制了个性的发展,但它最安全,在平庸的安全与进化的风险两者

祝勇,1968年生,辽宁沈阳人。主要作品有《改写记忆》《文明的黄昏》《旧宫殿》等。

之间，统治者当然乐于选择前者。

像所有的官衙一样，直隶总督署，这座目前所剩不多的古代官府衙门，从辕门开始，没有一个细节不在展示它的威仪，连官员迎送的起点和终点，以及进出的路径，都有着明确的刻度——规范不仅比今天的数学公式还要细密，而且已经深入人心。《明会典·官员礼》里曰："新官到任之日……至仪门前下马。"那座威武的仪门的另一作用是区分不同品位的官员，倘是与总督品位相当的官员来访，总督必在仪门等候，倘是品位低下者晋见，则只能走"旁门左道"，由东西便门进入。这份威仪是每一位官员自上任的第一天起就得到的一份礼物，不论是否喜欢，皆须无条件地接受。与衙外车水马龙的闹市相对照，官衙完全是另一个世界，里面蕴含着普通民众无法理解的运行系统。一切的规则都已确定，这些规则都是以消除人的个性为目的，所有的来者，不论是谁，所需要做的工作仅仅是适应它，按照它安排好的路径行走。建筑体现着统治者的意志，这座总督署，实际上是缩小了的紫禁城，是视觉化了的纲常伦理、忠孝节义。秩序，是它的永恒主题。

李鸿章正是在这样的秩序里开始酝酿他的改革。然而他在事先已被祖先确定好的框架内进行的所谓改革是那么无济于事。即使他兴办机械局、矿务局、铁道局、电报局，直至苦心孤诣地创建了那支亚洲规模最大的海军力量——北洋水师，军队将领皆从英国留学归来，军事操练皆用英语，然而在这位雄心勃勃的大臣面前，那个薄暮中的王朝就像一台过度破损的机器，早已发不出它应有的效率。只有它的礼制，还在按照千百年前的模样有条不紊地动作着，如总督签押房里那座古老的自鸣钟那样，各个机件严丝合缝，准确无误，容不得一粒尘沙。正是在各种严格的繁文缛节中，王朝神圣不可侵犯的秩序精神得以维持，这使得王朝至少能在表面上看像点模样。

李鸿章像巧手的工匠一样富于敬业精神，他意识到了要改变些什么。然而在整个社会巨大的惯性作用面前，个人的一点有限努力很快会被无情地消解掉。技术上的进步已经于事无补。李鸿章没有找到四两拨千斤的力量支点，所以没等他迎来真正的辉煌，所有的业绩就已经幻化为无形，倒不如那些满嘴仁义道德、祖训法规，一肚子男盗女娼的官员们的行为更符合历史的逻辑；对于一个道德底线已经彻底崩溃的社会来说,对它进行局部修补,使它维持得久一点,对于大多数人反而是一种痛苦,倒不如摧其速朽,使所有的灿烂与阴影都化成无尽的尘埃。透过一成不变的所谓传统规范,许多聪明人早已看破那浮华艳丽的官服所遮蔽的僵硬疏散的筋骨。

戒石坊像一个取景器,透过这座四柱三顶无斗拱的简易牌坊向里看,总督府的正堂,那座布瓦顶硬山小式建筑,显得宏伟而阴森。室外的明亮反使得门内看上去黑洞洞的,晦黯莫测。高抬腿,从门槛上跨过,一股历史特有的阴凉之气便会浸透衣衫。人去堂空,这里很难再感受到政治漩涡中紧张的决策、复杂的争斗,大厅里曾经回荡的嘹亮的话音也已被漫长的时间分解成无限小的分子、元素,飘散在空气里。公案桌上摆放有令箭架、签筒、笔筒、笔架、黑红砚台等办案工具,公案桌右侧,放置一木质诰封架,上面摆放皇帝圣旨和用黄绸布包着的关防盒,无不令人感到当年权力的余温。至于大堂两侧竖立的、雕有虎头图案、白底黑字的回避、肃静牌以及职衔牌、万民伞等,则是我们的古代戏曲里早就熟悉了的。李鸿章出任直隶总督后,达到了他个人事业的高峰,他的职衔达十六种之多,共十八块职衔牌,号称十八块云牌銮驾。权力给人带来无尽的想象,无论是为满足私欲还是兼济天下,权力永远都构成一种神秘的诱惑,那些在梦中不可获得的,都可以通过权力来获得。按说,权力越大,活动的空间和实现自我价值的可能性就越大,然而我却至今想象不出,大权在握的李鸿章,面对巨大的权力和混乱而沉滞的帝国,究竟是怎样的一种心情。

坐椅背后的屏风,按照当朝一品的规格,绘有丹顶鹤、海潮和初升的太阳,这样的图案或许会给阴沉的室内带来一点亮色,如同滞闷已久的人们呼吸到了一点(哪怕是很少的)新鲜空气,如同在无边的荒凉中走倦了的人们眼中海市蜃楼般的希望。从本质上讲,屏风的图案充其量只是一种自我宣扬的广告,而并非有什么实在的指向,然而难免会有人一厢情愿地从中寻找着精神寄托。头顶的匾额上书写着"恪恭首牧"四个大字,是当年雍正皇帝为表彰忠于职守、带病坚持工作的好干部、署理直隶总督唐执玉亲笔书写的,其后历任总督都将其悬挂在大堂正中。不论是谁,经由科举而进入官场,又在官场的游戏规则中步步升迁,只要坐在这镶有云龙浮雕的匾额下面,为朝廷效劳的心情便会油然而生。从这里指向堂外,正好可以看见戒石铭上黄庭坚手书的官场箴规,十六个字简明扼要,说得极好:"尔俸尔禄,民膏民脂,下民易虐,上天难欺。"

然而没有人揣度得出这份"公生明"的澄澈心境能够维持多久就会被污浊的官场同化,没有人揣度得出在正大光明的屏风背后,进行着多少肮脏的勾当。为朝廷尽职的忠心很快会被驾驭权力的快感所取代,而衙门里书写的所有那些好听的辞句,都掩盖不了一个王朝的腐烂。曾国藩或者李鸿章无论怎样苦心效忠于他们的朝廷,无论怎样实现个人道德的完善,无论怎样试图为溃烂不堪的社会注入一丝活力,然而明察秋毫的他们却无法看见,他们所沉溺的儒家精神世界,正在走向崩溃的边缘。与主流意识形态并行的,是背地里的另一套公认的法则,在这套法则中,所有漂亮的面具都被撕去,剩下的只是赤裸裸的交易。维系政治运作的力量,正是后者,而远非那些堂皇的道德教化。至于前文所说的秩序精神,虽然将庞大的官僚系统织成一张统一的网,然而这张网的绳结已经松脱、脆化,稍强的拉力就有可能将它毁灭。

有趣的是,在这座如今已成为文物保护单位的直隶总督署里,文物部门安排了明清酷刑展览。明清两季酷刑之盛,在中国历史上赫赫有名。与伦理纲常、道德教化一样,白色恐怖也是维持一种秩序的强硬外力。我特别注意到清代的刑罚尺度,诸如越级上告这样的"罪行",都有可能处于腰斩。腰斩不仅使受刑者死后没有完尸,它的残忍更在于他并不能让死者马上咽气。我曾从有关史料上看到,被斩者有的还能挣扎着在地上爬行数步,其状极其惨烈。至于分尸、凌迟等,就更不必多说了。刑具的进化不仅是人们想象力和变态心理的共同产物,更是一种政治上的需要。"从重从严"的打击力度更是足以在人们心理上形成威慑,让人不敢擅越雷池,就像文字狱的意义并不在于惩罚而在于心理的威慑一样(当然,惩罚也是极其残酷的),它可以让人自行打消越格的念头,甘做奴才。这样,统治者的意识似乎无所不在了。《大清律》将无边的疆土串连起来,当权者的意志可以到达这个庞大的神经系统的任何一个边远的末梢。然而,严酷的刑罚装饰的仅仅是一个貌似严密的行政——司法系统,辅佐的是贪官酷吏,繁冗精密的律条恰恰为他们"虐下民,欺上天"提供了依据,它永远不能使社会生活回归正常的轨道。

在官员们维护着所谓的法制的同时,腐败已成为他们的日常工作,成为一种得到普遍公认的契约。腐败,已经由政治相对清明的建朝初期的个体行为,不可遏止地转化成阶层性行为。而反腐败,也早已脱离了最初的廉政意义,从而沦为了权力斗争的工具,或者说,它为白热化的权力争夺、党同伐异赋予了一个好听的名目,一个人人可用的借口。这是人人皆知的秘密。人们只能看到瞬间发生的事情却看不到过于缓慢的事情:墙皮黄了,漆柱旧了,时光一点点地偷走人们的信念乃至生命。几百年一个轮回的朝代,就是在这种缓慢中不知不觉地死亡。所谓"普天之下,莫非王土;率土之滨,莫非王臣",天地间的一切,都是属于圣上的,这个带有强烈的"人治"色彩的理念,将皇帝的权力最大化。然而无所不有的圣上偏偏没有想到,自己对天下的所有,最终只不过是名义上的所有,他只有"所有权",而并没有"使用权",真正在使用天地间一切资源的,却是由皇帝所豢养的百官。官僚们成了职业盗窃犯,盗空了国库,中饱了私囊。与面黄肌瘦的灾民形成对比,他们油光可鉴的面孔以及挺出二尺的肚皮便是他们行为的最精确注解和躲避不了的证据。说起来官员们也并不希望他们的朝廷土崩瓦解,那样他们岂不是失去了安身立命的依靠?然而当他们捧回光闪闪的黄金的时候,他们谁也顾不了那么多,他们每一个人都在加速着瓦解的过程。他们暗中都在希望自己成为惯偷而国家却永远有钱,这是一个天然的悖论。私欲和不受限制的权力的结合,使他们不可能做出其他的什么选择。道德底线的崩溃实际上宣告了一种制度、一种文化的终结,它使得这个末路王朝像山顶的巨石一般,由最初的松动、滑行,终于发展成快速的滚动,带着一股强大的势能冲向那万劫不复的终点,任何试图阻挡它,或者改变其运行方向的人,最终只能粉身碎骨。

再回头来看同治七年由两江总督调任直隶总督的曾国藩。从传统意识形态的角度考量,他不能不说是一个道德上的完人。曾文正公遵循着一种极度克己的生活方式,这种艰苦奋斗的作风和一本正经的架势在王纲瓦解的大背景下显得既可敬又可笑。他从来都拒绝奢靡,这在当时的官场,堪称"另类"。他每天黎明即起,或读书,或处理政务,或反省己身。由于用心过甚,积劳成疾,得了失眠之症。就在来保定出任直隶总督的前一年,他在给曾国荃的信中还说:"诸事棘手焦灼之际,未尝不思遁入眼闭箱（即棺材）之中，昂然甘寝，万事不视，或比今日人世，差觉快乐。乃焦灼愈甚，公事愈烦，而长夜快乐之期杳无音信，且又晋阶端揆，责任愈重，指摘愈多。人以极品为荣，吾今实以为苦恼之境，然时势所处，万不能置身事外，亦唯有做一日和尚撞一日钟而已。"其披肝沥胆的苦状绝非得便宜卖乖。然而，正是这个以圣贤自期的苦修者，却发现他所遵循的圣人之道丝毫无济于当世，怎能不感受到一种彻骨的寒凉！身心之苦可以耐得，信仰危机却尤为不堪。而在同治九年至光绪八年、光绪九年至光绪十年两度出任直隶总督的李鸿章，意识不可谓不开放，也不能说没有开拓精神，正如前文所述，他已经将他手中的权力和他个人的意志开发到了极限，然而一场至今想起来都壮怀激烈的海战的最终惨败，亦使他功亏一篑。他是输在体制与文化上，这在今天已不是什么高深的学问。他有天大的本事也逃不出秩序的怀抱。李鸿章是一个复杂的人，他唱出一个末世忠臣的慷慨悲歌。很想知道他签订《马关条约》时的心境，万念俱灰吗？我们不得而知。《李文忠公全集》和台湾高阳的小说《李鸿章》我都读过，没有令我信服的文字。

　　整个官府沉入苍茫的暮色中，一座座重檐庑殿的巨大屋顶漂浮在忧郁的蓝夜里。夜可以吞噬一切细节。该是掌灯时分了，参观者被逐出院落的同时，几百年前幽咽的琴声又如萌动的晚风袭上心头，缠绕着那一律按江南风格精工细雕的廊檐、门楣，挥之不去。我知道那只是我的想象，突然觉得有些心动。这时，两扇朱漆的大门在我身后轰然合上，仿佛要拒绝我做深一层的冥想。古屋的角落如同时间的暗角一样藏污纳垢，在这个规定的舞台上除了上演规定的剧目以外什么其他的情节都不可能发生。一切都合乎逻辑，就像我们对一切都了然于心，那些细节不再对我形成诱惑了，这样想着，我便大踏步地走远了。

（选自 2001 年第 1 期《长城》）

黄晓萍

另一种呼唤

两幅古人物画,在我心中激起的反响,竟比文字更强烈,他从形象到神韵,从志气到精神,无不是一种完整,说完美也是可以的。我所指的,是钟馗与屈原。

我们那地方,钟馗像常用来镇邪避妖打鬼,年三十往家门上贴,怪有人缘地同主人同享年饭,差不多与祖宗同一档次,敬祖宗的美酒,钟馗也饮一斛。画上的钟馗总是那么丑得正气,短髯黑黑撑出扇面形状,立立的怒中带笑,就看你带着何种心情去凝望了。

屈原像民间不常见。他出于文字经典,是我爷爷乡土师爷身份的徽章,轻易不示人。画中的屈原是那么飘逸,"天问"中找不到头,那头是横的,山羊胡子与飘飘怒发和离体襟衫生出一股寒风,我总觉得他很冷。学业稍进之后读《离骚》,先读出大气磅礴文采飞扬,后悟出些身世际遇情系苍生。这时再看那幅"天问",很感同身受诗人的无可奈何,爷爷说我这书是读进去了。最近另见到一幅明朝陈洪绶作的"屈子行吟图",大不是"天问"情结,"天问"中的激荡没有了。在这幅行吟图中,广袖长袍翘头履上,皱褶如破箐冷流,原是悬宝剑的腰,悬了一根拐杖,怎么看怎么苍凉,难道说屈原那九死不悔的人格精神,就来自于这巴楚东吴间的沧桑行吟、长歌当哭的嗟叹?我观他峨冠顶戴下,瘦长的脸凄苦而平和,他不再问天了,天已有病还问它何来?我想着他这是去投江。他本是投江

黄晓萍,1946年生,重庆人。主要作品有《绝代》《重庆雾》等。

而去的,英雄气短并不影响他精神长存,文化人没有一个能如屈原集政治与文才、享生前与死后于一身的。他所生活的年代七国争霸天下大乱,强秦压境苏秦说合六国,张仪说反六国,书生们摇舌成历史,真是一部热闹春秋。屈原为楚国三闾大夫,怀王的爱臣,为楚怀王谋策《宪令》,图国富民安。以荆楚的富庶,除苛政而安民强国,并不是空谈。他向志苏秦,主张合六抗秦,失误不在谋略而在宫闱。女人有时是很坏事的,特别是以色惑君又握有大权那种女人。屈原就遭了女祸,当然还有男人的舌箭。君臣恩断义绝,他被发配了,充军了。他岭南岭北美人香草,吟出一部言志《离骚》,未必又不是一曲有志不得伸展的牢骚。

文人迂腐而可爱。灵魂的屈原成为国宝。昭示着文化的不朽,也从一个侧面反映出文人的脆弱心态。每当自身怯力之时,总是会从古人身上找出些说法来充实和鼓励自己。把气节化为一种文化内涵,他们去叩过孔子、孟子、老子、墨子的门,更多的人请出屈原问讯过去未来;刘勰、司马迁、李白、梁启超、郭沫若⋯⋯他们将"路漫漫其修远兮,吾将上下而求索"镂石成印悬于案头,撰成六书旌于中堂,曲成宫商荡涤五腑六根浊气。至于屈原的投江之举,被颂为洗却尘世肮脏,皎洁永恒,使翰海书林梅香荷香橘香千古。

那日走江,峡中山光水色令人顿生一路冲动。江是长江,峡是三峡,我能麻木吗?行至秭归,这种冲动变得具体。秭归是屈原故里,拜谒大文豪,想说点什么,又怕说不出点道理来,心生惶恐。看看总是可以的。

两千余年的古城仍是一座古城,不城不乡似城似乡,古墙豁门取民宅一堵风火墙,斑驳出悠悠岁月。剃头匠的挑子横着横着量完小巷,不紧不慢的吆喝声古歌一样绵长。这出大思想家、大政治家、大诗人的秭归有庙有祠供奉屈原,有石牌坊旌帜屈原,一派苍朴古雅终未曾把它经营成旅游胜地文化名城。在这里,我听到另一种呼唤。

长江弯弯回浪,临北岸有一片软水,江中的激流冲南岸峭崖,使北岸的软水温柔而明净, 软水叫屈原沱。传说屈原有位贤德的姐姐叫女婴,兄弟做大官时她是农妇,概无衣锦富贵,兄弟被流放她归来故里等待兄弟。流放人永远在流放,呼唤声天天在呼唤:"兄弟,屈子,归来兮!"汨罗江中一缕英魂托梦姐姐,他已愤怒地随水而去,他将留恋地随水而归。次日女婴翘首江边,一条大红鱼溯流而上,面对女婴,鱼头点三下鱼尾摇三下,巨口一张吐出个宛然生前的屈原,那鱼顿时失影。传说凄美而离奇,人民性极强,秭归人都能言说而且不走板。这故事的淳朴,还在于呼唤魂兮归来的是姐姐而不是恋人或者母亲。屈原在秭归,同于钟馗在我的家乡,又成了家家门上一幅画,概无官爵,一个巴东小老头。还原于民间,我想这当是屈原最好的归宿。

秭归城秋风阵阵,屈原沱清波涟漪,《离骚》在故里,化为清风一片、净水一片。

(选自1996年第5期《当代散文》)

王开岭

精神明亮的人

1

上上世纪的一个黎明,在巴黎乡下一栋亮灯的木屋里,居斯塔夫·福楼拜在给最亲密的女友写信:"我拼命工作,天天洗澡,不接待来访,不看报纸,按时看日出(像现在这样)。我工作到深夜,窗户敞开,不穿外衣,在寂静的书房里……"

"按时看日出",我被这句话猝然绊倒了。

一位以"面壁写作"为誓志的世界文豪,一个如此吝惜时间的人,却每天惦记着"日出",把再寻常不过的晨曦之降视若一件盛事,当做一门必修课来迎对……为什么?

它像一盆水泼醒了我,浑身打个激灵。

我竭力去想象、去模拟那情景,并久久地揣摩、体味着它——

陪伴你的,有刚刚苏醒的树木,略含咸味的风,玻璃般的草叶,潮湿的土腥味,清脆的雀啾,充满果汁的空气……还有远处闪光的河带,岸边的薄雾,怒放的凌霄,绛紫或淡蓝的牵牛花,隐隐颤栗的棘条,月挂树梢的氤氲,那蛋壳般薄薄的静……

从词的意义上说,黑夜意味着"偃息"和"孕育";而日出,则象征着一种"诞生",一种"升蓥"和"伊始",乃富有动感、汁液和青春性的一个词。它意味着你的生命画册又添置了新的页码,你的体能电池又充满了新的热力。

正像分娩决不重复,"日出"也从不重复。它

> 王开岭,1969年生,山东滕州人。主要作品有《激动的舌头》《精神自治》《黑暗中的锐角》等。

社会篇

拒绝抄袭和雷同,因为它是艺术,是大自然最重视的一幅杰作。

黎明,拥有一天中最纯澈、最鲜泽、最让人激动的光线,那是生命最易受鼓舞、最能添置信心和热望的时刻,也是最能让青春荡漾、幻念勃发的时刻。像含有神性的水晶球,它唤醒了我们对生命的原初印象,唤醒体内某种沉睡的细胞,使我们看到远方的事物,看清了险些忘却的东西,看清了梦想、光阴、生机和道路……

迎接晨曦,不仅仅是感官愉悦,更是精神体验;不仅仅是人对自然的欣赏,更是大自然以其神奇力量作用于生命的一轮撞击。它意味着一场相遇。让我们有机会和生命完成一次对视,有机会认真地打量自己,获得对个体更细腻、清新的感受。它意味着一次洗礼,一记被照耀和沐浴的仪式,赋予生命以新的索引,新的知觉,新的闪念、启示与发现……

"按时看日出",是生命健康与积极性情的一个标志,更是精神明亮的标志:它不仅仅代表了一记生存姿态,更昭示着一种热爱生活的理念,一种生命哲学和精神美学。

透过那橘色晨曦,我触摸到了一幅优美剪影:一个人在给自己的生命举行升旗!

2

与福楼拜相比,我们对自然又是怎样的态度呢?

在一个普通人的生涯中,有过多少次沐浴晨曦的体验?我们创造过多少这样的机会?

仔细想想,或许确实有过那么一两回吧。可那又是怎样的情景呢?比如某个刚下火车的凌晨——

睡眼惺忪、满脸疲惫的你,不情愿地背着包,拖着慵懒灌铅的腿,被浩荡人流推搡着,在昏黄的路灯陪衬下,拥向出站口。踏上站前广场的那一霎,一束极细的猩红的浮光突然鱼鳍般拂了你一下,吹在你脸上——你倏地意识到:日出了!但这个闪念并没有打动你,你丝毫不关心它,你早已被沉重的身体击垮了,眼皮浮肿,头昏脑涨,除了赶紧找地儿睡一觉,你什么也不想,一刻也不愿再多呆……

或许还有其他的机会,比如登泰山、游黄山什么的。蹲在人山人海中,蜷在租来的军大衣里,无聊而焦急地看夜光表,熬上一宿。终于,当人群开始骚动,在啧啧称奇的欢呼声中,大幕拉开,期待已久的演出开始了……然而,这一切都是在混乱、嘈杂、人声鼎沸和拥挤不堪中进行的。越过无数的后脑勺和下巴,你终于看到了,那个与电视里一模一样的场面——像升国旗一样,规定时分,规定地点,规定程序。你突然惊醒,这是早就被设计好了的,早就被导游、门票和游览图划好了的。美是美,但就是感觉有点儿不对劲,不自然,有人工痕迹,且谋划太久,准备得太充分,不免"主题先行"的味道,像租来的、买来的……

而更多的人,或许连一次都没有!

一生中的那个时刻,他们无不蜷缩在被子里。他们在昏迷,在蒙头大睡,在冷漠地打着呼噜——第一万次、第几万次地打着呼噜。

那光线永远照不到他们。照不到那萎靡的身体和灵魂。

3

放弃早晨,意味着什么呢?

意味着你已先被遗弃了。意味着你所看到的世界是"旧"的,和昨天一模一样的"陈"。仿佛一个人老是吃经年发霉的粮食,永远轮不上新,永远只会把新的变成旧的。意味着不等你开始,不等你站在起点上,就已被抛至中场,就像一个人未谙童趣即已步入中年。

多少年,我都没有因光线而激动的经历了。

上班的路上,挤车的当口,迎来的已是煮熟的光线,中年的光线。

可,即使你偶尔起个大早,忽萌看日出的念头,又能怎样呢?

都市的晨曦,不知从何时起,早已变了质——

高楼大厦夺走了地平线,灰蒙蒙的尘霾,空气中老有油乎乎的腻感,老有挥之不散的汽油味,即使你捂起了耳朵,也挡不住出租车的喇叭声。没有真正的黑夜,自然也就无所谓真正的黎明……没有纯洁的泥土,没有旷野远山,没有庄稼地,只有牛角一样粗硬的黑水泥和钢化砖。所有的景色,所有的目击物,皆无施洗过的那种鲜艳与亮泽、那种蔬菜般的翠绿与寂静……你意识不到一种"新",感受不到婴儿苏醒时的那种清新与好奇,即使你大睁着眼,仍觉像在昏沉的睡梦中。

4

千禧年之际，不知谁发明了"新世纪第一缕曙光"这个诗化概念，而后又吸引了"文化搭台，经济唱戏"的政府投资，再经权威气象人士的加盟，竟打造出了一个富有科技含量的旅游品牌。为此，浙江的临海和温岭还发生了"曙光节之争"（南京紫金天文台将"曙光"赐予了临海的括苍山主峰，北京天文台则咬定在温岭，最后双方达成协议，将"曙光"大奖正式颁给了吉林珲春）。一时间，媒体纷至沓来，电视现场直播，鞍马争趋，庙门披红，山票陡涨，那峦顶便成了寸土寸金的摇钱树，其火爆程度俨然当年大气功师的显灵堂，香客们的虔诚劲儿仿佛领受佛祖之洗……

其实，大自然从无等级之别，时间符号只是人为的制造，对大自然来说，根本不存在厚此薄彼的所谓"新世纪"、"第一缕"……看日出，本是一种私人性极强、朴素而平静的生命美学行为，而一旦搞成热闹的集市，搞成一场阵容豪华的商业演出，也就失去了其本色的自然含义。想想我们平日的冷漠与昏迷，想想每天的昏头大睡，这种对"光阴"的超强重视简直是一种讽刺。

对一个习惯了对自然的漠视的人来说，即使那一刻，你花大钱购下了山的制高点，你又能领略到什么呢？又能比别人多争取到什么呢？

爱默生在《论自然》中道："实际上，很少有成年人能够真正看到自然，多数人不会仔细地观察太阳，至多他们只是一掠而过。太阳只会照亮成年人的眼睛，但却会通过眼睛照进孩子的心灵。一个真正热爱自然的人，是那种内外感觉都协调一致的人，是那种直至成年依然童心未泯的人。"

应该说，真正热爱日出的，像福楼拜，即这种童心未泯的人。还有梭罗、史蒂文森、普里什文、蒲宁、爱德华兹……我甚至敢断言，假如他们能活到今天，在那所谓"第一缕曙光"照着的地方，一定找不着他们的身影。

无论何时何地，我们只有恢复孩子般的好奇与纯真，只有像儿童一样精神明亮、目光清澈，才能对这世界有所发现，才能比平日看到更多，才能从最平凡的事物中注视到神奇与美丽。而成人世界里，几乎已没有真正生动的自然，只剩下了桌子和墙壁，只剩下了人的游戏规则，只剩下了同人打交道的经验和逻辑……

背叛童年的成年人算什么人呢？混沌、暗淡、萎靡、失明……

值得尊敬的成年人，一定是那种"直至成年依然童心未泯的人"。

（选自2002年第6期《散文》）

朱 鸿

白 原

> 朱鸿，1960年生，陕西人。主要作品有《西楼红叶》《关中踏梦》《药叫黄连》等。

走出我少陵古老的村子眺望，我千次百次地感到故乡广袤而富于形势。它属于原，晴朗的日子，特别是天高气爽之际，我的视野可以触及遥远的秦岭山峰，在阳光之下，它们炉火纯青，江水粹蓝。但故乡的土地，绝不是那种单调的坦荡，它有沟回，有坡度，在坦荡之中粗犷地起伏着、变化着。它天生弃除了山野的闭塞和平川的简易，呈现着一种巨大的动态。这是故乡的农民赖以生存的土地，他们祖祖辈辈耕耘它。农民的手，摸遍了它的角角落落。这里没有一垄是闲置的，没有一寸是荒芜的。

故乡的主要粮食作物是小麦，农民在公历十月播种，越过漫长的冬天，到明年夏季它才成熟。小麦破土萌芽的时候，故乡大地苍翠欲滴，一片晶莹。即使冬天，寒风吹拂，冰雪覆盖，它都一样呈现着绿，只不过它成了一种墨绿。返青之后，小麦开始起身，那会儿，一层春雨，一节高度，在静谧的深夜，田野到处是拔节的脆响。迅猛的生长速度，使小麦很快就齐腰了，于是它不再发展，五月明媚的阳光，正适宜它扬花和孕穗。小麦的成熟，是从根部开始，然后向尖部递进，所以，麦穗黄的时候，麦秆已经白了。收获季节，农民在喜悦之中隐藏着一些紧张，因为那些日子，气候的变化是无常的，一阵狂风就能带来乌云和暴雨，农民非常担心黄了的小麦让雨打落，如果这样，一年的辛苦便付之东流，哭都没有眼泪。他们是尽量避免这种结果的。

他们全家出动,夜以继日地收获。广大的田野,男女老少,割的,捆的,运的,一派繁忙。仅仅几天,田野就空空荡荡了,剩下的,唯有一寸左右的小麦茬子。在夏日强烈的阳光之下,这些茬子密密麻麻,绵延伸展,千里雪色,万里银光,茫茫一片。我所谓的白原就是它。

白原将丰产的小麦缴给农民,清爽轻松,安然地休息着。细碎的土壤,透过坚硬耸立的茬子作着微妙的呼吸,远远而望,仿佛白原进入了梦中。土壤老化了,它上面薄薄的一层是绵软的,下边都很瓷实。它年复一年地贡献着粮食,世世代代,以至无穷无尽,当然疲倦了。此时此刻,农民正紧张地脱麦、晒麦,急着让小麦入库,于是田野几乎没有人了。然而它因之更加浩瀚和伟大,没有云彩的蓝天映照着大地,那连绵的秦岭竟凝作细长的一痕。

白原伸展于晴天之下,无声无息,一片宁静,干扰它的,主要是田野的风。路旁的树,井边的树,忽然会拍起稀落的叶子,但这似乎烦恼不了它,这俨然是它的一种抒情或一阵吟唱。干扰它的,往往是那疯狂旋转的风,它高高耸立而起,呼啸着,沿着一条邪恶的道路流窜。这灰黄的风,会将蓝天污染得肮脏而破碎。故乡的农民,没有哪个知道风从哪里来,要到哪里去,但他们清楚什么是好风,什么是坏风,如果谁遇见了这种灰黄而旋转的风,不管大人小孩,一律避之唾之,他们固执地认为,这风是魔鬼的化身。

白原使田野的一切动物都丧失了藏身之地,猫、兔、老鼠,只要从洞穴钻出,就是暴露仕外了。兔肉可食,兔皮可用,青年发现了,一声呐喊,就追赶起来,他们偶尔会带着狗围猎,于是,田野烟尘迷蒙,一种消逝了的原始本性忽然恢复,让人重温了一个野蛮的梦。少年时代,我和我的伙伴经常在故乡捕捉兔子。后来我从事的所有劳动,都不曾使我出过那种力气,即使百米冲刺,都没有将我追赶兔子的干劲调动起来。然而,今天不是昨天,随着年龄增长的理性总是管束深层的冲动,我们就越来越规矩,也越来越脆弱了。其实,我们并不是为了一只兔子,仅仅是惊恐的兔子诱发了人的一种力量,这力量充分证明着人的强大。

故乡的农民很清楚粮食的珍贵,饥馑留给他们的痛苦之感一代一代遗传着,他们十分爱惜粮食。黄了的小麦,在收获过程,不免要将麦穗和麦粒撒落在地,村里的老人就带着孩子扫之捡之。夏季是酷热的,拾麦的人一般只在太阳东升之前或西沉之后下地,他们提着竹篮,拿着笤帚,头戴一顶草帽,一步一步地走在白原。其实不只是走着,他们几乎是用眼睛将白原检查一遍,是用手指将白原摸索了一遍,唯有这样,他们才能安心,不然,总觉得白原撒落了粮食。那些小麦茬子是坚硬的,一晌下来,他们的鞋就刷得干干净净。扫麦粒和捡麦穗的人,以老妇和少女为多,她们口干舌燥,汗流面颊,默默地在广袤的白原挪动。如果有强壮的男人带着工具在捡在扫,那一定是城市的干部或职工,宽阔的白原,并不会因为他们没有耕耘而拒绝他们。

农民甚至也不愿意让那些茬子浪费。这些茬子可以烧火,翻在地下,烂在田间当然是可惜。我们这些孩子就用铁耙搂着,我们将铁耙的把子扛在肩膀,双手背在后面压着。或者,将砖石捆于铁耙,以使它深入根部,不要滑动。我们拉着铁耙,沉重地走在无边无际的白原。我们身后的白原,已经是干干净净。

白原是收获了小麦之后,暂时出现于故乡的风景,它一般只保留几日、十几日。它保留的唯一条件是天气晴朗,没有雨,因为雨会改变它的颜色,而且雨后,农民就要犁地。但是无论如何,白原是这个世界最古老最美丽最悲壮的地方。在我的白原,熟透了的岁月与孕育着的生命已经融合。

蔡飞跃

古寺的交响

　　泉州车站左近,是赫赫有名的温陵路。一条街衢界定着新城旧廓两种文化氛围,沿街两侧峰峦般的楼宇谱就一段段凝固的音乐。远客造访情不在此,顶多稍稍驻足,行个注目礼,便直奔心仪已久的西街访古寻韵去了。

　　在西街,崛起一座建于公元六八六年的开元寺,此寺与承天寺、崇福寺并称为泉州三大丛林。大雄宝殿富丽堂皇,门匾上的"桑莲法界"巨字龙飞凤舞。那以古基督教天使安琪儿为模特结合闽南传统工艺塑成的飞天乐伎斗拱,胸脯半露,蕴蓄着丰富的美感;背上平展双翅,牵引着游人的思绪;纤纤细手,或捧文房四宝,或吹笛弄箫,生动造型充满灵韵。

　　"桑莲法界"也藏文章故事。传说中这里曾是个奇花斗艳、桑树争翠的花园。园主黄守恭自命风雅,花园是他与名流逸士聚会的场所。唐垂拱初年的一日,有位高僧看中这块风水宝地,单刀直入地求他献地建寺。黄守恭平素倒也乐善好施,而要他割爱难免心疼。他知道,明里拒绝只会败了自爱声誉,沉吟良久,婉转地给和尚一个两全其美的答复:三天内桑树开出莲花定当从命。和尚颔首称可。岂知不出期限果真莲花齐放,满园白花晃得黄守恭目眩。疑是天意,他只好践约。至今,寺西尚有一株传说开过莲花的千年桑树,院门镶嵌着"桑莲古迹"的勒石。美丽的传说,美丽的景观,撩拨得游人难以自持。

蔡飞跃,福建泉州人。主要作品有《紫陌行吟》《红尘笛韵》等。

在大殿中轴线两侧，高耸着两座举世闻名的南宋石塔。东为镇国塔，西为仁寿塔，相距足有两百米。它们的造型、神韵和寺院中的景色是那么协调，那么相得益彰。仔细观赏，楼阁式石塔呈平面八角状，五层五檐，高四十余米，固守着一种久远、古朴的韵味，檐角的风铃轻妙悦耳地传播出一种令人心醉的乡情。

石塔上的猴行者远远早于《西游记》的出书年代。这是历史巧合，或有更深一层的意思？日本学者中野美代子目光在此久久地停留，郑重地宣告："孙悟空生在福建。"中国学者没有积极响应，中国文物实在太多了，他们似乎无暇顾及。

即使远眺，心灵同样会被已成古城标志的双塔所撞击。这精雕细刻的方方巨石，层层累叠，垂直运输一直是个谜，后来智者归纳出是利用斜坡搬运的原理：随着石塔的增高，土坡渐渐南伸，工匠们一步一颤，抬起千斤巨石向上蚁动。浩大的工程，历时二十二年，石塔落成后，土坡的起点已在两里之外的"土门街"。言之凿凿，定然不会是空穴来风。

石塔的建筑艺术不同凡响，其嬗变也有复杂的过程——早在建寺初期，便有营造木塔的历史。木塔固然耐看，却难敌风雨侵袭。

从宋代开始，中国改变了造塔的选材观。正当北国砖塔风行未艾的时候，满山岩石触动泉州工匠的灵机。他们另辟蹊径、天斧神工地造出东西塔、姑嫂塔、六胜塔、江上塔……几百年后，每当人们立定仰视，无不为它们感动得泪湿衣襟……

公元一○○九年，定居泉州的阿拉伯人数以万计，一座高二十余米，青白花岗岩石砌筑的清净寺应运而建。形制是叙利亚大马士革礼拜堂的创新。地道的伊斯兰建筑风格，自然让熟视飞檐翘脊的中国人耳目一新。尤其是元朝对外族格外倚重，使其规模更趋完善。漫长岁月风雨洗礼，清净寺依然保持精神本性，赢得后人代代垂青。

跫入门楼，沿着甬道折西而行，挡眼的是礼拜大殿。幸而后人没有随心所欲，完好保留着旧观。寺中阿拉伯文《古兰经》、浮雕以及许多穆斯林文物，弥漫着异域情调。史籍证实大殿昔日景观非同一般。

"堂以西为尊，叠叠重重，规制异人间之庙宇，昂昂哙哙，翚革仿天上之楼台……"

大殿上空原有圆顶，早已毁于震灾。对此，阿拉伯后裔只萌生淡淡的惋惜,却无碍他们对信仰的执著。他们坚信:至高无上的安拉无所不在,只要面向圣地麦加的方向祈祷,将会受到安拉的照拂。于是他们经常任凭日晒雨淋,在这千年古殿里谋取心灵的感悟。

我无力高踞历史峰巅指点江山,只能肃立在历史山麓仰视圣灵。游览清净寺,触景生情,油然记起两位他乡圣人来。

东郊灵山留有他们的陵墓。由于年代已久,没有留下真实姓名,只知他们是先知穆罕默德的门徒三贤、四贤。墓室呈长方形,石棺石盖,莲花环刻,着力诠释着外族涉足泉州历史的久远。

三贤、四贤踏上奔赴华夏传教的悲壮旅程是在唐代武德年间,尽管脚下恶浪滔天、荆棘丛生,但前有神秘古国吸引,后有先知的叮咛,他们义无反顾地步入这举目无亲的神奇土地。当他们魂归天国时,我想该是脸含笑容的。因为他们不负先知的重托。

墓园周遭古冢累累,形成了壮观的穆斯林公墓。千百年来,割不断的血缘联系,穆斯林子孙年年不忘拜谒两位先贤和各自的祖先。

泉州的穆斯林后裔,以丁姓和郭姓最为著名,丁氏聚居在晋江陈埭镇,郭氏聚居在惠安百崎乡。由于丁氏是大名鼎鼎的三宝太监郑和的宗亲,以至不能不拖泥带水续上几笔。丁姓始祖名叫赛典赤·瞻思丁,元朝初年来云南做官,是先知穆罕默德的直系后裔。为便于与汉族共处,大都改为汉姓,部分后人取其末字为姓,陈埭丁便是此支的繁衍。

圣墓有灵,引来无数崇拜者朝圣。公元一四一七年五月十六日,天很蔚蓝,风也和畅,灵山万树婆娑,热情地迎接瞻思丁的六世孙郑和前来祈庇省亲。泉州人忙得不亦乐乎,他们用拍胸舞、闽南大鼓吹,用最高规格的礼宾仪式来宣示好客的天性。郑和很动情,只因公务缠身,他没有逗留太久,便赶回京城去筹备第五次麦加之航。临走时特意立块碑,题个名,以回报泉州人的热情。

此时,我想起了摩尼教寺——草庵……

想起了泉州基督教堂……

不要侈谈宗教的排他性了。从泉州各种宗教融洽并存的风貌中,不难读出百鸟争鸣中有和谐,层浪汹涌中有协调。心绪也会为外族开拓献身和汉族宽容纳客的精神所圆融。

泉州的道教兴起于南北朝,其时中原战火纷起,大批晋人南渡入闽,同时带入先进文化和宗教信仰。西晋太康年间,首创主祀老子的白云庙,后易名为玄妙观。开初确实一阵风光。宋代时又在北郊清源山增置全国最大的老君石雕。但老子毕竟离人们太遥远,玄妙观落得日渐衰微,甚至连栖身位置也岌岌可危。

　　玄妙观的创建,对泉州道教的发展起了推波助澜的作用。许多宫观如雨后春笋般破土而出,叫得出名的宫观不下百座。明清以后,泉州道教更合民俗,有时一张桌、几块砖也向尘世开张。许多民间信仰的神祇也归属道教,在道教浩瀚的银河中,也闪烁着泉州历史人物的星宿——留从效、俞大猷、郑成功、林默……他们在各自的位置熠熠发光。

　　泉州道教著名的宫观还有通淮庙。是庙玲珑精致,古色古香,恰与清净寺比肩近邻。庙内香火缭绕,隐现着关羽、岳飞的尊容。风传神明极灵,惹得尘世中人络绎不绝。

　　天后宫与通淮庙只隔一箭之遥。瞻谒天后宫,尚有几许品评仿宫殿式建筑艺术的勇气。一旦走近天后,举止便被肃穆气氛所约束。女神的经历我不陌生,她不是花木兰式的巾帼英雄,只是个爱做好事的普通渔家女。她叫林默,北宋建隆元年诞生在数十年前仍隶属泉州府的莆田湄州屿。她自幼口碑甚好,成年后凭着娴熟的水性,常救沦于海难的民众。在二十八岁上,功德圆满羽化升天。自此之后,海峡活跃着林默红装倩影,屡显威灵,由于林默终生不嫁,民间对其尊称为"妈祖"。

　　随着绵绵不断的海上商贸往来,同时也以泉州向国内港口城市和东南亚各国辐射妈祖信仰。仅在台湾,妈祖的信徒遍及全岛,妈祖庙已达八百余座,它们遥相呼应,构成灿烂的风景。

　　只要沧海不干涸,天后宫就永远不会倾圮。

　　徜徉寺院,便会发现泉州信徒的行为已全然悖于教祖的初衷,在这里,宗教界限很模糊。有的寺庙儒、佛、道三教合一,有的道观由和尚主持,外来的摩尼教法事却沿用道教斋醮节次……咀嚼寺韵,纵横古今,泉州人总是超越自我,以一份自信、一份盛情延揽四面来风,吸纳八方神韵……

(选自 2001 年第 8 期《福建文学》)

洁 尘

杜拉斯:爱情·语录·暴力倾向

一

我们早已习惯把《情人》视做杜拉斯的自传,一个过分年轻和过分迷离的故事。现在有人在探究《情人》是否是杜拉斯一生无数个谎言中的一个,但这并不是要紧的事情,关键是,我们陶醉在这个情欲先知爱情后觉的故事。

我去过一趟越南,是在五月中旬,他们的雨季快来了的时候,空气里充满了湿润的咸,吸到嘴里,像刚刚喝完一口鲜美的冬瓜连锅汤。我随身带了一本杜拉斯的《情人》,待在越南的那些天里抽空把这个看了许多遍的小说又看了一遍。我很费力地寻找以前我从书里、从电影里得来的关于印度支那印象的对应点。雨季前夕的越南十分凉爽,没有我向往的炎热,那种滋生出疯狂欲念和绝望爱情的炎热;只有在用餐时,那些个长长的桌子,那些被吊扇旋转出的墙上的忽明忽暗的光影,让我有机会向杜拉斯笔下的印度支那似的沉默、犀利、阴郁靠近一点。

百叶窗是我有关越南最大的一个情结。《情人》中有一段是写情人的房间的,我熟悉且偏爱:"房间里光线很暗,我们都没有说话,房间四周被城市那种持续不断的噪音包围着,城市如同一列火车,这个房间就像是在火车上。窗上都没有嵌玻璃,只有窗帘和百叶窗。在窗帘上可以看到外面太阳下人行道上走过的错综人影。过往行人熙熙攘攘。人影规则地被百叶窗横条木划成一条条的。"

洁尘,四川成都人。主要作品有《私人版本》《提笔就老》《华丽转身》等。

我尽量将我所能目睹的百叶窗都记住。它们都是关着的,像法国少女和中国情人的房间那样关着。我想象中的异族之间的爱情在里面发生。不明就里的那种爱情。

热带的阳光非常绚烂,阳光下是绿色的阔叶树、黄色的法式建筑、红色的凤凰花、紫色的平陵花和白色的大花,每一种色彩都非常纯正,有着强烈的对比效果。如果是阳光下百叶窗后面发生一次艳遇,那也一定是浓烈辛香的。

热带爱情似乎不需要理由。或者说,热带爱情不像气候温和地带的爱情那么需要理由。

《情人》的结尾从我第一次读时就给我冲击:在回法国的游轮上,白人少女突然哭了,"因为她想到堤岸上的那个男人,因为她一时之间无法断定她是不是爱过他,是不是用她所未曾见过的爱情去爱他"。最后杜拉斯在随笔集《物质生活》中确定了她的这次爱情,她意思是说,人们可以为任何理由去爱一个,比如钱,比如宽敞舒适的大房子,比如似柞蚕丝一样光滑细腻的中国情人的皮肤。

是的,我们为什么不肯承认我们可以为一些并不高尚的理由去爱呢?这也是杜拉斯深得女人心的一个重要原因。她老辣、无耻、智慧、口无遮拦。

二

记不清最早读玛格丽特·杜拉斯是在什么时候。也有十来年了吧,就好像没有怎么认真读过,印象深刻的都是她的只言片语。她是那种善于制造警句的作家,具有非常挑剔对象的冲撞力,如果你正好是她的句子所选择的读者,她的句子就会给你迎头一棒,很痛。

我还记得她的一个句子,第一次把我给吓坏了的一个句子。她写一个印度女人,说"她只能生活在那里,她靠那个地方生活,她靠印度、加尔各答每天分泌出来的绝望生活,同样,她也因此而死,她死就像被印度毒死"。被一个城市分泌出来的绝望毒死。这种妖冶冷酷到了极致的意象就被杜拉斯这么几句轻描淡写的话给道了出来——我在此目睹了魔鬼与天使混合体的面孔,焉能不惊骇?可以说,因为这句话,我爱上了出语惊人的作家,或者说,我爱上了智慧、怪诞、霸道、夸张的作家。一个作家的看家本领就是语言,先礼后兵是一种风格,先兵后礼也是一种风格,我偏爱后者。在我的理解里,作家和读者的关系其实是一种敌对的关系,在征服与被征服的过程中,礼与兵都是一种手段,其最后结果是读者是否臣服。我自己的阅读爱好,是倾向化干戈为玉帛这种形式的。

后来,也就开始记录杜拉斯语录。

现在检点几个笔记本里的杜拉斯语录,发现好多不可思议的蛮横和不可思议的俏皮。我已经不能认同杜拉斯了,年岁渐长,与她那些癫狂思想的距离越来越远,我按着一个主流社会应有的规范和礼仪要求自己和教育孩子。她的很多句子让我微笑。杜拉斯在我心目中成为一个沉闷聚会中翩翩而至的美丽的异类,语无伦次,胡说八道,但聪明绝顶有趣之极。大家在道貌岸然的面具之下喜欢她、宠她,最后起哄把她赶走。

我举几个她让我微笑的句子:

"假如你要写发生在威尼斯的事,就别去威尼斯。"

"男人,应该非常地爱他们,非常非常地爱他们,否则,就不可能忍受他们。"

"跟大家一起得不到任何东西,一个人才能有所收获。"

"我更喜欢与很不爱我的人在一起,而不喜欢与太爱我的人在一起。"

这些话听来令人莞尔。一个从少女时代开始阅读杜拉斯的人,往往要经历一个从信到不信的过程,这个过程让自己与杜拉斯血肉相连亲密无间;与之剥离的同时,也渐渐地获得了自己的思想。到现在,对于杜拉斯,我可以说,我并不崇敬她,但我爱她。她像一把剑,曾在十年的时间里插在我的心上;现在她依然是把剑,只是插在心灵之外。关键是,任何时候,杜拉斯于我都是剑——她是一个品质可以保证的传世作家,谁能否定这一点呢?

我前段时间想重读三毛,想重温这个于我的青春期有重大指导意义的作家,我想,总有一个新的层面会呈现出来。可是,我实在是读不下去,连十页也读不下去。我明白了所谓作家的天真和幼稚这两个概念的区别,前者可以伴随读者一生,后者只能在一个阶段结识,错过了就一定错过了。三毛是个幼稚的作家,一个幼稚的但让我终生感谢的作家。

杜拉斯是可以让我一直读下去的,只要我拒绝中毒。她自己就是一个分泌绝望毒液的城市,是令人事后难堪的欲望之夜。我想,我也许有能力拒绝中毒,因为我已经爱她而不是迷恋她。

她自己说:"迷恋是一种吞噬。"这话不仅妙,而且准确。杜拉斯很少说准确的话。

她还有一句准确但不妙的话:"作品穿过一切,哪怕门是关的。如果我不写作,我会屠杀全世界的。"我很不喜欢这句话,但是,我偏偏是这句话所挑中的读者之一。

三

玛格丽特·杜拉斯有一些说明她的暴力倾向的话。"杀人的欲望是我生活中的一个常数。""使我感动的是我自己。使我想哭的是我的暴力,是我。"还有上面已经引过的,"如果我不写作,我会屠杀全世界"。

像杜拉斯这种坦言自己的暴力倾向的女作家是罕见的。她也无法不坦言,因为这是她作品有目共睹的事实;在这一点上,作家和评论家难能可贵地达成共识。对于一个女作家来说,摧毁欲望往往是她的内核,与大多数男作家的建设理想大相径庭。一个女人选择写作为她的存在方式,总是希冀写作能为她阻挡什么或搭救什么,或是阻挡暴力,或是搭救虚无。杜拉斯是前者。在用写作阻挡暴力倾向的过程中,杜拉斯是个自始至终十分愤怒的女人,但是,她得到了文学的支持,这简直是个奇迹。文学史上有很多因愤怒而被毁掉的作者,他们那本该获得巨大声名的才华被他们的义愤填膺给撕碎了。有句话是"愤怒出诗人",在我理解里,这种"诗人"是时代的诗人不是文学的诗人。

到底是什么使得杜拉斯的愤怒获得了文学的支持?是她的哀伤,是"对出产芒果的土地、南方黑色的河水和种稻的平原说不清楚的从属"所带来的哀伤,是生命本质上的哀伤。杜拉斯的所有作品都是建立在日常生活的废墟之上的,她最初的坍塌,在我看来,是源自母爱的缺损。

杜拉斯的母亲是所有了解她作品的读者都十分熟悉的形象。一个可敬(如果说她顽强)可怖(如果说她偏执)的女人,一个居住在印度支那的贫穷的古怪的法国寡妇。母亲一生都对她那歹徒似的大儿子充满了"强烈而又邪恶"的爱,把二儿子和小女儿的生命置于黑色的阴影之下。杜拉斯一辈子在她的作品中说了无计其数的谎言,但我始终相信,之所以她能这么花哨又这么深刻,是因为对母爱的渴望而不得。杜拉斯说,她很小的时候就有杀死她大哥的欲望,为她的小哥哥,也为她自己。可是,杜拉斯无论是作为一个女儿,还是作为一个作家,都从来没有获得母亲的青睐。就在母亲临死之前,她只是召唤她一直鬼混的长子,"我当时在房间里,"杜拉斯写道,"我看到他们哭着吻抱在一起,对将要分开感到十分难过。他们没有看到我。……她想同他一起埋葬。在墓穴里只有两个人的位置。这不能不减弱我对她的爱。"

这个临终告别是我读到(或看到)的最为哀伤的场景。在渴望母爱几乎一生之后,却最终一无所获。因为这一点,我可以原谅杜拉斯所有的怪戾之气。最可怕的怀疑是对母爱的怀疑,有了这种怀疑,人生就可以理直气壮地垮掉,就像杜拉斯在她的生活和作品中所做的一切那样。

我设身处地思考,谁不爱我都是可能的也是可以的,但我的父母不能不爱我,否则就是违背天理。如果我遭遇到一种违背天理的生活,我能怎么让自己活下去?我想,我当然会有暴力的欲望,并且,用一种方式,比如写作,来艰难地阻挡这种欲望。

居然,就可以从这样一个简单的入口来进入光怪陆离的杜拉斯。我爱杜拉斯其实就是爱她那无药可救的哀伤。看她的照片,从少女的清灵玲珑到老妇的辛辣苍凉,我惊奇地发现,杜拉斯的嘴从樱桃小口渐渐地变成不可思议的扁阔,让人联想到一条干死的鱼争取呼吸的全过程。

老　姜

初雪圆明园

在这容易患流感的天气里，我们收到了一百三十三年前大清帝国迟发的白色讣告。为祭悼死去的辉煌，五位军人行走在漫天的雪白之中。

雪下疯了，我们缄默不语地留下脚印。脚印长长地伸向那个园子。

一百三十三年前那场雪，是黑色的。今年的初雪，白而轻盈，留在我们头上却是沉重的。压住了旷日已久的浮躁，踩下的脚印很深很深，又很快被雪收割了。

今天，那个园子该是一年中最平静的一天。车开不到那里，以车代步的人们谁愿去那里冷冰冰微笑？终于，迈进了大清帝国，踏在大地的伤口上。躺在居民院墙里的无数块青砖，用百年的呻吟问候着我们。圣园里的金瓦青砖怎么委屈于院舍马厩猪圈里？那个神圣的庄园是怎么死去的？

圣园门口，首先迎望我们的是两只石狮——一只狮子被敲掉了门牙，一只狮子瞎了一只眼睛掉了一只耳朵。一百三十三年前，它们威风凛凛，却未能阻挡住"英吉利"、"法兰西"两个海盗的残暴行径。眼睁睁地看着海盗像走自家门口一样出出进进，搬运珠光宝器，幸免于难的石狮却成了丧礼的"司仪"。

来迟了，来迟了。这里静悄悄，静得可怕，似乎这里什么都不曾发生过。疯雪，猛劲往我们身上扑，大滴大滴掉泪，什么也不说。

在这方圆十里的旷野里踟蹰而行——这是圣

老姜，山东渔阳人。主要作品有《英雄记忆》《舞台》等。

园的祭灵台?

我们爬上一道山冈,无意之中与大自然达成了一种默契,皴染出一幅符合东方人审美观的北中国画。红红绿绿的装饰材料,把一个个商业小摊打扮得新颖别致;一群白鹅船被冷落在湖边交颈叹息;几个木亭旁停着几副"龙轿",轿夫等候着喜欢温故"帝王"、"皇妃"生活滋味的现代浪漫游人,吹鼓手拎着一把唢呐,随时准备奏出古老的"尊严";冻僵的花池像渗在雪上的血,凋零的秋菊像被人们揉卷的一张张脏污纸币,堆在一起,祭祀这个圣园;几只山鸟被我们无名状的嘶喊惊扰,啁啾着飞走了;路边的垂柳真正垂下了头,叶眉纷纷。贸然闯进的红衣少女,扔下几声甜润的笑,消失了。笑声,仍在残杀这里弥漫的悲剧气氛。但是,无论如何也改变不了树林、湖泊、雪天确立的灰白色调。

五个绿色音符在白色琴盘上跳跃,而我们五位军人的思索只有沉重,没有苍白。我们,终于在雪地上发现了东西,大把大把抓起来,原来是一个又一个名词:绮春园、涵秋馆、迷宫、大水法⋯⋯似乎,名字都流着血。康熙的力没了,乾隆的雅没了,香妃的香没了。只有血腥。剥开名字的果核,吃到比杏仁还苦的故事。

一不留神,险些滑倒。这时,我才发现地下躺着很多石头。石头也沉默,没有语言。轻轻抚摸它,它们全身都冰凉凉的。经历了一百三十三场大雪的冷却,能不苍凉?

心头涌起一股无名的怨,拳头击在石头上。久久,我听到了石头的哭泣,石头满脸是泪,湿透了我的心和手。

雪舔着石头,雪舔着我们。

蓦然,雪变成了白色的火焰,燃烧着这寒冷的冬天——我眼里的那幅北中国画消失了,我发现雪燃烧的是一张方圆十里的裹尸席。

这个圣园本是一个娇艳女人的名字。难怪海盗对她垂涎三尺,难怪现代人对她梦寐以求。

她仅仅活了一百五十岁,一百三十三场初雪都未能把她的尸首很好保护下来。

我们看到的是一副骨架。她的娇艳胜于"马王堆女人"千倍万倍,可她没有"马王堆女人"寿命长,她活了两千多年还不死。现代人仍能欣赏到她的青丝、红唇、冰肌、玉骨——"我们的祖先真漂亮"。而圣园只剩下一具骷髅，没有青丝，没有皮肤，没有眼睛。

一个耻辱的雕塑。

望着她那萎缩的骨架，就想到她当年遭受凌辱和毁灭的情景。

她的美把她害死的？女人的不幸不该是美丽。

她太美丽了，她集全国娇美之大成；还效仿过西方丽人的风度——圆明园是她的脊骨，福海是她两汪明眸，万春园是她的脸颊，山边湖畔的树是她飘逸的秀发，海晏堂、远瀛观是她的红唇。她嘴里含着西洋花和葡萄。海盗无法把她背到西方，于是就地强奸了。抠掉了她的双眼，撕裂了她的口唇，秀发采光了，处女地浓茂的丛林被烧光了。把她凌辱之后，海盗割下她两颗耸立的乳房，一个运到英国，一个运往法国，喂养他们淫荡的国王去了。

第一百三十三场初雪，播放出丽人毁灭的过程。海盗发出狞笑，我们的整个家族都被奸污了。

一堆白骨。历史的风吹拂她，无根的云抚摸她，现代都市的酸雨侵蚀着她。也许有一天，一切的痕迹都从这里消失，甚至连她的名字也丢了。

其实，我们每个人都不能真正勾勒出她的形象。因为当时还没发明照相术，即便有，泱泱清帝国也不会留下她的倩影。他们把火车都当成魔怪，哪能容忍一个小"方匣子"呢？于是，为我们留下了想象，有时想象比存在的还美好，这也就加剧了人们对美的毁灭的痛苦。有人想在这堆白骨上重塑一个她。没有同一个时间和空间，昨天登陆的地方，已不是今天的岸。她，只能属于一个名字，一个悲伤故事。

每年，来这里的人很多，各有各的情结。海盗的子孙也来，不知他们是寻找祖先征服世界的野心，或是寻找祖先的历史"功绩"？我想，他们的风光照不仅仅是东方圣园的梦，更不仅仅是记忆的符号。雨果的怒呼在西方已飘荡了一百年，海盗的子孙从没想把先辈的"战利品"送还给我们。

不该咒骂海盗了，谁让我们无能？我们更不应该把一切的一切罪过加在一个叶赫那拉氏头上。男人没有睾丸的时代，只有让疯狂女人把持着日子。她死后，不也照样发生悲剧，她的坚硬墓穴被炸开，盗走了"夜明珠"。圣园遭受海盗奸淫的时候，军人听到了哭喊，照样不慌不忙地梳理自己心爱的辫子。

男人的耻辱,军人的耻辱。我们任凭雪的扑打,请雪打落我们身上的柔气吧！我拾起一块碎瓦片,不知它是从什么地方掉下来的,被一位女孩发现了,她说瓦片像透明的指盖,这时我恍然想到,它是圣园挣扎之时,随海盗兽皮一起滑落的。碎瓦片给现代女孩一个破碎的梦,我真怕圣园的尖叫,打破她们温馨的梦。

第一百三十三场初雪,还在下,我们整理着军装,向死去的圣园回眸。

她身上,又多了一层雪白。

（选自1994年第6期《解放军文艺》）

巴音博罗

青　铜

巴音博罗，辽宁沈阳人。主要作品有《龙》《苍黄九章》等。

　　青铜是旧世的武士，它灿烂的光辉透过朝代更迭的山峦遥遥地投射过来，宛如夤夜月光，清冷、宁静、神秘。它仿佛就在我们身边，但是当我们长梦初醒时，它阒寂离去已经好久好久了。对于行迹匆匆举止轻浮的我们来说，若想寻觅它那雍容华贵的踪影，就只有到阴冷可疑的博物馆，到破损残缺的古籍黄卷中去重温那美丽的时光、王者的气度——三羊尊，虎食人卣，夔纹大钺，兽面纹方鼎，乳钉纹平底爵，秦始皇陵一号铜车马……那鹰符上鳞状的羽纹和出自《诗经·大雅》的"时维鹰扬"之铭文，让人如聆鹰击；而火焰灯上的九个灯盘，造型新颖独特，意趣盎然，有着迷人的艺术魅力；至若那套战国编钟，黑漆彩绘的笋和虡（木架），共分三层八组悬挂，每层均为三个佩剑武士双手承梁，立于雕龙座上，计六十五件，恢宏壮观，即便静置，如闻其音。正应了那句"钟必成编，鼎必成列"的对礼乐器的赞叹。当我们的眼波偶然浏览到越王勾践剑时，越过剑身满饰的菱形纹，和剑格两面的蓝色琉璃镶嵌花纹，我们懒散的目光仍然要被那至今仍极锋利的剑刃所伤，仿佛阳光闪烁的霜枝在寒风中颤抖，那卧薪尝胆历尽磨难，终于灭亡吴国报了会稽之仇的故事，使后世的庸庸之辈浮想联翩。青铜的脚步远了，但是我们仍能感受到它那似怨似艾的苍凉之音，那是车辚辚马萧萧的春秋战国与两汉王朝覆灭的尘埃和绝响。我们在六山纹镜细羽状纹地上有幸读到，我们也在师遽之回首夔纹和云雷纹中大为震惊地领略……那雄奇瑰丽和精工华美如若天籁，如同鬼魅，让人匪夷所思。我曾对那斑驳锈蚀的铜镜感到迷惑不解，我不知道峨冠博带的古代美人是如何在镜前梳妆打扮留下倩影的，因为那纹饰繁缛的青铜镜面如何能比得上水银镜清晰、逼真！当然这是我儿时的一种愚笨和可爱。正如伟大的梅特林克所说："我们所忘记的为何不如我们所回忆的同等重要呢……亡魂的回忆对生命有什么影响？……亡魂的回忆难道不是我们命运那冥冥未知的要素吗？"曾经完美的青铜如同"清静无为"的思想一样稳定、静止、永恒和死亡了。渴望完美，或许是它最可怜的思维弱点。尘寰之中，物质失落的一切将被精神取代，而精神摈弃的又将返还物质。这是一种类似于新旧秩序似的循环往复的链条，无论你承认与否，它都将永远存在。而青铜——当它每一次不同凡响地出土和发现，我们都在重沐它早月般的幽冷辉光，并感到不可思议和如坠梦里。像是千年呈现的木乃伊古尸，那安详如睡的面容、悦人的微笑和真挚、笃诚的目光神秘地浮升起来，像是昨日的生者，更像未来的岁月……"我们若能像远眺昔日那样，远眺未来，那从未存在的乌有就不会像消失的生命一样令我们颓丧"（梅特林克语）。在我看来，青铜更像朗照渊博的华夏艺术宫殿的一盏灯——它用它璀璨夺目的烛苗舞蹈过，歌啸过，辉煌过，然后——静静熄灭……

（选自2001年第3期《散文天地》）

程绍国

麻 将

麻将的起源,无法考证,现在这个样子,是慢慢演变过来的。《红楼梦》中称"麻雀"。这东西给国人带来好大的娱乐。国粹啊!我从一位长者那里见到一副翡翠的麻将牌,比指甲大一点点,精致至极。他说他父亲青年时从上海带回的。那时,上海滩是很"人性"的。

扑克是舶来品。扑克的打法如"斗地主"、"四十分"、"双扣"都有搭档。有搭档就有弊端。比如你摸得一手好牌,打得又好,可是你的搭档糟极了,拖累甚至拖垮了你。那么,你就有在生产队里干活的感觉。麻将呢,全靠自己的运气、个人的智慧。独立自主,自力更生,你不会被批斗,大不了批自己几个耳光。你的命运掌握在自己手里,无怨无悔。

麻将有一定的座次。东风家,南风家,西风家,北风家。东风家先做庄,而且先摸牌,依次最后才是北风家。座次是没有钦定的,全凭骰子说话。公平公正公开。是北风家,谁也没有怨言,谁也不会利用别的渠道摇身变成东风家。这种事麻将桌上没见过。

坐庄是老大,是能赢的最大机会。你和了,南风家、西风家、北风家把成倍的注给你。每和一盘翻一番。但,你最多只能连和四盘,也就是连坐四庄。你不会恬不知耻说还要坐庄——这是指你坐庄坐得好的情况下。坐得不好,第一盘输,立即换届下台。你想永远做老大? 没门! 布什上来了,克

程绍国,1960年生,浙江温州人。主要作品有《九间的歌》《双溪》等。

林顿下去了,一朝君主一朝臣。

南风家,西风家,北风家。倘若和得多,也能赢。勤劳致富。集腋成裘。吞细流而成江海。半天下来,有时比坐四庄的还赢得多。每一盘牌都要努力经营,每一个角色都要做好。

麻将是七分运气,三分技巧。这就是老麻将也有翻船的原因。也就是"嫩笋"敢和老麻将坐在一起的原因。运气太重要了。运气就像一条狗,运气来了你赶都赶不走,运气去了你用什么办法都招不来。飞黄腾达,有时连自己都不知道是怎么一回事。相反,坐牢又罚钱,老婆都跟人家跑了,你却毫无法子。经常是运气的缘故。但,把什么都押在运气上,结局肯定是糟糕的。常年算来,老麻将总是赢。为什么?因为老麻将冷静镇定,充分利用了他的三分技巧,于是东山再起。

或曰:"人死了有鬼,麻将有鬼。"非也。麻将不外乎三种情形:老是赢老是赢(运气好,好比升官又发财),老是输老是输(运气坏,好比二奶找纪委),输输赢赢、赢赢输输(风平浪静,衣食无忧)。运气好时,可上天揽月、可五洋捉鳖,半张牌都能自摸。运气坏时,满身是叫,可不幸让别人一个嵌三万,和了!两种情况之下,老麻将一不得意忘形,二不气急败坏。他总是自信,目光如炬,高瞻远瞩,精打细算,他很可能叫好运气持续很久,他很可能把坏运气给变过来。四两拨千斤。大吉大利。云开日出。

麻将中有太多的未知数,有太多的偶然,有太多的惊奇。有鲜花,也有陷阱。有昙花,也有阴霾。吃牌的机会总不放过,可是"吃泥鳅溜团鱼"的情况常常出现。打错了几张牌,可反而出现杂花生树的景象。祸福相依。出师不利身先死。病树前头万木春。半壁见海日,空中闻天鸡。麻将扑朔迷离得很。一个讨人西装去照相的,忽而金车宝马,拥有多个楼盘;一个人刚刚坐在主席台口沫横飞,忽而在监狱走廊里拾香烟头。

抓起一副牌,基本可见优劣。有的像老妪的豁牙,有的"和谐"如四世同堂。有的像比尔·盖茨的公司,有的像目前没有特效药的伊拉克。豁牙也好,伊拉克也好,都不怕,你想法减少损失就是了:叉庄家的头颈,喂饱朋友。最怕的是你在运气坏的时候加注。温州人言:"麻将输顶落。""顶落"就是加注,有人偏偏越输越加注。输红了眼,孤注一掷,意气用事,这很不好。盘盘加注,庄家当然把你当死敌,而非庄家同样克扣你,印象中你好像还在"顶"他。你犯了树敌太多的错误。树敌太多的人,情形往往不妙。

而狡猾精明的人往往能赢。抓起一副中等的牌,嚷道:"这牌能和,鱼鲎也养活了。"别人失了警惕,每每喂肥他。他叫"和了",别人如梦初醒。这叫兵不厌诈。老实人总是吃亏。拿显微镜看看得意的大佬,大多老谋深算之人。远交近攻,暗度陈仓,声东击西,欲擒故纵,借尸还魂,都是高明的出牌。

麻将每一张牌都是平等的。在这副牌中可能是狗娘养的,在另一牌中却是踏破铁鞋的宝贝疙瘩。没有一张牌永远是王子,也没有一张牌永远是流浪汉。无贵无贱,无长无少,"用"之所存,"王"之所存也。不少地方麻将中有"财神",财神就是"王",是最好的牌,因为它可以代替任何一张牌。而王在下一副牌中可能就是狗娘养的,可能第一张被扔进牌池。麻将中没有世袭的公侯伯子男。

一花一世界。麻将经常使人想起一个家庭,一座城市,一个社会。

(选自《中国作家网》)

婴 父

小街之美

有人说,都市如同大厦,小街便是走廊。

我可不喜欢这种比喻。

小街不是走廊。小街的队伍散散漫漫,参差不齐,从来不像城市主干道那样雍容华贵,富可敌国;也从来不像走廊那样眉清目秀却毫无姿色。小街大多是家境平实,其中也不乏"贫街陋巷",但它们却不愿意与走廊归为同类——尽管不少走廊出身名门,在那一座座尊贵的五星级酒店和智能大厦的心腹中纵横捭阖,伸展自如。

走廊倒是有点像小街的,不是吗?走廊有着和小街差不多的身段(都不是膀大腰圆,横宽无度),中间也是通道,路面平坦极了,光洁极了(小街们大多自愧不如吧),供人们来来去去,满足无数双脚的"通"与"达"的要求;两侧是房屋,有垂直的墙,对生着和互生着门与窗。门上还常常编了数码,像小街的门牌号码一样,供人们寻认辨识。

走廊有点像小街,但它先天不足,终究不会成为小街的。它太整齐,太规矩,太平直,因而也太呆板,太缺乏活力了。当然有时优美的小街也会是整齐的,规矩的,平直的,但绝不至于如此的一览无余、缺乏变化、直白无味。小街之美,在于它的街景的随机性、不可预知性。外来的生客有意或无意中来到小街上,每走一步,都会有新天新地、新的视觉体验;树木云天的气象与季相的景观变幻绮丽瑰丽,变化莫测,姑且不论,仅止于建筑物构筑物,你就无法站在这一个路段的时点上,根据自己的

婴父,1960年生,郑州人。主要作品有《街巷散步》《居留与游走》《公共空间》等。

知识与经验事先推定下一个路段的风景（除非下一个路段恰好是世人皆知的名胜）。走廊则不同，走廊的特点是模数化标准化，据此知彼，举一反三，它缺乏变化因素，你能看到的东西，悉数是意料之中的，它把那些世俗的、人情的、能够给人意外之喜悦或陡生之厌恶的东西连同人们的环境反应能力统统排除掉了。走廊上的一切，都是一套建筑图纸画出来的，一夜之间砌筑起来的（高层建筑中，标准层每层平面完全一致，所以在建筑的方案设计和施工图设计的成果中，每一条廊子甚至没有专属于自己的一笔线条。所以，它是严格意义上的地地道道的拷贝与复制的产物）。这一点它无法与小街相提并论。小街都有它自己的成长史，有它的童年期、青年期和壮年期，有它的繁盛与衰变的历史。东邻西舍的房屋建筑，若仿照人们序长幼论年资的话，必是爷娘辈有之，儿孙辈有之；老迈者青壮者有之，稚拙者病弱者有之；鸡皮鹤发者有之，明眸皓齿者有之……新的和旧的建筑，断断续续，连绵不绝，演绎的是一部"小街通史"，小街上的"人文因素"无处不在，小街的空间精神性大于物质性，这种空间感受，是在走廊中无从找寻的。

街的空间是市民生活空间。它是世俗的、平民化的、与时政无关。以它的体形，很难担当起表现某些政要政绩的任务，同样它也难以代表一座城市在权力结构中所处的地位和经济结构中所发挥的作用。这些功能都由那些城市中数一数二的通衢大道担当起来了。那些大道的红线宽度动辄就在百米以上，双向八车道（或者更多），路上是铁流滚滚，过马路的人被疾速行进的机器吓得屁滚尿流；而道路两侧，集中布置的是这座城市里最高大最气派最威严的或最豪华最显耀最值钱的建筑，所以这些大路，更像是一个政绩展示会或大富豪俱乐部。在我们到过的国内城市，差不多都有一条或两条这样的大路。

小街有时会被"旧城改造"旗下的房地产开发运动从地图上抹去。取而代之的，是走廊那样的标准化道路，或是政绩展示会、大富豪俱乐部式的大道。回味一下还没有来得及遗忘的小街上的气息（那种混合着植物花叶、食品烹饪气味与衣裙摩擦之间散发的体香与汗臭的味道），再比较一下我们随时会置身其间的通衢大街上的味道（那种弥散着汽车尾气与夸张的豪言壮语式的广告承诺形成的特殊气氛），亲切感与安全感一起消解了，真让人有一种酸楚一种别样的疼。

人潮汹涌是我们每个城市无一例外的通病,所以,想找一条可以悠然信步的小街,也难。我们常看到残存下来的小街与摩肩接踵的人流互不适应,在冲荡中显得不堪,这时候它的处境就远不如楼中的走廊了,走廊上的人们总是从容的、文雅的,人流的流量与走廊的设计总是匹配的,这才是真正的步行街的品质。我们的小街什么时候才会都具备这样一种品质?

(选自2000年4月12日《郑州晚报》)

艾 云

季节的意向

　　一切,就那样在猝不及防中到来了。

　　紫莹莹的梧桐的花烂烂漫漫开放着,满街都是它的清芬和幽香。树是从青翠欲滴的嫩芽渐渐在白天黑夜里长成了丰腴充沛的样子,杨树、柳树的叶絮均已缤纷落英,悄没声响,地面那水泥板上铺设的是华贵而又清纯的饰布。没有生命的均已被赋予生机与活力,昏瞑沉睡的均已渐次睁开惺忪的双眸。这时的大地、天空和树木、阳光,你可以听,可以嗅,触手可及,它就那样以不可抗拒的活生生的存在,赤裸裸而又鲜活丰盈地展现呈示于你的面前。紧缩和冰冻的日子,它被这盎然的一切撩拨着进入感动,它仿佛一去不返——这四月的意象,就这样,以它的猝不及防降临人间。

　　到处都有这样一种气息的包围和迷惑,你摆不开挣不脱这浓郁的意象的缠绕。你想平静如斯、你想宁谧如水、你想安详如怡吗?你想只是你想,你却无力挣拔出这意象的推拉厮磨,你在这薰薰的风中迷了本性……

　　是气恼和懊丧?是愧疚和诅咒?

　　却分明是那种欣喜若狂的如再生般的感觉。那四月的意象,是以何样的神魔之力,使久已沉静的魂灵再一次掀起狂漾巨浪?不清楚,一切都在猝不及防之中,在毫无心理准备的条件下。

　　可这四月的烂漫景致,它则是早已有所预谋的,在冬天,在那个寒冷的、你呼出一口气就变成白雾的冬天,在那个街道上只有干疏的虬枝伸向

艾云,1958年生,河南开封人。主要作品有《季节的意象》等。

灰黄天际的行人寂寥的冬天,在那个人们蜷缩在屋内、在火炉旁袖手依偎的冬天,在那个虫儿在厚重的泥土中安眠不醒的冬天,在那个很少故事和情节的孤独的冬天。那时,四月的一切场景便已在悄悄的预谋之中。那预谋是受了一种召引,一种鲜艳的青春气息的召引,一种在灵魂中定格的那帧绝美画图的启示。于是,冬夜漫漫的挨挪里,有了一种企盼和活生生的呼吸。这是一种神圣的企盼,由于这企盼,一切黯淡匮乏的岁月都有了蓬勃和湿润的气息。

四月的意象不是最后和永恒的辉煌。它只是对生命的一种拯救,是对一个濒于溺水的文化者的打捞。四月的意象也不是囚禁和桎梏,它会陨落消失同时又在次年复苏,它只是生长和到来,使你没有痛心如焚的割舍柔情般的啜泣,这一切的意象又是多么好哇!

这里有着很粗糙的东西,但这粗糙里又隐含着生长的魅力。无论如何,它能够把日渐进入憔悴和衰老的生命唤醒。可见,这粗糙里又隐含着巨大的力量。生命能否被唤醒,这是不能自欺的,这可以从一个人的眼睛里、面颊上和表情中窥视出来。心,又开始蓬蓬勃勃,那激情犹如潮水般涌了上来。一种内在推动力,语言将被牵引到西乃山顶接受神谕。一片恢宏和恣肆的自信,一种征服和信仰的力量,又重新回到生命之中。

很粗糙但却充满着创意的四月的意象,它大胆地撩拨着、诱使着可能被唤醒被拯救的灵魂。它的胆大妄为里便充溢着一种没有被文化和文明最后掩盖的活力。于是,灵魂与灵魂,快捷地穿越昏冷与阴暗;于是,灵魂在粗糙的缝隙中,可以长出黄色的紫色的小花,还有嫩绿芊芊的小草;于是,灵魂就不至于在岩崖的坚硬冰冷中被蜷曲畸形,乃至最后被扼死。

灵魂是靠交流创造,还是靠知识规范呢?

心头涌动了如潮的春天。浪漫的四月意象……

四月的意象,它携带着喷薄的肉欲的气息。这气息你能抗拒得了吗?这是大地在封闭的地表被拱动以后的气息,是温热醉人的泥土的气息,它撩人惑目。于是,人在这肉欲的、世俗的、却又亲切的气息中,丢下文化的甲胄而渐次沉沦……是沉沦吗?是堕落吗?可分明有一种飞扬和升腾的感觉。是进入地狱,是仅仅同魔鬼照面吗? 可分明是登上天堂与上帝会心微笑的感觉。天堂意味着什么？不是一种在忘我的陶醉中,甜蜜的沉沦、幸福的堕落吗？

在四月的意象里,无语。只有静静阖上双眼,在心里让一片明丽的光芒温暖肺腑……

（选自 1992 年第 3 期《作家》）

刘志成

怀念红狐

那一年，我家耕种的荒地离家足有二十里。一个夏日的傍晚，我和爹锄了一天地往回赶时，就看见了那只叼鸡的红狐在不远的沙丘上站着，眨着水漉漉的两只菱形眼默默地望着我们。我的心里腾地起了一团火……

红狐的出现是在十多天前的一个月夜里。那时，淡淡的麦香渗在月光里浸濡了村子的夜空，仿佛要流进心里来。出院撒尿的我，猛然间听见鸡窝里响起了几声惊恐的呱呱声。我揉了揉睡眼，还没反应过来，就见一团红艳艳的火在眼前掠过，蹿上院墙，箭一样地消失在了茫茫的夜色里。我疑惑地走到鸡窝边，见地上洒了一摊扎眼的血。黄鼠狼叼鸡了，妈。我的声音惊动了屋里的母亲，她一手持着煤油灯，一手罩着灯苗出来弯腰查了鸡窝，叹了口气。那是只红色的黄鼠狼，我说。那是狐，娃。母亲渗满无奈的声音纠正了我的错误后，就回屋去了。那只老母鸡原打算卖了给娃攒学费的，母亲的唉声叹气混着爹响响的抽烟声飘出屋来，让我暗恨自己怎么当时就没手脚伶俐点……

偷鸡贼，今天非逮住你不可。我气恼地迈开小腿向红狐冲去。红狐冷冷地看着我，把我没放在眼里似的，一动也不动，待我快到跟前，才甩甩长长的尾巴倏地一蹿，不紧不慢地逃，不时还回头瞅瞅爹那儿。娃你追不上那家伙，不要白费力气了。爹喊声未落，我绊倒在地，一只鞋从脚上飞出，掉在了身边。我站起，拾鞋，向红狐狠劲扔去。红狐箭一

刘志成，1973年生，陕西人。主要作品有《红狐》《舞蹈在狂流中的生命》《待嫁的姑娘》等。

样射出,跑上另一个沙丘尖后,就消失在了茫茫暮色里。我沮丧地坐下,大口大口地喘着粗气,一回头却见红狐又在原来引诱我的那个沙丘上站着,水灵灵的眼睛一眨一眨地望着爹。偷鸡贼,有本事你等我到跟前再跑,我恼火地站起,又向狐追了过去。狐双腿一跃,朝我迎面闪过,蹿到爹身边,似要挑逗爹去追,见不理,长嗥着在我们周围绕着圈子。娃你不要追了,这畜生的窝就在附近,说不准还能扒一窝狐崽子哩。爹你怎知道?你没看见这畜生肚皮下的奶袋子鼓鼓胀胀吗?爹咧着嘴说。

果然,我们很快就发现附近的一个沙圪坨里有一黑土硬圪台,圪台下迎西有一洞,洞前涌起一堆土,不是新痕迹,若不是走近了根本发现不了洞口。爹把耳朵贴在洞口听,我也学着爹的样子凑了上去,很快就听见了几种不均匀的呼吸声。幸亏洞不深,要不我们就费事了,爹掩不住一脸喜悦。红狐见我们用小锄往外扒土,长嗥着蹲在十多步外,双眼流下泪来,乞求地望着我们。很快,我们就看见了四只狐崽,圆乎乎地蜷成一团像小绒球,眼黑黑黑的,眼白白白的,清亮得像小星星,扑闪扑闪地望着我们。把狐崽子拿回喂上些日子卖了,够我娃好几年的学费哩。爹的喜悦感染了我,像吃了块糖似的心里顿觉甜滋滋的。我展开布衫襟子,捧起它们,明显感到它们在颤抖。

红狐一路尾随着我们,凄凉地干嗥着,引得我布衫襟子上的四只小狐崽也哀鸣不止。我不耐烦地赶了它几次,它都不走,直到快进村时,它才站定,干嗥着望着我们,引得村中的狗也猖猖不止。我的心一软,站定就要央爹放下狐崽,犹豫了好一会儿,忽想起那只预备我学费的花母鸡来,遂把心一横向红狐狠狠唾了一口唾沫,掉头追上了爹。不久,我在小学语文课本中学到了俄国作家屠格涅夫的《猎人笔记》里的一段文字。当我读到老麻雀为了救护小麻雀,在庞大的猎狗面前奋不顾身时,我不禁有眼泪滑落双颊,混着鼻涕一起淌下了嘴角,而其他的同学却一脸的轻松,我暗暗庆幸自己幸亏遭遇了红狐,才在童稚的无忧无虑中辨别出一种特殊的味道……那时,四只狐崽只有一个多月,还没断奶。它们通体雪白,只有鼻头和尾巴发红。母亲用玉米面糊糊每天喂它们,间或也到邻居家讨些羊奶给它们改善一下伙食。我这才明白红狐偷鸡原来是为了这四个小狐崽子。我越来越喜欢这四只狐崽,常逗着它们玩。这种人狐和谐相处的局面刚刚维持了不久,一个月光朗朗的半夜里,院中突然响起了长嚎声。睡梦中惊醒的我揉揉眼几乎怀疑自己还在梦里。我扒起窗子上的猫眼洞布向院中一看,只见那只红狐昂着头站着长嚎。屋里的四只小狐也哀鸣起来,屋里屋外的狐叫声凄凉地响成一片,引得村子里的狗也汪汪地叫了起来。红狐仿佛没听见沸沸的犬声,长嚎着立在门扇上,用爪不停地抓着门。我心里酸楚楚的,正要央爹放了狐崽,见爹操起顶门棍去开门,却被母亲劈手夺下了。我跳下地,拉开门,狐退到了院中,哀鸣着伏下前腿。我发现红狐已比那日见时瘦了许多,双目黯然无神,表情呆滞地望着我们,眼角隐隐有泪痕。很多年后,红狐哀痛的嚎叫声还清晰地回响在我的耳边,轻轻地触到了我的记忆,让我变得伤怀不已。我曾试着将那份感动讲给一些城里朋友分享,但他们一脸的漠然,反揶揄我是艳遇了聊斋里的狐女了。一股悲哀突然袭击了我,我知道一种东西在生活中已丢失了,它再也不会回来了……记得当时,我正用手臂抹眼角上的泪,爹喊狗声猛然在院子里响起,我不由得心头一紧,才发现是邻居家那只高大威猛的狼狗已出现在院子里,龇着牙,喘着粗气要向狐发起进攻,被爹死死抱住脖子。红狐还没有走,只是嗓子已嘶哑,发出一种揪心的音节。母亲抱了四只狐崽,轻轻放到了大门外,红狐迫不及待地叼起院中的一只柳篮子,放到了狐崽们身边,低低地叫了一声。四只狐崽便爬了进去。我要过去阻止红狐带走篮子,却被母亲一把拉住了。红狐叼起篮子,看了看我们,便飞快地蹿出,消失在了茫茫的夜色中。

(选自 2005 年第 1 期《草原》)

蔡云川

海参崴随想
——游俄杂记之一

> 蔡云川，1964年生，河南长垣人。主要作品有《我在太行》《云来云去》等。

人们说旅游的真谛不单纯是观光，更在于观光后深邃的文化和情景交融的境界，在于知觉和感觉的完美结合与统一。然而，初秋时节，我却带着错位的知觉和感觉游历了俄罗斯的远东海港符拉迪沃斯托克，也就是让国人念念不忘魂牵梦绕的海参崴。

海参崴是俄罗斯远东最大的港口城市，坐落于穆拉维约夫—阿穆尔斯克半岛上。三面围海，从空中鸟瞰，整个城市仿佛一只巨大的鲲鹏，展翅于碧波万顷的水面上，凌波而歌。秋季是海参崴最美丽的季节，天气晴朗，山上五颜六色的树叶与碧波海蓝交相辉映。远远望去，天蓝蓝，海蓝蓝，大海由远及近，变幻着幽蓝、浅蓝。海水有节奏地拍打着长长的海岸，热情奔放地涌向浅黄色的海滩，波浪卷起的雪白浪花，一次次纵情地亲吻着我的赤脚。海岸上，成片成片的白桦林，雪白的树干上摇曳着金黄的叶子。成群的海鸥时不时掠过水面，掠过树梢。宽阔优雅的海岸、温柔多情的海水，无不彰显出生命的极致之美、人与自然的和谐之美。

然而，海参崴这座太平洋沿岸的亚洲海滨城市，自一八六〇年被俄国割占，一八八九年被宣布为军事要塞，直至一九九二年才对外开放。其人文景象已完全是一派欧洲风情。欧式的建筑，金发碧眼的女郎，夜生活有美轮美奂的《天鹅湖》，也有国人讳莫如深的"红磨坊"表演。海参崴，不，俄国的符拉迪沃斯托克，这个原属中国，归俄罗斯统治才一百五十多年的地方,已绝少能看到中国式的秦砖汉瓦了。

　　这里最具有代表性,也是最让人印象深刻的是为纪念不同历史时期为占领和保卫符拉迪沃斯托克的英雄而雕塑的纪念碑和雕像。它们有纪念一八四九年发现并证明库页岛不是半岛而是岛屿的涅维尔斯将军纪念碑,有为纪念在日俄战争中阵亡的马卡洛夫将军纪念碑,有为纪念二战中牺牲的苏联红军的红旗舰队广场等等。这些不同历史时期建立的纪念性建筑,无一因为俄国王朝的更迭而被毁弃。反观国内,为了统治者的种种需要,后来者是注定要砸烂、推倒前朝英雄雕像的,而不踏上一只脚让它遗臭万年就是幸运的了。在我们的国土上,从来不缺少供奉所谓神灵的庙宇,却少有纪念为国捐躯、拼死沙场的民族精英的建筑。反映在文化上,那些被推翻的不仅是有形的雕像,更是我们民族的脊梁和激励后人的民族气节。所以,每当有外族入侵时,中国总会有成群的汉奸出现。而同样在受到外来侵略时,宁死不屈的俄罗斯人是少有俄奸的。站在这一组组雕像前,我对俄罗斯民族肃然起敬。一个热爱、尊重自己的民族英雄,并不遗余力加以保护的民族是令人肃然起敬的民族,是一个不可战胜的民族。

　　自然的美,固然使人陶醉,然而,来海参崴游览的中国人,恐怕都有着复杂的心情,既想饱览她的秀美风光,又想窥视她的历史和过去。

　　海参崴是中国人在古时给她起的一个优美的名字,崴意为海湾,海参崴,顾名思义是盛产海参的港湾。

　　面对浩瀚的大海,踏着脚下曾是中国的沃土,身为中国人,一种莫名的忧伤会不由自主地袭上心头。我们不是复仇主义者,但我们无法忘记我们曾经的屈辱历史。海参崴宋代属金国的渤海率滨府,元代时称永明城,清代前期属吉林珲春协领所辖。沙皇俄国侵略远东由来已久,一六四八年原住在西伯利亚的俄国少数民族哥萨克人就曾侵入黑龙江畔,被雄才大略的康熙帝亲征打败,并签订了《尼布楚条约》,海参崴仍属中国版图。然而到了一八五八年哥萨克人再次侵入黑龙江流域,腐败无能、国力日下的清政府被迫与沙俄签订了不平等的《中俄北京条约》等。沙俄割占包括海参崴在内的我国约一百五十万平方公里的土地。一八六二年沙俄将海参崴正式改名为符拉迪沃斯托克,俄语意为控制、统治东方。经过一百五十余年的苦心经营,俄国真正达到了其控制东方的目的。二次世界大战中,威震四海的苏联太平洋舰队就驻扎于此。在这座城市里,目前仍有为纪念一八六〇年《北京条约》而命名的中国路、北京街。然而,俄国人这样做的目的是对一个曾经落后、羸弱民族的嘲弄,还是以此炫耀自己的强大?我不知道。但他们有这个资格,因为中国的海参崴已成为俄罗斯的符拉迪沃斯托克。当我来到阿尔谢涅夫博物馆,看到馆内展出的两块中国永宁碑时,当我来到市中心,看到已是人去楼空、中国人曾经居住过的城区遗址时,内心的感受无以言表。我忘记了此行的目的是观光游览,站在这些遗址前我久久不愿离去,但那心情却不是流连忘返。侵占我领土的沙皇是俄国的民族英雄,我们无权责骂,而责骂已成为历史的腐败清政府也于事无补。夕阳斜照,高楼林立的阴影下,中国遗址显得是那么的不协调。那一处处断垣残壁、一个个洞开的破旧门窗,仿佛在向人们诉说着:落后就要挨打,落后就要任人宰割,落后就没有民族尊严这一血腥的历史定律。

　　一位诗人面对大海深情地写道:"只要想起月光下的大海,眼光便柔和似梦,心不知是喜是悲。"是的,我这个来自海参崴故国的游客,在短暂地陶醉于她的自然风光之后,又陷入了深深的思索之中。

（选自作者散文集《云来云去》）

哲思篇

范　曾

灵魂·眼睛·语言

> 范曾，1938年生，江苏南通人，著名书画家。出版作品有《范曾散文三十三篇》《范曾诗稿》等。

　　灵魂何在？它既非先天地而生，又不是离开血肉之躯的身外之物。灵魂储藏在你的心中，闪动在你的眼里，流露在你的嘴上。

　　眼睛是灵魂的窗户，它毫不掩饰地展现你的学识、品性、情操、趣味、审美观和性格。戏剧表演家、舞蹈演员、画家、文学家、诗人都着意地研究人们的眼睛，认为它是灵魂的一面无情的镜子。而语言也会毫不掩饰地展现你知识的深或浅、趣味的雅或俗、思维的文或野、动机的纯或杂。一个敏锐的画家和作家，总是善于捕捉人们瞬息万变的眼神和因人而异的语言，离开了这两件事物，恐怕形象思维就会贫乏得多了。

　　眼睛放出的神采，它的类型是那么繁多：心胸博大、为人正直的，眼神明澈、坦荡；心胸狭窄、为人虚伪的，眼神狡黠、阴诈；志怀高远的，眼光执著；为人轻薄的、眼光浮动；因为克己，眼神内敛；因为贪婪，眼神暴露；正派而敏锐使眼光如霜剑出鞘，邪恶而刁钻则使眼光如蝎蛰伏。渊博的人，眼中透出了悟；无学的人，眼中似乎只存疑窦。自信者，眼神坚而毅；自堕者，眼神晦而衰。也许你貌不惊人，眼小如豆，但它可能流露出华美的气质；也许你美目流盼，但却可能有一个蜷曲衰败的灵魂在其中沉睡。那碧如长天、浩如沧海的眼神是属于周总理的；那英爽逼人、气冲霄汉的眼神是属于陈毅的；那临危不惧、坚韧如磐的眼神是属于方志敏的；那忠实纯洁、无私无畏的眼神是属于雷锋和王杰的。啊！最美好的灵魂在他们的眼中闪耀。

或许语言更能直接地反映一个人的灵魂，你一动嘴，便在勾画着自己，有时惟妙惟肖，有时则比较隐晦曲折，但是言为心声，那是无论如何也无法彻底掩盖自己的灵魂的。

我们提倡语言美，那么，什么样的语言是美的呢？我想，"问渠那得清如许，为有源头活水来"，你的语言为何能如此纯洁而明净，那是由于你的灵魂崇高而朴实，有着源头的活水。语言是反映一个人风貌的另一面镜子，豪放的人语多激扬而绝不粗俗，潇洒的人言谈风动而不随便，谦逊的人含蓄蕴藉而绝不猥琐，博学的人旁征博引而不芜杂。你学富五车，在讲坛上才能有惊人妙语；你胸无点墨，则往往临阵搜索枯肠。你知道妙语者不在多言，所以你言简而意赅；有的人则不肯花时间思考，他就有足够的空闲去喋喋不休。宽厚的人，语多奖掖；刻薄的人，词每贬抑。脚踏实地的人，连声调都沉稳；而只图虚名的人，则往往最好浮词。由于妒恨，使语言成为中伤的暗箭，向四方射击；由于私欲，语言会染上奴婢的色彩，令人作呕。啰嗦者往往由于思维太紊乱，晦涩者则大体因为心灵不纯洁。时穷节现，闻一多在万人丛中长啸一声："天洗兵"；身系囹圄，谭嗣同在刀戟之前浩歌："我自横刀向天笑"！正义使季米特洛夫在敌人的法庭上慷慨陈词，残暴则使希特勒的广播演说成为野狼的嗥叫。

眼神足以传情，语言足以述怀，这情怀因时代而异，因阶级而异。灵魂依附于每一个具体的人身上。听其言而观其行，那么，什么是真、善、美的灵魂，什么是假、恶、丑的灵魂，是可以在实践中不断被认识的。

1982 年 6 月 17 日

贾平凹

丑 石

　　我常常遗憾我家门前的那块丑石呢：它黑黝黝地卧在那里，牛似的模样；谁也不知道是什么时候留在这里的，谁也不去理会它。只是麦收时节，门前摊了麦子，奶奶总是要说：这块丑石，多碍地面哟，多时把它搬走吧。

　　于是，伯父家盖房，想以它垒山墙，但苦于它极不规则，没棱角儿，也没平面儿；用錾破开吧，又懒得花那么大气力，因为河滩并不甚远，随便去捐一块回来，哪一块也比它强。房盖起来，压铺台阶，伯父也没有看上它。有一年，来了一个石匠，为我家洗一台石磨，奶奶又说：用这块丑石吧，省得从远处搬运。石匠看了看，摇着头，嫌它石质太细，也不采用。

　　它不像汉白玉那样的细腻，可以凿下刻字雕花，也不像大青石那样的光滑，可以供来浣纱捶布；它静静地卧在那里，院边的槐荫没有庇覆它，花儿也不再在它身边生长。荒草便繁衍出来，枝蔓上下，慢慢地，竟锈上了绿苔、黑斑。我们这些做孩子的，也讨厌起它来，曾合伙要搬走它，但力气又不足；虽时时咒骂它，嫌弃它，也无可奈何，只好任它留在那里去了。

　　稍稍能安慰我们的，是在那石上有一个不大不小的坑凹儿，雨天就盛满了水。常常雨过三天了，地上已经干燥，那石凹里水儿还有，鸡儿便去那里喝饮。每每到了十五的夜晚，我们盼那满月出来，就爬到其上，翘望天边；奶奶总是要骂的，害怕

贾平凹，1952年生，陕西商洛人。主要作品有《高老庄》《废都》《秦腔》《月迹》等。

我们摔下来。果然那一次就摔了下来,磕破了我的膝盖呢。

人都骂它是丑石,它真是丑得不能再丑的丑石了。

终有一日,村子里来了一个天文学家。他在我家门前路过,突然发现了这块石头,眼光立即就拉直了。他再没有走去,就住了下来;以后又来了好些人,说这是一块陨石,从天上落下来已经有二三百年了,是一件了不起的东西。不久便来了车,小心翼翼地将它运走了。

这使我们都很惊奇!这又怪又丑的石头,原来是天上的呢!它补过天,在天上发过热,闪过光,我们的先祖或许仰望过它,它给了他们光明,向往,憧憬;而它落下来了,在污土里,荒草里,一躺就是几百年了?!

奶奶说:"真看不出!它那么不一般,却怎么连墙也垒不成,台阶也垒不成呢?"

"它是太丑了。"天文学家说。

"真的,是太丑了。"

"可这正是它的美!"天文学家说,"它是以丑为美的。"

"以丑为美?"

"是的,丑到极处,便是美到极处。正因为它不是一般的顽石,当然不能去做墙,做台阶,不能去雕刻,捶布。它不是做这些小玩意儿的,所以常常就遭到一般世俗的讥讽。"

奶奶脸红了,我也脸红了。

我感到自己的可耻,也感到了丑石的伟大;我甚至怨恨它这么多年竟默默地忍受着这一切,而我又立即深深地感到它那种不屈于误解、寂寞的生存的伟大。

1981 年

林贤治

散 步

我喜欢散步。

据说，一些名人如甘地、卢梭、托尔斯泰也都是喜欢散步的。但是他们与我无关。我喜欢散步，决不是出于对他们的摹仿。散步完全是个人的事情。

推想起来，对空间的渴望，恐怕是最原初的动机。无论是会议大厅那貌似天空的拱圆形屋顶，还是工作室的欲坠非坠的天花板，都在时间中构成了一种潜隐的威胁，何况多出卫士般永远肃立的墙壁呢。

走出户外以后，世界也不是没有规范的。但是，在楼群、灯柱、梯级、斑马线、众多的缠绕中间，毕竟存在着无限多可选择的道路。回避即选择。身外许许多多物事，本可以不同自己发生任何的关联。譬如，偶一抬头便赫然看见太阳，设想低首而行，世上的光华灿烂又于我何有呢？所以，哲学家使用了"在场"一词。我即是我，既可以在场，也可以不在场。我行故我在。

散步时，我不带同伴，只带影子。集体行动是反散步的。说到舞蹈，我就不喜欢双人舞和多人轮舞。无条件地接受他人的约束，响应一种近于严密的节律，这种形式的艺术，纯粹是古代贵族王公及其豢养的优伶的遗传。我喜欢独舞。至于散步，则自如多了，简直没有节奏。或疾或徐，步调全没有法则。倘使路旁多出一位褴褛的瞽者，或是一株待活的蔷薇，都可以随时停下来。

林贤治，广东人。主要作品有《守夜者札记》《自制云海图》《鲁迅的最后十年》等。

行行重行行。没有行囊,没有远方的呼唤和近身的催促,无须尝旅人的苦辛。只要想到散步,披一件夏威夷衬衫就足够了。风起时,再加一件大衣,随手把衣领倒竖起来也不失为一种风度。其实,于散步的人来说,根本不管什么风度不风度。这时,需要的只是鞋子,或穿或趿,尽凭一时的兴会。赤足也未尝不好,就怕少了草地罢了。总之,鞋与不鞋,全为了取悦自己。

　　按照传统的关于阴阳的说法,散步主阴;以它的柔静,实在不宜称作运动的。王维诗:"行到水穷处,坐看云起时。"很可以为散步写意。书本子上的所谓自由,大约指的就是这样一种随意性罢?散步是没有目的的。没有目的,自然没有探寻。无须寻找的道路叫什么道路呢?其实,散步只是走,并非走路。散步不是为了通往哪一道门。门是另一种存在。只有卡夫卡一类严肃到病态的人,才有门的情意。

　　自由无所思。即便有所思,也当自行消失于一片散漫优游之中了。罗丹的思想者,以拳头支持沉重的颅脑,因为紧张,致使全身的肌肉绷到发直。状态有如此不同。柏格森说:"像思想家那样行动,像行动家那样思想。"思想是需要状态的。状态决定一切。一天,我照例作着散步,突然发现双手空空荡荡,仿佛从来没有过的空空荡荡,这才觉得:我应当握着一点什么!

　　然而接着想,果真有那么一种用具握在手中,还能叫做散步吗?

(选自 1992 年第 2 期《作家》)

苏　童

河流的秘密

对于居住在河边的人来说,河流是一个秘密。

河床每天感受着河水的重量,可它是被水覆盖的,河床一直蒙受着水的恩惠,它怎么能泄露河流的秘密?河里的鱼知道河水的质量,鱼的体质依赖于河流的水质,可是你知道鱼儿是多么忍辱负重的生灵,更何况鱼类生性沉默寡言,而且孤僻,它情愿吐出无用的水泡,却一直拒绝与河边的人们交谈。

河流的秘密始终是一个秘密。"亲爱的,我永远也不会对你讲／河水为什么这么缓慢地流淌。"这是西班牙诗人加西亚·洛尔加的诗句。这是一个热爱河流的诗人卖关子的说法,其实谁又能知道河水流得如此缓慢,是出于疲惫还是出于焦虑,是顺从的姿态还是反抗的预兆,是因为河水昏昏欲睡还是因为河水运筹帷幄?

岸是河流的桎梏。岸对河流的霸权使它不屑于了解或洞悉河流的内心,岸对农田、运输码头、餐厅、房地产业、散步者表示了亲近和友好,对河流却铁面无情。很明显这是河与岸的核心关系。岸以为它是河流的管辖者和统治者,但河流并不这么想。居住在河边的人们都发现河流的内心是很复杂的,即使是清澈如镜的水,也有一个深不可测的大脑器官,河流的力量难以估计,它在夏季与秋季会适时地爆发一场革命,淹没傲慢的不可一世的河岸。这时候河与岸的关系发生了倒置,由于这种倒置关系,一切都乱套了,居住在河边的人们人

苏童,1963年生,江苏苏州人。主要作品有《妻妾成群》《妇女乐园》《武则天》《米》等。

心惶惶,他们使用一切可能使用的建筑材料来抵挡河水的登门造访。不怪他们慌张失态,他们习惯了做水的客人,从来没有欢迎河水来登堂做客的准备。河边的居民们在夏季带着仓皇之色谈论着水患,说洪水在一夜大雨之后夺门而入,哪些人家的家具已经浮在水中了,哪些街道上的汽车像船一样在水中抛锚了。他们埋怨洪水破坏了他们的生活,他们没有意识到与水共眠或许该是他们正常生活的一部分。河水与人的关系被人确立,河水并没有发表意见,许多人便产生了种种误会,其实本着公平交易的原则,河流的行为是可以解释的。试想想,你如果经常去一个地方寻找欢乐,那么这地方的主人必将回访,回访是一种礼仪,水的性格和清贫决定了它所携带的礼物:水,仍然是水。

河流在洪水季节中获得了尊严,它每隔几年用漫溢流淌的姿势告诉人们,河流是不可轻侮的。然后洪水季节过去了。河边的居民们发现深秋的河流水位很高,雨水的大量注入使河水显示出新鲜和清澈的外貌。秋天的河流与岸边的树木做反向运动,树木在秋风中枯黄了,落叶了,而河流显得容光焕发,朝气蓬勃。如果你站在某座横跨河流的大桥上俯瞰秋天的流水,你会注意到水流的速度,水流的热情足以让你感到震撼,那是野马的奔腾,是走出囚室的思想者在旷野中的一次长篇演讲,那是河流对这个世界的一年一度的倾诉。它告诉河岸,水是自由的不可束缚的,你不可拦截不可筑坝,你必须让它奔腾而下;河流告诉岸上的人群,你们之中,没有人的信仰比水更坚定,没有人比水更幸运。河流的信仰是海洋,多么淳朴的信仰啊。海洋是可靠的,它广阔而深邃的怀抱是安全的,海洋接纳河流,不索香火金钱,不打造十字架,不许诺天堂,它说,你来吧。于是河流就去了。河流奔向大海的时候一路高唱水的国歌,是三个字的国歌,听上去响亮而虔诚:去海洋,去海洋!

谁能有柔软至极雄壮至极的文笔为河流谱写四季歌?我不能,你恐怕也不能。我一直喜欢阅读所有关于河流的诗文篇章,所有热爱河流关注河流的心灵都是湿润的,有时候那样的心灵像一盏渔灯,它无法照亮岸边黑暗的天空,但是那团光与水为友,让人敬重。谁能有锋利如篙的文笔直指河流的内心深处?我没有,恐怕你也没有。我说过河流的秘密不与人言说,赞美河流如何能消解河流与我们日益加剧的敌意和隔阂?一个热爱河流的人常常说他羡慕一条鱼,鱼属于河流,因此它能够来到河水深处,探访河流的心灵。可是谁能想到如今的鱼与河流的亲情日益淡薄,新闻媒体纷纷报道说河流中鱼类在急剧减少,所有水与鱼的事件都归结为污染,可污染两个字怎么能说出河流深处发生的革命?谁知道是鱼类背叛了河流,还是河流把鱼类逐出家门?

现在我突然想起了童年时代居所的后窗。后窗面向河流——请允许我用河流这么庄重的词汇来命名南方多见的一条瘦小的河,这样的河往往处于城市外围或者边缘,有一个被地方志规定的名字却不为人熟悉,人们对于它的描述因袭了粗放的不拘小节的传统:河。河边。河对岸。这样的河流终日梦想着与长江黄河的相见,却因为路途遥远交通不便而抱恨终生,因此它看上去不仅瘦小而且忧郁。这样的河流经年累月地被治理,负担着过多的衔接城乡水运、水利疏导这样的指令性任务,河岸上堆积了人们快速生产发展的房屋、工厂、码头、垃圾站,这一切使河流有一种牢骚满腹自暴自弃的表情,当然这绝不是一种美好的表情——让我难忘的就是这种奇特的河水的表情,从记事起,我从后窗看见的就是一条压抑的河流,一条被玷污了的河流,一条患了思乡病的河流。一个孩子判断一条河是否快乐并不难,他听它的声音,看它的流水,但是我从未听见河水奔流的波涛声,河水大多时候是静默的,只有在装运货物的驳船停泊在岸边时,它才发出轻微的类似呓语的喃喃之声,即使是孩子,也能轻易地判断那不是快乐的声音,那不是一条河在欢迎一条船,恰好相反,在孩子的猜测中,河水在说,快点走开,快点走开!在孩子的目光中,河水的流动比他对学习的态度更加懒惰更加消极,它怀有敌意,它在拒绝作为一条河的责任和道义。看一眼春天肮脏的河面你就知道了,河水对乱七八糟的漂浮物持有一种多么顽劣的坏孩子的态度:油污、蔬菜、塑料、死猫、避孕套,你们愿意在哪儿就在哪儿,我不管!孩子发现每天清晨石埠前都有漂浮的垃圾,河水没有把旧的垃圾送到下游去,却把新的垃圾推向河边的居民,河水在说,是你们的东西,还给你们,我不管!在我的记忆中河流的秘密曾经是背德的秘密。我记得在夏季河水相对清净的季节里,我曾经和所有河边居民一样在河里洗澡、游泳,至今我还记得第一次在水底下睁开眼睛的情景,我看见了河水的内部,看见的是一片模糊的天空一样的大水,就像天空一样,与你仰望天空不同的是,水会冲击你的眼睛,让你的眼睛有一种刺痛的感觉。这是河流的立场之一,它偏爱鱼类的眼睛,却憎恨人的眼睛——人们喜欢说眼睛是心灵的窗户,河流憎恨的也许恰好是这扇窗户。

我很抱歉描述了这么一条河流来探索河流的心灵。事实上河流的心灵永远比你所描述的丰富得多,深沉得多,就像我母亲所描述的同一条河流,也就是我们家后窗能看见的河流。那是一个多么神奇的故事:有一年冬天河水结了冰,我母亲急于赶到河对岸的工厂去,她赶时间,就冒失地把冰河当了渡桥。我母亲说她在冰上走了没几步就后悔了,冰层很脆很薄,她听见脚下发出的危险的碎冰声,她畏缩了,可是退回去更危险。于是我母亲一边祈求着河水一边向河对岸走。你猜怎么着?她顺利地过了河!对于我来说这是天方夜谭的故事,我不相信这个故事,我问母亲她当时是怎么祈求河水的,她笑着说,能怎么祈求?我求河水,让我过去,让我过去,河水就让我过去了!

如果你在冬天来到南方,见到过南方冬天的河流,你会相信我母亲的故事吗?你也会像我一样,对此心怀疑窦。但是关于河流的故事也许偏偏与人的自以为是在较量,这个故事完全有可能是真实的。请想一想,对于同一条河流,我母亲做了多么神奇多么瑰丽的描述!

河水的心灵漂浮在水中,无论你编织出什么样的网,也无法打捞河水的心灵,这是关于河水最大的秘密。多少年来我一直难以忘记我老家一带流传的关于水鬼的故事,我一直相信那些湿漉漉的浑身发亮的水鬼掌握了河水的秘密。原因简单极了,那些溺死的不幸者最终与河水交换了灵魂,他们看见了河水的心灵,这就是水鬼们可以自由出入水中不会再次被溺的原因,他们拿到了一把钥匙,这把钥匙能够打开河流的秘密之门。

可是在传说之外我们从来没有与水鬼们邂逅过,不管是在深夜的河岸边,还是在沿河航行的船上。水鬼如果是人类的使者,那他们一定背叛了人类,忠实于水了,他们不再上岸是为了保持河流的秘密。水鬼已经被水同化,如今他们一定潜伏在河流深处,高昂着绿色的不屈的头颅,为他们的祖国发出了最后的呐喊:岸上的人们啊,你们去征服月球,去征服太空吧,但是请记住,水是不可征服的!

(选自 2000 年第 11 期《人民文学》)

鲍尔吉·原野

春雪化时

> 鲍尔吉·原野，1958年生，内蒙古人。主要作品有《掌心化雪》《草木精神》《思想起》《银之乐》等。

雪化了，淌水如急箭在向阳的楼檐飞泻而下。马路对面的背阴处，白雪依然矜持隆重地堆积。积水的墙脚，拉拉蔓和婆婆丁悄悄晾晒今年的新绿衣。春分了，虽然白雪没头没脑地一降再降。碧桃树的枝木开始涨红，在褐紫的老树皮里透出新鲜的红晕，你还不好意思了。春天，没什么不好意思。过几日，碧桃树就要满枝繁花。出这么大的风头，心里总要斗争一番。婆婆丁的叶子和去年一样，没有新的改进，像一根凌乱的孔雀羽毛，缺顶端的那只蓝色独眼。

草们出来，是听到了谁的歌声？已经有证据表明，在人耳所能接受的波长之外，世上还有许许多多的声音。草是草的歌声所唤醒的。那是清脆的，碎片式的，嘻嘻哈哈的歌声。像小孩站在岸上往水里掷冰。昨天我在电视的慢镜头里看到石子落水激起的波澜，宛如一个欧陆的王冠，圆而外溢，转瞬即逝。草听到了晒太阳的吆喝。探出头，它看到明晃晃的一切。它记忆不好，把去年的事情全忘记了，以为重新诞生，于是大喜。一切在它面前都是高大的，灌木高耸入云，蚂蚁像恐龙一样疾走。草感到世界静悄悄的，因为它听不到人与汽车发出的声波。多么安静，全世界都是草的歌声。树的声音含混，像管风琴，听不真切。人类千张嘴发不出声音，像在互相模仿。而且，草认为人与人的区别只是鞋的区别。草看不到人的脸、乳房或屁股，但看到他们穿着各种各样的鞋，发亮或发臭。草喜欢蜜蜂的脸，它的眼睛像玻璃幕墙一样雅致。毛虫从草的身旁经过，这是一列二十多个车厢的金色火车，安静柔软。它们的毛比蒲公英还要多，每一根都闪光。

有一次我躺在胡四台的草地上听CD。阳光照在脸上，然后顺鼻侧流进脖子里，困。鼻子灌满香草之后，思想就停止了。因此蒙古人当中出不来什么哲学家。仅有的哲学家艾思奇还是云南的蒙古人。草香带着睡意像多米诺骨牌一样在血管里四处坍塌，此刻，音乐反而澄明了，仿佛乐器的录音位置更加清晰，录音间也更加宽大。弦乐器和管乐器像仙洞里的钟乳石一样从空中悬下，无人演奏，自动发声。我把随身听的两个耳机分别贴在两株草的叶子上，它们相距一米。如果有一种适用于草的心电图即示波器，给它们安上，草氏的生物电波一定会被激颤。"中亚细亚的草原上，鲍罗丁。"我向它们报幕。中亚——细亚草原上，中——亚细亚的草原上。这是两种断句方式，我都向草说了，两株草为什么没有翩翩起舞？你们不喜欢鲍罗丁是一位化学家吗？他的博士论文叫做"砷与硫酸的类比"。小提琴的泛音从高音区舒缓而来，环绕在胡四台的草叶上，草叶旁边堆积着风干了的像草纸一样的牛粪。这是俄国主题，按鲍罗丁的说法，是一支卫兵守护下的俄国商队寂寞地走过沙漠。沙漠的上空，星星下垂，无比明亮，盯着骆驼的脚步。拨弦是马的蹄音。竖笛和法国号相继奏出一首俄罗斯民歌的旋律，然后英国管吹出哀婉的东方主题。次第，两只小号重现俄罗斯主题，大提琴和竖琴重现东方旋律。最后它们融为一体，小提琴和长笛代表俄国，巴松和小号代表东方。专家说，这意味着格迪安尼舒里伯爵与一位医生妻子的私通，鲍罗丁的问世就是格鲁吉亚与俄罗斯血统的融合。

我曾经想，草叶在鲍罗丁音乐的催化下，会不会发生奇异的变化。譬如像发条一样拳曲起来，或者颜色一点点变为透明的海蓝色，高级灰，富有中亚色彩的土红。胡四台没有什么像样的山，在当地人的语言里，没有"WOLA"（山峰）这个词，只有"MANGHA"（沙丘）。MANGHA假装是山，也逶迤起伏。风把山脊装饰出剃刀一样的刃，带着浅蓝的阴影，远看柔美金黄。从我大伯的后窗户望去，沙丘像一只抬起鼻子喷水的大象。象鼻子下面的湖里，不知藏伏多少天鹅蛋、野鸭蛋和水蛇。我想，如果用村里的大喇叭高声放送《在中亚细亚草原上》或拉赫玛尼诺夫的《第二钢琴协奏曲》,该是何等景象!走路一拐一拐背着手的蒙古牧人会站住脚,抬头思索,如嗅空气中的异味。低头吃草的马儿警觉地竖起尖耳。音乐像雨水一样,迅速洒在胡四台的每一样东西上,包括牛车的辕木和杀猪的门板上,钻进蜥蜴的耳朵和我嫂子装钱的红箱子里。那时候,你会看到胡四台有些变样了,虽然土屋、羊圈和公路一如旧时,但空气中飞翔着古典音乐,像下雪一样。这是赶也赶不走的。

上个月,我写过一篇愚蠢的文章,说"雪花无声无息地落下来,有如歌剧的序幕"云云。我以为雪花没有声音是它的质量太轻了。前不久,国外有两个比我高明的人在下雪的时候爬到房顶上,用麦克风吸纳雪花的"声音",然后接到示波器上。他们发现,雪花的"声音"是非常尖锐的,像救火车一样,但这种高频我们听不到。上帝并没有把所有的能力赋予人,也留了个心眼。然而人的基本观念却是,人是无所不能的。从文艺复兴以来,对"人"的喧嚣以及本世纪以来科技的进步,使人无比膨胀。雪花的飘落声是尖锐的?像蝙蝠或燕子的叫声一样,吱吱的。我看着窗外的雪,觉得不可思议。如果人们可以听到,那么满街都是捂耳奔跑的人。科学家则要研究如何降低雪的噪声。雪下墙脚却有胆大的小草伸展枝叶,这真是令人非常满意的事情。拉拉蔓能听到雪的尖叫吗?闭嘴!你们这些轻浮的雪。婆婆丁说,我的叶子很像泰国国王侍卫手里拿的大羽毛,国王的女儿翻译了一百多首中国古诗,腿很粗,相貌如同乡村教师。季羡林参加了她的颁奖仪式。

拉拉蔓的根是雪白雪白的,像野鸡胸脯的肉丝那么白,一嚼有点辣。这是我小时候最喜爱的食品之一。之二是榆树皮,黏而甜与滑溜。在盟体育场,有无数拉拉蔓,六瓣叶子像小芭蕉。我们挖。那时游泳池的音乐体现藏人风情,远飞的大雁安安安安,请嗯你衣快快飞……真是这么回事。我们看一眼蓝天,用玻璃碴子接着挖,嚼,别怕沙子。空旷的体育场,听音乐,挖拉拉蔓,多好。我一二年级的时候,朋友都是女同学。我们跟的苏娅、木娅、陶娅,她们的爸爸给她们往娅上起名。我挖到一根,给她们看,她们说我看看,看完还给我。她们挖到也给我看。我们贪婪无邪,笑嘻嘻的。不要把书包丢了,也不要在奔跑中把文具盒颠散了馅。如果在今天,我请其中一娅到家,听勃拉姆斯,会意处相视一笑,是绝无可能的。一对四十多岁的男女脸对脸地笑,咱不说这是否难堪,确实有如不轨。岁月剥夺我们多少快乐。听勃拉姆斯与莫扎特只能一个人听——有时音乐里有如密语,常常说出一个人内心的矛盾冲突。人这时候摊开了,像躺在手术台上。这是最脆弱的一刻,突然发现身边还有一个人,令人紧张。两个人相处的时候,不能放交响乐。

体育场看台是一个俄国式的尖顶,青瓦,木檐刷着绿漆。檐上等距离画着一个又一个的苹果,苹果的柄向左或右倾斜。我无数次梦见了这些苹果。在我童年,苹果画在如此之高需要仰视的地方,长久地凝视它们,忘记了手里攥着的拉拉蔓。在我回忆这些往事的时候,有些怀疑它的真实,是那样吗?不会是大脑从电影、书里和别人的叙说中拷贝出来的吗?但这些事情在被回忆的时候,像带着一种味道。每一种往事在被储存在记忆里之后,都被注入一种味道。童年所有美好的记忆,对现在的我来说都有一种莫扎特的味道,这有些高攀了。我听莫扎特只有十来年的时间,它的空灵,若有若无,以及甜蜜背后的忧伤,像一条河流,飘着我的往事。莫扎特的音乐好像没有"思想"。什么是思想呢?在音乐中的"思想",无论马勒、肖斯塔科维奇,是把一种我们称之为"深度"的情绪传达给我们,如峡谷、绝壁和湍流。那么莫扎特,特别是巴赫,是从天空俯视大地。从天上看,已经看不出山的高耸与险峻,一切都是柔和、匀称的,广阔与平静的,这时没有"思想"。

在我的童年,天空上白云特别多,形状是六十年代流行的样式,一朵一朵。它们用一只手拎着白裙的一角,徐徐从天空滑过。那么多草仰面看白云,盼它掉下来,哪怕一朵也行。去年秋天,电视里庄严传出《人民海军向前进》,我激动不已。我平生在学堂里学的第一首歌就是这个,配水兵舞。我甚至不能在沙发上坐着听这首歌,出汗。量一下脉搏,达到150次/分。三十多年没听这首歌了,这歌是"我的"。每个人都有自己的歌,可以引发肾上腺素上升、心率加快、呼吸急促的歌。去年是人民海军建立的庆典。激动呀,那时和我分享激情的也许只有少数退役的老海军将领。而那些娅,我已经不知她们现在流落何方,去年听没听到《人民海军向前进》。蔚蓝色的大海,军舰像菜刀开膛一样划过,两弦翻出海的雪白脂肪。

雪已经化了,半尺深的积雪竟在一天之内稀里哗啦解散。这就是春天。春天的结构与钢琴协奏曲的结构仿佛,波里尼弹的勃拉姆斯。许许多多东西随春天倾泻而来,仿佛世界装不下。阳光耀眼,枝头比冬天拥挤,草像练字的人在纸的每一块空处密密写满,的确装不下了。麻雀还要叫上几声,更显拥挤。然而春天不着急,像波里尼的琴音一样晶莹,节制,若有所思,声音是在手指触键的瞬间发出的,不早也不晚。勃拉姆斯告诉我们眼里看不到的春天,除了花朵与阳光之外,天空、地下和花苞里面的事情。虫子被阳光扎痛,小鸟遗失的草子睁开眼睛,灌木们怎样互相推醒对方。总之,春天像踩着什么下来的,连续不断,留下钢琴般的脚步声。麻雀跳来跳去,感受不同树枝上的麻颤。如果它落在马友友的琴弦上,爪下的感觉肯定更加乐不可支。

我感到最奇妙的事情是不同的音乐能够揭示同一现象的不同本质。我想说的恰恰是现象是同一的,而本质多种多样。站在窗前往外看,透过碧桃树的交织,街上行人来往。放普罗哥菲耶夫的埃及之夜,李斯特的浮士德,萨蒂的直视和斜视的东西,埃尔加的海景。以及恩雅、南方小鸡、后街男孩、李玟和范晓萱。窗外始终是窗外。对面破旧的灰楼顶上砌一间水房,商店的人晾一件红格床单,爆苞米花的人就要来了。骑自行车的人像驴皮影匆匆而过。没有新闻,没有戏剧性的意外。而不同的音乐说出了这一切的神圣、沉穆、遥远、奇异、陌生、平凡和忧伤,以及喧闹、暗藏的情欲。音乐使我们生活在不同的地方,像不断换车的旅人。

古典音乐使人痛苦,它在最阴暗的光线下,在肮脏的地上为你指出一颗颗莹洁的珍珠。古典音乐让人做一个好人,但我们承担不了做好人的代价。如此卑琐的想法,在那么多大师目光的注视下,只好放弃,像小偷扔下一件刚偷来的破裈子。贝多芬对于庸俗丝毫不留情面,用密集的重磅炮弹粉碎我们身上可怜的一点点庸俗。莫扎特用精美告诉你,庸俗其实很脏,不值得紧紧抱在怀里。事实上,我们和贝多芬、莫扎特、巴赫的一点点真正的接触,唯有音乐。或者说,我们相信世界上存在过莫扎特的证据只有这些音乐。历史是无法相信的,甚至文学作品也不好用"相信"这个词来评断,太多夸饰。音乐保留着更多心灵的原始股。当我听这些音乐的时候,突然想到如此近距离地感受大师们心灵的喟叹,顿觉不可思议。他们如此亲善待你如一友人,这的确始料所未及。

听古典音乐而获得清静安详之气的境界,为我所不能。听它们,我有被俘虏的感觉,被大师从世俗阵营捉小鸡一般捉一个马仔押入庄严整肃的大堂,我却回头留恋另一厢的浅薄嬉闹,而被圣洁宁静感化之后,又低头惭愧自己其实不配。这是替古典音乐惋惜。我真的奇怪,如此污浊的浮世与人性竟有古典音乐的精纯。它们是给谁听的呢?如果是给我,我则有些忸怩,仿佛无意中挑起一副重担。然而我还是听得出,上帝对每个人都没有失去信心,它的声音并不计较有多少人在听,就像它让草发芽,树开花,小鸡从蛋壳钻出,并没有讨好草、树和母鸡的意思。否则它为什么使年年都有春天?

我们听就是了。虽然我不时逃回去,和爵士、民歌和欧美流行组合厮混一番。喧闹的可饱耳福的流行音乐,如玛丽亚·凯莉和后街男孩都是"人"的声音,像在一起喝可乐、啤酒,搂着跳舞一样。我们由此得知自己的身体和欲望。而遥远如星辰的亨德尔和海顿,则告诉我们春天。他们说春天不一定是可以满足的欲望,不可吃不可喝,它比你所能感受的更加广大纤细,充满了生长。春天不是风与花草的组合,是和谐、律动、演进与编码,是向你证明你还活着。

是吗?我们不禁惊讶。

(选自2000年第6期《人民文学》)

彭程

错 位

　　果然是"天下名山僧占多",去湖山形胜处,每每会有寺庙映入眼帘。虽然与佛门向来无缘,但也尚未到避之若仇的份上,何况许多地方除山门之外也没有第二条路。因此多年下来,梵呗声声,香烟袅袅,也都多所见闻,入目入耳。突出的感觉是,大雄宝殿里,香火日益旺盛了。每每怀着一种超脱的心情,看虔诚的香客跪拜求愿,喃喃有词。这都无甚新奇可述,但有一次是例外。记得是在峨眉山上,遇到几个广东商人,身材的枯瘦萎靡与暴发户的骄奢自得很古怪地混合在一起。一阵喧噪后,他们也在蒲团上跪了下来。

　　一人双手合十:"阿弥陀佛,保佑我生意成功,发财发财。如愿以后,一定捐给你很多钱。"

　　佛家教人"放得下",视贪爱为苦恼之源,求他赠以金银,岂非南辕北辙。但在这位眼里,肯定佛国净土也充满商业精神,佛也是生意中人。这不,连提成的事都预先说到了。

　　但比起另一位同伴,他还只是痴愚罢了。那人满脸杀气地念着一个人的名字,想来该是他的竞争对手:"让×××破产,老佛爷。"他大概将眼前的佛和慈禧混淆了。现实生活中充满出神入化的戏剧性,最好的编剧也只能自叹弗及。

　　佛以慈悲为怀,志在超度一切众生进入天界,为此不惜舍身饲虎,没想到这位却要求他做阎王的工作。佛家讲业因果报,六道轮回,此人抱这般恶念,本世应该转生到哪一道?即使侥幸免于地

彭程,1970年生,辽宁铁岭人。主要作品有《无雪的冬天》《经过天堂是沈阳》《网囚》等。

狱，至少也该堕入畜生道。

愚昧是怎样测量都探不到底的，可恨的是它们偏偏要同智慧纠缠在一起。

但也有看上去十分合辙合式的。

手头是一张旧照片，一叶小舟上，坐着一位半老不老的垂钓者，头戴斗笠，身披蓑衣，意态悠然。那种无求无待，颇合天籁，让人想到庄子和惠施有关鱼乐的争论，想到浮舟五湖的范蠡，想到淡薄功名啸傲林泉的隐士高人。如果不看文字，你是很难把这个形象同一个名字联系在一起的。

他是袁世凯。这张照片摄于河南安阳的洹水河上。

时值光绪、慈禧"晏驾"之后，在权力争斗中，袁世凯暂居下风，被朝廷"开缺回籍养疴"。袁世凯何等野心勃勃之人，谁能够相信他会嗒然心灭？处风云变幻之时，韬光养晦，无非是以图东山再起。这张照片，是用来蒙蔽朝廷的，正是要表现得仿佛万事不再萦系于心，使对方放松警惕。事实上，他无时不在观察时局动向，朝廷的一举一动，千里之外的袁项城了如指掌。

老庄智慧教人彻底放弃，无求无待，以回复心性的自由无羁。到袁大头这里，却被用作给人看的面具。他要以此作为手段，达到江山社稷尽入我囊中的目的。表里之间，相去何止霄壤。

人人赞美智慧，将它视为无价之宝，将获取它当做至上的幸福。智慧之于人生，无疑眼睛之于道路。那些形形色色的智障者，不啻人生道路上的盲人，命途充满艰难险恶。

然而要考察实际情形的话，我们却不免要疑惑了。那些被智慧漠视乃至蔑视的东西，却每每正是人人趋之若鹜的，哪怕芥末微名、蝇头小利。《红楼梦》中一曲《好了歌》唱得可谓一语中的："世人都道神仙好，唯有功名忘不了。"如此，我们日常大量接触到的是心口相违、言行不一，让人想起叶公好龙的典故。或者宽容些，退一步讲，他们未尝不向往和智慧合而为一，但内力太弱，不足以抗御外在的诱惑，轻易就被打败了。智慧始终未能真正进入内心，导引他们的人生。

相比之下，另外一种情形更不可原谅。那便是将智慧剥离、肢解，进而庸俗化，降为应答进退之术，玩弄于股掌之间，以达到个人的目的。标榜无所求是为了所得更多，谦逊以期获得加倍的赞誉，仿佛古代的隐士，身处幽谷而心存宗庙，逃名为了得名。没有伶俐的机心，如何能想到做到？智慧之所不齿的东西，变成了其所孜孜以求的目标。还美其名曰只要目的正确，手段不必在意。所有这些都如同袁世凯手中的钓竿，朝着各自的目标。

然而到了这一步，它还能够称为智慧吗？

它已经变成了另外一些东西，尽管外形近似，但其实质则完全不同。须知智慧总是和德性相邻相睦，互为表里。失德之举，也走向智慧的反面，而沦为机巧、谋略之类。至于其中等而下之登峰造极的，则要以阴谋称之了，害人又复害己。这无疑是错位中最严重的一种。

这样的人是终究不能了解真正的智慧，其受遮蔽的程度甚至过于前者。

"借我一双慧眼吧，让我把这纷纷扰扰看清……"一首红遍全国的流行歌曲是这样唱的。得失，名利，成败，荣辱……受其困扰的人不为少数。欲摆脱羁绊，只有依仗智慧，所以才有"慧眼"之说。

可是，看清之后又将怎样？路该如何走？

"道不行，泛槎游于海。"面对红尘滚滚，古代的哲人智者开的方子往往都是逃避。范蠡功成身退泛舟五湖，嵇康披发佯狂以避人祸，都是因为他们参透了个中禅机。在今天，这样的可能性首先已不复存在，欲唱归去来，桃花源已不在，有心赋采薇，首阳山亦难寻。且智慧之为智慧，也是在愚昧、无明、盲障的背景下才显示的。如果必避至人迹断绝处才得圆满彰显，这样的智慧未免让人怀疑。因此，智慧在体现处，也应当在蒙昧甚嚣尘上的地方。正仿佛最好的隐匿之地其实正是人群，不是说"万人如海一身藏"吗？

这并非鼓励人去学游刃有余的处世之术，虽然事实上许多人都走上了这条路。举世皆醉，一人独醒，他若不满于这种状态并有所表示的话，非但于事无补，反而很可能会引火烧身。智慧在与愚昧的较量中，败下阵来的往往是前者，屈原自沉江潭，便是一个惨痛的例证，也昭示了后世许多高洁的智者的悲剧命运。"世人皆浊，何不淈其泥而扬其波？"在现实的利益面前，那些定力不足的人，最终恐怕不免要认同屈原笔下渔父的逻辑，会从曾经信奉不二的准则下退却。

但是否想到，这样与世推移，你就是参与扩大愚昧，如果世道人心最终是离所向往的越来越远，这里面是有你一份责任的。好比久处鲍鱼之肆，尽管自以为是虚与委蛇，但在别人闻来其味则——很可能也正如此。这样趋同流俗的结果，尽管会得些甜头，但扪心自问，最终会觉得是失大于得，如果他心中还将智慧德性作为尺度的话。自然，那些将之视为油彩、需要时拿来涂抹在脸上的人不在此列。

那么，对并非英雄却也不愿作宵小之辈的大多数人，现实可行的看来是中道。是在执著与淡泊、抗争与忍让等等对立的情操之间，寻求一种不失尊严的生存。不妨以对待非人性的强大政治压力的态度为例，在我们这个意识形态色彩浓重且人人受其裹挟的国度，它曾经是几代人的噩梦，至今余威犹在。因此，人们在这点上的姿态颇具代表性。"尽量说真话，坚决不说假话。"这是一位历经运动劫难的老作家，在回首往事时，为自己制定的准则。最初读到时，尚不能够理解，以为老人怯懦，甚至滑头，但随着世事风波浮沉，越来越认同这点。这是乡愿先生吗？这暗含沆瀣一气的种子吗？不能这样看。当时势之力过大，抗争不啻于以卵击石时，缄默便是一种现实的选择，不应轻率地加以指责。须知，对当事人，他实际上预先为自己的行为标出了一条界限，一道用道德、原则扎就的栅栏，有此凭依，不会滑入泥淖。这同无操守的随波逐流相比，仍然是泾渭分明。如果说那种以孤躯而敢抗天下之恶的高风亮节合乎神的标准，这不妨看做是人的标准。在鬼魅到处可见的世界，能这样做，也算人道不匮了。一旦它们成为大多数人的操守，愚昧——恶常常是其极端形式——最终难以长久肆虐。

这仍然是一种错位，然而已经是最为贴近的了。

谭延桐

庄严的时光

　　时光静静地坐着，望着生命诞生，望着生命成长，望着生命走向式微。自己却年轻地活着，在灵丹的光芒里从容地布道。

　　这就是庄严。

　　该给你的都给你了，不该给你的乞求也没有用。就一个孩提，就一个青春，就一个夕照。你感恩就感恩吧，你诅咒就诅咒吧，风照样刮，雨照样下，宇还是宇，宙还是宙。

　　有些东西是决然不可侵犯不可玷污的。冒天下之大不韪试试，就会试出祸患、悔恨。

　　比如庄严。

　　庄严是什么？是上帝的目光。

　　懂得庄严的人，就懂得生命的重量。

　　火烧起来了，别让它停下。停下，你的脸就复归暗淡。脸色暗淡，就会连自己也看不清自己。灰云就来了，在你的心上筑巢。

　　继续地加一些柴，让火焰高过头顶，是最聪明的办法。这时候你不要自诩为聪明，自诩的空当里，火就灭了。如果再要看到火舞，则是另一种姿态另一种颜色另一种意蕴了。

　　不信就问问日月。

　　火之于生活是这样地贴近，我们却常常不了解它的性格，不了解它的情怀，不了解它的灵魂。等火离开我们的时候，我们才感到周身的寒冷，夜色的围攻，甚至绝望的降临。

　　醒还是不醒？早醒还是晚醒？

谭延桐，1962年生，山东淄博人。主要作品有《处处见舞台》《我没有病》等。

还是根本就不相信裁决,皮死麻木不仁,肉死针刺不痛,我行我素?

或许你什么都有了,黄金、地位、虚荣的鲜花,却独独没有"自己"。庄严被你冷冷地关在门外,你也被庄严不屑地抛掷一边。还有比这更悲哀的事吗?或许你根本就不知道悲哀,不管你知道不知道,悲哀已经盯上了你,你在劫难逃!

你说你是受难者,仿佛你是基督,仿佛你是十万不幸的焦点,实在有些幽默。幸亏贼喊捉贼的先例不在你这,要不你又捧回一个专盛伪善的奖杯了。

事业、爱情,所有庄严的东西,你都不相信,都无所谓,你相信什么呢?所谓什么呢?

面对至真至善至圣至洁,你越来越近视,真担心哪一天你看不清前面的泥淖,一头栽进去。

你的哲学就是玩。玩权玩法,玩钱玩情,玩花玩鸟,玩狗玩猫,玩山玩水,玩天玩地,玩太阳玩月亮,玩列宗列祖的鲜血,玩金兰之契的心跳。中国玩够了到外国玩,地球上玩够了到月球上玩。玩得晕头转向天昏地暗。玩火自焚。实在忧心有朝一日你把自己玩成了剧毒的令人不齿的灰烬。

人之初的誓愿哪去了?使命哪去了?神圣与庄严哪去了?

心计与阴谋塞满了你的大脑,满不在乎与玩世不恭紧紧地攥在你的手中。你在危险的梦里踩着高跷,呼着万岁……

我不知道你是否觉得坦然,我不知道你拿什么来安慰自己。

人活着,得有一面镜子,时常照照自己的灵魂。红尘滚滚,落上浮埃是难免的,擦掉或冲洗一下也就是了。关键是不要背向镜子,更不要逃避镜子,甚至掼碎镜子。

像镜子这样至诚的朋友是难得的。

痛苦像狼一样追逐着生命。在人类与狼的搏战中,人常常受伤,或牺牲。这时候,朋友会为你揩去身上的血迹,或守着你的亡魂,拔出利剑为你雪仇。

朋友是一束光芒。

镜子是陪你哭泣陪你微笑的兄弟。

在朝拜庄严的岁月,拥有并珍惜这样的妙丽,是永恒的不悔。

路边的枝头挂满了累累的果实。别动那些果实,那是人家的汗珠。

栽一些自己的树,关心它,像关心自己的成长,自己也就是一棵蓊蓊郁郁的树了,枝头就挂满了笑意,挂满了幸福。

树是庄严的。它与庄严的时光相映成趣。

学会栽树的过程,就是生命的全过程,就是庄严的内涵。

时光在望着你,等待你的邀请。

愿与时光共舞吗?

(选自1993年6月29日《山东青年报》)

李汉荣

对身体的感受和理解

人的身影：树的形象

我几乎要说人是一株树了。他的腿是树根，手是树枝，他的头发是树冠。他竟是不结果实的树吗？作为一株树，他与自然界的那些树相比，他该是多么贫困：既不能让鸟儿在其树冠上做巢，也不能撑起硕大的绿阴庇护别的生灵，也不释放氧气和芬芳清凉的气息，人，竟是这么一株荒凉的树吗？

如果仅仅这样，随便一棵树都有资格指责人：你是无用的。

而人有思想，人是会思想的树。

幸亏有思想，幸亏有思想的绿阴和果实，覆盖了人的历史。否则，随便一棵树都有资格指责人：你是无用的，甚至是有害的。

然而人有思想，有创造的喜悦和爱的激情。人，因此有资格站在一棵树下或走进林中，注视树并被树注视，在存在的森林里，在喧哗的语言里，人的声音，仍是最有意味的声音。

人是一种树。他呼吸氧气，咀嚼食物，但他制造的并非全是废气和秽物。

人是一种树。他的最高成就，是向宇宙提供思想的氧气。

此刻，当我看见一位少女倚树而立，那么安静地与树站在一起，我心里说道：她是一株多么美丽的树。

我想人这种树的另一成就，是向整个存在

李汉荣，1958年生，陕西人。主要作品有《驶向星空》《母亲》《与天地精神往来》等。

（不仅仅向人）提供爱的绿阴。

身体的社会学

我从你的身体读到整个社会。

你的头发早已脱落少半，秃顶，那寸草不生的地方是岁月的泥石流泛滥的结果，大规模的水土流失已经开始，害怕荒凉而荒凉正不可阻挡地降临。今天早晨我看见你忽然黑发满头，青丝飘扬。我明白你戴上了假发。在假的头发下面，我希望那颗头还是真的，那头脑里的思想还是真的，那脸上的表情还是真的。

你脖子上招展的领带，是金利来，还是皮尔·卡丹？商业围追堵截，整个身体，几乎是被品牌和商标包围了，人，是商业的战士、战场，也是商业的俘虏。我从挂满品牌的身体的缝隙，寻找不曾贴上商标的灵魂和感情，哪怕只是一瞥纯真的目光。

我看见你手指上的戒指了。点点头，我就不与你握手了，免得我的冰凉和你的生硬互相伤害，从你闪光的手，我看见生存的含金量正在升高，我看见河流里那些沉默已久的金子终于越来越多地停泊在一些机敏的手中。

这时候，我隐隐嗅到一点异样的气息，是法兰西芳香的气息，我猜测，你的腋下或某个衣角，悄悄藏着液体的巴黎，我惊讶，地球正加速缩小，缩小成我们的身体。

你忽然一个趔趄，一只名牌皮鞋断成两截，你骂一句：上当了，假的。幸亏路是真的，大地是真的，幸亏上帝没有弄虚作假，如果他造一个假的地球，比如纸糊的地球或泡沫做的地球，你、我及一切，都将是子虚乌有。

幸亏，总有一些东西是真的。

哲人的瘦

哲人似乎都是瘦的，与瘦的身体形成对比的，是他们思想的伟岸和丰满。再高深、再超验、再抽象的思想和精神活动，总是在身体内部进行的。人很小、很脆弱，而人置身其中的宇宙又是如此大，如此坚固，如此飘忽神秘，如此永恒。哲人把对宇宙万物、对存在本源的敬畏、叩问和求索，都浓缩进自己的思想，如此浩大无边，几乎与宇宙对称的思想却要由小小的肉身担当。沉重的思想压迫和榨取着肉身。哲人无可挽回地瘦下去。假如康德或爱因斯坦也因为养尊处优而胖起来，这个世界将病入膏肓。瘦的哲人拯救着，至少是扶持着这个世界。正如瘦的月亮，一夜夜抚慰着、照着世界，夜才不那么黑，有时候还很亮。

我不是说瘦一定比胖好。

太瘦或太胖都让人为之捏一把汗。

哲人太瘦，令人担心玉山倾倒高树摧折。

牛奶下肚，将转化成什么

我又捧起一杯鲜牛奶。

我似乎看见，远方的草场上，奶牛专注地吃着青草，它花白的身躯像一座移动的古堡。它怎么也不会想到，它身体里的暖流会进入我的身体。

奶牛啊，原谅我吧。我们篡改了你做母亲的愿望，挪用了你的乳汁，这公然的掠夺，不知是否符合造物者的初衷？也不知是否刺痛了你的心？

一生一世，我们吃掉了多少粮食和植物？而有多少动物，也进入了我们的肠胃。有时候我觉得我们的身体很高贵，是一座庄严的庙宇；而有时候，我又觉得我们的身体不洁而有罪，它竟是埋葬无辜生灵的墓场。

孙中山先生说：天生万物以养人，人无一德以报天。我想孙先生肯定在万虑之中也曾经冷峻地沉思过人的身体，由此生发出对人的存在意义的思考。毕竟，身体是我们直接要面对的第一现实，伟大的思想能涵盖宇宙，也必须包容身体，而一味远离身体的思想，总显得缥缈而不可信。正视身体，由身体出发而走向宇宙，把身体与万物联系起来，把灵魂与终极精神联系起来。这样的思想，既能被身体感应，也能被灵魂接纳。

而此刻，我喝着鲜牛奶，我思考着我和牛的关系，和草的关系。

牛奶和万物养育了我，我回报给天地的该是什么？

我想，这杯牛奶下肚，它转化的不该仅仅是脂肪、体力和征服的欲望。它应该转化出高尚的思想和纯洁的情感,面对那奶牛,那草场,那河流,那无边的自然,我应该深深地感恩。

我这么想的时候,似乎觉得那奶牛已原谅了我。于是我决定,今天早晨必须写一首关于牛的诗。

伤口的深度,就是对生命理解的深度

被火灼伤过,被冰冻伤过,你就彻底知道了火是什么,冰是什么。

被爱刺伤过,被恨杀伤过,你就真正知道了爱是什么,恨是什么。

隔着遥远的距离,我们欣赏并赞美月亮上的环形山,而环形山正是太空陨石轰击月球留下的伤口。

许多深刻的哲理,是由伤口说出来的。

不曾受伤的人,他不会真正懂得什么是疼痛。

我母亲的手上,有九十多道伤痕,她承受了多少劳动的艰辛和岁月的伤害?当母亲安静下来,我看见她的那双手是多么幸福和满足。当母亲举起双手为我送行,我看见九十多个伤口都在向我说话,为我祝福。

我们常常在河边冲洗自己身上的伤口,我们不知道,河流,也是一道难以愈合的伤口。

不必像保存文物一样保存自己的伤口。

但是,伤口,的确是属于我们自己的私人文物。

对往事的回溯,未必不是对伤口的凭吊。

透过伤口看世界,我们会发现一些深刻的东西,和一些浮浅的东西。

或许,生命,就是在伤口里的一次泅渡?

我的身体也流动起来

我躺在水边,我的身体也流动起来。

波涛注入我的内心,我渐渐变得浩瀚。

石头撞击着、滚动着,缓缓地变成沙粒。

鱼群集结在我的四周,它们用腮理解我的存在,用温柔的暴力拍打我。

天光云影飘过我的水面,银河也加入我的水域。河流里还有更深的河流,灵魂里还有更高的灵魂,梦境里还有更远的梦境。在流动的时刻,我理解了神的秘密乃存在的秘密：奇迹后面套着更多的奇迹。

而我是如此谦卑和耐心：与我相遇的，不管是高远的天空，还是一只小小蜻蜓，我都要濡湿它的饥渴的嘴唇；一枝柳条、一枚三叶草伸过来，我都想握住它们的小手，并系上一串小花。

一切倒影我都想保留下来。而一切倒影都注定要破碎。

闪电划开我又缝合我，刀锈蚀了，我不曾留下伤痕。

岁月和往事渐渐变成两岸青山。而我永是奔流，奔流，直到我注入大海，这才发现：通向天空的路才刚刚开始……

死亡，并不是最后的归宿

"我们只是偶然出现在我们注定要消失的地方。"这是一个很机智的说法。

而我想对这句聪明的话做点小小的改动：

"我们只是偶然消失在我们注定要出现的地方。"

谁说不是呢？

消失是偶然的，出现则是必然的。

如果我变成泥土，我将以植物的形象再次出现，从一株三叶草上，你会看到我的手势，在一丛野薄荷花里，你会闻见我身体的淡淡清香。

如果我变成风，我将吹送雨、推举云朵，搅动漩涡，它们都在准确地描述我的心情；我甚至不厌其烦地吹动你的头发和衣襟，让你随时感到一点凉意。

如果我变成水，我出现的机会就更多了，我或许是海里的一个波浪，随着盐的无休止的轮回，我未必没有进入陆地的时刻；我或许是瀑布从悬崖上跌下溅起的那朵透明的水花；我或许去到深深的地底，当我重新走回地面，我已经变成泉；我或许是一片雨云，路过你的屋顶就不慎掉落下来，你窗前的雨声，是我说给你的隔世情话，可惜你已经听不懂了。

我的目光将被闪电收藏，在沉闷的夜晚它会出现；

我的头发将被大地重新栽培，它会在森林里出现；

我体内的铁，将返回深山和岩层，经过长久修炼，它会以金属的质地再次出现；

我服从大地的引力，最终我也变成一部分引力，我谦卑地呆在事物的背后，让事物在合适的时刻带着我的一部分意志出现；

我是大气层的一部分，我加入这伟大的帐篷，我怀抱万物也向万物交出我自己，在神秘的高处，我看见宇宙无边的心胸。

我可能是卑微的元素，但我仍会影响一块岩石的构造，推迟或提前冰川的形成，一座山的海拔将因我的加入发生微妙的变化，我无法被拒绝于地质演化史之外。

很可能，我会以一朵雪的形象从远方返回来，再一次，在你的呼吸里化成泪水。

我消失，消失的是有限的形体，我获得了无限的可能，我有无数次再生的机会。

我们只是偶然消失在我们注定还会出现的地方……

（选自 2001 年第 6 期《散文》）

马 德

审 视

审视自己。

就像浩瀚的大漠审视变幻的苍穹，就像残败的古堡审视沉重的背影，就像垂暮的老者审视多舛的命运，就像壮美的江山审视变迁的历史。

没有审视，就难有发现。在痛苦中审视，你会发现孤独的自己；在闲适中审视，你会发现空虚的自己；在奋进中审视，你会发现无知的自己；在安逸中审视，你会发现沦落的自己。

审视自己，就要把自己全方位展开，做一次灵魂上的检阅，然后痛快淋漓地向浅薄的自我、虚伪的自我乃至卑劣的自我告别。审视的过程，是在寻找人性中的痼疾；而审视的结果，则是要割去这些灵魂上的肿瘤。

审视，是一种积极的自我超越。正如每日照镜子一样，没有审视地活着，实际上是对自我存在极人的极不负责的纵容。

在低沉的时候，不要用太过悲伤的眼光审视自己，这样容易使自己流于自卑；在昂扬的时候，也不要用太过乐观的眼光审视自己，这样容易使自己走向骄狂。审视自己，要有合适的尺度，否则就会走向极端，要么是处于目空一切的狂态，要么是陷入消极无能的冰点。

审视，合理的眼光应该是挑剔的，甚至是怀疑的。因为只有在这种接近否定的氛围里，事物才会是发展的前进的。但这种挑剔不应是严酷，更不应是残忍。不然，即使去审视了，其结果也只会是一

马德，主要作品有《住在爱的温暖里》《智慧菩提》《生活对爱的最高奖赏》等。

种打击,一种伤害。这样做,无疑是对审视的初衷的严重悖离。

"横看成岭侧成峰,远近高低各不同。"由于审视的角度和方式的改变,一个问题就会以不同的侧面展示给你。因此,你没有理由因清贫而责备世道沧桑,也没有理由在受到生活的重创后埋怨命运多舛。说到底,到头来能够拯救你的惟有你自己。

学会了审视自己,也就懂得了审视周围。于是,作为个体的自我就不至于盲目地崇拜他人,盲目地追赶潮流,盲目地迷恋世俗,盲目地改变现状。审视,是人生的方向盘,它使你把握住自己,始终清醒地站在世事的浪尖上,不被生活的暗流淹没。

审视天地岁月,可收获一点哲思;审视世事人生,可增添一份睿智;审视文化历史,可厚实一些底蕴。

不想昏庸地活着,就审视一切。

(载1998年第9期《散文选刊》)

杜 丽

关于跌跤的十八点思考

昨天下午,为了给媒体发一张重要图片,我在我的办公室和我的领导的办公室之间的一段长度约五十米的走廊里来回奔跑,突然,砰的一声,没有任何防备,我重重地仰面摔倒在刚刚清洁过、水渍未干的地板上。当时走廊里没有一个人,只有对面办公室的一个女同事,目睹了我狼狈的"跌姿"。等到有人闻声走出来,我已经很淑女地爬了起来,以优雅的准猫步,走进了我自己的办公室。

由此,我得出了关于跌跤的如下思考:

1. 你永远都不知道,你会在何时、何地、因何原因,以何姿态跌倒。

2. 在哪里跌倒的,就要在哪里爬起来;别无其他选择。

3. 自己跌倒时,不要指望有人来扶;但,别人跌倒时,如果可能,最好给以援手。

回到办公室,脑袋有点痛,有点懵。于是,我给"万能的电视兽"打了个电话,问:这会不会是脑震荡?"万能的电视兽"用她一贯的万事不惊的口吻说:"你以为你有那么幸运吗,跌一跤就跌出个脑震荡?"听了这当头棒喝,我一下释然了,不再去想脑震荡的事,开始了我的工作。等到终于把图片等弄妥,我才感觉到右小臂很痛,很痛。捋起袖子,发现,写字时压在桌上的那个部位肿起了足足一公分高、鸡蛋般大的一块,颜色乌青。

由此,我得出了关于跌跤的如下思考:

4. 跌跤,无论是形而上的,还是形而下的,都

杜丽,1967年生,山东莱州人。主要作品有《美好的牧人》《戴绿色玻璃罩的台灯》《为卡尔文疯狂》等。

一样:当时不痛。

5. 事后才痛。很痛。

6. 跌跤之后,即使你的外表看起来完好无损,内里的痛,是逃不掉的。

到了下午4:30,领导过来,问:你怎么还不回家? 我说:领导你忘了,我晚上有个采访。领导说:我能和你一起去吗?我听了,大为感动,以为领导怜香惜玉到要为我的"工伤"保驾护航。谁知领导接着说:你采访的人,也是我最敬重的人之一,我想坐在旁边听听。唉,一个小时前,领导还对我的跌跤痛惜不已,许诺年底给我一个"劳动模范"的称号,尽管这许诺是如此的虚无缥缈,但仍旧安慰了我"脑震荡"的心,一个小时之后,竟然就江湖相忘了。

由此,我得出了关于跌跤的如下思考:

7. 跌跤时,不痛,但有人问;跌过之后,痛来了,就无人问了。

8. 有人问,要感激;无人问,要忍受。

晚上的采访,进行了足足五个小时,其间,我的右手臂一直压在桌上,做记录。我全然忘记了,那里肿起了足足一公分的高度,只是在洗手间里,才发现,原来的乌青已变为晚霞般绚烂的紫红,肿得发亮。回家路上,痛又来了——痛到,右小臂抬不起来的程度。

由此,我得出了关于跌跤的如下思考:

9. 工作,可以忘却痛。

10. 但只是暂时的,回到家,还是会痛。

11. 所以,最好不停地工作,成为职场强人。

12. 不知职场强人们是否都是因为之前跌过跤。

夜里三点,我被一阵剧烈的疼痛痛醒;手臂的痛,已经不是最大的问题——膝盖、小腿、肋骨、锁骨、后背、脖子……所有的骨头,都在痛,痛到我甚至怀疑自己,是不是摔断了肋骨,或是脖子。

由此,我得出了关于跌跤的如下思考:

13. 原来,人的身体有这么多脆弱的骨头;哪一块都经不起小小一跌。

14. 跌跤之后,痛会由皮肉向内蔓延。

15. 皮肉痛,看得见,不怕;骨头痛,看不见,有点怕。

早晨,起床后,我发现自己脖子僵直,手臂抬举吃力,已经不能去上班。跟领导请假之后,我决定在家晒一晒小太阳,读一读俄罗斯出版家绥青的回忆录,看看自己能不能从中找到什么秘密法门,争取做一个中国的,嘿嘿,女"出版家"。忽然,电视里传出一个声音,说:"生活中,我们都免不了,磕磕碰碰……"

我大吃一惊:我跌跤时,并没有看到有狗仔队的闪光灯呀!怎么电视台这么快就知道了?

我奔到电视机前,原来是中央二套"健康之路"节目现场,标题是:跌打损伤有隐患。画面上是一个年轻男孩,他摔了一跤,没有及时诊治,半年之后,被诊断为股骨颈骨折引起的股骨头坏死,要"换髋关节"——且以后,每隔十年就要换一次。我吓了一跳,一分钟都没想,就迅速拨了该节目的热线电话。我得说,我的运气太好了,竟然,一拨就通,接线员MM给我放着好听的音乐,要我等候一会儿。很快,一个男性声音出现了,开始询问我的病情。我讲述了自己摔倒的经过。

对方问:当时,你有没有昏迷?

我回道:很惭愧,我没有昏迷,自己爬起来的。

对方说:那你就密切观察几天,再决定是否去医院吧!

我又给"万能的电视兽"拨了电话,问:我会不会半年之后,需要"换髋关节"?她在那边大笑三声,说:换髋关节?你以为,你有那么幸运吗,跌一跤就跌出个换髋关节来?我也大笑三声,放下了电话。

由此,我得出了关于跌跤的如下思考:

16. 跌跤会使人失去理智,从而做出可笑的判断和行为。

17. 在人生的路上,尽量要慢慢行走,不要奔跑,避免跌跤。

18. 地面清洁过后,请务必放置"小心地滑"的警示标!

谨以此十八点体会,与众跌跤者共勉。

刘燕敏

一只小野鸭的超能量

卢塞恩处在瑞士的中部,是瑞士的第三大城市,因毗邻卢塞恩湖而得名。该城背山依水,湖光山色,环境非常优美。

前不久,在城中的五谷广场发生了这么一件事:一只野鸭在花坛边做了一个窝,并孵了一只小野鸭。这本来是一件喜事。起初,卢塞恩的居民也是这么认为的,因为自《卢塞恩报》报道了这件事后,有许多居民在网上表示祝贺,市长甚至还亲自前往探视。

如果那只小野鸭出壳后茁壮成长,然后随鸭妈妈飞回卢塞恩湖,也许这个新闻就此结束了。可是事情偏偏不是如此发展:小野鸭在出壳后的第七天,意外地死掉了。

这一死不得了啦!一个民间鸟类保护组织首先发难,责问市长:你有什么权力去探望那只小野鸭?他们推测,是市长扰乱了它的宁静,致使小鸭受到惊吓。市长这种树形象、拉选票的做法,严重侵犯了动物的生存权,市长应该向全市居民道歉。

这一抗议发出之后,市长坐不住了,因为每天都有许多记者拥向市政大厅,请市长谈谈对小野鸭之死的看法。为了平息事态,市长不得不对自己的行为作出解释,并向小野鸭的死表示愧疚;同时,向市民道歉。

这件事到此,应该说算是比较圆满了,因为此事的主角毕竟是一只鸭子。可是,并没有完。就在市长出面道歉的第二天,一个民间环保组织又发

刘燕敏,江苏丰县人。主要作品有《成功的门都是虚掩着的》《熟悉的地方没有风暴》《女人是上帝派来拯救男人的》等。

难了:一只鸭子为什么要跑到市政广场上来孵它的小鸭,难道卢塞恩湖没有它们的位置吗?说不定湖水已经被污染了,要不然,它怎么会跑到广场上来?

这一问,更不得了啦。因为卢塞恩居民的饮用水全来自卢塞恩湖,如果它被污染了,全城居民的生命不是就没有保障了吗?连百姓的生命都不能保证,你市长拿着纳税人的钱,是干什么吃的?

居民开始到市政广场游行,环境监测部门也立即出动,对卢塞恩湖的水质进行鉴定。鉴定的结果是,卢塞恩湖果然被污染了,虽然污染的程度不是想象的那么重,但污染度毕竟上升了千分之零点一!这是在你这任市长任期内上升的,你就要承担责任。他们要求市议会拨专款整治卢塞恩湖,并要求市长立即写出辞呈。

市议会不敢怠慢,立即召集会议研究此事,市长也非常严肃地作出道歉。可是,局面已难以挽回,因为水的问题关系到国计民生,关系到百姓的性命。最后结果是,市议会拨出两千万法郎专门用于减污工作,市长引咎辞职。

由一只小鸭子引起的风波,到此总该结束了吧?因为卢塞恩居民要求还我青山绿水的愿望达到了。可是,大事还在后头呢!

市长辞职后的第四十五天,瑞士为了发展旅游业,就加入《申根协定》进行全民投票。这个协定是一九八五年六月,由法国、德国、荷兰、比利时、卢森堡五国发起,在卢森堡小镇申根签订的。它是一个关于相互开放边境的协定,一个国家只要在这一协定上签了字,本国公民不需要过境签证,就可以自由进出其他协定国。

众所周知,在欧洲,瑞士虽然国土面积狭小,但在旅游方面却是一个大国。如果加入《申根协定》,势必给国家的旅游业带来更大的推动。可是,正是由于那只小野鸭,百分之九十三的卢塞恩人投了反对票。他们认为,加入《申根协定》后,会有更多的外国游客拥向卢塞恩湖。到那时,将不只是一只野鸭飞向市政广场,可能是三只、五只、十只甚至是一百只,居民的饮水也将会更加糟糕。最后,《申根协定》没有被通过。

一只小野鸭影响到国家的对外政策,我们可能觉得小题大做,然而这是事实。

(选自 2008 年第 4 期《小品文选刊》)

周 实

近思录续

"可惜我们这里无货……"

"有灵魂吗?"

"有啊,如今什么东西没有?"

"有些什么样的灵魂?"

"你要什么样的灵魂?"

"我要——"

面对各色各样的灵魂,眼光突然有点蒙眬。

"酷爱权力的这一种呢?"摇头。

"迷恋女人的这一种呢?"摇头。

"喜欢金钱的这一种呢?"摇头。

"沉醉地产的这一种呢?"摇头。

"你到底要什么的?"

越挑,越是眼花缭乱,越挑越是束手无策。

"我要——我要——我要那种高贵点的——"

"高贵点的?"店主懵了。

"就是那种很纯洁的——"

"很纯洁的?"更不解了。

"就是——就是——就是那种没污染的——"

"呵——" 店主的眼睛突然亮了,"我明白了,我明白了,可惜我们这里无货,暂时还没进入市场……"

现实

"应该面对现实!"这话听得多了,听得耳朵都起茧了。

这完全是一句废话。谁不面对现实呢?都要面

周实,1954年生,湖南人。主要作品有《爱的冰点》《空白》《小石头》《剪影》等

对现实的,不想面对都不行。

现实总是待在这里——待在你面前,蹲在你面前,站在你面前,你想赶都赶不走。哪怕你用枪,哪怕你有炮,哪怕你甩原子弹,将它弄得面目全非,还是待在你面前。

现实是千变万化的。现实有星星。现实有月亮。现实还有翩翩的蝴蝶。现实的太阳那样明亮,让你没有梦的幻想,却使你有许多困惑,使你觉得它是个谜,一个很难猜的谜。

现实真是极残酷的。它的残酷就在于——不以人的意志转移,不按人的想法变化,它总给你一个错觉,以为你是它的中心,而你并非它的中心。

噩梦醒来是早晨,好梦醒来也一样——无论什么样的梦醒,你都必须面对现实。

惹不起,躲得起——惹不起还躲不起吗?

不错,事情就是这样——无论躲到什么地方,你还是在现实之中。

哪怕你就是躲到梦里,你还是在现实之中。

日有所思,夜有所梦,就是说的这种情形。

世界

一生中,我们能认识人间几个人呢?

有一天,我坐下,拿起笔,写起来,写了一张纸,又是一张纸,结果怎么样,不到一百人。

而真与你有接触的好像只有几个人。

而你若是退休了,就周围的情况来看,除了牌友,除了舞友,除了球友,或者别的什么友,可能只有家人了。

"世界真的小!"书上这样说,语气是惊叹。

"是你认识的人少!"若是反过来,也可这样说。

一张脸和一张脸在电梯里相遇了。

一张脸和一张脸在街口上相遇了。

一张脸和一张脸在饭桌边相遇了。

四只眼睛凝视着,往事移到面前来,你又想起好多人。

那些人都哪里去了?一个,一个,一个个的,都从你的生活中,消逝了,失踪了。

有的是突然消逝的,有的是慢慢失踪的。

生活也就这样过去,变得模模糊糊的。

你的头也低了下来,显得越来越沉重了。

你的眼皮耷拉下来,想睁开也很困难了。

这时,忽然,有一天,你和他又猛地相遇:

"世界多么小!"你俩感叹着,仿佛只要伸开手臂,就能把它完全抱住。

把握

天上的云瞬息万变,当你看见这片云时,它已不是这片云。

地下的河曲里拐弯,当你踏进这条河时,它已不是这条河。

真想画出某片云彩,那恐怕是不可能的,你只能够画出云彩。

真想绘出某条河流,那恐怕也很是难的,你只能够绘出河流。

很多时候,我们真的只能把握一个大概,就像你能登上月球,却难解剖那些细菌。

还有你的狗,你真了解吗?还有你的猫,你真了解吗?甚至你的父母、孩子,你也难说你了解的。何况这个世界上,还有这么多的人,还有各种各样的语言,你又能懂几国语言?

即使对汉语,你也不能说,你就真的把握了。虽然,每天,你都用它——表达思想,抒发感情。

你只能说好,比如这个好,比如那个好,至于哪个更加好,你就难说了。

至于对罪恶,那就更难说,你凭什么说此罪定较彼罪更加恶?

有的罪是伤身的,有的罪是伤心的。

至于善,也一样,即使最大最美的善,也难尽善尽美的。

我们多靠错觉而活,将那错觉当做正确。

这样,我们走在街上,就会觉得自己好爽,已经将这人生把握。

野人

很多年都过去了,我总忘不了他的传说——神农架的野人传说。后来,又看了一些报道,不是发现了他的脚印,就是捡到了他的毛发,有的甚至活灵活现,说是看到了他的身影,组织专门的科考队伍,也没有能寻到他。

若是真的,他怕什么?他难道就看不到山外的那些高楼大厦以及那些飞奔的汽车?虽然,他是一个野人,但他毕竟是一个人,再野也是叫野人。

我想对他说:还是现身吧!神农架的原始森林再好也是原始森林,现代化的繁华都市再差也是繁华都市。城市比森林,现代比原始,多少总要好一点的。

我想对他说:还是下山吧!我们这里虽有官僚,但也不会全是官僚。我们这里虽重金钱,但也不是都重金钱。我们这里虽有刑罚,但也不是事事刑罚。我们这里虽有假话,但也不是句句假话。自由言论虽有麻烦,要定死罪,现在已难。

何况我们还有很多——很多很多的古代文明,很多很多的现代文明,比如李白的瑰丽诗歌,比如瞎子阿炳的琴声,比如冰箱,比如电视,比如手机、MP3,冬天空调能制暖气,夏天空调会送冷气……

我就这样想着想着,在都市水泥的丛林之中,一遍遍地呼唤野人,野人却是毫不理睬,还是愿意做个野人,隐藏在那原始森林……

个人

改革开放以来,人的个人意识大大加强,使用"我"的频率越来越高,但这个"我"主要还是针对"我们"的。

这一晌,写了一点有关男女的文字,现在一想,又觉得是非常愚蠢。因为只要一讲男或者女,还在讲"我们",不是在讲男的"我们",就是在讲女的"我们",而非"我",而人实在是只能讲"我"的。

当然,这只是我的看法。

虽然,我是一个男人,或者,你是一个女人。

谁又能代表"我们"呢?谁也不能的。即使,他以为代表了,其实还是没有的。他代表的只是自己,他代表的只是"他们"。他代表的只是权力,却不能够代表"我们"。而——他却以为代表了。

如果哪一天,女人都不再讲"我们",男人也不再讲"我们",社会是不是进步了?

之所以打一个问号,是我实在难以想象只讲"我"的那个社会到底是个什么样子。那种已经进步的生活会给"我"带来什么幸福,或者给"我"多少幸福。

朋友

从黑暗之中涌现出来,从灾难之中逃脱出来。

与心灵对话,与肉体交谈,与梦想商量。

相信美,相信真,相信正义和进步,相信无论什么时候,即使面临许多失败,也能看到前面的希望。

前面的希望即使渺茫,即使眼前不会实现,还能看到那个希望。

战争的阴影,恐怖的阴影,尸体的气味,飘荡着。

艺术,革命,理性,疯狂,武器,毒品,各种主义,混合着。

偶然的相遇,没有障碍,情义永远不会破裂,之间拥有一种默契。

是兄弟?是姐妹?是夫妻?是情人?是父子?是师徒?

浑身都是伤痕累累,眼睛里面都有迷惘。

而且全对词汇着迷。而且全靠语言活着。

是否也有分离的时候?分离时候,当然有的,而且也有互相抨击,但却不会怀恨在心。

伤口即使永不愈合,情缘也在,不会结束。

他对你是一种激活,你对他也是一种激活。

体内

与人交谈,听人说话,那些好的生动的语言总能融入我的体内。

体内?是的。不是脑里,也非心里,而是体内。

脑里的,是记住的。心里的,是感受的。体内,是自然而然的。

是啊,体内,这个词汇,说起来是有点勉强,但是,却是非常动听。

谁能找到体内呢?你能找到脑,你能找到心,可你找不到体内。

就算你是搜寻大师,你也无法找到体内。

就算你将大脑剖开,就算你将心脏切开,就算你将身体划开,你也只能看见脏器,看见血管,看见血液,看见淋巴球、神经纤维、细胞、蛋白分子、原子及其他，你仍无法看见体内。

只有激情燃烧之时，只有心灵颤抖之时，你才会看见体内的。看见体内迅速成形。每次成形都不一样，都随对象变化模样。

没有体内的人，感觉是麻木的。

体内弱的人，感觉是单调的。

只有体内强大的人，感觉才是丰富的。

你能看见体内吗？你能看见精气神是如何地旋转成星云的吗？

那团星云看似模糊，实则却是又亮又明。

思想

说到出家，我的思想，倒真像是出了家。

它就像个托钵僧，今天这里，明天那里，东南西北，云游四方。

有时，又是挂单某庙，一住就是一年半载，直到实在住腻味了，才会阿弥陀佛离去。

离去，很快就忘记了，又被新的吸引住了，待到哪天转了回来，又在某庙再次住下，才会感到似乎来过，才会想到似乎见过。

是在哪里见过呢？一时却又想不起来，待到某天想起来了，才会想到罪过罪过。

人总是有罪过的，无论多么完美的人。思想也一样，即使它伟大。

我不喜欢待在家的，我这是说我的思想。在家，它就憋得慌，就干瘪，就枯燥。

面对我的出家的思想，人多说它没有立场，至少也是缺乏立场。

有了立场就很好吗？没有立场就不好吗？

人的思想若有立场，就只能在一个地方。若是只在一个地方，我倒情愿上无片瓦。

哪怕就无立锥之地，我也不愿待在家的。我这是说我的思想。

我的思想就像流水，总是哗啦啦地流去，流向何处，它不知道，它也根本不想知道。

绝症

人说：不知生，焉知死。人又说：向死而生。

生与死的距离之间,我们真的知道多少?

生与死的距离之间,你的位置又在哪里?

通常来说,生死之间,一个人所处的位置大都非常模糊。

不过,若病了,而且是绝症,那就不同了,你就清晰自己处在生死之间的哪个点了。

即使不清晰,也能感觉到,感觉你从那个点上如何向那死亡移动,闻到死亡的那种气味。

绝症多为渐进的,一个台阶,一个台阶,一步,一步,走向死亡。

每一步都是种体验,甚至都是一个世界。你会路过好多世界。

绝症给你足够的时间从从容容走向死亡。

绝症也给死亡机会,让它活着,不慌不忙。

这时,你对时间、生命,自然会有自己的定义。

这时,你看每事每物,都会凝视,十分注意。

这时,你的那种目光,每一瞥都揪人心肠。

你的目光那么瑰丽,死亡也会为之战栗。

西绪福斯

关于西绪福斯,写得够多的了,中国人,外国人。

一天到晚,推着巨石,推着,推着,推着,推着……

眼看推到山顶了,又从山上滚下来,于是,又从山脚推起。

一日又一日,一年又一年,年年岁岁,无休无止。

只要他的生命还在,他就要推巨石一天。

成了人类的一个象征。象征什么呢?象征人要受的处罚?象征人的多灾多难?象征人的自我折磨?象征人的百折不挠?

以前写过一首诗,是说西绪福斯的。

我的诗,都简单,写得一点都不好,但我还是情愿写,一首一首又一首,情不自禁,手不自禁。

好笑吗?是有点。要笑,你就放声笑吧,怎么随意怎么笑。

那首诗是这样写的:

总是听说你的名字,西绪福斯,西绪福斯

在那诸多的书本里和那诸多的谈论中
字字似乎怀着钦佩却又好像抱有怜悯
你到底是一个英雄还是那样一个罪人
或者只是一个蠢人，一个遭人耻笑的蠢人
做工的是不谈你的，务农的也不会说你
因为他们与你一样，日日夜夜，默默无声

60年中国青春美文经典

下册

王剑冰 选编

中国青年出版社

情感篇

三 毛

荒山之夜

那天下午荷西下班后,他并没有照例推门进来,只留在车上按喇叭,音如"三毛,三毛"。于是我放下了正在写着玩的毛笔字跑去窗口回答。

"为什么不进来?"我问他。

"我知道什么地方有化石的小乌龟和贝壳,你要去吗?"

我跳了起来,连忙回答:"要去,要去。"

"快出来!"荷西又在叫。

"等我换衣服,拿些吃的东西,还有毯子。"我一面向窗口叫,一面跑去预备。

"快点好不好,不要带东西啦!我们两三小时就回来。"

我是个急性人,再给他一催,干脆一秒钟就跑出门来了。身上穿了一件布的连身裙拖到脚背,脚上穿了一双拖鞋,出门时顺手抓了挂在门上的皮酒壶,里面有一公升的红酒。这样就是我全部的装备了。

"好了,走吧!"我在车垫上跳了一跳满怀高兴。

"来回两百四十多里,三小时在车上,一小时找化石,回来十点钟正好吃晚饭。"荷西正在自言自语。

我听见来回两百多里路,不禁望了一下已经偏西的太阳,想对荷西抗议。但是此人自从有了车以后,这个潜伏性的"恋车情结"大发特发,又是个 O 型人,不易改变,所以我虽然觉得黄昏了

三毛(1943—1991 年),浙江舟山人。主要作品有《撒哈拉的故事》《雨季不再来》《温柔的夜》等。

还跑那么远有点不妥,但是却没有说一句反对的话。

一路上沿着公路往小镇南方开了二十多公里,到了检查站路就没有了,要开始进入一望无垠的沙漠。

那个哨兵走到窗口来看了看,说着:"啊,又是你们,这个时候了还出去吗?"

"不远,就在附近三十公里绕圈子,她要仙人掌。"荷西说完了这话开了车子就跑。

"你为什么骗他?"我责问他。

"不骗不给出来,你想想看,这个时间了,他给我们去那么远?"

"万一出事了,你给他的方向和距离都不正确,他们怎么来找我们?"我问他。

"不会来找的,上次几个嬉皮怎么死的?"他又提令人不舒服的事,那几个嬉皮的惨死我们是看到的。

已经快六点钟了,太阳虽然挂下来了,四周还是明亮刺眼,风已经刮得有点寒意了。

车子很快地在沙地上开着,我们沿着以前别人开过的车轮印子走。铺满碎石的沙地平坦的一直延伸到视线及不到的远方。海市蜃楼左前方有一个,右前方有两个,好似一片片绕着小树丛的湖水。

四周除了风声之外什么也听不见,死寂的大地像一个巨人一般躺在那里,它是狰狞而又凶恶的,我们在它静静地展开的躯体上驶着。

"我在想,总有一天我们会死在这片荒原里。"我叹口气望着窗外说。

"为什么?"车子又跳又冲地往前飞驰。

"我们一天到晚跑进来扰乱它,找它的化石,挖它的植物,捉它的羚羊,丢汽水瓶、纸盒子、脏东西,同时用车轮轧它的身体。沙漠说它不喜欢,它要我们的命来抵偿,就是这样呜——呜。"我一面说,一面用手做出掐人脖子的姿势。

荷西哈哈大笑,他最喜欢听我胡说八道。

这时我将车窗全部摇上来,因为气温已经不知不觉下降了很多。

"迷宫山到了。"荷西说。

我抬起头来往地平线上极力望去,远处有几个小黑点慢慢地在放大。那是附近三百里内唯一的群山,事实上它是一大群高高的沙堆,散布在大约二三十里方圆的荒地上。

这些沙堆因为是风吹积成的,所以全是弧形的,在外表上看去一模一样。它们好似一群半圆的月亮,被天空中一只大怪手抓下来,放置在撒哈拉沙漠里,更奇怪的是,这些一百公尺左右高的沙堆,每一个间隔的距离都是差不多的。人万一进了这个群山里,一不小心就要被迷住失去方向。我给它取名叫迷宫山。

迷宫山越来越近了,终于第一大沙堆耸立在面前。

"要进去啊?"我轻轻地说。

"是,进去后再往右边开十五里左右就是听说有化石的地方。"

"快七点半多了,鬼要打墙了。"我咬咬嘴唇,心里不知怎的觉得不对劲。

"迷信,哪里来的鬼。"荷西就是不相信。

此人胆大粗心,又顽固如石头,于是我们终于开进迷宫山里去绕沙堆了。太阳在我们正背后,我们的方向是往东边去。

迷宫山这次没有迷住我们,开了半小时不到就跑出来了。再往前去沙地里完全没有车印子,我们对这一带也不熟悉,更加上坐在一辆完全不适合沙漠行驶的普通汽车里,心情上总很没有安全感。荷西下车来看了一看地。

"回去吧!"我已完全无心找化石了。

"不回去。"荷西完全不理会我,车子一跳又往这片完全陌生的地上继续开下去。

开了两三里路,我们前面现出了一片低地,颜色是深咖啡红的,那片地上还罩了一层淡灰紫色的雾气。几千万年以前此地可能是一条很宽的河。

荷西说:"这里可以下去。"车子慢慢顺着一大片斜坡滑下去,他将车停住,又下车去看地,我也下车了,抓起一把土来看,它居然是湿泥,不是沙,我站了一下,想也想不通。

"三毛,你来开车,我在前面跑,我打手势叫停,你就不要再开了。"

说完荷西就开始跑起来,我慢慢发动车子,跟他保持一段距离。

"怎么样?"他问我。

"没问题。"我伸出头去回答他。

他越跑离我越远,然后又转过身来倒退着跑,同时双手挥动着叫我前进。

这时我看见荷西身后的泥土在冒泡泡,好像不太对,我赶紧刹车向他大叫:"小心,小心,停——"

我打开车门一面叫一面向他跑去,但是荷西已经踏进这片大泥沼里去了。湿泥一下没到他的膝盖,他显然吃了一惊,回过头去看,又踉跄地跌了几步,泥很快地没到了他大腿,他挣扎了几步,好似要倒下去的样子,不知怎的,越挣扎越远了,我们之间有了很大一段距离。

我张口结舌地站在一边,人惊得全身都冻住了,我不相信这是真的,但是眼前的景象是千真万确的啊!这全是几秒钟内发生的事情。

荷西困难地在提脚,眼看要被泥沼吃掉了,这时我看见他右边两公尺左右好似有一块突出来的石头,我赶紧狂叫:"往那边,那边有块石头!"

他也看见石块了,又挣扎着过去,泥已经埋到他的腰部了。我远远地看着他,却无法替他出力,急得全身神经都要断了,这好似在一场噩梦里一样。

看见他双手抱住了泥沼内突出来的大石块,我方醒了过来,马上跑回车内去找可以拉他过来的东西,但是车内除了那个酒壶之外,只有两个空瓶子和一些《联合报》,行李箱内有一个工具盒,其他什么也没有。

我又跑回泥沼边去看看荷西,他没有做声,呆呆地望着我。

我往四处疯狂地乱跑,希望在地上捡到一条绳子,几块木板,或者随便什么东西都好。但是四周除了沙和小石子之外,什么也没有。

荷西抱住石块,下半身陷在泥里,暂时是不会沉下去了。

"荷西,找不到拉你的东西,你忍一下。"我对他叫着。我们之间大约有十五公尺。

"不要急,不要急。"他安慰我,但是他声音都变了。

四周除了风声之外就是沙,濛濛的在空气中飞扬着。前面是一片广大的泥沼,后面是迷宫山,我转身去望太阳,它已经要落下去了。再转身去看荷西,他也正在看太阳。

夕阳黄昏本是美景,但是我当时的心情却无法欣赏它。寒风一阵阵吹过来，我看看自己单薄的衣服，再看看泡在稀泥里的荷西，再回望太阳，它像独眼怪人的大红眼睛，正要闭上了。

几小时之内，这个地方要冷到零度，荷西如果无法出来，就要活活被冻死了。

"三毛，进车里去，去叫人来。"他对我喊着。

"我不能离开你。"我突然情感激动起来。

前面的迷宫山我可以看方向开出去，但是从迷宫山开到检查站，再去叫人回来，天一定已经黑了。天黑不可能再找到迷宫山回到荷西的地方，只有等天亮，天亮时荷西一定已经冻死了。

太阳完全看不见了，气温很快地下降，这是沙漠夜间必然的现象。

"三毛，到车里去，你要冻死了。"荷西愤怒地对我叫着，但是我还是蹲在岸边。

我想荷西一定比我冻得更厉害，我发抖发得话也不想讲。荷西将半身挂在石块上，只要他不动，我就站起来叫他："荷西，荷西，要动，转转身体，要勇敢——"他听见我叫他，就动一下，但是要他在那个情形下运动也是太困难了。

天已经变成鸽灰色，我的视线已经慢慢被暮色弄模糊了。我的脑筋里疯狂地在挣扎，我离开他去叫人，冒着回不来救他的危险，还是陪着他一同冻死？

这时我看见地平线上有车灯，我一愣，跳了起来，明明是车灯嘛！在很远很远，但是往我这个方向开来。

我大叫："荷西，荷西，有车来。"一面去按车子的喇叭，我疯了似的按着喇叭，又打开车灯一熄一亮吸引他们的注意，然后又跳到车顶上去挥着双手乱叫乱跳。

终于他们看到了，车子往这边开来。

我跳下车顶向他们跑去，车子看得很清楚了，是沙漠跑长途的吉普车，上面装了很多茶叶木箱，车上三个撒哈拉威男人。

他们开到距离我快三公尺处便停了车，在远处望着我，却不走过来。

我当然明白，他们在这荒野里对陌生人有戒心，不肯过来。于是我赶快跑过去，他们正在下车。我们的情形他们可以看得很清楚，天还没有完全黑。

"帮帮忙,我先生掉在泥沼里了,请帮忙拖他上来。"我跑得上气不接下气,到了他们面前满怀希望地求着。

他们不理我,却用土话彼此谈论着,我听得懂他们说:"是女人,是女人。"

"快点,请帮帮忙,他快冻死了。"我仍大口大口地喘着气。

"我们没有绳子。"其中的一个回答我。我愣住了,因为他的口气拒人千里之外。

"你们有缠头巾,三条结在一起可以够长了。"我又试探地建议了一句。我明明看见车上绑木箱的是大粗麻绳。

"你怎么知道我们一定会救他?奇怪。"

"我……"我想再说服他们,但是看见他们的眼神很不定,不怀好意地上下打量着我,我便改口了。

"好,不救也没法勉强,算了。"我预备转身便走,荒山野地里碰到疯子了。

说时迟那时快,我正要走,这三个撒哈拉威人其中的一个突然一扬头,另外一个就跳到我背后,右手抱住了我的腰,左手摸到我胸口来。

我惊得要昏了过去,本能地狂叫起来,一面在这个疯子铁一样的手臂里像野兽一样地又吼又挣扎,但是一点用也没有。他扳住我的身体,将我转过去面对着他,将那张可怕的脸往我凑过来。

荷西在那边完全看得见山坡上发生的情形,他哭也似的叫着:"我杀了你们!"

他放开了石头预备要踏着泥沼拼出来。我看了一急,忘了自己,向他大叫:"荷西,不要,不要,求求你——"一面哭了出来。

那三个撒哈拉威人给我一哭全去注意荷西了。我面对着抱着我的疯子,用尽全身的气力,举起脚来往他下腹踢去。他不防我这致命的踢,痛叫着蹲下去,当然放开了我。我转身便逃。另外一个跨了大步来追我,我蹲下去抓两把沙子往他眼睛里撒去,他两手蒙住了脸。我乘这几秒钟的空当,踢掉脚上的拖鞋,光脚往车子的方向没命地狂奔。

他们三个没有跑步来追,他们上了吉普车慢慢地往我这儿开来。我想当时他们一定错估了一件事情,以为只有荷西会开车,而我这样乱跑是逃不掉的,所以用车慢慢来追我。

我跳进车内,开了引擎,看了一眼又留在石块边的荷西,心里像给人鞭打了一下似的抽痛。

"跑,跑,三毛,跑!"荷西紧张地对我大叫。

我没有时间对他说任何话,用力一踏油门。车子跳了起来,吉普车还没到,我已冲上山坡飞也似的往前开去。吉普车试着挡我,我用车好似"自杀飞机"一样去撞它。他们反而赶快闪开了。

油门已经踏到底了,但是吉普车的灯光就是避不掉,他们咬住我的车不放过我,我的心紧张得快跳出来,人好似要窒息了一样喘着气。

我一面开车,一面将四边车门都按下了锁,左手在坐垫背后摸索,荷西藏着的弹簧刀给我握到了。

迷宫山来了,我毫不考虑地冲进去。一个沙堆来了,我绕过去,吉普车也跟上来。我疯狂地在这些沙堆里穿来穿去,吉普车有时落后一点,有时又正面撞过来,总之无论我怎么拼命乱开,总逃不掉它。

这时我想到,除非我熄了自己的车灯,吉普车总可以跟着我转,万一这样下去汽油用完了,我只有死路一条。

想到这儿,我发狠将油门拼命踏,绕过半片山,等吉普车还没有跟上来,我马上熄了灯,车子并没有减速,我将驾驶盘牢牢抓住,往左边来个紧急转弯,也就是不往前面逃,打一个转回到吉普车追来后面的沙堆去。

弧形的沙堆在夜间有一大片阴影,我将车子尽量靠着沙堆停下来,开了右边的门,从那里爬出去,离车子有一点距离,手里握着弹簧刀。这时我多么希望这辆车子是黑色的,或者咖啡色、墨绿色都可以,但是它偏偏是辆白色的。

我看见吉普车失去了我的方向,它在我前面不停地打着转找我,它没有想到我会躲起来,所以它绕了几圈又往前面加速追去。

我沿着沙地跑了几步,吉普车真的开走了,我不放心怕它开回来,又爬到沙堆顶上去张望,吉普车的灯光终于完全在远处消失了。

我滑下山回到车里去,发觉全身都是冷汗,眼前一波一波的黑影子涌上来,人好似要呕吐似的。我又爬出车子,躺在地上给自己冻醒,我绝不能瘫下来,荷西还留在沼泽里。

又等了几分钟,我已完全镇静下来了。看看天空,大熊星座很明亮,像一把水勺似的挂在天上,小熊星座在它下面,好似一颗颗指路的钻石,迷宫山在夜间反而比日正当中时容易辨认方向。

我在想,我往西走可以出迷宫,出了迷宫再往北走一百二十里左右,应该可以碰到检查站,我去求救,再带了人回来,那样再快也不会在今夜,那么荷西——他——我用手捂住了脸不能再想下去。

我在附近站了一下,除了沙以外没有东西可以给我做指路的记号,但是记号在这儿一定要留下来,明天清早可以回来找。

我被冻得全身剧痛,只好又跑回到车里去。无意中我看见车子的后座,那块坐垫是可以整个拆下来的啊,我马上去开工具箱,拿出起子来拆螺丝钉,一面双手用力拉坐垫,居然被我拆下来了。

我将这块坐垫拖出来,丢在沙地上,这样明天回来好找一点。我上车将车灯打开来,预备往检查站的方向开去,心里一直控制着自己,不要感情用事,开回去看荷西不如找人来救他。我不是丢下了他。

车灯照着沙地上被我丢在一旁的大黑坐垫,我已经发动车子了。

这时我像被针刺了一下,跳了起来,车垫那么大一块,又是平的,它应该不会沉下去。我兴奋得全身发抖,赶快又下去捡车垫,仍然将它丢进后座,掉转车头往泥沼的方向开去。

为了怕迷路,我慢慢地沿着自己的车印子开,这样又绕了很多路,有时又完全找不到车印,等到再开回到沼泽边时,我不敢将车子太靠近,只有将车灯对着它照去。

泥沼静静地躺在黑暗中,就如先前一样,偶尔冒些泡泡,泥上寂静一片,我看不见荷西,也没有那块突出来的石头。

"荷西,荷西——"我推开车门沿着泥沼跑去,口里高叫着他的名字。但是荷西真的不见了。我一面抖着一面像疯子一样上下沿着泥沼的边缘跑着,狂喊着。

荷西死了,一定是死了,恐怖的回声在心里击打着我。我几乎肯定泥沼已经将他吞噬掉了。这种恐惧令人要疯狂起来。我逃回到车里去,伏在驾驶盘上抖得像风里的一片落叶。

不知过了多久,我听见有很微弱的声音在叫我——"三毛——三毛——"我慌张地抬起头来找,黑暗中我看不到什么,打开车灯,将车子开动了一点点,又听清楚了,是荷西在叫我。我将车开了快一分钟,荷西被车灯照到了,他还是在那块石头边,但是我停错了地方,害得空吓一场。

"荷西,撑一下,我马上拉你出来。"

他双手抱住石块,头枕在手臂里,在车灯下一动也不动。

我将车垫拉出来,半拖半抱地往泥沼跑下来,跑到湿泥缠我小腿的地方,才将这一大块后车坐垫用力丢出去,它浮在泥上没有沉下去。

"备胎!"我对自己说,又将备胎由车盖子下拖出来。跑到泥沼边,踏在车垫上,再将备胎丢进稀泥里,这样我跟荷西的距离又近了。

冷,像几百只小刀子一样地刺着我,应该还不到零度,我却被冻得快要倒下去了。我不能停,我有许多事要赶快做,我不能缩在车里。

我用千斤顶将车子右边摇起来,开始拆前轮胎。快,快,我一直催自己,在我手脚还能动以前,我要将荷西拉出来。

下了前胎,又去拆后胎,这些工作我平日从来没有那么快做好过,但是这一次只有几分钟全拆下来了。

我看看荷西,他始终动也不动地僵在那儿。

"荷西,荷西。"我丢一块手掌大的小石块去打他,要他醒。他已经不行了。

我抱着拆下的轮胎跑下坡,跳过浮着的车垫、备胎,将手中的前胎也丢在泥里,这样又来回跑了一次,三个车胎和一个坐垫都浮在稀泥上了。

我分开脚站在最后一个轮胎上,荷西和我还是有一段距离,他的眼神很悲哀地望着我。

"我的衣服!"我想起来,我穿的是长到地的布衣服,裙子是大圆裙。我再快速跑回车内,将衣服从头上脱下来,用刀割成四条宽布带子,打好结,再将一把老虎钳绑在布带面前,抱着这一大堆带子,我飞快跑到泥沼的轮胎上去。

"荷西,喂,我丢过来了,你抓好。"我叫荷西注意。布带在手中慢慢被我打转,一点一点放远,它还没有跌下去,就被荷西抓住了。

他的手一抓住我这边的带子,我突然松了口气,跌坐在轮胎上哭了起来。这时冷也知道了,饿也知道了,惊慌却已过去了。

哭了几声,想起荷西,又赶快拉他,但是人一松懈,气力就不见了,怎么拉也没见荷西动。

"三毛,带子绑在车胎上,我自己拉。"荷西哑着声音说。

我坐在轮胎上,荷西一点一点拉着带子,看他近了,我解开带子,绑到下一个轮胎给他再拉近,因为看情形,荷西没有气力在轮胎之间跳上岸,他冻太久了。

等荷西上了岸,他马上倒下去了。我还会跑,我赶紧跑回车内去拿酒壶,这是救命的东西,灌下了他好几口酒。我急于要他进车去,只有先丢下他,再去泥里捡车胎和车垫回来。

"荷西,活动手脚,荷西,要动,要动——"我一面装车轮一面回头对荷西喊,他正在地下爬,脸像石膏做的一样白,可怕极了。

"让我来。"他爬到车边,我正在扭紧后胎的螺丝帽。

"你去车里,快!"我说完丢掉起子,自己也爬进车内去。

我给荷西又灌了酒,将车内暖气开大,用刀子将湿裤筒割开,将他的脚用我的割破的衣服带子用力擦,再将酒浇在他胸口替他擦。

似乎过了一个世纪,他的脸开始有了些血色,眼睛张开了一下又闭起来。

"荷西,荷西。"我轻轻拍打他的脸叫着他。

又过了半小时,他完全清醒了,睁大着眼睛,像看见鬼一样地望着我,口中结结巴巴地说:"你,你……"

"我,我什么?"我被他的表情吓了一大跳。

"你——你吃苦了。"他将我一把抱着,流下泪来。

"你说什么,我没有吃苦啊!"我莫名其妙,从他手臂里钻出。

"你被那三个人抓到了?"他问。

"没有啊!我逃掉了,早逃掉了。"我大声说。

"那,你为什么光身子,你的衣服呢?"

我这才想到我自己只穿着内衣裤,全身都是泥水。荷西显然也被冻了,也居然到这么久之后才看见我没有穿衣服。

在回家的路上,荷西躺在一旁,他的两只腿必须马上去看医生,想来是冻伤了。夜已深了,迷宫山像鬼魅似的被我丢在后面,我正由小熊星座引着往北开。

"三毛,还要化石吗?"荷西呻吟似的问着我。

"要。"我简短地回答他。

"你呢?"我问他。

"我更要了。"

"什么时候再来?"

"明天下午。"

刘烨园

桦

感谢你给的《生活在别处》
感谢米兰·昆德拉

不是常有这样的文字在这样的月夜里给你震颤的。它们有的给你精深博大的超远;有的给你一些年月一些命运的血肉祭奠;有的撩起你不知觉已销匿的身心的清新,那是早折的分蘖里你的吮吸和告别,在尚不能把握里昂扬着无以言说的质感(其实,唯有它是开端和遗憾)……这一切,你在昆德拉的段落里走过时又都重逢了。

夜漫漫的都市,月芒沾在像往事一样的树的、路的、房屋的缄默上。今年的残冬是怎么来到的?如果时空也有黑发的话,我疑心刚才的月华是纷纷扬扬的,如蒙蒙的雾雨,如沉沉的尘埃;当我情不自禁地拉纤着那些文字如同在中国的时岸时,它们怎么可能会是宁静的呢?

现在我宁静了。它们也宁静了。因为此刻的震颤肯定会衍生,会坡坡坎坎地启示下去,犹如人生的潮起潮落。而你,就在这宁静中,和这本书一起站在皎洁下,微笑着。

也许,你是不经意地把这本书给我的(像平日相聚一次西餐);也许,你知道它是那么好,我是那么一定的需要。这都已经不重要了。

只有震颤是不落的事实。

那时,都市岑寂了。简直是很神圣地打开了这本书。凭直觉,凭过去《生命中不能承受之轻》潜

刘烨园,1954年生,山东滕州人。主要作品有《忆简》《途中的根》《领地》等。

滋的血液就知道了它的分量。你得小心。我对自己说。你得用足生命来读。慢一点儿，再慢一点儿。每一句话都不能放过（就像你的文字仅仅属于深夜和拧成结的经历一样。你不会有得好的时候。什么都别记住也得记住这一点）。最重要的事一次只能做一件，大脑要高度单一地为它活跃，你将从中采撷到许多甘苦，许多羞赧。那里面不会有多少废话。你得沉进去，和上帝一起发笑。就像那天夜里，你和最好的朋友分手之后，只愿意静静地坐着好好想一想一样。想许久。你一句句地回溯着，回溯你们在一起时透不过气的长叙，回溯杳杳的湖畔只有两个人影伫立的旷莽的寂雪，连他那憔悴中冻硬的面容也不放过（那儿有一些发生在很久以前的心事）。你生怕漏了任何的一点什么。你知道，任何一点儿什么都很重要。因为生命太重要。在不该青黄的年轮，不是常常有这样的人，这样的瞩望的。你风雨兼程太久了？！

果然如此——这本书在偶然的猝响里，留下了几许折服与感动。你惊觉自己还没有读透。人不可能完全读透世事交萦叠错的轻松和沉重。

"生活在别处"——不在我们这里。这里的我们是没有生活的、因为活着离开了希望的"别处"，离开了对别处的向往就到头了；因为我们曾经识不清任何站着、躺着、跪着、蹲着的意义，擦身在有意义中却不知意义不知有意义的人。这就是发育，很"正常"。

"我有一个梦想"，在梦想不在的时候，现实是可靠的、牢固的。但梦想比现实更永远的是，只有它才给予了现实舒葶葱茏的种子。

人类最残忍的痼疾莫过于一个无法实现梦想的年代了，无论它是你的，还是我的，他的。

其他不会有是非。诚然。

这样一本这么太好的书是她给的。这本书所给我的兴奋不已的一切是她给的。它存心存意摇动还活着的身心，证实着生活。在越来越老、越来越丑的皱纹里跃跃再试的是比年轻更年轻的真实（这样的你还会有什么好？）你还能感受，"更行更远还生"的明亮到处都有。感动了你的昆德拉的勇气如今在这异国他乡不会再失望了。

她是谁？也许终究会忘了名字的罢。时光不会把所有的方向都留下。但你不会忘记这个很深很深的冬夜里的震颤，不会忘了米兰·昆德拉。这本书连同这震颤没有她也许就不会复活。冬夜最美的魅力在于它使你做的每一件事都只能是唯一的。愿望、执著、思念和相拥……都是唯一的。唯一的时刻,唯一的你自己。你甚至确信不可能在阳光明媚的上午做任何那样的事。那时思考、体验、启示和沉湎都不会完整、深刻和意想不到。你在很想读很想写很想爱的白天常常这样提示着,按捺着,消闲地去做一些半假半随意的勾当,把脑子和精气余下来——你学会从白天就很公正地开始把自己如此珍贵地留给唯一了(这很危险,是吗)。

不管她是谁。许多年以后,想起今夜的一切,我会向着淡淡不可知的地方和不知所在的身影,唯一地问:哦,她还好吗?……

哪怕人们全忘了生活。全忘了她。

还好吗——都是很久以前的事了。那时,冷风把肩头耸起来,呵着手;青春,就站在冬夜相视的思念里。充满着不为人知的激情和苦意。

也许还爱过,不仅仅因为米兰·昆德拉。生活不在别处。我们比他更富有,也更上帝。

生活,是在别处。在别处。

在这个城市外的一些地方,你和人们应该已经睡了很久了。

我却不能不在这宁静里不知给谁写这些文字。因为不仅仅是给你。

天会亮。心也会淡白得索然吗?

没有任何的嘴脸能捕走人的梦想。

没有任何的招式。没有。

*尊敬的《生活在别处》的作者用他很理解的犹太谚语"人们一思索,上帝就发笑"为题,在耶路撒冷做过演讲。

曹明华

更为富有的一刻

在过去那段日子里,我们通了多少信?七十封?八十封?

这位常带着微笑的神秘使者!

是的,他递到我们各自手里的,往往只是一张连称谓都不题的潦草的纸,或是几句满不在乎的对答。但不易察觉中,却捎走了各自的隐秘,迟疑而固执地走进了对方的心里。

她信服于自己的敏感,她曾本能地抵御过某种暂且还不愿萌生的情感。而你——却以你不卑不亢式的豁达大度,以你积极乐观的生活意念和率直而强有力的个性,巧妙地征服一颗不能算不顽固的心。

应该,我们彼此间都感觉到一个微妙阶段的开始,但似乎是一道来自远方的默契——就这个话题,却始终维持沉默。

就她的某种程度的浪漫而言,你是实际的;与她的某些方面的幼稚相比,你是成熟的。而你,却也几乎可以愉快地忍受——(虽并不怂恿和参与)她的那些漫无边际的幻想和涉世未深的天真……她甚至不得不怀疑,你是只为她性格设置的,一服硕大无比的"缓冲剂"。

有多少次,她将她的激动,她的兴奋或是她的烦恼,默默地在心里向你倾诉。

然而毕竟,她也泄露出自己的冲动。暑假的第三次会面,便是她约的你。

"找我,有什么事吗?"

曹明华,主要作品有《一个女大学生手记》《一位现代女性的灵魂独白》等。

这是我们相互间惯用的伎俩了。

可为什么这次听来,却格外伤她的自尊?她抿一抿嘴唇。

"我是想来告诉你,下学期,不再给你写信了。"

"那好啊!"你差点儿笑出声来了吧?"可省我每月两元邮票钱啦……"

你急于去北站接一位女同学。我们匆匆辞别了。

这一晚,她辗转反侧了半夜。

为矜持的崩溃?为孤傲的变形?她深深地羞愧……也许,还因为一种朦胧的酸楚和莫名的伤感……

为了挽回她的自尊,必须,失去你!——这是她当时几乎没有动摇可能的意志。

后来,她还想了。

是的,她后来想的似乎已不是这些。

她是在回想,已经度过了三年的大学生活。

一个善于幻想,富于激情的小姑娘,渐渐地长大了,也应该已经长大了!不过,她为什么总像一团飘忽忽的云彩,或者一个任性的旋涡,生不下根地走啊走啊……对于真切的生活。想过很少。还有爱情,她始终还不太相信它已经从浪漫小说上溜了下来,跑进了她的生活里……

以前,曾有谁说过,含苞欲放的少女有的,是一种本能的矜持,而当她一旦将生命中最圣洁的花朵呈献给所信赖的"他"时,便表现出全部的柔弱和极强的依赖性——

"……要有一双坚实的手,理一理我鬓边的忧;要有一道宽阔的肩膀,能靠一靠我疲倦的头……"

"女性所有的弱点你都有。"你的那双略带近视的眼睛,曾欲将她望穿似的注视过她。

而如今,她也第一次散开疑虑的目光,苛刻地审视自己了。

——是你,给她带来了灵魂中的充实感和富有感,但同时,是不是还带来了陶醉中的懒惰、满足后的慵散呢?……她知道,你也是在无意中掠走了本属于她的生气勃勃的奋发,掠走了她、在她那些纯真的伙伴们中间寻觅友情的渴望……

记得有一次,她和一位同学曾对泰戈尔的两句诗大惑不解。

"生命因为有了爱才有价值。"

"生命因失去了爱而变得更为富有……"

——逻辑的矛盾？疏忽的错误？但她们最终还是尝试着解释了。

前一个"爱"应是广义的，它包括对大自然，对事业和对众多生灵的挚爱。

后一个"爱"，许是指狭义的情爱吧！当一个稚气未脱，洋溢着激情的青年人一旦坠入情网，便容易以为爱情就是自己的全部世界……反而，在失去的痛楚中，却往往可以恍悟原先的狭隘……而当他和更为广阔的天地相互占有之后，他也就变得更为富有了……

你终于疑惑了。

因为，她真的没有再给你写信。

也曾经有一次，你不知为何惹恼了她，她就曾气乎乎地冲你说过："我真的不睬你了！"

"是吗？"你闪烁着莫测的微笑，"据说，有一个人想不再睬我，而且还是真的……"

可这次，真的是"真的"。

终于，你也"真的"觉察了。不过，你仍以充沛的自信，施展出你固有的机智和幽默。而她，需要以最大的努力克制自己，保持着最忠实的缄默。于是，在第三封信里，你竟流露出少有的认真。

"是我的什么过错伤害了你吗？假如，我确实说错过什么话，做错过什么事的话，我想你是会很善良地原谅我的，对吗？"

你不愧为懂她的性格的。

可你毕竟并不知晓此刻的她。

"我们都没有过错——我，还有你。我只是想摆脱我自己。假如说，当时，我对你曾有过生气，那么现在，只剩下了一点点感激——因为是你提醒了我。"

是的，是你提醒了她。

——尽管是以一种不太近情理的方式，叫她颇不愉快接受了的方式。

但她仍要感激你。

因为你提醒了她的自尊的价值，提醒了她的那些不值得炫耀的弱点,提醒了她——还属于应当更为富有的年龄……

是的,她还需要等待。

等她较为成熟一些的时候,

等她更能把握自己一些的时候。

(选自 1987 年第 9 期《散文选刊》)

黄殿琴

夏天落下的第一颗红豆

我从昨天走来

让我第一句话就对你再说一遍：我爱你！

我开始崇拜时间的概念。永恒不仅是心灵最高的境界，也是人与人沟通的历程。自从我计划要写这篇文字时，我便开始了对你的回忆。如今我喜欢用"永远"，因为这才能表达感情，表达我到底是怎样一个人。

我能看见你所有为爱而有的情绪，爱使你的生命动人起来真挚起来。而我的生命里也有了你歌声的鸟翼，它拂乱了我无比清晰的目光，让我在温暖的迷蒙中感知世界。爱赋予的不仅仅是情意的空间，它也建立着心智的空间。

一次辉煌的爱能包容整个世界。我懂得一个男人除了自信别无更多可作为女性的依靠了。

相信我的爱没有错！相信每一个苦难的日子！你的生命已为我作了坚实的岸。那上面铭刻的文字只有一个共同的内容：爱。当我把美丽的一生在此依靠，我从此就不再离开你，成为世界上已相融一体的岛。无论海潮如何高涨或降落，我永远有着不变的海拔高度，那个高度就是信念。

让我们共同来面对生活。我们的天空是很高的。没你爱的蹁跹的翅膀，什么也不能表白我的高度！让我的爱壮大起来充满生命。

我被你宣判了无期徒刑。

黄殿琴，1964年生。主要作品有《多梦季节》《相思小姐》《写给情侣的书》等。

选择是命运

我们原本不该相识。命运打开了门,把我推到你面前并成为你生命的一部分。一切都可在万分之一秒中决定。坐在一张桌子的两端较量的时候,就已开始传递信念与力量的信息。我柔软的手腕战胜了自然比我强硬的你,就注定是一种神奇而特殊的战胜。撞碎啦!

我的生活终于在特殊的躁动中诞生。生活空前晴朗起来!于是,不论什么样的等待都是难忍的。几乎每天办不成任何一件事,据说那就是初恋;有太多的翩翩遐思和向往,有太多的话需要倾诉,据说那就是初恋的情绪。像一串钻石,像一束玫瑰,像一杯美酒。

使我醉,我就醉。必须是因为醉。爱的确是绝好的天地,人生因爱而动人。不必拘谨,要像大自然一样精力充沛。爱是会飞的群山是会唱歌的星星,永远能看见在污秽中死亡的一切。我有了最寂寞的年龄。

你该给你的所爱以什么呢?这是最完整的一天,乌鸦在雪松上栖息,我就这样看着。

我不知我该怎么选择!选择是命运。

既有曲折的美,也有含蓄的美。全是赞叹和感慨!

你我的夏天

我要让你知道欢笑的你是多么迷人。

那是现实还是梦?拖到什么时候是头?爱是错误的,爱你是正确的;记住美好是快乐的,记住真挚是痛苦的。

有一点你说对了,那一刻也是我美好的回忆,足够回忆一生的。那个清凉的黎明是我们的开始。我从没有过这样值得纪念、回味无穷的时刻。那时刻已成为我一生默读的一首诗!我要时时读它,生活的阴影会全飘散,飘散着,那个充满凉意的清晨。

我等着你,耐心地一直到深夜。我没流过泪,可是,我竟然哭了。对你,我变得有些自私,这是极不应该的,可我无法战胜自己的情感,我想这点是应该相信的。

未经开花的果树,突然神奇地结出果实来,忍不住尝一口,哦,是苦涩的。人生亦如此。可谁能理解内涵?

面对面开去的火车是女孩子跳的皮筋吗?拉得越长,弹性越大。难以把握！我的夏天谁知是不是你的夏天,你我的夏天是什么样的?

实际上,我喜欢被人忘记。我只要受了一点打击,这点打击就足以能撼动你。

我活得并不轻松,实在是无法弥补的遗憾。我把这颗心交给了你。

爱会使我们都美丽起来

这个梦对我印象太深。只有这个梦让我记住了!

整天整天我都在回想。我就这样平静而炽烈地期待幸福,同样平静而炽烈地给予爱着的人以毕生之爱。

这个梦太有趣。梦里所有的路都很怪,走得我糊涂,真不知是怎么过来的。

也许不该过于不安。脚下是白云,白云下才是山谷,山谷里有最美的太阳,太阳是真正的生命。我能深深地理解,因为我深深地爱。就这样不可终日。能穿越一切的只能是欢乐,我们之间应只存在亲昵的叮嘱。

我一生都相信你,正如相信我的生命。你是我的生命,已不能没有你的温情。这些话会因我一再说而失色吗?如果我的爱使你的生命不再如昔日平静,使你有了真正的痛苦,那我会让你相信痛苦之后是何等的欢乐。

是谁说过:"初恋像一面旗帜,在青春的街堡上高高飘扬。"爱在每一次平静中透着激动与兴奋,因此人们才珍惜平静,平静而深怀激情地等待。当我爱上你时,我才发现世界上一切生命与期望并不是私有的。

我寻找多久了? 我已经到来了多久?

不管对于一个时代还是一个世界,爱永远是多么需要!你流泪我也不好受。因此你别流泪。爱会使我们都美丽起来。

希望有这样一种和谐

安静极了!屋里只有我一人,世界只有我一人。我可以到我想去的地方,不乘汽车,不乘地铁,轻轻地来到你身边,你看不见我。但你知道我与你同在。

我忘记一切。生与死都已达到最高境界,已完善地和谐。这都是真实的、成熟的果实。

正因为这样我相信我会培育好这株不谢的花朵，用心灵的雨也用眼泪。没有眼泪的生活恐怕才是真正苦涩的生活。我要让世界向我微笑，道路向我展开；让诗因我而闪出奇异光彩，我再因诗变得聪明而美丽。

整个世界好像都睡着了，我听见上帝的鼾声，我也听见我的心跳，那声音比上帝更强大！一个狂放不羁的灵魂奔腾着，从不相信深渊只相信召唤。不要停歇下来，停下就意味着死亡！

当上帝翻身的时刻，我要问：在对我全部惩罚中也包括抛弃吗？多么可怕这甚过于死亡。我相信没有这么嘱咐过。威严的上帝原本也是慈祥的。我要把这种更改不了的命运握在自己的手中。上帝与你与我同在。

在属于我们俩的时间里，尽量走得愉快些，和谐些。这是办得到的。有这样一种和谐便会弥补许多憾事。

里程碑

我的确看到了一颗无比纯洁的心灵，因爱而纯洁的心灵。我不能有充裕的时间来表达我所感受我所想到的一切是最残酷的了。现在我是跳铁栅栏给你打电话的。其实旁边房里有电话，可那里有人。有一个人跟你说起话来也不自由自在，动人的情绪是发挥不出来的。可这里的人太多，好在一个也不认识。好一个"好在"！我真想高喊或轻轻地、美丽地、小心翼翼地说："我，我，我进屋以后高兴死啦！"

我知道你纸上的短短留言胜过我存放的所有信件。这躺了一床的香蕉和橘子比吃进嘴里的所有东西都有味儿！你电话里又嘱咐要早点休息，不然你生气了。我最怕你生气，我该听你的话，可为了写你的诗我无法早睡！你要经常地原谅我，原谅我不赐予你什么！今晚不睡啦！我要把你的心情想出来，那时刻的心情想出来，也想出这时刻自己的心情，能想出来吗？我是个小才女又是小傻瓜，对不对？

说心灵宁静是自欺欺人，任岁月老去，我永远不会长大。能够理解是一种多么可贵的信赖！我和你站在一起，义无反顾地建造这座里程碑。

没有构成的故事

实在提不起兴致。

这很好,能够一个人坐在窗前无任何干涉地随便抒情。嘴唇是苍白的。

从一个声音成熟到一个季节。没有,没有在写生前的构思,没有在秋之前春的铺垫,你不知我是天使还是小女巫,不知我是野马还是小疯猴。但我最终要引起你的兴趣。

感谢真诚。进入地狱的时候也不悔!

当我陷得很深,再无力自拔时,我领悟了你是上帝的使者,你的出现和到来就是代表上帝的意志来惩罚我的。

我太愚蠢,我真弄不懂那之间的寓意,你不曾暗示过什么,确实你不曾告诉过我。很久很久以前你就一定想到过这些。

假如我们能按我们的意愿,哪怕百分之一去共同处理这段生活,一切都会改变模样。悲哀仅仅在于我们非去扮演陌生人不可。

失大于得。这正是背叛初衷的啊!你不能这样对待与伤害我!要知道我能来这世界,你该等着我。但我从没让你做你不可能做到的事。我也没拿我经历的爱来衡量爱情。

除了说明我的愚蠢还能说明什么呢?

你的一句话点破了我的迷误,我一下子明白了。雨声很大,洪水没来,雨还在下,一切都晚了……

黄鹤也许要飞了,我说不清内心的独白。

要改的故事

我不想让你恍惚。我知道有一个故事要改,别跟着我活受罪了,你去吧,那个人也许更会照顾你宠你。而我还要在这走走。我不喜欢酸溜溜的。你狠狠心走吧,不管你是否回头望我一眼,我总会等在这儿。

我总要等在这儿!总要拾起那些黄叶,当然离那种季节很远。那是一种超脱的美。

那时刻的泪是真实的。我感到哭的轻松。只要真心爱过,一切痛苦会带来百倍的欢乐。我相信我的青春没被禁锢,不会在荒废中衰老,我看见我二十三岁的海岸因灼热而推移,我必将获得幸福,我的爱是一片彩色的羽毛,是一片透明的浪花。我有女性的姿态和鲜艳的容貌。

我梦见一座小山,山顶上有一个小小院落,有一条小路,从山脚下延伸到这个院子。这座小山的风水不错,在这山上住的人有福了。要是再种几棵树,那儿的风水就更棒了。我就在那里!那是一个大花园谁都想去。你也想去,也只有你有这福气。

遥远了,你真不愿再来。你似乎并不需要再听到什么。回忆梦是很痛苦的,爱是需要勇气的,披露这痛苦的爱更需要勇气。

只求真实准确,再求朴素自然。

最好是知道了又不说。也学会说话时要讲究分寸。

我不知道天为什么要哭

我不知道天为什么要哭!

我不能再说你不对。要错,一切仅仅是我错了。我不该真诚地以生命去深爱!那小雨中的黄昏,不该完全陶醉于音乐,沉浸在环境和美感中。是啊!还有什么理由发脾气去指责别人?我已不能再说你有什么不对,都是正常的、理所当然的,靠解释不能轻轻抹去什么。

我没有人生的经验,唯有自爱。我永远自爱,永远佩服自己的顽强。正是为了不再有这种失眠、痛苦的日子;为了一切继续或更加正常,我伸出手来撕毁一切设想。这是没有办法的事情,人在神的面前还能做些什么?我将尽力调节好,活着的时候,还要好好地活。凡是自己选择的,都是愉快的。

就这样被自己爱过又恨着。忘却爱过的恨是唯一的语言。你也常反省吗?我问自己是否真做了不该做的事,是否伤害过你,要么,就是我体谅你过分了?我不能得出哪种答案,我找不出你不见我的理由。

我可以循规蹈矩。当我感到我的爱给你的反而是痛苦时,我会撤回我的爱,用我的痛苦换取你的自由。

那割断的是千丝万缕的爱!

苦役

机会少了,机会也就昂贵起来。

我该从容地承认差别了,该在现实中再次审视梦想,我将不再在不实际中为自己或别人带些痛苦。淡泊为好。

我感觉出我们之间存在的阴影,我无法深知更多原因。我想:这并非是什么爱的动摇,失去的只是爱的根基。相遇后相爱并不是出于一时冲动,即便是冲动也是因为可贵的默契撼动了我们的心。事实也是如此,最初是苦苦思恋,而后是这种思恋的加深,最后是精疲力尽。爱之所以消失并不是我们不去爱,势必要归罪于距离和时间。原因就这样简单,痛苦的心在受难,只好把那些失去的言语放在冰箱里,该使用的时候取出来。

再不想回味什么,也回味不出来了。是被遗弃的吗?被遗弃是一种自由。天空给我们同样的温度,让我们得到神秘的充实吧!自己能抚慰自己的创伤。

两个多月过去了,头发又白了很多。但这已是恢复平静的航行了。我真诚地希望,我不至于在昔日的一场同你的交往中对你造成不好影响。我在挂念,这是多甜蜜的苦役。

如果你还能相信真诚,我会再次从夏天走到秋天的。我希望我能原谅一切。

被你的情感浸泡得喘不过气来。

我不相信梦与幻想

关闭好了!堵死这条感情的门好了!你以高贵的理智对待我的感情,我受不了。也许你并没有错。然而,我认为这是轻慢。难道我们的相识仅仅是保持一种冷漠冷峻吗?就听任你的好了!由着你吧!这样该满足了吧!

这一庄严的时刻,竟这么快就到来了。只要你没撤消最后的爱,我将在这个位置上获得最后的勇气。其时真正能回到零就好了,我便不会有这么痛苦。悲观和失望是双倍的不幸。说不出的不幸最不幸,正如说不出的痛苦最痛苦。每个人都有自己的梦幻和现实,都有自己的灵魂和恐惧。

当索取大于给予,爱情归属自私。自私的爱不是爱,不成熟的爱是一种伤害。因此,我不能使别人孤独。你心不在此,而在彼。

即使你不再来,所有的一切也永远在这里不走了!只要你快活,我就愿意并能够忍耐。我所能付与你的安慰,只是微笑,这是一种多么复杂的情感。那是一颗痛苦的灵魂。

你为爱预备了无言的情绪,那么我有必要寻找出一种声音。这么说来,我真要这么做了!

你为什么有约不来?你为什么不来约我?我在这多极的世界为什么偏偏对你无话可说?

我不应该那么富于幻想。

爱你无望

不是太多而是太少。我不糊涂。

当爱的重担忽然卸去时,勇敢的心便要因寂寥而悲哀了。我度时如年,捉摸不定。

我已不愿再追述各个雷同的细节。对于爱,责任和情感是共同的归宿。我要扔下,勇敢地扔下世俗的锁链,把我的命运和你紧紧相连,包括我的欢乐和我的苦难。你能接受也好,不能接受也好,我应实现这个诺言。我开朗。

蔚蓝的栀子瓣香馨四溢。山被藏在雾岚里。而我就要认不出痕迹,就要迷失,迷失于夏天落下的第一颗红豆。我——的——豆。

因此有最美的一幕:打开,我说害怕;合上,你说黯淡。时世艰辛,时世艰辛。煞人的阴雨勾起我的忧伤满怀,等到你不再把我盼望,我的忧伤就可抛开,这是破漏不堪的片断。

我建筑着文字,让我走进去。你会认识这些文字,这些文字一直遍布着世界。多好!

我想精心安排一次旅游。我们要到远方去。那是第一次旅游,但愿那不是最后一次。我们一定要去!那里有树林、有石条椅……大自然里什么都有。我要把爱袒露在你怀里。在你面前,不会有惊恐,不会被睨视。

雨季到来。很幸运的事情也是有的。

你的收获能是我的收获吗?爱你无望。

我觉得孤寂的只是我

我相信一切应是对等的,心灵应该和谐。

然而你的不快使我惶惑与惊恐。如果我的意愿并不同于你的意愿，我的感情并不处于你一样的温度，那么，我会结束所有。

以前所做的一切，无论是讨厌的、过分的都是出于对你的真诚与爱。你可以憎恨这一切，我对我的作为却永远不悔。我感谢你在这一段还并不很长的时间里给了我那么多神秘的永远不可知的世界，这世界因你而使我认识了它，我的心灵所经历的历程，我所获得的那一切宝贵的感觉体验已成为我人生的珍品。它们将永远陪伴着我。即使再没有爱，我也不会忘记我的责任。你不要再因回避我而恼恨，当你感到我是多余的时候，我给你完全的自由。我不愿再说别的。

让我离你远远的，远远地看你，我不能再靠近。我已告别了昨天的爱，我诅咒昨天的我。那是最大的错误了啊，只要几分钟就可以传遍世界。我将不能原谅自己。而你不允许我这样做。

什么样的补充与渗透才能使世界显得完整起来？我只体会到当苦涩的泪水流进甜蜜的回味里，才会有爱的回音。懂得爱，证明我已懂得了痛苦。难怪回过头来想往事时，总免不了要发几声感叹。最想说的已经说了。是啊，说得太多了。一方红浴巾很抒情。

我似乎清醒了。真好。我将永远清醒下去。

（选自1989年第2期《青年文学》）

廉正祥

清清岷江水

廉正祥，1945年生，吉林通化人。主要作品有散文集《向往你，雪国仙乡》等。

下班路过机关里的小花园，蓦然发现玉兰树绽开了第一朵白花，光秃秃的枝丫上，唯有一朵洁白如玉、含苞待放的小花。我心中格登一下，说不清是惊喜还是惆怅，竟然绕着这株玉兰，徘徊良久，不忍离去。我想起了你，想起不久前，我俩在岷江边的重逢，想起你讲你喜欢玉兰，在学校里常常独自一人，流连徘徊在校门附近花圃里的玉兰树下。真怪，我也常常去那里欣赏玉兰，可怎么就一次也没遇见你？也许，这就是命运？我俩是在不同轨道上运行的星，命中注定只能遥遥相望？上苍啊，你为何这样不公平，让我和她虚度没有鲜花、没有爱情的青春岁月？

六十年代中期，熬过大饥馑，我幸运地跨进大学校园，那有着典雅的大屋顶民族风格的校舍，有着绿色长廊似的法国梧桐林阴道的，让同龄人钦羡不已的高等学府。自从在法国梧桐绿色林阴道上第一次见到你，你就像一颗绿色的种子落在我渴望爱的心田。第一次作文，你那清丽流畅的文字，让我联想到哺育你的扬子江，我这长白山的儿子好羡慕扬子江女儿的灵气。在男生宿舍前的洋槐树下，我们第一次谈心，交换看了作文，并约定以后长期交流写作心得。

看不出来，你这个戴眼镜的娇小的少女，有时也十分勇敢。一次课外活动，我和几个同学在操场上锻炼，在用以训练平衡器官的钢架上做三百六十度大回环。你来了，我约你上钢架，你竟然跟我

情感篇 315

面对面旋转好半天。你还跟我们几个男生一道,顺消防梯爬上高高的水塔,俯望美丽的校园风景。这时候的你,像调皮的男孩。

你高雅妩媚,热情温柔,小小的个子,白净的圆脸上,一双大眼睛总带着梦幻的神情,浅浅的酒窝,似盛着甜甜的蜜;你像玉兰花一样纯洁可爱。

开学不久,我去了校文工团,你到校广播站。我和你在大礼堂遥遥相对的两头房间里,各自埋头于各自的课余工作。我喜欢你甜美的播音,可不知你是否喜欢我朗诵诗的风采?

一个星期天,在大礼堂旁边的小路上,我遇见了你,你是跟班上唯一的女党员走在一道。你对我嫣然一笑,让我脸红心跳。

在一个周末的晚上,我约你谈心。在碧波粼粼的荷花池畔,我俩沿着法国梧桐林阴道转了一圈又一圈,谈理想,谈学业,我陶醉在幸福之中。临别,我含蓄地告诫你要学会识别人,别以自己的纯真善良去揣度别人,人是复杂善变的。你像个听话的小妹妹,含笑点头。

后来发生的一切,说明你并没有听懂我的话。

"文化大革命"摧毁了我们的青春幻梦和对理想的憧憬。我们这些昔日的"天之骄子"们,一夜之间,就被姚文元之流打成臭老九。知识分子大难临头。一天,系上开批斗大会,一位腿脚不方便的老教授,这位三十年代的名作家,竟然被造反派当众打耳光。我难过又气愤地扭过头,却正与你的目光相对,你那深情又冷静的目光,顿时镇定了我的情绪。

想不到,厄运也降到你的头上。造反派女生在你床头和蚊帐上贴写着人身侮辱字样的标语。你是自尊心极强的人。突然之间,你就恍如变了一个人,甜美的笑窝,甜润的声音仿佛都离你而去,终日低着头走路。我义愤填膺,便摘抄了一段鲁迅先生的话给你,鼓励你要坚强,不要屈服于淫威。可惜,你没有反应。

高年级同学毕业分配了,一个个被充军发配到边远地区,学生物的卖酱油,学物理的敲洋铁皮,文科女生去饭馆当招待员。践踏人的尊严!信息反馈回学校,在校大学生们悲观失望,纷纷求助于丘比特的神箭,都想射中一位夏娃或亚当,想在爱的乐园里忘却现实生活的痛苦。

中文系女生本来就少，而才貌出众者更是寥若晨星。于是，你成了众矢之的。许多人把你当成心中的维纳斯。虽然造反派女生侮辱你贬低你，却丝毫无损于你的形象，反倒提高了你的知名度。在小伙子们的眼睛里，你是那样圣洁，那样可爱。

我感到了竞争的威胁，便急急忙忙，笨拙地向你表白倾慕之情。不料你回绝了我。我的自尊心受伤了，默默地躲到一边，舔永远不会愈合的伤口。

我仍然默默地关注你。在那荒谬疯狂的年代，每天清晨都要以班为单位跳忠字舞，祈祷"毛主席万寿无疆，林副主席永远健康"。一天，这种现代宗教仪式刚完，你急急忙忙往女生宿舍跑，却突然跌倒在男生宿舍前的空地上，我心一紧！原来天刚蒙蒙亮，你眼睛近视，没看见晾衣服的铁丝，被猛然绊倒。好粗心啊，你！你跟同乡校友去爬峨眉山，回到学校，嗓子哑了，见到我，你比比画画，几乎说不出话来。你怎么这样作践自己？我真担心再也听不见你甜润的声音……好几次谣传，学校要遭包围血洗，我多么想去女生宿舍找你，带你到一个安全的地方，我愿以生命保护你；可是，五年同窗，我却一次也没跨进你们女生宿舍。

那时候的人，活着，好像是按别人的规定，扮演自己并不喜欢的角色。

我有丰富细腻的感情，我渴望诚挚纯洁的爱，可我的爱得不到回报，便以清高和孤独掩饰我深深的痛苦。我常常独自一人，在校园里漫无目的地乱走，默默在心底哼着低回哀怨的乐曲。春天，我最爱去的地方，就是大学校门附近的花圃。我喜爱那洁白如玉的玉兰花，在蔚蓝色的天空映衬下，洁白的玉兰花美到了极致。看到玉兰花，我就想起你，心中一阵颤抖，说不出的惆怅。好在，我还有莎士比亚、屠格涅夫、泰戈尔、拜伦陪伴我度过那些漫长难熬的白昼和夜晚。

终于熬到了毕业，我时来运转，分到省报当记者。而你，还留在军垦农场。军代表对我们到报社的大学生讲，有爱人或未婚妻的，可以报上来，分配时可以调到身边。我想给你写信，可受伤的自尊心阻止了我。

后来，你去了岷江上游一个荒僻的小县城，当了广播站的编辑、记者兼播音员。像是命运安排,我的采访范围,也恰是岷江流域。而我在碧波荡漾的岷江边散步时,老是不由自主地怀念你。我不止一次眺望岷江边的大佛,这座建于唐代的驰名世界的大佛,我觉得你就像默默无语的大佛一样神秘。

那年,在岷江中游的一座县城召开记者会,在招待所里,竟意外地看见了你。高原紫外线晒得你像藏族牧羊女,可你笑起来,依然不减当年纯真少女的魅力。这不期然的巧遇,在我心海激起波澜。我们结伴去岷江边散步。望着清清岷江水,你说你一直关注着我的事业,你读了我在报上发表的文章,喜欢我的文章,并且说不署名也能看出是不是我的文章,你说你喜欢我的风格……我好感动,茫茫大千世界,难得有知己啊!

匆匆相逢,匆匆分手。我们没有多谈各自的家庭和生活。

下乡采访,认识了一位女知青,她的眉眼神情酷似你。这是一次奇特的采访,仿佛两位相知数年的朋友的倾心交谈。这位女知青在我心中活了起来,又变成我笔下活脱脱的人物。我的这篇通讯发表后,社里许多人在打听是谁的手笔,都称赞写得好(那个年代为反对名利思想,文章通通署"本报记者",不署真名)。只有我心里明白,我的灵感来自哪里。同时,我悲哀地发现你在我心中的位置,我命中注定这辈子永远要饱尝失去你的痛苦。每当朝日初升或暮色苍茫时,我独自在岷江边的古城墙遗址上散步。脚下,清清岷江水从你工作的小城流来,流过我所在的城市,又向远方流去,最后汇流进你故乡的大江。我的思恋,我的忧伤,一如这清清岷江水,昼夜流不尽。

那年初夏,你带着女儿来蓉出差,住在我家。你看我做饭笨手笨脚的样子,便动手帮我。看着你灵活的切菜动作,我心中涌起莫名的惆怅。你的娇气呢?你的手怎么这样粗糙?你告诉我,你怎样凿开冰河洗被盖,你怎样挺着大肚子劈木柴,你怎样在茫茫雪原上冒着零下三十度严寒采访、播音,你怎样摔伤腰椎,躺在结满冰凌花的小屋里思念父母,流着泪写稿……听着你的讲述,我的心一阵阵揪痛。为什么你要受这些磨难?我真想替你分担痛苦,可你却那样自尊要强,我怕伤害你的感情。我知道你酷爱文艺,便领着你三岁的女儿和我三岁的儿子逛街,让你独自去看电影《大浪淘沙》。其实,我多么想跟你一起看电影啊！你回县那天早上，我早早起床，给你母女做蛋炒饭，又请报社的司机开车送你母女到长途汽车站。在我与你道别，看见你牵着女儿孤零零站在车站候车时，我心里酸酸的，满眼泪光……至今我还在后悔，当初，我为什么不鼓起勇气护送你母女回雪山草地？那时，我们都还年轻啊。

玉兰花开了十次，又谢了十次。我离开了报社，改行当了文学编辑。你把最好的青春年华献给了少数民族地区的文化事业，就像当年过雪山草地的红军一样，你也付出了惨痛代价——腰椎等伤病已不允许你在严酷的雪山草地工作。你调回扬子江边的故乡。临别，你送给我一个精致的小竹书架，祝愿我的著作和编的书能盛满书架。你的期望，你的祝福，激起了我在文学上拼搏的信心和勇气，你是我心中的维纳斯，给我创作灵感，我的散文一篇篇问世了，慢慢地开始有了名气。我感激你，怀念你，给你写信，给你寄书。可你难得有回音。从你的只言片语，我已觉察到你并不如意，活得很累，很苦。

八十年代的第八个冬天，突然你出现在我面前，我陪你去岷江边的一座城市采访。这是我俩第二次相逢在岷江边。冷雨霏霏，遍地泥泞。这座被苏东坡赞誉为"嘉州山水冠蜀中"的美丽小城，罩在灰蒙蒙的雨雾中，失去了往日的美丽。你我共在一把伞下，漫步在岷江边新开的大道上。沿江大道和岷江大桥的路灯倒映江水中，仿佛一朵朵洁白的玉兰花绽开在蓝蓝的天幕上。二十三年啦，我似乎一直在期待盼望有这样共同漫步的幸福时刻。有你在身旁，看着你妩媚的眼睛、甜甜的酒窝，人世间的功名利禄，生活中的失意和烦恼，便统统烟消云散了。

我告诉你，为了得到你对我文学才华的承认，我苦苦奋斗，终于有书出版，有作品获奖了，可是，成功之后，心中又是一片渺茫，空落落的难受。失落了爱，生活总是不圆满。

命运亏待了你，你却不向命运低头，终于奋斗成为一个出色的女记者。你说，成功之后你也有失落感，总觉得丢失了什么最宝贵的东西。

我俩失落的是最宝贵最纯洁的爱情啊。

我问你，当初为何堵死我们的共同幸福之路？

你不无遗憾又负疚地说："都怪我当初太幼稚，不懂爱情，不会看人。当初不谈恋爱，压抑天性，不敢犯'戒'。你的表白，我还觉得是小资产阶级情调呢！"

一位女作家说过："我们所得到的,往往不是自己原来想要的。有时,我们所得到的,说不定比原来想要的还要好,但我们不会满足,只因为它不是我们原来所要的。"

是的，我想寻回别人看不到的本该属于我的幸福。我能如愿以偿吗？我问你,你无言。我们脚下,清清岷江水,静静地流向远方……

（选自 1989 年第 7 期《散文》）

于 君

我的三次初恋

序

不知道也许不大想知道别人,我确实有过三次初恋。

总觉得,人的心虽说不大,然不是一次的初恋所能画满,何况,每一桩真情都是全新的感觉都是最初……人的心虽说不小,却搁不下一个生存究竟,担不动一份无解的无奈……

为这,有了小小这一则《我的三次初恋》。

正文

多少回、多少个午夜梦回呢,我守财奴一般不大对头地数着这段儿不肯退色的旧事?

也不知故乡那个八岁男孩想没想过,他终成戏言的真话,竟沉沉地占我二十四年的心且还要占下去。

那时我也八岁,父母还活在人世,有个温暖的家,有一个无猜的同桌小男孩。如今想来,那时的我拥有何等奢侈的幸福。

虽说我俩在小学校里境遇都不坏,可真正叫人渴望的却是放学后的时光。在家里我是独根儿,可惜母亲总忽略这个事实,疼归疼,犯了错误照样把人家的屁股打得震天响,也从不接送我上学堂——远没有时下一户一尊的小皇帝们的待遇——因此下了学也就由我满山遍野去任性。于是,放学铃一响,我必扯了他的书包挎带儿——我俩从不拉手,不为什么——上他家。

于君,1956年生,山东泰安人。主要作品有《无名草》《裸足的黄昏》《还原》《长生鸟》等。

他家有只白奶羊,只要秋风不把青草吹枯,我俩就老能牵着那只羊去湖边。记得湖的名字很美,叫星星湖,藏在故乡的绿树青藤野坡下。在那儿,跟许多个童年一样,我俩也玩过拜天地一类的把戏,他也曾把野菊花插在他新娘子的羊角辫上。

我觉得我长大了定会嫁他。他像极了《鸡毛信》里的海娃——那可是世界上最棒的男孩,我们那个年月的偶像。他也说娶我但又说他母亲不要我这个媳妇,因为我家住机关大院,他家住街道草房;我家还有收音机之类他妈买不起的东西。我很难过,说大院儿是机关的,收音机是我爸的,真的没我什么事儿。经他提醒我也感到很自卑,我们家没有白羊,没有那么多热乎乎的兄弟姐妹,没有会纳鞋底的奶奶、会叼旱烟袋的爷爷。这样一来,我们就有了同是天涯沦落人的感觉,越发相依为命。

一心一意盼着自己长大,想不到也不明白,生活几时遂过人愿呢?

一年后那个清晨,身边座位忽成空白。忍到放学一口气到他家,门,贴了白纸黑字的封条,院子里凌乱不堪空荡荡。蹲在那棵拴过白羊温过功课的枣树下,我哭到天黑。

来了什么运动,他一家被赶到乡下去了。老师说他爸是地主,有问题。

曾发誓等我长大了要找遍天底下所有所有乡下,找到我的初恋,我唯一不掺苦涩的初恋。

……

又过了不到两年,我们家搬进黑乎乎的矮屋。尔后母亲死了,守着从批斗会瘫下来的病父,一夜间我长成了挑起家庭重担的大人。十一岁的我开始模模糊糊地明白,生活原是失去而我的失去才刚刚开头……

一个屋里屋外滴雨的晚上,我小心地把留着他字迹、对勾勾的演算本儿收进洗净的书包,书包上有母亲一针一线绣的我的小名儿——我要把他和母亲藏在一个谁也够不到夺不走的地方,相信我就有了力气,就能走完注定寒冷而漫长的人生。

不曾预料的第二次初恋发生在读大学时候。

认识他不到一年,我们成了无话不说的朋友,偶尔地聊起初见印象。

他说他走进教室时感到全都不一样了,这姑娘会成为他的……他磕巴了一下接着说,他的肝胆相照的朋友。他问我,我说,走进教室时觉得跟先前待过的教室差不多,发现他时倒也暗暗关照过自己小心一点,那人人高马大,揍我绰绰有余。

他上学前就有了的女朋友以及我后来的男朋友是我们的天然屏障——尽管我爱生病,他则爱像兄长像祖父像让人能联想到的亲人那样念我帮我,不知他从哪儿弄到我的生日并且每回都送我心里发烫的东西。

人人都有一副天性。他说咱俩那一副很像。都觉得见利忘义说话不算数,表白得比做的多以及肠子九十九道弯儿没劲透了,又都爱犯点各——忘了谁提醒的了——他曾浑身层出不穷的补丁逛天安门、逛王府井、逛外宾爱逛的热闹地方,只为丢什么人的脸。我呢,连个逃课理由也解释不到点子上。说真的,没见过郁金香开花好看得叫人死去活来、所有没饱过眼福的人包括任课教师委实该跑跑中山公园,准保比上课打盹儿看小说来劲。

毕业前一年的冬天,他约我散步。很艰难地说有句话忘了告诉我——忘了达三年之久,他说我长得挺好看。

平常东扯西扯一扯就没个钟点,可那会儿,居然找不着一句可说的。我感觉他也是。后来,后来雪花零零落落从身前身后飘起来,他突然不走了,说他明白我俩都得为另外两人不痛苦尽责,绝不是稀罕舆论界的表扬就怕得良心落疤。他又说有时他会仰着脑袋看我,其实我矮他半头呢!他就是忍不住真忍不住想拥抱我一下,一辈子就这一次……

我们中间矗立着一座山。

后来他就抽烟,一支接一支,再后来硬把大衣脱给我,其实我真的不觉得冷。记得他使劲儿笑了笑,说我俩没准儿是天下最笨的,上帝造我俩时肯定少凿了一两个窍……

那天回宿舍很晚了,我偷偷照了镜子。当时我是宿舍里最后一个穿平跟鞋梳直头发的女同胞。我睡不着,爬起来悄悄撩开窗帘看纷纷扬扬又无声无息的雪,伏在枕上,给他写一段儿很嫩的小诗。过去这么多年了,仍记得飘雪的夜被他唤醒的那份美丽心情。

此后那一年,于我尤其不堪。当活下去都费劲的时候,恐怕感情也就变得麻木粗糙多了。

再后来,我和他一前一后跟自己谈的对象带着伤分手,又都分别成了家。他成家更晚些。我曾以轻松的样子问及他的妻子,他却答我一句今天礼拜六了吧……

隔着大洋,如今他待在世界的那边,但无论多远,无论今后会有怎样的遭遇,一如当初他说过的,我们肝胆相照。

看《阿信》那个电视片的结尾,阿信和浩太,俩初恋过的老人待在海边,慨叹能说说当年的人已经不多了……我和你呢,我们这一茬儿人,被《钢铁是怎样炼成的》、《青春之歌》喂养起来,掏出肺腑爱过恨过在生活底层挣扎过,终是无悔地保存了自己无形地囚禁了自己无情地割裂了自己……是的,是我们自己很蠢地也颇为高尚地放弃了无法言传没有概率的相遇相通……生活有时候多会捉弄人,曾以为自己属于本人属于一种被未来首肯的类似马斯洛的自我实现者的光辉人格,睁开眼,发现自己原不过在演小小一出两千年的老戏,我们的魂儿早被偷换……

有人说马尔克斯的《霍乱时期的爱情》是爱情大全,可我宁愿说是苏芮——名分远在那位文豪之下却把酸甜苦辣恋情唱遍了唱透了的苏芮。

在我,两次初恋占去的心域自是占去了,但,小心翼翼守候着的致命这一块,却仿佛为了说不清云端还是来世的他。

怎么说呢,这些年来,已习惯于待在不愿被人撞见的创痛心境里,待在随便哪一天结束红尘的无所谓里,也习惯了自己那一方空间……真的是缘分真的是吗?让他显影一般从远方渐渐清晰——从来没有人像他那样叫我推开窗户看阳光海风,教我改变命运的第一个行动是选择改变命运,也从没有人回答过我,我苦苦想要的意义"在自己性情的品格中"……

这是一次无法诉说的初恋。

不曾见过他也告诉自己不要见他。不是怕担第三者罪名,也当然不是为了虚伪的高尚,只因悟到一遍又一遍的苏芮——"想起初相见似地转天旋,当意念改变如过眼云烟……"是爱的挽歌吗?

愿独守一片永远的美丽,不甘让星星作陨石。

我懦弱吗?也许是。但,假如你也曾这样,在没能攒足力气的年纪眼睁睁地一次又一次经历亲人的死亡，那种心被割碎却没有权利流泪的死亡，直到人间虽有无数房子却没有一小间容你的去处——一个这样的人，还有多少心力承担那种交出灵魂上天堂下地狱无悔无求的感情呢……一颗创伤难愈的心，又怎能分辨感情与感激，怎敢保证不用畸形的渴望去苛待感情……

就让我和你以兄弟相称。永远。在信上。

三次初恋确确也是三次遗憾。

但，忘了是我还是别人启发我说过的了，遗憾也是一种美丽。就像半生里几回回活不过去，然回首向来萧瑟处，竟也满眼风光。本来嘛，得失升沉荣辱，全由了不同的眼光去界说。

有一点从不怀疑，当告别生存世界的那一瞬，我会一一地念着他们——念着八岁的故乡男孩、千山万水的他和逼真梦幻里的他——死亡心理学揭示过，在最为庄严的那一刻，人，只能生活一次的人，总能亲切地与自己一生中最深刻美好的感情相会相拥……

跋

这则散文脱稿时，好心细心大约也伤过心的朋友嘱我最好换个写法，免得交出去人家闲来考证我是不是恋爱专业户——至于散文该是心灵真实不见得精确抄写表象，这类话大家说得已经够多——我想，反正知道于君的人没几个，不像名人那么累于声誉。何况生活里能由着心性的东西原本不多，这点文字就不别扭自己了。

在我，或许重要的是想跟许许多多因于感情两难的人们一起，试着圆一回这个难圆的梦，卷起这一帘可能永远难卷起的失落。

（选自 1991 年第 4 期《散文选刊》）

丹　娅

用痛感想象

　　那夜,我做了一个梦。在梦里我还很小,依旧黏在好久不见的老外婆身边。小河吹来草叶的水汽。粉红的雍菜花糊糊涂涂地把夏季托在一望无边的清凉夜空下。我和表弟们在捉萤火虫,老外婆却嘱我放掉它们。她说,让它飞啦丹娅。萤火虫可是女子的聪明啊。

　　为什么萤火虫是女子的聪明呢？我的老外婆对小时候的我经常说到类似这样稀奇古怪的话。有许多我忘记了,有许多我记住了,但有更多的是我记起了——在我后来生命成长的岁月里,它们成了我慢慢破解的生命玄机。这时候我越来越意识到,目不识丁的老外婆,她是"一语成谶"的民间语言大师。但那会儿,我望着飞翔在天空与大地之间的萤火虫,只会想,女孩儿的聪明原来是这样的神奇与美丽的啊。

　　那一天,我就是这样看见"飞天"的。相信只要见过女性"飞天"的人,大约没有不被她所表现出来的那种女性特别的美所吸引。曹衣出水,吴带当风,环绕在"飞天"周身的那些飘带,把个飞翔在空中起伏有致、舒展自如、优美地奔放着的女性生命张扬得淋漓尽致。飘带铺写在天空中的那种女性飘逸与潇洒,是可以让人直接呼吸到她背后有着广大自由空气的;那种女性的绚丽与从容,是可以让人贴切感受到她内在有着强大的自主精神的。自由与自主,就是"飞天"精丰神满、衣袂飞扬、意气飞扬的实在底蕴。很难设想,"飞天"身上

丹娅,1958年生,浙江诸暨人。主要作品有《白城天故事》《人生花季》《阳光之门》等。

会没有那风起云舒的飘带的。飘带成了"飞天"在飞的表征,同时也成了"飞天"生命的当然组成部分。飘带使"飞天"即使在敦煌千年壁画的封固中,在书页时间制作的崩脆中也栩栩如生,让看到她的人无不叹为观止。

我的学生朋友,美国的卡琳从书架深处钻出来了,她仰脸对在半空架成大字的我说,"我现在彻底明白'象形字'是什么意思啦。"她指着手上捧着的大16开书页上的"女"字——那是一种古汉字书体——对我说:"女"描的就是跪着的、身上还捆着几道绳子的女人。

我也指着给她看"飞天"。在穿透图书馆高大窗户的光阴中,很久很久,我们都哑言在这种对比的震骇中。在还没有读"女"之前读"飞天",是决然不会想到她与"女"之间有什么联系的。"飞天"舒展飘带飞翔在天,"女"蜷曲身体跪伏在地,从精神到形式,她们之间没有任何共通之处——但,天知道,我们在它们之间竟然看到了一个光阴制作出来的蒙太奇。云环雾绕在"飞天"身上的飘带在收紧,收紧,收紧,它竟成了捆绑在"女"身上的那几道绳索!

哈,我听到了她坠地时的那声闷响了。她不再是"飞天",她是个被绑得结结实实的肉粽子,她直直地砸在地上,直直地砸在我的痛感上。

我是不是有点明白了,为什么唐的陈玄佑、元的郑光祖笔下的倩女要离魂,明的汤显祖笔下的杜丽娘要魂游,因为他们真的知道了,她们只能把捆绑了的沉重身体留在现实中,让自己的灵魂出窍,才能去飞,飞,飞;而只有通过飞,只有在飞翔形态构成的另一维空间中,她们才能实现自己的意愿。这就是本世纪初竞雄女侠说冲天而飞的感觉,是本世纪中西方女子埃莱娜·西苏说女性只有靠飞翔才能获得任何东西的感觉,是本世纪末东方女子林白用自己身体的声音陈述的感觉:……在飞的过程中我们像做梦一样身轻如燕,四肢敏捷,我们的体能和智慧被极大地激发,而我们后天培养的理性(道德感)像我们的身躯沉睡在床上……

从男性陈玄佑说的《倩女离魂记》到女性林白自己说的"我们守望空心岁月",光阴流过了一千年。

我的老外婆对我说过:让人想得出鬼的东西,不是自己没有的东西,倒是自己有过的东西。我可以这样破解这句话吗:人类为什么这么想乐园?因为人类失去乐园。女性为什么这么想飞翔?因为她们失去飞翔。

面对"飞天"和"女",有一种生命被穿透的锐痛。于是你知道,这个对象不是别的什么,它是你自己,它就关在你生命基因之内,让你在意识控制之下下跪,也在无意识释放时飞……是什么使"飞天"失去飞的本性与能力而变成了"女"了呢?更形象地说,"飞天"身上的飘带为什么会变成绑在"女"身上的绳索,而让有史以来的"女"只在灵魂出窍里重温飞翔的自由与快乐?

老外婆为什么说飞翔的萤火虫是女子的聪明?

没有因果。没有道理。没有逻辑。这是一段说不清来龙去脉的传说,是一种语言无法演绎的直觉,它们飘浮在书的空白之处,犹如沉沦在无意识的黑暗之中。

当我沿着书架做大字引体向上,让我的眼睛又一次从让我看痴了的光阴浮生中落在书页里的时候,我终于看到了这则神话。

神话说:盐水女神与带领部落去远方建功立业的廪君相爱。天黑,神女便来幽会,天明,则化为飞虫,掩蔽日光,使天地晦冥,以阻挡廪君远行。于是廪君送给盐神青缕,让盐神作为爱情的信物系在身上。当盐神飞翔时,廪君便以青缕为目标,射杀了神女。盐神死,天大开,廪君便能走了。

这个神话告诉我们些什么意思呢?

第一,爱情与事业是对立的;第二,女人偏偏以爱情为命;第三,男人虽需要爱情,但更以事业为重;第四,爱情有迷惑性,对事业有阻碍性;第五,男人经历爱情,必牺牲爱情而保事业。

最残酷的一点是:这种牺牲利用的恰恰是女性对男性痴心痴性的爱。神女原不会死,但她却会死于她永远无法预料到的、永远不会设防的、来自爱人设置的爱之阴谋与他的无情之箭。当盐神将廪君送给她表示同生共死、亲爱白头的青缕系在身上,满怀爱的喜悦飞翔在黎明的空中,山河同喜,风云共舞,那该是怎样一幅美丽的图景!她又怎能想得到,他会站在阳石上,弯弓搭箭,以青缕为目标,准准地把她从天上射到地上呢?她又怎能想到自己身上这些来自爱人的所赠,让她飞起来更为美丽动人的青缕,会在下一刻马上演变为他的意志与她的束缚:它将无比忠实地实现他的意图,毫不留情地把她从天上拽向地下?

光阴在那一刻,射穿层层又叠叠从历史深处垒压而来的书墙,停驻在我的上空。

如醍醐灌顶。

君不见世世代代的所谓爱情悲剧故事,原来都在万变不离其宗地再现这么一个男女关系原型:有多少女人沉浸在爱情之中,就有多少男人为了种族的利益、国家的利益、家族的利益……乃至自身利益而牺牲爱情与爱人。君不见是什么使风流李甲一改初衷,半道遗弃风华绝代的杜十娘?是什么让率性任情的茶花女甘心强忍爱之火焰,绝意灭情避离阿芒?……在这些盛传不衰的爱情经典中出现的女主角都是妓女身份,大概只是因为良家妇女已鲜有自主的爱情了。

古罗马最重要的诗人维吉尔在他的代表作史诗《埃涅阿斯记》中,也异曲同工地演绎了异国廪君与盐水女神的爱情故事与爱情关系。身心疲惫的英雄埃涅阿斯在重建都城的艰难路途上,接受了迦太基女王对他充满爱意的款待。但埃涅阿斯却不能就此沉溺,他必须服从天意,割舍女王的爱情,继续前行以完成上天赋予他的神圣使命。而视爱为生命又在爱中绝望的女人,遥望命定将飞逝在天边的男人的船帆,引火自焚,在岸边制造出冲天光柱,充其量只是多少照明了男人义无反顾的生命旅程的一小段落罢了。

他们也许确如廪君们沉溺爱河,如廪君们差点忘却使命,但他们必也会如廪君般清醒过来,如廪君般设计摆脱,最后也如廪君般利用女性的爱,制造女性的爱情悲剧与生命悲剧,来成全男性"浪子回头金不换"的正剧。

难怪文雅的那些人会说:恋爱中的女人是盲目的;粗俗的那些人也会说:女人一爱起男人来就蠢得没治。

读了"廪君和盐水女神",现在,还能读不通从"飞天"到"女"的逻辑之路吗?

来自美国的女学生卡琳,居然颇有心得地在作业中写道:试想"飞天"被射下来后的情景,那曾经在空中飞扬的丝带,此时必然已成为花容委地后绑在她身上的那几道绳索。

而我的心得是:我多少有点想明白了为什么在女性形象中,女性话语会有一种从来不间断的、鲜明的"飞翔"意象。她们从这里起源——

情感篇

"神女坠地"实际上成了她们一再在各种艺术中重视女性"飞翔"的原型,就如目不识丁的老外婆毫无道理地把飞翔的萤火虫当做女子的聪明来传说一样。我的脑海中常常出现已去世多年的老外婆的言语,赞叹与惊讶交织而来。究竟是通过什么样的渠道,让老外婆能够得到来自远古的关于女性生命谶语化了的信息?没有理性铺陈的原因,只有像诗一样倾诉直觉一样美妙的结论。用"廪君与盐水女神"穿梭古往今来男男女女们的种种行为,我觉得自己似乎已能看到潜伏在老外婆幽冥大脑中的活动景象了。

——飞翔着的女神因为爱情而失去聪明,失去聪明而使她束手就缚,束手就缚使她不再能够飞翔,不能飞翔使飞翔成了她世世代代的梦想。

你一定能够听到,女作家池莉说的"我的创作将以拆穿虚幻的爱情为主题之一",这并非是她的独唱,更是一种和声。

声源是那个被爱情之箭射杀了生命,跪伏在地底下的女神最后一声的呻吟,她的痛感穿彻人寰。

我真的相信了,今天,我能看到她们,沟通她们的痛感,让想象飞越表象与时空,一定是因为小时候的我,听从了老外婆的劝告,放飞了那一只在夏夜旷野上自由飞翔的萤火虫。

叶多多

美丽不需要结尾

　　这样的相恋，实在过于美丽和浪漫了。我总有一种"梦幻"的忧虑，心常常被一种莫名的悲伤扭紧。

　　大三时，我遇到了David。

　　总记得那晚的夜色特别温柔，学校礼堂的灯光卖力地渲染着那一份浓浓的青春情调。缕缕不绝的欢笑声、嬉闹声加上歇斯底里的歌唱，大分贝地炸裂开来。那种盈握在胸的欢乐，像水漫宣纸一样在每一张青春洋溢的脸庞上无尽蔓延。没有变幻的镭射灯光，没有缠绵的萨克斯，水泥地板上只有一只疲惫不堪却依然精神抖擞的大索尼录音机和一大堆快乐如仙的精灵们。

　　我静静地坐在一个角落，固执地躲避着那亮得有些夸张的灯光，躲避着男生们憨态可掬的邀请。我不是个忧郁的女孩，但此刻我说不清自己的思绪。也许是在渴望，渴望那个正在快乐旋转的陌生男孩会越过厚厚的人墙向我伸过一双温暖的双手。

　　就这么远远地端详着那高高的个子，宽宽的肩。一条发白的牛仔裤，一件发白的蓝衬衫。那样一张白皙的面孔，那样一种恬静的微笑，那样一双深褐色的眼睛，长长的睫毛遮住那朦朦的眼神。我的心猛地一震，这双眼睛怎会如此熟悉，会在梦中?后来他告诉了我相同的感觉。就这么呆呆地想着，看着那陌生的男孩和一个个花蕾般女孩熟练地旋转着。心忽然有些抽痛，一种一失足坠落幽谷

叶多多，1962年生，云南昆明人。主要作品有《东方的心》《珍藏历史》《美丽不需要结尾》等。

的失落感无以言传。不知过了多久,也不知拒绝了多少双热切的手,那个陌生的男孩总被一群男生女生簇拥着,俨然王子一般。恍惚如梦间,舞曲已停,喧闹的人群围成一个巨大的漩涡,等待着新年的钟声敲响。我忙从角落弹起,挤进人群,拽着认识与不认识的学友的手,拼命祝福,新年好,新年好!

慌乱中一回眸,那陌生男孩正对我展现着潇洒俊逸的微笑,等我弄明白他是在请我跳舞时,我竟手足无措起来。他一定是在活泼如百灵的女孩包围中,不期然地发觉了清丽如鹤傲然凝眸的我。如果说我有一点点的不同,那一定是因我一任自己的心灵体味了青春的忧伤。那个心跳的时分,我竟辨不清自己应该先伸哪只脚,笨得像旱鸭子划水一般。

他轻轻地握住我的手,粲然一笑。我们只是对视了几秒钟,就完了,就注定了一个浪漫的相恋。

果然,新年的第一轮朝阳刚刚升起的时候,他便潇潇洒洒地倚在了我们宿舍门口,挡住了我的整个世界。他说他早就知道世上会有我这样一个清纯的东方女孩。他说的时候。露着一口洁白的牙,我忽然发现他英俊得遥远而不真实。

这个男孩就是David,来自加拿大。那时他在云大的学习已期满,正准备北上。为了一个东方女孩,他成了昆明第一个打工的外国人。

他能讲一口流利的普通话和昆明话,甚至,一些方言也讲得很地道。他能大嚼辣椒令人惊讶不已,他惯于和各种小贩们打交道,自称在吃过若干次亏之后,已经变得很会讨价还价了。他会为了一本我喜欢的书,跑遍全城的书店。

每个星期天,他准会带上一大堆吃的用的甚至玩的来到我们宿舍,常常引来一大帮馋嘴的男孩女孩。然后,我们就骑上自行车冲向郊外。如果遇上细雨濛濛的日子,顺着河畔而行,我总是不打伞的,并不为年轻的浪漫。当细细的雨丝顺着发际、耳根、鼻尖滑落时,那温馨是没法说的。

这样的日子,总喜欢把头埋进他的胸怀,任他轻吻我睫上、发上湿雾的那种感觉;总喜欢撒娇地围着他转一圈又一圈,然后勾住他的脖子,吊起身来,开心地荡来荡去;总喜欢他用那极富磁性的声音低吟洛夫的诗:

浮在河面上的一双眼睛仍炯炯然
望向一条青石小径
水来,我在水中等你,
火来,我在灰烬中等你。

相恋一年,竟没有红过一次脸,吵过一次嘴,好像我们已相约了千年又千年。

这样的相恋,实在过于美丽和浪漫了。我总有一种"梦幻"的忧虑,心常常被一种莫名的悲伤扭紧。

春天到来的时候,我已面临毕业。仍是在河边那片青青的草地上,不祥的预感便被证实了。

那天,我们并排躺在草地上。他眼睛天空般明净,双手轻轻把我的头勾过去,四目相瞩,很久很久。他慢慢地合上长长的睫毛,把我的手指放在唇上一根一根地搓摩着,柔柔地说:"毕业以后跟我走吧,我的小丫头,我们永远永远不再分离。"

我的心猛地一痛,刻骨铭心的哀伤噎得我几乎喘不过气来:我知道我只能咬咬牙说"不"。爸爸早已不在,病弱的妈妈不能再失去唯一的女儿。我只能错过他,错过这份绝望的爱情。

我把头深深地埋进他的怀里,闭上眼睛,静静地听着他的心跳,泪落如雨。他默默地抚着我的头发,我感到他的手在颤抖。大颗大颗的泪珠顺着他高耸的鼻梁奔涌而下。我的心碎了,哦,这个曾经用生命来爱我的男孩,我却让他流泪。我真想拉住他的手臂,对他说一万次:"Dear,我跟你走,我跟你走……"然而,我什么也没说,只是紧紧、紧紧地攥着他冰凉的手。

"小丫头,想我的时候,告诉我。"说着,他抓起身边的一颗石子重重地投到河里。"砰"的一声,整个爱情的季节就这么过去了。

他无望地走了。

一个月后,收到他寄自台北的一封信和一张自制的卡片,信中说他刚进入台北大学,挺紧张的,问冬季是否愿意到台北去看雨?

卡上是幅速写:一个男孩,仰天伸臂放飞一只鸽子。

叶倾城

玫瑰，与爱情无关

一生中第一朵玫瑰，与爱情无关。

那是二月的一天，季节犹在春与冬之间徘徊，拥挤不堪的公共汽车里，我好不容易抢到一个座位，我的身边，站着一个男孩，抱着一束红玫瑰。

他把花束高高地举着，在挨挨挤挤的人头间，力求容身之地。车开得跌跌撞撞，他便一直在摇摇晃晃，有人推他一把，有人瞪他一眼，他就不断向人道：

"对不起。"

看他的年纪应该是学生，他为什么不搭出租车呢？莫非这一束花已经用去了他全部的积蓄？全部的，一点一滴积蓄起来的梦想。

窗外，流过灰蒙蒙的街景，有冷风一阵一阵，从破了的车窗里刮进来。车厢里，全是脸色冷漠、急匆匆上班上学的人。这样的天气这样的城市，实在不是一束玫瑰的安身之处，而那束玫瑰偏偏那么红。

玫瑰灼灼的颜色，映红了男孩稚气的脸，他的神色是焦急的，而当他抬头看看手中的花束，柔情像流水一般掠过他的脸。他想到了什么？

是那个正在等待的女孩吗？女孩有没有玫瑰色的面颊，接过玫瑰的时候，又会有怎样闪亮的眼睛？她是不是也像年少时的我，用整个青春来等待爱情？

车陡地一停，男孩一个踉跄，花束撞在铁栏杆上，每一朵花簌簌急摇。他来不及站稳就慌乱地验

叶倾城，东北人。主要作品有《住在内衣里》《原配》《情感的第三条道路》等。

看,发现它们安然无恙,松一口气。他脸上种种温柔牵痛的神气,让我心中一动,我说:"你把花给我,我帮你拿吧。"

他吃了一惊,转头来看我,犹豫了一下,终于把花束交给我。

我双手环抱着玫瑰,尽量地小心翼翼。男孩身体可以站直了,却还是紧张,用背抵挡着整个车厢的压力,目不转睛地盯着花束,身体微微张开,仿佛随时准备扑上来护持。我向他笑笑,示意让他放松,他脸一红,很腼腆的样子。

捧着这一束玫瑰,忽然有一种奇异的感觉,好像它们是送给我的。我不由得想起许多往事,轻轻叹口气,男孩看我一眼,仿佛全明白。

我们仍是两个陌生人,没有前因也没有后果,只有这一刻的默契,却仿佛已经足够了。我们自然而然地组成一个整体,共同守护着一个完整的初恋故事。

我到站了,站起身,把花束和座位一起给他,欲走,他突然说:"等一等。"我转身,一朵红玫瑰,轻轻递到我手中。我不由呆住了:"给我?"

他的笑容是羞怯的又是真挚的:"今天是情人节,祝你情人节快乐。"

忽然之间,世界变了,我们不再是陌生人,而这样的天气这样的城市变得非常非常之适合这一朵玫瑰。

一路上,握着这一朵花,好像全世界的爱与关怀都在我手中,我快乐得像要飞起来。

春天,在这一瞬间落地生根。

一点点人与人之间的善意,有如花籽,在心田上播撒,竟会绽放出如此美丽恍如生命的花,谁说这世上没有点石成金的奇迹?

与爱情无关的第一朵玫瑰,却是我一生中最美好的情人节玫瑰。

(载1999年第11期《散文选刊》)

王兆胜

大爱无边

每个人的生命都像一株草、一棵树,都离不开高天厚土的滋养。漫漫人生路,不论你是高高在上的权贵,还是地位卑下的农人,恐怕都曾得过他人之助。其差别可能只在于:助力有大小,助人有远近;而对于受惠者来说,有的感恩,有的薄情,还有的则是以怨报德。

我有幸得到过无数人的帮助,他们有的如日月之辉,有的似闪亮的星星,有的只能比作烛光篝火,然而都在我心中长明不灭。有一对陌生夫妇在我最困苦、最低沉、最无望时曾给我以援手,擦亮过我的心灯,并且时至今日还一直佑护着我,他们是我生命中的贵人。

那是二十五年前一个夏日,我到离家七十里远的乡镇中学领取高考通知书,令我大失所望的是自己又落榜了,这是我第三次名落孙山!怀着郁郁寡欢的心情,我在校门口踟蹰彷徨,不知前途何在,路在何方?一是家中一贫如洗,哪有力量继续复读?二是连考不中简直是无地自容!三是家母早亡,本来无爱的人生又被撒上了一把盐。四是怀疑自己的能力,难道真如村里人所言"命高一尺,难求一丈"?像落水的鸭子,我耷拉着脑袋,紧锁着眉头,一脸愁容地坐在角落的一块石头上。

这时,一个中年男子走来问我:"同学,你是参加考试的吧?"我茫然地点头,没抬头也没回答。对方又说:"考上了?"我摇头。他接着问:"能看看你的成绩单吗?"我把成绩单递给他。看过后

王兆胜,1963年生,山东蓬莱人。主要作品有《逍遥的境界》《闲话林语堂》等。

他问:"有什么打算?"我说想放弃。当了解了我的家况,他就鼓励我说:"如果成绩差得太远也就算了。但我觉得几分之差,再使把劲儿,明年就很有希望。""如果就此罢休,一肚子学问几年下来,也就忘得差不多了。"陌生人还补充说:"今年我女儿的成绩也不理想,只高出分数线二十多分。但她决心再考,一定要考上理想的大学。"原本霜打似的我,不知从哪里升起一股雄心壮志,立即抖擞精神地说:"好!那我就再考一年。"因为我仿佛受了挑战:"一个女孩子尚且如此!考不上理想的大学还要再考,我一个男子汉怎么能这样自暴自弃?"

半年后的一天,我又与陌生人邂逅,这次是在离我家二十里路的一所中学门口。在吃惊之余,他告诉我他女儿也在此复习,后来才知道我与他女儿还在同班。更令人吃惊的是,他女儿曾与我同过学,学习成绩一直名列前茅,在学校可是大名鼎鼎。临别时,他除了给我鼓励,还拿出二十元钱给我。这次见面,我们的距离一下子拉近了,仿佛成了朋友。这也是一次巧合,冥冥中仿佛有天地安排,毫不相识的陌路人,只因曾有一面之缘,彼此方能有缘再见,于是我们长久的友谊就此开始了。

一天,我突然接到陌生人的来信,打开后才知道是女同学的妈妈写给我的。信中,她以一个母亲的身份表示对我的问候、鼓励和关心。她说:听丈夫说,女儿的同学又瘦又小,打小就失去母亲,面如菜色,满面愁容,于是非常难过。她又说,我们都是草木之人,不能为你做什么,但如果有困难一定跟他们言语一声,千万不要客气。她还说,穷人的孩子早当家,只有受过苦而又有志气的孩子才会更有出息。看完这封信,我忍不住泪水长流,仿佛妈妈去世后所有的委屈、悲伤、孤独和寂寞一下子涌上心头。因为多少年了,我没有体会到母爱的滋味,更多的是别人的冷眼、嘲弄甚至侮辱。而今,一个素不相识的母亲竟然给我这样的理解、宽慰和关爱,我的感动真是难以言喻!长久封闭甚至固闭的感情闸门一下子被打开,经过泪水冲洗的心灵,仿佛一下子柔软和明亮了,身体也变得轻盈起来。

下次再来学校看女儿,是他们夫妇同行。出乎我的意料,他们夫妇将我从教室里叫出来,问寒问暖,同时还将钱和自做的点心塞给我。我发现女同学妈妈的眼睛湿润,目光满是关爱和怜悯之情。后来她来信说:"回到家里我彻夜未眠,虽然之前听丈夫说过你的情况,但亲眼见了,却觉得你比想象的还要瘦小体弱。"接着她又说:"怎么能这样呢?可怜的孩子。"我姐姐曾形容说,我瘦得只剩下两只眼睛了!那一年到女同学的乡镇中学读书,路程遥遥七十余里,只靠步行来去,走累了坐下来歇一会儿再走,又渴、又饿、又累,仿佛万里长征一样艰难!有一次刚开学,因为要自带行李,所以不得不借别人的自行车,这比步行舒服快捷多了!那次,有同学开我的玩笑:"你骑在车上,两条腿仿佛是两根筷子!"是的,一天十几个小时的紧张学习,每顿饭只能吃一个玉米面窝窝、一碗稀饭,外加一点儿咸菜!正当长身体的时候,极度地缺乏营养,形销骨立是必然的。今天看到城市的孩子偏食、厌食和浪费粮食,看到自助餐者或领导干部暴殄天物,我的心中一阵酸楚,仿佛打翻了一瓶醋!他们可能做梦也想象不到,贫穷的农家子弟吃的是什么!

高考结束后因发挥不佳,我的心情非常沮丧。这时,女同学的父母来信邀我去他们家散散心。此次我受到热情的款待,可以说是平生第一次受到重视、被当成贵宾!这对一个长期以来被弃如敝屣的"失败者"来说,是怎样的安慰和满足!这次的另一收获是认识了女同学的弟弟,他当时十三岁,但我们亲如兄弟的感情由此开始。如果有什么不足,那就是女同学几乎不理睬我,她好像对我的"来访"既吃惊又尴尬。这也难免,因为在此之前她父母没跟她说起与我的友情,二是同校一年又同班一年,我们很少说话。当我返回家中,接到女同学寄来的信,信中说她父母在我走后严厉地批评了她,批评她不该对同学那么冷淡,希望我能谅解她。多少年过去了,我才听说我那次"访问"给女同学一家惹了不少的麻烦,因为村里人尤其是亲戚朋友都以为,我是女同学的父母为女儿"包办"的女婿,于是,我一离开众怒骤至,人们大有兴师问罪之意!在村里人看来,一个银行职员的女儿长得花朵似的,怎么能找这么一个拿不上台面的"女婿"?要家庭没家庭,要才分没才分,要人样没人样。有人甚至质问女同学的父母:"你们是不是昏了头,这么个打蔫的黄瓜有什么好?"

女同学的父母解释说:"你们都想到哪儿去了?王兆胜和我闺女除了是同学,没有任何关系。我们只是觉得这孩子可怜。"

亲戚还是不依不饶:"可怜的人天底下有的是,你们管得了那么多吗?"接着又说,"这种人甩还甩不掉,你们还把他请到家里来,就不怕对你们的女儿不利?"

这次女同学的母亲有点火了:"你们这是哪儿跟哪儿?王兆胜的家里条件是很差,长得也确实不像样儿,但怎么能一下子将一个人看扁?更何况他心地善良,又有志气,说不定将来还是个人才呢!""再说了,这样一个无依无靠的孩子,我们关心关心他,有什么不是?"她又补充说,"至于他和女儿的事,我们想都没想,那是年轻人自己的事。不过,假如将来有一天,他们自己看好了,做父母的也决不反对!"

看着话不投机,人们也只有怏怏不乐地散去。

高考成绩下来了,我比女同学少了近三十分,她以全校第一、全县第二的成绩考进中国人民大学,我则到了山东师范大学读书。一天,女同学的母亲给我寄来一个包裹,里面是一条毛裤。信中说:"秋风凉了,我们一直惦记着你。记得上次来家时,你穿的裤子短得盖不住腿,想是没有毛裤吧?这个月他爸的工资下来了,就买了毛线家中每人织了一条毛裤,顺便也给你织了,天冷时穿上去挡些风寒。"手里捧着毛裤,我不知说什么好!只知道哭个不停,一颗心都在颤抖。长到二十岁,还从未见过更没穿过毛裤,这是我穿的第一条毛裤。看着密密麻麻的针脚,捏着厚厚沉沉的毛裤,我想起那首动人的诗:"慈母手中线,游子身上衣。临行密密缝,意恐迟迟归。谁言寸草心,报得三春晖。"这是真正的母子之情,而我手上的毛裤却是一个非亲非故、没有任何寄望的母亲为我缝制的,这是惟爱为大的普天之下的母爱的光辉。

在四年大学期间,女同学的父母每年都给我寄钱,而信中又总是对我关心备至,关心我的学习、生活、身体和心情,就像父母热爱着自己的孩子一样,我仿佛成了他们家的一员,也是知心朋友。每次假期回去,我也必去他们家里看看,住上两日,于是相谈甚欢,这是我少有的快乐之时!不过,与女同学却一直停留在说几句客套话的同学情分上。因为我们都用心学习,后来都各自考上了本校的硕士研究生。

随着接触增多,彼此都有好感,读研究生时我与女同学结成了连理,成为伉俪。这样,我多年的夫妇朋友竟成了我的岳父母大人。当我和妻子一起去看她的姥姥时,双目失明的老人握住我的手,竟说出这样的话:"谁说兆胜不好?我的眼睛看不见,但摸着他的手,听他说话的声音,俺就觉得他好！多好的孩子呀！"至今老人已逝,但对她的感激、敬重和思念仍在心间！因为我们是心气相通的。

当翻开新的一页,我们开始了长达六年的夫妻两地生活:一个在北京,一个在山东济南,即使如此,我的生活也充满快乐、知足和希望,因为岳父母对我的关爱更多更切了,夫妻间的相知、相爱、相慕更深更厚了；因为阳光每日都灿烂地将我照耀，即使在夜晚和严寒也是如此；因为我相信缘分和福祉就在眼前和内心,就在长长的感念与德行的修养中。一九九三年我考入中国社会科学院研究生院攻读博士学位,夫妻团聚后才真正成家生子,这是天地厚我的结果。而所有这些,我都将之追溯到最早的那个"因",即一个陌生人对一个穷学生的一念之顾！一对宅心仁厚者对一个毫不相干、如草芥一样卑微的农民之子的同情。

多少年过去了,我与岳父母大人的感情日久弥新,多日不听他们的声音就感到寂寞和挂念,他们对我也是如此！从出差之日起,他们一颗心就悬浮着,直到听到我回到北京才安心！作为朋友、儿子和女婿,我已深入了他们的灵魂,是心心相印、血脉相通的那种！前几年,岳父打电话给我说:"兆胜近来忙不忙？再忙也要先将手头的活放一下。我准备带你老父去北京看看,毕竟他年岁大了。"家父年已逾七十岁,他还从没来过北京。岳父还补充说:"你放心,待一阵子,我再将他带回来,送回去。"结果,岳父真的陪家父来去,其辛苦和操心可以想见。因为那时我的房子狭小,岳父只能住在我家的阳台上,因为窗户不严,他还饱受了蚊子的叮咬。

我每次回家,往往路过岳父母家,他们总给我添加些钱,让我带给家父，这是岳父母处处为我着想的地方。另外，岳父母总是说我的"是",而嘱咐女儿理解我和我的家人,体谅我自小受到的挫折及磨难。妻子也真是难得,她除了从事自己的学术研究,家里家外、我和儿子都在她的照顾之内,因为我就是一个大孩子,除了工作和写作几乎一无操心。她还经常劝我:要经得住寂寞,做自己想做而又有意义的事,要做一个真正的书生,不要随波逐流、人云亦云,也不要与别人比那些外在的东西。与妻子在一起,我从未感到生活与人生的重压,尽管我一无豪宅、二无轿车、三无权柄。在她看来,人生最重要的是内心,是一种有品质的生活,而不是身外之物的多寡。

　　我的岳父母都是普通人,但他们却有着凡人所不具备的品质!尤其在我孑然一身、如同乞者之时,他们作为完全的陌生人所给予我的,这让我有了与以往全然不同的人生观和审美观。就如同大地包含着生命,沙粒蕴藏着金质,我的岳父母尽管有着平凡人的外表,甚至他们的名字也鲜为人知,但却有着金不换的美好的心灵。

赵柏田

痛

> 人生非病即愁,念头纷飞。
> ——韩东

一九九九年初夏,一天下午,母亲去地里收菜回来,她蹬着的农用三轮车翻落路边的水沟。侧翻的车压住了她。满地奔跑、叫喊着的土豆、莴苣、茄子和青瓜压住了她。她费了好大劲才从车身下爬出来。揉着手臂,她听到了里面骨头碎裂的声音。碎裂的骨头隔了一层皮肤在她的指头下滑动,像是要支棱到外面来。她奇怪的是怎么没有了痛,就好像她在揉着的是一截枯枝,或者一截锄柄。

母亲坐在翻转的农用三轮车旁边,要把她的痛找回来。然而,痛,突然地,不期而至地到来时,她连站起来迈出一脚的力气也没有了。她坐着,坐着,不知坐了多久。下午就要过去了。一个被巨大的痛包围着的妇人,坐在暗下来的田野中央,坐在痛的中央。这些痛,是成片被晚风压倒的青草的忧伤。这些痛。哦这些痛。我们在夜色中找回她,她的半边脸还是歪的。一张痛歪的脸。

连夜送到第一医院。急诊。拍片。送检。从一楼跑到四楼。又从四楼跑到一楼。长久的等待。排队。张望。才芽表哥(他在这家医院做骨伤科医生)拿着 X 光底片说:三嬷,全碎了。父亲看着穿着白大褂的外甥,目光里闪动着畏怯。全碎了?是的,全碎了。哪儿碎了?是肘关节第三根小骨与第四根小骨的连接处,就是我们平常说的饭撬骨。才

赵柏田,浙江余姚人。主要作品有《我们居住的年代》《光阴无涯》《历史碎影》等。

芽表哥挽袖,屈肘,在自己手臂上演示着他所说的部位。哦,是饭撬骨碎了。母亲说。哦,是饭撬骨碎了。父亲说着好像还舒了一口气。

才芽表哥拿出了两套医治方案:1.在肘关节第三根小骨与第四根小骨的连接处揳进钢钉,一枚,甚至三枚、四枚;2.石膏加夹板,使之固定。母亲坚决不用钢钉,于是采用第二套方案。但才芽表哥后来发现,母亲肘部的骨头摔得太碎了,实在太碎了,都碎成骨头渣了,再上石膏夹板也没有了意义。于是配了些消炎的氟派酸、头孢拉定和清淤化血的云南白药之类回了家。母亲右手的痼疾就是这样落下的。它再也不能举高,不能提重物、抱孩子。这只残疾的手,不能伸展,曲拢。前臂与后臂之间,永远的一百三十度角,或者一百四十度角。到了雨天,它就痛,在一百三十度角和一百四十度角之间,喊着痛,痛,痛。

之前的半年,也是在这家医院,妇科手术室的一张铁床上,母亲割去了她腹内重达一点五公斤的肌瘤。同时她还失去了她的子宫。手术是在冬天,术后的母亲陈年的支气管炎又犯了。可又不能咳。一咳,腹内鼓动的气流就会撕裂缝好的刀口。她憋着,狠命地憋着,脸涨得通红。后来用了一百二十元一小时的化痰机。一种雾状的药剂顺着长长的管子,从面罩处喷向她张开的嘴,才止住了咳。出院那天,我们扶她躺在父亲拉来的平板车上,平板车的下面垫着新鲜的干草。她说,痛。她还说,小腹下面空空荡荡的。这巨大的虚空,这空空荡荡的痛,我知道是身体的,更是内心的。一个女人的痛,将要和她一起走过余生,就像她的影子。

接下来是牙痛。不不,这痛,寄生的时间更早。只是它一直潜藏着,像黑暗中的兽,猛一下拧紧你面部的某根神经。母亲张开她的嘴说,啊啊啊。她说,啊啊啊。她发出这样的音节是向她的儿子展示她黑暗的口腔。里面的牙,没一颗好的了。她说完,就咝咝地吸气。风穿过她空空的牙缝,那声音是多么的冷。冷入骨髓。病牙让她的梦境也透着吹过瓦楞般的细风。嘶——嘶嘶——嘶嘶,嘶嘶嘶嘶,嘶嘶嘶嘶嘶嘶嘶嘶,嘶——嘶——嘶嘶,嘶嘶嘶嘶,嘶嘶嘶嘶嘶嘶嘶。嘶嘶嘶嘶嘶嘶嘶。她睡不着了就会起来,坐在灶膛前烧水。有时凌晨,有时半夜,起来就烧水。直到把所有的热水瓶、水壶、水罐,水坛里都装上开水。她生火,添柴,倒水,再倒水。她注视着火焰舔着铁锅。她拨拉着柴火的余烬,以期把痛移走。她一个人在黑暗中做着这些动作,就像堂哥才生,以前半夜里头痛得厉害了,就走到院子里,搬石头,这边的搬到那边,那边的搬到这边。冬天了,我总避着她。她又在咳了。从早到晚地咳。咳咳咳咳,咳咳咳咳咳咳咳咳,咳咳,咳咳,咳咳咳咳,咳咳咳咳,咳咳咳咳咳咳,咳咳咳咳,咳咳咳咳咳。咳咳咳咳,咳咳咳咳咳咳。我就是不在她身边也能听到这样的咳声。她说喉咙痛,痛得就像支着两块干燥的大石头。她说,咳得胸都透不过气了。她还会说,总有一天,我就这样,一口气咳不好,死了。她总是这样说。我就怕听这样的话,避着不见她。我打定了主意,下次她再这样说,我就打断她:妈妈,不要!我们都不说那个字。不说。不说。

(选自 2005 年 3 月 8 日《文汇报》)

董玉洁

奶奶和一九五三年的诺贝尔奖

一九三〇年,二十出头的奶奶养育了三个孩子和一群鸡鸭。那年,一窝鸡蛋孵到只剩两天出壳,母鸡却意外身亡。奶奶只好把鸡蛋移至灶头人工孵化,同时赶紧物色新的母鸡续任。奶奶知道,如果鸡仔出壳时第一眼看到的不是自己此后要追随的妈妈,那就会有麻烦。在奶奶将新母鸡物色好之前,有四只性急的鸡仔先期出壳了。这四只第一眼看错了妈妈的小鸡仔在此后的日子里总是跟在奶奶的身前脚后打转,而对"继母"感情淡薄。后来,这四只小鸡仔因为缺少母鸡的庇护先后夭折。

在此之前,奶奶及奶奶的前辈们就明白一个理:小鸡小鸭总是把它出生后看到的第一个在眼前晃动的物体当做妈妈,而且以后很难改变。所以小鸡仔一出世就要和它妈妈待在一起。

在奶奶孵鸡的同时,万里之遥的奥地利,一位名叫洛伦兹(Lorenz.Konrad)的小伙子正在观察一群小动物。洛伦兹从医学院毕业后回到了位于奥地利北部的家乡,承续祖业行医疗病,同时从事动物学研究。一九三五年春天,洛伦兹偶然发现一只刚出世的小鹅总是追随自己,几经分析排除,他推测这是因为这只小鹅出世后第一眼看见的是人,所以把人当做了它的母亲。进一步的实验证实了这一推测。继而,洛伦兹总结出"铭记(impriting)现象",又称"认母现象",并提出动物行为模式理论,认为大多数动物在生命的开始阶段,都会无需强化而本能地形成一种行为模式,且这种

董玉洁,1969年生,湖北人。主要作品有《玲儿,玲儿》等。

模式一旦形成就极难改变。这一理论成为后来"狼孩"研究中最站得住脚的答案之一。如今我们生活中正着力推广的"母婴同室"、"早期教育（也叫关键期教育）"都源于这一理论。洛伦兹藉此成为现代动物行为学的创始人，并于一九五三年获得诺贝尔医学生理学奖。

奶奶在洛伦兹之前就知道鸡、鹅有这种被称为"认母行为"的现象，但奶奶不能将此推广至所有的动物，更不能提出一套理论，建立一门学科，所以她与诺贝尔奖无缘，一生从未听说过诺贝尔和他的那个奖，尽管奶奶几乎断了洛伦兹的前程。奶奶与一九五三年的诺贝尔医学生理学奖如此的近，又是如此的远。

洛伦兹出生于医学世家，毕业于医学高等学府，一生著述二百余万字。奶奶出生于农民家庭，没上过一天学，一字不识。在我父亲中学毕业以前，奶奶爷爷前后三代人中没有一人算得上知识分子。

洛伦兹后来曾在维也纳大学及科尼斯堡阿尔贝图斯大学出任教授，成为当时的动物行为学权威，周游欧洲诸国，一路鲜花铺道。奶奶的生活半径不出十五公里，去的最远的是家乡小县城，共有三次，三十多岁一次，七十多岁二次，第三次是到城郊的火葬场。

洛伦兹一生拥有诸多头衔：医生、大学教授、科学杂志的创办者和主编、动物学家、动物行为学创始人、诺贝尔奖得主。奶奶终其一生都是个地地道道的农民。年轻的时候，人们呼她张小姑，出嫁后喊张婶，再后称张大妈，最终成了张婆婆。奶奶五十岁后，知道她学名的人就没几个了。

一九四二年，洛伦兹被德国军队强征为战地医生，在刺刀的威逼下救治德军伤病员。一九四四年德军溃败，苏军把他视作德军医抓俘投入集中营，饱经拷问折磨。一九四八年，获释回奥地利。不久，重操旧业，一边行医，一边从事动物行为学研究，思路仍是那只认他为母的小鹅。奶奶身经民国年间的军阀混战、日本入侵、解放战争、匪患与剿匪、历次政治运动，但都没对她构成太大的荣辱影响，包括"文革"及三年饥荒。奶奶出旱田下水田，日出而作，日落而息，稀的干的一般都能捞个饱。

洛伦兹膝下三子，长子死于战难，二子死于疾病，幺子过着常人的生活。尽管殊荣在身，但洛伦兹晚境不佳，孑然一身，落落寡欢，终年七十五岁。奶奶生有六子一女，子女中最得意的是我父亲，一名高级教师，学生远及欧美,包括洛伦兹的故乡。家庭事件中常被人谈起的是我二伯六十多岁时用进城回乡的两元车费摸奖,竟中一辆桑塔纳轿车(其时车价在十五万元左右)。奶奶在世时子孙后代已达三十余户,整整一大湾人家都尊奶奶为活祖宗,但没一家随奶奶姓,而随我的爷爷姓董,尽管爷爷在五十岁时就已去世。奶奶是突然老故的,享年八十四岁。

  我保存着两张照片,一张是洛伦兹获得诺贝尔奖后的笑,一张是奶奶找到了走失的小鸡。问他们谁笑得更幸福?有人说是洛伦兹,有人说是奶奶,至今尚无定论。

马 莉

触 摸

马莉，1959年生，河北吴桥人。主要作品有《金色十四行》《白手帕》《杯子与手》《温柔的坚守》等。

  触摸在个人的日常历史中已成为熟视无睹的行为符号。一个人的身体每天都要置身于缤纷缭乱的对于事件、声音以及构成我们生存空间的危险减少至最低程度的触摸之中。这几乎是一个生命在他的每一个瞬间被记忆中断的历史。触摸能使我们到达我们所盼望到达的那个最遥远的角落，并且最大限度地满足我们的想象，使我们的目光在时间的联系中就像一片树叶对于一棵树木那样亲密、坚定，而且柔和。

  我对于触摸的记忆是来源于许多年前一棵芒果树上面的一片叶子的记忆。那个夏天是所有夏天中最炎热的日子，那个时刻也是那一天中光线最充足的时光。我不想午睡。二姨问我："你在想什么，不好好午睡？"我在走廊上待了一小会儿，我看见院子里的那棵芒果树的叶子被风支使着摇摇晃晃，那些破碎的树影在炎热的中午顽强地反映在厨房里那一扇窗玻璃上。一片叶子就在这样的时刻落在了地面上。我看见了大自然中一片轻盈的叶子在腐烂前的特殊的、平静的气息，我被这种莫名的力量吸引着走向前去。我看见了一条很长很长的虫子，像一支我用来书写语文作业的半截铅笔那样长的虫子，像芒果一样金黄色的虫子，头部和尾部都长着一对绿叶似的明亮的眼睛。我注视了很久，慢慢地我发现那条长长的虫子其实不是一条而是由两条组成的，这两条虫子靠尾部的力量使它们亲密无间地连成了一体。这样的发现让我惊讶了好半天。我细心地观察它们身体上的变化，它们慵慵倦倦地一动不动，像死了一般忍耐了好长好长的时间。我忍不住了，就用一根枝条触着它们的身体，它们仍然是一动不动地任我摆布，一副心满意足的模样。我实在忍无可忍，回到厨房从碗柜里拿出两双筷子，一边夹住一条，使了很大的劲儿才把它们分隔开。我看见它们的尾部流出了一摊绿色与黄色相间的汁液，一股巨大的芒果浓郁芬芳的气味袭击着我的鼻翼。

　　这个秘密的发现在我的内心隐匿了很久，我像恪守一个伟大诺言一样不让这个事件从我的时间中流失。我开始了对于一棵果树的观察，由此发现了每一片叶子内部密布的纹理的变化所反映出来的季节的变化。我看见了不止一对而是许多对大大小小的虫子，它们在我意想不到的某一个季节里通过直觉和气味开始寻找，并在很短的时间内就能迅速地完成投身到另一个躯体中去的快乐使命。

　　二姨总是问我："你在想什么，你不好好午睡？"

　　二姨只是偶尔窥视一下我的生活，而我却时刻窥视着一棵树上的叶子以及埋伏在一片叶子背面的一动不动的虫子的生活。

　　在这个夏天里我的窥视悄悄地发生了转移，我从二姨的眼睛里看出了来自于一棵果树叶子上那些虫子的幸福感和满足感。它们诱导着我的视觉，使我的视觉伸延至房间里的每一个角落，玻璃餐桌的摆放，床铺的移动，每一个人的行踪、手势以及声音的变化。在另一个中午，我看见二姨父把二姨手上的毛线活儿挪开了，他试探着用手抚摸二姨的背，二姨就装着不关心似的把辫子松开，二姨父的手就开始大胆起来了，他先是从二姨的脖颈后面开始抚摸，向前，又向下，然后从第一粒纽扣开始，直到最后一粒，一个也不剩地全解开了。二姨却一动不动，就像那树上的虫子一样一动不动。最后二姨父把二姨抱到了床上，然后他把帐子放了下来。我是在另一个中午观察芒果树上的虫子的时刻窥视到了这一切。我觉得二姨和二姨父就像一片树叶上面的两只虫子。

　　在我后来的生活中，我了解到一个人对于另一个人的触摸与一个人在一间屋子里的自由走动以及这个人的写作对于语词的同等重要性。触摸,在更广泛的意义上,它将使我们驱除作为孤独的个人面对宇宙时的突如其来的恐惧,它还将把我们引领向一个新的未知的征兆:不是快乐的天堂,就是死亡的陷阱。

(选自1999年第3期《大家》)

宣 儿

月桂树上的花冠

　　有一种东西你不可以拥有。就像阳光可以照在脸上,住在心里,但你不能握在手里。

　　雄鹰在天上飞才叫雄鹰。如果你把它关在屋子里,它就真的属于你了吗?

　　或者你追随它的脚步,那么你又是谁?是阳光下任意晃动的影子吗?

　　你可以曾经站在月桂树下,在许多个美丽的夜晚,仰望星空,音乐像流水的声音从远处飘来。风轻轻吹动起你额前的一缕头发,于是,他吻了你的额头。

　　当所有人沉浸于嘴唇与嘴唇的亲密以及其他别的什么的时候,其实额头更象征着另外的一种事情。

　　那个冬天终于结束了。

　　白雪覆盖了土地,整整一个冬季。

　　整整一个冬季,北京很寒冷。

　　我一直坐在飘雪的窗前。时间不是往前走。在那些日子里,时间是往后滑动。我不知道我该怎么办。火车开远了。开得很远。穿越了高山,奔向了大海。

　　海是没有尽头的。

　　有一天,我明白了地球是圆的这个道理,我想象两个人从一个地方奔向了不同的方向,这难道说就叫分离了吗?你能说他们不会再相遇吗?后来,我又知道了,两条平行线的相交点是无限远。无限给人以多么美好的想象。像冰山上的雪莲

宣儿,吉林白城人。主要作品有《随风飘逝》《城市记忆》《别为我哭泣》等。

花。再后来,我又明白了,有一种叫做感应的事情。那是一次我在听元极功法的讲座时,我听到了来自一个既遥远又亲近的地方的一种声音。然后,我看见了夜晚的深处挺立在风中的月桂树,树上有一个巨大的花冠。

我看见了。我相信我不是用眼睛看见的。但我确实看见了。

或许那就是幸福。

幸福不是世人所说的拥有。幸福是对永远没有到来的事物的等待和追求,是心灵对心灵的约会。

春天来了。树变绿了。街上的行人一天天多起来。一天,我一个人走在长安街上。人流如潮水,好像是下班时的高峰时刻。天空中响起轰轰的雷声。

下雨了。

路上的行人撑起了雨伞。我很奇怪,为什么会有那么多人能知道今天会下雨。他们手中的雨伞保护了他们不被雨淋。而我没有。

多年来,我一直渴望一把黑雨伞,但我始终没有真正把它握在手里。我在一次次大雨来临的季节里,总是让雨水淋湿,直到心也在滴落雨水。

那天黄昏,我就是这样任雨水滑过面庞。我看见很多人撑着花花绿绿的雨伞,还有一些没有伞的人匆匆奔向能够遮挡雨水的地方。

我不奔跑。我在雨中。我能够看见月桂树。

有时我甚至想,如果有一天我也有了一把雨伞,那么,我还会看见它吗?我相信那一定是看不见了。

我不想说,能够看见月桂树就是幸福。我也不想说让雨水淋湿自己就是什么美丽的事情。但是,就像有人喜欢钻石戒指、金项链、裘皮大衣什么的,而我喜欢雨水淋湿,喜欢月桂树,你能说我就是贫穷吗?

雨继续下着。穿过长安街,我来到了电报大楼。我拍了一封电报。电波飞向遥远的大海边。我说,丁香花开了,北京开始温暖。我说,你往前走,往前走。回头时沙滩上有一把红色阳伞。

后来,走出电报大楼,重新走在长安街上时,我想,其实我是想说,我也要去看海。我想说,陪你。我想说,我已一无所有。

可是，这些话我永远不会说。我隐约知道一种精神在我的心里成长。它使我向往，它使我用目光去遥望，而不是用脚步去追随。

就像阳光和太阳本身不是一回事。

就像雨和雨水不是一回事。

渴望一件事情和面对及走入事情本身不是一回事。

（选自作者散文集《月桂树上的花冠》）

张舒娜

守望北沟

张舒娜,女,1965年生,河南郑州人,文学硕士,软件工程(网络传播方向)硕士。出版书籍有:散文集《橙色的梦》,专著《成功女性心理研究报告》等。

阴历十月初一,与往年一样,我从省城赶回新郑市城北五公里的老家,给长眠在这里的爸爸扫墓,陪爸爸说话。又一次用脸颊贴近并温热我生命中这片丰厚的土地,这是我魂牵梦绕的地方。神奇的季节调色师,使这里或美丽得无法言说,或凄清得让人断肠。我飘零的心啊,注定要在这里徘徊守望到天荒地老。

一

老家的村北,弯弯陡坡下去,是数十平方公里的宽阔大沟,土地湿润肥沃,是水和风的功劳。数不清的不规则小径划分出树林,田野,水库,荒地,一条由北向南的河流,没有名字,可日日夜夜诉说着这里的生命编年史。这就是老家方圆百里的"北沟"。

此时的季节已沉入它最深邃的层次,并极有底气地正从秋天向冬天过渡,我分明听到了那飒飒的脚步声。天际湛蓝辽远,白云无羁飘荡。大片的杨树林中,风拽着黄叶簌簌地飘落,堆积得满地都是。不远处,几只散漫的羊,把充满语言的眼光慈爱地投了过来。孤独,使我凋零成风中的一片黄叶。

爸爸的墓在北沟中部河的西岸,坐北朝南,面朝着一望无垠的田野和拦河大坝,河的东岸是古望京楼台和红砖蓝瓦的学校。此时,风带着深秋潮湿而清冷的气息,直逼我的周身,渗透我的心底。

远远望去,爸爸的坟墓,掩在渐黄渐疏的草丛里。四千多个日日夜夜啊,我在这边,爸爸在那边!千次万次的呼唤,哽咽了我的思念,苍白了我的词汇,常常一任泪水肆意滂沱,汇成哀痛的河流,无奈地随日子匆匆又匆匆地汩汩向前。

爸爸是突然有病的,我也是突然长大的。一九九四年的这个季节,在省城一所中专里,我正在给学生上课,突然接到爸爸病危的消息。赶回家已是傍晚,县医院急救室的一幕,至今定格在我的脑海:爸爸挂着点滴,鼻孔里插着氧气管,呼吸急促,脸浮肿得变了形,腹部胀得大大的。我不敢相信,不忍相信,这就是二十天前在长途车站送我回郑州的乐观豁达、谈笑风生的爸爸!拉住爸爸宽厚发烫的手,我忍不住大哭。爸爸眼角竟淌着泪,这是我平生第一次看见爸爸流眼泪。妈妈苍白的脸上写满了痛楚,亲友焦灼地挤满了病房。

主治医生拉我到了办公室,"你是家中的老大吧?"我点头,"想开些,准备后事吧,病人是急性肾病尿毒症,双肾衰竭。""不会,绝不可能!!"我歇斯底里。

爸爸是这个家的魂,这魂,是一家人的精神。他和妈妈都是极赋家庭天性的人。我们一家五口,辛苦着,幸福着,烦恼着,快乐着,忙碌着,关爱着,生命和岁月融为了一体。妈妈涵容温情、干净利落。爸爸洒脱大咧、极富责任心,妈妈主内,爸爸扛外。妈妈说,爸爸是棵大树,为我们遮风挡雨;爸爸说,妈妈是持家的好手,理解和支持,成就了他在这个小地方的辉煌。在这个家庭的大厦中,爸爸如钢筋,妈妈是砖瓦,孩子们宛如沙土和水泥,时间的流水铸成了家的混凝体。我深知,倘若,不小心碰坏着哪个部分,其他的部分都会留下永久的缺失和伤痛。我是一个骨子里透着悲情而又浪漫的人,尽管幻想所有的事情都有着美好的结局,但还是曾想过至亲至爱总会有离别时刻。可万没想到仅过天命之年的爸爸,竟要撒手撒我们而去!

那个夜晚,我的执拗与坚持,堵住所有亲友和医务人员的劝说,救护车穿过黑夜,护送爸爸转到省人民医院。

在挽留爸爸的日子里,辗转了人民医院、空军医院、炮院医院……一年零十个多月时间,治疗、会诊、透析。在等待肾源的日子里,爸爸的并发症日重一日:高血压、肝腹水、贫血等等,终没希望上手术台。爸爸透析、输血,每一星期的生命都是用上千元人民币换来的。妈妈和我们姐弟仨,一同承受着生命中的苦难。爸爸曾淌着泪水多次拒绝治疗,他说他不忍心看着这个家最终落得人去财空。

妈妈和我们弟妹仨想尽了办法,流尽眼泪,还是没拽住爸爸。那个时候,面对病魔那种无奈与无助,平生第一次体会得如此地深刻。一九九六年阴历六月初十的午夜,爸爸离开了我们。那个晚上,爸爸在郑州做完最后一次透析后又回到老家县城医院里,显得异常的平静,他病前九十公斤的体重,只剩下不足四十五公斤。我把脸紧贴在爸爸冰凉的脸上,我的手紧握着爸爸早已干瘦的手,悲痛欲绝地送走了爸爸。

没了爸爸,悲苦淹没了我整整十二年。愧疚啊!爸爸弥留之际,我竟没给爸爸买过他最喜欢吃的德州扒鸡和他最喜欢喝的北京牛栏山二锅头。没了爸爸,何以言孝?

二

爸爸命苦,打小跟爷爷奶奶一家生活在陕西宝鸡市,上完技校那年爸爸十八岁,听父亲的安排回了河南老家跟了当时没有孩子的本家三爷。他工作在镇电管所,负责两家企业,一所中学,一座渔场,几个村子。抑或是雷电交加的雨夜,抑或是骄阳当空的夏午,蹚河跨沟,架线竖杆,检修变压器……在那个相对落后的年代里,爸爸始终以勤劳和汗水连通着父老乡亲生产和生活的信念之光,也点燃我幼小慈善的心灵火苗。爸爸乐于助人,宽厚热情,接触过他的人,都向他伸过大拇指。爸爸生性要强。打记事儿起,从不曾记得爸爸言愁道苦。他用结实的双肩默默地扛过一个又一个困境与苦难,在我的眼里,爸爸是真正的男人。尽管当时生活都不富裕,他与妈妈一起把我们的小家经营得温馨惬意。我的童年真的是没有缺憾,有的是缤纷五彩的梦想。

爸爸把期望寄托到我们这一代身上,作为长女,这个寄托成为我长进的精神支柱。刚上高中,我的一首小诗《星星·眼睛》刊发在《辽宁青年》杂志上,爸爸随身带着那本小小的杂志,高兴得逢人便讲:"这是我家老大写的。"就因为这首诗,我成为同学中拥有课外书最多者。那时候的我曾想:就为了爸爸的"显摆",我要成为诗人。

在一年的二十四个节气里,爸爸和妈妈相濡以沫,渲染着家里的节日气氛。二月二的野菜煎饼,端午节的小米粽子,中秋节的自制月饼,冬至的荤素饺子,腊八的杂粮粥……小屋内,爸爸朗朗的笑声,妈妈喋喋的唠叨,融会成无边无涯的快乐。逝水滔滔,转眼流去多少春秋,可岁月深处的幸福怀念,足以温慰我终生。

初中离家不远,学生一律住校。记得有一年连续多天下大雪,天刚蒙蒙亮,爸爸把热乎乎的腊八粥送到了学校。从家到校要穿过北沟的拦河大坝,还要越过一条深沟,下坡上坡,大雪封路,来回四公里的路,爸爸竟用了两个小时。

第一年高考落榜,分数公布的第二天,我心情糟糕到了极点。爸爸笑笑说:"尽力了就行,咱再复读一年。"爸爸的若无其事其实是表面。那天爸爸带我去了省城,在德化街乐器行,为我买了我最喜欢的上海国光牌重音口琴。那曾是我的一个奢望啊。晚上,爸爸侧着头,眯着眼,微笑着,听我吹他最喜欢的《苏珊娜》、《卡秋莎》曲子。落榜的阴云渐渐消散,爸爸的爱意使我重新振作,考上了大学。爸爸走后,我曾多次在爸爸墓前,和着泪水一遍遍吹给爸爸听,好让我的心声伴他长眠。如今,家里有了钢琴、扬琴、萨克斯,可这只口琴我依然保存完好。

大学读书期间,爸爸发现我同宿舍的女孩子坐在床边洗脚不方便,细心的他比画了半天,回到家里让人做了只小方凳,星期天送到学校,说坐小凳子洗脚不弯腰。大学毕业了,工作了,成家了,有孩子了,搬家又搬家了,多少年过去,小方凳一直跟随着我。我经常坐小凳子在阳台上看书、在卧室里洗脚,感受着爸爸的温暖。

三

儿女们总希望能够幸福地拥有父亲的注视,无论身在何处,无论年长几许。没有爸爸的日子里,我时刻敏感着"爸爸"这个词,无论听到谁叫声爸爸,我都忍不住泪水滂沱;走在都市大街上,出差在采访的路途中,我的爸爸就怎么走了呢?此时此刻的我并不奢侈呀,哪怕有一个躺在床上的病爸爸啊!

一个夏日傍晚,我在乡下采访路上,遇到一位坐在地头的老人,年近七十岁,一面拿草帽扇风纳凉,一面抱着大饮料瓶喝水,好健康结实的老人呀!我心中一阵颤栗,爸爸如果健在,也不足六十岁啊!靠近老人我下了车，好长时间没叫过爸爸了，此时此刻我已泪流满面，真的想靠在他身边叫声"爸爸"。望着嘿嘿冲我笑的老人，在残阳如血的黄昏里，一任泪水吧嗒吧嗒砸在脚下的黄土地上。

爸爸去世，妈妈执意要跟爸爸走。我们姐弟仨开始艰难地拯救妈妈。结果，所有的劝慰没效果。一九九七年春天，妈妈从县城回到老家，向村子里要了北沟三分荒地，种下了六十棵杨树苗。从此，她每个星期天丢下孙子，从市里骑着三轮车回到北沟，伺弄她的杨树，寒来暑往，风雨无阻。妈妈平生有着十分勤劳的习惯，有活儿干会些许冲淡她对爸爸的思念。看着树苗一天天长大，妈妈有了笑脸，枯萎的心复活了。多年以后的今天，我才突然明白，细腻而敏感的妈妈，是绕过了诸多尘世的阻隔，常常回来陪我的爸爸呀。这片杨树林，仅距离爸爸坟墓不足二百米远。十二年了，小树苗已成参天大树，挺拔伟岸，猎猎秋风吹过，怎不是爸爸妈妈落在天地间长长的絮语呢？时世沧桑，红尘之中，北沟承载着父辈们沉重而隐忍的爱啊。

望京楼台高，郑韩古城长。爸爸去世时，三爷说，选择好坟地，能荫福子孙后代，他请风水先生看过，说这是块绝好的宝地。从黄帝到春秋战国，这里是中华民族之根到枝叶繁盛之地，郑文公的公主碧霞习武练兵之地。王母娘娘帮碧霞公主抵御秦兵的"烽火报警，撒豆成兵"典故，在家乡妇孺皆知。北沟的风，沉潜了几千年的人文内涵，我常常会嗅出这里非常的历史又非常的文化。如今，战乱早已远去，百姓安居乐业，世世代代相承，将这块曾用将士血肉肥沃过的厚重土地，揉捏得更加丰腴滋润。绿草茵茵，树木葱茏，河水潋滟，这里丝毫没有现代生活迫不及待的状态。花开花落，草枯草荣的北沟啊！爸爸能安睡这里，怕也是承前启后的幸运吧。

北沟的土地爸爸的坟，妈妈的杨树林我怀恋的心，这是生命的共同元素，共处一体彼此不分。自然到社会，人本到人文，撑起生命大树的是爱情、家庭与社会，而其中的魂魄是人类不灭的精神。无论是平民或圣贤，是士兵或将军，自然的生命，都是在家庭苗圃中成长为参天大树的，尽管对社会大厦的作用力有区别，但哪怕微小的力量，也是不可或缺的。这是爸爸的爱给我的觉醒——对社会的奉献，点点滴滴。

其实，我的爸爸不是生身父亲，可我内心从不愿也从没有承认过这个现实,更没有过心理上的异常,直至今日。

　　我的灵魂里种下了爸爸的基因,是精神的、人格的,乃至于文化的,这高于血缘的基因啊,它来自于北沟的这片土地。这注定我的守望天长地久。

　　夏日的傍晚,爸爸站在村北坡口,唤我回家,他沙沙的嗓音里糅合着炊烟,满沟满坡飘渺。此时,风轻轻吹过,爸爸的唤声清晰如昨……

（选自 2008 年 11 月 18 日《河南日报》）

叶细细

让我许个愿

叶细细，主要作品有《还有你的微笑》《伤感之城》等。

我不是一个很宿命的人，但是，能做她的女儿，我想是与她有缘的。

其实，上中学的时候，我一直不大喜欢她。那年，她四十岁了，在一家学校当老师，却不大会做家长。她对我要求严格，却从没有试图了解过我。

我从学校到家，要经过两条马路、一家电影院，大概需要二十分钟。于是，每天下课，我如果超过了这个时间回到家里，必定要受到她的盘问。

在那样晴美的天气里，一路上因为要急急赶回家，见到阳光的温婉心情全被破坏掉了。那一刻，我会感觉自己是一只笼中惊慌的小鸟，尽管过着衣食无忧的生活，却失去了最宝贵的自由。

但是，在这样中规中矩的家庭内，我能怎么样呢？我是孩子，在她面前，我永远无法做到与她平等地说话。她是那样轻视我的存在，因为我是她的女儿，我没有理由没有资格对她说不。

有一天，被她唠叨烦了，我大清早在去学校的途中溜了号。一整天，我都躲在电影院的花园内，百无聊赖地玩蚂蚁，想静观事态的发展，看看她如何对待一个逃课的孩子。

我在电影院内不知待了多久，直到天一点点地黑下来。不用说，那天我被她提着耳朵拎回家，而且头一次挨了她的臭骂。但对付她，我不是没有法宝。

我很快给姥姥写了一封信，央求姥姥来看我。姥姥是个小脚女人，脑后盘着一个大发髻。我是姥姥一手带大的,小时候,我常常会打散姥姥的发髻,让那黑黑的头发散满一脊背,我会将小小的脸贴上去,姥姥便将手绕过来搂我。我知道,姥姥是疼我的。

我的救兵很快到了。

姥姥来了之后,我的形势逐渐好转。下课,我可以稍晚回家,不必让老师签条;读书读累了,就可以放心睡觉,不必担心还要去做她留的课外作业。

那一段时间,我因为获得了自由像一只快乐的小鸟,对她也放松了警惕,直到有一天,我发现她偷拆了我的信,信是同校一个男生写给我的。那年我十六岁,脸上还在发小痘痘,但是,属于一个花季女孩的清秀是遮不住的。

那天,她把男生写给我的信摔在我面前,让我解释。我的头轰的一下大起来,因为隐私被她发现而恼羞成怒。我和她怒目而视了十分钟后,便一头冲出了家门。那天,我绕着院子跑了一大圈,姥姥在身后追我,她在姥姥身后追姥姥,大晚上了,碰见邻居,还以为我们一家在进行马拉松比赛。

为了那个男生,她几乎费尽了所有的心思。她先是找老师,后来又把我转到了别的学校,最后终于隔绝了我和那个男生的所有联系。为这件事,我怨恨过她,甚至有半学期没和她说话。尽管我不和她说话,她照旧做着一个母亲分内的事,早起给我做饭,搞家里清洁,甚至为我洗衣。有时,她会花高价,搞来一套高考模拟题放在我桌上。反正,做妈的该操不该操的心她全操了。

我却从未领过她的情,直到姥姥去世。

那年夏天,她回山里给姥姥奔丧,我因为高考脱不开,没有回去。

父亲长年在外地出差,她走之后,家里剩下我一个人。邻居阿姨受她之托,每晚会邀我去吃晚饭。

也不知为什么,她走之后,我本以为获得自由了,内心却不知为何会产生一种从未有过的失落。

晚上回来,打开灯,室内充满了寂寞。我看着课本,看着看着,眼泪便无端流下来。我想,有一天,她也会如姥姥离开她一样,弃我而去。那时,我和她将隔绝于两个世界,我将再也没有机会做她的女儿。

有时候,长大不过一夜之间。

高考的第二天,我从考场出来,在门口见到了她。炎炎烈日之下,她的额上满是细密的汗珠,身上的衣服都湿透了。她递给我一支冰淇淋,说:"细细,考得怎么样啊?我刚从车站赶来。本来,是该陪你一起温课的,可是你姥姥……"说着说着,她眼睛便红了。

高考的作文题是写一位亲人,我选择了写她,却不知该如何落笔。因为太熟悉了,因为太爱她了,因为太恨她了。在文章的结尾,我写了一句话:如果有一天让我选择,我会希望老天赐她永生。她的存在,就是我今生最大的幸福。

我没有告诉她我写过这样的话。因为怕她流泪,因为她早已习惯了我对她的不满。

我在本市的一所大学寄宿,偶尔回家。我回家之后,她依然会唠叨我,依然把我当成一个未成年的孩子。但我这时候,已经懂事了,我知道她是寂寞的。我读书在外,父亲长年出差,她平时连一个说话的人都没有,而我,是她唯一的寄托。她是多么多么希望我能够很出色,她对外人提起我来,会充满骄傲。

大三那年,我更忙了,因为我有了男友。忙忙碌碌的,我很少往家打电话。周末,有时她会把电话追过来,问我回不回家,她买了我最爱吃的武昌鱼。

我自然不回去的,这时候,爱情的力量胜过一切。

大学几年,我和她逐渐疏远,我忙于读书,忙于恋爱。书勉强念完,毕业分配,男友却去了异乡。

爱情没了,我灰溜溜地回到了家里。

家内一切照旧,我的屋内,所有的东西都不曾动过,桌上一尘不染,床下那双绣着罂粟花的睡拖,也是干净的。只是,阳台上,给花洒水的她有点老了。

那晚,她对我说,她很想她的母亲——我的姥姥。如果姥姥现在还活着,她会带着姥姥去海外旅游。可是,这辈子,姥姥除了山里,只来过我们这个小小的城市。这些年来,她仔细想过,世上,只有做母亲的不会丢弃女儿,付出一辈子也无怨无悔。可是,知道得太晚了。

当时,我什么也没有说,只是很想流泪。

我又想起高考那天,她从车站直接赶到考场,那满脸的汗,那支快化掉的冰淇淋。

我知道,这辈子我永远无法还清她倾注给我的爱。所有的女儿都是这样。

也是不想让她操心,我很认真地决定着自己的未来。我希望有一天,能用自己赚的钱为她买一幢漂亮的房子,能让她很愉快地去旅行。除此而外,我不知道自己还能用什么样的方式来表达对她的爱。是的,她是我今生最爱的人,但我知道自己永远不好意思对她说出口,说,妈妈,我爱你。

去年,我去越南参加笔会。在石窟内,我将硬币扔进水池,我许的愿只有一个:如果有来世,让我做她的妈妈。

如果真有来世,我会如何对待她呢?如果她逃课,如果她不听我的话,我会不会生气?我做妈妈时,会不会规定她在约定的时间内回家?会不会为了一个男生大动肝火?会不会在她高考那天,从车站赶去考场为她买一支冰淇淋?会不会,会不会像她爱我一样爱她?

(选自 2000 年第 3 期《女友》)

谢彦秋

有缘伴你

　　目送一个个远去的背影，我的泪水结成初夏晴空中的雨滴，在阳光中细微地滴洒着。

　　我与友人们，聆听着自己的脚步，朝你的胸襟走来的时候，在梦里凤凰的屏羽上豪放一回，那快乐，定会到永久永久。

　　你，轻轻柔柔地吻了一下我的眼帘，可怜的、让我在你身边伴你度过几天的时光。而我，却无法走进你那本来敞开着的胸襟里。这，能否成为我人生的一段征程？我不该多想，但美好的几天时光，将成为我永久的牵挂。我会让自己的心，在绝美绝奇的情景中，伴在你身边，与你在情世的海洋里，一同畅游。

　　其实，这一行人，是踩着你的脚印、顺着你的气息，一路疯狂着走来，在你的情感圈子内游逛。在你身旁，久久看去，我只是那行人中的一粒，是比尘沙还小的颗粒。

　　尾随在友人的身后，最先踏入的是那座不知有多少年代的古城。我想，说是千年的历史，不是很精确的数字。看得出，古迹上有数不清的年代足迹。这足迹，只能用我们的心慢慢地去数，去寻觅。

　　古城外，青山环绕，郁郁葱葱。城内，一条绿江穿城而过。那是源远流长着古城故事的沱江。城门里，纵横交错地布局着两种不同形式的小巷。一种是约三米来宽的商业街市，两旁的商业门户，相互依存，紧邻在一起，一栋接着一栋地向前延伸开去。在这巷弄里，各种花样的民族风格商品，争艳

谢彦秋，湖南人。主要作品有《听心海》《漫步多情的土地》《吉阳监狱》等。

夺彩,让我们得费上九牛二虎之力,才能走到它的尽头。一种是从这几条交错的商业巷弄旁,分岔横着伸去的、不到一米宽的纯人行小巷,两边各一条峭高而深长的屋后壁墙。这古老且具有民族特色的屋后壁墙,筑成戒备森严的一条深长的壁垒,是树上的风无法飘过去的高墙。一条条小巷,深而又沉,但总没少过欢快的脚步那矫健的声响。那里,表现出那种静中有动的高雅气度,是那种静和美的深沉,是我会爱上的深沉。

我们走在商业巷弄里,观看着两旁门市上那富有民族特色的商品时,我的情随着你的心,总在那些乡土纪念品上寻找着什么。男女商人的眼神告诉了我们那些商品的特点和美妙之处。我们走进一家略有收藏价值的纪念品名店转悠,我顺手指着一张很陈旧的照片问,这是哪个年代的古城旧貌?那年轻后生说,是很早很早的了,要吗?他这概念不清的年代,打消了我本来想买的念头。我跟着你,两手空空而心中丰富地走出了店子。其实,对这些纪念品,你我的目光只是匆匆扫过。

我不懂你的兴趣是什么。我知道自己的兴趣,就是想彻底地了解一下已故的尊者、我们崇拜的沈从文先生。还有,能帮助我了解古城图画、帮助我了解先生名著的灵感。而我遗憾的是,最想找到的那本书,最终没有找到。这时,你从远方唤来的一声心语送给了我,说,想买而买不到的,就让自己用心去写吧!我感觉到,我们脚下踩过的、整齐有序的石板路,此刻都在为我惋惜。

恍惚,石板路,在我的脚下所发出的嗞嗞声响,拨弄起我的心弦,让我大胆地靠近你、贴在你耳边,轻柔地说,我想在古城小巷走走……

我陪着你、你陪着我,我们并肩走在幽静的小巷,脚下的石板路确是悠长、悠长。这时,天空把密集的雨基本收起,只泼洒着毛毛绒绒,我们不约而同地也将雨伞收起,拿在手上。我想起了《雨巷》,想起了"丁香",想着自己变成那美丽的姑娘。我在问自己,那《雨巷》的情景,是出自这小巷里吗?"丁香"的忧愁是小雨搀和的吗?那"丁香"呢?你对我笑笑,下意识地告诉我,是的,只是"丁香"不再忧愁,且变成了征途的丽人,更美了!

一对有情人,在我们的前面不远处,手挽着手。是否是我的变化,惊动了他们的蜜情恋意?他们回头注视起我们来,那男的羡慕着你,那女的羡慕着我。我们跟在他们的后面,走出小巷,走进高傲地横跨着沱江的,那古朴、典雅的虹桥上。这时,前面的女人变成了美丽天使,在为桥上的人们播撒着快乐,播撒着真情。

走过他们的身旁,你轻声地对我说,我们到江边走走。我们从他们的目光里走出了虹桥,走在了那条游人迷恋的江岸石板道上,你、我也迷恋在青山脚下的吊脚楼那别致的风情里。

刚停住的、初夏那粗而狂的雨,把平常的绿江变成了浑江。浑浊的水,依然在上涨,是大雨之后,山川的溪流汇成的结果。江边没小巷那么幽静,江中,红漆花栏游船,深情厚谊地满载着远方的朋友,在江上美妙、悠扬的山歌声中穿梭,在苗家美丽姑娘的眼神里来往,使得游船上的客人,忘却了疲惫,是满舱的快乐!

两岸的游人多了,岸边卖艺的、卖字画的、赶路的行人都有。两岸的景象更美,美得让我们和游人争先恐后地拍摄起来。你拍摄的姿势,当然比我的要优美得多,因我还是一名初学者。无论哪一行,我都是初学者,包括我把情感放飞!

我们相挨在江边观赏、漫步,时不时地拍摄着两岸的风情。我很想借这"梦里凤凰笔会"的春风,把自己变成这景色里美丽而贤良、温顺而智慧的女人。

身后那浑浊的江流,并没有影响四周的景色,那一排排有序的吊脚楼,美得让我格外自豪!

走过江上的木条桥,我们也像其他追随你的足迹而来的游人一样,来到了当地劳作人的面前,呆傻地观看他们劳作的手语和解说。看他们任意画着自己土地上的人文美景,看他们用刚劲有力的笔墨书写着自己家乡的风情字画,也看着他们在江边朝那浑水中铺张鱼网的手势。我真想加入在其中,伴你在人文和自然相间的天地里,自如地挥舞。然而,我们只能在本地人的身边停留片刻,你了解本地人,你看懂了他们劳作的手语,而我,什么都不懂,我只能等待你慢慢地接受我,让我走进你的情怀,走进你的胸中,再慢慢地读懂你的神奇色彩。

我想,这山城的风光给了我智慧,也能给你智慧。那被网来的几条大鱼是活的。

一排排吊脚楼里,整天都有酒客喧嚣,是游人们借酒抒发身居美丽中的感慨。是他们以酒会文、以文会友的吟唱。

我走在你的身旁,也偷偷地吟上了几句,是你传授给我的那几句:用心去寻找,心到自然灵……

在美丽的人文自然风光里漫步,时间真的在飞。几天,很快过去了,而我,只是在梦里凤凰的凤毛麟角上快乐地游过,却进不了你那至高至上的情操里。然而,我会把自己那颗痴野的心留下,相伴在你的左右,浸润你、温柔你,从而了解你、读懂你。也留下你——梦里凤凰散文笔会的魂,让你牵引我们的灵感,牵出我和友人的美丽。

我任由思念的情怀飘逸,把心放飞,自豪着,有缘伴你!

(选自2008年第1期《散文世界》)

生活篇

老 舍

北京的春节

按照北京的老规矩,过农历的新年(春节),差不多在腊月的初旬就开头了。"腊七腊八,冻死寒鸦",这是一年里最冷的时候。可是,到了严冬,不久便是春天,所以人们并不因为寒冷而减少过年与迎春的热情。在腊八那天,人家里,寺观里,都熬腊八粥。这种特制的粥是祭祖祭神的,可是细一想,它倒是农业社会的一种自傲的表现——这种粥是用所有的各种的米,各种的豆,与各种的干果(杏仁、核桃仁、瓜子、荔枝肉、莲子、花生米、葡萄干、菱角米……)熬成的。这不是粥,而是小型的农业展览会。

腊八这天还要泡腊八蒜。把蒜瓣在这天放到高醋里,封起来,为过年吃饺子用的。到年底,蒜泡得色如翡翠,而醋也有了些辣味,色味双美,使人要多吃几个饺子。在北京,过年时,家家吃饺子。

从腊八起,铺户中就加紧地上年货,街上加多了货摊子——卖春联的、卖年画的、卖蜜供的、卖水仙花的等等都是只在这一季节才会出现的。这些赶年的摊子都教儿童们的心跳得特别快一些。在胡同里,吆喝的声音也比平时更多更复杂起来,其中也有仅在腊月才出现的,像卖宪书的、松枝的、薏仁米的、年糕的等等。

在有皇帝的时候,学童们到腊月十九日就不上学了,放年假一月。儿童们准备过年,差不多第一件事是买杂拌儿。这是用各种干果(花生、胶

老舍(1899—1966年),北京人。主要作品有《骆驼祥子》《四世同堂》《茶馆》等。

枣、榛子、栗子等）与蜜饯搀和成的，普通的带皮，高级的没有皮——例如：普通的用带皮的榛子，高级的用榛瓤儿。儿童们喜吃这些零七八碎儿，即使没有饺子吃，也必须买杂拌儿。他们的第二件大事是买爆竹，特别是男孩子们。恐怕第三件事才是买玩艺儿——风筝、空竹、口琴等——和年画儿。

儿童们忙乱，大人们也紧张。他们须预备过年吃的使的喝的一切。他们也必须给儿童赶做新鞋新衣，好在新年时显出万象更新的气象。

二十三日过小年，差不多就是过新年的"彩排"。在旧社会里，这天晚上家家祭灶王，从一擦黑儿鞭炮就响起来，随着炮声把灶王的纸像焚化，美其名叫送灶王上天。在前几天，街上就有多少多少卖麦芽糖与江米糖的，糖形或为长方块或为大小瓜形。按旧日的说法：有糖粘住灶王的嘴，他到了天上就不会向玉皇报告家庭中的坏事了。现在，还有卖糖的，但是只由大家享用，并不再粘灶王的嘴了。

过了二十三，大家就更忙起来，新年眨眼就到了啊。在除夕以前，家家必须把春联贴好，必须大扫除一次，名曰扫房。必须把肉、鸡、鱼、青菜、年糕什么的都预备充足，至少足够吃用一个星期的——按老习惯，铺户多数关五天门，到正月初六才开张。假若不预备下几天的吃食，临时不容易补充。还有，旧社会里的老妈妈论，讲究在除夕把一切该切出来的东西都切出来，省得在正月初一到初五再动刀，动刀剪是不吉利的。这含有迷信的意思，不过它也表现了我们确是爱和平的人，在一岁之首连切菜刀都不愿动一动。

除夕真热闹。家家赶做年菜，到处是酒肉的香味。老少男女都穿起新衣，门外贴好红红的对联，屋里贴好各色的年画，哪一家都灯火通宵，不许间断，炮声日夜不绝。在外边做事的人，除非万不得已，必定赶回家来，吃团圆饭，祭祖。这一夜，除了很小的孩子，没有什么人睡觉，而都要守岁。

元旦的光景与除夕截然不同：除夕，街上挤满了人；元旦，铺户都上着板子，门前堆着昨夜燃放的爆竹纸皮，全城都在休息。

男人们在午前就出动，到亲戚家、朋友家去拜年。女人们在家中接待客人。同时，城内城外有许多寺院开放，任人游览，小贩们在庙外摆摊,卖茶、食品和各种玩具。北城外的大钟寺,西城外的白云观,南城的火神庙(厂甸)是最有名的。可是,开庙最初的两三天,并不十分热闹,因为人们还正忙着彼此贺年,无暇及此。到了初五六,庙会开始风光起来,小孩们特别热心去逛,为的是到城外看看野景,可以骑毛驴,还能买到那些新年特有的玩具。白云观外的广场上有赛轿车赛马的;在老年间,据说还有赛骆驼的。这些比赛并不争取谁第一谁第二,而是在观众面前表演骡马与骑者的美好姿态与技能。

多数的铺户在初六开张,又放鞭炮,从天亮到清早,全城的炮声不绝。虽然开了张,可是除了卖吃食与其他重要日用品的铺子,大家并不很忙,铺中的伙计们还可以轮流着去逛庙、逛天桥和听戏。

元宵(汤圆)上市,新年的高潮到了——元宵节(从正月十三到十七)。除夕是热闹的,可是没有月光;元宵节呢,恰好是明月当空。元旦是体面的,家家门前贴着鲜红的春联,人们穿着新衣裳,可是它还不够美。元宵节,处处悬灯结彩,整条的大街像是办喜事,火炽而美丽。有名的老铺都要挂出几百盏灯来,有的一律是玻璃的,有的清一色是牛角的,有的都是纱灯;有的各形各色,有的通通彩绘全部《红楼梦》或《水浒传》故事。这,在当年,也就是一种广告;灯一悬起,任何人都可以进到铺中参观;晚间灯中都点上烛,观者就更多。这广告可不庸俗。干果店在灯节还要做一批杂拌儿生意,所以每每独出心裁地,制成各样的冰灯,或用麦苗做成一两条碧绿的长龙,把顾客招来。

除了悬灯,广场上还放花合。在城隍庙里并且燃起火判,火舌由判官的泥像的口、耳、鼻、眼中伸吐出来。公园里放起天灯,像巨星似的飞到天空。

男男女女都出来踏月、看灯、看焰火,街上的人拥挤不动。在旧社会里,女人们轻易不出门,她们可以在灯节里得到些自由。

小孩子们买各种花炮燃放,即使不跑到街上去淘气,在家中照样能有声有光地玩耍。家中也有灯:走马灯——原始的电影——宫灯、各形各色的纸灯,还有纱灯,里面有小铃,到时候就叮叮地响,大家还必须吃汤圆呀。这的确是美好快乐的日子。

一眨眼,到了残灯末庙,学生该去上学,大人又去照常做事,新年在正月十九结束了。腊月和正月,在农村社会里正是大家最闲在的时候,而猪牛羊等也正长成,所以大家要杀猪宰羊,酬劳一年的辛苦。过了灯节,天气转暖,大家就又去忙着干活了。北京虽是城市,可是它也跟着农村社会一齐过年,而且过得分外热闹。

"在旧社会里……大家也应当快乐地过年。"

李广田

花　潮

　　昆明有个圆通寺。寺后就是圆通山。从前是一座荒山,现在是一个公园,就叫圆通公园。

　　公园在山上,有亭,有台,有池,有榭,有花,有树,有鸟,有兽。

　　后山沿路,有一大片海棠,平时枯枝瘦叶,并不惹人注意,一到三四月间,正是花团锦簇,变成一个花世界。

　　这几天,天气特别好,花开得也正好,看花的人也就最多。"紫陌红尘拂面来,无人不道看花回。"办公室里,餐厅里,晚会上,道路上,经常听到有人问答:"你去看海棠没有?""我去过了。"或者说:"我正想去。"到了星期天,道路相逢,多争说圆通山海棠消息。一时之间,几乎形成一种空气,甚至是一种压力,一种诱惑,如果谁没有到圆通山看花,就好像是一大憾事,不得不挤点时间,去凑个热闹。

　　星期天,我们也去看花。不错,一路同去看花的人可多着哩。进了公园门,步步登山,接踵摩肩,人就更多了。向高处看,隔着密密层层的绿阴,只见一片红云,望不到边际,真是:"寺门尚远花光来,漫天锦绣连云开。"这时候,什么苍松呵,翠柏呵,碧梧呵,修竹呵……都挽不住游人。大家都一口气攀到最高峰,淹没在海棠花的红海里。后山一条大路,两旁,四周,都是海棠。人们坐在花下,走在路上,既望不见花外的青天,也看不见花外还有别的世界。花开得正盛,来早了,还未开好;来晚

李广田(1906—1968年),山东邹平人。主要作品有《银狐集》《春城集》《引力》等。

了,已经开败。"千朵万朵压枝低",每棵树都炫耀自己的鼎盛时代,每一朵花都在微风中枝头上颤抖着说出自己的喜悦。"喷云吹雾花无数,一条锦绣游人路。"是的,是一条花巷,一条花街,上天下地都是花,可谓花天花地。可是,这些说法都不行,都不足以说出花的动态。"四厢花影怒于潮","四山花影下如潮",还是"花潮"好。古人写诗真有他的,善于说出要害,说出花的气势。你不要乱跑,静下来,你看那一望无际的花,"如钱塘潮夜澎湃",有风,花在动,无风,花也潮水一般地动,在阳光照射下,每一个花瓣都有它自己的阴影,就仿佛多少波浪在大海上翻腾,你越看得出神,你就越感到这一片花潮正在向天空向四面八方伸张,好像有一种生命力在不断扩展。而且,你可以听到潮水的声音,谁知道呢,也许是花下的人语声,也许是花丛中蜜蜂嗡嗡声,也许什么地方有黄莺的歌声,还有什么地方送来看花人的琴声、歌声、笑声……这一切交织在一起,再加上风声,天籁人籁,就如同海上午夜的潮声。大家都是来看花的,可是,这个花到底怎么看法?有人走累了,拣个最好的地方坐下来看,不一会儿,又感到这里不够好,也许别个地方更好吧,于是站起来,既依依不舍,又满怀向往,慢步移向别处去。多数人都在花下走来走去,这棵树下看看,好,那棵树下看看,也好,伫立在另一棵树下仔细端详一番,更好,看看,想想,再看看,再想想。有人很大方,只是驻足观赏,有人贪心重,伸手牵过一枝花来摇摇,或者干脆翘起鼻子一嗅,再嗅,甚至三嗅。"天公斗巧乃如此,令人一步千徘徊。"人们面对这绮丽的风光,真是徒唤奈何了。

老头儿们看花,一面看,一面自言自语,或者嘴里低吟着什么。老妈妈看花,扶着拐杖,牵着孙孙,很珍惜地折下一朵,簪在自己的发髻上。青年们穿得整整齐齐,干干净净,好像参加什么盛会,不少人已经穿上雪白的衬衫,有的甚至是绸衬衫,有的甚至是短袖衬衫,好像夏天已经来到他们身上,东张张,西望望,既看花,又看人,洋气得很。青年妇女们,也都打扮得利利落落,很多人都穿着花衣花裙,好像要与花争妍,也有人擦了点胭脂,抹了点口红,显得很突出,可是,在这花世界里,又叫人感到无所谓。很自然地想起了龚自珍的《西郊落花歌》中说的:"如八万四千天女洗脸罢,齐向此地倾胭脂",真也有点形容过分,反而没有真实感了。小学生们,系着漂亮的红领巾,带着弹弓来了,可是他们并没有射击,即便有鸟,也不射了,被这一片没头没脑的花惊呆了。画家们正调好了颜色对花写生,看花的人又围住了画花的,出神地看画家画花。喜欢照相的人,抱着相机跑来跑去,不知是照花,还是照人,是怕人遮了花,还是怕花遮了人,还是要选一个最好的镜头,使如花的人永远伴着最美的花。有人在花下喝茶,有人在花下弹琴,有人在花下下象棋,有人在花下打桥牌。昆明四季如春,四季有花,可是不管山茶也罢,报春也罢,梅花也罢,杜鹃也罢,都没有海棠这样幸运,有这么多人,这样热热闹闹地来访它,来赏它,这样兴致勃勃地来赶这个开花的季节。还有桃花什么的,目前也还开着,在这附近,就有几树碧桃正开,"猩红鹦绿天人姿,回首夭桃惝失色",显得冷冷落落地待在一旁,并没有谁去理睬。在这圆通山头,可以看西山和滇池,可以看平林和原野,可是这时候,大家都在看花,什么也顾不得了。

看着看着,实在有点疲乏,找个地方坐下来休息一下吧,哪里没有人?都是人。坐在一群看花人旁边,无意中听人家谈论,猜想他们大概是哪个学校的文学教师。他们正在吟诗谈诗:

一个吟道:"泪眼问花花不语,乱红飞过秋千去。"

一个说:"这个不好,哪来的这么些眼泪!"

另一个吟道:"一片花飞减却春,风飘万点正愁人。"

又一个说;"还是不好,虽然是诗圣的佳句,也不好。"

一个青年人抢过去说:"'繁枝容易纷纷落,嫩蕊商量细细开',也是杜诗,好不好?"

一个人回答:"好的,好的,思想健康,说的是新陈代谢。"

一个人不等他说完就接上去:"好是好,还不如龚定庵的'落红不是无情物,化作春泥更护花',有辩证观点,乐观精神。"

有一个人一直不说话,人家问他,他说:"天何言哉,四时兴焉,万物生焉,天何言哉。桃李不言,下自成蹊。你们看,海棠并没有说话,可是大家都被吸引来了。"

我也没有说话。想起泰山高处有人在悬崖上刻了四个大字:"予欲无言",其实也甚是多事。

回家的路上,还是听到很多人纷纷议论。有人说:"今年的花,比去年好,去年比前年好,解放以前,谈不到。"

有人说:"今天看花好,今夜睡梦好,明天工作好。"

有人说:"明天作文课,给学生出题目,有了办法。"

有人说:"最好早晨来看花,迎风带露的花,会更娇更美。"

有人说:"雨天来看花更好,海棠着雨胭脂透。当然不是大雨滂沱,而是斜风细雨。"

有人说:"也许月下来看花更好,将是花气氤氲。"

有人说:"下星期再来看花,再不来就完了。"

有人说:"不怕花落去,明年花更好。"

好一个"明年花更好"。我一面走着,一面听人家说着,自己也默念着这样两句话:

春光似海,

盛世如花。

1962 年 4 月

(选自 1962 年 5 月 28 日《人民日报》)

峻青

秋色赋

时序刚刚过了秋分,就觉得突然增加了一些凉意。早晨到海边去散步,仿佛觉得那蔚蓝的大海,比前更加蓝了一些;天,也比前更加高远了一些。回头向古陌岭上望去,哦,秋色更浓了。

多么可爱的秋色啊!

我真不明白,为什么欧阳修作《秋声赋》时,把秋天描写得那么肃杀可怕,凄凉阴沉?在我看来,花木灿烂的春天固然可爱,然而瓜果遍地的秋色却更加使人欣喜。

秋天,比春天更富有欣欣向荣的景象。

秋天,比春天更富有灿烂绚丽的色彩。

你瞧,西面山洼里那一片柿树,红得是多么好看,简直像一片火似的,红得耀眼。古今多少诗人画家都称道枫叶的颜色,然而,比起柿树来,那枫叶却不知要逊色多少呢。

还有苹果,那驰名中外的红香蕉苹果,也是那么红,那么鲜艳,那么逗人喜爱;大金帅苹果则金光闪闪,闪烁着一片黄澄澄的颜色;山楂树上缀满了一颗颗红玛瑙似的红果;葡萄呢,就更加绚丽多彩,那种叫"水晶"的,长得长长的,绿绿的,晶莹透明,真像是用水晶和玉石雕刻出来似的;而那种叫做红玫瑰的,则紫中带亮,圆润可爱,活像一串串紫色的珍珠……

哦!好一派迷人的秋色啊!

我喜欢这绚丽灿烂的秋色,因为它表示着成熟、昌盛和繁荣,也意味着愉快、欢乐和富强。

峻青,1922年生,山东海阳人。主要作品有《黎明的河边》《秋色赋》《雄关赋》等。

今年,胶东半岛上雨水充足,气候适宜。一开春,小麦就长得很好,得到了可喜的收成。六月间,当我乘坐胶济列车经过昌潍大平原时,看到那金色的麦浪,像海洋似的荡漾在一望无际的大平原上,而打下来的麦子,则像一座座的山岭堆在铁路两旁的场地上,心里禁不住欣喜万分。当时,我曾把这种欢乐的心情,写信告诉过许多和我同乡的战友,让他们和我一起共享这故乡丰收的快乐。现在,时间过去了刚刚三个多月,前几天,当我乘坐由青岛开往烟台的列车经过胶东内地时,又看到了一幅秋天大丰收的欢乐景象:金黄色的谷子刚收割了不久,高粱又熟得火红一片,山坡上、田野里,到处都是紧张秋收的人群。村头上、打谷场里,到处都堆着像小山一样高的庄稼秸子和金光闪闪的苞米穗子。胶东,这个不愧为水果之乡的半岛上,今年的水果特别丰收。列车经过莱阳车站的时候,车站上摆满了著名的莱阳梨,这梨又大又甜,人们告诉我:今年梨的产量,大大地超过了去年。

在烟台西沙旺,我曾参观了以盛产烟台苹果著称的幸福公社。现在,正是苹果成熟的时候,一踏进那绿色海洋般的果林里,就闻到一股浓烈的苹果香气。人们告诉我,六十年前,这儿还是一片荒凉的沙滩,那赭黄色的沙地上,什么都没有。栽植苹果,只不过是近三四十年的事情,而苹果的大规模发展,却是在解放以后,而尤其是最近几年来。瞧,那一棵棵枝叶茂盛的果树上,累累的果实把树枝都压弯了,有的树枝竟然被苹果压断了,而大多数树枝不得不用木杆撑住。生产队门前的广场上,收摘下来的苹果堆得像小山一样,成群的姑娘们正在把这驰名中外的香蕉苹果包装到雪白的木箱子里,一辆接一辆的卡车,又把这包装得整整齐齐的苹果运送到海关码头和火车站去。很快地,国内各大城市和国外一些地方都尝到了这芬芳甘甜的美味了。让那些吃到这种美味的朋友们,也都来分享一份我们丰收的喜悦吧。

前天,在威海市的陶家夼,我又看到一派更令人喜爱的秋色。那里,除和烟台西沙旺一样有着成片的苹果林以外,而更有特色的却是葡萄,那简直是一个葡萄的王国。九十多户的山村,整个地都笼罩在绿色的葡萄架下。那风光,就别提有多么幽美了。就请想象一下那条奇特而美丽的街道吧。这是一条完全由茂密的葡萄枝叶所搭成的街道。因为街道的两旁也栽遍了葡萄,那茂密的枝藤顺着架子交叉着爬满了大街的两旁和上空,使得大街变成了一条长长的绿色的走廊。现在,葡萄全都熟了,那一串串亮晶晶的淡绿色、紫红色、米黄色的葡萄,挂满了大街的两旁和上空,人在这大街上走着,就仿佛走进了一个琥珀和珍珠缀成的世界。

一条从山谷的深处流经村庄前面的小河,小河的两岸和上空,也长满了葡萄,姑娘们在葡萄下面洗衣服,那五光十色的葡萄和姑娘们的影子一起倒映在清澈的河水里……

家家户户的院子里,也都盖满了葡萄。头一年栽下一棵小小的枝桠,第二年就爬满了整个的院落,使得院子和屋里都充满了绿色。人们就在这葡萄架下吃饭乘凉,妇女们则在葡萄架下做针线活儿。

今年的葡萄特别丰收,一般的每棵都收摘到一千斤以上,其中有一棵竟然收摘了两千六百多斤。这种丰硕的收成是令人可喜的。然而更加令人欣喜的还是那种在陶家夼村民中普遍形成的高尚风气:在这里,不论是大街上或是小河旁,那遍地触手可及的葡萄,竟没有一粒丢失的。且不说大人,就连七八岁的孩子,也都把集体的财物,看得比自己的还重要。去年,陶家夼在超额完成了国家的收购任务之后,把多余的一万多斤苹果分给了社员们。社员们却把这分到的苹果按收购牌价卖给了公家。这是多么令人钦佩的高尚品质啊!

应该说,这也是一种丰收,是一种精神品质上的丰收。而这种丰收,比起谷物果木的丰收来,更加可贵,更加令人兴奋。因为一般的谷物丰收,可能出现在任何一个风调雨顺的角落里,而这种精神品质上的丰收,却只能出现在我们这社会主义的土壤上。

我们中国有句农谚:"不行春风,难得秋雨。"

这句话,不只是一种气候上的规律,也是人类生活中的一条哲理。谁都知道,眼前这丰硕的收成,并不是凭空得来的,而尤其是在那连续几年的严重灾荒之后。

我们并不讳言:前两年,我们的确有过一段相当困难的时刻,但是这种情况改变得很快。记得今年三月间,当我乘坐由济南开往烟台的列车经过昌潍大平原的时候,看到铁路两旁的田野里,到处都是紧张忙碌的人群。那时候,天气还很冷,潍河里还在流着浮冰,平原上整天在刮着扬天揭地的老黄风。人们就在这大风中刨地耕田,生产热情是那么高,干劲是那么足。这时候,和我同车的一位老汉站在车窗前面,眯着眼睛,向外望着那一群群在田野上耕作的人们,望着那扬天揭地的大风,自言自语地说:

"好哇,大风,你就使劲地刮吧。你现在刮得越大,秋后的雨水就越充足。刮吧,使劲地刮吧,刮来个丰收的好年景,刮来个富强的好日子。"

这老汉大约有六十多岁,胡须头发全都白了,但是精神却很好。他看到我在注意地看他,就冲着我一笑说:

"'不行春风,难得秋雨'。同志,你听到过这句成语吗?"

我点了点头。

他又问:"可是,你知道这春风是从哪里刮来的吗?"

我摇摇头,觉得他的问题提得有些奇怪。

老汉神秘地一笑,指着正北的方向说:"喏,从那里,北京。"

"什么?北京?"我愈发困惑不解了。

"嗯,北京。"老汉严肃地点着头,笑眯眯地说,"从北京,从党中央。"

哦!我明白了。

老头子指的是另一种春风。他把党集中力量加强农业的号召称为春风。

我不禁高兴地称赞道:"好,好恰当的比喻。"

老头子说:"这是我一辈子的亲身体验:不管遇到多么大的困难,只要能按着党的指示去做,就一定会得到好的结果。你说我这个体验不对吗,同志?"

为什么不对呢?而且,有着这样的体验的,又何尝只是这老汉一个呢?可以说这是全中国人民共同的体验,是全中国人民从几十年的革命斗争中所摸索出来的一条真理。

春华秋实,没有那浩荡的春风,又哪里会有这满野秋色和大好的收成呢?

国庆节的晚上,我和威海市的人民一起欢度了国庆之夜。尽管这里是地处偏僻的东海之滨的一座小城,然而,我们的节日仍然过得是那么热闹、隆重。从清早起,四乡八舍的人们就成群结队地来到了城中心的广场上,来到了清洁的马路上。他们有从大海里渔罢归来的渔夫,有从深山果林里赶来的农民,有机关的干部,也有工厂的工人和学校里的学生。他们每个人都是满面春风地流露着愉快的神色。

春风浩荡,秋雨滂沱。

在这大好的秋收季节里,成熟和丰收的又何止是上面所写到的那几个方面呢?几天来,我不断地漫步山野,巡行田间。眼前那绚丽缤纷的大好秋色,真使人眼花缭乱,应接不暇。

啊,多么使人心醉的绚丽灿烂的秋色,多么令人兴奋的欣欣向荣的景象啊!

在这里,我们根本看不到欧阳修所描写的那种"其色惨淡,烟霏云敛……其意萧条,山川寂寥"的凄凉景色,更看不到那种"渥然丹者为槁木,黟然黑者为星星"的悲秋情绪。看到的只是万紫千红的丰收景色和奋发蓬勃的繁荣气象。因为在这里,秋天不是人生易老的象征,而是繁荣昌盛的标志。写到这里,我忽然明白了为什么欧阳修把秋天描写得那么肃杀悲伤,因为他写的不只是时令上的秋天,而且是那个时代,那个社会在作者思想上的反映。我可以大胆地说,如果欧阳修生活在今天的话,那他的《秋声赋》一定会是另外一种内容,另外一种色泽。

我爱秋天。

我爱我们这个时代的秋天。

我愿这大好秋色永驻人间。

1962 年国庆节次日写于威海市

(选自人民文学出版社 1978 年版《秋色赋》)

刘绍棠

榆钱饭

刘绍棠（1936—1997年），北京通州人。主要作品有《青枝绿叶》《地火》《蒲柳人家》等。

我自幼常吃榆钱饭，现在却很难得了。

小时候，年年青黄不接春三月，榆钱儿就是穷苦人的救命粮。杨芽儿和柳叶儿也能吃，可是没有榆钱儿好吃，也当不了饭。

那时候，我六七岁，头上留个木梳背儿；常跟着比我大八九岁的丫姑，摘杨芽，采柳叶，捋榆钱儿。

丫姑是个童养媳，小名就叫丫头；因为还没有圆房，我只能管她叫姑姑，不能管她叫婶子。

杨芽和柳叶儿先露头。

杨芽儿摘嫩了，浸到开水锅里烫一烫又化成一锅黄汤绿水，吃不到嘴里；摘老了，又苦又涩，入口难以下咽。只有不老不嫩的筋劲儿，摘下一大篮子，清水洗净，开水锅里烫个翻身儿，笊篱捞上来挤干了水，拌上虾皮和生酱，玉米面搀和榆皮面擀薄皮儿，包大馅儿团子吃，省不了多少粮食。柳叶不能做馅儿，采下来也是洗净开水捞，拌上生酱小葱当菜吃，却又更费饽饽。

杨芽儿和柳叶儿刚过，榆钱儿又露面了。

村前村后，河滩坟圈子里，一棵棵老榆树耸入云霄，一串串榆钱儿挂满枝头，就像一串串霜凌冰挂，看花了人眼，馋得人淌口水。丫姑野性，胆子比人的个儿还大；她把黑油油的大辫子七缠八绕在脖子上，雪白的牙齿咬着辫梢儿，扒光了脚丫子，双手合抱比她的腰还粗的树身，哧溜溜，哧溜溜！直上直下爬到树梢，叉开腿骑在树杈上。

我站在榆树下，是个小跟班，眯起眼睛仰着脸儿，身边一只大荆条筐。

　　榆钱儿生吃很甜，越嚼越香。丫姑折断几枝扔下来，边叫我的小名儿边说："先喂饱你！"我接住这几大串榆钱儿，盘膝大坐在树下吃起来，丫姑在树上也大把大把地揉进嘴里。

　　我们捋满一大筐，背回家去，一顿饭就有着落了。

　　九成榆钱儿搅和一成玉米面，上屉锅里蒸，水一开花就算熟，只填一灶柴火就够火候儿。然后，盛进碗里，把切碎的碧绿白嫩的春葱，泡上隔年的老腌汤，拌在榆钱饭里；吃着很顺口，也能哄饱肚皮。

　　这都是我童年时代的故事，发生在旧社会，已经写进我的乡土文学小说里。

　　但是，十年内乱中，久别的榆钱饭又出现在家家户户的饭桌上。谁说草木无情？老榆树又来救命了。

　　政策一年比一年"左"，粮食一年比一年减产。五尺多高的大汉子，每年只得三百二十斤到三百六十斤毛粮，磨面脱皮，又减少十几斤。大口小口，每月三斗，一家人才算吃上饱饭；然而，半大小子，吃穷老子，比大人还能吃，口粮定量却还要二八开。闲时吃稀，忙时吃干，数着米粒下锅；待到惊蛰一犁土的春播时节，十家已有八户亮了囤底，揭不开锅了。巧妇难为无米之炊，管家婆不能给孩子大人画饼充饥；她们就像胡同捉驴两头堵，围、追、堵、截党支部书记和大队长，手提着口袋借粮。支部书记和大队长被逼得走投无路，恨不能钻进灶膛里，从烟囱里爬出去，逃到九霄云外。

　　吃粮靠集体，集体的仓库里颗粒无存，饿得死老鼠。靠谁呢？只盼老榆树多结榆钱儿吧！

　　丫姑已经年过半百，上树登高爬不动了，却有个女儿二妹子，做她的接班人。二妹子身背大筐捋榆钱儿，我这个已经人到四十天过午的人，又给她跑龙套。我沾她的光，她家的饭桌上有我一副碗筷，年年都能吃上榆钱饭，混个树饱。

　　我把这些亲历目睹的辛酸往事，也写进了我的小说里。

　　一九七九年春天，改正了我的"一九五七年问题"，我回了城。但是，年年暮春时节，我都回乡长住。仍然是青黄不接三月，一九八〇年不见亏粮了,一九八一年饭桌上是大米白面了,一九八二年更有酒肉了。是想忆苦思甜,还是想打一打油腻,我又向丫姑和二妹子念叨着吃一顿榆钱饭。丫姑上树爬不动了,二妹子爬得动也不愿爬了。越吃不上,我越想吃;可是磨破了嘴皮子,却不能打动二妹子。幸亏大风帮了忙。夜里一场大风刮折了一枝榆钱树杈子,丫姑才给我做了两碗吃。一九八一年回乡,正是榆钱成熟的时候,可是丫姑又盖新房,又给二妹子招了个倒插门女婿,双喜临门,连日大宴小宴,我怎么能吵着要吃榆钱饭,给人家煞风景?忍一忍,等待来年吧!

一九八二年春光明媚,我赶早来到二妹子家。二妹子住在青砖、红瓦、高墙、花门楼的大宅院里,花草树木满庭芳;生下个白白胖胖的女儿,刚出满月。一连几天,鸡、鸭、鱼、肉,我又烧肚膛了。忽然,抬头看见院后的老榆树挂满了一串串粉个囊囊的榆钱儿,不禁又口馋起来,堆起笑脸怯生生地说,"二妹子,给我做一顿……"二妹子却恼了,脸上挂霜,狠狠剜了我两眼,气鼓鼓地说:"真是没有受不了的罪,却有享不了的福,你这个人是天生的穷命!"

我知道,眼下家家都以富为荣,如果二妹子竟以榆钱饭待客,被街坊邻居看见,不骂她刻薄,也要笑她小抠儿。二妹子怕被人家戳脊梁骨,我怎能给她脸上抹黑?

但是,鱼生火,肉生痰,我的食欲不振了。我不敢开口,谁知道二妹子有没有看在眼里?

一天吃过午饭,我正在床上打盹儿,忽听二妹子大声吆喝:"小坏嘎嘎儿,我打折你们的腿!"我从睡梦中惊醒,走出去一看,只见几个顽童爬到老榆树上掏鸟儿;二妹子手持一条棍棒站在树下,虎着脸。

几个小顽童,有的嬉皮笑脸,有的抹着眼泪,向二妹子告饶。我看着心软,忙替这几个小坏嘎嘎儿求情。

"罚你们每人捋一兜榆钱儿!"二妹子噗哧笑了,刚才不过是假戏真唱。

我欢呼起来:"今天能吃上榆钱饭啦!"

"你这不是跟我要短吗?"二妹子又把脸挂下来,"我哪儿来的玉米面!"

是的,二妹子的囤里,不是麦子就是稻子;缸里,不是大米就是白面。二妹子的男人承包三十亩大田,种的是稻麦两茬,不种粗粮。

有了榆钱儿又没有玉米面,我只能生吃。

看来,我要跟榆钱饭做最后的告别了。二妹子的女儿长大,不会再像她的姥姥和母亲,大好春光中却要拧榆钱儿充饥。

或许,物以稀为贵,榆钱饭由于极其难得,将进入北京的几大饭店,成为别有风味的珍馐佳肴。

1983年1月

(选自1983年第4期《时代的报告》)

苏 叶

总是难忘

一九六二年夏天,我考中学。发榜的时候,知道自己被录取在南京四中。

四中在当时是一个三等学校,而我住的那个大院,教授、副教授的儿子们、女儿们,几乎都被市内各名牌中学点中。那几天,他们的脸陡然添了一重小大人的矜持神色,仿佛打过了金印,便要自尊自贵起来。当时,满院的蔷薇开得正好,红红白白,颤颤巍巍,一蓬一蓬的,热闹得不分贵贱好丑。和蔷薇一起长大的孩子,却从此有了高低间的距离。有少数几个没考上重点学校的千金,躲在家里哭,走在太阳底下,脸上也讪讪的。我可不。我觉得自己没刷去上"民办"已是幸运。我学习语文历史,吹点牛,可说轻松得如捡鸿毛;可是对于加减乘除开平方之类,实在感到重比泰山。从湖南迁来南京,我缺了半年的课。文不成问题,原先就不扎实的数学基础则彻底地崩溃下来。我又有一帮大院外的同学,她们是剃头匠、保姆、修钟表和卖咸菜的人家的女儿,天天和她们混在一起,我逃学、旷课、撒谎、闹课堂、偷毛桃、桑葚,挖野菜,抄作业……练就了全挂子本事,从中得到无穷的放肆与快乐,再不觉得天下"唯有读书高",学业只是一日一日地混着,所以,我能上四中,已很知足。

我当时并不知道四中的可贵,只是诧异:

南京历来被称为龙盘虎踞的帝王之地,而四中所在的那条巷子偏偏就叫龙盘里,与龙盘里对口相望,逶迤而去的那道坡,竟叫虎踞关。窄小的

苏叶,1949年生,湖南长沙人。主要作品有《总是难忘》《苏叶散文自选集》等。

街道，其实并无王气可言，但是在一两处高墙里、深院中，有褪了色的雕梁画栋。翘翘的飞檐，挂着一两个青绿色的风铃，使人觉得这里或许真有些古时候的来历。每次路过那紧闭的木门，忍不住要拍那锈了的铜环，再贴着门缝张了一只眼向里窥望。但见石板缝中寂寂青草，但见软软的蛛网，在朱颜剥落的廊柱间随风摆动。冷不防后面同学拍一下肩，鬼喊一声："狐狸精出来啰！"我们便尖叫着飞奔而去，任凭书包里的铁壳铅笔盒，像一颗狂乱的心脏，一阵乱响。

进四中校门，迎面一座碧螺样的土坡，坡不高，遍植桑槐，取名叫菠萝。站在菠萝山上向前看，有一口乌龙潭，潭边杨柳依依，傍着四中礼堂的围墙。如果手搭桑树向左一望，发现清凉山扫叶楼劈面而站。清凉山五代十国时就有了名气。山上大树很多，一到夏季，碧荫侵人。据说南唐后主李煜一听蝉儿开叫，便要避到这里，遍拍栏杆。后来，清初著名画家龚贤在这里造了扫叶楼，隐居起来。至今楼台清俊、花木扶疏。清凉山上有尼姑，每日弄些素菜斋面供应游人。在一株古树上，吊着口大钟。我们放学以后，常常翻过菠萝山，直奔清凉寺，拽住那大钟的粗麻绳一顿乱撞，撞得人心慌乱，行人驻足；撞得树林沟壑荒、荒、荒响起告急似的回声，直撞得老尼姑跳出山门拍起巴掌高声骂娘，连素带荤的脏话，一把一把地扯将出来，而我们早已笑弯了腰，四散奔逃了。站在远处，看着斜阳渐渐浸红了扫叶楼的粉墙，听着老尼沙哑的喉咙变成了一串模糊的余音，在鸟雀啾鸣的山林间悠悠回荡，心就静了。这时候，如果兴致好，我们便爬上更高的山头。只见眼下横着一列古老的城墙，几个打赤脚的孩子敞着衣襟在城墙上放风筝。云霞斑斓，辉耀着三国东吴时留下来的石头城。外秦淮河在这里温柔地转了一个弯，卸却了千百年的粉黛香脂，清清的，在夹岸的菜花和稻麦伴送下，缓缓流去。而长江卧在迷蒙的天际下，壮阔浊黄的江水，筛滤过千古风流人物，消磨了多少英雄豪杰？显得又浑重，又辽阔。

当天地间第一颗灯火跳亮了的时候，我们知道非走不可了，从地上拖起沾了草香的书包，在变得幽暗了的树林间，踩动碎石，结伴回家。下了清凉山就疯跑，怕那边火葬场的阴死鬼来抓人。直到暮色中背后那焚尸的巨大烟囱看不清了，才减缓了步子。然后在乌龙潭的垂柳边，向漆黑的潭水丢几块石子，听个响声，这才路过工人医院、肺结核病院、精神病院往回走。偶尔停下步子,看一行病亡人的家属悲啼着走过,再穿过随家仓——清朝大才子袁枚的领地,回我的大院去。

大院里自然早已窗帷低垂。树影婆娑中,家家灯下坐着老老小小读书的人。我在家人的侧目中,尽量斯文地吃完饭,然后打开作文本,写:"四中,背靠清凉山,面临乌龙潭。右边,出汉中门,有凤凰街。李白一首写金陵的诗说:'凤凰台上凤凰游,凤去台空江自流'就是写的这个地方……"

我的笔停了,眼前钻出几个住在凤凰街的同学,她们都梳着极油光水滑的大辫子,前额很低,汗毛重。她们老跟我说汉中门外有个枪毙人的地方,她们都去看过枪毙人,枪子儿打出来,吱吱吱地有声音……

我不敢去看犯人临刑,也不相信子弹会像老鼠叫,但是汉中门一带倒也走过。那是在中午,在倦慵的阳光下,与同学勾肩搭背去吃九分二两一碗的单面,再看人家如何捏糖人、如何补伞、如何炸炒米;一张插着纸笔信封的小桌后面,那戴一副瘸腿眼镜的老人,如何给人代写家书;打赤膊的搬运工,一个个汗流浃背,"嘿唷,哼唷……"把紫铜色的身体弯成一张弓,拖呀,拉呀,推呀,板车上是圆木、方木、木板……那一双双发出臭气的大脚狠狠地踩在地上;我们还看流着热汗的汉子,用小板车拖着大肚子女人往工人医院飞跑;看挂着"奠"字花圈的门栏内那些香蜡和锡箔……看这样,瞧那样,嘴里吮着酸腌小杏子,摇摇摆摆走到学校,急急忙忙去趟厕所,下午的第一节课又开堂多时了。于是在初一(五)班后来是初二(五)、初三(五)教室外面,就站了一排推推搡搡的女孩。老师没奈何地瞪一眼,叹口气,放这忸忸怩怩的一行进去。听说一些男老师在背后赌咒发誓:下回再也不教女生班了!

我们也不明白,怎么把我们编成个女生班。你从讲台上往下看,一溜溜的辫子,一排排的刘海,名副其实的女儿国。没有男生在一旁,女娃子个个变得胆大包天,无拘无束,再秀气的人都张狂了十分。

虽说前后两个教室都是男生,可见了我们也有些畏缩。只是每当上课铃一响,大家往教室里去的时候,他们就嗷嗷地喊着,把同伴往我们身上推,惹得我们红着脸骂"畜牲"、"不要脸",他们并不回嘴,我们则凛凛然地进到教室,冲邻座得意地歪嘴一笑。

记得那天上英语课,班长叫:"Stand up!"(起立)

大家七歪八倒地站起来，与此同时，听见前后教室里的男生吼一样地说："老师好！""坐下！"一片板凳响。

　　但是我们用英语问了老师好，他却不叫我们坐下，几个自说自话落了座的人，只好再站起来，很不满意地盯着这个代课老师。"看看看，他头梳得多光嗷！""咦哟喂，看他严肃的！""哎，没得胡子！他没得胡子！"喊喊喳喳的耳语在教室里嗡嗡地传染，时不时夹杂着一两声鬼头鬼脑的笑。代课老师的脸、耳朵、脖子，渐渐地红起来，年轻端正的脸上显出竭力克制的羞恼。他说："站起来！一个一个都不小了，考试成绩有百分之六十不及格！有的人至今连字母都搞不清，把 b 写成 d，把 d 写成 b，像什么话？自己的辫子倒蛮会梳的，可惜一辈子就去梳辫子吧！站好！"他怒喝一声，把严美琴的膀子一扯，没得个站相的严美琴顿时一声尖叫，一把掸开他的手："男娃不要碰我哎！"说着连连拍打被拉过的地方，又吹吹自己的手指。哄！全班大笑起来，又急刹车似的顿住。老师的脸涨得血红，憋了半天，憋出一串"你你你你你……"这下把我们开心得要死，笑声重新迸发，个个龇牙咧嘴，前仰后合，状如女鬼。直到这年轻的代课老师奔出教室，我们才长一声短一声地歇下来。

　　后来大家归了座，可老师再没回来。教室里闷闷的，谁也不说话。天阴下了，空气中有了雨腥味儿。走过我们教室的老师又回头看了看，诧异初三（五）班今天安分得好奇怪。

　　于是校园里有歌谣说：初三（五），二百五。又说：女生班，两大怪，哭哭笑笑地上赖。我们听见了只当没听见一样。女儿国里也吵，也闹，可是哪个班有我们女儿国的芬芳？

　　歌咏比赛，文娱演出，连年拿头奖不说，最有趣的是临近端午节的时候，每个人抽屉里有小剪子，五彩丝线，各色珠子。我们用纸折成一系列大小不等的粽子，用彩色线裹出各色斑斓花纹，再用珠子串起来，玲珑夺目。有编鸭蛋网的。细巧一点的人，还会用零碎缎子做香袋。每当此时，语文老师又要讲屈原了。

　　语文老师姓刘，五十几岁的年纪。他古典文学的功底极好，特别偏重诗词，做派举止都有名士之风。他常常穿一套飘飘的纺绸裤褂，翘着小指头翻书，着青帮粉底千层布鞋。走起路来，必先抬脚停半拍，然后移步，和我们想象中的孔夫子一样。

我们都喜欢他，和他没大没小，跑到他在小操场的房间，指着满墙抖抖的毛笔字（都是他自作的诗句）问他：

"这是什么体呀？"

他说："人各一体，又何必竞仿前人之体？"

我们又指着那宣纸上的红印，问他"白下雋甫"是什么意思。他说是他的号。我们又问他，号是什么东西？他就不答了，拿扇柄点着我们说："顽皮呀顽皮呀顽皮呀……"我们就大笑起来，同时就把他的镇纸塞到床下，毛笔挂上帐钩，拂床的大掸子插到漱口杯中，一边乱翻作文本，看那上面长长的红笔朱批又写了些什么好玩的话。

上他的课，大家总是很振奋。一篇篇中外佳作，今古妙文，在他的讲授下，带着声、色、形、味，悄悄地渗进了我们的骨肉。高兴起来，刘老师要吟一段诗："八月——秋高，风——怒号，卷我——屋上，三——重茅——"

我们乱叫着："再唱一个！再唱一个！"

他抹抹脸，慈爱地笑着，说，"这是唱吗？这叫吟哦！"

更多的时候，是叫我们全班诵读。"唧唧复唧唧，木兰当户织，不闻机杼声，唯闻女叹息……"我们摇头晃脑，一片女孩子清脆的琅琅书声，仿佛五十四台织布机，在木兰家院中齐奏。刘老师微闭了双目，反绞双手，醺醺然徜徉于课桌之间，直到前后两个班的老师依次跑到窗口来打手势，我们的声音才渐渐小下去，小下去，不一会儿，又大起来。念到慷慨处，我们干脆手拍桌子以助铿锵。刹那间，书声如令，掌声如蹄，宛如花木兰盖世无双的骑兵队，乘雷挟电掠过了课堂。

校长也摇头："今后，再也不招女生班了。"

这些事情，我不知道张月素还记不记得？张月素还记不记得我？

她和我在小学同班，上了四中，她当了我们的班长，我做文娱委员。

张月素的家和我们大院隔一条马路。一条黑泥巴路的小巷，两边的屋顶多是茅草，伸手就能摸着。这里比肩住着裁缝、烧老虎灶的、炸油条的好些人家。张月素和她妈、妹妹住的一间屋，光线很暗。墙上糊着报纸，床腿用砖垫得很高，怕潮湿。张月素的妈妈是小脚、打绑腿，讲侉子话（徐州方言）。她梳个巴巴头，整天系一条半截子蓝布围裙（总是湿的），过马路这边，进一道密实的竹篱笆围墙，到我们大院来帮人烧饭洗衣服。她人很和气,大家叫她二嫂。

母亲不请二嫂给我们洗衣服,母亲要我带张月素到家里来玩。她脾气很古怪,到我家不肯喝水,不肯吃东西,好一点的椅子也不肯坐。我教她下象棋,没有多久,我就再也下不赢她了。她借书,借《呐喊》、《唐诗三百首》……

我常常跳过地上的墨水洼,走进那条小巷,走到她们家。坐在磨得光亮了的小板凳上,就着门口射进来的一方阳光,十分自在。关于银河、拿破仑、居里夫人、长安街、李大钊、都江堰……都有过讨论。有时争得"反目成仇",可是过了一天,又是我先去找她。我在那矮小的茅屋里学会了区分马兰头和母鸡头,品尝了炒米粉冲开水是何等香甜。我生平第一次听到"遗腹子"这个词,这是指张月素的妹妹。她妹妹的眼睛很"猫"(近视),看起人来老远就眯成一条线。后来,张月素也越眯越厉害,配了一副黄框架廉价眼镜,座位从第七排换到第二排,又从第二排换到第一排。再后来,老师允许她看不清时,可以走到黑板前面。

她衣服的领口总是嫌紧,扣不上。袖子嫌短,前襟后片只齐到腰。她走路快,吃饭快,讲话快。她不跟男人讲话,回答男老师的提问也是侧着身子昂着头,一副英勇就义的英雄气,显得很滑稽。老师不笑也不生气,她能写出老师没教过的演算式。

初中毕业的时候,张月素报考志愿上填的是中专。学校觉得可惜,劝她,她不听。那天她妈到我家,浅浅地坐进藤椅,要我动员张月素升高中,今后上大学,她说她养得起。我刚给她倒了杯热茶,张月素一脚抢进房来,不由分说,侧了身子拖了她妈就走,在楼梯上忿忿地叫着"妈!"又回头瞪了我一眼。

她终于去上无线电专科学校了。中等专科技校,学杂费免收,吃伙食也不用交钱。

分手的时候,她来还书。一本一本,都用崭新漂亮的画报纸包好。她像个男人一样劈手和我握了一下,手板又薄又硬,很有力,又像个大人一样,说:"再见!"我恨死了,恨得几乎要踹她一脚!

我回到房间,把书上的包装纸一张一张地撕下来,撕下来,忽然从书页里飘下张纸片,上面写着:"无论我走到什么地方,你都在我心上!"我一屁股坐到地板上,抱着那堆书,哇哇大哭起来。

春天,秋天;秋天,春天。教室两边的白杨树沙沙地响。高墙外,龙盘里,常常传来小贩们苍老而漫长的吆喝:

"旧——皮鞋、跑鞋拿来卖——钱!"

"破布烂棉花儿——拿来卖——啵——"

有时夹着一阵呜哩呜哩的竹笛声,很忧伤。有时,风把音乐教室的歌声一阵一阵地吹过来:"雷锋,我们的战友,我们亲爱的弟兄。雷锋,我们的榜样,我们青年的先锋……"那略带哀悼的歌声在深深的校园悠悠回荡。某个教室的老师正大声讲文天祥,另一个教室的女老师的尖声却在说:"爱克斯加娃艾,括弧,平方……"

这时,菠萝山上的槐花开了,清香四溢,蜜蜂在采蜜;这时,乌龙潭城里的秋水凉了,微波轻拍,小鱼儿在水草间戏水。这时,我就走神了,"哈姆雷特"、"李尔王"、"名优之死"、"孔雀胆"、"娜拉"……在我眼前会串起来。这都是从校文工团话剧队辅导老师那里听来的。

话剧队有个比我高一班的积极分子,叫王悦雅。

有时,下课铃刚一响,她就把笑脸伸进来冲我喊:"喂!今天下午话剧队活动!"

有时,课还没下,邻座的同学碰碰我:"哎,王悦雅又来找你啰!"我抬头一看,果然她在教室外,冲我又是勾手,又是捂着嘴笑。

于是下午自习课我就不上了,到礼堂和小饭厅去找话剧队的人。

话剧队的师生正在排练《年轻的一代》,林育生痛哭流涕地读母亲在狱中写给他的遗书。扮演林育生妹妹的王悦雅老是笑场,她说林育生光哭没泪,不像。老师只好把王悦雅撤下来,准备诗朗诵。

她太爱笑。我常常在排练场门外就听到她快活的声音:"该死,该死,老师,对不起,我再来一遍……"可是又笑。老师说:"王悦雅,你是不是喝过笑婆婆尿啦?重来!""好,重来!"王悦雅将脸一抹,终于进入角色,向前跨一步,把右手从胸前画向前方:"我的理想啊,像骏马奔驰……"

我坐在方桌后面,我喜欢看她那朝气蓬勃的脸,好像老是有阳光在那上面跳跃。她的头发剪成卓娅式。因为爱体育,脚上总穿一双白球鞋。夏天,也不怕人说她露大腿,爱穿一条天蓝色西装短裤,小腿圆滚滚的,皮肤像棕色缎子般发亮。她一笑一甩头发,走起路来,挺着健康的胸脯,最看不得我窝胸,每次排练,她就捡一根小棍在我后面蹲着,我一哈肩塌胸,她就在后头用小棍儿一戳。她一戳我就忘词,气得老师大叫:"王悦雅滚蛋!"她就咯咯地笑着跳起来逃掉了。老师摇着头对我们说:"这个王悦雅呵,还想当演员呢!一点控制力都没有。要是给她演个林黛玉,她连眉毛都皱不起来!""谁说的?谁说的?"王悦雅呼的一声从老师背后的窗口钻出来,一把扯住他的袖子:"我马上哭给你看!"老师只好点着她来教训我:"你呀,把王悦雅假小子性格分一点走吧,你要放得开一点才行呀!"

于是每逢星期四,每逢校墙外又飘来小贩悠长的叫卖,每逢舞台精灵们又在我脑中浮动的时候,我就又等着王悦雅把脸伸进窗口来嚷嚷:"喂,今天下午话剧队活动啊!"

我最后和她见面的时间、情景,我已不记得了。我一九六五年离开四中,在别校就学,一九六六年就开始了"文化大革命"。每个人都东倒西歪,或亢奋,或遭殃,自顾不暇,我又怎么可能及时知道我那母校发生的种种事情?

许多年过去了。那天,下着雨,在路上,我碰见原先话剧队的辅导老师。我向他问起"喝过笑婆婆尿"的王悦雅,他奇怪地瞪住我:"你不知道王悦雅的事?"

我说:"不知道。怎么了?我不知道。"

……我永远记得那天的情景:在马路转弯处,雨水不停地倾泻着,行人从我们身边走过又走过,地上满是新落的黄叶,脚下的阴沟里流淌着淙淙的水声。我们站着,老师撑着一把黑伞,我撑着一把红伞,雨水冷冷地打在我脸上,流进我眼里,嘴里。老师告诉我,王悦雅已经死了!

王悦雅已经死了?!

她是哪一年死的,我问了,又不记得了。我只记得老师说她和千百万知青一样,去农村插队,在乡下爱上个南京知青。那人会唱歌,唱"知青之歌",还说了、写了一些不满现实的话。后来,当现行反革命抓起来,押回南京,在五台山体育场召开了声势浩大的万人批判大会,会后就枪毙了。

我不知道他是否被押到汉中门外(记得凤凰街同学说那里是枪毙人的地方,子弹打出来……),我只记得老师说,王悦雅作为他的女友和知情人,也被押在台上。他们要她检举揭发!我不知道她有没有开口,只听得老师说她不久就疯了,时好时坏,又过了一些日子,她死了。自杀。是时,二十二岁。

二十二岁的王悦雅脸色是苍白的吗?眼神是枯干的吗?呼吸是停止的吗?身躯是僵硬的吗?

不。她老是笑。她老是张开红红的嘴,从窗口探进头来,兴高采烈地大喊:"今天下午话剧队活动啊!"

要是王悦雅还活着,今天,她该会跳迪斯科吧?她会唱"阿里巴巴"?她肯定有牛仔裤!肯定在五彩灯光与鼓点中快活地大笑,露出雪白结实的牙齿,把头发疯甩得像一道波浪!然而王悦雅不在了,永远留在那个可怖的年代,身上压着许多像链条一样沉重的红色、黑色、白色的标语……每想到此,我的眼睛便泪湿,写字的手抖动不止,对四中的忆念便被一幅黑色的帷幕隔断了。

我离开四中十年,又是十年……

我明明知道,过去的已不可追,未来的则正不可阻挡地滚滚前来,生活需要我们有坚强的神经和意志,可是我,却总是被去和来的时时触痛。

去年夏天,我应老师之邀,回四中去谈谈文学。但见乌龙潭作为古迹,已围着一圈短墙。龙盘里巷口仍是寂寥。火葬场早已搬家。扫叶楼整饬一新,俯身在清凉寺的石山前,见城西大道霍然贯通,卡车、汽车,带着尘土呼啸而过。新植的梧桐张开了幼小的枝叶……

我走进教室,宛若当年。仿佛我那久别了的伙伴,疯疯傻傻,甩着长辫子,呼啦啦一齐扑上来抱住我;我那端庄的、严肃的、风趣的、正直的老师,一齐微笑着走上前来围住我!但是,但是我水光朦胧的眼睛,只见到拔地而起的高楼,只见到新一代学生身上的旅游鞋、电子表、幸子服、日本签字笔……只见到他们那又自负又稚气的神色……

我什么也说不出了。他们有他们的道路。我那烂漫的少女时代已经关闭。我听到沉重的脚步声,从过去一直捶响到未来。

1988年4月于南京后湖之畔

唐　敏

女孩子的花

相传水仙花是由一对夫妻变化而来的。丈夫名叫金盏，妻子名叫百叶。因此水仙花的花朵有两种，单瓣的叫金盏，重瓣的叫百叶。

"百叶"的花瓣有四重，两重白色的大花瓣中夹着两重黄色的短花瓣。看过去既单纯又复杂，像闽南善于沉默的女子，半低着头，眼睛向下看的。恋也默默，喜也默默。

"金盏"由六片白色的花瓣组成一个盘子，上面放一只黄花瓣团成的酒盏。这花看去一目了然，确有男子干脆简单的热情。特别是酒盏形的花芯，使人想到死后还不忘饮酒的男人的豪情。

要是他们在变成花朵之前还没有结成夫妻，百叶的花一定是纯白的，金盏也不会有洁白的托盘。世间再也没有像水仙花这样体现夫妻互相渗透的花朵了吧？常常想象金盏喝醉了酒来亲昵他的妻子百叶，把酒气染在百叶身上，使她的花朵里有了黄色的短花瓣。百叶生气的时候，金盏端着酒杯，想喝而不敢，低声下气过来讨好百叶。这样的时候，水仙花散发出极其甜蜜的香味，是人间夫妻和谐的芬芳，弥漫在迎接新年的家庭里。

刚刚结婚，有没有孩子无所谓。只要有一个人出差，另一个就想方设法跟了去。炉子灭掉、大门一锁，无论到多么没意思的地方也是有趣的。到了有朋友的地方就尽兴地热闹几天，留下愉快的记忆。没有负担的生活，在大地上遛来逛去，被称做"游击队之歌"。每到一地，就去看风景，钻小巷走

唐敏，1954年生，山东人。主要作品有《青春缘》《远山远水》《心中的大自然》等。

大街,袭击眼睛看得到的风味小吃。

可是,突然地、非常地想要得到惟一的"独生子女"。

冬天来临的时候,开始养育水仙花了。

从那一刻起,把水仙花看做是自己孩子的象征了。

像抽签那样,在一堆价格最高的花球里选了一个。

如果开"金盏"的花,我将有一个儿子;

如果开"百叶"的花,我会有一个女儿。

用小刀剖开花球,精心雕刻叶茎。一共有六个花苞。看着包在叶膜里像胖乎乎婴儿般的花蕾,心里好紧张。到底是儿子还是女儿呢?

我希望能开出"金盏"的花。

从内心深处盼望的是男孩子。

绝不是轻视女孩子,而是无法形容地疼爱女孩子。

爱到根本不忍心让她来到这个世界。

因为我不能保证她一生幸福,不能使她在短暂的人生中得到最美的爱情。尤其担心她的身段容貌不美丽而受到轻视,假如她奇丑无比却偏偏又聪明又善良,那就注定了她的一生将多么痛苦。

而男孩就不一样。男人是泥土造的,苦难使他们坚强。

"上帝"用泥土创造了男人,却用男人的肋骨造出了女人。肋骨上有新鲜的血和肉,只要轻轻一碰就会痛彻心肠。因此,女子连最微小的伤害也是不能忍受的。

从这个意义来说,女子是一种极其敏锐和精巧的昆虫。她们的触角、眼睛、柔若无骨的躯体,还有那艳丽的翅膀,仅仅是为了感受爱、接受爱和吸引爱而生成的。她们最早预感到灾难,又最早在灾难的打击下夭亡。

一天和朋友在咖啡座小饮。这位比我多了近十年阅历的朋友说:

"男人在爱他喜欢的女人的过程中感到幸福。他感到美满是因为对方接受他为她做的每件事。女人则完全相反,她只要接受爱就是幸福。如果女人去爱去追求她喜欢的男子,那是顶痛苦的一件事,而且被她爱的男人也就没有幸福的感觉了。这是非常奇妙的感觉。"

在茫茫的暮色中,从座位旁的窗口望下去,街上的行人如水,许多各种各样身世的男人和女人在匆匆走动。

"一般来说,男子的爱比女子长久。只要是他寄托过一段情感的女人,在许多年之后向他求助,他总是会尽心地帮助她的。男人并不太计较那女的从前对自己怎样。"

那一刹间我更加坚定了要生儿子的决心。男孩不仅仅天生比女孩能适应社会、忍受困苦,而且是女人幸福的源泉。我希望我的儿子至少能以善心等待他生命中的女人,给她们的人生中以永久的幸福感觉。

"做男人最大的缺点就是没有办法珍惜他不喜欢的女人对他的爱慕。这种反感发自真心一点不虚伪,他们忍不住要流露出对那女子的轻视。轻浮的少年就更加过分,在大庭广众下伤害那样的姑娘。这是男人邪恶的一面。"

我想到我的女儿,如果她有幸免遭当众的羞辱,遇到一位完全懂得尊重她感情的男人,却把尊重当成了对她的爱,那样的悲哀不是更深吗?在男人,追求失败了并没有破坏追求时的美感,在女人则成了一生一世的耻辱。

怎么样想,还是不希望有女孩。

用来占卜的水仙花却迟迟不开放。

这棵水仙长得结实,从来没晒过太阳也绿葱葱的,虎虎有生气。

后来,花蕾冲破包裹的叶膜,像孔雀的尾巴一样张开来。

每一个花骨朵都胀得满满的,但是却一直不肯开放。

到底是"金盏"还是"百叶"呢?

弗洛伊德的学说已经够让人害怕了,婴儿在吃奶的时期起就有了爱欲,而一生的行为都受着情欲的支配。

偶然听佛学院学生上课,讲到佛教的"缘生"说。关于十二因缘,就是从受胎到死的生命的因果律,主宰一切有形和无形的生命与精神变化的力量是情欲。不仅是活着的人对自身对事物的感觉受着情欲的支配,就连还没有获得生命形体的灵魂,也受着同样的支配。

生女儿的,是因为有一个女的灵魂爱上了做父亲的男子,投入他的怀抱,化做了他的女儿;

生儿子的,是因为有一个男的灵魂爱上了做母亲的女子,投入她的怀抱,化做她的儿子。

如果我到死也没有听到这种说法,脑子里就不会烙下这么骇人的火印。如今却怎么也忘不了了。

回家,我问我的郎君:"要男孩还是女孩?"

"女孩!"他毫不犹豫地回答。

"男孩!"我气极了!

"为什么?"他奇怪了。

我却无从回答。

就这样,在梦中看见我的水仙花开放了。

无比茂盛,是女孩子的花,满满地开了一盆。

我失望得无法形容。

开在最高处的两朵并在一起的花说:

"妈妈不爱我们,那就去死吧!"

她俩向下一倒,浸入一盆滚烫的开水中。

等我急急忙忙把她们捞起来,并表示愿意带她们走的时候,她们已经烫得像煮熟的白菜叶子一样了。

过了几天,果然是女孩子的花开放了。

在短短的几天内,她们拼命地开放所有的花朵。也有一枝花茎抽得最高的,在这簇花朵中,有两朵最大的花并肩开放着。和梦中不同的,她们不是抬着头的,而是全部低着头,像受了风吹,花向一个方向倾斜。抽得最长的那根花茎突然立不直了,软软地东倒西歪。用绳子捆,用铅笔顶,都支不住。一不小心,这花茎就倒下来。

不知多么抱歉,多么伤心。终日看着这盆盛开的花。

她发出一阵阵锐利的芬芳,香气直钻心底。她们无视我的关切,完全是为了她们自己在努力地表现她们的美丽。

每朵花都白得浮悬在空中,云朵一样停着。其中黄灿灿的花朵,是云中的阳光。她们短暂的花期分秒流逝。

她们的心中鄙视我。

我的郎君每天忙着公务,从花开到花谢,他都没有关心过一次,更没有谈到过她们。他不知道我的鬼心眼。

于是这盆女孩子的花就更加显出有多么的不幸了。

她们的花开盛了,渐渐要凋谢了,但依然美丽。

有一天停电,我点了一支蜡烛放在桌上。

当我从楼下上来时,发现蜡烛灭了,屋内漆黑。

我划亮火柴。

是水仙花倒在蜡烛上,把火压灭了。是那支抽得最高的花茎倒在蜡烛上,和梦中的花一样,她们自尽了。

蜡烛把两朵水仙花烧掉了,每朵烧掉一半。剩下的一半还是那样水灵灵地开放着,在半朵花的地方有一条黑得发亮的墨线。

并非不雅观!

我吓得好久回不过神来。

这就是女孩子的花,刀一样的花。

在世上可以做许多错事,但绝不能做伤害女孩子的事。

只剩了养水仙的盆。

我既不想男孩也不想女孩,更不做可怕的占卜了。

但是我命中的女儿却永远不会来临了。

梅 洁

童年旧事

梅洁，1945年生，湖北人。主要作品有《大江北去》《跋涉者》《童年旧事》等。

在人生的路上，不知要遇到多少人，然而，最终能留下记忆的并不太多，能够常常眷念的就更少了。

这次回鄂西老家，总想着找一找阿三。阿三是我小学高年级的同学。记得有一个学期，班主任分配阿三和我坐一起，老师说让我帮助阿三学习。阿三很用功，但学习一般。他很守纪律，上课总是把胳膊背在身后，胸脯挺得高高的，坐得十分的端正，一节课也不动一动。

阿三有个坏毛病，年年冬天冻手。每当看到他肿得像馒头一样厚的手背、紫红的皮肤里不断流着黄色的冻疮水时，我就难过得很。有时不敢看，一看，心里就酸酸地疼，好像冻疮长在我的手背上似的。

"你怎么不戴手套？"上早读时，我问阿三。

"我妈没有空给我做，我们铺子里的生意很忙……"阿三用很低的声音回答。阿三说话的声音很好听，带着女孩子的腼腆和温存。

知道这个情况后，我曾几次萌动着一个想法："我给阿三织一双手套。"

我们那时的十三四岁的女孩子，都会搞点很简陋粗糙的针织。找几根细一些的铁丝，在砖头上磨一磨针尖，或者捡一块随手可拾的竹片，做四根竹签，用碎碗碴把竹签刮得光光的，这便是毛衣针了。然后，从家里找一些穿破了后跟的长筒线袜套（我们那时，还不知道世界上有尼龙袜子），把线袜套拆成线团,就可以织笔套、手套什么的。为了不妨碍写字,我们常常织那种没有手指、只有手掌的半截手套。那实在是一种很简陋很不好看的手套,但大家都戴这种手套,谁也不嫌难看了。

我想给阿三织一双这样的手套,有时想得很强烈,但却始终未敢。鬼晓得,我们那时都很小,十三四岁的孩子,却都有了"男女有别"的强烈的心理。这种心理使男女同学之间界线划得很清,彼此不敢大大方方地往来。

记得班里有个男生,威望很高,俨然是班里男同学中的"王"。"王"很有势力,大凡男生都听"王"的指挥。一下课,只要"王"号召一声干什么,便会有许多人前呼后拥地跟着去干;只要"王"说一声不跟谁玩了,就会"哗啦"一大片人不跟这个同学说话了。"王"和他的"将领"们常常给不服从他们意志的男生和女生起外号,很难听、很伤人心的外号。下课或放学后,他们要么拉着"一、二"的拍子,合起伙来齐声喊某一个同学家长的名字(当然,这个家长总是在政治上出了什么"问题",名声已很不好);要么就冲着一个男生喊某一个女生的名字,或冲着一个女生喊某一个男生的名字。这是最糟糕最伤心的事情,因为让他们这么一喊,大家就都知道某男生和某女生好了。让人家知道"好了",是很见不得人的事情。

这样的恶作剧常常使我很害怕,害怕"王"和他的"将领"们。有时怕到了极点,以致恐惧到夜里常常做噩梦。好像从那时起,我就变成了一个谨小慎微的可怜虫。因此,我也暗暗仇恨"王"们一伙,下决心将来长大后,走得远远的,一辈子不再见他们!

阿三常和"王"们在一起玩,却从来没见他伤害过什么人。"王"们有时对阿三好,有时好像也很长时间不跟他说话,那一定是"王"们的世界发生了什么矛盾,我想。我总也没搞清阿三到底是不是"王"领导下的公民,可我真希望阿三不属于"王"们的世界。

在上小学五年级的时候,爸爸突然在一个早晨,被划成了"右派"。大字报、漫画,还有画×的爸爸的名字在学校内外,满世界的贴着。爸爸的样子让人画得很丑,四肢很发达,头很小,有的还长着一条很长很粗的毛茸茸的尾巴……乍一看到这些,我差点晕了过去。学校离我家很近,"王"们常来看大字报、漫画。看完,走到我家门口时,总要合起伙来，扯起喉咙喊我父亲的名字。他们是喊给我听，喊完就跑。大概他们以为这是最痛快的事情，可我却难过死了。一听见"王"们的喊声，我就吓得发晕，本来是要开门出来的，一下子就吓得藏在门后，半天不敢动弹，生怕"王"们看见我。等他们扬长而去之后，我就每每哭着不敢上学。母亲劝我哄我，但到了学校门口，我还是不敢进去，总要躲在校门外什么犄角旮旯儿或树阴下，直到听见上课的预备铃声，才赶忙跑进教室。一上课，有老师在，"王"们就不敢喊我爸爸的名字了，我总是这样想。

那时，怕"王"们就像耗子怕猫！现在想起来，还心有余悸，也很伤心。

"我没喊过你爸爸的名字……"有一次，阿三轻轻地对我说。也不知是他见我受了侮辱常常一个人偷着哭，还是他感到这样欺负人不好，反正他向我这样表白了。记得听见阿三这句话后，我哭得很厉害，嗓子里像堵着一大团棉花，一个早自习都没上成。阿三那个早读也没有大声地背书，只是把书本来回地翻转着，样子也怪可怜。

其实，我心里也很清楚，阿三虽然和"王"们要好，但他的心眼善良，不愿欺负人。这是他那双明亮的、大大的单眼皮眼睛告诉我的。那双眼睛，望着你时，很纯真、很友好、很平和，使你根本不用害怕他。记得那时，我只好望阿三的这双眼睛，而对其他男生，特别是"王"们，我根本不敢正视一次。

很长很长的岁月，阿三的这双眼睛始终留在我的心底，我甚至觉得，这双给过我同情的挺好看的眼睛一生也不会在我的心底熄灭……

阿三很会打球，是布球。就是用线绳把旧棉花套子紧紧缠成一个圆团，缠成西瓜大、碗大、皮球大，随自己的意。缠好后再在外面套一截旧线袜套，把破口处缝好，就是球了。那个年代的鄂西城小学校里，学生们都是玩这种球，缠布球也几乎成风。阿三的布球缠得很圆，也很瓷实。阿三投球的命中率也相当高，几乎是百发百中。阿三在球队里是5号，5号意味着球打得最好，5号一般都是球队队长。女生们爱玩球的极少，我们班只有两个，我是其中之一。

记得阿三在每每随便分班打布球时，总是要上我，算他一边的。那时，男女混合打球玩，是常有的事。即便是下课后随便在场上投篮，阿三也时而把抢着的球扔给站在操场边的可怜巴巴的我。后来，我的篮球打得很不错，以至到了初中、高中、大学竟历任了校队队长。那时就常常想，会打篮球得多谢阿三。

然而，阿三这种善良、友好的举动在当时是需要勇气的，也是要冒风险的。因为这样做，注定要遭到"王"们的嘲笑和讽刺的。

这样的不幸终于发生了。不知在哪一天，也不知是为了什么，"王"们突然冲着我喊起阿三的名字，喊得很凶。他们使劲冲我一喊，我就觉得天一下子塌了，心一下子碎了，眼一下子黑了，头一下子炸了……

有几次，我也看见他们冲着阿三喊我的名字。阿三一声不吭，紧紧地闭着双唇，脸涨得通红。看见阿三难堪的样子，我心里就很难过，觉得对不起他。

从那以后，我就再也不想给阿三织手套的事了；阿三打布球，我再也不敢去了；上早读，我们谁也不再悄悄说话了；我们谁也不再理谁，好像恼了！但到了冬天，再看见阿三肿得黑紫黑紫的像馒头一样厚的手背时，我就觉得我欠了阿三许多许多，永远都不会再给他了……

阿三的家在"王一茂酱菜铺"的对面。我不知他家开什么铺子，只记得每次到"王一茂酱菜铺"买辣酱时，我总要往阿三家的铺子里看。只见门口的台阶上下，摆着许多的竹筐、竹篓、竹篮子，还有女人们用的黄草纸；漆着黑漆的粗糙的柜台上，圆口玻璃瓶里装着滚白砂糖的橘子瓣糖，也有包着玻璃纸、安着竹棍像拨浪鼓似的棒棒糖……其实，在别的铺子也能买辣酱的，但我总愿意跑得老远，去"王一茂酱菜铺"买。也说不清为什么，只是想，阿三从铺子里走出来就好了。其实，即使阿三真的从铺子里出来，我也不会去和他说话的，但我希望他走出来……

有一次，我又去买辣酱，阿三真的从铺子里走出来了，而且看见了我。知道阿三看见我后，我突然又感到害怕起来。这时，只见阿三沿着青石板铺就的小街，向我走来。

"他们也在这条街上住，不要让他们看见你，要不，又要喊你爸爸的名字了……"说完，他咚咚地跑了回去。我知道，他说的"他们"，是指"王"们。

望着阿三跑进了铺子，我又想哭。我突然觉得，我再也不会忘记阿三了。阿三将来长大了，一定是世界上最好的男人！

后来，考上中学后，我就不知阿三在哪里了。是考上了，还是没考上?考上了在哪个班?我都不懂得去打听。成年后,常常为这件事后悔,做孩子的时候,怎么就不懂得珍惜友情?

中学念了半年以后,我就走得很远很远,到汉江的下游去找我哥哥了,为求学,也为求生,因为父亲和母亲已被赶到很深很深的大山里去了。从此,我就再没有看见阿三,但阿三那双明亮的、充满善意的眼睛却常常出现在我的眼前和梦中。

人生不知怎么就过得这样匆匆忙忙,这样不知不觉,似乎还没弄清是怎么回事就走过了许许多多的年月。二十多年后的一天,我回故乡探望母亲,第一个想找的就是阿三。

出乎意料之外,我竟然很顺利地找到了那时的"王"。"王"很热情地接待了我,"王"有一个很漂亮年轻的妻子。这个年龄、这个时代见到"王",我好一番百感交集。说起儿时的旧事,我不禁潸然泪下,"王"也黯然神伤。

"不提过去了,我们那时都小,不懂事……你父亲死得很苦。""王"说得很真诚,很凄楚。是呀,几十年的风风雨雨,我们都长大了。儿时的恩也好,怨也好,现在想起来,都是可爱的事情,都让人留恋,让人怀念……

"王"很快地帮我找到了阿三以及儿时的两个同学。当"王"领着阿三来见我的时候,我竟十分地慌乱起来,大脑的荧光屏上不时地闪现着阿三那双明亮的单眼皮眼睛。当听到他们说笑着走进家门时,我企图努力辨认出阿三的声音,然而却办不到……

阿三最后一个走进家门。当我努力认出那就是阿三时,我的心突然一阵悲哀和失望——那不是我记忆中的阿三!那双明亮的眼睛在哪儿?站在我面前的阿三,显得平静而淡漠,对于我的归来似乎是早已意料到的事情,并未显出多少惊喜和亲切。已经稍稍发胖的身躯和已经开始脱落的头发,使我的心痉挛般地抽动起来:岁月夺走了我儿时的阿三……我突然感到很伤心,我们失去得太多了!人的一生有许多值得珍惜的东西,可当我们还没来得及去珍惜它时,一切都已成为过去,一切都不存在了……

阿三邀我去他家吃饭,"王"和儿时两位同学同去,我感到很高兴。我知道,这是阿三和"王"的心愿。很感谢我童年的朋友们为我安排这样美好的程式。我们这些人,一生中相见的机会太少了,这样的聚会将成为最美好的忆念。

阿三的妻子比阿三大,也不漂亮。妻子是县里的"三八红旗手",劳动模范。望着蹲在地上默默地刮着鱼鳞的阿三和跑里跑外为我们张罗佳肴的阿三的贤惠的妻子,我感到很安慰,但却又一阵凄恻:儿时的阿三再也不会归来了,这就是人生……

"……六九年我在北京当兵,听说你在那里念大学,我去找过你,但没找着。"吃饭的时候,阿三对我说。这是我意想不到的事情,望着阿三,我便有万千的感激,阿三终没有忘记我!

"我提议,为我们的童年干杯!"我站了起来。

阿三和"王",还有童年的好友都高高举起了酒杯。

这一瞬,大家似乎都有许多话要说,但谁也没说什么,我不知这一颗颗沉默的心里是否和我一样在想:人生最美好的莫过于友谊,友谊最深厚的眷恋莫过于童年的相知……我突觉鼻尖发酸,真想哭。

临走,阿三开着小车送我上车站(阿三在县政府为首长们开车)。

"很难过,我们都长大了……"真真没想到,临别时,阿三能讲出这样动情的话。然而,他的样子却很淡漠,很宁静,甚至可以说毫无表情,只是眼望前方,静稳地打着方向盘。这种不动声色的样子使我很压抑。自找到阿三,我就总想和他说说小时候的事情,比如关于手套、布球或者"喊名字"的风波……然而,岁月里的阿三已长成一个沉静而冷凝的男子汉,成年的阿三不属于我的感情,我想。实在是没想到,临别,阿三却说了这句令我一生再不会忘记他的话。

感谢我圆如明月清如水的乡梦,梦中,童年的阿三向我走来……

铁 凝

河之女

我是来这里寻找山桃花的。二十年前一位老乡就告诉过我："看山桃开花,那得等清明。"于是我记住了清明,脑子里常浮现着一个山桃的世界。那是一山的火吧,一山的粉红吧?

谁知我已耽误了十九个清明。十九个清明虽然都有被耽误的理由,然而每逢这天,我都坐立不安着。

我决定不再耽误第二十个清明。

我踏着今年的节令来到这里,却没有看见山桃开花。在四周被浮云缠绕的山峦里,只有山正在悄悄地变绿。绿像是被云雾染成,又像是绿正染着云雾。有人告诉我,今年春寒,山桃花还未开花;又有人告诉我,山桃花早已开过,是因了常有来自山外的暖风。和山里人相处,你会发现,他们常常说不准他们要说的事。对同一件事,十个人或许有十种说法。就连对你的问路,他们回答起来都各有差异。那差异仿佛来自他们的叙述方式,就好比春寒花哪能开,风暖,花哪能不开。至于花到底开过与否倒无人注意了。

于是就因了这叙述的差异,我坚信自己总能看见山桃花。于是,每天当晨光洒遍这山和谷时,我便沿一条绕山的河走起来,这河便是绕山而行的拒马河。这河不知到底绕过了多少山的阻拦,谢绝了多少山的挽留,只在一路欢唱向前。它唱得欢乐而坚韧,不达目的决不回头。只有展开一张山区地图,你才能看清,这河像是谁的手任意画出来的

铁凝,女,1957年生。主要作品有《玫瑰门》《无雨之城》《笨花》《铁凝文集》等。

一团乱线。黄河才有九十九道弯,谁报告过拒马河有多少弯?这山地里流传着多少关于这河这山的故事,唯独没有关于这河湾的记载。

一条散漫的河,一条多弯的河。每过一个弯,你眼前都是一个新奇的世界。那是浩瀚的鹅卵石滩,拳头大的鸡蛋大的鹅卵石,从地铺上了天,河水在这里变作无数条涓涓细流漫石而过;那是白沙的岸,有白沙作衬,本来明澄的河水忽而变得艳蓝,宛若一河颜色正在书写这沙滩;那是草和蒿的原,草和蒿以这水滋养着自己,难怪它们茂密得使你不见地面,是绿的绒吧,是绿的毡吧。总有你再也绕不过去的时候,那是山的峡谷。峡谷把水兜起来,水才变得深不可测。然而河的歌喑哑了,河实在受不住这山的大包大揽。河与石壁冲撞着,石壁上翻卷起浪花。那是河的号嚎吧,那是河的呐喊吧。只有这时你才不得不另辟蹊径,或是翻过一条本来无路的山,或是走出十里八里的迂回路,重新去寻找河的踪迹。你终于找到了,你面前终于又是一个新的天地。

这当是一个全新的天地。它不似滩,不似岸,不似塬,是一河的女人,千姿百态,裸着自己,有的将脚和头潜入沙中,露出沙面的仅是一个臀;有的反剪双手将自己倒弓着身子埋进沙里,露着的是小腹。侧着的肩,侧着的髋,朝天的乳,朝天的脸。更有自在者,曲起双腿,再把双腿无顾忌地叉开来,挺着一处宽阔的阴阜,一片浓密的茅草,正覆盖住羞处,有的在那羞处却连茅草也无需有,是无色的丘,无色的壑。你不能不为眼前这风景所惊呆,呆立半天你才会明白,这原本是一河石头,哪有什么女人。那突起的俱是石:白的石,黄的石,粉的石;那凹陷的俱是沙:成窝儿的沙,流成皱褶的沙,平缓的沙。那茅草就是茅草,它怎能去遮盖什么人的羞处?然而这实在又是人,是一河的女人,不然惊呆你的为什么是一河柔韧?肌腱的柔韧,线条的柔韧,胸大肌,臀大肌,腹直肌,背直肌……连髋和腰的衔接,分明都清晰可见。你实在想伸过手去轻缓地沿这腰弯抚摸,然而你又不得不却步。

当你认定这是一河巨石时,你的灵魂就要脱壳而出,你觉得你正在萌生一种信奉感,不然你为什么会面对一河巨石肃然起敬?

当你认定这是一河女人时,你就会六神无主,因为你再也逃脱不了自己的龌龊。一切都是因了女人的丰腴,女人的浑圆,女人的力。

这一河的石头,一河的女人,你们是同年同月和着一个天时一起降生,你们还是有着无言的默契,你等她,她等你,从盘古开天地直等到今天。

我想起了,就是二十年前,就是有人告诉我清明山桃花开的那次,也有人告诉我一件事:他们说,这里有句俗话叫做"河里没规矩",说的是先前,姑娘、媳妇们每逢夏季中午,便成群结队,到拒马河洗澡。她们边下河,边把衣服脱光,高高抛向河岸,一丝不挂地追逐着潜入水中。而这时,就在不远处,兴许恰有一丝不挂的男人也正享受着这水。你不犯我,我不犯你。或许偶尔飘过来的笑骂,那只是笑骂,既是男人把脸朝向女人而招来的骂,也是笑着的骂,只因为"河里没规矩"。

是这一河石头一河女人,使我又想起了二十年前这一句话。我怀着强烈的欲望,想去证实一下我的记忆。于是在河的高处,大山的皱褶里,我来到一个先前曾经住过的村子。一位熟悉的大嫂把我引进她的家中,我记起了那时她分明还有一位婆婆。一个家里只有这两个女人。那时的我尚是一个风华正茂的青年,一个刚出校门不久的年轻画家(虽然也胡子拉碴),连在炕上盘腿吃饭都不会。这位婆婆在饭桌前却把腿盘个满圆,她给我盛粥,再把指头粗的咸菜条一筷子一筷子地夹入我碗中。我嚼着咸菜,学着她们婆媳的样子,拿嘴勾着碗边呼呼喝着灰黄色的稠粥。这粥里有玉米楂子,有豆。婆婆告诉我,这豆叫豇豆,平时鲜红,一遇铁锅,自己和粥就一起变成灰色。然而味是鲜的,有一股鱼腥味。晚上我便坐在炕上,就着油灯给她们婆媳画像。她们的眼睛使劲盯着前方,不敢看我。该媳妇时,媳妇的两腮绯红;该婆婆时,婆婆脸上的皱纹便立刻僵起来。夜深了,我就着炕席睡在炕的这头,婆媳俩就睡在炕的那头。她们或许是怕我和两个女人同睡一席不习惯吧,婆婆才不由己地讲起了那个"河里没规矩"的故事。但我注意到,那个年纪稍长我的媳妇,还是睡在婆婆的那一边,让婆婆作为我和她的分界线,作为人性的证明。夜里我睡不着,但不敢翻身。

现在媳妇脸上也爬满了皱褶,婆婆的脸简直变成了一张皱纹捏成的脸。她不能再盘腿了。蜷在被窝里,露着青黄的肩胛骨。炕席上一只旧碗还在,边沿只多了几个小豁口,婆媳的嘴又把它们摩挲得显出光滑。但媳妇告诉我,现时盛在碗里的已不再是灰的豆粥,而是拿麦子换来的面条。村里有电磨,也有轧面机。媳妇还懂得用"八五粉"、"七二粉"这些名词来解释这面的成色,说,现在每逢来客人都要用上好的"六〇粉"招待。她们真的招待我吃了"六〇粉"面条。"六〇粉",这当在富强粉以上吧。

我吃着"六〇粉",还是记着那个"河里没规矩"的故事。我对婆婆说——差不多是凑近她的耳朵喊:"您是说过'河里没规矩'这句话吧?"

婆婆一下就听懂了,用被头把裸着的肩胛骨盖盖,把脸转向我说:"那是我们年幼那工夫。"

"您也下过河?"我迫不及待地问。

"怎么没有?"她说,"看见那个匣子了吗?"

婆婆的头在枕头上活动了一下,示意我去注意一只摆在迎门桌上的梳妆匣子。这是个一部线装书大小的木匣子,当年,外面显然涂过红漆,现在被灶膛的烟熏得漆黑,只有两朵牡丹花,边缘还清晰可鉴。二十年前那花本还透着粉色。我知道这是婆婆出嫁时的嫁妆,我把这匣子抱到婆婆眼前,说:"上次我来,就见过它。"

婆婆说:"那时候我十六。是我爹从龙门集上挑的,龙门逢五排十大集。"

"您是说十六岁过的门?"我问。

"可不,过门后就和姐妹下河。我娘家在山那边……没有河。那阵子……谁没打年幼时过过?打,闹,疯着哪!"

婆婆说着,拿眼盯住漆黑的房梁,房梁上有个挂篮子的木钩,和房梁一样黑。我记着那钩子上有时有篮子,有时没篮子。现在钩子空着,倒显得婆婆的回忆更加真切、悠远。莫不是她只相信把一个年轻的自己留在了河里?莫不是她只相信留在河里的那个自己才是自己?年幼,疯着……如今这个裸露着肩胛骨的老女人,有哪点能与河里的女人相比?

婆婆闭起双眼不再和我说话,我只和媳妇作了告别。临出门,我没忘记把婆婆的梳妆匣放回原处,并告诉媳妇只要我进山,一定来看她们。

走出她们的家,我深做着自己的呼吸,觉得身上流动着的净是自己的血液。我为着婆婆终于给我证实了河里的事而庆幸。其实婆婆为我证实的并非只那句老话,她使我明白了为什么面对一河石头,人非要肃然起敬不可;为什么面对一河石头,人会感到自己的龌龊。因为那里留住的是女人的青春,是女人那"疯"。有了这河里的自己,她们就不再惧怕暮年这个蜷曲着的自己,裸露着肩胛骨的自己。因为她们在河里"疯"过,也值了。

二十年后的今天,我知道这里正盛传着一个新名词:旅游。城市的女人和男人都为着旅游而来到这里。他们打着太阳伞,穿着"耐克",面对这无尽的山,多弯的河,唱着"不管是西北风还是东南风都是我的歌"。也有发现这一河石头的,有时你站在山之巅遥望这河,石头上尽是红的衣、绿的伞。也有女人在河里"疯",但那是五颜六色的斑斑点点,人实在无法面对这五颜六色的斑斑点点肃然起敬。有人喝完可乐把易拉罐狠命向远处投,石头上泛着尖厉的回响。

1990年5月1日

张抗抗

仰不愧于天

用最后一点力气登上十八盘最后一个台阶,你以为登上了泰山之巅,而实际上你仅刚刚叩开了天门。天门外有长长的天街,世界在那儿骤然一片迷茫混沌不见天日。

飘渺的白色纱幕由深邃的天际漫入无尽的地界,时而悠悠时而切切地拥着你,擦肩不知、拂面不觉,几步之外人影绰绰,含蓄如皮影戏。周围的窃窃笑语朦朦的视线相隔,声音似从天外传来。

步履越发的滞重,却能感觉到自己是在继续地上升着,往那若隐若现、不胜幽寒的山的最高处,一步一步地挪移。浓云如织、密雾如锁,我看不清同伴的面容摸不着自己的脚印,只觉得我吸进去的是云,吐出来的也是云。我走出了雾又融进了雾;我驱动着风又被风所驱动;我划破了那白色又弥合了那白色;我飘飘欲仙却又走投无路;有一刻我几乎觉得自己被丢失在一个谁也不知道的地方,我仅仅是被那无声无形的气流所托举所指引,引我向秘不可宣的九重天外攀寻。

它一点也没有违背我的想象。我梦中的泰山便是神游于云海雾浪中的一只大鸟,与天空融为一体。这座大山折磨了我这么多年,全然不是因为它"五岳独尊"、蜚声海内外的累累名声。也许仅仅只为我每一次回江南探亲的途中,它总是突兀地从铁路那一边远远地钻出来。裸露半壁峭岩,神神秘秘地云笼雾罩,疾驶而去……

山路蓦然而止,如一双牵拉着你的手轻轻放

张抗抗,女,1950年生,浙江杭州人。主要作品有《橄榄》《地球人对话》《野味》《作女》等。

下。缠绵的云雾悄然散去,头顶似有荧屏般的天光闪烁。荡逸的风烟中,一座土红色的庙宇,傲然立于泰山极顶天柱峰之巅。

极顶石就是在那个时刻显现的。

它静静地蹲在玉皇庙正殿前一圈八角形的花岗石围栏之中,由数十块圆石组成,高不过尺、宽不过丈,大石如磐、小石如磨,错落有致,紧密相依,石缝间还嵌着几根青草!石前有碑,顶部刻着五岳之首的泰山山符,下书:"泰山极顶——1545米"几个红字。围栏与山石本身都呈一种粗沙似的糙米色,表面坑坑洼洼,有疏疏朗朗的浅淡麻点,并不显得怎样的深远与亘古。伸手去摸,粗砺的石头竟有几分温凉,每个棱角都已被磨得光滑。便想起几千年间抚平了这石上每一道皱褶的一双双手、洗净了这石上的每一粒沙尘的天风天雨;那瞬间我确信了泰山在一切生命之前的悠悠岁月。

庙宇即古"太清宫",今称玉帝观或玉皇庙,由山门、正殿、观口亭、望河亭、东西禅房组成。正殿三间,前后步廊式,内祀明代所铸玉皇大帝铜像,神龛上有匾额,书"柴望遗风"四字,可见远古帝王曾登此燔柴祭天,望祀山川诸神。庙宇的轮廓线与玉皇顶山头的轮廓线自然贴合,可谓岱顶形象的完成与延伸。极顶石西北有"古登封台碑",乃是历代帝王封山时设坛祭天的遗迹。据史料记载,极顶石原埋于玉帝观建筑之下,至明代隆庆六年有个叫万恭的人拆观而将其重建于巅北,出巅石以表之。这一挪便将山极从玉帝的封盖下解脱出来——巍巍泰山之巅,竟终于连玉帝也要礼让三分。

半生中曾去过许多名山,每每攀到山顶,望众山延绵起伏,峰峦叠翠,似乎那山总是高于此山,便疑惑自己是否真的已征服了山巅极顶。但没有哪一座山廓给予过我这种肯定。而这方寸之地的小小极顶石,却如同泰山之缩影,让人从容收入视线之内并举目能及,弹指可触,像是慷慨地将全部的泰山精华一并奉献与你。于是泰山之雄壮中顿时有了奇巧,伟岸中孕育出诙谐;泰山不再令人因敬畏而顶礼膜拜,却在世人的崇仰中平添了几分亲切之情。

负载着几千年历史文化的泰山,因极顶之石回归自然。

云雾又起,如一曲若有若无的仙乐,弥漫于峰峦之上。麻黄色的极顶石忽而清晰、忽而模糊,似浸润于大海中的一座孤岛,既离尘世已远,四处肃穆无声。登顶的游人凝望极顶石久久不去,或惊愕、或沉吟、或漠视、或茫然,眼里终是一派寂寂。

听说此地曾立有一副对联,写有十四字:地到天边天作界,山登极顶我为峰。

我一步步走上岱顶,因之拥有了我的极顶石。

然而,人虽因山的托举而高大,因山的导引而征服了山超越了山,但人的高度终于只是山的高度,人只能因山的终止而终止;当人成为山峰之时,前方可尚有攀之路?

极顶石默然。对于世人的惶惑从不置一词哪怕是一声暗示一句点拨。它只在身旁的碑上准确无误地注明了自己的高度,连一个多余的说明都没有。比之昆仑,比之珠穆朗玛,它也许根本算不了什么高山。一座山只有一个高峰亦如万物运动中享有的盛期。那个数字是一个句号,画定了句号就该重新开始。它仅仅只是一座泰山,它不是宙斯,不是太空,它不是无限的。如果它想要获得一个新的高度,它务必在造山运动中将自己再沉沦一次。

据史料记载,泰山大约形成于三千万年前的中生代中期。它的地层由世界最古老的岩石之一构成。二十五亿年前太古代剧烈的地壳活动使鲁西地区沉降带原先堆积的岩层褶皱隆起成为古陆,形成规模巨大的山系,古泰山随之由海底冉冉升起,露出水面。后又经过近二十亿年的长期风化,地势渐趋平缓,到距今六亿年前的早古生代,华北地区平稳下降,古泰山重沉于海中。它在黑暗的海里默默等待了一亿多年,至早古生代末期,古老变质岩的剥蚀面逐渐沉积,整个地区再次抬升为陆地,古泰山便隆起为一个低矮的荒丘。距今二三亿年的晚古生代中晚期,华北地区发生了海浸,古泰山成了海中孤岛,后又继续上升,至中生代晚期,泰山在燕山运动的波及下,地壳断裂形成泰山穹隆,而后山体快速抬升,沉积岩纷纷剥蚀,杂岩重见天日,构成泰山雏形。至新生代初期,又一次被喜马拉雅山运动扶携,开始大幅度上升,又经历了一个三千万年,泰山方生成一副花岗岩骨架,嵯峨峥嵘、峻拔高旷、顶天立地,磅礴于天下。

泰山曾三次沉降,曾遭三次"灭顶之灾",曾三次被否定,却终于昂首挺胸地站起来,成为巍然而柱天的泰山。泰山是注定要成为泰山的。

二十五亿年磨炼的是泰山的脊骨和自信。

那一刻极顶石表面朦胧可见的斑斑石纹与凹凸不平的皱褶，忽而酷似一尊巨人的大脑，甚至可见灰黄色的皮质下滚动的智慧与生命。如果泰山活着，泰山自然是有头脑的。那颗紧实的头颅顶开岩层、钻出地表、跃上大海，栉风沐雨，生生不息。极顶石不需要帽子却袒露心扉，日日在苍穹下陷入永久的沉思。

我恍然觉得它始终是昂扬着头的。史前、史后，今日、未来；它在永恒的岁月里从来都仰天长啸，与长空共日月。蓦地就有十八盘的峭壁上曾赫然入目的摩崖石刻重又跃入我脑中，那是孟子的名言：仰不愧于天俯不怍于地——泰山极顶石果然无愧于天。它在将泰山峰顶馈赠与你的同时，也给予了你对于高度的认知。它创造了自己也创造了超越它的人。

所以距极顶石几步之遥的玉帝观外石阶下，立有高六米、宽一点二米，形制方而非方，四面宽窄不等，古朴浑厚的莹白色无字碑。此碑未凿一字，尽得风流。因立石而不刻其文，在历史上众说纷纭，曾被先人断为秦碑，清考为汉碑，至今又有学者疑为唐碑。无论其究竟立于何朝，终为泰山千古圣迹，何况无字碑立于岳顶登封台下，恰与极顶石互诉心声，相得益彰。在泰山的莽荡天风中，恍惚不辨的无字碑亦如仰天而无言的极顶石，留给世人一个难解的空白、一种关于重新开始的想象。

（选自 1991 年 11 月 1 日《人民政协报》）

周国平

生命本来没有名字

> 周国平，1945年生，上海人。主要作品有《人与永恒》《只有一个人生》《忧伤的情欲》等。

这是一封读者来信，由一家杂志社转来的。每个作家都有自己的读者，都会收到读者的来信，这很平常。我不经意地拆开了信封。可是，读了信，我的心在一种温暖的感动中颤栗了。

请允许我把这封不长的信抄录在这里——

不知道该怎样称呼您，每一种尝试都令自己沮丧，所以就冒昧地开口了，实在是一份由衷的生命对生命的亲切温暖的敬意。

记住你的名字大约是在七年前，那一年翻看一本《父母必读》，上面有一篇写孩子的或者是写给孩子的文章，是印刷体却另有一种纤柔之感，觉得您这个男人的面孔很别样。

后来慢慢长大了，读您的文章便多了，常推荐给周围的人去读，从不多聒噪什么，觉得您的文章和人似乎是很需要我们安静的，因为什么，却并不深究下去了。

这回读您的《时光村落里的往事》，恍若穿行乡村，沐浴到了最干净最暖和的阳光。我是一个卑微的生命，但我相信您一定愿意静静地听这个生命说："我愿意静静地听您说话……我从不愿意把您想象成一个思想家或散文家，您不会为此生气吧。"

也许再过好多年之后，我已经老了，那时候，我相信为了年轻时读过的您的那些话语,我要用心说一声:谢谢您!

信尾没有落款,只有这一行字:"生命本来没有名字吧,我是,你是。"我这才想到查看信封,发现那上面也没有寄信人的地址,作为替代的是"时光村落"四个字。我注意了邮戳,寄自河北怀来。

从信的口气看,我相信写信的人是一个很年轻的刚刚长大的女孩,一个生活在穷城僻镇的女孩。我不曾给《父母必读》寄过稿子,那篇使她和我初次相遇的文章,也许是这个杂志转载的,也许是她记错了刊载的地方,不过这都无关紧要。令我感动的是她对我的文章的读法,不是从中寻找思想,也不是作为散文欣赏,而是一个生命静静地倾听另一个生命。所以,我所获得的不是一个作家的虚荣心的满足,而是一个生命被另一个生命领悟的温暖,一种暖入人性根底的深深的感动。

"生命本来没有名字"——这话说得多么好!我们降生到世上,有谁是带着名字来的?又有谁是带着头衔、职位、身分、财产等等来的?可是,随着我们长大,越来越深地沉溺于俗务琐事,已经很少有人能记起这个最单纯的事实了。我们彼此以名字相见,名字又与头衔、身分、财产之类相联,结果,在这些寄生物的缠绕之下,生命本身隐匿了,甚至萎缩了。无论对己对人,生命的感觉都日趋麻痹。多数时候,我们只是作为一个称谓活在世上。即使是朝夕相处的伴侣,也难得以生命的本然状态相待,更多的是一种伦常和习惯。浩瀚宇宙间,也许只有我们的星球开出了生命的花朵,可是,在这个幸运的星球上,比比皆是利益的交换,身分的较量,财产的争夺,最罕见的偏偏是生命与生命的相遇。仔细想想,我们是怎样地本末倒置,因小失大,辜负了造化的宠爱。

是的——我是,你是,每一个人都是一个多么普通又多么独特的生命,原本无名无姓,却到底可歌可泣。我、你、每一个生命都是偶然地来到这个世界上,完全可能不降生,却毕竟降生了,然后又将必然地离去。想一想世界在时间和空间上的无限,每一个生命的诞生的偶然,怎能不感到一个生命与另一个生命的相遇是一种奇迹呢?有时我甚至觉得,两个生命在世上同时存在过,哪怕永不相遇,其中也仍然有一种令人感动的因缘。我相信,对于生命的这种珍惜和体悟乃是一切人间之爱的至深的源泉。你说你爱你的妻子,可是,如果你不是把她当做一个独一无二的生命来爱,那么你的爱还是比较有限。你爱她的美丽、温柔、贤惠、聪明,当然都对,但这些品质在别的女人身上也能找到。唯独她的生命,作为一个生命体的她,却是在普天下的女人身上也无法重组或再生的,一旦失去,便是不可挽回地失去了。世上什么都能重复,恋爱可以再谈,配偶可以另择,身分可以炮制,钱财可以重挣,甚至历史也可以重演,唯独生命不能。愈是精微的事物愈不可重复,所以,与每一个既普通又独特的生命相比,包括名声地位财产在内的种种外在遭遇实在粗浅得很。

既然如此,当另一个生命,一个陌生得连名字也不知道的生命,远远地却又那么亲近地发现了你的生命,透过世俗功利和文化的外观,向你的生命发出了不求回报的呼应,这岂非人生中令人感动的幸遇?

所以,我要感谢这个不知名的女孩,感谢她用她的安静的倾听和领悟点拨了我的生命的性灵。她使我愈加坚信,此生此世,当不当思想家或散文家,写不写得出漂亮文章,真是不重要。我唯愿保持住一分生命的本色,一分能够安静聆听别的生命也使别的生命愿意安静聆听的纯真,此中的快乐远非浮华功名可比。

很想让她知道我的感谢,但愿她能读到这篇文章。

(选自 1994 年 5 月 6 日《南方周末》)

舒　婷

仁山智水

舒婷，1952年生，福建厦门人。主要作品有《双桅船》《会唱歌的鸢尾花》《心烟》《秋天的情结》《硬骨凌霄》等。

　　承蒙山西同行盛情，我们几个写作人暑期应邀参加采风。五台山寒气砭骨，应县悬空寺大雨倾盆，云冈石窟外阳光酷热，众佛居所却是一片沁凉。归途心血来潮又钻进张家界，个个鞋子都开了口，双颊贴着太阳斑回家。

　　朋友见面寒暄：五台山好玩吗？张家界不负盛名吧？不久有人打探出舒婷根本不会玩，只会带带孩子。

　　也不争辩。

　　男人们去登山，衬衫鞋袜均可以漏却，唯照相机决不会忘记，而且往往交叉背数台，好像长短猎枪全副武装。进入风景区，四下里抢镜头，生怕不赶紧套住，那奇峰峻岭将一溜烟跑扑去。男人一上制高点，一览群峰小，就忘形，就慷慨激昂，就不停地"挥斥方遒，指点江山"，活脱脱一副征服者嘴脸。不信你看那些篆刻碑文题字，无一不出自大男人手笔。若要说古代女辈本不入流，那么时下在古树老竹甚至残垣断堞上海写××到此一游十有九个是现代男儿又怎么说？

　　刚上五台山，男人们立刻被它近百个寺庙所倾倒，恨不得两天内东南西北台一并揽在怀里。可惜时间太短，快快然离去，听他们满车上喷舌，眼中已无他山。等进了张家界，猛抬头，只见夜空展现一轴巨幅山水画，随着月光与云的游动而变幻不定，他们都张大了嘴，然后极力对其他名山嗤之以鼻，甚至将自家武夷山也狠贬一通以讨好新欢，真乃男人喜新厌旧之本性也。

那日在五台山,雨下一阵停一阵,山随之忽而清明忽而影绰,江雾弱岚游弋其间。大家都去朝拜名胜,我怕儿子体弱,影响众人脚程,自带孩子在住所旁的小河边走走。河越走越浅越急,渐渐变成嶙峋的溪再变成水晶纹的泉。水边野生植物蔓衍丛繁,有牛蒡、野菊和青紫嫣黄各色小花。儿子攀高跃低,快活疯了,大喊大叫。一驼一驼峰峦不惊不诧,却浑然拙朴,如光头和尚肩挤肩拥立四周。我慢慢踩在冒水泡的草滩上,到处都是咕噜咕噜的泉声。

下午,别着腿弯的同伴们回来,无论他们的口气多么骄傲,都不搅我心中那份宁静与恬适。好比众人都在听那长篇讲座而崇拜那人的口才,而唯有散座后偶尔相视,才能体会他内心的软弱与深沉。大自然给人的赠礼各不相同,男人们猴急,好比乘车,明知人人有座,照例先乱挤一通,把车门都挤窄了。女人在领受自己那一份时感谢地低下头。

女人与山水,少了一股追捕似的穷凶极恶状。与男人目光熠熠相比,女人多半闭着眼睛,浑身毛孔却是张开的。男人重形式,女人偏内容。比如雁荡山的风润而轻,五台山的风潮而尖,张家界的山滞而绵;还可以说武夷山的水是怎样率真,猛洞河的水是如何矜持,说庐山松与黄山松在落叶时分各有凄清与潇洒。

其实山水并非布匹,可以一段一段割开来裁衣。心境的差异,犹如不同程度的光,投在山水上,返变出千变万化的景观来。

常常想,从容对一峰夕照凝然比匆匆抢占几座山包对我更具魅力。可是现代人哪来山中不知人间岁月的神仙日子?假期三五天,多走一个地方就是多了份记忆收藏。张家界旅游一周,仅路上乘汽车来回就用去四天,颠得浑身骨头支离,还要立刻去爬山。因此离去时人人怀有诀别的味道。交通如此艰难,下次再有假期,又急急奔向另一处地方了。

说实话,最艰难的并非是交通,而是假期。还有就是银子够不够的问题了。

无论公访私出,我与丈夫常常分道扬镳,他去博览,我来精读。他往往循章直奔代表作,拿来炫耀,不外是某古塑某建筑某遗址,我均掩耳。我自己的心得只能算些夹页,描述不得。丈夫恨铁不成钢,痛斥我没文化。

有文化的男人造出"游山玩水"一词。政治玩得,战争玩得,山水自然玩得溜溜转。没有文化的女人们常常没有运气游历山水,只好以拥有一窗黛山青树为福气。两者均不具备的女人最担心的是,把丈夫(或者丈夫把他自己)当做一座巍巍高峰,隔断了她与大自然的那份默契。

男人们向山汹汹然奔去。

山随女人娓娓而来。

韩小蕙

有话对你说

一

不知道你在哪里,有话对你说。

昨夜的一场寒雨,把已经凋零得所剩无几的北方,又剥离去一层。抬眼望过去,苍白的天空上,什么也看不见,光听到一支肃杀的悲秋之曲,反复回旋冲撞着,令心绝望。把眼光收回来,期望大地,僵硬的大地裸露出来的,还是大片大片的苍白,连金黄色的落叶也不见几张。

天间地间虚空间,皆然一片白茫茫……

于是,感觉也不对了,好像这世界上的五彩缤纷——声响、色彩、图像、山、水、人,凡是代表着鲜活的、向上的、生命激情的花叶,突然间都从眼前消失了。

只剩下茕茕孑立的我自己!

我立时慌了神。虽然平时在茫茫人海中,在喧嚣中,时时刻刻都在祈求一个神示的所在,一心想进到那个没人的地方,独处。可是当真的发现只剩下我自己一个人时,内心里立即被极度的恐惧重压失衡,凄凉地呼喊着你,求你来救我!

二

不知道你是否听见了,有话对你说。

从那残酷的空白中,我突然体味到悲悯的情怀。

生命是多么的短促。生老病死,花开叶落,在冥冥之中,主宰着我们的神,一点也不肯网开

韩小蕙,1954年生,北京人。主要作品有《无边的忧郁》《走出沼泽地》等。

生活篇 421

一面。

那么,我们应该更为认真地加倍珍惜地走完自己的生命历程。

可是,为什么,我们又总不能如此呢?

有着那么多规矩、限制、禁锢、忌讳、阻碍、条条框框、流言飞语……蛇一样地缠绕在我们的身上。就连哪怕心灵的一次微颤,也逃不脱它无时不在的刻毒的眼睛。于是,一颗心儿终日沉甸甸的。就连对谁多一个微笑,多一点亲情,也似乎犯罪似的检讨不已。有那么一天,不知是缺了哪根"筋",我忽然说出了一篇真话,自以为是天下为公的境界,可以起一点惩恶扬善的小小作用。不料,朋友们的电话丁零零的全来了:

"你怎么了?你!真话是只能够长在心里,不可以随随便便说出来的。"

"你以为只有你最聪明,只有你看到这个世界的丑陋了吗?完全不是,别人比你早一千年,早就明察秋毫了。"

"怎么能够赞扬人呢?没被你赞扬的人,或者被你赞扬的人的对手们,会怎么想?"

"批评就更加不能够,哪怕是人人都厌之唾之声讨之的无赖,你看吧,当着他的面,人们还会去跟他握手、扯谈几句天气、身体一类的废话。"

"人啊,本来活着就不易,你干吗还要没事找事?要知道,一件珍贵的东西,得之弥艰,毁之殊易!"

……

我完全懵了,想了半天,才说出一句久藏在心里的话:

"我只是想让这个世界变得美好一些……"

谁知我的话还未说完,朋友们还未来得及再气急败坏地教训我,缠在身上的那蛇忽然扭动着黑色的身躯,啪啪啪地笑开了。它这会儿大概心情正好,笑得上气不接下气,然后突然顿住,像哲学家似的教导我说:

"你、不、是、救、世、主。你、不、但、惩、恶、不、成,那、些、恶、棍、还、会、把、他、们、全、部、毒、计、都、集、中、起、来、对、准、你。等、着、吧,你、好、好、等、着、吧,他、们、会、整、天、整、日、地、追、逐、你、搅、得、你、再、也、不、得、安、生。"

说到这里,它响亮地甩了一下尾巴,啪啪啪地又笑起来。后来又吐

着红红的信子,加了恶狠狠的一句:

"他、们、至、少、会、追、逐、你、一、百、年!"

"哦,原来是这样。"我大叫一声,胸膛轰然裂开来。一股久蓄的沉重呼啸而去,顿时豁然开朗,无比轻松。我感到久已沉闷的怠倦的心一下子有了活力,浑身的血脉都汩汩地奔腾起来。

我转身扑到钢琴上,弹了一曲我心爱的拜厄第 66 号钢琴曲。我的彦弟曾经告诉我:他从这首曲子里,听出了一个倔强的、昂扬的、渴望为真理而冲锋的灵魂。

三

不知道你能否理解我,有话对你说。

钢琴的余音还在回荡,我却潸然垂下头,沉进人类的大悲哀里,心里堵得疼。

对别人,我一天比一天沉默。

我只想逃回自己的窝里,依在你温馨的慰藉里,歇息。

不是因为胆怯,也不是因为没有能力,而是因为极度的失望。

不知道你是否体味过那种心里有话,却无从对人倾诉的痛苦?这是精神的苦役。刚才我走在大街上,被淹在人流之中,竟突然茫然失措。穿着漂漂亮亮的男人、女人们,各自向着他们的目标,急急忙忙地走着。而我,却突然不知道要走向哪里,要做什么。我甚至迷惑地失去了自己,被人群的惯性所裹挟,脚机械地挪,心却在空洞洞地流血……

我就去找我的朋友们。可是他们都出门了,有的去凭吊圆明园的废墟,有的去赏玩香山的红叶,还有的在石景山游乐场翻江倒海……

我就去找我的文友们。可是近在咫尺的在忙于吟诗作文写小说电影电视剧,天南海北的又是路也迢迢,心也迢迢……

我就去找我的老师。可是他已经顾不上我,面对着新一茬学生,他的心已被拴在他们身上……

我就去找我的亲人。可是高堂虽健在,两座肩膀的大山却已被岁月的流水冲得坑坑洼洼,我不忍再去依傍他们;兄弟姐妹们一个个都没精打采,各自挑着一副沉重的日月星辰,无暇再顾及我;我可爱的小女儿呢,眼睛里清澈无比,一颗率真的心在叽叽喳喳地唱,我又怎能忍心去折断她的翅膀……

我就去找我的书。可是书太智慧了太原则了太形而上了,你听:"希望是坚固的手杖,忍耐是旅衣,人凭着这两样东西,走过现世和坟墓,迈向永恒。"(罗高语)他说得完全正确,大智大慧,可是要命的是,我还没有修炼到那么高的境界还顾及不上永恒……

最后,我又去朝拜宗教。九华山、峨眉山、五台山、碧云寺、灵隐寺、普宁寺,我寻寻觅觅地都去了。仙山道远、路陡雾大,都没有阻遏住我的决心。可是释迦牟尼只是慈眉善目地望着我,不语。我又去到天津,走进巍峨的天主大教堂。教堂好高啊,凌云盖顶,直达天国,然而我却只看到了痛哭流涕的信徒们,没有见到上帝……

上穷碧落下黄泉呀!

我忍不住大声地哭泣起来,一边哀哀地继续我的踯躅。一路上,不断有好心的路人拦住我,问我怎么啦。我再也顾不得什么规矩、限制、禁忌……呜咽着告诉他们:我在找你!

四

不知道你是否接纳我,有话对你说。

在经历了一连串如熬如煎的心路历程之后,我开始想到生,想到死,想到活着到底是为了什么。

太阳为什么是红的而不是黑的?

江河为什么要流动而不愿静止?

女人为什么一定要美如莹玉而男人为什么一定要成就功业……

这些最基本的念头,愚蠢地纠缠在我的脑子里,像四月的阴霾一样不肯散去。我被折磨得形同枯槁,奄奄一息,终于懂得了什么叫做抑郁而疾。

我觉得有些受不住了,胸口一阵阵发闷,喘不上气来。

我真想躺倒,不再思,不再想,不再哭,也不再急,只要宁静地睡入天国。

可是我还年轻如诗,黑发如瀑,明目达聪。这个世界的许多还没有经历没有体验,心中的激情还没有完全被湮灭,幻翼还在渴望着拍击。闭上眼睛固然是一片迷蒙,可是睁开双眼,周围尽还有阳光、月色、春花、秋果……还有亲情、友情、爱情……

于是,只有努力排解。

我登上泰山去看壮丽的红日,我跳进大海去做美丽的人鱼。我拼命地工作,想要忘却——忘却自己是谁,忘却世界是什么。最好换一个太阳,换一个自我,换一个轻松一点的世界。

可是,我却失败了。惨败。

于是,我终于明白了:靠我自己不行,真的不行,我还是必须找到你。靠在你大山一样的胸膛上,哪怕仅只歇息一刻。

你不知道,傍着你的心,我才有继续走下去的勇气。你是我信心的灯塔,因为有了你,生活才不再孤寂,孤寂才不再痛苦,痛苦才不再难耐。过去,人都说我是一个温文尔雅的女孩,我以为,支离破碎的我早已永远地失却了这份温柔。可是如今,我发现我的心还是热的还在有力地跳动——为了你,我至少还能跳动一万年。

我就大声地呼你喊你,加快脚步追赶你。只要能够找到你,我不怕走过遍布毒蝎的沼泽,不怕跳过鳄鱼成群的河流,不怕穿过毒蛇缠绕的树林,不怕越过虎狼出没的山冈。宁愿历尽九九八十一难,宁愿如夸父道渴而死,也要找到你!

李敬泽

雷利亚，雷利亚

那天晚上，我和老四站在"芬必得"下面，等老熊。不时有出租车停下，一两个人从车里钻出来，羚羊一样跳，溅起的雨水发出脆裂的声响。

"不是老熊。"老四说。

当然不是。老熊没这么好的身手。老熊走路就像一头直立的熊，也许这家伙现在正摇摇摆摆地从这个城市的另一端往这边走呢。走在大街上的熊。

街上没有人，一辆汽车驶过，在下一辆汽车驶过之前的这个间隙里，眼前的这条大街显得很不真实，街的两边挂着红灯笼，无数的红灯笼严谨、偏执地排列下去。黑夜忽略了把它们连成一串的电线。这些灯笼在雨中飘浮。

已经快半个小时了，老熊还没到。九月底的深夜已经凉了，况且还下着雨。

"别傻等着了，进去吧。"我说。

那天晚上老熊一直没来，手机关掉了，呼也不回，我和老四分析了各种可能性后认为他肯定已经喝醉了。实际上他给我打电话时已经表现出酒精型亢奋，一派嘈杂中，老熊声嘶力竭地喊道："一定去啊！就在'芬必得'的大牌子下边等我。"

"芬必得"的下边是"哈瓦那"，一个酒吧。我们来到了哈瓦那——憧憧暗影，狂舞的人群，混合着酒、汗和香水的郁闷的空气，从深处震动出来的钝重节拍，像一颗巨大的心脏在跳。我想我和老四看上去都有点神情恍惚，该睡觉的时候，我们却离开各自的家，穿过雨夜，来到了哈瓦那。

李敬泽，1964年生，山西芮城人。主要作品有《颜色的名字》《纸现场》《冰凉的享乐》等。

很多人来到了哈瓦那，比如哥伦布，当然他并不知道自己来到了古巴，来到了哈瓦那，他还以为来到了中国。哥伦布曾在哈瓦那发现中国，他揣着一本护照，时刻准备着觐见传说中的蒙古大汗。而那个晚上我们也来到了哈瓦那，门外却正是中国、北京，在哥伦布所熟读的马可·波罗游记中，北京这个城市被称为"汗八里"。

说到现在，我想我已经编排得过于复杂，简单地说，哈瓦那是古巴共和国首都，也是北京的一间酒吧，这间酒吧就在工人体育场的大门旁，"芬必得"广告牌下面，而工人体育场简称"工体"，如果我是个球迷，我就会经常在那里看几十双价值百万的臭脚丫子追逐一只狗日的球，把自己气得死去活来。

所以事情很简单，不过是某天晚上去了趟酒吧，这不是什么大事，毕竟在同一天晚上，可能世界上某个地方发生了地震，而另一个地方的人们正在屠杀自己的邻居。然而，人与大事的联系神秘难测，比如一九一四年四月二日，有人在日记上写："俄国向德国宣战——下午游泳。"你就很难猜得出那个破折号究竟意味着什么。同样，那个晚上，当我和老四来到哈瓦那时，我并没有想到将会卷入一场遥远的外交风波。

佛郎机，国名也，非铳名也。正德丁丑，予任广东佥事，署海道事。蓦有大海船二只，直至广州城怀远驿。称系佛郎机国进贡，船主名加必丹。其人皆高鼻深目，以白布缠头，如回回打扮。

——这是明代正德年间曾在广东负责外事、外贸的官员顾应祥的一段回忆。由此我们得知，正德丁丑年，也就是公元一五一七年，广东来了一批莫名其妙的洋鬼子。这一事件使我们意识到有一个名叫佛郎机的国家，"佛郎机，国名也，非铳名也"。显然，这个富于异国情调的新词曾被许多人认为是一种新式的进口武器。这其实并无大错，到明代中叶，佛郎机人的火铳已经顺着达·伽马开辟的航线辗转输入中国。物比人走得快、走得远，就像罗马帝国的贵妇从未见过一个中国人，但来自中国的丝绸却勾勒出她们冶荡的体态。

现在，佛郎机已经有了另一个名字，我们把那个国家称做葡萄牙。顾应祥笔下的逸闻也已成为庄重的历史事件：一五一三年，阿尔布克尔克占领马六甲（旧译满剌加），四年后，托梅·皮雷斯受葡萄牙国王派遣出使中国，同行的有六名葡萄牙人和五名翻译——后者被称为"舌头"。这一行人在广州滞留了三年，直到一五二〇年才获准前往北京，于是"皮雷斯等乘三只划艇出发，按我们的方式装饰了旗子和丝绸天篷，为了国家的荣誉，他带了印有国徽的旗帜"。（龙思泰：《早期澳门史》，东方出版社1997年10月第1版，第111页）

但是，抵京后，他们被安顿在国宾馆中，转眼又是一年。至此，四年过去了，皮雷斯仍像等待戈多一样等待着皇帝的回音。如果换了我，肩负着使命在陌生的国度等待四年肯定会疯掉，但是，在五百年前，人对时间的体验有所不同，那时的人们更有耐心，他们把生活视为在永恒门外的漫长等待。所以，皮雷斯不会疯掉，他一刻也不曾怀疑他的上帝、他的君王是否已经将他遗弃。

当时的问题是，大明王朝的臣民们已经被他们的皇帝所遗弃。一个外国使团需要等待四年，这即使在一个极端官僚主义的国度也是罕见的、过分的，这个帝国的神经中枢已经瘫痪，没有人能够作出决定，因为那个唯一能够作出决定的人恰恰不在——皮雷斯等人在北京时，正德皇帝正在南方风流快活。这位皇帝被我的一个朋友称为"摇滚青年"，他热衷于游猎，对服装和女人都有非常前卫的品位，他梦想做一个将军，于是他就把自己封为将军，他的大臣们常常不知道他身在何处，他有着毁灭性的旺盛精力，他的一生都被一种强大的冲动所支配，那就是成为自己而不成为皇帝。于是，在公元一五一七至一五二一年间，当一批最初的殖民主义者带着他们的"佛朗机"火铳耐心等待时，大明王朝正因为有一个摇滚乐队主唱担任皇帝而心烦意乱，无所适从。

一五二一年，整个帝国松了口气，正德皇帝折腾够了，死了。但在临死之前，他给了苦苦等待他四年的皮雷斯一个出人意料的回答：这些所谓的佛郎机使者纯系假冒，他们是间谍、特务，应予正法。

这个决定并不像表面看上去那么唐突。顾应祥作为一个中层干部，政策水平有待提高，他简单化地以"不恭"解释皮雷斯等人的命运，也许他们确实表现得不太恭敬，在中国与现代西方的早期交往中，礼仪问题也确实一直是冲突的焦点，但在眼下这个故事中，国家利益和地缘政治清晰地支配着明朝君臣的思想。早在葡萄牙人占领马六甲后，被废黜的马六甲苏丹的一位大臣就来到作为宗主国的明朝,哭秦廷,搬救兵;而就在皮雷斯等人肩负着"友好"使命滞留中国期间,一个名叫西蒙·安德拉德的葡萄牙船长却在广东沿海占据岛屿、滥施私刑,最终被武力驱逐。所以皮雷斯不应指望更好的结局,他将为他的国家的贪婪付出代价,而中国衙门里的刽子手们肯定跃跃欲试,在他们的职业生涯中,可能从来不曾砍下洋鬼子的头。

现在,我们还是回到哈瓦那,让倒霉的皮雷斯一边祈祷一边等待那一刀。在哈瓦那,人们痛饮朗姆酒,这种用蔗糖结晶后的糖蜜酿制的酒曾使二十世纪的一场革命充满浪漫激情:"这是卡斯特罗和格瓦拉的酒啊。"老四一仰脖又灌下去一杯,他已经喝了五六杯了,如此发展下去,老四将酩酊大醉而我将不得不拖着一个张牙舞爪的醉汉穿过大街小巷,直到把他扔上他的床。所以,怀着千万不能让他先醉的决心,我也赶忙灌下去一杯,清冽的酒顺着喉咙冲向我的胃,然后像礼花一样亮晶晶地炸开……

后来,雷利亚出现了。我想她出现得正是时候,因为老四正混乱不堪而又不屈不挠地向我讲述他的六十年代:他吃过古巴糖,他还有过一把古巴刀,砍甘蔗的,锋利无比,他用这把刀削掉了海军大院一小子的耳朵,据说那位老兄都跑出一百多米了,才觉出耳朵痒痒,伸手一摸,耳朵早没了。"前几天我还碰见那丫的了,安了假的,不仔细看还真看不出来!"

我想一个人的耳朵掉在地上,然后跑出一百多米,他肯定会感到痒痒,那是他的身体在提醒他别忘了带上什么东西。但我知道,这桩骇人听闻的血案还不是老四的主题,酒到半酣的老四即使跑到了哈瓦那也会最终拐回缅甸,他将向我讲述十七岁的小四如何满怀理想,扒火车,去缅甸,支援世界革命。围绕这一主题,老四通常会唠叨两三个小时,最后在酒精燃烧的暴怒中把所有在场的人臭骂一顿:"行尸走肉,都是行尸走肉!"

但那天晚上,雷利亚出现了。实际上我根本没有意识到她已经来了,当时我的眼睛正无所事事地停留在老四哇啦哇啦的嘴上,但是忽然老四的嘴就不动了,像是谁在他的后脑勺上猛击一记,他的整个脸都固定在不知是该收缩还是该放开的怪异状态,于是我知道出事了。顺着老四僵直的目光我转过头去,我看见雷利亚坐在我的身边。

一五二一年,如我们所知,整个大明帝国松了口气,国王已死,国王万岁,现在登基的是嘉靖皇帝,一个十四岁的少年。此后漫长的四十五年中,他的臣民将日渐绝望地看着他长大、衰老,他们始终不理解,这个人何以对世界怀有一腔阴郁的愤怒。但是此时,对皮雷斯来说,命运似乎峰回路转,"嘉靖帝即位后,将葡萄牙人作为囚犯送回广州,加以监禁。如果葡萄牙人恢复了马六甲的合法君主,就不会伤害这位使节及其随从,他们可以获准不受留难地离开这个国家。如果葡萄牙拒绝交还马六甲,就将对皮雷斯一行依法惩处。"(《早期澳门史》,第 113 页)

然而,在顾应祥的叙述中,使团的"通事"就比较倒霉,那些为外国人充当翻译、舌头的中国人被"明正典刑"。在一篇文章中我说过,在中西交往中,翻译曾经是个高风险的角色,现在我们又有了一个例证。

但皮雷斯还活着,这对我们这个故事来说至关重要。当然我们看得出来,皮雷斯的头上依然利剑高悬,他成了地缘政治的筹码,但实际上该筹码并无价值,葡萄牙当然不会退出马六甲,况且我很怀疑他们当时是否知道大明王朝的出价。

于是在《早期澳门史》中,皮雷斯的使命和生命都终结于一行简明的陈述:

"皮雷斯及其他人于一五二三年九月被处死。"

雷利亚有一种危险的美,你注视着她的眼睛,莫名的恐惧悄然掩来;她的脸轮廓坚决甚至残忍,那双黑色的眼睛在阴影下跳荡不定,像敏感的猛兽,暴烈而脆弱,一头美丽的猛兽。那天晚上,雷利亚说:"泥浩,窝史雷利亚。"

于是我们知道她是雷利亚。

现在,我认为雷利亚是个葡萄牙人的名字,当然你不能据此确定雷利亚的国籍,她可能是葡萄牙人,也可能是巴西人,甚至是东帝汶人。达·伽马五百多年前穿越大西洋和印度洋的航行把葡萄牙人的名字留在了很多地方。

但是老四肯定不会同意我的看法。那天晚上,老四不由分说地担当了我的翻译,他用手势、用他从记忆里榨取出来的几句结结巴巴的英语、主要用一种因为力图模仿外国人而变得音调怪异的汉语与雷利亚交谈。尽管我看得出来，雷利亚会说的唯一一句汉话大概就是"泥浩，窝史雷利亚"。而她能听懂的汉语大概一句也没有，但他们聊得依然热闹。老四是个心地善良的家伙，他觉得把我像条鱼一样晾在岸上是不人道的，所以他不时扭过头来给我洒点水，他说：

"这老外是古巴人。"

"来学汉语的。"

"哈，高干子弟，她老爸是个部长。"

"她认识路易斯，打排球那个。"

"她说这酒在古巴也就是地瓜烧。妈的，还卖这么贵。"

"还没结婚呢。"

"古巴男人不好，中国男人嘛，也不好。"

——那时我还不知道我国古代对"翻译"可以"明正典刑"，但我已经小肚鸡肠地暗下决心，绝不买单，老四应该为他的饶舌付费。他认为在哈瓦那的所有外国人都是古巴人，而他因为吃过古巴糖有过古巴刀就与古巴人民，特别是美丽的古巴人民有一种特殊关系，所以一双手一张嘴忙活得密不透风，所有的话都被他抢着说了去，似乎雷利亚出现在我们面前就是为了让他向我强行推销一个有关雷利亚的故事。

我说过，我认为雷利亚是个葡萄牙人的名字，也就是说，老四那天晚上是在与自己的幻想疯狂交谈。那位美丽的拉丁女人肯定不是古巴人，因为有一天，在一本题为《游记》的书中，我发现了这个名字：雷利亚。那时我想，我知道这个名字，我看到过她，她叫雷利亚。

《游记》的作者费尔南·门德斯·平托，葡萄牙人，生于一五○九年，卒于一五八三年。在这七十四年里，这位老兄曾"十三次被俘，十六次被卖"——这是他自己说的，我想这是一项至今无人打破的世界纪录。一个人如果被转手二十九次，最后很可能就走遍了天涯海角，事实也确是如此，二十一年的时间里，平托在印度和日本之间到处流浪。他有时是富豪，有时是乞丐，当过海盗、商人、殖民官员，还当过传教士——他曾随方济各·沙勿略赴日本传教，出资建造了日本第一座天主教堂。

后来平托老了，在里斯本附近隐居著书，是为《游记》。这个粗鲁的冒险家开始了最后的冒险：穿越混乱、庞杂的记忆。他屏住呼吸，注视着一五四二年五月的一天，在那天，他和一百五十名海盗一起，从中国的浙江镇海乘船出发,前往一个小岛,盗掘传说中的王陵。

这时,那位倒霉的皮雷斯据说已经死了十九年了。而雷利亚将和平托相遇。

平托在一五四二年的冒险一败涂地,在他所说的那个名叫加雷铺(Calemplui)的岛上不可能有十七个国王的陵墓,也许那不过是一群古墓,而平托一伙如他们在一切时代的同行一样乐于相信对即将到手的财富狂欢化的描述:那里"金银成堆"。结果在抵达想象中的坟墓之前,他们中的绝大多数人就死于非命。一场风暴过后,只剩下十四个人,他们的上帝把他们遗弃在这片陌生的土地上,其中当然包括幸运的平托。

从平托混乱的叙述中无法复原这一行人的确切踪迹。我们只知道这些衣衫褴褛的陌生人沿途乞讨走向南京,指望从那里搭船回镇海或去广东。但在十六世纪的明代中国,大路上出现洋鬼子必定是个轰动性事件,平托等人很快被官府扣押,沿大运河解送北京。

于是大运河以及两岸的乡村、城镇和人群第一次进入了欧洲人的视野。四百多年后追随平托的眼光,我感到大运河和中国是超现实的幻想世界,惊人的巨大,惊人的喧闹,简单天真的神奇,我能够想象平托的眼睛,一双儿童的眼。

后来,平托就见到了雷利亚,那是在一个被他称为 Sampitai 的地方,此地在《葡萄牙人在华见闻录》中译为三邳台,译注中疑为现在的江苏邳县,大运河就从那里穿过。

好吧,就算是邳县,当时是下邳县或邳州:"视界之内,庄园寺庙的高院大墙比比皆是,檐顶流金溢彩,如此气派华丽,令我们大家都目瞪口呆。"一五四二年的某一天,在这个繁华的城市,一群高鼻深目、身披锁链的囚犯从街道上走过,可以想见,他们被团团围住,无数双眼睛惊奇地注视着这些和我们不同的人。

人群中议论纷纷,一位妇女的话被平托清晰地听到:

"这种事不应大惊小怪,因为常在海上劳作的人,大多难逃葬身海底的厄运。所以我的朋友们,既然我们是上帝用土做成的,那么最好最保险的还是重视土地,在陆上劳作。"

像对待穷人一般,她边说边向我们施舍了两个码子……紧接着，她解开身上穿的紫色缎袄的袖口，卷起袖子，让我们看刻在胳膊上的一个十字，刻得很好，犹如摩尔人的火印。她问：

"你们中是否有人见过这个被信奉真理的人称为十字的记号？或者听到过这种说法？"

一见到十字，我们大家都诚惶诚恐地双膝跪地，有些人还眼含热泪，忙不迭地说见过。听了这话，妇人发出一声欢叫，双手高举，高声喊道："我们的在天之父，圣名永在。"这是用葡萄牙语说的，旋即又讲中文，似乎只会说这一点儿葡文。(《葡萄牙人在华见闻录》，第161页)

——场面激动人心，但是看上去有个小小的问题，如果这个妇人只会说那么一句葡文，平托又怎么能听懂她那些语重心长的议论？官府显然不会为鬼子们配备一个翻译，那么唯一的可能就是他们中间有一个翻译。是的，的确有一个中国海盗，他是那次盗宝行动中的向导，我估计"十七个国王陵墓"就是他在胡吹，他想必懂一些葡语，而且在那场致命的风暴中幸存下来。

她说自己叫伊内斯·德·雷利亚。

她父亲叫托梅·皮雷斯。

她说由于你们的一个船长在广州造反，中国人就认为她父亲是间谍，而不是使节，将他和随行的十二个人逮捕下狱，施以笞刑和拷打，五人当即丧命，其余人被发配流放。

这些她曾多次听父亲说起，边说边流泪不止。

她父亲被发配到这个地方，因为稍有财物，便娶了她的母亲，并使她母亲成为基督教徒。

这是又一个有关雷利亚的故事，雷利亚四百多年前生活在大运河边，那里现在是江苏邳县。我记得一个南京朋友是邳县人，就打电话过去，问他：知道你们家乡有过葡萄牙人吗？

朋友茫然，他已经睡了，却被电话吵醒，有人向他提出这么一个莫名其妙的问题。

"没有，从来没听说过。"

又聊了几句别的，我放下电话，心想，未必，没准此刻朋友身上就秘密地流动着一滴淡蓝色的血,这滴血有大西洋的咸味。

托梅·皮雷斯已在一种陈述中被处死,但在另一种陈述中他仍然活着,而且还有了一个穿"紫色缎袄"的女儿,她已经基本忘记了父亲的语言,但还记得她父亲的上帝。这个情景中有深邃的悲怆和绝望的孤独,令人难以释怀。

我决定相信平托一次,尽管他是个臭名昭著的老骗子。我相信《早期澳门史》记述有误,因为我愿意相信雷利亚曾在十六世纪的运河边上、在无边的垂柳和野草间穿过,她注视着河水、河上如林的帆樯,她想,也许有一条船是神秘的,它将沿着蓝色的水无休无止地航行,直到有一天:

绕过地角之后,赶上了退潮海流,船轻快得像奔向天堂一样。太阳的余晖照得海面金光闪闪,两对海豚轮流在船前穿过,弓起油光闪亮的脊背,仿佛以为离天不远,想游到天上去。里斯本就在远方的对岸,好像浮在水面上,向城垣外面弥散开来。高处是城堡和教堂的塔尖,俯瞰着模糊的低矮房屋,建筑物三角形的侧面隐约可见……

——这是葡萄牙作家若泽·萨拉马戈在《修道院纪事》中的描述,萨拉马戈还写道:

人们期待的去澳门的大黑船回来了……澳门比果阿远得多,那里是中国,是洪福齐天的地方,在美食和财富方面超过任何其他地方,各种产品极其便宜,并且气候宜人。那里的人们完全不知道什么叫疾病,所以那里没有医生,每个人都是因年老而死或者应天意寿终,而我们却不能总是这样。大黑船在中国装载的一切货物都非常贵重,途经巴西时又装上了蔗糖和烟草,还有大量黄金,为此在里约热内卢和巴伊亚停留了两个半月,返回这里时路上又用了五十六天;在如此漫长而危险的航程中没有死一个人,没有一个人病倒,这必定有其神奇的原因,似乎这里天天为航船向圣母做弥撒起了作用;领航人并不认识这条路线,竟然没有走错，这难以令人置信，所以后来人们就把好生意称为"中国生意"。

——这时是十八世纪，葡萄牙人已占据澳门，而雷利亚已经渐行渐远，直到画成书页上一个若无其事的墨点。

"雷利亚，雷利亚。"老四一路上都在高一声低一声地怪叫。我是那个晚上哈瓦那最倒霉的家伙，我最终不得不付了账，然后像个黑手党一样揪住老四的脖领子往外拖，我记得我狼狈不堪地向雷利亚咕哝了一句："Sorry!"这时，雷利亚突然大笑，笑声亮闪闪的，纷纷扬扬，无休无止，我认为所有的人都注视着我和老四，我们在雷利亚莫名其妙的笑声中从哈瓦那仓皇出逃。

我还认为老四是个人来疯的老杂毛，他一杯接一杯地喝酒，喋喋不休地说话，两只干巴巴的手在空中失控地飞舞，他似乎渐渐认定雷利亚是格瓦拉的侄女、外甥女或者外孙女，这个发现决定性地调动起他的革命激情，他不可阻挡地冲向了东南亚的丛林，又猛然拐到一九六八年的巴黎街头，还有北大荒的严冬、莫斯科餐厅的罐焖小牛肉、刀头的血、情人脸上的泪、伏尔加船夫、德钦巴登顶……雷利亚静静地坐在烛光的阴影中，我看不清她的表情，我忙于劝解老四，徒劳地阻止他用振聋发聩的嗓门高喊："服务员，拿酒来！"

——后来，我总算把老四交给了他的妻子，一位世界银行的高级职员。我认为她看老四和看我的眼神就像看一堆破烂和一个拾破烂的，我想反正她今天夜里不得不拾掇这堆破烂。我转身下楼，我听到身后的铁门发出哐啷一声大响，我继续顺着台阶往下走，我感到点点滴滴的苦涩和伤感。老四，这个该死的老四。

雨已经停了，那天夜里北京的天是幽深的紫色，有几颗星在百无聊赖地闪。我走在大街中央，我的耳边响起雷利亚的笑声，在风卷落叶般的笑声中，我清晰地听到她用字正腔圆的北京话说：

"哥们儿，走好啊！"

（选自2000年第1期《山花》）

周佩红

在商厦门前等车

我站在那里已经很久。常常如此。常常是临近黄昏的时候。看上去就跟身后那黑衣保安没什么两样,只不过,他在巡视络绎不绝进出商厦的人,我在巡视门前的广场,马路,车辆。我和他是一样专注。

像我这样的人总有几个,而且越来越多。大家散开站着,保持一定距离。不时抬腕看表,或者翘首以待。这构成了商厦门前一景。我们是在等待那种从遥远小区开来的定点班车。车不等人,不停留,所以我们必须等它。而商厦门前也是有许多景色可看的。

马路对面的商铺又打出减价狂销的醒目招牌,推出一车车花花绿绿的商品。衣着入时的漂亮女郎总是朝这边的大商厦走来,缤纷的唇膏和头发颜色使她们看起来很像时尚杂志里的人物,尤其那种满不在乎的眼神。大小汽车碾过路面产生轻微的震颤,合起来是一种惊人的响动。附近又有一处成为马路工地,卷扬机和搅拌机同声合奏。斜对面的高大建筑,终于撤去它脚手架上密密的金属网,暴露出黑森森的骨骼。一个老年男子在行走时两眼通红,仿佛刚刚经历过剧烈的哭泣。另一少妇独个儿走着,却忍不住笑似的,不住用手遮掩住嘴——他们在神色淡然的行人中很是突出。他们也走过去了,用一句流行的话说:走过这城市的公共走廊。我是旁观者,耐心的,心不在焉的。我站在商厦门前的台阶上,比路面略略高出一些。

周佩红,湖南湘乡人。主要作品有《活着的证明》《城市的声音》《一抹心痕》等。

有个人走过来，朝我手里塞一张纸，再急匆匆离开。不由分说的架势，犹如分发飞行传单。是张广告，印刷精良，纸质很好。是为一种新诞生（或新进口？）的化妆品做的宣传，用词极尽浓艳。把纸丢进垃圾箱——真可惜了如此优质的纸——取出包袋里刚到的杂志。普通的纸，封面上印一棵树。随便翻到一页，看到一行突兀的字。书，是两个人相爱的故事。不。书，是两个人相爱的开始，也是结局。记不确了，大意如此，杜拉斯所言（这本杂志后来被我神秘地丢失）。这对一个无聊的等车人来说绝对惊心动魄。心被它带走，余下的字模糊一片。抬起头来，在苍茫暮色中，在人头攒动的马路上方，那座未完工的高大建筑物正喷洒出金色的电焊花，灰蒙蒙的天空缓缓地承接了散落的它们，像是要把这个城市的秘密接纳进去。市声安静下来。电焊花渐渐消失。我等的车仍然没有到来。

要说没有奇遇，那是不确切的。在一个冬季的雨天，我靠在商厦的落地玻璃墙前，半圆形的天棚遮住了风雨。近处有人用手机急切地呼叫什么。雨中的广场和马路变成黑色，乱糟糟。我又一次用随带的书拦截视线。这在别人眼里，可能是一个装模作样的读书者形象。这时，两个衣着雅致的女子出现。她们礼貌地问我是不是一个杂志编辑，用一种异地口音的普通话。看到我睁大眼睛，她们随即自我介绍说来自台湾，初到上海，第二次逛此商厦，希望找个素不相识的上海女子随便聊一聊。我惊讶她们自然诚恳的搭话方式，不亚于对她们猜测我职业的准确性的惊讶。但我马上掩藏了这一惊讶。我们随便地说了一些话，浮光掠影的，关于上海和台湾两地的城市市貌，等等。言谈中知道她们从事广告业，此行纯为旅游观光，但也不排斥考察投资机会的可能。她们是谁？我能清晰地看到她们唇上精心勾勒过唇线的口红，脸上几乎透明的粉底，黑发，微笑，甚至知道了她们的名字，她们写在一张小纸片上的，很文气的名字。我也告诉了我所供职的杂志名称，我的名字。这仿佛纯粹是出于礼貌。在我心里，紧张、疑惑和信任始终在相互冲突。我等候的车解决了这一切，我向她们道别，没有回头地走向姗姗来迟的班车。

我希望做回我的旁观者。但在另一个黄昏，在商厦门前新设的露天茶座里，又一个陌生的外地女人站在我跟前。她看上去年过五十，或者还要再老一些，脸上堆满忧伤的皱纹，是一个北方城镇妇女的打扮。她嗓音柔和地诉说她刚到上海就被扒手偷了钱包的遭遇,说她连在上海找亲戚的车钱都没有了,更别说饿了两顿。我看着她愁眉不展的模样,看到她领口和袖口露出的干净的、旧的棉毛衫和干净而枯瘦的手。一双这样的手向陌生人伸出,无疑已把她的信任连同尊严交付,这无论如何都不可抗拒。我给了她钱。我盯住她的背影,看着她从我旁边的一长排茶座跟前走过,暗暗希望她不要在另一个人面前停留,说同样的话,再一次伸出手——那对我将是猛烈的打击,对一种信任的打击,不是别的。所幸她没有。她蹒跚的背影消失在马路拐角处。取而代之的,是那辆我等待已久的方头大脸的小区班车,正向我驶来,要把我载回我的家。

这同时也宣告了我默默观察的暂时结束。没有什么结论。坐在开动的车上,看见商厦里已经亮起了灯。我曾站立的地方,被另一个人占据了,他等的车还没有来。我不知道他看见的又是什么。

1998 年 2 月 8 日

(选自 1998 年第 6 期《散文选刊》)

陈　染

每个人都有一面窗子

　　三毛去世的第二天,她的母亲撰文,名曰,"哭三毛"。记得那几天我心境茫然而悲凉,坐在房间里呆呆的,只对朋友低声说了句:"三毛的母亲竟然能在她死去的第二天就坐下来写'哭三毛',真是不可思议。"

　　现在,你看,三毛,在你才离开这个世界不到一周年的时间,我也坐下来写你的文章了。这就是活下来的人。这就是清楚地知道你所走的那条路时时刻刻就躺在我们身边然而谁也无法拉住谁的人。三毛,你走了,你用死表达了你自己,完成了你自己,辉煌了你自己。可是,你提示给留下来的人的太沉重了。

　　你从来也不曾是我的朋友然而你从来都是我的朋友。在听到你离去的消息时,我刚刚从澳洲返回家里不久,从盛夏炎热的墨尔本一下子跌到隆冬砭骨的北京,内心里一片冰凉。我的房间有一面大窗子,窗子外面是喧闹的阳光和思索着的老树。偶尔,从隔壁的窗子里传过来一阵阵低低的乐声,那声音遥远、缥缈、含混不清,像一段由于搁置太久已经无法抓住了的记忆,它使我陷入深深的回忆状态,却又什么也想不起来。我曾经以为,换一面窗子外边的风景也许会有所不同。于是,我跑出去看了,去看三毛的书里向我展示过的风景。看了便知道了外边的世界与我的窗子是同样的风景。全世界都一样,不一样的只在于观景人是三毛还是四毛。我跑了回来,不再做任何选择。生活给予

陈染,1962年生。主要作品有《纸片儿》《私人生活》《无处告别》等。

每个人一面窗子,那么你就守住这面窗子。梦想已经疲倦。就在这个时候,就在这个冷风与人流从身边淌过去却使人永远感到孑然自处的深冬,我正深切渴望着在这个孤独、疏远、漠然的世界上,那些彼此懂得的人们能够在心灵里拉一下手,安慰一声:有我们在,然后再分头独自去度那绝望与死亡之线。就在这个时候,三毛,你却一个人先逃跑了,你让留下来的人说什么呢?

那一天,天空灰得令人心寒,窗前的枯树依旧在冷风里摇荡,枝桠光秃秃伸向天空,像一群饥肠辘辘、瘦骨嶙峋的乞丐,玻璃窗把寒气挡在外边,也挡住了外边的世界。我正专注地捧着普鲁斯特的《追忆似水年华》动心不已,老半天老半天沉浸在书中触及到的我自己情感的事情上去,以至于我无法完整地阅读。这时,我的屋门像是被风吹拂了一下悠然而开,我抬起头时母亲已赫然站立在面前。"三毛自杀了。"她说。

有一分钟的时间我呆呆地站在房间中间一动不动,也不出声,双手僵硬地插在裤兜里,然后就转身离开了家。我已无法再像往常那样把自己藏在无所谓的表情里边。我在光秃秃的冬季的街上毫无目的地走,也许四周除了凋零冷落的街景还是凋零冷落的街景。因为我什么也没看见什么也没听见……

"认识"三毛的时候我二十岁,正是喜欢漂泊呀流浪呀发呆呀的年龄。三毛来了,来得红红火火,来得轰轰烈烈,带着漂泊者忧伤而孤独的浪漫,带着一个年长于我很多的女人的智慧和经验。三毛在当时我所就读的大学里狂轰滥炸,弄得我和我的同学们一时间神不守舍。那时,书柜里装着我的世界。三毛的书在我的书柜里整整齐齐一大摞,占据了书柜的一个角落,然而这一角落却占领了二十岁的我的心灵。我当真极了,"入戏"极了。我常常逃了学躲在家里与三毛的书谈心,一谈就是一整天。外界与我格格不入。那一阵,在学校里,我身前身后全是一个个女三毛男三毛。坐在教室里上课的时候,无论是古典文学还是外国文学,很多人都是把听课的姿势留给老师,眼睛和脑子留在三毛的书上。这一局面持续了相当的时间。

后来,我也写书了。后来,就有了写书的朋友。后来,我的写书的朋友家里也被我堆满三毛。我们欣赏三毛并不是从一个作家的角度,而是作为一个活生生的女人,一个看上去活得潇洒、聪慧、丰富然而内心里却和我们一样孤独、紧张和不够坚强的女人。再后来,我受不了三毛的诱惑了,就跟当时住在我家附近的写小说的朋友刘索拉说:"三毛这女人为我们大家制造了一个'骗局',我真心疼她再演下去会累死的。"尽管这么说,我还是一个劲地投炸弹一样往索拉家里投放三毛的书。有一次,她写信给我说:"你饶了我吧,三毛!我真受不了三毛了。你说的不错,她的确制造了一种'骗局',但可能她不是成心的,我说她'进戏'了,但可能也不是成心的。她这人当然可爱,但让我们大家整天享受三毛和荷西,的确受不了。咱们别看了,让她饶了咱们,咱们也就饶了她吧……"

今天,我已经能够以一种比较成熟的心理和思想公平地看待三毛和三毛现象了。然而三毛你却走了,正如你忽然而来一样又忽然而去,把从未放弃过你的懂得你的人愣愣地丢在那儿。

三毛,我的同伴们几乎从来都是把自己躲在小说的纸页后面,而你从来都是不能自主地把自己亮在台前,你自己本身就是小说,你把自己赤裸裸地四处无遮地亮给了观众,而帷幕永远地站立在舞台的两侧,你已经不会下台了。你让我们深深怜惜,你让我们无法忘怀。

你创造了三毛你拥有她的名字你保持着她的形象你太累了,三毛。

你天生就已注定了你的结局你的结局一点也不让我震惊,三毛。

我从不认为你内心快乐、潇洒、坚强、放松然而我懂得你珍惜你,三毛。

你是三毛我用心灵哭三毛然而我哭的又不是你,三毛。

我多么不想混在人群里那些关于你的热热闹闹的议论中。我多么想一个人躲在角落里在心中悄悄地纪念你、珍藏你,三毛。你是我二十岁的历史,你陪我走过那失败的初恋,你使我忆起某一夜轻柔的风声和一个在我心中永不会枯萎的名字。现在,我似乎已经走出去很远很远,可是,你的死却分明在提示那久已过去了的岁月。我仅仅想写几页文字给已经远离于我和近在身旁的那些过去岁月里的朋友,无论你们从什么地方听到我们曾共同拥有过的三毛的死讯,我都希望这篇小文能带给你们一点点安慰。同时,我也多么想听到一个声音从全世界四方响起:没关系,没关系,我还在。

那一天，天已黑了，孤零零的星星已悬在天空，俯视着拥挤不堪又相隔万里的街上的人们。我在这人群渐渐消散的街上走来走去，走来走去，路面渐渐彻响起我自己的脚步声。我渴望着这时候有一个真正的分担者在我的心的门窗上叩响敲击声，在这最需要的时刻我们不期而遇。我屏息等待，等待，上帝知道这等待似乎已有一万年之久。然而，门窗没有被敲响，一如所有过去了的岁月一样寂然无声。

我该回家了。三毛，你离去了，可是我们还得默默承受着把自己的路走完，走向结局，一个最人道主义的结局。

世界没有错，世界原本就是这样。也许是我弄错了，是你弄错了。

三毛，请把你孤独的手伸给我们，我们与你同在。

写于三毛去世一周年前夕
（选自1992年第1期《小说林》）

季栋梁

过 年

> 季栋梁，1963年生，宁夏人。主要作品有《人口手》《和木头说话》《我的从前在说话》等。

黄昏让村子像一泓铜浆，黄澄澄的静静的。远远地就看见村口伫着一个人。走近一看，是根生的妈。按辈分，我该叫她姨娘。虽然没有血缘关系，但在一个村子里住得久了，便都是亲戚了。亲戚就像一条条小路一样，看起来各走着各自的方向，但最后每条路都走到了一起。

我叫了声"柳姨"。她把遮在眉间的手拿下来，揉揉眼睛，向我看了看，颤颤巍巍地走过来。她和我的母亲同岁，我母亲已经去世三年了。她走路已经像个娃娃了，有些不稳，加上村口是个崾岘，稀溜子北风刮得正劲，又给崾岘一夹，风就呼呼呼的，路上的尘土都刮净了，但从坡地里扬起一阵阵的土来。她前倾着身子，走得东摇西摆。我忙向前迎了几步，抓住她的手。她的手很粗糙，就像抓住了一截榆树疙瘩，冰凉冰凉的。她的脸上落了一层土，灰灰的。两道泪痕十分明显，像地里犁出的两行犁垄。脸蛋皴裂得红丝丝的，血都快渗出来了。

我说你老人家这么大的风，不在热炕上坐着，跑到这风口来做啥。她抹了一把眼泪说心慌得出来看看。

我忽然想到老旦子在外面打工，就问老旦子还没回来吗？

她摇摇头说没呢，外出的娃子都回来了。说着又迎着风向着远路望了望。那风就从她的眼里把泪吹了出来。

我说快回吧，小心凉着。

生活篇 443

她说回吧。可还是把手搭在眉上往远处看了又看,到了崾岘口,又回头看了看,自言自语地说今儿都二十八,快过年了。

在分手的路口,她顺着小路走了,筒着双手,一步一步往回走着,趔趔趄趄的,几乎是跟着风在走。她走下坡去,又爬上坡去,背影就像一只蜗牛……我忽然止不住泪就流了出来。想及那几年在外不能回家的时候,我的母亲也一定是迎着风站在这崾岘口张望着,然后踩着黄昏那金箔一样稀薄的阳光,跟着风趔趔趄趄地走在小路上,她的手也一定像柳姨的手一样的冰凉和粗糙,脸上挂着两行犁垄一样的泪痕,嘴里不停地念叨着快过年了……

"父母心在儿女身上,儿女心在石头上。"这话就是走在小路上的母亲们总结出来的。没有错啊,在外面过年回不了家的时候,儿女有多少次想起家里的父母呢?

第二天早晨,我贪恋家里的热炕,直睡到了太阳照进窗口。阳光很好,天空瓦蓝。从窗口看到老爷山。山上有庙,高高地坐落在我们的窑顶。就想爬山。到半山腰,一回头,又看到了柳姨,她倚着村口那棵老榆树望着。我忽然掉头向村口走来。我想陪陪柳姨,和她说说话。

因为阳光好,加上没有风,柳姨脸上的气色好多了。柳姨一直是个腼腆的人,不善说话。见我过来,她却显示出说话的欲望,我知道她想知道城里的事。

我也倚着树说姨,还望儿子?

柳姨说也没啥,大人了。停顿了一下又说听说城里不咋太平?

我说太平着哩,要过节正严打着哩。

我索性坐在了树下,给柳姨讲城里的太平,尽管和这山窝窝相比,城里太不平安了。柳姨也给我讲儿子的事和村里的事。整个上午我恍惚觉得就是和母亲坐在阳光下或炕头上扯磨。直到柳姨的孙子来喊。

我说老旦子在外面好着哩,别惦念。

柳姨说,哎,这娃,年总得回家过,人家都在过年哩。

往回走的路上,柳姨说那几年你妈也是站在这里了哩。

我想起了那句信天游:"把荒山瞭成白路了。"

那年二哥在外面打工没回来,母亲整个年都坐立不安,我说没事的。母亲说过年家里少个人,总觉得少了个啥,就一遍一遍地往村口跑着瞭望。

一天有三趟车可以让外面的人回到村子里,柳姨的身影就在那村口晃来晃去。

年三十要上坟给亡人烧年纸。鬼魂也过年啊。烧完纸年就真正地来了。从坟地回来,看见柳姨站在我家门口,我忙走上去。柳姨脸红扑扑的,我就知道她有事要求人了,忙问姨,你有事吧?

柳姨嗫嚅了半天才说你有手机吗?

我忙掏出来说有有有。

柳姨说我想给老旦子打个电话。说着伸开紧攥着的手,露出一个纸条,还有一张捏成卷的十块钱,一同递过来。

柳姨说号是玉柱的,老旦跟他出去干活的。

我拿过纸条,把钱塞进柳姨的手里。可柳姨又塞进我的手里说好贵的哩。

我把钱塞回去说姨,侄儿连这点钱都舍不得吗?

可柳姨又把钱塞了回来,我急了说姨,你要把侄儿弄哭吗?

这么说着,我的眼泪真就下来了。柳姨的手停住了,她也唏嘘起来。

拨号时我才想起这里没有网络。看着柳姨的两眼泪水,我不知道如何说。看看山头,就说姨,山窝窝深,接不上,我到山头上打去。说着就往山顶爬去。山顶也没有信号,我试过的。

柳姨跟了上来,我不想让柳姨跟上来,就像兔子一样往山上爬。柳姨爬到半坡就停下了。我长叶了一口气。到了老爷山山顶,虽然没有信号,但我还是装作走来走去地打。从山上下来,我对柳姨说打通了,老旦子活没干完。

柳姨笑了,又把钱塞过来。

我说姨,你咋这样人。我忽然记起娘说过我生下来的前几天没奶,正好柳姨生了老二刚刚出月,就让柳姨奶过几天,便忙说你忘记了,我吃过你的奶。

这话一提起,柳姨就高兴了说那咋能忘记了呢。

正说着话,柳姨父来了,远远地就骂着你就当他狗日的死在外面了,你让这侄儿娃破费做啥?你吃饱了撑的,不知道那东西有多贵?柳姨父一把把钱夺过来塞进我手里说娃,拿着,我知道这东西很贵。

我说姨父,你就这样小气你侄儿吗?

他的手就停住了。

我说老旦子好着哩,别挂心,快和我姨回家过年吧,娃娃都开始放炮了。

黄昏已从西边涸过来,水蓝的天空像滴进去了几滴墨汁,由灰渐乌,山影重了起来。

老两口往回走了,他们的身影融化在了暮色中,仿佛移动着的两个墨点,渐行渐远。我的泪禁不住流了下来。

除夕的炮声已经响起来……

大年初六,我踏上了返城之路。到下马关车站,我就忙着给玉柱打电话,可是关机。连着打了三天,都是关机。一个月后,终于打通了,电话是玉柱接的。我说我找老旦子。老旦子接过电话,还不等我开口,他就立刻说谢谢大哥,谢谢大哥。

我说你咋不回家过年?

他说活干不完拿不上钱啊。

我说再咋,过年都得回去啊。

他说大哥,过年谁不想回去过啊。

我说抽着个空回去看看父母。

他嘿嘿嘿地笑着说回去了,刚刚又回到城里。

我一惊说你把话说漏了。

他又嘿嘿嘿地笑着说漏了,可我说了咱这里没信号。我娘哭了,说难为你了。谢谢你大哥!

我说你别给我笑,父母在,不远游,年得回家过。

他说明年一定回家过年。

(选自 2004 年 2 月 24 日《宁夏日报》)

郭文斌

牵挂是一种美丽

从纷繁忙乱中稍一驻足，就会莫名其妙地记起一个人的名字，牵挂得你一时无论如何也挪不动脚步，牵挂得你心一揪一揪地疼。

也许，你的屁股上至今还安装着一个警报，催你警醒，让你不要犯规的警报，在你不留心的时候，在你喝醉了酒的时候，在你懒惰的时候，就轰然作响，还你朝气蓬勃，教你认真地做人。

那是小时候老师印在你屁股蛋上的一个巴掌。

也许你胃里至今还有一个饼子在冒着热气，抵挡着一阵寒流，遮拦着一刃刃冷风，温暖着你冰凉的心，温暖着你的人生，使你涉过生命的冰川，走过生活的冬季，而没有在岁月的霜雪里倒下。

那是小时候母亲用爱在清凉如水的饭碗里沉淀下的唯一一个饼子，一个生活的凄风苦雨永远消化不了的母亲的饼子。

也许你的桌前至今还亮着一支蜡烛，伴你走过阴森可怖的黑夜，伴你走过寂寞的人生隧道的蜡烛。每当屋空如水的时候，每当心冷如灰的时候，每当孤独如狼迫近的时候，那盏灯就哗哗剥剥地爆响，燃一缕温馨的香烟在你心上，拂去你一段蒙尘的日子，一段阴冷潮湿的日子。

无论多么忙乱，这时，你必定看表，必定一声哎哟，拿上车钥匙就跑，就飞，一口气到幼儿园门口，放学的铃正响。你向儿子招招手，儿子向你跑

郭文斌，1966年生，宁夏人。主要作品有《吉祥如意》《我被我的眼睛带坏》《孔子到底离我们有多远》等。

来……你才知道,这世界上只有一座最精密的钟,那就是父母的心。妻子下乡的晚上,你哄儿子睡着,要去单位加班,临行床边放一个枕头,怕掉地下去。拉灭了灯,又拉着,你觉得儿子不应该在这样的黑屋里睡觉。走出去,又走进来,班明天早上加,你还是不忍将儿子一人留在空旷的睡眠里。守候在儿子身边,死盯了眼看不够。你突然觉得你很婆婆妈妈,女人气,但你无法鄙视自己。你轻轻地给儿子拢拢发,拽拽被角,倾听儿子美妙的音乐似的呼吸,嗅闻儿子的体香,很久很久。最后,你忍着疼痛,忍着破坏美丽的疼痛,拉灭了灯,拉灭了自己心里一盏无比温柔无比婆婆妈妈的灯。

多少信,都在焚烧旧日子时烧掉了;多少话,都在淘新米洗新菜时洗掉了。唯有那几封信烧不掉,唯有那几句话洗不去。即使每一句都能背诵,每每翻读也让你怦然心动,重复过一千次的感动就搔得你脚心痒。你挖空心思地寻找回报的方案,直至一次一次失望,一次一次绝望。你发现他们一个个生活得很好,你推断不出他们是否还吃老家的土豆清油,你推断不出他们是否还需要你天真的思念,天真的一句安慰和关切。

你只好默默地为他们祝福,然后将那些信、那些话小心地重新放好。

突然发现你已走了很远的一段路,生命的枝头上已挂着几串半熟的果实。这时你就不由想起阳光和雨露,眼前就浮现出一幕幕温馨,鲜活了一个个亲切的面孔。每当这时你总喜欢静静坐了,闭上眼睛,敬请天使让一双美丽得让人窒息的眼睛,和蔼得让人想起乳汁的神情,亲切得牵肠挂肚的语气,逼真在你的时间里,活现在你的空间里,直至涨满了你的心房。然而,他们一个个都遥远得让你无可奈何,你只好将他们收拾好,小心翼翼地存放在你的抽屉里。你费了好大劲,用遍了所有的洗涤剂,也无法洗去你颊上的一朵吻,一朵曾经使你幸福得休克的玫瑰,一朵你稍不留神就开放在你面前的月季,一朵让你在梦中叫不上名字说不清道不明的花草。到头来你发现这朵吻越洗越亮,任凭你用什么高级的洗涤剂和手法,都只能使她越洗越亮。消除她的东西,这世间没有谁能研制出来。

这世界因牵挂而存在,这人因牵挂而活着。

牵挂,是一种美丽。

(选自2003年第3期《西部人》)

裘山山

野马之死

　　现在想来,那是我命中注定要看到的。

　　那天晚上我拿了本书,随手将电视打开,胡乱地换了一阵台,忽然看到一个纪录片,就定下来,一边看书,一边兼顾着电视。我时常这样,如果书好看,电视就成为背景,如果电视好看,那当然就看电视。不过后者的情况不多。

　　那天,我的注意力倒是渐渐从书上转到了电视上。这是个关于喂养野马的纪录片。讲的是西部某个地方,将日渐减少的野马进行人工喂养。老实说,我不太能确定人工喂养这种做法,是不是真的可以将濒临灭亡的动物们繁衍壮大。退一步说,就算繁衍壮大了,它们还是原来的它们吗?

　　从电视画面上,我一点儿也看不出这些野马和普通马的区别,它们的性情似乎并不暴烈,长相也和普通的马差不多。我之所以注意到它们,是因为电视上说,其中一匹母野马临产了。我想,人们所做的一切努力,就是要让母野马多生野马,以达到繁殖的目的吧?

　　我以旁观者的心态看着。

　　我丝毫没想到惨剧会在这之后突然发生。

　　几个男人正围着这匹将要做母亲的野马,指指点点的。大概他们是这个野马繁殖基地的工作人员。不知为何,也不见他们采取点儿什么行动。在我看来,他们至少该把袖子挽起来,烧盆热水什么的。可他们只是站在那儿围观。

　　也许母马不需要人的帮助?我这么想。

裘山山,1958年生,浙江人。主要作品有《一路有树》《高原传说》《五月的树》等。

生活篇　449

母马终于发作了，躺倒在地上，用力挣扎——也不知是哪位摄像师，一直耐心地守候在那儿，将这些情景一一摄下。很快，我看见小马的一条腿伸了出来。一旁守候的人嚷嚷起来。我听不清他们说些什么，也许和人一样，先出腿不是好兆头？

很快，又一只腿伸了出来。我开始感觉不妙，全神贯注地盯着电视。小马的两条腿伸出来之后，母马就再也不动了。是没力气了，还是力所不能及了，即遇到所谓的难产了？她只是侧身躺在地上，无助地睁着双眼，微微喘息，而她的孩子则被卡在下面，悬着双腿，一动不动。

我焦急起来。让我不明白的是，那些一直围在她身边的男人们没有一个为她采取抢救措施的。他们只是走来走去，站起来又蹲下，还抄着双手。他们甚至没去抚摸一下处于痛苦绝望中的母马。其中一个大概是兽医，俯身下去听了听，漠然地告诉大家，小马已死于腹中。几个男人很失望的样子，交头接耳，嘀咕着什么。

可母马并没有死啊！我不明白他们为什么还不赶快抢救母马？为什么不动手帮助母马？他们在干什么？难道他们的目的就是想要一匹小马？或者说他们的目的就是想做一个实验？他们不知道母马的生命危在旦夕，需要帮助吗？

我焦急万分，真恨不能冲进电视里去冲他们喊叫。我想即便是母马注定了要死，他们也不能这样袖手旁观啊，他们至少应该帮母马把孩子取出来，让她看一眼，让小马在母亲的怀里躺一会儿。

可那几个男人仍然在一旁看着，无动于衷。

我恨他们！真的很恨他们！

忽然，惊心动魄的事发生了：那匹生命垂危的母马站了起来！

我惊愕不已。

母马站起来后，夹着她那生了一半的孩子，步履蹒跚地朝她曾经生活过的栅栏走去。栅栏里还圈着许多野马，她走过去，一一与它们告别。或许她知道她快要不行了，或许她是想求救？更或许她是想告诉他们，快逃吧，别再待在这儿！她就那么慢慢地一步一步地从那些同伴面前一一走过，她的下身依然夹着她的孩子，夹着那生了一半就死去的小马。她的同伴们纷纷围上前来，无比哀怜地望着她，眼里含着泪水。小马的两条腿孤零零地坠在寒冷的世间。

片刻之后,母马终于倒下了,重重地,砸起了尘土……

我的泪水汹涌而出。在以后的许多日子里,只要一想到这个画面,我的眼泪就会涌出,以至于我不敢去想。现在,当我终于下决心将她写出来时,泪水一直伴随着我,心痛得难以描述。

我不得不一次又一次地说,我恨他们,恨那几个男人。包括摄像师,他们在这匹野马临死之前全都袖手旁观。也许他们有他们的道理,也许他们知道抢救也无效,但我还是坚持认为他们见死不救是有罪的。我不能原谅他们。

不这样说,我无法将这篇文章写完。

那部片子在最后用十分平静的语气说了野马的死因,它说是由于野马的习性不适宜圈养,长期的圈养令它们失去了跑动跳跃的机会,失去了为生存而抗争的机会,致使它们的身躯不再矫健,甚至过于肥胖。那匹母马正是因为肥胖,才无法将她的孩子生下来。

我想说,即便如此,也是人的罪过。是你们把野马关起来圈养的,是你们改变了它们习惯的生活。过去你们一味地破坏生态,致使它们的数量减少,如今你们又一厢情愿地圈养,不管它们天性如何。

要圈养,你们就应该负责到底啊,就应该想到这些问题啊。就算事先没有想到,当那样的情况出现时,你们也该本着你们的良心为野马做最后的努力啊。

哪怕是徒劳。

我不能原谅你们。

也不能原谅我自己。因为我是人类的一员。

(选自 2002 年 4 月 4 日《文汇报》)

黑　陶

泥焰与个人史

> 黑陶，主要作品有《夜晚灼烫》《泥与焰》《绿昼》等。

阴影灼烫

红焰闪闪的窑场和周边长满农作物的田野都属少年们捉迷藏的范围。在陶器与火焰隐秘的缝隙间跑累了，黑影幢幢的人形就会移到已经结满露水的空旷田野。卧倒，屏住不出声响（让呼吸急促的寻找者经过头顶而不被发现）。齿间、鼻前、耳旁充溢夜晚的嫩叶、花朵和破碎露水。植物几乎迸溅出来的暴力气息将剧烈的心跳深埋，而天空，则是稀疏明亮但却急速倾斜的一条银河——这片黑暗、似乎望不到边的茂密"胡花浪地"（苜蓿地）。寻找者走远了，卧倒的人便从茂密的花叶地里跳起来（裤子的膝盖部位肯定已被研濡的汁液染青），并得意地大喊大叫着跑向窑场内火焰旁的"归家"处。他胜利了。焰滴叮当的窑场，还是少年们用火刑处置老鼠的地方。工厂附近积满杂物的陈年住屋，鼠迹斑斑。身尾肥硕却异常敏捷的这些阴暗嗜爱者，即使在白昼，也会大胆地钻出它们躲藏的神秘居所，一只或两只，穿堂过室，转着贼溜溜的圆亮小眼珠，钻啃床脚，偷吃剩菜，打翻碟子，忘乎所以之余，甚至会露出尖利的细齿，去咬睡觉孩子的鼻子。因此，恶毒的老鼠人人愤恨。对付它们，鼠药基本不用，因为怕吃了药的鼠烂死家中，居民们总是去蠡河边的供销社买来闸鼠的铁丝笼子。笼子呈长方形，其中有小钩与铁丝闸门相连，只要稍微一碰钩子，相连的闸门就会自动关闭（小钩用来挂诱饵，饵一般用一小截油条或半个油豆腐）。将装置好的铁丝笼子放在老鼠可能出没的角落，一夜过后，总会发现有只长着数根细须的家伙在里面惊恐钻营。这种时候，少年们便又迎来了热爱的游戏。一人提了沉甸甸的笼子，沿路呼朋引伴，向窑场奔去。原来在煤堆旁沉闷喝茶的烧窑工人见到有鼠的笼子，顿时也振奋了精神，会兴致勃勃地主动拔去观火眼的塞子，让少年拿笼子凑上去，小心翼翼地扳开闸门，将开口一方对准火眼。笼内的老鼠以为生机来临了，倏地一下冲出笼子，随之，白焰的窑炉内腾起一小团红色的火影，围观的大人孩子便一片欢腾（极少的机会，扳开笼闸时老鼠也会乘隙逃窜，惊恐万分地翻越煤堆，钻入垒成丛林状的陶坯阵中，令追赶不及的观者扼腕痛惜）。火焰是乡镇生活的核心，是擎盖滨太湖这块地域的一张巨大荷叶，几乎家家户户都从这火焰中讨得一份自己的生计。人们从连绵于江浙皖交界处的南山中挖取五色陶土，运回炼泥，再在家庭作坊中制成壶、盆、罐、杯、瓮、坛、水底和泥质假山。上釉或不上釉，在太阳底下将泥坯晒干，进而堆放上一节节的有轨窑车，运进民居近旁饥渴已久的火焰肚腹，经过柔软火舌的死命舔舐，最终成就为金光鉴人的美妙陶器。经年累代的火焰生涯灼烫，有实力的窑户总将家屋造得高大宽敞，以此来换得休憩和睡眠时的清凉。毛氏家族是乡镇上的大姓，犹记得他们的屋前庭院，葡萄满架，绿阴匝地。两只硕大的荷花陶缸排放在庭院里，缸中分别矗立有一人多高的巍然陶质假山。由于岁月久远，假山上苍苔温碧，斜生的微型绿树枝繁叶茂，并点缀有许多同样微型的亭、台、楼、阁和陶石小桥，宛若戏台上的仙界。缸内满水，莲叶田田，有火红的鱼影在莲叶底下或隐或显……而身边的火焰仍如河流，翻滚汹涌于乡镇无穷无尽的窑炉，不舍昼夜和四季。在火焰投布下来的阴影里接受生活，不论少年还是老者，通常都是又黑又红，就像那种透明的、能看见血液在其中周流不息的古老琥珀。

油，或油菜

一个南方农妇的孩子在四月的午夜偶尔醒来时，会听见声音。奇异而芬芳的声音、轰响、浓郁，甚至带有些许的恐怖，充满了微小农舍外的整个世界。从屋顶的玻璃天窗望出去，夜空透明，灿烂的十字花科的群星旋转。那一夜，这个男孩的梦里，波涛般涌溢出奇异而芬芳的激烈金色。这是成熟的四月油菜的花海。漫野遍河,旺流如膏。他呼吸窒息,深溺其中。四月的男孩,遭遇了传说中堆满金子、光焰四射的古老平原。

油,这种浓稠的金黄液体,和装在罐子内的红糖或白糖一样,在童年乡村的日常生活中,是金贵近于奢侈的作料。"春雨贵如油",形容某种东西"贵"的程度,在诸物中选用"油"作为喻体,可以证此。记忆里闪显的故乡人物中多有缺乏油润的清癯面色,就像上世纪七十年代的阳光(因为肚内缺油,那时的人们普遍饭量极大,交流时总会如此自然地听闻某人吃完三斤米饭后又毫无阻碍地嚼下了五斤焖山芋)。在乡村人家的灶台上,厚腻的油瓶和盛糖的罐子总是放置于儿童不易触及的高处,不像粗粗拉拉的盐盆、白花花的,敞开在黑铁锅旁——油和糖,因为金贵,怕被家中的孩子偷吃。然而,真想偷吃的孩子毕竟还是容易获得它们的。偷偷地将糖拌在粥里或和在开水中吃喝,更有嘴馋的,撕一张作业纸包上一勺子糖,在满是菜花的上学路上偷舔。油不便携带。一般是在下午吃点心时(这个时候大人都不在家),搬张凳子取下油瓶,偷浇进中午剩下的冷饭中大吃,这样的油浇饭再就两块萝卜干和几筷冰凉的炒青菜,更是异香扑鼻。关于油,还有一则至今被人当做笑话传谈的真实故事。两个村人有机会被镇上油厂招去打短工,油厂告诉他们,在厂内干活期间,油免费敞开供应,能吃多少就吃多少,但不允许带回家中。两人听后心花怒放,吃饭时,把油当汤一样浇在饭上,结果晚上回去肚子大拉特拉,出来的尽是汪汪的菜油。

我熟悉油菜地这个广阔秘密而又生动丰富的世界,像微微起伏的植物大海,旺盛、青涩、浓厚地射出无数花叶的香气。金粉的花蕊高过孩子头颅。从村庄出发,沉淹在花浪叶波底下的田埂更加细长并且难寻。这座大海的内部,纷披的枝叶缝间,是一望无际的圆柱形粗壮的青色茎秆。茎与茎之间,硬壳的笨重甲虫缓缓爬行,硕大健壮的花斑田鸡神气地跳跃,特有的一种敏捷轻灵的青翅小鸟,则在细枝与细枝间不停飞动,唧唧喳喳地呼朋引伴。油菜地里的响铃草、稗草、缠缠藤等牵连不断,用不着镰刀,随手扯上几把,它们很容易地就能塞满我们的草篮。只要是从油菜花地的田埂上钻出来的,所有人的头上、鼻上、肩上、衣摆上,便都沾满了掸也掸不去的金黄花粉,像祠堂高台上过年时演的旧戏人物。蜜蜂幸福地飞行,则在这座植物大海的外部(整座的大海,都是这种可爱昆虫的蜜源)。蜜蜂的记忆,应该是每一个在南方乡村成长者所不能忘却的。嗡嗡的鸣音,首先是村童最初的无法推避的音乐启蒙。还有捉蜜蜂的经历,等肥胖的身子专心地弯伏在菜花上之后,就小心又迅速地用拇指和食指捏住,塞进早就准备好的深茶色的玻璃空药瓶内——从家中杂乱的抽屉内翻出,再顺手摘一朵菜花放入,盖紧在顶端已钻好一个小孔的塑料盖子。蜜蜂捉住了,看着它在禁闭的空间内爬动、飞翔,小小的心就十分满足。在童年的捉蜜蜂游戏中,被蜇总是免不了的,蜜蜂屁股后面伸缩自如的那根尖刺令人害怕。有汗毛的皮肤被蜜蜂刺中后,我们的办法是,忍痛赶紧从菜地跑到窑场,从露天的釉水缸内抓一把湿釉泥涂在疼痛处,等釉泥在太阳下晒干后剥下,被蜇的皮肤就不痛了——剥下干釉泥时,皮肤内的针刺也就一起被拔了出来。更便捷的办法是在被蜇处贴橡皮伤膏药,一贴一揭即可,但橡皮伤膏药太奢侈,我们一般很难弄到。蜜蜂在花海上空飞舞,像圣洁的为酿制甜蜜而辛勤劳作的乡村天使。对于这群圣洁的天使,我们有时就会犯下不可饶恕的罪孽——残忍地撕断它们软热的身子,为的是吃到屁股后面的一滴小小的蜜……大海般起伏的油菜花地在黄昏时静止下来。旺盛、青涩、浓厚,一望无际的油菜花地呵,在遥远暮春的黄昏,就像是一种熟悉的人生,那么温暖,又如此寂寞。

  油厂散发出的有些闷浊的浓香,几乎覆盖了大半个乡镇。叶互生,多分枝,总状花序,颜色为触目惊心的金黄,多产于长江流域及其以南地区,从油菜到油的过程,就在坐落于乡镇边缘的油厂内得以最后完成。大片大片燥白的水泥晒场,一排又一排高大的红砖仓库,一仓库又一仓库满满堆到屋脊的黑色(间杂褐黄和暗红)的油菜种子——少年时推着板车去用菜子换油时所留下的油厂印象,至今强烈而鲜明。像沙山崩泻一样磅礴疾流的黑色细子,让一个男孩深深地体验到由大地和劳动所诞生的壮美。崩泻,交替着凝固,这些屋顶底下连绵起伏的黑沙之山是短暂的,通过电流机器的滚转,它们最终将转变为河,闪亮金澄、奔涌澎湃的无尽油河——四季晨昏,清贫的乡村得到了自己的滋润。

  童年……青春……生涯,我热爱它们拥有过的热烈背景:一种液体的作物或遍布整个南方乡村国度的铜云花朵。

方　希

轮回之所

> 方希，主要作品有《毒辣端庄》等。

　　对上厕所这一行为的诸多迂回说法，都显示了人们对它的复杂态度，它是不可或缺的，同时也难以启齿。有一个著名的哲学家，以哲学家般的要么创造世界、要么毁灭世界的狂热爱上了一位女性，可是有一天他发现了一件可怕的事情，几欲疯狂，原来他的爱人要上厕所，而且，天哪，太难以置信了，她居然会拉屎！

　　一般人不至于这样极端，但是人沉浸在美好情感当中的时候，是比较回避排泄之类的事情，它甚至都不像做爱这样容易提及，因为性欲有时候也能跟爱扯上关系，至少也会跟观念什么的有些勾结，再不济也是一场小规模团队活动，而排泄实在是一件彻头彻尾的私事。我的一个朋友就委婉地告诉过我，他无法设想林黛玉会哗哗剥剥地拉肚子——要知道他之所以年届高龄还守身如玉，完全因为他要找一个黛玉这样的顶级女人。他还告诉我，一部法国小说中主人公的表述更称他的心意，那位青春期的艺术家说，"上厕所？我甚至都不能忍受她眼球的转动！"

　　厕所越简陋，其私密性就越差，于是保护私密的重任就落到入厕者自己头上。小时候，每天上学总要经过一片菜地，菜地里有三四个由玉米秆和油毛毡凑起来的简易茅房。这样的茅房不分男女，一般只有一个蹲位。里面的人显示自我存在的方式只有一种，就是听到脚步渐近的时候，大声咳嗽。我喜欢这种人暗我明的游戏，经常在茅房前走来走去,引得里面的人一边提心吊胆地解决问题,一边扯着嗓子咳嗽,喉咙都要咳破了。有一次我遇到了一个高手,他带了一张报纸去念,我再没能干扰他,但是他干扰了别的茅房,别人担心他念报的声音太大,听不到脚步声,齐声要求他闭嘴。

就算条件简陋,也还有另一种让人大开眼界的思路。据说在某边远地区,那里的厕所没门,所有的人脑袋冲里,屁股朝外如厕,原因很简单,无论男女,屁股都长得差不多,不像脸那么有个性,由它出面展示存在是最好不过的了,正像那句话说的,让真正的主角担当主角。我曾经向一些从那里来的朋友求证过,他们要么就说不知道,要么就愤怒地要拔拳相向,他们不知道我发自内心地钦佩这种创意,绝无轻慢之意。

中国人把厕所称为五谷轮回之所,喜欢自然而然地解决排泄问题,没有在这上面太讲究。清代李渔的《闲情偶记》放到今天就是畅销书《格调》的本土版,把精致生活的条条款款都细细列了一遍,唯独说到厕所乏善可陈,只是抱怨常常一泡尿把灵感给放跑了。他所想到的好主意就是在书房的墙上凿一个洞,然后用一只小竹管把尿接引到屋子外面,这样就可以"遗在内而流于外,秽气罔闻"。根据来自北京胡同的生活经验,经常有人尿尿的墙脚会有白色的尿碱,刮下来煮肉,肉特别烂特别香。不过这跟格调好像没什么关系了。

古代厕所也有豪华的,晋代石崇家里的厕所就很著名。里面设施豪华,浓香扑鼻不说,另有十来个光彩照人的婢女在一旁服侍,还准备了新衣,事毕之后,客人可以换衣而出。就算是上等人家的闺房,也未必有这样的排场。不过这样的厕所,主要还是用于炫耀,已经跟解决内急没有太大关系了。厕所落成之后,石崇自己用不用不知道,据记载极少有客人光顾。我想其中最主要的原因,还是美女环伺,假服务之名破坏了大小便的私密性,让人觉得被监视,不自在。一个人再风流倜傥,有些形象还是很不足观的,但是恰恰是这些不足观之的事情处理得隐秘舒畅,才能更加人模狗样。石崇的厕所,看似奢华之至,实则违背了基本的情理,太猖狂,不体谅,更谈不上品位。一个暴发户所能做到的蠢事,也不过如此了。

相比之下袁世凯就要体贴得多了,据说他曾经送过老佛爷一个精致的恭桶,上面描金画凤的精细就不必说了,内里细细地铺上了一层黄沙，其上铺有一层水银，于是出而无味，没而无声，出色地解决了两个老大难问题。这样的礼物不在贵重，亦不在稀罕，只在熨帖二字，没有怀春少女的心思、高级奴才的周全和风险投资家的胆色，就出不了这样化腐朽为神奇的好牌。

　　林语堂曾经说，从四肢触地到直立行走，这一进化环节把原本的后部变成了后来的中心。但是人对中心地位的认识经历了漫长的时间。我个人觉得，一个明亮的带马桶的卫生间确实是一种对中心地位的最高承认。轻轻合上门，合页上过油，无声无息；推上锁，光滑的金属手柄握感极好，没有一点滞涩。优雅的马桶如百合绽放，圆润的曲线，温柔地迎合你的肌肤，微凉的坐圈，和你的体温逐渐中和；最初清凉的刺激，在完全放松前让肌肤毛孔小小集合。长舒一口气，调整好坐姿，做出放下一切的准备，然后就可以把自己彻底交给马桶，把龙头滴落的水声当成背景音乐，做各种形而上的思考或联想。据说李宗盛的"让我欢喜让我忧"的歌词就是在马桶上写就的。"爱到尽头，覆水难收"，在无奈的、酸楚的、执拗又颠倒的深情背后，也可以设想当时情境的配合。

　　一个独立的厕所充分保证了入厕者的尊严，没有私人办公室的职员和没有私人空间的家庭主妇都可以在这里模拟唯我独尊的感受。有一个古代笑话说，张生很胆小，有一天强盗打劫，他赶紧去插上大门，结果被强盗砸烂了闯进来，他又避进里屋。强盗继续持刀而往，张生只好跳后窗出去，躲进后院的茅房。强盗直奔茅房而来，张生咳嗽两声，低声说，"有人。"

　　像张生这样看重入厕者尊严的人让人敬重。厕所在本质上排斥恶意监督，讲求先来后到，独立完成，在一定程度上实现了众生平等，是一个简单的理想国，一个狭小的乌托邦，一处文明的示范场，一个唾手可得的微型天堂。

唐继东

清秋落叶

生命里，也不仅是关于感恩的记忆。

一九九四年，父亲刚患了癌症，昂贵的医疗费对我清贫的家来说，真是不堪重荷。为了延续父亲的生命，二十四岁的我，只好四处奔波告借。

身边的同事，基本都成了大小不等的债主。直到有一天，我听到几个同事的议论。一个声音说：小唐又和我借钱了，怎么办？另一个声音说：不能再借她啦，她爸那病，是个无底洞，治不起还偏要治，她拿啥来还呢？前一个声音说：那你帮我想想，怎么和她说……

我默默地转身离开。

眼里无泪。心底有痛。

我对同事们充满了歉疚。

我知道父亲的病是什么性质，许多人和我说过，治也无用。可是，就这样眼睁睁地看着他被病痛折磨而不去医治，对我来说，怎么可能！再难再苦，也要往前走，直到我再也走不动，那也就罢了。

可是，我的贫苦却给同事带来了这样的苦恼，是我所不愿看到的。我理解她们，她们都有自己的家庭，有自己的父母需要照料，她们没有责任，和不过是同事的我，分担家庭的负担。

我坠入无助。

忽然想到了在县城时的一位朋友。

我在县城工作时，经常主持一些大型的活动，在一次活动上与他结识。他在政府的一个部门做

唐继东，1970年生，吉林人。主要作品有《翅膀的痕迹》《为爱留白》《生命里的爱》等。

副职领导,他说很欣赏我的才华,愿意和我多交往,也愿意帮助我。当时,父亲有时去县城看病,他曾经专门找了车往来接送,并帮我联系医院,找好的医生,是我一直心存感激的人之一。

也许,可以找他求助。

我专程回到县城,打通了他的电话,和他商量能否借些钱给我。

他说:没问题的。你晚上到我办公室来吧。

我放下电话,却有些犹豫。

那时的我,那样的年轻和单纯,虽然眼睛里因为家境的艰难而带了重重的忧伤,但却仍是一眼可见到底的清澈。

我不知是由于这种清澈,还是由于我的清贫无助,经常会遇到一些表示愿意帮助我的男人,会在提供帮助的同时,希望得到另一种回报。

那便会使这种帮助变成了一种交易。

一种在我眼里那样肮脏的交易。

可是他们也许忘了,有些人虽弱小,却有强大的人格。这种人格,不会因为清贫而示弱,反而会因为自尊更强大。

每当这样的时候,我便会拒绝了那所谓的帮助。我没有力量争吵,没有力量理论,我却可以选择拒绝和逃避。我拒绝了帮助,也就失去了交易的前提。

这样的经历有过几次,就使我变得极其敏感起来。我不允许自己在这件事上有任何判断上的失误。

这位朋友约我晚上到办公室,而不是白天,这不禁又挑起了我敏感的神经。

晚上,我叫上几位女同学,一起去了他的办公室。

明显看出他的惊讶和尴尬,这更印证了我的疑心。我庆幸自己的判断。

他还是借了三千元钱给我。在接过钱的刹那,我有一丝的犹豫,但想到正等着钱治病的父亲,我还是接受了这个帮助,心里暗暗想,攒几个月的工资,希望早点把这笔钱还上。

我刚回到长春的第二天晚上,正在家里,接到他的电话。声音是那样的暧昧:你在家里啊,一个人?多孤单,多可怜啊,我去陪陪你吧。

我执着话筒的手有些发抖。我语无伦次地说：我没在家啊，我在外边和同学……和同学在吃饭……

我只想着怎样把他敷衍过去，情急之间，竟忘了他打通的是家里的电话。

他冷冷地笑了，说：你不欢迎我就明说，干吗撒谎！而且，这个谎也撒得太笨了些！

我头上、手心都是汗了。

但却冷静地说：确实，我不希望你来。正因为我一个人在家，更不希望你来，希望你能理解。

他停顿了一下，然后用一种近似冷酷的声音说：既然不欢迎我，三天之内，把那笔钱还我吧，我等着急用。

我说：好的。一定。

放下电话，我两手抱住双膝，把嘴唇咬得出了血，沉默了好久之后，忽然对着空空的房间，爆发出了嘶哑的哭叫声。

三天之后，我还上了那笔钱。

十几年后，竟然偶然见到他。他比我大二十岁。他已老了。听说他这些年很不顺，家里一个当权的亲属被判了刑，他也受了牵连，被免职。他的妻子可能由于家庭的变故，得了脑血栓。我见到他时，他正陪着病中的妻子在医院看病。

见到我，他愣了愣，然后过来打招呼，身体弯了又弯，那样的谦恭。

我的血涌到脸上。

心里想起的却是他当年陪着我一起给父亲看病时的情景。

那时的他，多么亲切！让我感受到那样的温暖！我真希望那时，他不是在掩饰着一些阴暗的东西，而真是出于对一个朋友的欣赏和关爱。

即使不是，我也愿意这样想象。因为这种想象，可以让人心里，少些怨恨，多谢感恩。

感恩的心，是阳光的，温暖的，多好！

我问他：联系医生了吗？要不要我帮你联系？

他连说不用，急急地告辞，搀扶着妻子，走了。

我走出医院大门,心里像打翻了五味瓶,多味杂陈。

原来岁月,有如此大的力量。

如果感恩的回忆,更能让人感知世界的美好,何不让那些阴暗的记忆,随风而去。

正是清秋时节,一片片枯萎的落叶,随风飘零。

(选自《长春日报》)

郑小琼

铁

　　我对铁的认识是从乡村医院开始的。乡村是脆弱的，柔软的，像泥土一样，铁常常以它的坚硬与冷冰切割着乡村，乡村便会疼痛。疾病像尖锐的铁插进了乡村脆弱的躯体，我不止一次目睹乡村在疾病中无声啜泣。每当我经过乡村医院门口时，那扇黝黑的铁门让我心里凉凉的，它沉闷而怪异，沉淀着一种悬浮物，像疾病中的躯体。有风的时候，你便会感觉一个脆弱的乡村在医院的铁门外哭泣。疾病像幽魂一样在乡村的路上、田野、庄稼地里行走，撞着一个人，那个人家里通亮的灯火便逐渐暗淡下去，他们挣扎、熄灭在铁一般的疾病中，如铁一样坚硬的疾病割断了他们的喉咙，他们的生活便沉入了一片无声的疼痛之中。我在乡村医院工作了半年后，无法忍受这种无可奈何的沉闷，便来到了南方。

　　在南方，进了一家五金厂，每天接触的是铁，铁机台、铁零件、铁钻头、铁制品、铁架。在这里，我看到一块块坚硬的铁在力的作用下变形扭曲，它们被切割，分叉，钻孔，卷边，磨刺头，变成了人们所需要的形状、大小、厚薄的制品。我在五金厂的第一个工种是车床，把一根根圆滑闪亮的铁截成一小段一小段的丝攻粗坯。一根大约十二米长的钢条放进自动车床，车床的钢铁夹头夹住钢条的左右、上下、前后，在数字程序控制下，车床进退移动，钢条被锋利的车刀切断，又被剥出一圈圈细而薄的铁屑。铁屑薄如纸样，闪烁着迷人的光泽，在

郑小琼，1980年生。主要作品有《独吟浅唱》《暗夜》《人行天桥》等。

冷却油的滴漏下,掉下去,丝丝连接着的铁屑断了,变成细碎的铁屑,沉入塑料盆里。

一直以来,我对钢铁的切割声十分敏感,那种嘶嘶的声音让我充满恐惧,它来源我自小对钢铁的坚硬的信任。在氧电弧切割声里,看着闪着的火花和被切割的铁,我才知道强大的铁原来也这样脆弱。面对氧电弧的切割,我感觉那些钢铁的声音像从我的骨头里发出来,笨重的切割机似乎是在一点点一块块地切割着我的肉体、灵魂,那声音有着尖锐的疼痛,像四散的火花般刺入眼目。相当长的一段时间里,我顽固地认为那些嘈杂而零乱的声音是铁在断裂时的反抗与呐喊。但是在五金厂,在那些凝重的冷却油的湿润下,铁是那样悄无声息地断裂了,分割了,被磨成了尖锥形,没有一点声音。十二米长的圆钢被截成了四五厘米长的丝攻坯,整齐地摆在盒子中。整个过程中,我再也听不到铁被切割、磨损时发出的尖锐的叫喊,看不到四处纷飞的火花。有一次,我的手指不小心让车刀碰了一下,半个指甲便在悄无声息中失去了。疼,只有尖锐的疼,沿着手指头上升,直刺入肉体、骨头。血,顺着冷却油流下来。我被工友们送到了医院。在那个镇医院,我才发现,在这个小镇的医院里原来停着这么多伤病的人,大部分都像我一样,是来自外地的打工者,他们有的伤了半截手指,有的是整个的手,有的是腿和头部。他们绷着白色的纱布,纱布上浸着血迹。

我躺在充满消毒水味道的病床上。六人的病室里,我的左边是一个头部受伤的,在塑胶厂上班;右边一个是在模具厂上班,断了三根手指。他们的家人正围在病床前,一脸焦急。右边的那个呻吟着,看来,很疼,他的左手三个指头全断了。医生走了过来,吊水,挂针,然后吩咐吃药,面无表情地做完这一切,又出去了。我看着被血浸红又变成淡黄色的纱布,突然想起我天天接触的铁,纱布上正是一片铁锈似的褐黄色。他的疼痛对于他的家庭来说,如此的尖锐而辛酸,像那些在电焊氧切割机下面的铁一样。那些疼痛剧烈、嘈杂,直入骨头与灵魂,他们将在这种疼痛的笼罩中生活。这个人来自河南信阳的农村,我不知道断了三根手指,回到河南乡下,他这一辈子将怎么生活?他还躺在床上呻吟着,他的呻吟让我想起了我四川老家乡村的修理铺里电焊氧切割的声音,那些粗糙的声音弥漫在宁静而开阔的乡村上空,像巫气一样浮荡在人们的头上。在这座镇医院,在这个工业时代的南方小镇,这样的伤又是何其的微不足道。我把头伸出窗外,窗外是宽阔的道路,拥挤的车辆行人,琳琅满目的广告牌,铁门紧闭的工厂,一片歌舞升平,没有人也不会有人会在意有一个甚至一群人的手指让机器吞噬掉。他们疼痛的呻吟没有谁听,也不会有谁去听,他们像我控制的那台自动车床夹住的铁一样,被强大的外力切割,分块,打磨,一切都在无声中。

伤口在我的手指上结痂,指甲盖再也没有原来那样光滑与明亮,与其他九个相比,虬起而斑驳,过程就像一次生硬的焊接。平静的时候,我看着这个在伤痛之上长出来的指甲盖,犹如深渊生长出来的一个异物,如此突兀地耸立在内心深处。我知道,它是那些尖锐的疼痛积聚起来的,在斑驳凹凸的纹路上,还停留着疼痛消失之后的余悸。疼痛在我的感觉上彻底消失了,但是那感觉潜伏在我内心的深处,不会消失,也不会逝去。在无人安慰的静夜,我目睹着我曾经受过伤的手指,慢慢思考着与它有关的细节,仿佛听到乡村那个修理铺师傅的电焊声在我的耳畔响起,"嘶——嘶——"那钢铁的断裂声逶迤而来。我听到的只是声音的一部分,更多的声音已经埋藏在肉体之中,埋藏在结痂的疼痛里,甚至更深处。在那里,已经消失了的,以思想的反光昭示着它们的存在,在我的手指与我的诗歌上凝聚,变得更加坚硬。

我是来南方后写下第一首诗歌的,准确地说,是在那次手指甲受伤的时候开始写诗。因为受伤,我无法工作,只有休息。而手指的伤势还不足以让我像邻床的病友一样在呻吟中度日。窝在医院里,我逐渐变得安静起来,手上裹着的纱布也在两天后习惯了。我开始思考,因为从来没有过这样节奏缓慢的日子,这样宽裕而无所事事的时间。我坐在床头不断假设着自己,如果我像邻床的那位病友一样断了数根手指以后会怎么样?下次我受伤的不仅仅是指甲盖我会怎么样?这种假设性的思考让我充满了恐惧,这种恐惧来源于我们根本不能把握住自己的命运,太多的偶然性会把我们曾经有过的想法与念头撕碎。我不断地追问自己,不断聆听着内心,然后把这一切在纸上叙述下来。在叙述中我的内心有一种微微的颤动,我体内原来有着的某种力量因为指甲受伤的疼痛在渐渐地苏醒过来。它们像一辆在我身体里停靠了很久的火车一样,在疼痛与思考筑成的轨道上开始奔跑了,它拖着它钢铁的身体,不断地移动。

我一直想让自己的诗歌充满着一种铁的味道，它是尖锐的，坚硬的。两年后，我从五金厂的机台调到五金厂的仓库，每天守着这些铁块，细圆钢，铁片，铁屑，各种形状的铁的加工品，周身四方都摆着堆着铁。在我的意识中，铁的气味是散漫的，坚硬的，有着重坠感。我感觉仓库的空气因为铁而增加了不少重量。两年的车间生活，我开过车床、牙床，做过钻孔工，我对铁渐渐有了另一种意识，铁也是柔软的、脆弱的，可以在上面打孔，画槽，刻字，弯曲，卷折——它像泥土一样柔软，它是孤独的，沉默的。我常常长时间注视着一块铁在炉火中的变化，把一大堆待处理的铁块放进热处理器里，那些原本光亮苍白的铁渐渐变红，原本冷彻的亮度变得透明而灼热。我这样注视着，那些灼热变成了红色，透明的红，像眼泪一样透明，看得人直流泪，那些泪滴落在灼热的铁上，很快消失了。直到现在我还顽固地认为，我的那滴眼泪不是高温的炉火蒸化的，而是滴入了灼热的铁中，成为铁的一部分。眼泪是世界上最为坚硬的物质，它有着一种柔软而无坚不摧的力量。炉火越来越红，那股烧灼的铁味越来越浓，铁像一根燃烧的柴，只剩下一道红色的发光体，它们像一朵朵花在炉火中盛开着。在我视野里，它渐渐消失了固体的形体，变成了液体的火，气态的光，有着空阔与虚无，这空阔与虚无吞噬了呈现在我面前的铁，它们不断地闪耀，又不断地穿越征服着另外一些尚未发光的铁。

但是在铁质的火焰中，我觉得我周围的工友们的表情总是那样模糊，一种说不出的力量将我们本来清晰的面孔扭曲了……我们的脸上，呈现的不过是一些碎片的光，只在短暂的时刻被它照亮，更多的剩下灰烬，苍老，迷茫，像堆在露天废物场的铁屑碎料一样，被扔下了。

生活让我渐渐地变得敏感而脆弱，我内心像一块被炉火烧得柔软的铁。而我周身的事物却在一瞬间，都长满了刺，这些刺不断地刺激着我那颗敏感而脆弱的心，让那颗心不停地疼痛。我看到了一个个的工友们，他们来了，走了，最后不知所踪，隐匿于人海之中。他们给我留下的只是一张张不同的表情，热情的，冷漠的，无奈的，愤怒的，焦急的，压抑的，麻木的，沉思的，轻松的，困惑的；这些表情来自于湖南、湖北、四川、重庆、安徽、贵州，最后不知去了哪里。他们曾与我有过的交谈、碰面、记忆，这一切都像是铁在外力切割时留下的细碎的火花，很快便归于熄灭。曾经相遇时有过的那种淡而持续的感受渐渐远去，像远过的火车一样，无法再清晰地记起，只有一声声模糊如同汽笛一样的东西不断在脑海中重现。他们来了，走了，对于同样在奔波中的我来说，他们什么也没有带走，什么也没有留下，我的内心在这样一次次相识、相谈、相交中有过的眺望、波动和想象也像一块块即将生锈的铁一样，搁置在露天的旷野。时间正从窄窄的、弯弯曲曲的钟表声响中涌上来，像锈渍一样一点点、一片片地布满了这块铁，最后遮住、覆盖了这一切，剩下一片模糊的红褐色的铁锈，日渐变深，看不见了。

　　血在手指甲盖上结痂，像生锈的铁一样，一股血的气味在我的口腔里弥漫。我在乡村医院工作时，每天都接触病人、伤口和血，那时我从来没有把血与铁锈联系在一起。在五金厂，我不断地感受到铁锈就像血一样的味道，潮热，微甜，咸。我坐在病床上，看着结痂的指甲盖，有如铁皮厂房那根外露的钢筋，让雨水侵蚀出一种斑痕。打工生活原本是一场酸雨，不断地侵袭着我们的肉体、灵魂、理想、梦幻，但是却侵蚀不了一颗液体的心，它有着比钢铁更为强大的力量。我从热处理器里取出那些灼热的铁放进冷却剂里面，一阵淬火的气味直冲过来，从鼻孔深入肺叶，顽固而矜持。我一直把淬火的铁看做受伤的铁，它淬烈的疼痛在冷却液中结痂，那股弥漫着的气味就是铁的血，黏稠而腥热。

　　我的一个朋友曾在诗句中写道，南方的打工生活本是一个巨大的熔炉。两年后，当我在写打工生活的时候，写得最多的还是铁。我渐渐没有了刚来南方时那种兴奋与眺望，但也没有别人那种失望与沮丧，我只剩下平静。我不断地试图用文字把对打工生活的真实感受写出来，它的尖锐总是那样的明亮，像烧灼着的铁一样，烧烤着肉体与灵魂。我知道打工生活的真实不仅仅只是像我这样在底处的农民工，同样还有一些在高处的管理层，但是我无法逃脱我置身的现实，这种具体语境确定了我的文字是单一向度的疼痛。

　　在这样巨大的炉火间，不断会有一种尖锐的疼痛从内心涌起、蠕动，它不断在肉体与灵魂间痉挛，像兽一样奔跑，与打工生活中种种不如意混合着，聚积着。疼痛是巨大的，让人难以摆脱，像一根横亘在喉间的铁。它开始占据着曾经让理想与崇高事物占据的位置，使我内心曾经眺望的那个远方渐渐留下空缺。我站在不知所措的沼泽边沿，光阴像机台上的铁屑一样坠落，剩下一片黑暗在内心深处摇晃。我不知道在打工的炉火中，我是一块失败之铁还是有着铁的外貌却实际上成为硫一样的焦体。我看到自己青春将逝，活在不断从一个工业区到另一个工业区之间的奔波，不知下一站在哪里。时间开始在我的额头开挖着一条条沟壑，它们现在一小段一小段，但是渐渐便会成为整齐的排列，不需多久，它们会在我的肉体开掘一条巨大的河道。日子在我的心中是发黑的陈旧的颜色，和远处工业区的厂房相似，灰暗，阴湿，带着忧伤的味道；它不断地讲述着站在楼角生锈的铁，失败的铁，微弱的声音在我内心中颤抖。

　　疼痛像一块十马力的铁冲撞着打工者的命运，受伤结痂的手指沉淀出一种巨大的能量，它不断让我重新思考自己的命运。一块铁在这个周遭喧嚣的南方工业都市里，它的嚎叫不再像在乡村的嚎叫那样触目惊心，它的叫声让世间的繁华吞没，剩下的是叹息，与钢铁一样平静。伤口不断淤血肿胀，无声息的病痛不断折磨着我轻若白纸的思想。我试图在现实中学会宽容，对世俗从另外的角度观察与思考，我不止一次转换一个底层打工者小人物的视角，但无论如何，我都无法抹去内心那种固有的伤痛。我远离车间了，远离手指随时让机器吞掉的危险，危险的阴影却经常在睡梦中来临，我不止十次梦见我左手的食指让机器吞掉了。每当从梦中醒来，我便会打开窗户，看夜幕下的星空、树木，一层铁灰的颜色遍布在我的周围。铁终究是铁，它坚硬，锋利，有着夜晚一样的外壳，而我的肉体与灵魂原来是如此脆弱。是的，我无法在我的诗歌中宽容它带给我内心的压抑与恐慌。拇指盖的伤痕像一块铁扎根在我内心深处，它有着强大的穿透力，扩散、充满了我的血液与全身。它在嚎叫，让我在漫长的光阴里感受到一种内心的重力，让我负重前行。

塞 壬

转 身

从那以后，再也没有人跟我提起过ICr18、Ni9Ti、3Gr2W8V、H13、D2、Gcr15、W9……它们是特种钢的代号，这些埋藏在钢铁料场深处的精灵，这些曾跟我鼻息相闻、有着隐秘默契的金属元素。我了解它们，跳荡韧性的镍、重的铬、脆的锰、硬的钨、蓝色光标的钒、绿色的钼……它们彻底地被后来的另一种生活抹掉了。一九九八年，我离开了那个露天的钢铁料场，放下了跟随我三年的激光分选仪——它被磨得掉了漆，锃亮锃亮的，有着浑然天成的质感，它像步枪一样优雅。怀念或者追忆，是一个人开始衰老的表征，喋喋不休、固执、多梦、易怒，就像我现在这样。我从来没有像现在这样深深地怀念那段生活。我时常试图触摸我的一九九八，但总是忍不住要发抖，一种既明亮又隐秘、既悲愤又忧伤的情绪，一下子攫住我，原本就要抓住的感觉一下子就滑脱了去，而后的内心就空荡荡的。那国有企业固有的意识形态、那庞大的生产链及有形和无形的机器，全部的声音是一个声音，全部的形态是一个形态，它们变成了一种回响，在我头顶隆隆而过——不，它们是从我身上碾过。一些词只与时代有关，下岗、分流、买断，当那个时代过去，它们也就死了，我在一个下午脱下了蓝色的工装及红色的安全帽，空着手，一个人走出钢铁厂的铁门，它"砰"地关上了，它把一个人的命运就此切断。那个遥远的下午如此简单。

它像一个宝藏那样被我抖抖索索地打开，激

塞壬，70年代生人。主要作品有《下落不明的生活》《转身》《声嚣》等。

动,回溯到过去的青春岁月,一个热烈时代的尾声:钢铁,集体,国家,劳动的荣光……我亢奋起来。了不起的工人阶级,铁饭碗,城市户口,看病不要钱……绝对骄傲。一九九四年,二十岁,我进入了这家有着五万职工的大型钢铁公司。二十岁,脸上长着淡淡的桃子毛,满眼盛着笑,给天空仰起一张鲜艳的脸,胸腔能飞出翅膀。这公司是抽象的,抽象到我无法准确地描摹它。它似乎可以与外面的世界隔绝,架构完全跟市级的一样。它有自己的学校、医院、银行、超市、电影院、报纸、电视、通信……它甚至还有自己的文学、艺术、体育。啊,这些与钢铁无关的东西!这样的一艘巨轮,当它行驶到一九九八年的时候,就像是一个垂垂老矣的人,承载了过多的负累,它疲惫、破败,甚至千疮百孔。运送钢料的火车从窗外隆隆地开过,它发出嘶哑的鸣叫,巨大的喘息,笨重而迟缓。亏损,已不再是一个敏感的词。然而根深蒂固的钢铁帝国情绪致使鲜有人愿意离开它,这观念几乎是致密地覆盖式的,甚至大学毕业的年轻人还拼命地往里面挤,他们依然相信这艘巨轮是命运的避风港。我这样说,并不是忽略了一种真正的情感——热爱。这是不能忽略的,不论在后来离开或者留下的人们,我依然相信有太多的人是出于这样的一种热爱,对劳动的热爱,对钢铁的热爱,对自身技术的热爱,对国有企业的庄严气质的捍卫和膜拜,对钢铁公司百年来一种文化惯性的深深认同!

我转身了。

这是我最后一次跟车间主任的对话。这个自以为在这个大事件中可以支配一个人命运的中年男人,他愚蠢的得意被我冰冷地撕成碎片。他的笑容僵住了。我深深地了解,跟这样的人没有对话的基础。那个遥远的下午,它所发生的一切是那样突然。我原本是有准备的,但这瞬间的决定还是让我惊讶——也许没有比这更加合情合理的了。

从车间回班组,经过磅房、钳工班、材料室,再横过铁路,我看见着蓝色厂装的工人三三两两地走过,钳工班的老师傅从钢铁料场干活归来,跟我打招呼,我向他挤了一个微笑。啊,所有这一切,将不再跟我有关系,我将是一个陌生人。班组里,班长、师傅带着几个师兄妹去了料场看钢。我换上绝缘靴,戴上安全帽和棉线手套,再围上白色毛巾,无意识地,这一次做着这些,我的每一个动作显得那样深沉,我小心地压好帽檐,扎实脖上的毛巾,尽量不透露出关于告别的任何信息,弯腰下去系鞋带,眼泪竟涌了出来。从工具柜里拿出我的激光分选仪,枪身锃亮锃亮的,我用手指慢慢地摸过枪身,一片冰凉,泪水就滴落在那上面。擦好铜电极,绕好线,把它扛在肩上。

很快就到了露天钢铁料场,钢料在料仓堆成小山,料仓绵延几百米。一股浓浓的铁腥味迎面扑来,我一阵兴奋,张开肺叶,做了一个深呼吸。料场依然是一派劳作的欢腾。多少年过去了,我再也没有这样的经历,在南方的写字楼里,我再也无法体会到关于汗液和力量的劳作,关于机械、设备、技术、力量、人的体能之间的较量的劳作。马达声声,火车隆隆,天车在装料。料仓里,烧切工人在用乙炔氧焊切割钢料。电工、钳工在维修设备。分选工,也就是我们,深入料场腹地,用手中的枪,把一块块不锈钢、滚珠钢、模具钢等一一分选出来,分类,做上标志。这样避免它们混进普钢,被倒进炼钢炉,造成浪费。要知道,它们都是特种钢,是钢铁中的贵族。我们分厂的职责就是为公司四大炼钢分厂提供钢铁料,我们分选、切割好的钢料直接进入炼钢炉。

面对料场,我总会有一种难以抑制的情感,这样的情感让我战栗。料场是父性的,不仅是因为,我们要靠它吃饭。这就像农民面对他的土地,充满敬畏的感恩。它展现给我苍茫和遒劲的走向,像父性的背脊,裸露雄性的犁沟,有力的线条,绵延起伏。放下肩上的激光分选仪,深入它的腹地,我完成一次又一次内心的攀爬。我如此了解这一切,如此情愿永远深陷于它的腹地,它让一个女子温柔,让她皈依内心的宁静。多年后,我对以文字谋生的方式依然缺乏安全感。"技术,掌握一门技术,你的一生就有了保障。"师傅就是这样告诫我们这些当徒弟的。小师妹跟着我,她提着电源和黄色的小漆桶,一言不发地跟着我。我弯下身去看钢,随后,连珠炮般的,用我短促而有力的声音喊出:G20、H13、ICr18、Ni9Ti、Cr12、CrMo……小师妹快速地用毛笔蘸漆一一做好标志。不抬头地,我一口气看了一大片,像是跟谁赌气似的,我又不停地向上攀,向上攀,可怜的小师妹趔趔趄趄地跟着,她不爱说话,总像一个影子一样黏着我。我知道,她是极依恋我的。上到了一个小山顶,找了块大钢料,坐上去。风从江面上吹过来,汗湿的衣服被风吹得贴到后背,凉津津的。我看见,对面料仓的几个师兄,他们也上到了一个小山顶,坐在那里吹风呢,他们挥舞着白毛巾跟我打招呼。放眼料场,一切尽收眼底,如果是过去，我也会挥舞毛巾跟他们相呼应，然后享受征服的快意。但是现在，我把枪撂在旁边，我要慢慢地跟我的料场告别。这么多年过去了，我无数次地想起过这次的告别。现在我写到了这次告别，人是如何把告别写出的？人们通常是怎么告别的？人是无法写出告别的。

"菊。"我喊小师妹，同时我拿起枪，把它交到她手上。

"这把枪就给你了，你要拿好，你现在完全可以单独看钢。"她眼里满是慌乱，她知道我作出了一个什么样的决定。突然地，她失声痛哭起来："师姐，你不能走啊，你走了，谁也不会要我，我会被组合掉的……"

我心里涌起一阵阵悲伤。十九岁的菊，瘦弱的肩膀，薄薄的身体，父亲因工伤躺在家里多年，母亲在外摆摊卖水果，听说还很不本分。有两个弟弟在念书。小小年纪，她就扛着家里的负担。分选钢铁的工作要两个人完成，一个人拿枪看，一个人做标记，显然看钢的人才是主角，它包含着这项工作的所有技术含量。通常是两个人轮流换着看。跟菊一批的新徒弟中，菊并不差，但她深深的自卑感以及过于内向的性格使她跟班组的人有距离。我不否认，即使是普通工人也都会有很重的势利心态。一个弱者，是不太可能有人缘和得到关注的。

我为她擦去眼泪，跟她说："从现在开始，你要学会自救，你的技术是没问题的，下岗前，有一次技术比武，你要把握机会。"

"把头抬起来。"我跟她说，"你父亲是工伤，家里困难，厂里有规定，像你这样的，可以得到特殊照顾，你要利用好这个条件，相关资料，我会替你写好的。"

她泣不成声，我不知道为什么会跟她说这些无用的话。我能为她做什么呢？菊的命运，只能听天由命。多年后，我在南方的城市，看到成千上万的这样的弱者，他们薄薄的身体，清澈如水的表情，薄薄的，一览无余的命运。他们沉默，沉默汇集成巨大的暗流，这样的暗流让跟它对视的人心里不安。多年后，我在南方认识了诗人郑小琼，她说，面对这样的弱者，我觉得我耻辱地活着。

我谢绝了菊请我吃饭的要求，我不能矫情地、再一次地在她面前流露出我对她命运的牵挂。那没有用。

班组十五个人，下岗指标是五个。原则上，技术好，人年轻，工作态度踏实的不会有问题。但是，我是谁呢？身分上，我跟班组的其他人还有些不一样。他们的标签是：全民所有制合同工。我的标签是：集体所有制合同工。在班组，我和菊都是弱者，这个标签让我跟菊一样，备受歧视。我至今不明白怎么会有这两种性质的区别，我依稀地知道，全民工是由国家发工资，集体工由分厂发工资。下岗，首先要下的就是我这样的集体所有制的工人。我通过自学成功地拿到了专升本，有本科文凭，理论上，公司是特保的。但是我没有丝毫的安全感，我和菊一样，有过硬的技术、有特保的条件，这些都不能让我们看到希望，因为我们是弱者，只能等待被挤对。等待，只能是一场噩梦。我曾参与公司宣传部报社招聘记者的考试，成绩是全公司第二名，由于我的集体所有制合同工这一性质，我失去了进报社的机会。从那以后，我学会了沉默，一个弱者面对命运的沉默。多年后，流浪于南方，我像一个容器，吞咽生活所有的悲哀在于，为企业造就了一大批技术不精、不思进取成天混工、思想守旧的中青壮年。我听见她们时常嘀咕：都自学拿到本科文凭了，还在这里跟我们抢什么饭碗，真是的……这是在说我，我马上扭过头去。我从来没有过牺牲自己，把名额留给别人，自己去成就一个英雄的念头。我远远没有那么伟大。我应该永远属于这料场，我感受到料场需要我，当浓浓的铁腥味将我裹挟，我随之而来的兴奋就是对它的深深呼应。这铁腥味像油漆般簇新、新锐，有活力、向上，有一股蓬勃之气。我不止一次听到班组有师兄弟说起喜欢这铁腥味，它大片大片地开放，像一种毒，刺激着我们这些年轻的神经。成组成组的诗歌写给了这料场，完成我胸口那股抒情的欲望。是料场让我滋生抒情的欲望，写诗的欲望。它如此本能，我要表达，要喊，我选择了文字。这些诗发表在公司的报纸上，微薄的稿费寄到班组，我拿着它请师兄妹去附近的低档饭馆吃饭。一段时间没来，就会有人问起，仿佛有永不枯竭的稿费会源源不断地寄到班组似的。

收拾东西，是一个伤感的过程。我的工具柜是钳工班的老师傅给我焊的，漆成墨绿色，很漂亮。我只放着书和一些换洗衣服，一面镜子、洗发水、香皂、木梳和搽脸的乳液。工具我不能带走，要亲手交给班长，让他签收。柜子里有一幅油画，我用玻璃压着。这是林为我画的，我把它拿出来，仔细地端详。

画的背景就是钢铁料场。它阴郁、沉闷，天车伸出长长的臂膀，把天空压得很低，料场绵延起伏，像古旧的城堡，远处，有烟囱在冒着烟。不远处,有一个人站在料仓的铁墩上,做着一个古怪的动作,他的身体变了形,像是一个趔趄,也像是要摔倒的样子,那样子明显有扭曲的痛苦,在料场面前,他如此渺小,似乎还在慢慢萎缩。画的主体是我,是我的一张仰向天空的脸。脸是橘红色的,像一枚多汁的浆果,这是他采用了马蒂斯的用色。因为微笑,嘴唇微微张开,但它似乎向外喷出气息,它如此饱满,散发浓郁的年轻身体的野兽气味,生鲜,有原生的活力。这是我认识林不久后,他为我画的。他说,我让整个料场黯淡。

林是公司的先锋派画家。那个时候公司的文学艺术非常活跃,跟外界的交往频繁。这些作家、艺术家们都是工人。林刚好跟我在一个分厂。他是一个天车工,在我头顶工作,年长我八岁,已婚。对我而言,他是个思想上的异端分子,洞悉世俗的一切,但同时又屈从于世俗的一切。他嘲笑我是个处女,嘲笑我相信一分耕耘一分收获,嘲笑我认定的那些美好以及我口中的那些大师,那些经典,那些被人们反复传颂的种种美德。当然,这些嘲笑是善意的,调侃的,是有趣的,是充满快乐的。应该说,他多少动摇了我内心的信念,往大处说,是世界观。

我最初跟他最根本的分歧在于,我一直认为我首先是一个工人,其次才是一个诗人,我属于料场。他一直自诩自己是一个艺术家(而非画家),他属于整个人类,是世界的。这个观点我后来逐渐认同,作为艺术的一面,我看到了自己的狭隘,但是,我最终无法接受他骨子里瞧不起工人的心态。我最后跟他说,你瞧不起工人,你无法属于整个人类。这也是我跟他永远的区别。他送给我的那幅画,我一直不太喜欢,料场在我眼里是父性的,它开阔明亮,为我展现劳动的欢腾,让我充满敬畏,我被料场苍莽的气质吸引,它绝不是阴暗、落后、卑微、压抑人性的城堡。不论是物的,还是非物的,料场被扭曲成这样,我心里很不舒服。这幅画,虽然他是在赞美我,但我一直把它压在工具柜的木板上,几乎没有示人。

应该说,林改变了我,但最终我又跟他如此不同。我时常去他的班组玩,他的情人是一个在分厂浪得出了名的女人,很滥,传说她有很多男人。我在林的多幅油画中见识过她过于饱满的臀部和乳房。我素来看不起淫荡、放浪、没有自尊的女人,她们太贱了,应该羞愧而死。中午,我在饭堂打了饭,就聚在林的班组去吃。这个时光,几乎全被我们用来谈论所谓的艺术。我被林灌了很多东西，从绘画的印象派、野兽派、立体派到神秘主义、超现实主义和后现代主义；从波普、偶发、行为、大地艺术到反艺术、非艺术的达达主义。为了能跟他同步，我私下在书店买了很多关于艺术和哲学方面的书籍，了解凡·高、高更、马蒂斯、莫迪里阿尼、毕加索、达利、杜尚等人的作品，把萨特的存在主义、尼采的著作、弗洛伊德的学说拼命往脑子里灌。小说的阅读我从勃朗特姐妹、《红楼梦》、托尔斯泰以及法国文学著作，转向了卡夫卡、福克纳、马尔克斯、詹姆斯·乔伊斯以及当时刚刚流行的米兰·昆德拉。林不停地嘲笑我，说我应该更早读到这些，这是作为一个艺术家最起码应该了解到的，只是基础部分，更重要的是创作力，创作力，懂吗？

这样的谈论持续了三年，从我这方面来看，我的角色是没有性别的。林当然不同，如果我是个男的，他不会有这样的热情。他需要一个像我这样的听众，在公司小有名气，年轻，可能还貌美。他需要我崇拜他，像他的情人崇拜他那样。那个女人总是用敬畏的眼光看着我，恭顺、温柔。在过道上，要是跟我碰着了，她总是闪在边上，低下头去，让我先过。她是年长于我的。每每吃完饭，她会默默地收拾狼藉的桌面，然后拿到外面的水龙头去洗干净。她为林洗衣服，把它们晾干，然后拿熨斗小心地熨得平平整整，悄悄地往他的西装里塞折得很漂亮的棉手帕。她轻声细语地跟林说，叫他不要用这样的口气跟我说话，每一句话，都充满着对林的爱。这样的爱带着母性，包容，深沉。这分明是天底下最好的女子，我从来没有看到过她有淫荡、轻佻的举动。出于偏见，我在相当长的一段时间里对她一直冷漠着，我对这种冷漠感到内疚不已，我竟然漠视一个善良、怀着深沉的爱情的女人，她是多么纯粹，爱得那样义无反顾！就算是一个荡妇又有什么关系呢？

一个初冬，她怯怯地把我叫进她的更衣室，拿出一件绿色的毛衣来，说，这是最新的花样，我打完半个月了，怕你嫌弃，一直不敢送给你……从那以后，我就叫她姐，公开地叫，这在以前是无法想象的，我居然跟一个荡妇亲密地走在了一起。

想起她，我总会把她跟菊联系在一起。两个弱弱的女子，挨在一起便会散发苦难的味道。她们沉默着，让人们不忍注视。听林说，她是个离了婚的女子，所谓的淫荡，是她被两个花言巧语的恶棍给骗了，两个下作的男人四处散布说他们睡了她，她在床上如何如何……人们似乎更容易相信一个人的恶。我也是其中之一，让人痛心啊。我总在寻思，是什么让她越过流言的障碍，让她如此明目张胆地跟林在一起，从而把这个荡妇坐实了？唯一的答案只能是爱情。至于林，他似乎更迷恋她的肉体，似乎得意于一个男人对一个女人绝对占有的虚荣。拥有情人，似乎更符合林作为艺术家的体面。他当然没有感受到她的美好，她那远远超越了他的所谓艺术内涵的纯良品性。他不明白爱情才是世界性的，甚至是超越艺术的。

在与林的交往中，他确实向我打开了另一个世界。他后来带着我去认识了一帮画家，有的搞架上画，有的搞行为艺术，也有的搞装潢艺术，这些艺术家当着我们的面，隔着画布跟模特乱搞。林说，我需要这样的启蒙，但我只是笑笑。骨子里我认为，这些画家不论从哪个方面都无法启蒙我，性的张扬、全盘否定传统、反传统就是先锋、把性作为艺术对象就是先锋等，在我看来，他们的手法都没有超过早期的达达主义。依然性啊、生殖器啊、身体器官啊这些陈词滥调。林跟他们交往，仅仅是希望留在他们那个圈子，那个所谓的艺术圈子，继续保留他那"先锋"的标签。我拒绝了跟他一起去参加这类艺术沙龙，同时说出了伤害林的那句话：你太可怜了。我一直强忍着骨子里不断增长的对林的不屑情绪，这句话造成了我对他永久的伤害。我一点都不内疚。他知道，我把他看透了。看透一个人，是那样让人难受。

林曾向我强调，评判一个作品要忠于内心，而不要去相信这个作者的名气以及那些关于作品好坏的种种标准，这个看法我至今依然保持着。在公司举办的一次大型艺术作品展览活动的闭幕式中，他激烈地批评公司一位颇负盛名的老画家的作品：水平太差了，仅雕虫小技，完全谈不上创意，根本不配参展云云。我虽然知道林有作秀的成分，但还是第一个站出来为他鼓掌。我不想掩盖我对他在这方面的激赏。在他与他的情人之中，我看到人性的美好与悲凉，它修正了我先前的某些褊狭，同时我更加清楚地看到，我总是那么容易为人性中的美好而感动，哪怕是卑微的，我都会没有任何偏见地，对这样的美表示由衷的赞颂和敬畏，并对平凡的人生和苦难的命运满怀着热爱和祝福，所有这些，我认为不是你如何先锋、叛逆、有多少学问、读了多少书、获了多少荣誉就能做到的。一九九八年,我二十四岁,当时我已意识到,我可以做到离开料场,可以一个人去任何地方而不会有恐慌和畏惧,我不会无端听从一个人,听从某件事,我摆脱了精神的某种障碍。我可以越来越开阔而没有偏见。我似乎可以对自己的人生作出判断和选择。我对车间主任说的那句你从来就没法管住我……这句话虽然有点突然,但是它的前提是,我应该完成了个体的独立意识和自由意识,我应该可以转身。林从来都看不起身边的工人,憎恶听起来不太体面的露天钢铁料场,形容它是地狱,但他带着他的艺术、他的世界性在那个"地狱"待了一辈子。

我没料到在我决定离开的时候会那样难过,我从来不知道我对料场怀有这么深的情感。虽然离开的想法由来已久。一九九八年,当那个大事件将要来临之时,我相信有太多人完成了他们一生中最重要的转身。它一定给人们内心带来了颠覆性的震撼。不论是选择离开或者留下,他们都不同程度地有过强烈的挣扎,大事件让人们在瞬间深刻地感受到自己对钢厂的感情,对自身技术以及对劳动本身的深厚感情,而我,四年中慢慢成熟起来,我的身体像一枚熟透的桃子,裸露出甜的秘密。他是一名电工,有着细长的身材和羞怯的面容,澄澈的单眼皮眼睛,隐藏着他内心已定的主张。看见我面色会微微地潮红,我知道他喜欢我,我精于这样的判断,并为此兴奋不已,满足于这样的虚荣中,享受浑然不知情的乐趣。他确实被我耍了几次。他傻傻的样子让人疼到骨子里,而太多的沉默让我们没来得及交流,不,我们没来得及相爱。多少时候,我在料场期待他的身影出现。当我望向他那里,他一定是准时地望向我这边。

没有表达的爱情是最美的爱情,他属于料场,属于他的设备。我时常把他与料场看成一个整体,在决定离开的那一刻,我感到我是多么爱他,离开料场,就等于离开了他。我身体的秘密被我珍藏已久,观念上,我不是一个保守的人,在跟林的交往中,我对他的嘲笑不屑一顾。我是一个老练的处女,可怜的年轻人,他一定不知道,我向他发起腥味的攻击。接到我晚上约会的电话后,我感觉到他心跳得厉害。

料场东面有一块草坪,是工人们歇息的好处所。我把约会地点选在这里,这是多么暧昧的一个地点啊,是那样不怀好意。我的年轻人来了,我温柔地抱住他,他的心跳得多有力呀。我把脸贴在他胸口上,可怜的年轻人失去了自制力,他紧紧地贴着我,我们沉向料场的深处。那个动作如此简单,简单到残酷。但它发生了,于我,很大程度上象征一个符号。之后,我开口说话,我听见我胸腔的轰鸣,它浑浊、厚重,仿佛混沌之后的重开天日,也仿佛我在瞬间脱胎换骨,我感觉我内心有一种东西在慢慢上升,它是那样彻底,那样决绝。

(选自 2008 年第 1 期《人民文学》)

李登建

黑风景

　　这位毛发稀疏，脑袋越来越像地球仪，凹陷的两眼在渐渐枯干，脚步也不那么轻快的"老兄"，经常出现在我面前了。

　　每次看见他我都倒退几步。

　　那就是我吗？

　　一方苍白的阳光银幕似的斜挂在墙上。我懒懒地埋在沙发里，想从上面瞅出什么故事。枉然。但空空的眼睛仍移不开。恍若还在梦中。我是被一阵电话铃叫醒的，不能再回卧室，倦意却未消散。隐隐约约传来零星的爆竹声。这是去年冬天的一个午后。几日没上街了，头午到邮局发信，只见街两旁的店铺涨潮似的货物都涌到了门外，烟酒糖茶水果瓜子肉盘鱼排花帽红绸年画影星头像……漫了长长的一溜儿，货摊前驮着纸箱提着塑料兜购物的顾客成团成簇。我嗅到了浓浓的年味，回家一翻日历，已是腊月二十三！又要过年了，这么快！时间这条河波浪湍急，人生的航程太短：转过年我就四十岁了！四十岁在我意识底层是一道飘在远方的"地平线"，这边是一个世界，那边是另一个世界。我总以为这道"线"永远不会靠近我，也本能地拒绝着它。"三十八……周岁"，有人问我的年龄时我不愿说虚岁（当地都习惯报虚岁的）。"哟，快四十了。"对方又补上这一句。"人过四十天过午"的俗话立刻阴云一样掠过我头顶。而现在，这道"线"却飘过来，要织一张黑网将我罩住……

> 李登建，1958年生，山东邹平人。主要作品有《千年乡路》《黑风景》等。

生活篇　479

妻子的目光像两只小老鼠,爬过棕色的镜框,探头探脑地跳到桌子一角我刚填好的"全省青年作家创作会议代表登记表"上,啃啮一枚果核似的叽咕了一会儿,又溜溜地缩回去,躲在"穴口"偷笑。其实这一切我早就注意到了。她这次虽很诡秘,未动一枪一弹,对我的伤害却比那次要深。那次我应某刊"青年散文家精品大展"栏目之邀写了一篇文章,附"作者简介"和近照,完成后照例请妻子"审阅"(妻子多年来一直是我的第一读者),不料她晃着我的照片:"稀奇,稀奇!南海里那只老龟长新牙了。"我一时丈二和尚摸不着头脑。她嘴角差点翘到天上:"你还是青年? ……"那嘴角叫我受不了。她一下戳到了我的疼处。遭到莫大的侮辱,我怒不可遏,向她好一阵扔"冰雹"。她放弃了揭我的底,并由"老头儿"改称我"小伙儿"。可从那,一向自我感觉良好的我却开始心虚,仿佛体内的支柱正被一点点地挖空,眼看就要坍倒。难道"青年"这至高无上的称号已不属于我?那枝条里涌动着滚滚的汁液、叶片上闪烁着墨绿的光泽、葱葱茏茏、勃勃发发的青春留不住了?我感到周身发冷。

我连还击的勇气都没有了……

多么惊心动魄啊!那天晚上,儿子在家做一份训练速度的数学卷,让我给他卡着秒表,键一撤下,我简直忘记了喘气:此刻,这小小的表盘上,每一秒钟都飞驰过几百只马蹄。这是一群剽悍的骏马在平川上狂奔。密密匝匝的哒哒蹄声卷起一股呼啸的飓风。我头一遭看到时间匆忙而有力的脚步。我真正认识了它。我遗憾这"缘分"来得太迟。过去熟悉的慢条斯理的它原来是张伪装后的面孔。那宽容大度、毫不在乎的"仁慈",把我麻醉了这么久!我丢失了多少美好的东西!可恨的杀人不见血的软刀子!

从此我怕听钟摆摆动。在空洞的深夜它愈加残忍。我因为写作的缘故失眠了。躺在床上像蹦上岸的半死的鱼。整个世界沉沉酣睡。黑暗里灌满了铅。这时候从夜的深处咣当咣当碾过来一辆木轮车。车子没有镶金包银的豪华,很破旧,驴儿的毛长且干涩,下面是疙疙瘩瘩的石径。这单调的声音就这样在无边的夜空膨胀着。慢慢地,木轮车碾到了我身边,拽上我,又朝前方窄窄阴阴的峡谷(石宽)去。我想逃脱,车却不停,跳不下来……

我的一位富姐儿文友四十岁生日的时候举办了一个家庭宴会。她像写小说设悬念一样,待宾客皆至才姗姗步入客厅。结果一出场就照亮了大家的眼睛。粉妆玉琢,线眉朱唇,通明的烛光下,紧裹在时髦服装里的娇小躯体抖落一地碎银。这一晚她真是放尽了光彩。可是等宾客离去,她却乘着酒兴把梳妆镜、化妆盒砸了个粉碎,汩汩涌出的泪水,也将脸上的脂粉冲得一片残败。据说后来她再不碰这些玩艺儿。在街上相遇,你不怀疑那是个地道的卖红薯的半老乡村婆儿。

心,颤栗不止,我不敢猜想,她被那辆咣当咣当的木轮车拉进这条峡谷(是的,她被拉进了这条峡谷)后看到了什么。鹰飞远了,溪流细了,黄黄的树叶告别了枝柯,几根枯藤在凉风中悠荡,光秃秃的峭壁像生锈的刀刃一样耸向高空,一缕缠绕的云霞都没有。她垂下了头颅,挣扎的手臂已软弱无力。是她明白自己不会再回到开满鲜花和阳光的昨天,走不出这荒僻冷寂? 我不知道。

我不觉又有点可怜她……

上月中旬意外地传来德强君去世的噩耗。殡仪室门前黑压压地站满了人。好友们都来最后看他一眼。一个平民百姓的遗体告别仪式如此隆重很少见。德强君死在外地。今年春天他作为访问学者去S大学深造,这期间他日夜忙着为著名美学家Z先生写传记。他是赶稿子累倒的。大家又翻腾出他那个"夜猫子"的绰号,说他白天眼睛总是像着乏了的炭火,暗暗的叫人不忍看。说他木讷了,他跟你说话时,好像魂儿还踽踽独行于十字行间。可大家想来想去谁也想不起这两年与德强君有什么交往,这两年他变得很孤僻,躲着人堆走,轻易不出门。孔夫子讲"四十而不惑",我咂起了德强君几年前的那句话:"我已经四十多岁了……"

德强君的死使这座弹丸小城好久不能平静:"人有啥活头?""为了谁呀?"喟叹。遗憾。也有人说他死得很悲壮,像战场上的勇士。更多的人在想自己。

德强君的身影深深烙在我心底,抹不掉。衰惫、单弱,头发又几个月没顾上理了,也许因为长期伏案工作,他的胸部塌进去,肩胛凸了出来。他就像岩石上的一株松树,黑的干,黑的枝,是万千风光中一种色彩最重最浓的景观……

那位毛发稀疏、脑袋越来越像地球仪、凹陷的两眼在渐渐枯干、脚步也不那么轻快的"老兄"又出现在我面前,正对我挤眉弄眼。

我想,我应该从从容容地走过去;

或者,朝他笑一笑。

(选自2001年第2期《山东文学》)

郭敬明

七天里的左右手

坚决而果断的铃声宣告了高一期末考试的结束。在铃声持续的三秒钟内我迅速地把一道选择题由 A 改为 C，然后义无反顾地逃出了考场。

外面还在下雨，从昨天晚上一直下到现在，缠绵悱恻得没有一点夏季暴雨的味道。昨晚下雨的时候我说这雨肯定在一小时之内停，结果这句话很可能被天上神仙听到了，所以他有些小气愤：凭什么一个小人物命令我呀？于是天公拉开架势下个没完没了。

看，我这人挺倒霉的，任何人包括神仙在内都不怎么给我面子，顺我心意。

于是我学着姜武在《美丽新世界》里的样子指着天喊："如果我考砸了，这雨就马上停。"当然雨还是下得欢快，我为自己的小聪明窃喜不已。

正当我背着书包准备逃回家的时候，广播中传出校长那明显是模仿国家领导人的拖得很长的声音："同学们回教室，召开广播校会。"

接着我就听到了一声气壮山河史无前例惊天地泣鬼神的叹息——几千人的大合唱我听过，几千人的大合叹我却是生平第一次听到，真是让我开了耳界。

整个教室像一台没有图像的电视一般哗哗乱响。在无边无际的喧闹中，校长的声音不急不缓地传来，我没有听清楚，只听到"文理分科"四个字。

在那一瞬间我感到头顶上有什么东西"咚"的一声重重地砸了下来。

郭敬明，1983 年生，四川人。主要作品有《幻城》《爱与痛的边缘》《左手倒影右手年华》等。

生活篇 483

胸腔中有块小小的东西"砰"的一声碎掉了。

不是说不分文理科吗？不是说就算要分也要到高二结束才分吗？怎么说分就分呢？

我胡思乱想把自己弄得很紧张。其实我从初三就开始担心文理分科的事儿了，但我这人天生慢性子，凡事一拖再拖。所以当我听到高一结束不分科的消息时我高兴得要死，我想我又有一年的时间可以拖了。

可现在我知道自己完蛋了。我是真的完了蛋了。

我文科全年级二十一名，理科二十二名，势均力敌，不分上下。本来我很知足，但现在我却有点希望自己是小A那样的——文科方面是聪明绝顶的诸葛亮，理科方面却是扶也扶不起的阿斗。那我就可以屁颠屁颠地头也不回地奔文科去了。

但问题在于理科就像我的右手，文科就像我的左手。我吃饭写字用右手，但翻书打牌却习惯用左手。

生存还是死亡是哈姆雷特的问题。

现在左手还是右手却是我的问题。

班主任走进教室，周围开始安静下来。她说她要谈谈文理分科的事儿。我以为她会像往常一样告诉我们二中的文科没有理科好；我以为她会像往常一样劝我们都选理科以便留在本班；我以为她会像往常一样告诉我们二中的文科生就像玻璃窗上的苍蝇，前途是光明的但道路是没有的。但我以为的通常都不会正确。

她告诉我们学校答应给我们年级的文科生配最好的老师，所以想读文科的人请放心地去。

这是个致命的诱惑，我觉得心中的天平有点倾斜了。

讲完之后老师笑容满面地问我们："你们是读文还是读理呀？"我的感觉像是她在问我："你是砍左手还是砍右手啊？"在我还没有做出选择之前全班就已用响亮的声音回答："理——科——"

我看到老师笑得很满意。

当众人散去的时候，我轻手轻脚地走上讲台，对老师说我要一张文科填报表。尽管她很诧异但她仍什么也没问就给了我一张。我趁机问她："老师，我是适合读理还是读文？"老师说："你很特别，我觉得你文理都合适。但你读文也许进不了读理那么好的学校。"既然老师都这样说了我还能怎样呢？我乖乖地退下来，心中的天平重新倾斜回来。

我拖着大包小包的行李出了校门，我忽然想起原来高三一个学生说的话：

"天这样东西么是专门让人担心刮风下雨以及会不会塌下来的，地这样东西么是专门让人害怕地震岩浆以及会不会裂开来的，时间这样东西么是专门让人觉得对不起自己对不起国家对不起全宇宙的，高考这样东西么是专门考验我们是不是会疯掉的，分科这样东西么是让我们知道从小接受的'全面发展'教育是根本错误的。"

我伞也不打地走在雨中，很是悲壮。

天气热得简直不像话。温度越高物质越不稳定，化学如此，思维如此，心情如此，此原理放诸四海而皆准。我像只郁闷的猫在客厅里来回游荡，一边看着坏掉的空调一边望着左右手不住叹气。

热。烦。又热又烦。

我望着手中的文科填报表不知是否应该下手。七月三日放假，七月十日返校选文理科，我有七天的时间可以考虑左右手的问题。但现在已经七月七日了，我的时间不多了。

文科表上一共有四栏：家长意见，班主任意见，学校意见，最后才是自己选择文科的理由。于是我发现自己的意愿被摆在无足轻重的地位。发现这一点时我惊诧不已，我还一直傻傻地以为念书是个人的事儿呢！

于是我很听话地去问我的家人，从父母一直问到爷爷奶奶再到表哥表妹，结果每个人都斩钉截铁地从嘴里蹦出俩字儿：理科。我心中的天平大大地倾斜。

我想到打电话问小A。他说晚上来找你好不好？我说好。

小A晚上来找我的时候我正在看《焦点访谈》，他说出去走走？我说好。

大街上的霓虹已经升起来，整个城市显出一份与白天截然相反的味道，地面仍然发烫，空气却开始降温。

小A说你理科那么好为什么要读文科？

我说因为我想念中文系。

小Ａ说你知不知道现在选中文系被认为是走投无路的选择？

我说我知道但我就是想念中文系。

小Ａ说我知道你写一手好文章,但有没有哪所大学会因为你发表的十几篇文章而收你呢？天底下写文章的人不是一个也不是两个。广告牌掉下来砸死十个人,九个都会写文章。

我说是啊天底下写好文章的人不要太多哦,我郭敬明算什么东西。

于是天平严重倾斜,大势已去,我的左手回天乏术。

回到家,我告诉父母我决定了：我读理科。父母立刻露出一副"早该如此"的表情。而我自己却没有那种终于作出决定如释重负般的高兴。

没有人是被砍掉了左手还会高兴的。

决定作出之后我开始疯狂地看小说,说是为了补偿也好最后的晚餐也罢总之我看得昏天黑地。这样的结果并没有"让我一次爱个够",然后转身"走得头也不回",相反我越陷越深不可自拔,我发现我永远无法放弃我心爱的写作,也无法松手放开我心爱的中文系,我的左手握着文学,就像乞丐握着最后的铜板舍不得松手。

于是凌晨五点我悄悄起床,像个贼一样在自己的屋里填好了文科表。我趴在写字台上一笔一画写得很虔诚,当我写完的时候一缕霞光照进来,照着我的左手。很温暖。

我想我的父母知道了一定很伤心。同时我又安慰自己：你是独立的你很有主见你真棒。但我做梦的时候又有人对我说：你是盲目的你不孝顺你真笨。心中的天平剧烈地晃动,我不断地作出决定又不断地把它们否决。

七月九日的晚上我很早就倒在了床上。我在黑暗里睁着眼睛死活睡不着。脑子里的问号像赶集的人流似的挤出来。

砍掉左手还是砍掉右手？

左手还是右手？

左手？右手？

……

七月十日,早上八点,我静静地坐在桌旁喝牛奶。母亲问我：决定选理科了？我在喉咙里不置可否地应了一声。我下定决心,如果这次文科考进了全年级前十五名就选文。

我到学校的时候同学基本上都来齐了,我发现除了我之外没有人把分科当回事。我问了十个人,十个人理所当然地告诉我"理呀",没有一个人选文。没有一个人。

成绩单发下来了,我看到文科名次下面写着"18"。我的头都大了。按理说我应该放弃,可我不甘心。

老师收文科表的时候只有小A一个人走上去。那张表格被我死死地捏在手里,我想坦然地走上讲台交给老师,但我发现自己站不起来。我就那么定定地坐着,直到老师说"放学",直到同学全部走完。

我看到我的软弱与无力。

我看到了我被禁锢的自由。

我看到了我的中文系。

它现在在对我挥手说再见了。通向中文系的大门缓缓关上,就像紫禁城的城门一样缓缓关闭,带着历史的凝重把美丽的斜阳就那么关在了门外。

突然间雷声轰鸣,大雨降下来。不过既不温柔也不缠绵,雨点是向下砸的。

我像七天前那样冲进雨里,同时我想到了张国荣的《左右手》。

"从那天起我恋上我左手,从那天起我讨厌我右手。"

我把文科表丢掉了,我满以为它会借风起飞,结果它一下就掉到了地面,然后迅速地被雨水浸透了。纸上的黑色钢笔字迹渐渐变得模糊,最终消失干净。原来"白纸黑字"也不一定就是不可更改的东西。我确定自己发现了什么但我说不清楚,我为我说不清楚的什么感到悲哀。

我确定自己流泪了,但我分不清脸上哪些是雨水哪些是泪水。

不知是那天雨特别大还是我走得特别慢,总之我回家后就发烧了。睡了两天后我才醒来,发现自己躺在医院的床上打点滴。床边围着爸爸妈妈爷爷奶奶外公外婆一大家人。我告诉他们我选的是理科。我希望像电视剧里演的那样,他们抹着眼泪说:"孩子,你别读理了,你选文吧!"然而他们却告诉我:你的选择是对的。

于是我悲哀地发现电视剧真的不能同生活画上等号,尽管我一千个一万个希望它能像真的生活一样。

胸腔中那块小东西这次碎得更加彻底。我隐约地看到我心爱的中文系在天边向我微笑,然后就头也不回地走掉了。

我很难过,我躲在被单里悄悄地为我的左手默哀。

(选自2004年第9期《青年文摘》)

李傻傻

诳 语

　　陶潜的《搜神后记》上《桃花源记》说:晋太元中,武陵人以捕鱼为业。这渔翁的老家武陵,就是常德。以前高中时期还听过一副很有味道的对联:常德德山山有德,长沙沙水水无沙。湘资沅澧,沅澧皆过常德。

　　但是我要说的是津市。就是常德的津市。澧水边上,离开主人公上过的高中往河的方向走,大路笔直。许多年以后我还记得,当年北岸那些木板的楼房,在日光下呈现古艳的青黛之色。轻烟细雨里,拍电影的人们很忙。身着清兵服装的现代人士把一具具活的死人抬来抬去。在长街上,在打伞观看的人群中间,你可以看到一个少年。她眉毛俊秀,鼻准完美,唇齿被上天处置得十分美观。一颗龅牙别出心裁。胸脯高脸儿白。一切令人怦然心动。

　　那就是我了。多年以后,细小的皱纹暗示我已经奔向衰老。但少年时我竟然那么美丽,令人一见惊诧。《楚辞》中提到的那种云中君——山鬼,恐怕也见我便低头让礼,甚至让男朋友吧。

　　津市是一个经过昔日的繁荣而衰败了的码头城。虽然还没衰败透顶,但已无可挽回。多年以前,有"湖北沙市,湖南津市"的说法。在这种固定语中流传的必是超然众城而上之城市,好比说"上有天堂,下有苏杭"。闲暇时候你可以想象许多年前"烟雨津城"的样子。鱼顺着街道游进少年的卧室。县城街上满是雨声浮动,小姑娘们站在门槛上

李傻傻,1981年生。主要作品有《红×》《被当作鬼的人》等。

对街上檐溜出神；窄巷里石板砌成的人行道上，更小的孩子扑通扑通地跑路并且嘻嘻哈哈地笑语。这是繁华的余音、无聊之夜的虫鸣。

这一切已成为过去。我在多年以后只是听说过一些。

我只知道在空寂无大人的房间里，坐在穿透窗户的大片大片的阳光底下，少年时代的姑娘在唧唧喳喳。她们就要用镊子夹住药棉，蘸上满满的酒精，并极尽小心地将散着酒香的脱脂棉放进各自年幼的下体。很快，冰凉的快感从两腿交叉处将姑娘们击得粉碎，身体发肤，完好如初。多年以后，她们躺在各自男人的怀中，一定会记起我曾带过她们玩塞药棉的游戏。必是难得的晴天。我们同时还把药棉塞进耳朵，塞进鼻孔。在鼻孔里的时候，打喷嚏的欲望总让我们的游戏半途而废，我们之中至今从未有人从头至尾地体验过从鼻翼传递过来的好似浮在虚空中并且神经业已麻痹的无可追寻的白日梦一般的快感。当我闭上眼睛，我仿佛在阳光下梦向天上飞去。幻想的天空中云彩罅缝间金光闪现。十多年后的今天这些幼年时候的幻觉依然常常使我不得安睡。它让我相信幼年的混沌总意图带我回到那过去空白的宇宙。

我天然地知道药棉不可进入幼嫩的喉咙。高纯度医用酒精会让幼年的我中毒，会让我看不到我所看，听不到我所听，不能在夏天在日光下晾晒耀目的衣衫。我也无法告诉你，澧水水深而清，鱼大如人。

我只有死路一条。那样我就不可能在稍后一段时间里尝试津市牛肉干带给少女们的完全不似酒精药棉的畅快。它香辣无比，有点刺痛。自此我完全放弃了玩酒精药棉的爱好，也渐渐地戒掉了和男童们脱掉裤子互看的习惯，只是每天走在长长的街上，在澧水河边，在河边的竹簧里看那些我现在依然不知其名的水鸟。它们身小轻捷，活泼快乐，鸣声异常清脆，但是对眼前女童丝毫不感兴趣。

当年我站在澧水岸边高处，回忆我吃过的蔬菜，用唱歌时非常好听的嗓子唱歌。歌声沿城围绕，一头栽进河水中有太阳光辉的一半。它必曾在山外重山隐约。一切如画一切如画。终日疯狂终日疯狂。在学校的黑树林里我由于亲嘴而嘴唇肿大。初吻使少年不能回家的事实让我又一次记起塞酒精药棉的游戏。我身体里被填充过的和将要被填充的一样让我不放心。关于疯狂的传说在津市这一小小码头城我听说过不少，当我看到《镜花缘》书上的女儿国，津市，她是以我为王的女儿国这一想法在我脑海里出现得那么普通那么自然。总有一天会出现这种现象的。多年以后的今天我还记得那时我坚信这一点。我还曾为那些我爱过又抛弃的男人们担心，他们是出去打仗征服世界了，还是在家洗碗扫地擦桌子，莫非是看孩子乎？

  我家在澧水南岸。公路也在南岸。因此去我家非常方便。作为旅行者，我每年回去两次。坐车虽很辛苦，衣衫却得整齐清洁。就像那漂亮的古代诗人必对自然的雄伟表示赞叹一样，比如李白说：飞流直下三千尺，疑是银河落九天。我从长沙坐轮船回津市，会在船舱中告诉我远在资水中游的男人，津市溪流萦回，水清而浅。而他身长而瘦，英武爽朗，见过他的人都十分惊诧。

（选自 2003 年第 3 期《散文天地》）

风物篇

冯　牧

澜沧江边的蝴蝶会

我在西双版纳的美妙如画的土地上，幸运地遇到了一次真正的蝴蝶会。

很多人都听说过云南大理的蝴蝶泉和蝴蝶会的故事，也读过不少关于蝴蝶会的奇妙景象的文字记载。据我所知道的，第一个细致而准确地描绘了蝴蝶会的奇景的，恐怕要算是明朝末年的徐霞客了。在三百多年前，这位卓越的旅行家就不但为我们真实地描写了蝴蝶群集的奇特景象，并且还详尽地描写了蝴蝶泉周围的自然环境。他这样写着：

……山麓有树大合抱，倚崖而耸立，下有泉，东向漱根窍而出，清冽可鉴。稍东，其下又有一小树，仍有一小泉，亦漱根而出，二泉汇为方丈之沼，即所溯之上流也。泉上大树，当四月初，即发花如蛱蝶，须翅栩然，与生蝶无异；又有真蝶千万，连须钩足，自树巅倒悬而下，及于泉面，缤纷络绎，五色焕然。

这是一幅多么令人目眩神迷的奇丽景象！无怪乎许多来到大理的旅客都要设法去观赏一下这个人间奇观了。但可惜的是，胜景难逢，由于某种我们至今还不清楚的自然规律，每年蝴蝶会的时间总是十分短促并且是时有变化的；而交通的阻隔，又使得有机会到大理去游览的人，总是难于恰巧在那个时间准确无误地来到蝴蝶泉边。就是徐

冯牧（1919—1996年），北京人。主要作品有《繁花与草叶》《激流小集》《冯牧文学评论选》《冯牧散文选》等。

霞客也没有亲眼看到真正的蝴蝶会的盛况；他晚去了几天，花朵已经凋谢，使他只能折下一枝蝴蝶树的标本，惆怅而去。他的关于蝴蝶会的描写，大半是根据一些亲历者的转述而记载下来的。

其实所谓蝴蝶会，并不是大理蝴蝶泉所独有的自然风光，而是在云南的其他地方也曾经出现过的一种自然现象。比如，在清人张泓所写的一本笔记《滇南新语》中，就记载了昆明城里的圆通山（就是现在的圆通公园）的蝴蝶会，书中这样写道：

每岁孟夏，蛱蝶千百万会飞此山，屋树岩壑皆满，有大如轮、小于钱者，翩翩随风。缤纷五彩，锦色灿然，集必三日始去，究不知其去来之何从也，余目睹其呈奇不爽者盖两载。

今年春天，由于一种可遇而不可求的机会，我看到了一次真正的蝴蝶会，一次完全可以和徐霞客所描述的蝴蝶泉相媲美的蝴蝶会。

西双版纳的气候是四季长春的。在那里你永远看不到植物凋敝的景象。但是，即使如此，春天在那里也仍然是最美好的季节。就在这样的季节里，在傣族的泼水节的前夕，我们来到了被称为西双版纳的一颗"绿宝石"的橄榄坝。在这以前，人们曾经对我说：谁要是没有到过橄榄坝，谁就等于没有看到真正的西双版纳。当我们刚刚踏上这片土地时，我马上就深深地感觉到，这些话是丝毫也不夸张的。我们好像来到了一个天然的巨大的热带花园里，到处都是浓阴匝地，繁花似锦，到处都是一片蓬勃的生气；鸟类在永不休止地鸣啭；在棕褐色的沃土上，各种植物好像是在拥挤着、争抢着向上生长。行走在村寨之间的小径上，就好像是行走在精心培植起来的公园林阴路上一样，只有从浓密的叶隙中间，才能偶尔看到烈日的点点金光。我们沿着澜沧江边的一连串村寨进行了一次远足旅行。

我们的访问终点，是背倚着江岸、紧密相连的两个村寨——曼厅和曼扎。当我们刚刚走上江边的密林小径时，我就发现，这里的每一块土地，每一段路程，每一片丛林，都是那样地充满了秾丽的热带风光，都足以构成一幅色彩斑斓的绝妙风景画面。我们经过了好几个隐藏在密林深处的村寨，只有在注意寻找时，才能从树丛中发现那些美丽而精巧的傣族竹楼。这里的村寨分布得很特别,不是许多人家聚成一片,而是稀疏地分散在一片林海中间。每一幢竹楼周围都是一片丰饶富庶的果树园;家家户户的庭前窗后,都生长着枝叶挺拔的椰子树和槟榔树,绿阴盖地的芒果树和荔枝树。在这里,人们用果实累累的香蕉树作篱笆,用清香馥郁的夜来香作围墙。被果实压弯的柚子树用枝叶敲打着竹楼的屋檐,密生在枝丫间的菠萝蜜散发着醉人的浓香。

  我们在花园般的曼厅和曼扎度过了一个愉快的下午。我们参观了曼扎的办得很出色的托儿所;在那里的整洁而漂亮的食堂里,按照傣族的习惯,和社员们一起吃了一餐富有民族特色的午饭,分享了社员们的富裕生活的欢乐。我们在曼厅旁听了为布置甘蔗和双季稻生产而召开的社长联席会,然后怀着一种满意的心情走上了归途。

  我们走的仍然是来时的路程,仍然是那条浓阴遮天的林中小路,数不清的奇花异卉仍然到处散发着沁人心脾的清香,在路边的密林里,响彻着一片鸟鸣蝉叫声。透过树林枝干的空隙,时时可以看到大片的平整的田地,早稻和许多别的热带经济作物的秧苗正在夕照中随风荡漾。在村寨的边沿,可以看到枫叶林和菩提林的巨人似的身姿,在它们的荫蔽下,佛寺的高大的金塔和庙顶在闪着耀眼的金光。

  一切都和我们来时一样。可是,我们又似乎觉得,我们周围的自然环境和来时有些异样。终于,我们发现了一种来时所没有的新景象:我们多了一群新的旅伴——成群的蝴蝶,在花丛上,在枝叶间,在我们的周围,到处都有三五成群的彩色蝴蝶在迎风飞舞;它们有的在树丛中盘旋逗留,有的却随着我们一同前进。开始,我们对于这种景象也并不以为奇。我们知道,这里的蝴蝶的美丽和繁多是别处无与伦比的;我们在森林中经常可以遇到彩色斑斓的蝴蝶和人们一同行进,甚至连续飞行几里路。我们早已养成了这样的习惯:习于把成群的蝴蝶看做是西双版纳的美妙自然景色的一个不可缺少的组成部分了。

  但是,我们越来越感到,我们所遇到的景象实在是超过了我们的习惯和经验了。蝴蝶越聚越多,一群群、一堆堆从林中飞到路径上,并且成群结队地向着我们要去的方向前进着。它们在上下翻飞,左右盘旋;它们在花丛树影中飞快地扇动着彩色的翅膀,闪得人眼花缭乱。有时,千百个蝴蝶拥塞了我们前进的道路,使我们不得不用树枝把它们赶开,才能继续前进。

就这样,在我们和蝴蝶群的搏斗中走了大约五里路之后,我们看到了一个奇异的景色。我们走到一片茂密的枫树林边。在一块草坪上面,有一株硕大的菩提树,它的向四面伸张的枝丫和浓茂的树叶,好像是一把巨大的阳伞似的遮盖着整个草坪。在草坪中央的几方丈的地面上,聚集着数以万计的美丽的蝴蝶,仿佛是密密地丛生着一片奇怪的植物似的,好像是一座美丽的花坛一样。它们互相拥挤着,攀附着,重叠着,面积和体积在不断地扩大。从四面八方飞来的新的蝶群正在不断地加入进来。这些蝴蝶大多数是属于一个种族的,它们的翅膀的背面是嫩绿色的,这使它们在停伫不动时就像是绿色的小草一样,它们翅膀的正面却又是金黄色的,上面还有着美丽的花纹,这使它们在扑动翅翼时却又像是朵朵金色的小花。在它们的密集着的队伍中间,仿佛是有意来作为一种点缀,有时也飞舞着少数的巨大的黑底红花身带飘带的大木蝶,在一刹那间,我们好像是进入了一个童话世界;在我们的眼前,在我们四周,在一片令人心旷神怡的美妙的自然景色中间,到处都是密密匝匝、层层**叠叠的蝴蝶**;蝴蝶密集到这种程度,使我们随便伸出手去便可以捉到几只。天空中好像是雪花似的飞散着密密的花粉,它和从森林中飘来的野花和菩提的气味,混合成一股刺鼻的浓香。

面对着这种自然界的奇景,我们每个人几乎都目瞪口呆了。站在千万只翩然飞舞的蝴蝶当中,我们觉得自己好像是有些多余的了。而蝴蝶却一点也不怕我们;我们向它们密集的队伍投掷着树枝,它们立刻轰地拥向天空,闪动着彩色缤纷的翅翼,但不到一分钟之后,它们又飞到草地上集合了。我们简直是无法干扰它们参与盛会的兴致。

我们在这些群集成阵的蝴蝶前长久地观赏着,赞叹着,简直是流连忘返了。在我的思想里,突然闪过了一个念头:难道这不正是过去我们从传说中听到的蝴蝶会吗?我完全被这片童话般的自然景象所陶醉了;在我的心里,仅仅是充溢着一种激动而欢乐的情感,并且深深地为了能在我们祖国边疆看到这样奇丽的风光而感到自豪。我们所生活、所劳动、所建设着的土地,是一片多么丰富,多么美丽,多么奇妙的土地啊!

菡 子

黄山小记

菡子，1921年生，江苏溧阳人。主要作品有《和平博物馆》《幼稚集》《纠纷》《前方》等。

黄山在影片和山水画中是静静的，仿佛天上仙境，好像总在什么辽远而悬空的地方；可是身历其境，你可以看到这里其实是生气蓬勃的，万物在这儿生长发展，是最现实而活跃的童话诞生的地方。

从每一条小径走进去，阳光仅在树叶的空隙中投射过来星星点点的光彩，两旁的小花小草却都挤到路边来了；每一棵嫩芽和幼苗都在生长，无处不在使你注意：生命！生命！生命！就在这些小路上，我相信许多人都观看过香榧的萌芽，它伸展翡翠色的扇形，摸触得到它是"活"的。新竹是幼辈中的强者，静立一时，看着它往外钻，撑开根上的笋衣，周身蓝云云的，还罩着一层白绒，出落在人间，多么清新！这里的奇花都开在高高的树上，望春花、木莲花，都能与罕见的玉兰媲美，只是她们的寿命要长得多；最近发现的仙女花，生长在高峰流水的地方，她娟洁、清雅，穿着白纱似的晨装，正像喷泉的姐妹。她早晨醒来，晚上睡着，如果你一天窥视着她，她是仙辈中最娇弱的幼年了。还有嫩黄的"兰香灯笼"——这是我们替她起的名字，先在低处看见她眼瞳似的小花，登高却看到她放苞了，成了一串串的灯笼，在一片雾气中，她亮晶晶的，在山谷里散发着一阵阵的兰香味，仿佛真是在喜庆之中；杜鹃花和高山玫瑰个儿矮些，但她们五光十色、异香扑鼻，人们也不难发现她们的存在。紫蓝色的青春花，暗红的灯笼花，也能攀山越岭，四处丛生，她们是行人登高热烈的鼓舞者。在这些植物的大家庭里，我认为还是叶子耐看而富有生气。它们形状各异，大小不一，有的纤巧，有的壮丽，有的是花是叶巧不能辨；叶子兼有红黄紫绿各种不同颜色，就是通称的绿叶，颜色也有深浅，万绿丛中一层层的深或一层层的浅，深的葱葱郁郁，油绿欲滴，浅的仿佛玻璃似的透明，深浅相间，正构成林中幻丽的世界。这里的草也是有特色的，悬崖上挂着长须（龙须草），沸水烫过三遍的幼草还能复活（还魂草），有一种草，一百斤中可以炼出三斤铜来，还有仙雅的灵芝草，既然也长在这儿，不知可肯屈居为它们的同类？黄山树木中最有特色的要算松树了，奇美挺秀，蔚然可观，日没中的万松林，映在纸上是世上少有的奇妙的剪影。松树大都长在石头缝里，只要有一层尘土就能立脚，往往在断崖绝壁的地方伸展着它们的枝翼，塑造了坚强不屈的形象。"迎客松"、"异萝松"、"麒麟松"、"凤凰松"、"黑虎松"，都是松中之奇，莲花峰前的"蒲团松"顶上，可围坐七人对饮，这是多么有趣的事。

鸟儿是这个山林的主人，无论我登多高（据估计有两万石级），总听见它们在头顶的树林中歌唱，我不觉把它们当做我的引路人了。在这三四十里的山途中，我常常想起不知谁先在这奇峰峻岭中种的树，有一次偶尔得到了答复，原来就是这些小鸟的祖先，它们衔了种子飞来，又靠风儿做媒，就造成了林，这个传说不会完全没有道理吧。玉屏楼和散花精舍的招待员都是听"神鸦"的报信为客人备茶的，相距头十里，聪明的鸦儿却能在一小时之内在这边传送了客来的消息，又飞到另一个地方去。夏天的黎明，我发现有一种鸟儿是能歌善舞的，它像银燕似的自由飞翔，忽上忽下，忽左忽右，我难以捉摸它灵活的舞姿，它的歌声清脆嘹亮委婉动听，是一支最亲切的晨歌，从古人的黄山游记中我猜出它准是八音鸟或山乐鸟。在这里居住的动物最聪明的还是猴子，它们在细心观察人们的生活，据说新四军游击队在这山区活动的时候，看见它们抬过担架，它们当中也有"医生"。一个猴子躺下，就去找一个猴医来，由它找些药草给病猴吃。在深邃绿林之中，也有人看见过老虎、蟒蛇、野牛、羚羊出没，有人明明看见过美丽的鹿群，至今还能描叙它们机警的眼睛。我们还在从始信峰回温泉的途上小溪中捉到十三条娃娃鱼，它们古装打扮，有些像《梁山伯与祝英台》中的书童，头上一面一个圆髻。

一定还有许多我不知道的动物,古来号称五百里的黄山,实在还有许多我们不能到达的地方,最好有个黄山勘探队,去找一找猴子的王国和鹿群的家乡以及各种动物的老巢。

从黄山发出最高音的是瀑布流泉。有名的"人字瀑"、"九龙瀑"、"百丈瀑"并非常常可以看到,但是急雨过后,水自天上来,白龙骤下,风声瀑声,响彻天地之间,"带得风声入浙川",正是它一路豪爽之气。平时从密林里观流泉,如丝如带,缭绕林间,往往和飘泊的烟云结伴同行。路边的溪流淙淙作响,有人随口念道:"人在泉上过,水在脚边流。"悠闲自得可以想见。可是它绝非静物,有时如一斛珍珠迸发,有时如两丈白缎飘舞,声貌动人,乐于与行人对歌。温泉出自朱砂,有时可以从水中捧出它的本色,但它汇聚成潭,特别在游泳池里,却好像是翠玉色的,蓝得发亮,像晴明的天空。

在狮子林清凉台两次看东方日出,第一次去迟了些,我只能为一片雄浑瑰丽的景色欢呼,内心漾溢着燃烧般的感情,第二次我才虔诚地默察它的出现。先是看到乌云镶边的衣裙,姗姗移动,然后太阳突然上升了,半圆形的,我不知道它有多大,它的光辉立即四射开来,随着它的上升,它的颜色倏忽千变,朱红、橙黄、淡紫……它是如此灿烂、透明,在它的照耀下万物为之增色,大地的一切也都苏醒了,可是它自己却在通体的光亮中逐渐隐着身子,和宇宙融成一体。如果我不认识太阳,此时此景也会用这个称号去称赞它。云彩在这山区也是天然的景色,住在山上。清晨,白云常来做客,它在窗外徘徊,伸手可取,出外散步,就踏着云朵走来走去。有时它们迷漫一片使整个山区形成茫茫的海面,只留最高的峰尖,像大海中的点点岛屿,这就是黄山著名的云海奇景。我爱在傍晚看五彩的游云,它们扮成侠士仕女,骑龙跨凤,有盛装的车舆,随行的乐队,当它们列队缓缓行进时,隔山望去,有时像海面行舟一般。在我脑子里许多美丽的童话,都是由这些游云想起来的。黄山号称七十二峰,各有自己的名称,什么莲花峰、始信峰、天都峰、石笋峰……或象形或寓意各有其肖似之处。峰上由怪石奇树形成的"采莲船"、"五女牧羊"、"猴子观桃"、"喜鹊登梅"、"梦笔生花"等等,胜过匠人巧手的安排。对那连绵不绝的峰峦,我愿意远远地从低处看去,它们与松树相接,映在天际,黑白分明,真有锦绣的感觉。

漫游黄山,随处可以歇脚,解放以后不仅"云谷寺"、"半山寺"面目一新,同时保留了古刹的风貌,但是比起前后山崭新的建筑如"观瀑楼"、"黄山宾馆"、"黄山疗养院"、"岩音小筑"、"玉屏楼"、"北海宾馆"管理处大楼和游泳池等,又都是小巫见大巫了。上山的路,休息的亭子,跨溪的小桥,更今非昔比,过去使人视为畏途和冷落荒芜的地方,现在却像你的朋友似的在前面频频招手。这些建筑都有自己的光彩,它新颖雄伟,使黄山的每一个角落都显得生动起来。这里原是避暑胜地,酷暑时外面热得难受,这里还是春天气候。但也不妨春秋冬去,那里四季都是最清新而丰美的公园。

古今多少诗人画家描写过黄山的异峰奇景,我是不敢媲美的,旅行家徐霞客说过:"五岳归来不看山,黄山归来不看岳。"我阅历不深,只略能领会他豪迈的总评,登在这里的照片,我也只能证明它的真实而无法形容它的诗情画意,看来我的小记仅是为了补充我所见闻而画中看不到的东西。

1957年12月为《安徽画报》补白
1959年5月修改后作安徽《黄山》画册代序
(选自人民文学出版社1959年版《前线的颂歌》)

刘白羽

日　出

　　登高山看日出，这是从幼小时起，就对我富有魅力的一件事。

　　落日有落日的妙处，古代诗人在这方面留下不少优美的诗句，如像"大漠孤烟直，长河落日圆"、"落日照大旗，马鸣风萧萧"，可是再好，总不免有萧瑟之感。不如攀上奇峰陡壁，或是站在大海岩头，面对着弥漫的云天，在一瞬时间内，观察那伟大诞生的景象，看火、热、生命、光明怎样一起来到人间。但很长很长时间，我却没有机缘看日出，而只能从书本上去欣赏。

　　海涅曾记叙从布罗肯高峰看日出的情景：

　　我们一言不语地观看，那绯红的小球在天边升起，一片冬意朦胧的光照扩展开了，群山像是浮在一片白浪的海中，只有山尖分明突出，使人以为是站在一座小山丘上。在洪水泛滥的平原中间，只是这里或那里露出来一块块干的土壤。

　　善于观察大自然风貌的屠格涅夫，对于日出，却作过精辟的描绘：

　　……朝阳初升时，并未卷起一天火云，它的四周是一片浅玫瑰色的晨曦。太阳，并不厉害，不像在令人窒息的干旱的日子里那么炽热，也不是在暴风雨之前的那种暗紫色，

刘白羽（1916—2005年），北京通州人。主要作品有《长江三峡》《第二个太阳》《心灵的历程》等。

却带着一种明亮而柔和的光芒,从一片狭长的云层后面隐隐地浮起来,露了露面,然后就又躲进它周围淡淡的紫雾里去了。在舒展着云层的最高处的两边闪烁得有如一条条发亮的小蛇,亮得像擦得耀眼的银器。可是,瞧!那跳跃的光柱又向前移动了,带着一种肃穆的欢悦,向上飞似的拥出了一轮朝日……

可是,太阳的初升,正如生活中的新事物一样,在它最初萌芽的瞬息,却不易被人看到。看到它,要登得高,望得远,要有一种敏锐的视觉。从我个人的经历来说,看日出的机会,曾经好几次降临到我的头上,而且眼看就要实现了。

一次是在印度。我们从德里经孟买、海德拉巴、帮格罗、科钦,到翠泛顿。然后沿着椰林密布的道路,乘三小时汽车,到了印度最南端的科摩林海角。这是出名的看日出的胜地。因为从这里到南极,就是一望无际的、碧绿的海洋,中间再没有一片陆地。因此这海角成为迎接太阳的第一位使者。人们不难想象,那雄浑的天穹,苍茫的大海,从黎明前的沉沉暗夜里升起第一线曙光,燃起第一支火炬,这该是何等壮观。我们到这里来就是为了看日出。可是听了一夜海涛,凌晨起来,一层灰蒙蒙的云雾却遮住了东方。这时,拂拂的海风吹着我们的衣襟,一卷一卷浪花拍到我们的脚下,发出柔和的音响,好像在为我们惋惜。

还有一次是登黄山。这里也确实是一个看日出的优胜之地。因为黄山狮子林,峰顶高峻。可惜人们没有那么好的目力,否则从这儿俯瞰江浙,一直到海上,当是历历可数。这种地势,只要看看黄山泉水,怎样像一条无羁的白龙,直泻新安江、富春江,而经钱塘入海,就很显然了。我到了黄山,开始登山时,鸟语花香,天气晴朗,收听气象广播,也说二三日内无变化。谁知结果却逢到了徐霞客一样的遭遇:"浓雾弥漫,抵狮子林,风愈大,雾愈厚……雨大至……"只听了一夜风声雨声,至于日出当然没有看成。

但是,我却看到了一次最雄伟、最瑰丽的日出景象。不过,那既不是在高山之巅,也不是在大海之滨,而是从国外向祖国飞航的飞机飞临的万仞高空上。现在想起,我还不能不为那奇幻的景色而惊异。是在我没有一点准备、一丝预料的时刻,宇宙便把它那无与伦比的光华、丰采,全部展现在我的眼前了。当飞机起飞时,下面还是黑沉沉的浓夜,上空却已游动着一线微明,它如同一条狭窄的暗红色长带,带子的上面露出一片清冷的淡蓝色晨曦,晨曦上面高悬着一颗明亮的启明星。飞机不断向上飞翔,愈升愈高,也不知穿过多少云层,远远抛开那黑沉沉的地面。飞机好像唯恐惊醒人们的安眠,马达声特别轻柔,两翼非常平稳。这时间,那条红带,却慢慢在扩大,像一片红云了,像一片红海了。暗红色的光发亮了,它向天穹上展开,把夜空愈抬愈远,而且把它们映红了。下面呢?却还像苍莽的大陆一样,黑色无边。这是晨光与黑夜交替的时刻,这是即将过去的世界与即将到来的世界交替的时刻。你乍看上去,黑夜还似乎强大无边。可是一转眼,清冷的晨曦变为瓷蓝色的光芒。原来的红海上簇拥出一堆堆墨蓝色云霞。一个奇迹就在这时诞生了。突然间从墨蓝色云霞里蠚起一道细细的抛物线,这线红得透亮,闪着金光,如同沸腾的溶液一下抛溅上去,然后像一支火箭一直向上冲,这时我才恍然大悟,原来这就是光明的白昼由夜空中迸射出来的一刹那。然后在几条墨蓝色云霞的隙缝里闪出几个更红更亮的小片。开始我很惊奇,不知这是什么,再一看,几个小片冲破云霞,密接起来,融合起来,飞跃而出,原来是太阳出来了。它晶光耀眼,火一般鲜红,火一般强烈,不知不觉,所有暗影立刻都被它照明了。一眨眼工夫,我看见飞机的翅膀红了,窗玻璃红了,机舱座里每一个酣睡者的面孔红了。这时一切一切都宁静极了,宁静极了。整个宇宙就像刚诞生过婴儿的母亲一样温柔、安静,充满清新、幸福之感。再向下看,云层像灰色急流,在滚滚流开,好让光线投到大地上去,使整个世界大放光明。我靠在软椅上睡熟了。醒来时我们的飞机正平平稳稳,自由自在,向我的亲爱的祖国、向太阳升起的地方航行。黎明时刻的种种红色、灰色、黛色、蓝色,都不见了,只有上下天空,一碧万顷,空中的一些云朵,闪着银光,像小孩子的笑脸。这时,我深切感到这个光彩夺目的黎明,正是新中国瑰丽的景象;我忘掉了为这一次看到日出奇景而高兴,而喜悦,我却进入一种庄严的思索,我在体会着"我们是早上六点钟的太阳"这一句诗那最优美、最深刻的含意。

1958年

(选自人民文学出版社1984年版《刘白羽散文选》)

艾　煊

善卷游

> 艾煊（1922—2001年），安徽舒城人。主要作品有《朝鲜五十天》《碧螺春汛》《艾煊散文选》《乡关何处》《山雨欲来》等。

宜兴迤南六十里，在那竹涛澎湃、无边无际的竹海中，有许多神奇的钟乳石洞。其中最美丽的，便是螺岩山下的善卷洞。

一到洞口，只见一座顶天立地的"砥柱峰"当门而立。想象中，石峰背后，也许是一个玲珑剔透的石室，也许是一个深邃幽暗的石窟。然而，都不是。转过砥柱石峰，眼前陡然开朗，好一个广阔的洞天世界。那么高大、深远、宽敞，但又不是一览无遗的广场，而是一座辉煌壮丽的厅堂。

回首看来处，洞口外，上接碧霄云天，下临深谷飞瀑。人，好似立在半云半雾的地方。

洞里，左青狮右白象，立在石厅两旁。狮，似刚出浴，湿润狮毛蜷曲披拂；象，似刚在泉边饮足，心宁气静地倚壁小憩。

石厅的四面石壁，百孔千窍，雕刻成变幻无穷的图案和奇花瑶草——不知是人间艺术家的杰作，还是天宫神手的奥妙。石厅的穹形天幕上，倒悬一串串玉白鹅黄、冰凌似的钟乳，像走进了水晶宫一样。

立在这可容几千人聚会的石厅里，不由得使人想到，每当佳节盛会，狮后象王率百兽在这石厅里酣歌起舞的欢乐景象：猴儿攀援石梅石松，燕雀在石梁间飞翔，十仙濡墨徘徊题壁吟唱。

由石厅盘旋飞绕而上，可达善卷上洞。洞府门口，飞悬着一片石云。云天之上，烟缭雾绕，又是另一个洞天世界。

一池池碧清的甘泉湖边,牧放着卷毛石羊。牧人召唤羊群的石螺,闲浸在泉旁。一匹纯雪似的石马,饮足了水,举蹄欲从湖边驰向远方。

飞马身边,有两棵万古石梅,枝干高达三十三尺。它那永不凋谢的鲜花,一径在云海里开放亿万年。

天上浮动着片片石云,一条若隐若显、露头藏尾的青龙,飞来池边小饮。这一池甘泉湖水,香甜、清凉。它甜,但没有糖的腻味;它香,但不像花儿那么浓郁;它清凉,但丝毫也不像冰雪那样刺人肌肤。它是地地道道神话中沁人肺腑的甘泉。

云天上,时时滴落下一点一滴白色的钟乳。这乳浆,也像种子一样,一落到地上,它就会慢慢扎根出芽,长出桂树、梅花,甚至会长出跑兔奔马。这是有生命的仙水,这是有生命的乳浆。

云天上,倒挂着一条盘旋迂回的石梯,曲曲折折,一直通到洞府的底层。石梯,那么样弯曲缭绕,缓缓而下,不知是哪位能工巧匠,裁下了一条七夕晚霞,缝成了这道云梯。

云梯的尽头,便是这层楼洞府最深的底层。

这里,没有辉煌的厅堂,也没有飞飘的石云,在这洞府的最深处,另有一番壮丽的景象。

在那高远莫测,望得人颈脖发酸的穹顶上,挂满了五光十色千奇万幻的石乳,有一串串翠绿的葡萄,有一只只橙黄的佛手,有振翅欲飞的白鹤,有纯玉似的鲜藕。一棵鳞片斑驳的苍劲石松,顶天立地,托起这石府的屋宇层楼。

在石松的身边,一面银光四射的泉瀑飞帘,垂挂在笔立的石壁上,飞瀑洋洋洒洒地飘落到石河里,它流过石拱桥下,流过寿星的脚边。顺着一级级梯河,奔流而下,形成十几道瀑布飞泉。道道飞泉景色不同。有的如龙口吐珠,有的像风迅电疾的雨帘,有的又似织绸机上的纤细银丝飞织。

飞泉梯河欢乐地奔流,有时像丝弦管簧轻声合奏,有时又像军号铜鼓急骤交鸣。

奔腾的梯河,最后倾注到一个石湖中,立刻,像魔术似的,一切都静止了。波面展平如镜,涛声也戛然而停。静极。抬头仰望,石云上墨黑而透明的冰珠,只有它,偶尔滴落在石湖里,发出琴键单声跳动时清亮的声响。

山腹里有洞,洞中有飞泉,泉尽是湖,湖水直通石河。

石河边,一座石亭,一条石埠头。

忽然,从天外飞来一舟,直抵石埠头边。

离岸登舟。船,荡向螺形的石河里。这山腹里的石河,不是急湍的山泉,也不是低语的溪流,它恰似深秋乌蓝色夜空中的银河,在静静地暗流。

石河的上空,不是炫眼的朝霞,也不是明媚的月色,石云上游动的满天钟乳,恰似夜空里闪亮亮的满天繁星。

桨在划,但并不发出响声,好像不是搅动水波,而是轻拨柔云。船,不像在水上行驶,倒像在云中飘流。

石河在夜空似的山腹里左弯右曲,缓缓潜流。

水在流,船在航,满船的人,但没有一点声响。只有石云上滴落的冰珠,叮——叮,咚——咚地轻响。

船随水流,似无尽头。

但,终于天破晓了,船头现出了曙光。船,转过一个石岬,眼前突然大放光明,在洞口的穹顶外,猛然闪现出千万里碧蓝碧蓝的云天。生活了几十年,从来也不曾感觉到,天空竟是这么样的碧蓝。拱顶、蓝天,连接着绵延无尽的梯田、竹海、茶园。

自从置身于这山腹内的层楼石府后,恍恍惚惚,似乎误入了"宝石花"的仙境。直到船出洞口,这时才豁然明白:那些最优美童话中所描述的神仙洞府,天阙龙宫,原来,都是从这人间圣手斧凿的奇迹里摹写的。

1961 年 9 月

叶 梦

羞女山

我固执地不相信那些关于羞女山的传说，那沉睡的卧美人——凝固了几十万年的山石，怎么只会是一个弱女子的形象呢？

羞女山是资水边一座陡峭如削，状如裸女的峰峦。

我去羞女山，并不指望真能看到那据说是神形兼备的羞女的芳姿。我唯恐像在巫峡看神女峰，满怀着勃勃兴致去看，末了却大大地失望。

我盼望去羞女山，多半是为了那诱惑了我许多年的羞水。羞女山永远有神奇的泉水，永远有佳丽的女子。喝羞水的女子美，极古以来人们都这么说。

然而，仅仅由于一支关于桃花江的歌，便从此抹煞了羞女山。全中国乃至东南亚各地，谁不知道"桃花江美人窝"呢？

其实，这"窝"并不在桃花水源出之地，而在百里之外的羞女山。

为了却这多年的夙愿，我和一帮朋友相约去了一趟羞女山。

当我们饱餐了这远近闻名的"羞山面"，痛饮了果真妙不可言的羞水，还登上了羞女山的最高峰，我只觉得那山确是一座秀丽、俏美的山，虽有几分女人体态的特征，那多半还是借助人们驰骋的想象。

当时我们只是带着一种凡夫俗子的满足离开

叶梦，1950年生，湖南益阳人。主要作品有《小溪的梦》《湘西寻梦》等。

了羞女山,踏上了归程。

不过,走的时候,我的心里老像牵挂着一点什么,仔细一想又找不着。

汽车离开羞山镇,渡过资水,开上去县城的公路。我忍不住侧首向对岸的羞女山做最后一瞥。

蓦地,我惊呆了。对岸的羞女山,什么时候变作了一尊充盈于天地之间的少女浮雕?车上顿时起了一阵惊呼。同车的本地老乡告诉我们:只有从我们现在这个处所,方能看出羞女的真面目。

我擦了擦眼睛,那斜斜地靠着陡峭的山冈,仰面青天躺着的,不就是羞女吗?她那线条分明的下颌高高翘起,瀑布般的长发软软地飘垂,健美的双臂舒展地张开,匀称的长腿,两腿微微弯曲着,双脚浸入清清的江流。还有,她那软细的腰,稍稍隆起的小腹和高高凸出的乳峰。在暖融融的斜照的夕阳下,羞女"身体"的一切线条都是那样的柔和,那样的逼真,那样的凸现,那样的层次分明:活脱脱一个富有生气的少女,赤裸裸地酣睡在那夕阳斜照的山冈。我似乎感觉到了她身体的温馨,看得见她呼吸的起伏。我祈求汽车开慢一点再慢一点。我使劲盯着不敢眨眼。我担心我眨眼那工夫,那"羞女"便会呼地坐了起来。

我被羞女全美的"体态"震慑了,心灵沉浸在一种莫名的颤栗之中。我感叹造化的伟力……

"妈妈,羞女在撒尿哩!"那是一个小女孩清亮的嗓音。我的心在颤抖。我害怕这小女孩的直率,一看,果真有白练般的一线山泉从"羞女"两腿间往山凹里飞流而下,悄然注入江中。我的脸陡然发烫了,我着急地想:只有从山那边扯来一卷白云,快快地为羞女裁一条纱裙。我恨不得车上所有的男同胞统统别过脸去……

这时,我的脑子里突然挤满了无数个"羞"字。

一位须发皆白的老爹坦然地说:"这叫'美女害羞'呢!是我们咯乡里的一方景致。"倒是这位老爹那纯净无邪的眼神,松缓了我一颗紧张的心。

于是,我又大睁着双眼,从羞女"身"上寻找我们攀援的足迹。

哦!我们原来是攀着羞女的腰际上山的,沿着她那高耸的酥胸,登上她翘起的下颌,贴着她的温软的耳际,然后顺着她飘垂的长发下山的。

我的心底突然冒出一缕缕温热的情丝——我们曾经投身她那温软的怀抱,感受到了她那母亲一般的柔情。

我们一踏上羞女山那险峻而绵软的山径,脚下便发出一种来自山肚里的空濛而带共鸣音的回声。仿佛我们每走一步,那羞女便以她母亲般的心音招呼着我们。

我们一行人走在山径上,那铿铿之声此起彼伏。当时,我禁不住叮嘱那几位穿皮鞋的朋友:"你们千万要轻点儿哟!小心惊醒了羞女!"

那羞女山的土层绵软而富有弹力,但因土层太薄,始终长不成大树,只有茸茸的绿草,疏疏的剑竹林,矮矮的灌木丛。这样,整个山倒现出一种柔秀的美。

我的不知倦的眼依然圆睁着。我仰望着羞女枕在高岗上的"头"——那是羞女山的最高峰。峰顶可是一个览胜的好去处,只是风太大,在耳边呜呜地叫着。令人奇怪的是:陡峻得连空人也难攀上的峰顶居然葬着一拱新坟。据说是一位殉情的男子。这人也真有意思,婚姻失意干吗要去死?要死,哪儿不能呢?偏偏选择了这羞女山。许是想贴着羞女的耳际,絮絮地诉说他生前的怨情,让他那颗受伤的心永远安息在羞女那母亲般的怀抱,并让那呜呜呜叫的风载着他的声音飘到很远很远的地方……

他把生命连同不曾了却的情债全都交与了这位羞女。难道他果真相信这山原本是一座有人的灵性的神山吗?

传说中的羞女原是一个美丽的村姑,贪色的财主得见,顿生邪念。作为弱女子的村姑,眼前只有一条路,逃!奔至江边,无路。财主赶上来扯落了她的衣裳,她纵身往江中一跳,轰的化成了石山。财主也变成了一块蛤蟆石,被江水远远地冲到了下游。

我不相信这后人杜撰的传说。大凡传说中的女子,对于强暴,只有消极抵抗的份,除了投江、上吊、变成石头,大概再没有其他法子了。可眼前的羞女明明不是这样的弱女子呢!她那样安闲自若,那样姿态恣肆地躺着。哪像一个投江自尽的村姑?她那拥抱苍天、纵览宇宙的气魄与超凡脱俗的气质表明:她完完全全是一个狂放不羁、乐知天命的强者。

她是谁呢?

她的存在已经很久远了,也许在有人类之前,在有人世间的善恶是非之前早就有了的。

她莫不是女娲吗?

对了,只有女娲才配是她!

也许,她在炼石补天之后,又不殚辛勤地捏着小泥人儿。她累了,便倚着山冈睡了,多么惬意哟!头枕青山,脚踩绿水,伸臂张腿,任长发从那高高的云端飘垂下来。她睡得很香,做了千万年甜香的梦。

也许,会有人抱怨她仰天八叉地躺在那,未免不成体统,未免不像一个闺阁,未免太不知羞。但她为什么要怕羞呢?那是一个洪荒太古的年代,天刚刚补好。人,还没有呢!是她创造出了人类,她是一位博大宽宏的母亲。她裸着身子睡了,怎么会想到要害羞呢?她又怎么会想到:在她捏出的小泥人繁衍的人群里,会有那么一班道学家,居然忌讳她裸着身子,居然还嫌她的姿态不合乎《女儿经》的规范。那些人不仅忌讳这个实实在在存在着的酷似人形的山,还忌讳着仓颉所造的那个"羞"字。他们认为:裸着的人体是神秘的,更何况这光天化日之下毫无遮饰的羞女!于是,他们利用汉字同音异义,耍了一个小小的花招,改"羞山"为"修山"。在编撰地方志时,对此山真正的形态来历讳莫如深,仅用了"峻峰如削,卓列江滨"八个字。

难怪羞女山多少年来"养在深闺人未识",原来全是这帮道学家捣的鬼哟!

我曾经十分珍爱希腊断臂的维纳斯,可相形之下,那毕竟是人工的雕琢,即算栩栩如生罢,也不过师造化而已。而羞女山呢,她不仅有惟妙惟肖的形体,还具备着豪放、坦荡的气质和神韵。她得天独厚的魅力在于:她是大自然的杰作,她是大地的女儿。她就是造化本身,这正是古往今来一切艺术家苦心追求的,然而却是可望而不可即的!她露宿苍天之下,饮露餐风,同世纪争寿,与宇宙共存,她才是真正的艺术、永恒的艺术!

从那汨汨的山泉——羞女醇甘的乳汁里,从那山径之上听到的羞女的实实心音里,我早已感到了她生命的存在,要不,羞水怎会那样甘醇,羞山女子怎会那样姣美,羞山地区怎会有"民淳俗美"的古风流传至今呢?

呵,羞女山,你不只是女神偶像的山,你是一种温暖,一种信念,一种感化的力量!

汽车终于无情地拉远了我们与羞女之间的距离。望着那渐渐远去了的、在暖红霞晖里依然十分真切的羞女,我的心底里突然轻轻地冒出一句:

"你醒来吧,羞女!"

(选自 1983 年第 12 期《青春》)

池　莉

晒月亮

池莉，1957年生，湖北武汉人。主要作品有《烦恼人生》《不谈爱情》《池莉文集》等。

　　常熟有一座山，叫做虞山。虞山有一座寺，叫做兴福寺。兴福寺有年纪，大约一千五百来岁。寺内山坡上有一片竹林。竹林的特点是因为竹林里有一条曲径。曲径的特点是因为有一首唐人的诗歌。诗歌的特点是到现在还非常流行。我曾经好几次听见父母们教导幼儿背诵这首唐诗，有一次是在麦当劳快餐厅。这首诗歌我也记得，便是唐人常建的："清晨入古寺，初日照高林。曲径通幽处，禅房花木深。山光悦鸟性，潭影空人心。万籁比皆寂，惟闻钟磬音。"字是宋人米芾写的。米芾，湖北人，出了名的任性和疯狂。有洁癖，好奇装异服。性情渗透在字里，诡异又憨厚。漂亮！今年四月的一天，我就住在这首美丽的诗歌里面。清早起床，推开房门就是竹林。走在竹林的曲径上，梳着头发。根根发丝都飘向远方，唐朝和宋朝。美丽的东西是横截面，一旦美丽便永远美丽。

　　兴福寺的茶是兴福寺的。沏茶的水也是兴福寺的泉水。水杯是一般常见的玻璃杯。水瓶也是一般常见的塑料外壳的水瓶。水瓶上用油漆写了号码。油漆已经斑驳，暗中透着沧桑。不知沏了多少杯茶了！我这个不喝茶的人，破例喝茶了。一杯接着一杯。没有别的原因，就是因为茶水香气扑鼻。无须精致的茶具烘托和引导，这是一种明明白白的清澈和香甜。生活中有时候去掉刻意讲究的形式，内容会更好。

　　入夜，听慧云法师讲经。古老的寺庙，偏偏有年轻的小当家。二十来岁的慧云法师,相貌还没有彻底脱去男孩子的虎气,谈吐却已经非常圆熟老道,可以举重若轻地引领我们前行。我当然是想有所进步的。我努力了,但不知进步了没有。这就需要过一段时间才能够证明。可以肯定的是,想进步总比不思进取的好。努力了总比不努力的好。至少努力是一种健康的姿态。

夜深深,在寺内缓缓散步。看风中低语的古树。看树叶滑落潭水。看青苔暗侵石阶。看夜鸟梦呓巢穴。看回廊结构出种种复杂的立体图案。看老藤椅疑惑深夜的寂寞。看时间失去滴答滴答的声音。看僧人们的睡眠呈现一种寺庙独有的静寂。

看细细的茸毛在皮肤上悄悄生长,色泽因此变得柔和。看身体的条条曲线向着灵魂蜿蜒,欲念因此变得清晰。你的眼睛里面有我的眼睛。你的笑意包含我的笑意。你的心情可以覆盖我的心情。朋友们和我自己,变得都很透明和简单。所有的牙齿,都曾经被烟垢污染,不记得何时有过今夜的灿烂。一笑,就有贝光闪烁。这就是兴福寺的月亮!

兴福寺的月亮是唯一的月亮。因为它有兴福寺提供的一切人文环境。有兴福寺的院墙作为我们获得某种特定感受的保障。兴福寺的月亮不是单纯的月亮。我越来越不需要单纯的东西。我已经是成年人。我在新疆看见过又大又圆清澈如水的月亮,可它的背景是沙漠。那种月亮适合失恋少女、行吟诗人、科研工作者和深受声名富贵所累的成功者。而我,还是要等待机会和缘分,再去兴福寺住几日。到了晚上,就出来晒月亮。

(选自 1999 年第 11 期《散文选刊》)

谢大光

鼎湖山听泉

江轮挟着细雨,送我到肇庆。冒雨游了一遭七星岩,走得匆匆,看得蒙蒙。赶到鼎湖山时,已近黄昏。雨倒是歇住了,雾漫得更开。山只露出窄窄的一段绿脚,齐腰以上,宛如轻纱遮面,看不真切。眼不见,耳则愈灵。过了寒翠桥,还没踏上进山的石径,泠泠淙淙的泉声就扑面而来。泉声极清朗,闻声如见山泉活脱迸跳的姿影,引人顿生雀跃之心。身不由己,寻声而去,不觉渐高渐幽,已入山中。

进山方知泉水非止一脉,前后左右,草丛石缝,几乎无处不涌,无处不鸣。山间林密,泉隐其中,有时,泉水在林木疏朗处闪过亮亮的一泓,再向前寻,已不可得。那半含半露、欲近故远的娇态,使我想起在家散步时,常常绕我膝下的爱女。每见我伸手欲揽其近前,她必远远地跑开,仰起笑脸逗我;待我佯作冷淡而不顾,她却又悄悄跑近,偎我腰间。好一个调皮的孩子!

山泉作娇儿之态,泉声则是孩子如铃的笑语。受泉声的感染,鼎湖山年轻了许多,山径之幽曲,竹木之青翠,都透着一股童稚的生气,使进山之人如入清澈透明的境界,身心了无杂尘,陡觉轻快。行至半山,有一补山亭。亭已破旧,无可驻目之处,唯亭内一楹联:"到此已无尘半点,上来更有碧千寻",深得此中精神,令人点头会意。

站在亭前望去,满眼确是一片浓碧。远近高低,树木缠藤绕,密不分株,沉甸甸的湿绿,犹如大海的波浪,一层一层,直向山顶推去。就连脚下盘

谢大光,1943年生,山西人。主要作品有《落花》《天鹅之歌》等。

旋曲折的石径,也印满苔痕,点点鲜绿。踩着潮润柔滑的石阶,小心翼翼,拾级而上。越向高处,树越密,绿意越浓,泉影越不可寻,而泉声越发悦耳。怅惘间,忽闻云中传来钟声,顿时,山鸣谷应,悠悠扬扬。安详厚重的钟声和欢快清亮的泉声,在雨后宁静的暮色中,相互应答着,像是老人扶杖立于门前,召唤着嬉戏忘返的孩子。

钟声来自半山上的庆云寺。寺院依山而造,嵌于千峰碧翠之中。由补山亭登四百余阶,即可达。庆云寺是岭南著名的佛教第十七福地,始建于明崇祯年间,已有三百多年历史。寺内现存一口"千人锅",直径近二米,可容一千一百升,颇为引人注目。古刹当年的盛况,于此可见一斑。

晚饭后,绕寺前庭园漫步。园中繁花似锦,蜂蝶翩飞,生意盎然,与大殿上的肃穆气氛迥然相异。花丛中,两棵高大的古树,枝繁叶茂,绿阴如盖,根部护以石栏,显得与众不同。原来,这是二百多年前,引自锡兰国(今名斯里兰卡)的两棵菩提树。相传佛祖释迦牟尼得道于菩提树下,因而,佛门视菩提为圣树,自然受到特殊的礼遇。其实,菩提本身并没有什么高贵之处,将其置于鼎湖山万木丛中,恐怕没有多少人能够分辨得出。

鼎湖山的树,种类实在太多。据说,在地球的同一纬度线上,鼎湖山是现存植物品种最多的一个点,现已辟为自然保护区,并被联合国教科文组织选作生态观测站。当地的同志告诉我,鼎湖山的森林,虽经历代变迁而未遭大的破坏,还有赖于庆云寺的保护。而如今,大约是佛法失灵的缘故吧,同一个庆云寺,却由于引来大批旅游者,反给自然保护区带来潜在的威胁。

入夜,山中万籁俱寂。借宿寺旁客房,如枕泉而眠。深夜听泉,别有一番滋味。泉声浸着月光,听来格外清晰。白日里浑然一片的泉鸣,此时却能分出许多层次,那柔曼如提琴者,是草丛中淌过的小溪;那清脆如弹拨者,是石缝间漏下的滴泉;那厚重如贝司轰响者,应为万道细流汇于空谷;那雄浑如铜管齐鸣者,定是激流直下陡壁,飞瀑落入深潭。至于泉水绕过树根,清流拍打着卵石,则轻重缓急,远近高低,各自发出互不相同的音响。这万般泉声,被一支看不见的指挥棒编织到一起,汇成一曲奇妙的交响乐。在这泉水的交响之中,仿佛能够听到岁月的流逝,历史的变迁,生命在诞生、成长、繁衍、死亡,新陈代谢的声部,由弱到强,渐渐展开,升腾而成为主旋律。我俯身倾听着,分辨着,心神犹如融于水中,随泉而流,游遍鼎湖;又好像泉水汩汩滤过心田,冲走污垢,留下深情,任我品味,引我遐想。啊,我完全陶醉在泉水的歌唱之中。说什么"山不在高,有仙则名",我却道,"山不在名,有泉则灵"。孕育生机,滋润万木,泉水就是鼎湖山的灵魂。

这一夜,只觉泉鸣不绝于耳,不知是梦?是醒?

梦也罢。醒也罢。我愿清泉永在。我愿清泉常鸣。

1982 年 12 月

(选自 1982 年 12 月 24 日《人民日报》)

刘亮程

对一朵花微笑

我一回头,身后的草全开花了。一大片。好像谁说了一个笑话,把一摊草惹笑了。

我正躺在山坡上想事情。是否我想的事情——一个人脑中的奇怪想法让草觉得好笑,在微风中笑得前仰后合。有的哈哈大笑,有的半掩芳唇,忍俊不禁。靠近我身边的两朵,一朵面朝我,张开薄薄的粉红花瓣,似有吟吟笑声入耳;另一朵则扭头掩面,仍不能遮住笑颜。我禁不住也笑了起来。先是微笑,继而哈哈大笑。

这是我第一次在荒野中,一个人笑出声来。

还有一次,我在麦地南边的一片绿草中睡了一觉。我太喜欢这片绿草了,墨绿墨绿,和周围的枯黄野地形成鲜明对比。

我想大概是一个月前,浇灌麦地的人没看好水,或许他把水放进麦田后睡觉去了。水漫过田埂,顺这条干沟漫溻而下。枯萎多年的荒草终于等来一次生机。那种绿,是积攒了多少年的,一如我目光中的饥渴。我虽不能像一头牛一样扑过去,猛吃一顿,但我可以在绿草中睡一觉。和我喜爱的东西一起睡,做一个梦,也是满足。

一个在枯黄田野上劳忙半世的人,终于等来草木青青的一年。一小片。草木会不会等到我出人头地的一天?

这些简单地长几片叶、伸几条枝、开几瓣小花的草木,从没长高长大、没有茂盛过的草木,每年每年,从我少有笑容的脸和无精打采的行走中,看

刘亮程,1962年生,新疆人。主要作品有《一个人的村庄》《风中的院门》等。

到的是否全是不景气?

　　我活得太严肃,呆板的脸似乎对生存已经麻木,忘了对一朵花微笑,为一片新叶欢欣和激动。这不容易开一次的花朵,难得长出的一片叶子,在荒野中,我的微笑可能是对一个卑小生命的欢迎和鼓励。就像青青芳草让我看到一生中那些还未到来的美好前景。

　　以后我觉得,我成了荒野中的一个。真正进入一片荒野其实不容易,荒野旷敞着,这个巨大的门让你努力进入时不经意已经走出来,成为外面人。它的细部永远对你紧闭着。

　　走进一株草、一滴水、一只小虫的路可能更远。弄懂一株草,并不仅限于把草喂到嘴里嚼嚼,尝尝味道。挖一个坑,把自己栽进去,浇点水,直愣愣站上半天,感觉到的可能只是腿酸脚麻和腰疼,并不能断定草木长在土里也是这般情景。人没有草木那样深的根,无法知道土深处的事情。人埋在自己的事情里,埋得暗无天日。人把一件件事情干完,干好,人就渐渐出来了。

　　我从草木身上得到的只是一些人的道理,并不是草木的道理。我自以为弄懂了它们,其实我弄懂了自己。我不懂它们。

　　　　　　　　　　　　　　（载 2000 年第 5 期《散文选刊》）

素 素

湖 殇

素素，1955年生，辽宁大连人。主要作品有《北方女孩》《女人书简》《素心羽》《相知天涯近》《与你私语》等。

　　至今仍惦记着玄武湖和大明湖，或许那一点点嘈杂并不影响它们的美丽，但湖就是湖，湖应该是这个世界最安静的地方，它存在的意义，就是让所有在逼仄中窒息、在红尘中受难、在旅途中疲累的灵魂，有一个憩所。

　　不看湖的时候，美人的深眸便是湖。看了湖之后，湖是城市的心。其实，我所居住的城市，只有一个人工湖，在儿童公园的一角，湖面上仅能游开几只白鹅形状的船。冬天湖便结冰，常有小孩滑冰时不小心掉进冰窟，前几年几乎每个冬天都能在报上见到一个两个舍身救儿童的英雄人物，只不过那英雄都没有死，湖浅，能淹了小孩却淹不了大人。后来湖更浅了一些，冰则厚了一些，这类事情就不再发生了。

　　我工作的机关离这个湖很近。春回的时候，我们便在湖边挖黑色的淤泥，挖冬天里四周居民倒的垃圾。一起来的还有学校和部队，要在这里挖一天，挖出的东西有一股腥臭的气味，想不到湖的下面有这样深重的积淀。挖过之后，儿童节就快到了，做妈妈的便想到该带女儿去湖边看柳，偶尔也租一只大鹅在湖上漫游——叫慢游更准确，人太稠了。女儿看动画片看出了一个习惯，骑的坐的都要风驰电掣，慢游了半小时，女儿便有了烦躁的意思，第一次要求提前回家，宁可画画儿弹琴去！

　　湖太小，然而我的生活里毕竟有一个叫做湖的地方。

去年有了两次开笔会的机会。先到的南京,南京有玄武湖、莫愁湖。有一位诗人朋友某次坐在莫愁湖畔,居然想念了我。湖是很能令人想起什么的,身外的风景与心内的风景总是遥相呼应的。然而我到南京最急切要见的不是莫愁,而是玄武,因为它大。玄武湖是可以追溯到三国吴的,历朝历代都极善待这湖,并竭力地放大它。今人又胜过古人,新中国给了湖以新的生命,这是必然的。总之,千年的湖依然年轻。所以乍见玄武湖,我竟舍不得快走,生怕一走就走到底。尽管南京的朋友一再说这个湖一天也走不完,我仍像个老人似的蹒跚着东张西望。我开始明白六朝粉黛为什么迷恋南京,因为有玄武湖。我也开始明白在日渐喧闹的城市里面,为什么保留着这一处静谧的所在,因为湖是城市人最后的空间。但是,就在这时,有一种很杂乱的声音送进我的耳里。细一分辨,是儿童乐园的碰碰车。还有一种声音是从那间很别致的公园小屋里传出来的,像野人的嚎叫,像野兽的厮杀。屋外的牌子上赫然写着:当代原始部落掠影海外版录像,票价×元。当我快快离开那间小屋向公园深处走去时,另一种声音更加鼓噪,不知哪里来的杂技班子用劣质编织布围起了城堡,《西游记》音乐与猴子的尖叫刺耳地混响,直让我感觉无处可逃。

好在玄武湖大,浩茫的湖水能使那些怪异的声音和灰尘渐渐地被吸收,以至于吞没。我终于找到了一条安静而有意味的小路,一边是千年老树,树冠呈弧形绕过人头,垂进另一边的湖里。我认定了这条浓阴穹起的小路,走过去,再走回来。直到走累了,才坐在树下的长椅上,面向着绰绰约约的湖,呼吸着这里的清宁。突然,背后"砰"的一声枪响,我立刻中弹一般跳起,咫尺之外,竟是一座商业性打靶场。

玄武湖一下子老了,我的玄武湖之游也到此为止。

另一次是去泰山开笔会时路经济南,我执意要去大明湖。我没见过大明湖,但我熟悉一支关于大明湖的歌儿,它的鲜荷和丽水,在我心中永远栩栩生动。而且,我知道济南是万泉之城,那一万个泉将使大明湖永远清澈,永不枯竭。所以走进济南,我的心十分安详,玄武湖的那种伤感已是很淡了。

但是,我在这座以湖命名的公园里未及走进百步,就被与玄武湖十分相似的声浪撞了回来。依旧是碰碰车转转车,微小的巨大的,布满了树下和天空。这儿距海较远，所以新建了大型"迷你鱼宫"、"海底世界"，貌似文化的商人们拥挤进湖里，以一种极粗糙的方式，强迫观湖的人观海。各种声响的高音喇叭此起彼伏，像走进一个农贸市场，没有立足之地，没有一片阴凉。完全不是第一次来的那份新奇和陌生的心情，倒对一种熟悉的东西滋生出深深的厌恶。我只向那湖面匆匆一瞥，一瞥之间，我便发现湖面落满了灰尘，湖上的天空也涂满了灰尘，包括这座万泉之城，也是灰尘的颜色。

当我诀别似的从大明湖退出，也便想即刻就退出这个城市。但我没有这样告诉我的济南朋友，那天为看湖，他们特意租了辆敞篷三轮脚踏车，为的让我把城市与湖都看个透彻。只怪我读过郦道元的《水经注》，读过刘凤诰的"四面荷花三面柳，一城山色半城湖"，那天我确确实实刚走到湖边就转身往回走了。

曾有一个人想"打捞世界的原稿"。他认为我们当今的世界已失去了"原天"、"原草木"、"原水"，如果这种失去积累得太多，"总有一天要在地球上堆积出无法穿透的黑暗"。这就是思想者以及思想者的痛苦吧？我想，当不是一个人而是整个人类都能为此而痛苦时，原来的世界怕已成为废墟了。

只是，至今仍惦记着玄武湖和大明湖，或许那一点点嘈杂并不影响它们的美丽。

但湖就是湖，湖应该是这个世界最安静的地方，它存在的意义，就是让所有在逼仄中窒息、在红尘中受难、在旅途中疲累的灵魂，有一个憩所。

徐 迅

染绿的声音

山居的日子，是在山中一座精巧的石头房里度过的。天天，我都被一种巨大的宁静所震慑着。经过许多尘嚣侵扰的心灵，陡然回归到这旷古未有的宁静之中，而又知道周围全是绿色的森林，心里似乎也注满了一汪清涟之水，轻盈盈的，如半山塘里绽放着的一朵睡莲。

也有声音，在白天的山峦；偶尔也有人语喧哗，幽谷回鸣。空山不见人，倒使人感觉到大森林的真切和人世的烟火之气。更多的是鸟声，从黎明的晨噪到傍晚的暮啼，耳闻着那密密松林里传出的啾啾鸟鸣，还可以看见那墨点般的小鸟，如大森林的音符跳荡着、栖落着。鸟鸣常常使大森林归于虚静，它天生就是一种虚幻的精灵呢！鸟声让人着迷地听，这时听出的就是一阵阵溅绿的声音。

当然有许多声音是有颜色的。如皑皑白雪，潺潺流泉，响动的就是一大片白；如春花秋菊的凋谢，细心的人也会听出它的艳红和鹅黄的色调。在大森林里，此时我被激动的不是这种颜色的声音，而是满山攒动着的森林——那浓绿浓绿的声音了。满山密密的松林、枫树、珍珠黄杨、翠竹……树丛间刮过的风也是绿的，绿将大森林融为碧翠的一体，分不清颜色的浓淡深浅。那声音自然也不用侧耳倾听，触目皆是——大森林的宁静固然会使人坠入前无古人、后无来者的孤独和虚空当中，而这染了绿的声音，却让人感到一种生命的快意和心灵的悸动。黎明的时候，"山路原无雨，空翠湿

徐迅，1963年生，安徽潜山人。主要作品有《半堵墙》等。

人衣",森林里露珠"噗噗"滴落的声音,在我听出的是一种轻柔而凝重的绿色;森林静静肃立,树叶交柯,在我听出的是一种茁壮生长的蓬勃的绿色;狂风呼啸,排山倒海咆哮着的松涛,在我听出的是一种悲壮和磅礴的绿色;阳光拂动滔滔无边的绿海,阳光掠去又显出一江春水,在我听出的是一种恬淡而平和的绿色……山居无事的时候,只要静静地穿行在这无边的大森林之中,我满心的尘垢,便一下子就被荡涤得无影无踪,只觉得身心惬意和愉悦,心中陡然就有层斑驳的绿爬上心壁,盈注着生命那清凉的绿意来。

  听惯了这种声音,在夜里我常常睡不着觉。拥被而坐,此时周遭那染了绿的声音已渐渐无声无息,看很白的月光,慢慢浮上窗棂,月光里的绿色冷冷如春水荡漾着,使人感觉到那绿色的声音一定是被浓浓的月光所消融,隐翳在莽莽苍苍的大森林之中了。但这时这刻,我思想的羽翅还翩翩起伏着,希冀那染了绿色的声音出现。有风的夜晚,我看窗外的大山果然是混沌未开的一团绿色,那染了绿的松涛之声,铺天盖地地在我石屋周围如狂飙般的春潮,惊涛拍岸,振聋发聩,让我激动得恨不得长啸……这些年,我知道我常常谛听水声,谛听鸟声,不仅是因为我对尘嚣之声异常地厌倦和唾弃,更多的是在寻找清纯的自然和人生的大自然。那是我生活须臾不可缺少的思想的源泉……若能轻轻地裹在这染了绿的声音里,心就会轻灵得像一朵绿荷,即便泊在波涛里滚动,那梦也是常常染了绿呢!

(选自1999年第4期《山东文学》)

姚雪雪

月亮月亮跟我走

　　二十年过去了，月亮没有丝毫的改变。月亮的存在对于夜晚来说有着非同寻常的意义，她皎洁的光辉照着女孩眼眸永远不能穷尽的远方。

　　远方对女孩来说仅仅只在医院院子的范畴之外。南面月光越过最南端门诊部的二层楼房，朝北月光漫过医院最后边田地里孤零零的太平间。太平间的长度仅仅比一个成年人的高度多出一点。太平间坐落在田地中央，四周是一片鲜艳丰硕波澜起伏的西红柿地。

　　女孩家的窗户正对着太平间。这排宿舍是由原来的病房改造的，女孩的母亲以前手拿注射器在这些病房里忙碌地进出过。刚搬来时，女孩不敢朝北边的窗户看。十几米远的太平间每一个夜晚，黑魆魆像隐蔽了无数鬼事的异物。天一黑女孩早早睡觉了，她认为闭上眼睛，黑色异物就从她的世界消失了，连同一起消失的还有那洁白的月光。北窗下后来种了一棵丝瓜藤，在阳光的召唤下藤儿婀娜地朝上伸展开腰肢，长得茎繁叶茂，挂满了绿茵茵的丝瓜。丝瓜和鸡蛋做成汤喂养了女孩的童年，直到有一天女孩长得脸像西红柿身材像丝瓜。

　　目光在丝瓜藤的掩映下，抵达太平间时开始有了宁静平和。在日久天长的对峙中，太平间永远没有变数的死寂日渐失去神秘与恐惧。在一个阳光明媚的上午，女孩和小伙伴手牵着手，从田地绕到太平间的门口，在那个废弃已久的屋外停留了一刻。她仔细打量装满了空气的空荡荡的小房间，

姚雪雪，江西九江人。主要作品有《夏都绘影》《时间的刻度》等。

然后一言不发地走开了。清风吹在她的身后。

女孩从此不再惧怕月光下的北窗眺望。

月亮晶莹的光芒静静地倾泻下来，覆盖了生机无限的西红柿地。稠黏的月光仿佛是液体流进了西红柿的体内。西红柿是女孩童年时代对水果的唯一记忆，她对那刚刚从地里摘下的新鲜饱满的果实记忆犹新，她对那酸甜的滋味永远乐此不疲，满怀向往。

西红柿的滋味就是月光的滋味。

在弥漫了来苏儿气味的医院里，某一天进行了一场惊心动魄的抢救。一位十八岁的少女服毒自杀被送进了医院，消息在医院被人们奔走相告。召唤医护人员抢救的铃声在医院上空刺耳地响着，让空气骤添了几分紧张。在小城医院里职工家属看热闹的忙碌可与抢救病人的医护人员相媲美。一楼急诊室的窗外扒满了看热闹的人。女孩没有挤进去。

抢救的结果，十八岁的少女依然是死了。是在医生进行长时间的人工呼吸按摩之后停止呼吸的。女孩在事后听到大人们的闲谈，一个美丽的生命的逝去让人万分感慨，人们不知道一个十八岁的生命选择死亡的理由。所有看热闹的人都目睹了十八岁少女抢救时敞开的雪白的胸脯和她眼角最后滚落的泪珠。

女孩童年的游戏常常是在病房的走廊穿行，在穿行中历经生还与死亡。那颗泪珠像无形的子弹击中女孩单薄的胸脯。十八岁的生命如月光升腾在某一个模糊的夜晚。

雪白的胸脯与月光的色泽是一致的。

夏天的傍晚，在昼与夜交接的边缘，落霞尚未褪尽，淡蓝色的天幕上已经隐隐显出了月牙儿纤巧的身影。在女孩的世界里，没有如此纯粹的照耀让她充满神奇地仰望。她沉浸在微微轻拂的风中，她一直仰望着月亮，然后在空敞的地上快乐地跑动着，一边跑一边兴奋地喊着："月亮月亮跟我走。"月亮仿佛是女孩头顶的气球，被女孩用无形的绳子牵动着。女孩停下来，月亮马上也停下来。她指着天上说，月亮在我头顶上。另一个孩子在远处带着月亮跑了一圈高声说，月亮在他那儿。月亮奇异地分属于每一个人。

波涛般的晚霞完全消失了。月牙在湛蓝色的天幕上渐渐饱满和清晰起来。女孩周身都飘着星星和月亮，在夜的波纹中一层一层荡动起来。

月光下,用毛玻璃挡住的一楼产房,婴儿诞生时的啼哭冲破夜色。女孩甚至能听到在白搪瓷的托盘中,闪着月光的刀剪碰出清脆的声响。

月光之于夜晚,如同火升腾起的火焰。有一天,女孩走出童年的医院,走向月光照耀的远方。无需对往昔说跟我走吧,她知道,唯有月光,始终虔诚地挂在一生的星空。

什么都可以改变,唯有月亮是永远皎洁的脸。

月亮没有风烛残年。

(选自 2001 年第 2 期《当代》)

尚贵荣

看 云

　　看云有许多种方式。

　　看云本质上是在观察自己的灵魂。

　　有一年,我独自躺在沙蒿林里,是在那一年深秋的一个下午。不远的地方,父亲在砍柴。所以就有橐橐的沉闷的砍击声以及父亲沉重的喘息声敲打我的耳膜。所谓的柴,也就是沙蒿,一种耐旱的北方沙漠植物,家乡那时候还没有煤烧——其实现在也仍然没有煤烧——便将青蒿砍了,晒干,用来做饭烧水。我的工作是将父亲砍下的沙蒿拢成一垛一垛的柴垛子,以便装车。我感到累,便兀自躺入沙蒿林里,看云。

　　其实首先看到的是天空,湛蓝高远,我疑心那是一汪倒悬的大水,会顷刻间瓦解倾覆,将我和父亲淹没。

　　这时就有云儿飘来,进入我的视线,它是那么孤孤单单的一团,没有别的陪伴。毫无规则,我说不上它该算是一种什么形状,如果说它像是一团棉絮,自然是很形象的,然而终于免不了陈俗的嫌疑,还不如说它就是云的形状来得更加妥帖。它有半亩地那么大,不很厚,强烈的秋天的艳阳,照耀得它通体银亮,耀眼夺目,看得我都有点晕眩。

　　它的阴翳斜斜地投射到辽远的不知什么地方去了,而它,几乎就在与我垂直的天空里,不移不动,像命运一般笼罩在我的头顶之上。在当时,在我和云的冷静的对视与交流之间,是否得到了暗示或觉悟,将近二十年了,时过境迁,那感受终于

尚贵荣,1960年生,陕西神木人。主要作品有《流浪的云霓》等。

已经模糊，无法说清楚了。然而在我与云儿相对的那一瞬间，却有一种侵心彻骨、无法言说的凄凉感整个地攫住了我的心灵。这一点是真实的，我现在都可以隐约捕捉到那一种意味，是一种平和的不无冷漠的快意和舒适。眼泪是在不知不觉中流出来的。我即刻有一种预感，我知道，在我的一生当中，这种凄凉感还会让我第二次第三次地重复体验到。

然而终于没有。我那时的年纪很小，十二生肖的轮回还没有转满一圈。而在此后的将近二十年的时光中，不知为什么，再没有真切地体会到它。它是永远地要在我的感觉里、灵魂里消逝了吗？可记忆又是如此地真切，仿佛素纸上的折痕，无法抹掉，难复熨平。韶华已逝，桑榆将晚，对于我们生命里的那些鳞光一般散碎的叶子，只有由冷冽的宿命的河水来漂洗或传递了。

广大的黑色的鄂尔多斯的荒野里，就我和父亲。以及遥远又亲切的，头顶上的那一片因了沉重的橐橐的敲击而不断颤栗着的孤云。

（选自 1988 年 7 月 24 日《山西日报》）

桑新华

与泰山对视

　　第一次,这样整天地坐下来,静静地与泰山对视,是因陪朋友登山受阴雨所阻而形成的。

　　好友自远方来,路经此地,专为登临久仰而从未谋面的泰山而驻足。准备了半天,谁知一冬一春少雨雪,艰难孕育的好雨偏偏下在了今天。雨雾笼罩了整个世界,天湿了,地湿了,登山的心情全湿了,沉甸甸的,烦躁躁的。看看雨丝在微风中舞呀舞,不紧不慢,没完没了。无奈,我们在窗前坐下来,望着山,等……

　　泰山是一道世人瞩目的风景,居室楼是山怀里的颗颗纽扣,我的蜗居仅是纽扣上的一个小点,高挂楼顶,恰恰与大山形成极好的对视角度。只可惜整天疲于奔波,就像上得无法再紧的发条,人乏心更累,哪顾得上认认真真地看它一回。值此闲暇,以渐渐静下来的心,细细看风雨中的山,似酷夏午后慢慢品一杯绝好的"雨前",品品诸般滋心润肺的味道。

　　山整个地浸在雨里,湿漉漉地装在我窗里。正对着的是层层叠叠后面的主峰,两翼延绵东西。草木葱茏的繁华让寒冬脱去了,雨幕挡住了雀跃攀登观赏膜拜的人群,连同纷乱与嘈杂,只有细雨微风裹着无言的沉默,在山的脸颊上抹。挂上主峰的是雪,白皑皑的,落进低近起伏山包的是水,悄无声息地把土石树木濡湿浸黑,黑和白随意一叠,自然构成一幅茫茫大海上泊着艘洁白巨轮的写意。简单、清丽,透着初春疏雨特有的朦胧、柔和、静

桑新华,1955年生,山东肥城人。主要作品有《与泰山对视》等。

谧。所有细节被删去,令人心仪的景观珍宝和被人忽略的山岩顽石统统模糊成没有差别的一片,平日里闹得满山沸沸扬扬的历史卷帙和永远说不完的荣枯生灭故事,早已收藏进大山深处。山,头顶着天,脚踏着地,袒露出自自在在、从从容容的风骨,留一个空空灵灵、清清静静的境地,任我们审视。久久凝望它安然端踞的姿容,体验到一种肃穆的深邃,一种由静而弥漫升腾起的苍莽大气。古往今来,那么多人频频临访、苦苦思辨泰山伟大之所在,是否只在感受到了它守中持恒超然物外的从容宁静气质之后,才有了"稳如泰山"、"重如泰山"的结语?

我友也在全神贯注,突然头不回地问我:"山上有河吗?"有啊,直贯上下的中溪、通天河,穿行西麓的彩石河,还有……何止一条。不过它们随季节变化而消长,不像大山,始终如故地迎送无常的四季。雨季来了,任雨暴风狂、雷劈电击,山默默承受,把创伤埋进心底,坦然地把丰水供给草木,送给河流。于是,河水翻腾飞溅,随势应变地跳跃奔流,水声回响在山城间。多彩的卵石趁机拥挤着、碰撞着,喊喊喳喳,热闹得令人炫目。雨季去了,山无言地忍受烤裂的暴晒,不惜输出脉管里的血支撑草木洒下一片绿阴。而河顿失滔滔,消落到流细声微,枯竭到河道自身迷失。此时此地,你怎能看得到呢?还记得我们学过的一句哲言吗:自然界的奇迹都在相对的静态中酝酿,宇宙的巨轮在无声中运转。动是宇宙的本能,静是自然的灵魂。静是运动之后的一种沉淀、恢复、修整、提升。静是一首诗,一种美,一种境界,具有超凡的影响力。泰山了悟了这一道理,从而获得了对事物对自己把握的力量,凝炼出任物变依然故我、宠辱不惊的庄重品格,无愧是自然界的仁者。

主峰西侧平坦的一段,那是天街,这座城市最北边的一条。其实山与城本来就一体,山与人始终共生共存、相亲相伴。城从南向北走到头便是山,由盘道接天街直到极顶,沿途的各种营生与城里一样红火。这影响不了山的静,它形态静心更静,静到了人们一走进它,自觉不自觉地多一些持重和规矩。从山顶开始就有居民,一路下来到山脚,汇聚成人挨人的城池。山因有了居其中、行其中的人,除去许多拔地横空盖世凌人的孤苦和傲气;人因有了雄伟、闻名、可亲可靠的山,多了闯生活的自信自豪和情趣。正因如此,山在泰城人心中更增加了分量,增加了敬仰的虔诚。外地人诚惶诚恐地前来对山顶礼膜拜,则对挑行李的山民气使颐指、不屑一顾,殊不知,在这里山与人不可分离,伟大与平凡之间不存在明确的界线。

泰山毕竟举世闻名,名山带名城,铁定是全世界认准的旅游胜地。于是人流滚滚,八面来风。城变大了,景变美了,人心变高了。遗憾的是:南来北往的风吹来吹去,吹得心高起来的那些人少了些本分的清静,添了些浮躁的火气。腰缠万贯的老板与徒步爬山的老太太都有诸多不如意,做学问的和目不识丁的同样奔忙出无可言状的烦恼,为了什么、不为了什么都去争一争、嚷一嚷。只有泰山依旧无言,始终不语,默默地看着不肯安静片刻的人世,看着沉浮起落的大地,看着在欲望面前失去自控力、变得孩子似的那些人。那些人看做关系生前身后荣辱成败的大事情,山知道和它怀里的树木流水一样,消长生灭,转瞬即逝。浮躁的追逐戏剧性的热闹,宁静的注重丰富真实的生命。二千八百年前,我们民族文化的先哲就断言:无欲以静,天下将自定,(《道德经》三十七章)。经千年进化、世事历练,踏进现代文明门槛里的人们,怎就轻易忘记了?奢望过多失望必多,何苦自困自扰。

一种心态导致一个时代的风尚。

一旦静到泰山一般,还有什么能失去的,又有什么不能得到的?

举目西北望去,巨大的卧佛,仰枕傲徕峰,脚抵九女寨,一卧就是上亿年。它以佛的慧眼,阅尽人间沧桑,任斗转星移、岁月嬗变、尘嚣汹涌,从不动容、不开口,显出了嘈杂言行的浅薄而多余。一触目它那不被任何所惊扰、尊贵优雅的姿势和安详如满月的面容,顿觉辐射来一种化愚矫枉的巨大力量。自己平时的焦躁渐渐化作一缕轻尘,飘然逝去,得以解脱的轻松漫遍全身。

夜来了,一切在如烟如雾的缥缈中隐退。清晰可见的只有闪烁在盘道和天街上形似北斗的路灯,神秘地对我们眨眼睛,这真真实实富有灵性的对视,是一次人与自然、心灵与心灵的碰撞、交会,是精神的净化,它正随着春雨融进生命里。

与友相对。

我说:山,是我窗上的一幅巨画,有了它,高挂的斗室就是我灵魂的栖息地,永远。

她说:不虚此行。

熊育群

仙　居

> 熊育群，1962年生，湖南汨罗人。主要作品有《生命打开的窗子》《西藏的感动》《三只眼睛》等。

　　五百年前的一天，三透九门堂的祖宗在枫树桥这片土地上凝神，开始构思一片庄屋，他的眼里满是时间的段落，是一代一代人在岁月中延续下去的景象，他看到了未来——看到了今天——站在三透九门堂前，面对一片黑压压的青瓦木屋，仍能感受到周姓祖先的那份思考。村子里的人依旧按着数百年前的一次构想在规范着自己的生存方式，这是祖先们的预谋——他从此成为了一支血脉的开端，就像一粒种子，寻觅到一块自己的土地，开始生根发芽，向着时间的纵深伸展，直到庞大的根系像今天的三透九门堂一样，长方形的院落一座座相连，犹如闽西客家人的土楼，近百间房屋相接成了一个整体，你随便走进哪家的屋檐，都可以此为起点，转到这片青瓦屋底下的任何一户人家；只要你上了楼，在哪一间房子都可以下楼。枫树桥人说，转遍三透九门堂，只有两步半不在檐下走。它就像一座迷宫。

　　一个家族在大地上种下了一种叫做"家园"的植物，它不但在地面上繁衍，还在心灵上生长出感情的藤蔓，它就像时间序列中的族谱一样，在空间，它也写下了一个庞大家族的秘密。

　　一爿南方的院落，一爿不同于许许多多江南民居的房屋，以最温情的院落培育了对于土地的眷恋，除了那些青灯苦读的莘莘学子，金榜题名，从此可以出外成就一番功名外（三透九门堂确曾有不少学子高中金榜），世世代代，周姓子孙就在这片土地上繁衍生息。

在阡陌间穿行,远处是仙居景区如屏的青山,"以其洞天名山,屏蔽周围,而多神仙之宅",这是北宋皇帝宋真宗赵恒对这里的描述。由于这道圣旨,这个叫永安的地方从此改称仙居。一个偶然的机会,我走进了这个至今还鲜为人知的古村落。

六月,是杨梅成熟的季节。隐隐的雷声在天边作响,空气里被不知是来自云中还是大地树木中的水所充盈,即便有薄薄的阳光照射,仍是水汽弥溢,潮得仿佛一拧就能出水。在我的眼前,从法、意、德欧洲诸国那些乡村古老的石头房屋,到港澳的高楼大厦,再到仙居民居,这一切的变化只在几天间发生,不由得让人恍惚。车在括苍山脉的高速公路上跑,竟会把那些被树木葱茏着的山当做亚平宁山脉。巨大的钢铁机器裹挟着我进行着时空的转换。在毫不知底的情况下,当一堵高大而宽阔的马头墙撞痛我的瞳仁时,我才确切地认可自己是真正到了树木葱郁的浙南山地。就像湿热的空气让我如坠汪洋,古老的砖石墙体让我进入一种绵延数百年的宁静。

一位中年妇女在马头墙旁的溪流里洗衣,马头墙高高地封住了院内的房屋。她蹲在三块巨大的青石板上,青石板跨过溪水,对着的是一扇大门,门里的长廊串起一户户人家。暗处的廊内却空无一人,只有她的捣衣声。青青的泥瓦,饱吸夏天的雨水,色重如墨;青石的墙剥落了粉白,也在雨水的浸淫中斑驳着青与黑的色块;时间就在这里老旧、呈现——石条的门框、墙角、墙基,石头雕刻的漏窗、门楣,凝固着时间的永恒;鹅卵石镶嵌的坪地,映出的是时间如同无物般的透明;只有木质的墙板、梁柱门窗、廊庑斗拱,主人最费心机建造的精华所在,却在时间中朽去,如同岁月中不断流逝着的喜怒哀乐、生离死别。

我一直在琢磨,为什么我们的祖先选择了木材来构筑房屋,而西方则无一例外找到了石头来砌筑自己的美庐。走遍欧陆大地,并非那里的石头多,恰恰相反,我们遍生佳木的南方,石头的山更是层峦叠嶂。看多了西方那些石头的城堡,我更加怀了十分珍惜的心情来体悟我们已剩不多的早已被时间剥蚀得斑斑驳驳的却是精雕细刻的木质楼阁,它们是岁月馈赠给我们的艺术精品。三透九门堂也是这样的杰作,它是来自民间的散发着传统文化气息与田园趣味的建筑。在二透厅堂花窗中,有一扇以太极图为中心的阴阳八卦与蟹、虫等动物饰角的窗牖,窗条全由"真交条"构成。一五五三年倭寇入侵时,村民逃出村子后,又连夜冒着杀头的危险潜回来,偷偷把这两扇窗拆下,绑上石块,沉入塘底。近年有文物贩子愿以数万元之巨来收买,都被村民拒绝。但在漫漫岁月的侵蚀下,她却难以抵御时间的摧残。

我从一个院落穿插到另一个院落,一进或二进的三合院组合着系列神秘而古老的空间。正屋大都五间,左右为厢房,组成"门"形。主厅一间多数由八面有精致木雕的门扇与方形院落分隔;有的则无隔断,与院落空间融为一体;回廊台阶上立有等距的圆木柱;台阶下,卵石的图案铺满了回廊罩不住的四方坪地,一条石板路从中穿过,简陋却充满乡野之趣。二进则多为后院,是花木森然之处。通道有的在厢房前,有的在庭院的中轴线上。院落如此井然有序,纷繁杂乱的世俗生活被有形的建筑组织起来了,家族的观念被建筑的空间所强化。

与枯坐在廊下的老人搭上几句闲腔,或者与捣糍粑的拉拉家常,我在忽明忽暗的光线里细细察看那些雕成凤、狮和麒麟的斗拱,刻成浮雕的云纹花卉图案的照壁,廊下横梁上镂空成半圆的忍冬花造型的垫木,门腰的浅雕渔樵耕读、八仙过海图……它们大都蒙上了厚厚的尘土,有的蛛网密布,但它们的玲珑剔透、逼真细腻,历经如烟岁月,仍传递着强烈的艺术感染力,就像建筑中的华彩乐章,震撼人心。

从乌云似的屋檐下出来,一阵突然而至的锣鼓唢呐声传来,一群穿着橘红和杏黄对襟衫的农民在地坪里舞狮耍龙,那些周姓的子嗣,从稻田、果园、花灯竹木的作坊和纺纱结带的房里出来,都到这儿围观来了。恰逢端午,寂寞的生活突然有了这喜气的声音,他们的兴奋难以自抑。而宁静的村庄好像在突然间远去。现实生活的气息与古老村屋之间既显得难以协调,却又因这生活之流的清新灌注,相生相克中,变化出一代代人完全不同的新气象。那些呈齿状的马头墙,一排排静默着,高高耸入天空,构成乡民腾跃的背景,火焰似的色彩与它陈旧而阴暗的墙体恰成对比,淡淡的夕阳下,它谦恭地退于一隅,聆听着这血液一般沸腾的声音,就像祖先们以洞明世事的目光穿越了时间的迷雾,以一种千古默契,共有了同一个时空。

我远远地注视着这一幕,心里充满了莫名的感动。

(选自 2002 年 7 月 22 日《羊城晚报》)

宁 肯

秋 天

　　我知道,这不是一个短暂的情绪,秋天带来的喜悦不是歌唱,而是皱纹深处的安宁。新学年伊始,没有了丹和桑尼,但所有的孩子果实那样摆在我的面前。他们长了一岁,我没有理由不爱他们。我答应过,要带他们去那条山谷。我们穿过坦巴,穿过桑尼家的后墙山,进入圣皮乌孜山谷。

　　圣皮乌孜山外表看光秃秃的,山顶云雾缭绕,长年积雪,下面一直到山脚都是球状风化的岩石,没有一丝植被,那些松散的卵石看上去它们关系不错,实际上是孤立无援,它们随时都可能一哄而散。但山谷不同,因为水源的关系,因为避开了温差和风蚀,因为阳光充足的驻留,山谷溪水长流,植物丛生,草坪终年不衰。有一年冬,雪后,阳光明媚,我进入谷中,沿着冬天清冽的溪水,我发现了多处冰川。通常,这样的山溪进入冬季会变成整条冰川,但这里不然,冰川是偶然出现的。我注意观察了一下,我发现,偶然出现的冰川是被阴影留住的。阴影留住一小段岩石上的溪水,溪水就变成了冰瀑、冰屋和冰帽,而阳光驻留的地方,溪水明快,哗哗作响,岸上的草坪竟茵绿如春。

　　我喜欢这条山谷,我把它称做内秀谷。今天我要带他们认识岩石和植物,我多少知道一点沉积岩、玄武岩、花岗岩、页岩和片麻岩之类的知识。我认为石头是大地最悠久的语言,如果不知道岩石的种类、划分和由来,我们怎能和山脉相处或交流呢?你心中没有它们的语言、它们的历史,就算你

宁肯,1959年生,北京人。主要作品有《蒙面之城》等。

想沉思点什么也是不可能的。植物同样也每天都诉说着什么,虽然孤独的野山榆寡言少语,像沉默的老人,但花朵纷放的野蔷薇和山栀子就十分喧哗了,至于满天星和点地梅简直一天到晚,不停地叽叽喳喳谈论着它们的邻居。植物的语言是大地最丰富优美的语言。山间一枝普通的花,你很可能叫不出它的名字。叫不出花朵名字会使孤独的人感到郁闷、茫然。我注意了一种花很久,就是叫不上它的名字,后来才知道叫活佛花,心一下子就豁然亮了,以后再见到这种花就像见到了老友,我会蹲下来,和它说会儿话。是呀,人这时怎么可能孤独呢?

因此,对于我,光阴从未流逝过。我待在时间中,就像待在羊卓雍、纳木错或斑戈湖的湖心。湖水不会流失,反而会有许多的时间注入。有那么多赶来的时间、河流、鸟,我活得寂静而充实,还有这么多成长的孩子。他们围着我,我也不老,我们在山谷中。他们问这问那,好像我是先知,我什么都知道。我说,其实我们知道得都很少,我们不可能都知道它们。我们只是大自然中的一部分,而且是很小的那一部分。

午餐和歌唱是同时进行的。在谷底一块盈满阳光的草坪上,他们自由组合边舞边唱,不像在尼雪林卡那样经过精心准备,这一次完全是即兴的。事实上任何一次出行都伴着即兴舞蹈和歌唱,除非下令禁止。我又怎么可能禁止呢? 我甚至不能禁止每一次青稞酒。

每一次的酒都使我陷入寂静和回忆。我看着他们野餐、歌唱、舞蹈,我也在其中,但好像又超然物外,我常常看见我自己。我看见我拿着一片叶子,向他们讲述这一片叶脉与另一片叶脉有什么不同。我还看见我站起来,招呼一个攀在岩壁上的男孩。下来,我说。下来,你要摔着了。桑尼,下来,快下来。桑尼从旋柳树上下来。我说,桑尼,下来,该你了。桑尼和仓曲靠着同一棵树,面对着不同的河。拉珍呢? 拉珍! 我听见我在大声喊,然后我看见了仓曲。仓曲说,拉珍在那儿,就在那儿呢! 我的意识掠过河岸丛林回到了山谷。这时候我听到了一声尖锐的唿哨。唿哨来自山谷一侧的山峰上,那是一堆寂静的浑圆的卵石。不错,卵石有时也会寂静地发出唿哨。我认可这里一切可能和不可能的事物。但这次我错了,卵石动了起来,并且有模糊的五官。天哪,那是五六个男孩满是尘土的脸!他们是长年住在山上的放牛娃,我曾见过半山腰上缓慢蠕动的牦牛,但还从没见过它们的主人,今天终于见到他们了。他们的颜色与大自然浑然一体,就像卵石之于山峰。我不认为他们一定要走下山来,也不一定非要在山上建所学校,只要一间教室,一间草棚或石屋,挡挡风雨,足矣。事实上越是接近自然的人越能接受本质的教育,我想,在山中的讲台上,面对溪水和太阳鸟的鸣啭,这些孩子会比山下或城里的孩子,更加聚精会神地倾听我的讲解和有关历史的陈述。

我不是圣徒,但我确已洗尽铅华。

(载 1999 年第 3 期《散文选刊》)

胡亚才

大别山

森林告示

此刻,只有这宁静,能让思绪继续在内心深处坚韧地荡漾;只有这空灵,能使受伤的思想像复活的小溪,执著流淌;只有这清新,能使遭遇风暴的情感像鸟从刚刚苏醒的巢里射向天空;只有抛却森林外的喧嚣和骚动,才能在安详的慈母怀中诗意般思索……

走进这斑驳的森林,灵魂不会流浪。

草裸露着生命的渴望,树表达着苦恋蓝天的爱情,鸟欢畅着幸福生活的憧憬……

竹成为一种诗意的实在,雪成为一种审美的意象,石成为一种心理原型……

山溪洁净,目光里没有心事,谷径通往高远,幽幽而悠悠……

走进森林,一身的尘埃,都会落定;远离森林,一身的清洁,都会污染。

永不褪色的芬芳

风,就这样一次次温柔地吹拂……

以阳光灿烂的名义,重新走进这门,用真诚打磨岁月的锈蚀,总能闻到满院的芬芳,那是强大的生命凯歌在奏响,那是惊心动魄的激情在燃烧,那是内心的风暴开始了大地上的行走……

在无际的黑暗里,你像一盏灯,照亮世代的村落,于是,如海的群山不再寂寥;你像一把火,与浩荡的山风猎猎而舞,从此鲜红了如冰川般苍白的

胡亚才,1962年生,河南固始人。主要作品有《春天的角度》《一切如我们虚拟》等。

冷峻的命运。

在深重的苦难中,你战胜了绝望和死亡,倔强的果核胀破了寒冷,给大地带来了小草、花朵和树;你的声音很小很轻,像嫩柳的絮语,但已唤醒了整个春天。

在明澈的天空下,你如沧桑的智者,带着曾经的欢愉和回归的从容,用温暖的大手抚摸着月光,抚摸着阳光,抚摸着眷恋的目光。啊,散发浓郁芬芳的生命曾从这里走向远方,渴望怒放,哪怕在遥远的后代飘香,就像一滴水缓缓地穿过沉重的石头,就像一粒种子忠贞地等待坚实的土壤。

雨,就这样一次次展开所有的枝叶,展开细节与流水……

九龙潭

山是沉默的,却有会说话的眼睛。

蓄满了春之声,初恋的畅想奔涌而来,粼粼波光正是跳跃的音符。蓄满了夏之意,仿佛一张极大的荷叶铺着,弥散着凉爽和清香。蓄满了秋之韵,平和中全然无语,宁静而深沉正是成熟的层次和品位。

一潭的碧绿,一潭的清澈,一潭的明亮,一潭的传说。山,因此而滋润起来,鲜活起来,秀美起来,神奇起来……

人与之对视,常常在不禁惊诧的同时,颇感自己目光的艰涩和心气的浮躁。

守望

让绿回山坡,草种土地,水流大海吧。

把悲怆还给历史,虽然时间不再陌生;把钦敬留给现在,虽然淡淡的烟气将和浑然不觉的日子一同飘飞;把神往交给未来,虽然人们因热爱与快乐而不缺少激动的情节。

总还有油灯照不到的地方。

人,应该践约:守望着旧址,守望着精神,守望着信念。像真正的英雄后代,让父兄的嘱托和鲜花一同灿烂。心灵永不再孤寂,哪怕世界越来越喧闹。

一切归于平和,一切归于自然,平和自然中总有些回味与眷恋,回味与眷恋中会常有火炬般的目光。迎着这目光,你才能诠释沉重的含义,才能体味心路历程。

香山湖

当您读懂那抹如画的远山,你才能体会这浩淼的水对山的意义。

如同世界因生命而鲜活,天地因水而灵动,万物因水而滋润,人因水而含蓄而奔放而深沉而大气。

水,煽动着漂泊的欲望;水,要表达漂泊的目的。

天风海雨中驾孤舟漂泊,不要苍白了这漂泊的空间和青春的羽翼,默默维系着对生命对精神的守卫与传承。然而,漂泊者终有归途,虽然生命中不能承受之轻,虽然漂泊是仅存的负重,它仿佛是无言的平静和无限的坦荡,一切的燃烧和愤怒,一切的呐喊和追求俱化为蓝得彻底的天空与水边站立的山峰。

我们需要风和日丽。

风和日丽是水的目光,是山的胸怀,是孩子们的未来日子。

(选自 2001 年《散文选刊》)

周亚新

走向满月

又是一个隆冬的静夜。

月，从山后悄悄地露出圆脸儿，朝夜幕笼罩的大地窥视了一下，便欣然一跃，蹬上夜空。等候多时的万物忽地颤然一动，马上都变化开了：黑黝黝的天向四外扩开，一碧无际；大地上，山树挺拔，小河轻奔，没有了阳光下的万紫千红，只是黑的、白的，被月光浓浓地一泼，光幽幽，影朦朦，仿佛一个充实清雅的梦境。

我感谢夜。夜消融了白天都市里纷杂的色彩，喧嚣的声浪，带给我人归舍鸟归林天宇四垂万籁无声的宁静；夜送给我一个温馨的明亮亮的使我心生喜悦的圆月。

月我相照，激情奔涌……

哦！亿万斯年，你如明灯高悬天上，光照人寰，你圣洁的光不为尘封，不为俗染，至今仍是我生活的向导。

古往今来，你为诗，为画；为言志，为抒怀。直至今日还是这般蕴藉无穷，既清纯又深厚，仍是才子才女们灵感的触发点！

你是这样的独特——摒弃一切艳丽的色彩，只给天地间迷离的黑白二色，便这样楚楚动人，引发出人间的多少理想、虔诚、崇拜！你用美的旋律塑造了多少美的灵魂，即使那些邪恶的人，如果抬头望你一会儿，也会心静如水，改邪恶为善举。

哦月！你接受的是太阳之光，然而你是把太阳的光精心地变化，再从你的体内辐射出来，竟这样

周亚新，1962年生，河北人。出版作品有《天道邈悠悠》《发现》等。

柔和、生动、纯美,才有了这充满无限生机和魅力的世界。没有你,世界该多么吵闹。你透射出一种伟大的力,这力比太阳柔和,比海洋温馨,比山博大;太阳有时太毒,山有时太险,水有时太凶。它们喜怒无常,不可捉摸;而你却总使我轻松平和,尤其是这满月,使我愉悦、情纯、上进。你有一种控他的、影响天宇的力。人心在你的调解中稳定了情绪,天地在你的调解中井然有致地运转。瞧:明明是峭寒的冬夜,若是在白天,会看到树光秃、地肃杀、河凝冻。可此时,河水淙淙,如银蛇轻舞;柳枝婆娑,似少女黑发飘拂;月光笼罩的空气潮润润的,溶解了严冬的干冷。此时是什么季节?我分不清了。这清舒柔和的氛围,分明是四季精品的融汇。月,你向我诉说着生命的无限美好,让我懂得了万物生机盎然之理。我拜倒在你的面前来研究你。这一研究,我感到自己变成了一条大河,在地球上浪浪起伏,精力无穷,无可阻挡。

　　月,我虔诚、执着地热爱你,这使我体内产生一种巨大的力量,让我牢牢地向着你,不允许我有一丝一毫的偏离。也正是这种巨大的力量,驱使我向更深远的境界迈进。星,你也许会笑我是爱月的偏执狂,没有月强大的感染哪有偏?没有我深深的领悟哪有执?没有偏执,人生便没有棱角,便太圆滑,便缺少激情,那该是何等的不幸啊!有偏执,才有独特的至高至深的幸福。我以获此偏执而感人生的欣慰和满足。

　　月光挽连天地,合而为一。正痴迷于月的我,被月光浮起了,我在这伟大的润泽中升高了。手之所触,目之所及,心之所想,身之所浴,无不是月。月光漾漾,把纯美的柔情揉进我的周身,揉着,进着。唉啊,我何不敞开自己,接纳这天外而来的精华呢!我全身膨胀了。我的灵魂,我的血气,迫不及待地从体内长出来,涌出来,与月交融了。月入我,我入月;我是月,月是我,月我难离难分。天地间存在的是我的鲜活,月的神韵;空中洋溢着舒畅的浓浓的轻吟。我与月相携同游,识天地,阅沧海,走向永恒。

　　我不能说清,冥冥中是怎样的一个圣者,引我到这神奇的月夜里,沐雄浑、智慧、高洁之光,清洗心灵之困顿,享受挚爱,给予挚爱。我跪在月光里,向冥冥中引导我走向满月的圣者虔诚膜拜,深深地,深深地一拜!

（选自1994年5月25日《文论报》）

感怀篇

郑云云

现代寓言

郑云云，1955年生，浙江人。主要作品有《城外世界》《用笔签约》《云水之境》等。

钓雪

白雪盈盈处，一条瘦水，隔夜的渔夫独坐舟尾。钓雪？钓鱼？还是钓一份心情？无人知。

渔夫写完诗，才见有一只鸟，正穿过如剑的千山飞来。白雪青鸟，恰似寒流中的一条青鱼，以如此优雅的姿态游弋，惊呆了渔夫。那样一只翠鸟，落在渔夫的舟尾，抖抖身上的雪，用晶亮的眼睛望了望另一双眼和渔夫手中的钓竿。是人吗？人也是孤独的吗？瘦小寒江，早就无鱼，人在寻找什么？青鸟只是在寻觅传说中女娲的补天之石。它不自量力，想要衔石补天。然而寻觅之途遥遥无期，已耗去了它一生的美丽光阴，也许它最终将在雪中坠落，但它依旧喜欢白雪中的飞翔。孤单而高傲，清洁无尘的飞翔啊，你可知天的悲悯和雪的滋润？你可知为了希望的飞翔是多么温馨美丽？

江雪中，渔夫与鸟对望良久，终于，青鸟展翅而去，没入雪空。

柳宗元没有用诗记下这一次美丽的遭遇。他甚至没能改动他的诗。不错，是"千山鸟飞绝"的时候，而那不是一只鸟啊，是雪天里孤独的精灵。它以惊人之美震落了诗人手中的笔。柳翁或许从此便知写诗与钓鱼，即使在雪天，亦不过是红尘俗事。

但世人只道有寒江钓雪的柳翁，无人知那只青鸟的下落。纸上的墨雨，染乌了江中的白雪。大雪纷纷扬扬下了千年，青鸟早已成为人间的诱饵，却再也不会飞临此地。

除非,我们能够找到并进入那个神秘的山谷,发现女娲遗落的补天之石,依旧在流水中五彩斑斓。当我们飞扬手臂击石如钟,让钟声向雪花飞扬的天空清亮地敞开,远远的,可会有青鸟驮着太阳和月亮飞来?

问石

今夜,我只想你,只想美丽的戈壁。雨儿如鸟,纷纷落下,我何时成了,久旱后盛开的那朵无语的蔷薇?

二十年不吱一声的我,终于心情宁静地松开埋葬自己的十指。泥土中我为谁拾起那枚蓝色的石头?像一滴晶莹的泪珠,像一粒被秋天丢弃的火苗。从此我们相依为命,互为日月,你成了我朝夕相伴的戒指。我孤独的十指张开如鸟的羽翅,乌云已经消散,天空又要晴朗。我为什么还不远行,朝着我不敢梦见的地方?

我说,我要还家,陪伴故乡的花朵和诗歌。然后,在山坡上长眠不醒,让头发长成树叶,让两臂长成树干。我还记得故乡的山坡上只有柿子和枫,山下是江南独特的绿杉,树的顶端,齐齐地抽出并列的青枝。

那时我穿戴得像一位新娘,戴着雏菊和草叶编成的美丽花冠。在这上路的时刻,在又苦又香的秋天时分,不会有油壁车,不会有西陵柏下的柔情等待。不可违的宿命啊,我只能迎接即将到来的尘土和泥泞,戴着我唯一的戒指,衣衫褴褛走过沿途的村庄。那么,我何不能最后一回美丽自己?为了你,为了我梦中的诗歌!

在空无一人的山峦上,太阳远远地燃烧,故乡的灯火就要亮了。我将我的护身符,那枚指间的小小蓝石头贴在心间祈祷:在今后年年的春雨中,我能梦见在稻田的尽头,在小溪拐弯的山坡上,拥有一间黏土和石头垒就的小屋吗?暮霭降临,我用我唯一的戒指点亮灯火,让小屋开满蓝色的灯花,让潮湿的木头冒出呛人的烟,然后推开小木窗,倾听茫茫夜色中,土地里释放出的无尽忧伤。

既然我无力偿还,土地的情义和你的纸债,我就忍住我的痛苦,不发一言。

看叶

站在幽静的山谷里,握着你的手仰头望树,不见红叶。

阳光应当在山外什么地方朗朗照着。那里游人肯定如织,红叶也应当灿烂如花。正是好秋天气,阳光和游人,谁肯辜负红叶之美?

然而还是这里好,我喜欢这无人的山谷。真要看叶,哪能在热闹的去处?树儿本是世界上最淡泊平和的物种,而我们是人类中甘愿孤独的一群。唯有在静默中的彼此凝望,你我才能互相明察各自的蜕变。

秋风吹起,很凉很凉,是第几阵秋风?想不明白。只是身上的感觉超常敏锐起来。自知我在看叶,叶亦在看我,举手投足之间,都仿佛在叶无言的包围中。其实,我是知道树的心思都在叶里了。那是树的眼睛。树木用它们望着四季轮回,望着世间万象,望着风雨晨露日升日落,望着一群又一群灰喜鹊在夕阳下归巢。当然此时此刻,也好奇地望着一个女人躲开人群,静静地伫立在它们面前。以树的年轮和沧桑,它们也一定能感知人心的柔软和脆弱。

从前,很古的时候,秋风乍起时,它们可曾有幸听过人在树下奏琴?最古的曲子当然是《高山》和《流水》了。高山有乔木,流水无知音时,伯牙一砸琴,会有无数红叶飘落成泥吗?那琴,那被古人用木雕成的琴,年轻时便是一棵当然的树啊。当人的十指弹拨如雨,琴音流淌似水时,那是树的另一种生命形式吧,人和树,怎么就能如此相通呢?

今天再无人焚香净身,林中奏琴了。只有如潮的人群,在山外涌来涌去地观赏红叶。

人群中的红男绿女,有几人能读懂枫叶之美?

山谷中的老枫树伸开它依然绿着的手掌,每一片叶如今又成了它的手掌,成千上百的树叶令我想起大慈大悲的千手观音。然而它们不是观音,是树,所以我才能听见它们善意的调侃和嘲笑:人类是如何经受不住疼痛啊,这么年轻就失去了感动和生命的能力,只会跻身于热闹以求麻木和消解生命的疼痛,是多么愚不可及的一群!

心惊于树的嘲弄,却不得不承认骂得好!

其实,叶红叶绿,关卿何事?

明眸皓齿的我们,心已粗糙苍老;而历经沧桑的香山之枫,该是经历了多少次生命的大恸,却依然维护住青翠年轻热烈的心。岁岁之秋,红叶染山,那份生命的高贵,无法与人言说。

回回看见外貌已惨不忍睹的老树,在春天里依然我行我素地绽放出青翠绿芽,内心便感动不已。唯有树了,唯有扎根于深土的大树,才能有这般的英雄气。

而在深秋的风中缓慢旋落的红叶呢?

我想起京戏舞台上那出美艳惨烈的《霸王别姬》。身着红裳的虞姬决断地横抹一剑,便在生命的舞台上轻盈深情地旋转着,旋转着,恰似一片红叶,在命运的风中缓缓着地。但求以一己的美丽消亡,换取爱者的生之路。那一片红裳,濡湿了古今多少英雄泪!真正是天地为之动容的永恒一幕。

接下来便是乌江自刎。至此,树们又该嗟叹人类的脆弱了。"无颜见江东父老",难道如此便有颜见虞姬之魂?李易安自可以"至今思项羽,不肯过江东",为项羽的赴死击掌赞叹,但虞姬呢,那一片红裳,算不算白白飘落在地?

我们为什么竟不如树?

山谷中,枫叶还绿着。走出山谷,不见枫,却见高坡上红艳艳一棵树。鲜红的叶,像一条条红鱼在风中游动;鲜红的果,大如握拳,在晚秋的艳阳天里一颗一颗如倒挂的金钟。蓝天下,风撞钟响,山谷口,我惊异地站立。

那是什么树?!

柿树。北方的柿树。你说。

你还说,看见树的根部了吗?一圈黑乌乌的伤痕。那是与野酸枣树嫁接时留下的伤痕。野柿树的果其实又小又硬如枣核般,北方所有的柿树,都必须经过这样的嫁接才能结出你所见到的艳如金钟般的果。

我默然。心想也只有树了,只有树才能承受生命不能承受之重。生命被腰斩的大恸,柿树可还记得分明?它以晚秋中超凡脱俗的美艳,试图向我证明什么?

我望树,树亦望我。蓝天若水,红叶如鱼。我听见有金属的音响,一阵阵穿越了山林。

何敬君

我们改变了什么

> 何敬君，1957年生，山东人。主要作品有《沉默的帆》《从五月到五月》等。

坐在夏天的雨夜里。

雨时疏时骤，雷时远时近，与前赴后继的风时紧时松地编织着，要给这个在深深的夜里仍不想入睡的世界证明些什么似的。

我自认为已经很久不受身外发生的这些或者那些的影响了，但今夜不知为什么，心神如此不宁？就如十八年前在北京的那个夜晚。那一夜，在暴雨雷电飓风的轰响中，我为自己对未来的选择而辗转反侧，彻夜不眠。此时，在当年梦寐以求的这座城市的舒适的房间里，我却表现得像一头笼子里的动物。

窗外黑暗一团如垂下一丛厚厚的帷幕。我看不见雨是如何从天上降落的，只能从交响的声音里判断，它们是疯狂的，也是欢乐的，它们恣肆地倾注，扑打地面和途中碰到的一切。大地肯定被滋润浇灌透了，如沉浸在爱情里的人一样变得慵懒的、瘫瘫的了。当然这只是我的想象，我并不能真的感觉到。我还想到，世界上一定有许多地方正遭受着干旱的蹂躏，绿色消失了，土地一片一片龟裂了，无数盼雨的眼睛也已干涸；与此同时，还有许多地方已经暴雨成灾，洪水正把一条条街巷变成船的通道，人即使走在没有积水的地方，也如钱钟书先生说的"脱下鞋子，上面的泥抵得上贪官刮的地皮"了，一双双被浸泡得红肿的眼睛在企盼一个晴天，企盼阳光的照临……

大自然呵，你为何让人如此无奈？但我知道，这不是我今夜焦躁不安的原因。

　　昨天，我还在南国的广州。在那个最早面对浩瀚的海洋打开窗户，最早把夜晚弄得比白天还明亮耀眼，那个让多少人在梦中看到自己生活其中，也操着差点儿变成另一种国语的呜呜哇哇的"鸟语"的城市里，我嚼了很长时间的生猛海鲜之后，行走于高楼大厦的缝隙里，为当地人生活的改变而慨叹。我想收拾起那些变化的因素，装进自己的行囊。只是头顶之上的太阳离我太近，针芒一样的炎热大把大把地撒下来，扎进皮肉，使我几乎无法保持正常的状态。正当我与阳光的肉搏战进入白热化时，突然，雨，就来了。那雨不是随着风而来，不是由小到大渐渐下起来，好像也不是随着云来的，而是如寂静的旷野里藏伏着的百万雄兵，转瞬间就接天连地、如注如泻地倾倒了下来，让人无处可逃，甚至无缝可钻。我不得不放弃那一点点自以为渺远深刻的念头，很现实地担心三小时以后将要乘坐的航班能否飞起。但朋友很悠然地劝我放宽心：广州的雨从来都是这样，来得快，去得也快。

　　果然，载着我的波音飞机准时进入八千米以上的天空。望着舷窗下面汹涌奔腾、瞬息变幻的云海，觉得那好像就是我们现在的生活的本身，它的改变时刻超过我们对它的感觉，有时晚上回头去想想早晨的事物，就觉得有些陌生了，好像过去了很久似的，而且我们永远也不能预知它会变到哪里去。我知道下午六点钟的时候我是端着一杯茶坐在雨后的广州，晚上十点钟的时候我会端着一杯茶坐在黄海边上自己的家里，从电视台的晚间新闻报道中看今天发生在世界上的好事、坏事和不好也不坏的事，但我不知道明天下午、晚上，以及后天和后天以后的日子，我会在哪儿？我将做什么？我知道街上有不少旧的和不太旧的东西被拆掉了，一些新的和更新的东西已经和正在被建成，但我不知道那被更替的到底是什么？我知道我们精神上的许多堤坝已经坍塌，一些新的河渠已经和正在形成，但我不知道那河渠里流淌的还是不是过去的水？我知道我们吃的食物、穿的衣服，我们的娱乐和休息、我们恋爱以至做爱的方式，都新派了起来，让爷爷们父亲们瞠目结舌了，但我不知道在改变的方式背后改变的究竟是什么？

　　此刻，我坐在这个声响很大而含义很模糊的雨夜里，任思想如一只蛾子无目的地飞行。它想到一些新的空间去扑打扑打翅膀,但一次次试验都撞在经验和惯性交织的网篱上,被狠狠地兜了回来。它只能在它熟悉的地方活动。

倏忽间,这只蛾子从云海落到了地上,落到了朋友讲的一段故事里。朋友单位今年春天举办了一次中层干部政治学习班,是利用双休日的时间,且把学习的地点安排在一个风景优美空气清爽之处——领导的用心也是良苦的:既让大家能够安静地读点儿书,精神上加些营养,同时也是忙里偷闲地放松放松。但既然叫"学习班",就得有一定的程序,把大家集中到一起交流交流学习的心得体会就是必要的了。这种发言是漫谈式的,没有规定的顺序,往往就需要有个人来打"第一炮",因此领导就很随便地指身旁的某君:"×主任,你带个头吧。"岂知,这位仁兄立刻就正襟危坐了起来,尊口一开就是条件缺省的二段式演绎,上挂下联,对照书上讲的一进二、二进三地自我检讨,自我批判,直说得让人觉得他很痛恨自己,恨不得把自己打翻在地,再踏上一只脚。在座的诸君都扛着个尽管"一块钱可以买仨"的或正或副的处级头衔,平时也都自以为可以叱咤三片两片风云的,可这会儿都觉得乌云低悬,脖颈挺不住了,一个个颇显深刻地自我反省了一番,那劲头也是恨不能把脑浆挖出来晒一晒方才罢休……

雨以它自己的节奏继续下着,时而密集时而疏散地敲打着窗玻璃,似乎都是对我的叩问。我很想到街上去走一走。我们这座城市看上去跟以前已经不一样了,一条条街道白日里蜿蜒着修长与亮丽,夜里则恍惚迷离,宛如从晚礼服里伸出的美少妇的臂膀,可以随时引入到想入非非中去的。我想沿着那条最长的街走到那座令有文化的人骄傲的雕塑馆,去看看那一组曾让我流连忘返、萦怀至今的泥塑作品《城市农民》。艺术家让泥土有了生命,站起来走进了城市,从穿对襟小棉袄、草编鞋,到穿中山装、布鞋、胶鞋,再到西服、领带、休闲装、旅游鞋、皮鞋,腰里别上了BP机、大哥大;从瘦骨嶙峋、面青如菜到大腹便便、脸上流油;一代一代地变化着、发福着。把他们的眼神连接起来,我便犹如进入了一条隧道:穿草鞋的怯懦地盯着脚下;穿胶鞋的拘谨地平视前方;如今穿皮鞋了,可以放肆地往天上看而无需看身边的人了;但袭袭相传的是一样的空洞和空洞中流出的一样的茫然。

每每想到那里的《城市农民》时,我就总是经意不经意地想找面镜子照照自己的眼睛,也总是经意不经意地想看看所遇到的人的眼睛,想从里面多找出些什么来,但一次次总为自己而迷茫。我往往被一种意念牵引到一条江的边上。那是一条奔流了不知几万年的大江。几百年以前,一位皇帝和一位僧人曾在那里做过一次机智的对话,高僧对着万帆竞发的景象告诉皇上说,江里行驶着的只有两只船。熙熙者为利而来,攘攘者为利而往。而今,我在江岸踯躅徘徊,看到那些已经被命名为"欲望号"的船建造得更大了、更坚固了,劈波斩浪的力量更强了,以前所未有的速度驶往共同的目的地——"名利港"。我当然也不满足于做一个临渊羡鱼者,很多时候我都想做那船上的一名乘客,或者干脆自己能有一只船。就在几天前飞往广州的班机上,读过一篇很好的散文,还随手抄下了其中的一段话:"成年人的生活看似变化多端,爱、工作、吃饭、睡觉、娱乐、外出旅行等等,其实都是极为简单的。如果没有升迁、利益、欲望的驱动,或者不再有更多的要求,只满足于现状,那么,生活的每一天,对于我们就是一种重复。"这位作家的名字记不住了,但我相信此公是真正生活中的人,只是不敢断定他的文章是否也是在一个雨夜里写成的。

雷声已经远去,雨也即将停下,而在其他的什么地方,雨肯定还在下着。或者绵绵而飘,或者淋淋如注,或雷雨、或暴雨,都是将在半空里积聚起来又飘浮不住的那些水降到地上来。这就是下雨的本质,大自然不会让它改变。我们的看似千变万化的生活呢,到底改变了什么?比这更重要的是,我们人类自身到底改变了什么?铺天盖地的战火兵燹早已过去,地球范围内的冷战也已结束。打眼望去,举着各色国旗的人们似乎不再垂涎别人版图上的地盘了,而都在忙着货物、技术、知识的输出和吸收,但在堂皇冠冕的背后,除了要捞走对方的金子外,是不是没有对人心领地觊觎?今晚的电视新闻里说,尽管俄总统普京向克林顿表示反对美国搞什么NMD——国家导弹防御体系——但美国不会改变既定的战略方针。叫人一下子想到离我们咫尺之远的日本国跳出来,联合其兄弟们建立所谓TMD——战区导弹防御体系——也曾遭到中国政府的多次严厉谴责,而他们仍然我行我素,而且不想承认在南京屠杀三十万中国人民是非人道的,反倒在那里一次又一次祭奠所谓的靖国神社。这些场景我们都曾通过 Panasonic 或 SONY 电视机目睹过……

在这样一个雨夜里,我的思想散散漫漫地运动着。明早不管晴天还是阴天,我都得该干什么干什么。

潘向黎

三十而惊

潘向黎,女,1966年生,福建泉州人。主要作品有《天梦相随》《十年杯》等。

不久前,和两个七十年代出生的人聊天,谈得兴起,他们突然问起我的年龄,我一说,他们却很吃惊的样子:"真的吗?看不出来!我们一直觉得三十岁的人很老了呢!"然后谈话就有些滞涩,仿佛刚才是一场误会似的。我笑了,因为非常理解他们的感觉。

我也有过这样的看法——三十岁,已经够老的了。

小时候,觉得三十岁是大得不可思议的年龄。直到读大学时,班上有位历届生老大哥,比我们大好几岁,每次男同学们下棋、打牌,总听见有人对他大叫大嚷:"不许赖,你几岁啦?都快三十的人了!为老不尊!"因此他落了个"老不"的雅号。其他的人难免也耍赖,但都被允许,老大哥只因为快三十了,不仅"不许赖",而且对遭围攻也总是默默承受。那一切在无声地告诉我们:三十岁,是一个多么不轻松的年龄,是一个从被纵容到被苛求的分水岭。

自己是喜聚不喜散的俗人,一直喜欢所有的节日,把生日也当成一个节日来过的。加上生日在秋天,我又很喜欢秋天,就像古人在这个季节里邀朋友一起赏菊、饮酒,其实菊和酒都不过是借口一样,我的生日就是那应时应心的菊和酒。所以总是没到日子,就开始兴冲冲地筹划。可是,今年的感觉却有些异常。夏天过去了的时候,一种不适感就开始向我袭来。我没有像以往那样满心喜悦。随着生日的迫近,我第一次感到了那高爽之中隐含的凉意。第一次感到了某种压迫。

一道门槛已在面前,一股无形的力量在推着我。要么故作镇定地跨过去,要么被推倒在地,最终也要被拖过去。不过去是不行了。我对那只看不见的手说:"别碰我,我自己会走!"我当然要自己跨过去。那就跨吧。可是脚步怎么这么沉重?跨过去,会有什么在等着我,谁也不知道。可是一跨过去,就再也不是年轻的、想哭就哭、想笑就笑、可以做梦的人了——有一个声音在反反复复地对我说。我捂上耳朵,才发现它是从我自己的心里发出的。

不知道别人是怎么样的。我自己,直到二十九岁,还觉得自己是一个女孩子,在许多方面是享有特权、对未来还有许多期待的女孩子。异国生活、婚姻生活都没有改变这种自我认可。我不知道我周围的人是如何看待我的这种心态,是真心宽容还是暗藏讥嘲,我一直没有想过,因为自己没有觉得有什么不妥。可是现在,突然地、不由分说地要被塞进成年女性的行列,必须成熟、必须坚强、必须入乡随俗、必须中规中矩、必须习惯接踵而来的责任与丧失——必须、必须、必须,那个声音又冷又硬……而我却毫无准备。

无意中看到一些句子,也开始触目惊心——"三十岁的女性,总有一种将谢未谢的憔悴","都三十岁了,还像少女一样作清纯状"。原来不是我神经过敏,在别人眼中,三十岁确实也是一个可怕、可哀的界限。如果生活使你挫败、疲惫,那"将谢"就会提前成为"已谢"了;相反,如果生活没有在你身上留痛,也只能归于"清纯状"而不可能是"清纯"本身。这一切像一只有力的巨手,紧紧抓住我,把我的脸固定住,我不能扭头跑开,只能瞪大双眼、眨也不眨地看着那道门槛的逼近。

小时候,在母亲工作的中学里有一个校医,是一个和蔼的老人,他说过:"刚刚还是个孩子呢,一转眼就老了。"当时我们忍不住都笑了,那么一个须发皆白的老人和"孩子"之间隔着千山万水,怎么可能是"刚刚"的事?可是今年,我不止一次想到他,想到他的喟叹。我想我开始理解了,并且会越来越理解:这是一句多么诚实又多么伤感的话。

垂垂老矣也就是一转眼,那么三十岁,岂不是连叹一口气都来不及吗?不管怎么说,三十岁了,到了和年轻无忧的日子告别、开始新的阶段的时候了。

别了,意气风发!别了,率性任情!别了,幼稚、轻信、浮躁、脆弱!别了,以年轻的名义颁发的一切免罪符!

终于明白必须割舍,反而平静了。没有什么可以挣扎、可以不甘的。每个人都是这样过来的,无人可以例外。正是现在使我觉得失落的,当初给了我喜悦和骄傲。如果时间实现了我少女时代的梦想,带来了我想要的生活方式,我接受了如此珍贵的礼物,怎能不接受它附赠的"老"呢?怎么可以如此忘恩负义呢?

三十而"惊","惊"过了开始想一些以前不想的事。

有一首歌里唱道:"三十岁以后才明白……"看来三十岁也有收获,会明白一些以前不明白的事和道理。是的,就像走山路,绕过一个弯,峰回路转,眼前是一片新的风景,不到这个位置就看不到的。

该如何面对三十岁以后的日子?一种态度是挑战,向年龄挑战——留住本应消失的,或者争取提前实现自己的目标。这样的态度也许比较积极,但透着勉强和刻意。人与时间斗,有些像唐吉诃德战风车,只能以失败告终。这种态度缺少一点潇洒,也不够优雅。还有一种态度就是没有姿态,对年龄的事不去多想,专心体验每一天的况味,不知老之将至,叫咄咄逼人的时间没有对手。我想还是后一种态度比较适合我吧。

生活中一切美好都是时间的赐与,它怎么带来必将怎么带去,明白的人是不会对这一点怨恨或者抗议的。成长的过程,与其说是不断获得的过程,不如说是不断失落的过程。只是,在失落青春的同时,也可以同时摆脱心高气傲、自以为是、急功近利、简单片面这些青春时期的伙伴的。失落,也不都是悲哀的。失落的同时,我们也就获得了一种新的眼光、新的角度去看世界、看人生了。那是一种蜕变,你永远不可能在拥有旧的一切的同时完成它。

如果把人生的意义看做一种收获,我们也不可能在拥有花朵的同时拥有果实。而三十岁,是花瓣开始凋落、果实还没有结成的时候,也许有些寂寞,那就让我们安静地接受绿叶吧。"春风取花去,酬我以清阴",枝叶扶疏中依旧是盈目的生机,这也是生命中一个意味深长的境界。

终于三十岁了。这个念头像深秋长街上刮过的风,凉意入骨,但带着透彻。那么,就留下该留下的,轻快地迈过眼前的门槛吧。从容地向前走,花朝月夜、风霜风雪,不同年龄的风景自会在眼前缓缓展现。

（载1998年第2期《散文选刊》）

刘 华

让我们来想象一对老虎

> 刘华，江西人。主要作品有《青瓷》等。

不觉间，留意起发现古村的消息来。那些古老的村落、古老的民居也好像忽然褪去岁月的遮蔽，纷纷矗立在我们眷顾的视野里。

前人刻意留下的宗谱极可能衰老而记忆模糊。或许，唯有一棵古樟尚记得村子的高寿。

通常，在那些古村里，即便白发苍苍的老人，对他们栖身的房屋的历史也是知之甚少，问起来，总是混沌得很。就好像面对村边那堆满了松柴的古戏台，今天我们已经无法穷尽旧时乡间的一幕幕精彩了。

在古村里，老去的概念很具象，就是村巷里的深深车辙，就是窗檐上无所顾忌茁壮生长着的草木，就是深宅里被一方天色抹亮的茫然表情；然而，我走进古村，绝不是追寻老去的生活、老去的岁月和一些光耀史册的老去的姓名。恰恰相反，我认为，古村里一定有活过千百年的生命。

比如一对老虎。一对分别刻在前厅两侧厢房槅扇上的老虎。一对被屋主连同槅扇一道贱卖的老虎。

一共卖得一千元的婆婆道明了出卖的理由：那两只老虎会叫，每天半夜里吼得吓死人。后来，凿掉了它们的牙齿，在虎口里嵌上木板。邪吧？它们还是吼个不停。前不久，有人到乡下来收古董，就卸掉槅扇卖给他了。

如此，只好让我们来想象那对老虎了。想象那镇屋避邪的虎虎生威，那四目相对的虎视眈眈，那峰回谷应的凛然长啸,想象它们咆哮的音域、旋律及和声,被吼声震落的蛛之蜕、木之屑、岁月之尘。

一对木刻的老虎,复活在屋主人的故事里。大可不必怀疑它的真实性,因为艺术的确使那些古老的建筑有了精血,有了神采,有了生命,乃至有了狐媚妖惑一般的魂灵。

正是在这座村庄的另一栋老房子里,我听得一阵阵马嘶。虽然遥远,却是真切,顿时令我亢奋起来。那是透雕槅扇门中间条形板上一组马的浮雕。它们或安然觅食,或惬意自慰,或温情凝视,或回首嘶鸣,强健的马蹄透出曾经的春风得意,壮硕的马尾摇曳着富足的自满。由它们的丰腴,由彼此之间自由而依存的关系,我不禁联想起欣赏德国表现主义画家弗朗茨·马尔克的油画《黄色的马》所领略的意味。这真是一种奇妙的精神契合,它超越了时代超越了国界,发生在农家挂满什物的裙板墙上。

在有燕子筑巢的梁上,在有炊烟拂过的飞檐翘角,在阅尽家族兴衰荣辱的门楼,在依偎着农具的照壁、柱础上,几乎到处可见精美的艺术作品:木雕、石雕、砖雕,绘画、书法……民间工匠的创作激情甚至不肯放过任何木构件,比如斗拱、雀替、斜撑。一栋老房子,就是一座传统文化的博物馆。

一代代人,就生活起居在民间艺术中。

满目是花卉禽鸟、祥龙瑞兽、人物故事、神话和戏曲场景,满目是民间的祈愿。朴实的祈愿,竟然表达得这么郑重、这么华丽、这么精致!

这不就是古村的灵魂、生活和艺术的灵魂吗?

于是,我便理解了为什么在遥远的时代、在广阔的民间,会有那么多能工巧匠。众多无名氏的作品也许未必能被我们奉为经典,但面对由它们表现出来的艺术精神,也足以使当今某些冠冕堂皇却热衷于追名逐利的艺术家汗颜。

有一对虎被贱卖了。那群马还能那么安闲自在吗?难怪,越来越多的有识之士在大声疾呼:抢救民族民间文化遗产。而保护、传承民间文化,正是一个迫在眉睫的世界性命题。

循着隐约可辨的虎啸,我追寻着历史,却禁不住好奇和欢喜,走进了民间的现实,走进了艺术的民间。那都是平民百姓,他们却以新奇绝特的技艺,创造出了瑰丽多彩的艺术世界。他们的初衷朴实无华,也许只是悦己怡人的精神寄托,然而他们的理想价值、审美趣味以及表现形式,却和传统民族民间艺术血脉相连。

在他们手中,自有虎之啸、鹤之鸣、蝶之舞、人生之梦,我怅然若失的心因此而欣慰。

乔 叶

把钥匙挂在心口

年纪轻轻,可是我忘性挺大。每逢出门总是得先找到家门钥匙。不然,回家时我一准儿会站在门前束手无策。

一次,把我这种烦恼讲给朋友听,朋友笑道:"其实很简单,你可以用个红绳把钥匙串起来套在脖子上,让钥匙贴着心口,这样你肯定不会再忙着找钥匙了。"

一试,果然不爽。再细细地穷研一番,又觉得这种做法实在是富有深深的意趣。

人们常常把钥匙拿在手里,可是手里总是满盈盈的:奖券、首饰、职称、学历、荣誉证书、信用卡……然而在这个什么都需要疯狂掠取的时代,手里的东西也并不能让人足意。人们往往是在紧握双手的同时,还在时时刻刻地环顾着周围,想着要再去获取些什么。手是这么小,可要的东西是那么多,哪里还会有钥匙一个合适的位置呢?

人们也常常把钥匙放在口袋里。可是口袋里也往往被塞得不留一丝空隙:股票、期货、房产、存单……凡是人们认为对自己有用而且能够保存一段时间的东西,都要让它们在口袋里占上一席之地。口袋被撑得那么鼓、那么胀,似乎随时都会有爆炸的危险,哪里还会有钥匙一个宽松的位置呢?

人们还常常把钥匙放在皮包里。可是现在的皮包本身好像往往比皮包里的东西更重要。人们的皮包不停地淘汰着、变幻着,皮包里的东西也在做着相应的增多、减少、搭配和组合:化妆品、大哥

乔叶,70年代生人。河南修武人。主要作品有《生在我的左边》《自己的观音》等。

大、计算器甚至卫生巾……哪里还会有钥匙一个恒定的位置呢?

于是,我们常常随意地把钥匙放在某个地方。于是,我们便常常需要去寻找钥匙。

难道不是吗?

当然,在很大程度上,我所说的手,是心灵的手。我所说的口袋,是心灵的口袋。皮包,是心灵的皮包。钥匙,当然也是心灵的钥匙了。

所以,才需要把钥匙挂在心口。

也许,在这个五彩缤纷的世界上,只有心灵才是最易空旷的地方。我们只有把钥匙挂在心口,才能时时听到钥匙敲击心灵的声音。

也许,在这个浮华轻飘的世界上,只有心灵才是最为真实的福地。我们只有把钥匙挂在心口,才永远不会忘记回家和失落家门。

(载1999年第8期《散文选刊》)

洪 烛

成吉思汗的草原

草原上已没有大雕了,甚至很难见到弯弓搭箭的猎人,可成吉思汗的影子却无所不在。毕竟,这里曾经是他世袭的领地。我面对的是一片属于幽灵的草原:风起云涌,残阳如血……

成吉思汗,一个令世人无法忘记的古老的名字,一个伟大的幽灵。一草一木似乎都与之血脉相连。

我是为了求证对于历史的想象而来到内蒙古的。空间的距离已不存在了——我毕竟已荣幸地置身于这位射雕英雄的生存空间。唯一能构成障碍的就是时间了。漫漫长夜,可以削弱他对现实的影响,却难以动摇他在我这类怀旧的游客心目中的位置。

我是特意来拜访成吉思汗的。虽然他已经不在了,整个草原,不亚于缺席的宝座——被寂寞的苍穹拥抱着。我仍然蹑手蹑脚,怕惊动了亡灵的世界。

偶尔,会路遇穿着民族服装的牧民——假如他体格强悍、相貌英俊的话,我便会无端地猜测:他,是否算得上是成吉思汗形象的翻版?成吉思汗,是否也长得这般模样?

不管怎么说,他们都属于成吉思汗的传人。至于我,不过是一位感兴趣的局外人罢了。

所以草原对于我,更像是一个博大的梦境:风吹草低,牛羊成群,无意识地祭奠着遥远的往事……我目睹的这一景象,肯定也曾经呈现在成

洪烛,1967年生,江苏人。主要作品有《南方音乐》《两栖人》等。

吉思汗的眼中——他是否也跟我一样感动?只不过他那个时代的羊群,都已成为岁月的落伍者,或者干脆就化作天上的云朵。

成吉思汗,一个古老民族的领头羊啊,他的权威,他的尊严,似乎至今也不曾消失。哪怕他本人的葬身之地都是个谜。

据说他在出征西夏途中,发现了一块风景优美的宝地,就抛下了马鞭作为记号——以图来日掩埋尸骨。他的子孙后来也确实执行了他的遗愿,只不过未留下任何痕迹,并且守口如瓶。这自然很令后世的盗墓者技穷。没有哪位帝王,能比他更纯粹地回归泥土了,而不用顾忌身后的毁誉。他像影子一样消失了,但又像影子一样存在。

从某种意义上讲,他的一生都在营造一项巨大的工程:使整个蒙古大草原都成为自己的陵园。他也确实做到了。

问一问那些沉默寡言的游牧者:他们可曾怀念成吉思汗的时代?英雄创造的业绩,是太难超越了。他们更像是心悦诚服的守陵人,世代相传地守护着那历经时光消磨而未缺损、未变质的荣耀。

英雄就是英雄,是历史舞台上唱主角的。与之相比,我、你、他,都属于凡人,属于配角。这不得不承认。

一位叫布尔霖的美国学者认为:"中国之兵学,至孙子而集理论上之大成,至元太祖成吉思汗,而呈实践上之巨观。"没有比他更勇猛的武夫了——曾经大肆涂改过世界的版图。哦,真正是大手笔!有人说:拿破仑都不得不拱手认输,不敢去争那顶"世界上最伟大的征服者"的桂冠。

巴尔扎克有句名言:"拿破仑用剑建立的功勋,我也同样可以用笔去获得!"在成吉思汗面前,我们却永远不敢说这样的大话。他只会令文人意识到笔的无力。

我更愿意在草原上信马由缰(而不是在纸上),体验一番作为天地之子的自由感觉。在成吉思汗眼中,国界、种族、方言乃至时间——都是没有意义的,江山大一统,自己才是主人,世界永远超脱不了他箭的射程。现代人变得越来越谦卑、胆怯了。何时才能恢复他的胆量?可以说,巨人首先是靠胆量成为巨人的,然后才靠臂力。

这支摧枯拉朽的利箭早已射出去了,再也找不到踪影。只留下了空荡荡的弯弓,供后人参观。它永远只是陈列品,再没有谁,能把弓弦撑开了(这简直需要神力)——甚至连尝试的勇气都没有了……

　　我面对的是一片松弛而缄默的草原。我与草原之间,隔着一个人的影子。

　　按道理说,草原是最容易埋没记忆的,用野火、用流沙、用风暴……游牧民族的生活区域,几乎找不到堪以跟时光抗衡的永久性建筑,连蒙古包都是可以拆卸的。跟西藏、青海等其他少数民族聚居地相比,内蒙古的寺庙应该也算是最少的吧。当然,这不妨碍它拥有自己的神、自己的神话。蒙古族人把成吉思汗的名字,供奉在内心的殿堂。他们怀揣着精神上的火种四处流浪,甚至流浪都是一种骄傲。

　　世界曾经因为他而颤栗。这个最伟大的流浪汉,一只脚站在亚洲,一只脚跨向欧洲。他仅仅跨了一步,就在地图上留下巨大的足迹。可以说,他的步伐,他的身影,改变了人类的进程,以及我们的生活。

　　草原既是他的诞生地,又是他的安葬地。他甚至没有在草原上留下一块明确的墓碑,却让整整一个喧嚣的时代为自己殉葬。这最朴素同时也最华丽的葬礼。

　　直至今天我都能感受到那种折戟沉沙的神秘与悲哀,那种血腥的气氛。一个人,使一座草原成为传奇。

　　草原仿佛有两个,一个是属于现实的,一个是属于亡灵的。我热爱它的真实,又痴迷于它的虚幻。就后者而言,我仅仅是在成吉思汗的领地上做客。我没法不激动,没法不紧张。

　　在内蒙古,必须首先学会和幻影交往。

　　因为成吉思汗的影响无所不在。

　　他与其说是一个人、一段历史,莫如说是一种延续至今的血统。

(选自2001年第5期《西北军事文学》)

雷平阳

西凉山的九十九朵白云

一

我是白云的儿子,我的魂一直都由白云携带。白云在天上走,我就在白云下面的山野与河川之间跟着它。有一次,我横渡金沙江,只为了去摘一束攀枝花,白云就歇在攀枝花树的顶端。我知道,在西凉山,一棵攀枝花树就可以搭建一座天堂,它树身与枝条的神殿,它硕大的花朵的神祇气味,它繁茂的叶片的伟大秩序,它四周壁立的氧气的肃穆气氛,它用阳光和月色酿制的恩膏,一切都真实而具体,就像树根组成的人间,泥土在上,心脏在下,周围簇拥着石头的家族、禾苗的部落、溪水的城邦、昆虫的集市,以及色彩、线条和声音的王国。

我一寸一寸地往上爬,世界多么安静,几只黑铁之鹰蹲在风上,铺开的翅膀上,没有雨水和风尘,褐色的毛羽早已滤尽黑夜之冰。谁看见过鹰眼中的仁慈?谁看见过鹰爪上弥漫的抚摸的愿望?与它们相距不足两丈,而不是隔着一片天空,我看见它们像终于回到故地的游魂,身体中的弓箭和刀刃统统放下了。群山群河再不是超越的对象,天空也绝非宿命的渊薮,眼前的万物流溢的全部是记忆、擦痕和爱。一棵攀枝花树、一朵白云、一片闪光的水域、五百公里整齐排列的山头和寂静,其中任何一种,都能填补它们灵肉的空缺和缝隙。所以,看惯了闪电,把任何一种光都视为闪电的眼睛,鲜为人知地柔和起来,依然犀利的视线,构成的材料却由冰刀变成了蜜剑。怎么会呢?它们并没有离开

雷平阳,1966年生,云南昭通人。主要作品有《画卷》《普洱茶记》《风中的群山》等。

过西凉山半步,忽然有了记忆的这些物种也是日夜所见。那棵攀枝花,看它现在多美妙,可它那支朝北的枝条,曾弄掉了自己最动人的那根羽毛;那正在渡江的风暴,你看它现在多么迷人啊,气宇轩昂,大开大合,可它曾让自己胸膛发冷、晕头转向;还有那堵相对高差达三千米的绝壁,你看它现在多令人心醉、出尘、干净、伟岸,用它造一座天堂,胜过世间几万座教堂,可它的确曾让自己上下为难,不是不能用翅膀去丈量它,而是它在那儿一动不动,仿佛一肚子装的全是神的意志;至于这朵树上的白云,你看它多像一团上帝的棉花,可那些年,跟着它在西凉山的天上飞,却怎么也追不上它。唉,倦鸟追云,它曾让自己几乎累死在天上……

也许问题的核心是,这些物种怎么一下子就变了性质?但在我攀爬攀枝花树的过程中,我真的看见几只鹰不再是记忆中的鹰。它们之所以在相同的地方、相同的物种身上,找到了自己的另一副身体,它们之所以愿意把天空尽可能地让给白云,让世界尽可能地安静下来,我想,这应该是西凉山的秘密。许多年以后,在北京东八里庄,诗人倮伍拉且告诉我,诗和鹰都是通灵的。我觉得他说的不会错。

二

爬上一棵攀枝花树,一寸一寸的,我靠近了白云。最初的愿望是采摘攀枝花,可上了这棵天堂之树,也许别人会以为我将放弃凡尘的想念,转而去得到作为神祇气味的攀枝花;或者以儿子的名义,重新进入白云的身体。一切正好相反,我还是摘了一束为凡尘而开的攀枝花,不为奠献,也不为情献,仅因它火红色的美。从树上下来,鹰在上,白云在上,天堂在上,下面的尘埃,以山峦的模样,以江水的步伐,走得好疾!与它们赛跑的人们,全是我的父母和兄弟。

三

大江日夜流,我只是过客。一只只鹰换了心肝,一块块石头开始飞翔。多少个万里无云的日子,在西凉山的手心里,我度过了自己寂荡而幸福的童年:单纯地为一束花而奔波,偏执地跟着一朵云走到天黑,认真地与八月的星空交谈,一次次沿着山脊把羊群赶进了天空,或者通过金沙江或牛栏江——那天地不朽的血管——认识了一系列小的跌宕，大的粉碎和新生……土地之爱如鬼魅附体，手下的神图，插遍漆树的鬼板，全都以不一样的方式流传。

在此，英雄之逝如巨石坠江，我辈远走，当是白云外游，被我一再诗意化了的生活场景，如果一旦还原，就将像那棵路边的漆树。它身体里的汁液，每年都有人在汲取，把它的皮肤破开，汁液就流出来。一年一个伤口，忠诚地跟着树干，就好像树干上与生俱来就有着一架伤口组合而成的梯子，而且这梯子每年都会增加一级，直到树枯了，汁液没有了，梯子才会失去繁衍力。天地有阴阳，铜鼓分公母，那母鼓能生下成串的小鼓跟在自己身后，难道伤口也有疯狂而伟大的阴道？难道这漆树身上的梯子隐喻了生的形态？

据此，我们就不难理解万物有灵的生存观了。草有灵，树有灵，鹰有灵，天有灵，山有灵，这并非人类发育史上的余音远唱，祝咒铺陈，水土草虫就会听令。同时，人命关天，虫命也关天，谁也不是天地间唯一的主人。我们和虫、鸟、兽、畜一块儿来，来到这山上，就该是兄弟，就该共享山的财富和饥寒。没有人不知道生之短促，中途加入人类绵绵不绝的队伍，必然又将在中途退出，你还有理由不欢乐地嚼尽这天赐的蜜糖？

四

山有大幕，一如波澜壮阔的舞台！

很多时候，舞台上只有风暴和雷霆。风暴登台时，雷霆先报幕，它轰天炸地的大嗓门，它让铜屑铁末满天飞溅的共鸣声，意在压住万亩山川的窃窃私语。它说，现在让我们把西凉山交给风暴吧，除了风暴，戏剧中没有谁可以再扮英雄！

一出戏剧，因此从头到尾都是风暴。就像有一股神秘的力量在暗中调遣着西凉山一样，风暴也被隐形的力量所调遣，从头到尾缺少故事性，平铺直叙。清一色的大场景，山是泥丸，水是飘带，都不变。变化的云统统被驱逐到看不见的地方，多像没有买票混入剧院的孩子！它吹，就一味地吹，一天，两天，一个月，两个月。唯一的变化即唯一的剧情就是，遇树，它变成树精；碰到山头，它变成山神；来到江上，它就成了龙王；如果与几朵花撞了个满怀，它则迅速做了花妖；假如有鹰隼前来搭乘顺路车,它毫无疑问的就是鹰灵……简单、直接而又无止无休的伟大戏剧啊,我们并没有因它而昏昏欲睡,当它成为人之肉、人之血、人之骨、人之心和人之主,它就在我们的身体中旅行、访问、判别是非、决断生死。

风暴谢幕时,有点像天地蜕皮,一层皮肤掉下,露出新的一层……

更多的时候,西凉山的舞台上,山川体系作为背景,土垒的房屋陷入泥土之中,还是土的家庭成员。它们之所以有别于土,易于让人看见,就因为它们偶尔会晃荡。火焰与炊烟在一定程度上改变了它们作为土的品位;人的出入和睡眠,则使它们多了最大比例的梦幻异质。然而,在西凉山,在山川的排比和递进群落中,动与不动,梦与不梦,又有什么区别呢?小组合为大,但作为个体的小,在集体主义的大面前,于旁观者看来,小甚至会小得没有痕迹。一个人走进几百公里长、几十公里宽的峡谷,一群蚂蚁在千里山脊上搬家,一棵泡桐树守望着金沙江,都像一头黑山羊拥有整整一个黑夜啊!都像一个伟大的毕摩置身于前不见头后不见尾的人魂长河之中啊!

好,现在我们不妨将目光再次投向西凉山的舞台。我们要看的不是一个人或一群人,披着察尔瓦,像条黑色之河,穿过西凉山,很显然,他们的身影不言而喻的小;当然我要陈述的也非一支鹰隼的队伍从天上飞越西凉山,看它们并以俯视的角度看天之下的一切,也许会看到非同凡响的景致,但我们还是来看看一只蜜蜂,看它如何擦着地表嗡嗡飞过西凉山。

一只蜜蜂,它需要我们通过想象才能呈现。它从自己筑于岩壁的巢中,一身蜜糖,黏黏糊糊地爬出来,一脚踩空,然后费劲地打开被蜜粘住的翅膀。现在,它的任务不是寻找油菜花,而是要用自己的小翅膀去完成一项我们众所周知的旅行。它一寸一寸地飞,才飞了二十寸左右,过惯了集体生活的它,便遇上了孤独,并差点被一只乌鸦啄食;好不容易飞了一公里,它就觉得这旅行缺少意义。无花可采的日子真的过不下去,但又觉得身后跟着千万只想啄食它的乌鸦,它必须一直飞;再飞,在一片开花的荞麦地里,它不仅闻到了花粉的香味,而且它的一只伴侣在那儿等它,只想为这位可爱的朝圣者饯行。唉,它真的欲哭无泪了,天堂就在身边啊!再飞,它遇上了风,遇上了雨,还遇上了篝火上方致命的滚滚浓烟,还遇上了漫漫长夜和烧荒的一山之火。这可爱的小精灵,飞翔的过程中只剩下飞的念头了。很大程度上，它已经不是一只蜜蜂了，而是一只金属的或者木质的、泥石的会飞的小器械了。不就是要飞吗？那就不停地扑打小翅膀吧。

让一只小蜜蜂飞越西凉山，类似于让一个人在劳作中活活累死，更像那群俄罗斯巫师，他们命令一位姑娘在草原上跳舞，直到姑娘在舞蹈中香销玉殒。以劳作或以美的名义，人类的许多异教徒的确干过一桩桩让人浑身发冷的事。那么，让一只蜜蜂飞越西凉山的行为又算什么呢？以意志的名义？以大与小来一次彻底对比的名义？以小动与大静相抗的名义？以远方和跋涉的名义？显而易见的是，当我们这只小蜜蜂在阅读了万山千水之后，在躲过了千劫万险之余，它已经没有了回头一望的念头，小躯体像个黑点，往一片草叶上一落，和所有的生命一样，旅程未尽，它便遇上了死亡。身体中的每根筋都被拉断了，每一滴汁液都散失了，每一点意志都被抽空了，每一丝关于花朵的想象都被榨完了。跟一条江相抗，想用一条江的水洗自己的小脸？跟一面高达十公里的绝壁对峙，想用十公里长的伟岸装修自己的胸膛？跟一片迷宫一样的原始密林谈论跨越，想借用迷宫为自己的翅膀授予勋章？跟一篷无边无际的阳光对视，想这阳光给予自己宇宙间最快的物质速度？跟自己的小魂小魄较劲，想它能带自己规避所有的困难？唉，我所看见的西凉山的舞台上，却没有一只真实、客观、具体的小蜜蜂。峰丛连天，江声破耳，九十九朵白云欲走还休。

天黑了，一堆谢幕的篝火，一围歌舞的人群。天地乐陶陶，像阿妈一样，又有最美的姑娘，因为爱，在篝火边，把最美的贞操给了鹰隼般勇敢的情哥哥。

五

在西凉山，天空是打开的。在此之前，当你还在山下，你很可能会觉得你走到了世界的尽头，山是世界的城墙，金沙江是世界的护城河，牛栏江那破地开天的大峡谷则是世界的壕沟，而那些大如房屋、遍野安放的石头，毫无疑问的就是守护世界的兵卒。可当你走上山来，一切就变了，世界变得没有了边际，一万个山头组合在一起，也能让你知道什么是一马平川。矮下去的世界，仿佛没有了坷坷坎坎，暴风在上面走，类似于几百列蒸汽机车并驾齐驱。如果你乐意,你也可以把自己体内的英雄拿出来,一步一个山头,在世界上散步。山之上的天空,照例呈弧形,一点尘埃也没有,甚至没有半点杂乱的色彩和光影,而且静谧肃穆,无欲无私,不给任何物种指引方向,也不给任何人类后天的思想提供温床。它是我所见过的世界上最大的一块蓝颜色,纯蓝。平常我们都说,雄鹰在天上飞,其实,雄鹰并没有飞到天上,它们从来都只飞旋于山与山之间的缝隙。至于白云,也一律地堆积在山脊上、峡谷中,它们在斜坡上滑雪、滚雪球、举办雪的盛宴,或者开办棉花加工厂、举办护士培训班,驱赶着比雪山还白的马队……

天空打开,但从没有一个梯子可以往上爬,它永远是宇宙中唯一不能鸟瞰的东西。

陈蔚文

午后的墓园

其实三十还不到，对死亡却有越来越大的恐惧。发自肺腑的，连细节都想到了——从合上眼睛的那刻想起，想到会有多少真心实意的泪水与痛苦，想到希望碰上一位手艺好些的化妆师，想到用什么样的优美器皿盛装肉体的灰烬（最好是淡青色瓷，不要装饰，连冰裂纹都不要。只是简单的淡青的瓷罐，烧坏了些也不要紧，本来，我亦是有缺陷的人），想到一个静寂的有树的墓园。

当然，这些都不是恐惧，这些只是些残酷却不乏动人的细节。

最恐惧的是肉体变为灰烬的过程。

因为不确定自己的死亡，虽有医学的证明，而医学怎么证明一个灵魂的死亡？在那场最后的大火中，我怕灵魂会有忍受不了的疼痛——是燃尽，还是淬炼？夏日的深夜里想到灵魂与火焰的纠缠，皮肤上掠过一阵阵寒意，仿佛睡在被白被单包裹着的冬天。

我相信灵魂，或者说，我愿意相信有灵魂。

前晚看一部港台剧，里面男人爱上一个热爱现代舞的女人的灵魂，一直跟随着她。他的身体因溺水在医院抢救，而灵魂一直追随她到另一个世界——经过在水中的下沉，来到一片开阔之地，前方是巍峨的哥特式白色大教堂，里面有一重重门，许多灵魂等待着上帝的审判与裁决。而他焦急地寻她，要把她带回人世。却终于未敌过宿命。

片子除了那出现代舞，拍得有些粗糙，并且荒

陈蔚文，70年代生人。主要作品有《蓝》等。

诞,但仍有一点让人动情的东西在里面:一个男人对一个女人灵魂的不舍与追随。

我希望灵魂在肉体寂灭后,会去向一片只有温柔绿色的墓园。教堂和上帝都不需要,哪个灵魂没有瑕疵?死亡便是对每个人最终的审判。

我只要一个静静的墓园。

有风,有树,即便夜晚,也有白天光线照过的热度。黎明很早就来临了,薄雾,草叶的气味,石碑上被露水洇湿的简洁生平……这不是失乐园,是永恒的最后居所。

或者,像顾城在二十五岁那年四月的诗里写的:

我的墓地/不需要花朵/不需要感叹或欷歔/我只要几棵山杨树/像兄弟般/愉快地站在那里/一片风中的绿草地/在云朵和阳光中/变幻不定

不知道是不是因为谐音,诗总是与死联系得紧密。

诗人,这些从不想给自己留退路的纯洁而脆弱的人,他们很容易就遭到了世俗的损害,于是选择投向白色的死亡。只有死亡,才安置得下他们海水或荒原般的诗句。

老戴着一顶顶奇特而肃穆的帽子的顾城,他的诗里总是提前透支了死亡的消息。在写上一首诗的同年同月他在一首叫《最后》的诗中写道:

现在,我卸下了一切/卸下了我的世界/很轻,像薄纸叠成的小船/当冥海的水波/漫上床沿/我便走了/漂向那永恒的空间。

冥海的水波在三十七岁时可悲地漫上了他的床沿。他卸下了他过于敏感的世界,沿着一柄爱与恨的锋利斧刃滑进深水。

他的墓地有兄弟般的山杨树吗?有,也一定不是愉快地站着,而是悲哀地站在那里。它们的树根渗染了血的颜色。

坐长途车,前面男人看报,大约看到一则死亡的消息,对身旁的女人说,我比你大,肯定比你先死。女的推他,瞎说,那海难死的人不年轻啊,还有孩子呢,死和年龄一点关系没有。说着,那女人突然挽住了男人的臂膀,仿佛他真的要先走一步,而她无论如何不肯。

真的,上帝给人安排去墓园的路程并不依据年龄。有的人要走一百棵树,有的人要走五十棵,有的人只经过十几棵、几棵就到了。

死亡随时随地在发生。走在路上,睡在梦中,一袭白色的冰冷袍子突然就兜头罩了下来,来不及闪避,来不及告别。再有天大的委屈都无济,死亡是没道理可讲的,它看中了你,无论你还有多大的遗憾与不舍。

每一天,都在接近墓地一步,如果可以提前看到自己还能走过多少棵树,那每棵树都会像金苹果树般宝贵。但是没人能看到。一个恪守养生之道的人和一个浪掷生命的人一样,都无法准确地预见自己未来的日子。生命,从来不是可推算的公式,它是个无常的变数。

唯一能做的,是把每棵树当成生命里最后一棵树。它的每株枝干,每片叶子,每圈年轮,你都慢慢咀嚼出了坚实的况味。

恐惧是因为迷恋。对尘世的和对活着的迷恋——三十岁前,无论人世多么可厌,无论它给了我们多么大的心灰意冷,这迷恋仍然是充沛的,无法克制。像新鲜的爱情,即便吵了,砸烂了东西,也是有激情的,是夜晚玻璃砸碎在瓷砖上的清脆。破坏,是为着证明。

而当白雪漫上了发际呢,那迷恋还会有多大?漂亮的服饰和激动人心的爱情从生命里潮水般永远退去了,属于我们的,只有一把回忆的椅子。

那时的我们越来越懂了庄子的"鼓盆而歌",越来越懂了"向死而生",不再把死亡显影放大,用黑框装了白绸挽了,悲哀隆重地供奉在墙上。死亡,不过是在人类集体相簿上又轻轻添上一寸小照,是叶子无声无息地落了,很快,尘土就把它掩住。

坐在椅子上,回想三十不到时的恐惧,许会觉得可笑。还那么年轻的夜晚,怎么就会为"死亡"翻来覆去睡不着,甚至,常常想到另一个人独自遗在世上的孤单,就涌出了真切的泪水。

一个人被怀念的时光有多久?三年,五年,顶多到第三代,而他们更多怀着踏春的心情而来,像日常生活的一次活动,尔后很快回到热闹的屋子与大街,在影院里争吵,在网络上恋爱。

　　当然,能够被历史纪念凭吊的终是少数,一个人,这一生只要被一份真心记取便是够了。我希望每年,只要有爱我的人到墓地看一回。不要鲜花,不要水果,在静寂的午后踩着轻轻的步子来,除去墓地的一些杂草,坐下,拉拉杂杂说些话。他知道我能听见。

　　再后来,爱我的人也走不动了,只能坐在窗前的椅子上,朝着墓园的方向默默张望。墓前彻底沉寂下来,像落过雪的冬天。

　　亦好。我等待着灵魂的做伴,就像两片依偎的雪花。

（选自 2003 年第 1 期《创作评谭》）

王 芸

期待的草叶蒙蔽了眼睛

王芸，1972年生。主要作品有《经历着异常美丽》等。

　　故事接近落幕，我才发觉自己落入了俗套的陷阱。阱口的迷惑物，偏偏是内隐的期待。

　　事实上，生活中有很多的失望，植根于不能免俗的期待。期待，由内在的套路框定。可事情的发展往往自由、随机、即兴，在中途拐了弯，半途掉落下去，或是飞升上去，意外地，就逸出了期待的视域。没有谁成心背叛谁。期待有期待的内在逻辑，事情有事情的内在逻辑，两者不能同路而已。

　　故事的最初，我在江边遇见了两个流浪的人。

　　初冬的阳光，甘洌明净，苍黄的江水拍打着堤石。距我不远，坐着几个垂钓的老人，画面和谐、静穆。两个流浪者，就在这时不期闯入，一男一女。他们的衣装带有明显拼凑的痕迹，仿佛出处不同、风格迥异的语句衔接在一处，有种即兴而不羁的韵律动荡其间。再是他们的背包，沾满风尘仆仆的痕迹。

　　我坐在堤坡上，他们从我身边经过，不加停顿地，沿着台阶靠近江水。转眼，他们就处于我视野的中心，切断了空阔辽远的江面背景。浊黄的江水开始扑打他们的鞋面，他脱下来，晒鞋跣足，挽起裤腿，唆唆吸吸着凉气站在江水中。她，站在台阶另一端，从包里摸出香皂、梳子、毛巾，开始梳洗一头长发。

　　我一直盯牢他们。我的目光中有一种成分，我想明眼人都清楚那是什么——在一个生活安定牢靠、衣着体面、稳妥跻身于社会者内心深处——瞬间绽放的优越。忐忑不安，或者惶惑慌乱，我盼望他们在紧紧纠缠、期待鲜明的注视中，主动退却，不再惊扰我的宁静与孤独。可他们不。他们有条不紊，目无旁骛地整理自己，洗涤自己。她已经将长发垂入江流，水草般尽情随兴地在江面荡漾，摇曳。

我的目光，像击打在光滑的球体上，偏离，或者被弹回，纷纷碎成光与影，溅落在水波上。他们专注地洗尘，目光根本不在我身上停留，即使掠过，也平淡至极。

事情执意按自己的逻辑运转，我的期待受到冷落，而不得不低下了头。我只能向内收缩，试图触摸期待的内在纹理，找寻它落空的根由。目光扭转方向，我才发觉自己隐含期待的目光，其实来自一个群体。

那是一个自视优越的群体，自以为掌握着各种既有的和将有的规则。在那里，每一个体，都像原子一般紧密有序地排列，狭隘的位置将我们一一框定。一些看不见的俗套，在其中加以阻隔和牵扯，稍稍脱离常轨，疼痛的危险便会到来。

这个群体庞大，密集，构成了人群的大多数。而流浪者是另一类人，他们是元素中的异类，自由走动，行云流水，不受羁绊。他们像晶体，析出在俗套的条条框框之外。他们懂得放弃，因而获得自由。

期待隐退，我的目光恢复明净。他们还在从容不迫地忙碌，直到他们的鞋、袜、外套、一领旧床单，以及背包——我看见，表面看起来膨大无比的生活，一旦剥离了一切累赘，本质裸露时，居然那么简洁明了，可以盛放在一个背包中，尽在其中，然后捐上肩，轻松上路。

现在，它们纷纷从肮脏中剥离出来，清清爽爽地沿着堤坡铺陈开来。一应事物都在安详地晒着太阳。他们也是。他们的脸、头发、胡子和脖颈都经过了仔细的反复擦洗，在阳光下泛着潮红。

也许，剥去层层叠叠的粉饰，还原生活的简洁本质，实在不难，可没有人愿意承受自由到来之前，一样一样切己的事物加以舍弃、本能的欲望一点一点被凌迟的剧痛。那么，只有流浪者全然领受了。生活原本公平。

我离开时，他们还没有离去的意思。回过头，就见浩大的一池江水边，他们还在耐心地涤尽风尘。阳光轻柔漫卷，无所不在。

……

故事没有就此结束。它再一次扭转了方向。

说出来你也许不信,一段日子之后,我又看见了流浪者之一——他。

这一次,背景变换,他出现在喧闹的街头,出现在一个内容丰富的果皮箱前。那里满得快要溢出来。城市的街头到处充斥着这样的果皮箱,负责收集城市每天吐纳的无数有形的废弃物。看见他时,那位在我的记忆中曾笼罩着诗意光环的流浪者,他的目光正专注于埋头搜索,心无旁骛。时间定格。我视线中的他,还是曾经的那副装扮,什么都没来得及改变,除了背景。

就好像一双神奇的手,将江边的他,突然剪辑到了闹市街头。看起来,他的形象肮脏、丑陋、卑贱至极,远离尊严。我突然意识到自己落入了另一个俗套——真正意义上的流浪者,只是高贵地活在泛黄的书里,活在我苍白的幻觉中,却非眼前。我加快脚步,匆匆逃离。

生活的陷阱无处不在。我们常常沉湎于内心的期待,不可自拔,可事情或者说生活,会以自己的方式,让我们醒来。我不知道这叫不叫残忍,或者生活的真实。

(选自2001年第6期《青年文学》)

唐　韵

生命从指间消失

在医科大学读研究生的时候，我做的课题是关于大脑内某个核团的功能研究。为了完成硕士论文，我共使用了近百只专门供医学实验用的大白鼠——也就是说，经我的手处死了近百只大白鼠。医学研究人员的职责使我在实验的时候，能够完全抛开通常意义上的道德观念而操作得十分干净利落。

有一次，我要做一个实验。我必须预先摘除大白鼠的卵巢，然后进行饲养观察。

那是一个周末的晚上。我一个人在实验室里准备给五只大白鼠做手术。腹腔注射麻醉。备皮。消毒。剪开皮肤，分离两侧皮下组织。沿肌纤维走行切口，进入腹腔。将输卵管结扎，剪除卵巢。缝合切口，一切有条不紊地进行着。

当我完成第四只大白鼠的手术时，已经十点多了。这只大白鼠的状况不好，呼吸缓慢，四肢冰凉，术后一直未能从麻醉中醒来。也许是施用麻醉剂量过大，或是它的手术耐受性差。通常雌性动物的生理耐受性总是不太好。

我暂时停止了手术，全力照顾这只大白鼠。麻醉中的大白鼠柔软地毫无知觉地仰面躺在我的手心里，四肢向上张着，像是要寻找什么又不能得到似的孤立无助。它小小的眼睛似睁未睁地闭合着，很疲倦的样子。粉红色的鼻翼极缓慢地翕动着，偶尔长长地抽泣似的吸上一口气。它的细长的舌头咬在唇外，因为缺氧，已经变成紫红的颜色。看着

唐韵，陕西人。主要作品有《我们的蜗居和飞鸟》《左岸的黄河》《棉桃》等。

这只小小的动物,怜惜之情油然而生。我用手掌拢住它的身体以增加它的体温,同时用拇指有节律地按动它的胸肋帮助它呼吸。我又不断地用吸痰器清除它口腔里的积痰,防止其因呼吸道堵塞而窒息。

折腾了很久,情况仍没有好转。我知道,如果这样继续下去,那么它很可能会死掉。我不愿意它这样死掉,我强烈地希望救活它。于是,我低下头去伏在那只濒死的大白鼠的嘴上,为它做口对口人工呼吸。那个时候,我没有考虑我接触的毕竟是一只老鼠,我没有考虑它曾经怎样的不卫生。我知道我在为一只老鼠做人工呼吸,它可能有病菌传染给我。但是那时候我心里只有一个想法:救活它。

显然这种方法为大白鼠注入了活力。它终于有了比较正常、有力的呼吸了。它前胸上的皮毛在肺部有节律地起伏下像一朵白色的雏菊一张一合。我不敢松懈,继续轻压它的胸骨对它进行辅助呼吸。

因为是周末。研究所里没有其他的人。我一个人在空空荡荡的房子里,看着我的大白鼠。是的,我觉得它是"我的"大白鼠,是和我有着感情的。看着它依旧闭合着的眼睛和小小的鼻子,我心里充满了爱情和忧伤。

在那样寂静的时刻,我问自己:我是不是很幼稚?这只大白鼠迟早要死的。即使现在我救活它,不久以后,它也会被我处死的。而到那时我绝对不会有丝毫的犹豫。可此刻我为什么一定想要救活它呢?也许因为,它这样死掉,我会责怪自己的技术吧。而即使将来我又亲手处死它,那么它无辜,而我也没有错。然而,我花费这么多的时间精力,真的只是为了挽救我技术上的失误吗?事实上,就在隔壁的动物房里,我还另外准备了两只以应不测。动物在手术中死亡是十分正常的事情,我用不着自责。那么,我是为什么?我是不是很浪费?这样的大白鼠,只要九块钱一只。而一个晚上,我能读多少书呢?

然而,那一刻,我只想做一件事:救活它。

我面对的是一个弱小但却真实的生命,我怎么能够看着它步向死亡而不顾呢?即使它终将会死,但是,现在它有生的权力。这很可笑。一只老鼠,知道什么是生的权力?也许正因为它不知道,它无觉,无知,无助,所以我才必须去帮助它。对一件事情尽力,对一个生命负责,是人类的良知应该做到的吧。因为我们是人类,我们有能力,有爱心。

那晚,没有人来看我,没有人来同我商量我是该放弃还是继续。整个晚上,我没有说一句话,就允许自己那么固执地做着。

我守候着那个小小的躯体,像一个母亲,身心疲惫地陪伴着自己濒死的孩子,却依然顽强地热切地想帮助它一点点找回就快要逝去的生命。时间在一分一秒地过去。终于,它的呼吸、体温都恢复了正常。它慢慢地从死亡的边缘回来了。尽管它还没有醒来,我想,明天早晨就会见到它活泼可爱的样子了。

我站起身,腰已经累得不能直立。时间已过子夜。我想起还有一只没有做,就连忙把那只大白鼠放到动物房靠暖气的地方,又跑回手术室继续干起来。剩下的那只很顺利,不到半个小时就做完了。我收拾好手术器械,把最后的那只大白鼠送到动物房。

然而,却发现,刚才的那一只已经死了。

我看到它头歪在一旁平躺着,心里顿时一惊。一种不祥的感觉传遍全身。可是我仍不相信。刚才我离开它时,它已经恢复平稳,按理是不应该出什么事的。我古怪地又看了一眼,并没有立即打开它的笼子。待我把最后的一只安置好了,才把那只大白鼠拿出来。它的身体已经失去了温热,四肢开始僵硬。我把它抱到灯光下,盯住它的鼻翼,看不见动。犹豫了片刻,我拨开那只大白鼠的眼睑,看到的是一个浑浊苍白的眼珠,不见瞳孔。

它确实已经死了。

一下子,我像被人掏空了五脏六腑似的跌坐在椅子里,头皮像有无数细针扎得发麻,周身的气血四散而逃,只剩下我疲惫不堪的躯壳,不能思想。我麻木地捧着那个渐渐冰冷的生命,反复对自己说:

它不应该就这样结束的,因为我尽力了呀。

它不应该就这样结束的,因为我没有尽力呀。

我是怎么离开研究所的,已经不记得了。因为我太累了。我在大楼的台阶上坐了下来,让自己歇一歇。

已经是新的一天了。可是天仍然很黑。人们也都没有醒。在这样漆黑的寒夜,我将头埋在臂弯里,终于哭了出来。我为那只死去的大白鼠而痛哭。我为那个从我的指缝里一点点收集又一点点消失的生命而痛哭。我为自己的没能尽力和无能为力而痛哭。过去是不可能假设的。可是为什么我没能在它的身边多待一会儿等它完全醒过来呢？一个晚上我都陪伴着它，为什么在最后的时刻我要赶着去做手术呢？早离开那么一会儿，我能得到什么，我又失去了什么？

我又失去了什么呢？就是一只九块钱的大白鼠吗？我又想起了当我把它抓起来打麻药时，它满是惊恐和疑惑的眼神。那里面一定有着生的期望和叮咛吧。其实我肯定不记得它的眼神了。那只是我的幻想，是我看过的上百只大白鼠都有的眼神。可是，它的眼神里一定也有着生的期望和叮咛吧。它的眼睛被麻醉剂慢慢地合上以后就再没有睁开过吧。它死前是否有过痛苦和挣扎？不会的。因为它是慢慢衰竭而死的。它不会痛苦。也许它这样死去，反倒要比醒过来后忍受手术的伤痛活着最终仍被处死要好吧。

可是，无论怎样，我仍然希望它现在活着。我就是希望它现在活着。它活着，就是我尽了心尽了力。就是我应该做的和能够做的事情。然而，它死了。我只有后悔的机会。

我是不是只有后悔的机会了呢？在那个凌晨的夜里，我真诚地对自己说，对上苍说：给我机会吧，让我在今后的日子里，尽心尽力地去爱人、帮助人，即使一切本是磨难，即使一切终将成空，也让我好好地去爱，好好地去做吧。

那个从我的指间消失的生命，请安息吧。

徐卓人

梵高的光和色彩

徐卓人，1955年生，江苏苏州人。主要作品有《天天有太阳》《演绎女人》《你先去彼岸》等。

暑热蒸腾的奥维尔郊外的小山上，温森特·梵高正仰面朝天对着太阳，在他把左轮手枪对准自己的时候，最后想到要告别的人是弟弟提奥。他犹豫了一下，觉得应当把他与提奥的告别画出来，然而片刻后他终于痛苦地悟到，人是无法将告别画出来的。

在画家生命最后的时刻里，提奥握着画家的手守了他整整一天，提奥在他耳边温和地问："童年仲夏时节我们在高高的麦田里玩耍时，你就常常像现在这样握着我的手，记得吗？"

握着童年手的感觉一定早就渗透进了这个弟弟的骨髓，不然这位附属于人的小画商、这位斯文典雅的弟弟怎么竟有如此开采不完的温情，得以呵护这么一位行为乖戾、病残与伤痛交织一生的红胡子哥哥直到终生？

我怀疑这种深达骨髓的感觉会升华成宗教式的感情崇拜，在没有任何利益诱惑及目标之下，一个人能如此坚忍不拔守卫他的义务，还能有别的理解吗？

画家几乎一生依赖提奥，提奥单薄的肩膀能否永久地支撑画家，这并不重要，重要的是，彼此的精神依恋已经占据了他们生命的全部。

真正的隔膜只有一次，还记得博里纳日那个漫长的冬天吗？提奥终于取消了每周给哥哥一封信的惯例，包括资助。是生气，他不欣赏哥哥历经失败后的自轻。尽管悲惨、痛苦与残酷几乎使画家没有勇气开始新的生活,但比起提奥的生气,又算什么?画家发现,在失去了唯一一个真心理解他的人的时候,他才真的只能成为一具孤独的行尸,只能在荒漠的世界上徘徊,他甚至奇怪自己怎么依然还活着。而提奥又如何?提奥在疏远着画家的时候,童年握着手的感觉便又澎湃地充盈了他的胸间,他震惊地发现,没有温森特,他的生活就无法充实与完美!由情感导致的义务呵,就在逝水流年中重新回归情感,它们成了一种轮回。

应该说,弟兄间这次情感危机是画家脱胎换骨的根本,开始介入青春,开始介入生命,一切都发生了突变,也许你还能遥远地听到画家那一刻的大叫:"提奥,牢门总算打开了,你就是这个来为我打开大门的人!"

而斯文的提奥这时候就在大门口温柔地叮咛:"不要做那种平庸的艺术家。"

什么是不要平庸?是连饭都没有吃,连活着都很难吗?画家为什么总是对野外看到的每个干力气活的工人和农民感到兴趣呢?

忠诚来自哥哥的"不要平庸"就像忠诚来自弟弟的情感义务,这种忠诚给画家带来了什么?从世俗意义上看,什么也没有带来。十九世纪八十年代的欧洲画坛大概也只有提奥一人固执地坚信:"温森特有一天一定能成为一个伟大的画家。"即使面对那次致命的发现,这位弟弟也没有丧失这个信心。

致命的发现便是画家画板上的晦暗与阴沉,这种晦暗与阴沉差点使画家发疯。"自己原来一直在一个早已成为过去的世纪中绘画!"可是提奥却石破天惊地反驳:"我们正在推翻几乎一切被绘画奉为神圣的东西。你全都搞对了,除了你的光和色彩。"

光和色彩,迄今为止还没有第二位如此将光和色彩视做生命的画家,所以直到今天看来,提奥的话不仅属于欧洲画坛,也该属于世界画坛。如果不是他,会不会有以后"非洲的太阳",会不会有梵高的光和色彩?

没有人能判断画家是因为发疯才作画,还是因为作画才导致发疯,画家的创作欲在提亮了的调色板上达到了空前的巅峰,不止是《向日葵》、《开花的果园》,你看过画家在阿尔画下的《邮递员罗林》、《伽塞医生像》,还有《奥维尔教堂》、圣雷米的《星夜》,甚至包括所有的自画像吗?你看到了贫困、病痛下是否依然还有强烈的青春、感情以及希望在熊熊燃烧吗?

我知道画家只在这个时候才很艰难地由提奥卖出了第一幅画,但非常不该的是,现实在这个节骨眼上给这对弟兄来了个极大的伤害,提奥居然因为对于印象派的过分推崇而被解职。

画家切肤地感觉到连带生命给养的那根脐带嘣的一下断裂了,如果说还有什么懊丧,画家认为那就是这些年里让弟弟毫无回报地耗费在他这个累赘身上的成千法郎。

这样的认定现在看来有点难以思议,但你没有看到,维系着这对弟兄的这根脐带早已圣洁得异常敏感,异常脆弱,因为这其中流淌的只是感情,是绝无仅有不能碰触的感情。于是画家向自己举起了左轮手枪,用它发出的是最后一点浓烈的光和色彩。

欧洲画坛终于有了一次这位日后成为伟大印象派画家的第一次画展,那是在画家去世的几个月后提奥为他举办的。又是几个月后大约是画家去世的同一个日子,这位弟弟也悄然病逝。

我似乎听见梵高说:没有提奥,我就是一具行尸。

而提奥说:没有温森特,我的生活就无法充实和完美。

(选自 2001 年第 5 期《雨花》)

王方语

微 凉

王方语，1987年生，河南鹤壁人。主要作品有《绿色的和谐》等。

每次到季末，商店的橱窗里挂起打折的招牌，早晚有些凉意，才意识到夏天即将结束。于是，在脑海里追忆这个夏天是怎样度过的，如何熬过那些难熬的时光，都模糊去了，只有空叹又这么淡淡地度过了。

人生就是这样，当秋天渐渐远去，冬的寒气咄咄逼人，方明白秋天的风不是悲凉而是清爽温情的。春风轻抚长发时，才会懂得冬天让我们得到沉淀与历练，让我们懂得珍惜未来的日子。写着写着似乎是在做一道论证题，答案自己慢慢地浮了上来：珍惜眼前，把握当下。月圆月缺，四季轮回，记着年龄的号码牌不管你是否乐意，从我们出世那天起就不曾停止它的脚步。

长大的过程是不断变化的过程或者说是蜕变的过程，因为这个过程给我们带来期待欣喜的同时也带来痛苦与困惑。年龄越长你会发现，原本你认为很纯真的事物并不是那么无瑕，原本你一直尊重、敬仰、相信的人并不是想象的那样有着宽阔的胸襟，原本情节简单的动画片你却看得相当复杂，对一个问题百思不得其解，而在孩子的世界里那些问题可以不假思索地回答出来。这时，你会发现自己站在一个特殊的位置上，一边是你无比怀念却再也回不去的童年，一边是一条无比绚烂却又崎岖不平的伸向远方的路。你进退两难，你困惑犹豫，你懊恼烦躁，但这些都于事无补。什么时候你变得冷漠孤僻？这是你的本意吗？这是真正的你吗？你只是想保护自己不再受伤害，只是想独自去思考怎样走未来的路。

经过一个夏天的沉淀，当初秋的风再次吹过，有了些新的感悟。变幻无常的现实，是你我都始料不及的。而我们曾经原本以为的那些事与人，请相信都是真的，不要再去怀疑再去猜测。唯一改变的是我们自己，是他们自己，就是这么简单而已。

现实总是让我们有太多的无奈，太多的困惑，让人想找个地缝钻进去不想面对，可是我们知道这是不可以的。该面对的事情要勇于面对，该处理的事情尽早处理。这时你是否又有疑惑呢？我们的心怎么办，只有理智不要心智？当然不是。只是在那些纷繁复杂的事情与未来漫长的路途上，以应该有的心态去面对。

我想或许是那阵夏末的风，那些微凉的日子带给我的启示。那就是拥有一个淡定、微凉的心态。待人热情真诚，但不会付出全部；处事大方得体，但不会拘束呆板；对于那些不平之事、不怀好意之人，不必太过愤慨，不必争到你死我活。又有什么意义呢？心存仇恨与诡计的人永远也得不到内心的快乐与安宁，纵使有权有钱也枉然。不是要我们做事不要任人摆布，而是要明白这样一个道理，只有自己变得强大，才不会被欺负。

夏日微凉，心也微微凉。

（选自 2008 年《大河报》）

也 果

窗 帘

也果，主要作品有《钉在风中的钉子》等。

"低垂下来的窗帘不经意地挡住了窗外射进来的一缕缕光线，就像我的睫毛以另外一种状态存在时会顺势遮盖了眼睛一样。"这是自己一篇文字的开头。如今，我早已看不见那个远去的下午，它载着曾经停留在那个下午的人变成了一缕消逝的光线。而被记下来的这句话，我也只是暂时借用，窗帘如一枚果子从树上被一只手摘取。

视线轻易地被吸引过来。那些垂挂在房间窗户上的窗帘，占据了整整一面墙。于是，大块大块的颜色全都一个方向地倾倒在品质不一的布料上，铺展，自如地铺展，好像当真成了一块画板。其间，所有的纹理丰富、真切，仿佛那儿不是被织布机含着线头慢条斯理扯出的经纬，而类似细腻光滑、丰盈弹性的肌肤。进一步借助工艺化的模仿，由印染所呈现的诸般景象愈加逼近了窗外的现实。偶尔被风吹得摇曳起来的窗帘晃动着，有了一种波浪般的整齐的舞姿，于是，那些渐渐弥散开来的色彩，或绚烂或淡雅或热烈或宁静，整齐地贴近了窗口，贴近了墙壁，成为属于房间的不能回避的事物。

隐在窗帘后面的窗口或宽或窄，透明的有机玻璃若有若无，若即若离的态度于视线无碍。房间的独立与封闭，尽管限制了部分活动，但也因为远离公共视线而成就了一处处相对私密的空间。跟居于连接处的门坚实有力的警备和防御意识相比，洞开着的窗是开放的，抒情而明亮，带来的是类似呼吸般的通畅。阳光、雨水、植物、机灵的鸟儿，形形色色的人……由此打开的一条条路线，度量着抵达外界的那些或长或短的距离。

一扇扇窗看起来是安静的，即使窗台上偶尔落下一只鸟儿或一片树叶。安静的窗被缤纷的窗帘装饰后，就变得富于表情，耐人寻味起来。一张布更换了身份，开始不遗余力地、本分地参与了对室内生活的修饰与改造，即使偶尔替换了材质，用的是竹片、木材或者塑料，亦纷纷展现各自营造的不同魅力。隔着一道窗帘，使得被窗帘遮挡的房间成为一个包裹起来的难以搅动的秘密，任人生出种种想象。但凭空生出的想象没有像一枚针尖，恣意挑破耐人寻味的窗帘，视线在窗帘的背面被毫不犹豫地截断，暗暗摇摆着的装饰物依旧整齐地贴近窗口，贴近墙壁，不肯吐露丝毫。似乎到了这个时候，方才让人辨出窗帘进入生活的另一目的，原来是遮掩。充当着生活中的一道忠实帷幕的窗帘，适时阻断了外界可能投入的视线。而被窗帘遮蔽了的视线并不影响来自另一个方向的探视。一种由遮挡引领的视线在窗帘的掩饰下成功完成了由内而外的穿越。洞开在墙壁上的窗口是一只只眼睛，窗帘是名副其实的眼帘。生活的私密与视线之间总是保持着审慎而神秘的距离。

窗帘不是裙子，不过，飘起来的窗帘倒真的像一件长裙，可以将人头头脚脚地裹起，而不会被外人轻易觉察。窗帘完全挡得住黑暗，光亮则水一样丝丝漫过。被风吹得荡漾起来的窗帘总有些妖娆，如果其间伴着隐隐约约透过的灯光，难以抵挡的飘浮起来的音乐。至于把窗帘凝成一股绳索的事实，多是在电影里领略：一闪而过的紧张激动的场面；保准出现的那个勇敢且身怀功夫的人，急中生智造就了的迈过窗台的绳子。窗帘的这一突然间被附加的意义，单从形式上看，真是有些冒险，但唯此方能绝地逢生。至于现实中历演险境下逃脱的意外，私下里以为，一要看那窗帘的质地，二来，便是当事者的胆识了。

（选自 2008 年第 2 期《散文百家》）

米米七月

我怕灵魂来不及

　　提到温泉不提川端康成的《雪国》，是失礼，自此，温泉跟雪有关。那么在冬天里泡温泉，没和雪约好，就是失策了。我反而觉得，温泉和雪是矛盾的，相侵袭、相咬、相融却不合。第一次泡温泉是在暖冬，和一大帮派鬼邀伴。深冬之所以暖，因为事先知道了温泉所在，心里先拾了柴火，暖起来，也就不惧寒冷了。到了现在，七八月份了，温泉怎么样了，岂不和夏天一起升温，还适合泡吗？关于让我想念和迷惑的温泉，应该夏天再去一次的，别来可无恙？

　　所见到的小镇江垭，像每一个湘西的小地方、小玩意儿，蹲在轻轻的光线里，摇摇欲坠，昏昏欲睡。走过去，像个老朋友，拍拍他的肩膀，他就醒来，开始讲话。两扇矮山，猫起腰，头凑着凑着，就夹出了水流，这是"垭"字的大意，可夹出了温泉，就是天意。平淡有奇，比起万福水上乐园般童趣的狂欢，温泉成了江垭的一只清风袖口，闲逸尽收。

　　与其拿白天徒待夜晚，索性去走访下江垭古城，新和旧，像掌心掌肉，抵触而又渗透着，就像两只手慢慢的、手指对着指缝地抄起来，旧始终要向新妥协。它跟前生今世有关，往事有什么不明白的，可以在它的古井里打捞，水里有前朝的星星和百姓。年老体迈的古城墙，被带刺的藤萝镶着，割破山的波浪。这里曾是战场，现在只剩下安详的橘林，片片层层，长势喜人。仿佛每只橘子都塞有一个故事，清甜的、酸涩的，它不说完，怎么能轻易摘

米米七月，1984年生，湖南张家界人。主要作品有《小手河》等。

着吃？三五百年前,这里是一个郡,云集了马蹄、飞鸽、包袱、将军、阴谋、权欲、明月、胭脂、贞洁。在湖底、在江心,没握住的雪,被抓紧的草,电视里的武侠片,常常郡主郡主地叫。三五百年前,我可是一位女扮男装的郡主,看下疆土,就知道没有《倚天屠龙记》敏敏特穆尔的阔。那么,今生,我是什么,都过于流落。在几丈高的城门前合影,把容颜拼凑在这里,把时光掐断在这里。古城该给我们一个隧道,一个黑洞,送我们回从前去,我才有水袖,才能舞。你才有烽火、才有隐退、才有诗、才有歌。

穿完古城,把推推搡搡烟火气色的集市挤开,带着微微的疲劳和满满的食欲,我们有了一个最完美的去处,江垭温泉度假村。整洁、细腻,有温泉在背后撑腰,树木们做拂尘,灰尘根本近不了身。我们的心那么小,它还要跳,日益降落在心灵上的尘埃才是最大的负荷,疲惫的根源。在度假村所吃到的银鱼,江垭独有,大如苗,细如针,在水中不过一个水的印子。它们没有眼睛,没见过世面,没见过承载它们的水,让人听闻哭笑不得。在清晨品尝点心,百多种,众多人井然有序、彬彬有礼,吃得贪婪的我舍不得放一下盘子,偶尔地相视一笑,你会感觉,这个世界多么公道多么美好。

一切细微的享受只为了最大的狂欢,我们向温泉挺进吧。突然想起一个很好笑的事,《鹿鼎记》里,韦小宝朝拜神龙教洪教主的"仙福永享",真有点飘飘欲仙的意思了。一踏进温泉,跟进了雷池似的,丑态毕出,忙这儿忙那儿,什么都想兼顾,成了大闹天宫的猴子了。而神女在天宫失手打翻的镜子,却跌碎在人间江垭。没去室外了,室外温度低得多,留给冬泳的勇敢人们,我连游泳都不会。温泉也太壮观了,简直是一个迷宫,有百多个,形形色色、各行各业、分门别类,比点心的花样还多,以至于我怀疑就是由早上的小吃变的,每一个点心就是一道温泉,各个温泉之间,由精致曲折的回廊衔着,美得像艳遇,妙得像一些独个闪烁的星星,连成壮丽灿烂的星座,妙语连珠,神秘而古典。设计者和倡导者的智慧和体恤,让我们敬重。每一池水,都是一种风情,一种惊喜,一种诱惑,都有话要说。当然这种诱惑不致命,而是养生。我们清洁的同时,也是在玷污。我已经忘记了来时的路,我一生都不会经过这么多细碎的湖泊,我仿佛看见每段人生的镜像,某个际遇的片段,如此真知灼见,却难以把握一梦醒。要是我的一生都这么温润就好了，像玉，可惜不可能，瓦就瓦呗。

我的路线是牛奶浴、花瓣浴、咖啡浴、米酒浴、亲亲鱼浴。我成了一个癫狂者、乡巴佬、泼妇，好像是来开路的、试毒的、挑衅的，大步流星，自我牺牲，从一个池子里飙到另一个池子里，满场飞，太桃花流水鳜鱼肥了。当浓郁的液体从造型各异的龙头里吐出来，流经我、轻舔我，我被玫瑰花瓣卷裹，三三两两的花瓣贴于鬓角，我真觉得自己是个大美人了。泡温泉是可以骄纵女人自恋的，大好事一桩。可不可以不那么奢侈呢？要不是有其他人也在水里，我愿意饮尽每一口水，味道好过每一杯牛奶咖啡，多了体香。随行的几个男士，你们好像走错路线了，怎么跟着我走来了？你们应该选择壮阔的、有魄力的温泉线索。最后到了亲亲鱼这一关，天，亲亲鱼当然喜欢我了，我这么香喷喷的、甜蜜蜜的，我很快就下来，喂饱你。你们也真够义气的，为我梳毛撕皮。突然想起张爱玲的名句，我已经很久没想起她了，过了高中，我就再也没想起过她，真是罪过。生命是一袭华丽的袍，虱子爬上爬下。我们现在把袍子剥了，还是被亲亲鱼咬噬着，钻心地痒，羽毛挠的那种痒。可怜亲亲鱼太密集太弱小，不幸被某人坐死几只，打捞在岸上，免得馊臭。心里默默悼念，生命如此脆弱，人命也何尝不草菅，我真的要小心翼翼、勤勤恳恳地活下去。

把自己从温泉拔出来是不可能的，除非有人把你从温泉里提起来，这个人也太不是人了，太损人不利己。起身稍稍蒸一下，让作料渗透似的，温泉里所含的有益矿物质跟人体接近、融合、吸收，到最后每一个毛孔都向心灵贯通，这也许是泡温泉最现实的意义了。果然人轻飘飘的，回到房间里，两眼一黑倒头就睡。开玩笑了，我的意思是，很久没这么肆无忌惮地入睡了。从温泉到房间之间的星空，我也很久没这么轻易地看到这么多星星了。在来的路上，碰见一个姑娘搭车，开始很腼腆，途中熟悉起来，她自我介绍，姓严，严什么来着。突然，我想起一个动物，"严老鼠儿"，就是蝙蝠了，我是好久没想起这种动物了。为了睡眠、为了星星、为了严姑娘、为了梦中的橄榄树、为了这些久违，我得从床上爬起来，写下去。

据说我们的土家汉子有一行当，挑夫。当了挑夫，就有一习俗，走长途的时候,猛烈地赶上三天路,然后停下来,休息上一天,什么也不做,决不肯前行一步。问他为什么,他答,走得太匆匆,肉身上前了,灵魂跟不上,我在等我落后的灵魂。

我何尝不是这样,在江垭讨一口水喝、拿露水温润眼睛、拿树叶擦洗身体。可是你,先我灵魂而来,莽莽撞撞,令我惊讶不已。

(选自2008年7月《散文选刊》)

简 默

一棵树的私语

一棵树。一棵白杨。

它有旗杆一样笔直的腰身，手臂一样纷繁的枝叶，睁着无数美丽的大眼睛。

但它不会说话，像一个相貌堂堂的哑巴，就算试图用力从泥土里拔出自己，它也发不出声。从它栽种到地下那一天起，它开始忍受和承担一棵树的宿命：风摧，雨打，雷劈，霜冻，雪压，鸟啄，虫咬，火烧，斧斫……它们都是它生长道路上的劫难与定数，就像一个孩子边成长边经历的一切。这个过程漫长而危险，它一声不吭地逆来顺受，默默地往下扎根和朝上生长。它一次次地侥幸躲过了天灾人祸，比如在那个墨汁似的深夜，浓重的黑埋没了它，让它喘不过气来，沉闷的雷声愤怒地炸响，一株银花似的闪电灿然绽放，不远处一棵树被击中了，像桅杆轰然折断了，熊熊着起了火，发出噼噼啪啪声，它闻到了松香的味道，知道那是一棵不幸的松树；又比如谁家手头紧了，需要伐几棵树，从这每天生长微薄利息的绿色银行里取点钱暂渡难关，他拎着磨得锋利的斧头转了一圈，停在了它面前，从脚到头端详着它，它的心像针扎似的缩紧，浑身止不住地颤抖，大概是觉得它不够高，也不够粗，没存下多少利息，他终于放弃了它，奔向下一棵树了。它缩紧的心像水舒展开了，颤抖风平浪静了，但斧刃与树身入木三分的伐声重新让它心惊肉跳，新鲜湿润的木屑与呻吟叫它焦灼不安，它不敢肯定下一棵是不是轮到了自己。

简默，70年代生人，贵州人。主要作品有《一棵树的私语》等。

直到它足够健壮和强大了，一些宿命对它没了威胁，无能为力了，另一些宿命仍然如影随形地追赶着它，窥伺着它，彻底消灭着它。要多久呢？至少是一生。它们是它身上解不开的枷锁与绳扣，是它挣不掉的黑暗记忆，像夜夜高潮迭起的噩梦一样。

正是这些噩梦似的宿命替一棵树说出了它内心的声音。

一枚钉子像针头刺入了树身，它受了惊吓地痉挛和抽搐，美丽的大眼睛惊恐万状。它无法躲避，也喊不出声，钉子铁了心地向前挺进，它流出了又清又亮的汁液，是眼泪，它感到了真实的疼痛，终于喊出了声。是风在替它出声。风穿行在树叶间，沙沙沙——像呻吟，叶子仰面向上，像张开的掌心，掌纹似的脉络清晰纵横；哗啦啦——像哀号，叶子俯身朝下，像翻转的掌背，覆手带来了雨。雨像无数透明的小拳头叩打树叶，不一会儿，就连成了线，倾盆流泻，冲刷着伤痛与记忆。焦雷当头轰鸣，滞重而激越，替它喊出了内心的愤懑与不平，它激动得扭身狂舞不已。

谁用尖锐的硬物在树身上刻下了"×××，我爱你"。他也许是一个害羞而浪漫的孩子，当面不敢说出自己的心事，只得通过这种方式来表达。他信赖一棵树，把心事都毫无保留地交给了它，觉得它会默默地替自己收藏好，自己的爱也会跟它一起长高长大。它在被穿透皮肤之后，肉体感到了疼痛，这是一种关于爱孤独而执著的痛，但它说不出口。鸟们听懂了。它们有时是它的花朵，还有时是叶子，现在它们跳跃在枝叶间，脚下过电似的接收到了那句话。它们牢牢记住了，随后一哄飞到了另一棵树上，带走了那句话。很快那句话在树与树中间传开了，他也听到了，但他不懂，他仍在暗恋着她，他们的故事早已通过一棵树公开了，只有他们像沉睡似的被蒙在了鼓里。

蝉是一棵树的器官。它趴在树上，尖尖的吸管插入树身，慢慢吮吸着树的眼泪，将欢愉嫁接到树的痛苦上面。它替树叫出了千口一律的声音。有一段时间，我一直一帆风顺的生活触礁了，我面临着前所未有的打击与考验。我常常一个人去爬山，脚步沉重地上到山顶再下来，路过一片白杨林，最挺拔笔直的那一棵吸引了我，我当时不知怎么想的，掏出随身带的钥匙在上面写下了"我努力，我成功"，我的笔画如此轻，像微风拂过，我想它很快会愈合的。一棵树不像一柄铁器，铁器尽管也不会说话，但却能够与石块擦出火花。但我忽略了蝉——这最坚定而真实的扩音器,它记住了我的话,教给了它的同类。因此整个夏天,我路过那片树林,都能听到从一棵树开始的话。我也逐渐走出了阴影,在蝉们喝彩似的加油中,开始了新的生活。

一棵树在疼痛中开口说话了,它让痛苦发出了声响,像一个从地下缓缓长出的留声机。

仅有一次,我在楼上读书,听到一棵树发出了咔嚓咔嚓的声音,我知道它被大风刮歪了,靠在了另一棵树身上,像一个人疲惫地靠到了另一个人肩头。另一棵树迎上前扶住了它,安慰它道:别怕,有我呢,我不会让你倒下的!它的重量压在它身上,脚指头几乎拔出了泥土,但没有谁怀疑它会倒下。就这样,一棵树和另一棵树组合成了一个三角形,稳定地站在大地上。

它们之间交头接耳地私语了些什么,没有谁听到,但我知道,这一次它们是为自己,而不是替别人开口说话。

(选自 2008 年 6 月 12 日《文学报》)

申 林

蜕 变

> 申林,70年代生人,河南人。主要作品有《千江有水》等。

朋友打电话过来,因为很多事情,她想放弃现在舒适的工作,独自闯荡新的领域。

我也觉得她必须从头来过。但是,提醒她必须做好充足的心理准备,蜕变的过程相当艰难。

老鹰是世界上寿命最长的鸟类,它一生的年龄可达七十岁。但要活那么长的寿命,它在四十岁时,必须作出艰难然而重要的决定!因为它的爪子开始老化,无法有效地抓住猎物;它的喙变得又长又弯,几乎碰到胸膛;它的羽毛长得又浓又厚,翅膀变得十分沉重,使得飞翔十分吃力!它只有两种选择:要么等死,要么历经一个十分痛苦的蜕变过程再获生命力。而再获生命力是一个非常艰难的过程。它必须很努力地飞到山顶,在悬崖上筑巢,停留在那里一百五十天不得飞翔。不得飞翔。老鹰首先用它的喙击打岩石,直到喙完全脱落,然后静静地等候新的喙长出来。然后,它要再用新长出的喙,把指甲一根一根地拔出来。当新的指甲长出来后,又要再把羽毛一根一根地拔掉。五个月以后,新的羽毛长出来了,老鹰开始飞翔,重新再过三十年岁月!

在我们的生命中,有时候我们也必须作出这样艰难的决定,开始一个更新的过程。

几年前,一次无谓的调动,使我的事业转头为零,我奋斗了八年得到的并不丰硕的一份价值认可,随着一纸调令烟消云散。

已经不是八年前那个晃着马尾的小女孩了,

八年前的梦,与八年后的梦,绝不相同。八年前,走的是充满希望的上坡路,八年后,兜了一个生命的小圈却又陡然回到原地,每一步走起来都如履薄冰。八年前如同一张无忧无虑的白纸,任工作和理想随意涂画出新鲜和神话。八年后,那张白纸,已经画满了太多的世事纷杂和戒备顾虑,每一笔新的涂画,都可能破坏原有的自然与和谐。再加上心理和状态不同,别人的要求和眼光不同,负重重走回头路,格外敏感和心酸。

老鹰的故事经常在湿润的梦中盘旋。

拔去原有的羽毛才能重新飞翔!

人原有的羽毛是什么?旧的习惯、旧的传统、虚荣和牵挂。人有时必须像老鹰一样,拔掉所有的曾经,突破生命中的茧缚,才能用全新的面貌轻松前行,面对明天。

真正做起来并不容易。常常,一些小小的委屈和曲折,会许久地抖动成熟脆弱的神经。常常,听到以前的同事传来升迁荣耀的信息,心里会高兴又莫名地颤栗。拔去所有的过去,真的是一场痛苦的惊悸和伤感的回忆。鲁迅先生说过:生命的路是进步的,总是沿着无限的精神三角形的斜面向上走。我想,斜面的下面,一定是用幽深的寂寞和长途的艰辛堆砌的坚实泥土。

几年了,可能失去很多很多,几年来,也收获很多很多。起码,我知道,生命中有些坚实,不是用虚空的心灵算计的。生活中有些高度,不是用名利地位可以衡量的。闪光的温暖,不在乎你是否站在辉煌的顶峰,而在乎你的心灵,能否在沉默的修炼中飞得更高。很多的幸福,在于精神深处的宁静与富足。

那天看到一句诗:"教堂倒塌了,圣母在稻田里插秧。"突然流泪了。为了顿悟圣母之所以为圣母的原因——在灾难面前所表现的淡定与从容!

纪伯伦说过:白纸如果永葆纯洁,永远远离墨水和彩笔,这张白纸就永远空空如也。而人生一世,谁愿意自己的生命空空如也呢?那就不要惧怕色彩的涂抹,不管涂抹得怎样,那都是生命的写意。

尘世是唯一的天堂。我把心头的鹰送给朋友,希望她在尘世的蜕变后越飞越高。

(选自2008年8月《散文选刊》)

鱼　禾

远逝的上窟春

　　一种从未谋面的事物，一种从未谋面并已消逝的事物，竟会使人想念吗？但是我真的，在想念上窟春。在风雨初歇的下午，这个古雅而带着蒙尘感的名字，从一本厚厚的古县志里，与我邂逅相遇。它是一种酒的名字。这种酒，出自荥阳，曾经在唐人的杯子里漾漾地招摇过，只是现在，我已经无缘品尝。

　　大唐时代，人们称酒为春(wine)。试着发出这个带后缀的尖音的时候，我发现它似乎具有今陕西一带的发音特点，咬字狠，重音后挫，有含混的若隐若现的尾音，听上去含几分醉意。是不是当时的京都——长安的口音？已无可考证。当时的官方史书《唐·国史补》中，有一段关于酒的专门记载。这些被记录在册的名酒，都是带有春(wine)字的："酒有郢之富水春，乌程之若下春，荥阳之上窟春，富平之石东春，剑南之烧春。"其中荥阳上窟春与郢州富水春，从唐玄宗开元元年（公元713年）至穆宗长庆元年（公元821年）百余年间，并称天下精酿，比起流传至今且名扬海内的剑南春，品质更为上乘。

　　上窟春的出产地，在今荥阳竹川村一带。《汜水县志》载："竹川，古三窟村也。西北有泉曰太溪、少溪，在逍遥观左；曰永清，在逍遥观前。"三窟之"窟"，就是指这三处泉水。古人以窟量泉。北魏郦道元《水经注》有句："余至长城，其下有泉窟，可饮马，古诗《饮马长城窟行》，信不虚也。"

鱼禾，1970年生。主要作品有《揸眉》等。

可为旁证。一说三窟为"上、中、下三窟",但后人更认可的说法,三窟是以逍遥观为参照,根据所在的方位,称上窟、下窟、前窟。其中的上窟,指地处上游、水质最佳的太溪。上窟春,就是以太溪的泉水酿制的酒。

竹川一带,曾经雨水丰沛,茂林修竹。《汜水县志·明逍遥观举废记》的记载,几乎让人想象到伤心:"吾汜十里岩邑山拱水环,仅可赏心,独竹川居境之南古称龙泉乡三窟村者,冲佛山之脉,汇百川之精,群峰朝秀,诸涧纳派,相结一地。"竹川曾经那么水灵,百川汇聚,涧水遍布。太溪、少溪、永清(涌清)三窟之水,清澈如镜,丰盛到可以灌溉农田,灌溉满川的绿竹。至今不曾消逝的汜水,几千年来,从这里盘桓而过。想想竹川这个名字吧,一个有竹有河的地方,美得让人难以置信。

品质甘醇的泉水,丰茂的植物,易于微生物繁衍的特殊环境,一向是酿成好酒不可或缺的要素。出于对这种酒的好奇,有一天,我约了几位朋友来到竹川,试图去感受当年那种特殊的地理环境,是怎样为一种名酒提供了先天的品质。至少会留下一些痕迹吧,比如竹林,泉水,制酒的老作坊之类。三窟山还在,竹林、泉水还在,只是,比之当年"一泓澄清,望之如镜,满川绿竹,赖以为灌"(《汜水县志》)的气象来,只能说是勉强敷衍了;而老作坊,只是我的臆想。我一直以为,这种酒还可以重新创制。这么看来,竟然难了。我们可以翻遍竹简,探究秘方,找出它的来历。然而,面对少雨的竹川,我不禁自问,那个群峰朝秀、满川绿竹、诸涧纳派的方子,还能配得齐吗?

雕栏玉砌应犹在,只是朱颜改。上窟春就像一个曾经在纸上做过的梦,觉醒之后,踪迹皆无。被岁月剥蚀了青春的竹川,或许已经永远,永远地失去了上窟春。

或许不单单因为环境。想来如此精致优美的事物,只是生活里的奢侈品,所以,只有当生存安稳的时候才可能被珍惜。然而,荥阳作为东西南北的十字路口,一向是军事意义上的"咽喉地带",是"群雄逐鹿"、"兵家必争"之地。承受着这些词汇如山的重量,荥阳人的生活似乎总也难以安顿。还有黄河。这条孕育了中华文明的母亲河,自古"善淤、善决、善徙",决口和改道极为频繁。位居黄河南岸的荥阳,头上始终悬着一把水的利剑。历史上,荥阳乃至中原人的逃难,方向总是往西。那是一条指向高处的逃生路,与黄河水的流向背道而驰。在随时准备逃离的心态中,人们对于生活的安排,常常是临时的、将就的、粗糙敷衍的,谁也没有心思,再留给上窟春。它遗落在漫长的岁月中,就像一个心怀委屈离家出走的孩子。

循着杳渺的痕迹试图接近它,最终凭藉的,仍然只是想象。

大唐那些放肆的文人,多是好酒的。他们该是领略过上窟春的滋味吧。是不是就为得到一坛美味的上窟春,那位贪杯的李白,才舍得"五花马,千金裘,呼儿将出换美酒"？在荥阳郁郁而终的李商隐,曾有过"隔座送钩春酒暖"的爱情,也有过"心断新丰酒,消愁又几千"的绝望。诗人手上的酒,会有一杯,竟是上窟春吗？这种含有泉水叮咚之声的酒,曾经怎样点燃了他们心中深藏的诗意？以唐时制酒生产力之有限,上窟春这样的珍品,比今之茅台,恐更为难得。是否曾有连绵如水的车马,从不同的方向逶迤而来,只为等到一瓮好酒,拉回去做人生的消遣？

想象中,这样的酒该是以陶质的坛子密敛,在深藏了多年之后,被一双爱惜的手小心翼翼地打开。对饮时,化不开的窖香一瞬间洇满了屋子,让千年之前的某个时辰分外的浓情。

(选自 2008 年 9 月 3 日《大河报》)

诚 告

我们已经根据本书选编者王剑冰先生提供的地址及相关渠道，尽量与本选本的作者联系，取得支持。但由于种种原因，有些作者联系不上，我们仍将继续联系，也请至今未收到通知的作者或著作权人知情后与我社联系，联系地址：北京东四12条21号中国青年出版社文艺中心，邮编：100708，电话：010-64034340。我们会尽快奉寄样书与稿酬。失礼之处，还望海涵，谢谢。

中国青年出版社

2009年9月